希腊神话故事

[德] 古斯塔夫・施瓦布 著
王文宇 译

GRIECHISCHE MYTHOLOGIE

目录

CONTENTS

第一章
普罗米修斯[1]

天地已生，海水拍岸，鱼戏于水，鸟翔于空，此时的大地上虽动物成群，却不存在一种具有灵魂并且能主宰这个世界的高级生物。这时，先觉者普罗米修斯降生到了这个世界上，他是遭到宙斯放逐的古老神族[2]的后代，是伊阿佩托斯[3]的儿子。普罗米修斯聪慧睿智，他知道天神的种子隐藏在泥土里，于是他捧起泥土，再用河水把泥土沾湿调和，然后揉捏成世界的主宰——神祇的形象。为了把生命赋予泥人，他从动物的灵魂中摄取了善与恶两种性格然后将其封进人的胸膛里。在众神中，智慧女神雅典娜[4]是普罗米修斯的朋友，她对普罗米修斯的作品感到十分惊奇，便把灵魂和呼吸吹送给了这仅仅具有半生命的泥人。

就这样，最初的人类出现了，他们繁衍生息，不久便遍布了大地。可是很长一段时间里，他们压根儿不知道该怎样运用四肢，也不知道该怎样支配神赐给他们的灵魂。他们视却不见，听却不闻，终

1 普罗米修斯（Prometheus），有“先见之明”的意思。

2 即泰坦（Titan）神。泰坦之乱中宙斯（Zeus）率领奥林匹斯山神（Olympus）打败了自己父亲克洛诺斯（Cronos）率领的泰坦神并将他们放逐。

3 伊阿佩托斯（Iapetus或Iapetos），泰坦十二神之一，地母盖亚（Gaia或Gaea）与乌拉诺斯（Uranus）之子，有说普罗米修斯是他与海洋女仙克吕墨涅（Clymene）的儿子。

4 帕拉斯·雅典娜（Pallas Athene），宙斯和其第一任妻子、大洋女神之一的原始智慧女神墨提斯（Metis）的女儿。有预言说墨提斯会生下比父亲强大的儿子，宙斯害怕，便将已有身孕的墨提斯吞到了肚子里，后来宙斯头痛难忍，差人打开头颅后雅典娜从宙斯的头颅内生出。

日如同行尸走肉般漫无目的地走来走去。他们对这茫茫的宇宙和万物毫无所知，不懂采石烧砖、伐木制椽，更不可能会用这些材料建造房屋。他们就这样如同蚂蚁一样蛰居在没有阳光的土洞里，不觉冬来夏至，不顾月落日升，做起事情来也毫无章法和计划可言。

为了改变这一切，普罗米修斯教会人类观察日月星辰的起落；为他们发明了数字和文字符号以便让他们懂得计算和用文字交换思想；教会他们如何驾驭牲畜来分担繁重的劳动；教会他们给马套上缰绳用来拉车或作为坐骑；他发明了船和帆，让他们在海上航行……他关心人类生活中的一切活动！从前，生病的人不知道用药物治病，不懂得通过涂抹药膏或服药来减轻病痛，因此许多病人因疾病而悲惨地死去！现在，普罗米修斯教会人们调制药剂来防止和治疗各种疾病；另外他还教会大家占卜和解梦，解释鸟儿的飞翔和祭祀时显示出来的各种征兆；他引导大家勘探地下的矿产，让他们发现矿石并开采铁和金银等金属；他也教会了人们农耕技艺……他所做的这一切都使得人类的生活变得更加舒适。

天上的神祇们，包括不久前放逐了自己的父亲克洛诺斯并建立自己权威的宙斯，开始注意到这些刚刚形成的人类了。作为保护人类的条件，这些神要求人类敬重和服从他们。那一天，众神在希腊的墨科涅举行了一次集会来商谈确定人类的权利和义务，普罗米修斯作为人类的维护者出席了集会。会上，普罗米修斯为使诸神不要因为答应保护人类而提出过于苛刻的条件，减轻人类的负担，他决意运用他的智慧来蒙骗众神。

普罗米修斯代表他所创造的人类宰杀了一头大公牛，并请神们选择他们喜欢的部分。他把献祭的公牛切成碎块，分作两堆：一堆是肉、内脏和脂肪，上面用牛皮盖住，再在牛皮上放了牛肚子；另一堆则放的全是牛骨头，但是巧妙地用牛板油包裹着，而第二堆看起来要比第一堆大些。全知全能的宙斯虽看穿了他在耍花招，却不挑明，而是说道："伊阿佩托斯之子，尊贵的王，我的好朋友，你这种分法真的太不公平了！"普罗米修斯以为自己骗过了宙斯，心里暗自笑着说："尊贵的宙斯，永恒的众神之祖，你就按自己的心愿随意挑选一堆吧。”宙斯忍住心里的气恼，故意伸出双手去拿雪白的板油，当他剥掉板油，看到剔光的一堆骨头时，装出直到现在才发觉自己上当了的样子严厉地说：“我看到了，伊阿佩托斯的儿子，你始终不忘你惯用的欺骗伎俩！”

宙斯被骗，当然要决意报复普罗米修斯。于是他拒绝向人类提供生活必需品中的最后一样东西：火。可机敏非常的普罗米修斯马上想出了解决这个问题的办法：他取来一枝木本茴香，扛着它走近疾驰的太阳车，将茴香秆伸到太阳车的火焰里点燃，然后带着闪烁的火种回到大地上。就这样，第一堆木柴燃烧起来且越烧越旺。宙斯见到人间升起了火焰，大发雷霆，可是他已无法把火从人类那儿夺走了。但很快，宙斯便又想出了新的灾难来惩罚人类。

他命令以工艺著称的火神赫淮斯托斯[1]打造了一尊美女石像。而之前帮助过普罗米修斯的雅典娜也由于渐渐嫉妒普罗米修斯而对他失去了好意，她亲自给石像披上灿亮雪白的衣裳，蒙上面纱，戴了花环在头上，束上了金色的发带。这金色发带也是出自赫淮斯托斯之手，他为了取悦他父亲宙斯，花了很多心思去完成这个造型精巧、装饰有神态各异的动物形象的发带。众神使者赫耳墨斯[2]给这妩媚迷人的形体传授了语言技能，爱神阿佛洛狄忒[3]则赋予了她种种诱人的魅力。宙斯给她取名为潘多拉（Pandora，意为“具有一切天赋的女人”），并在这最能使人迷恋的美丽外表下设下了恶毒的灾祸——每一位神祇都赋予了她某种对人类有害的东西。

年轻的潘多拉被送到人和神都在游玩取乐的地方，这位美丽得无法比拟的女人让每个人都惊羡不已。她来到普罗米修斯的弟弟厄庇米

---

1 赫淮斯托斯（Hephaistos或Hephaestus），众神之王宙斯和众神之王后赫拉（Hera）的儿子，希腊神话中的火神、砌石之神、雕刻艺术之神与手艺异常高超的铁匠之神，希腊奥林匹斯十二主神之一。

2 赫耳墨斯（Hermes），希腊奥林匹斯十二主神之一，宙斯与迈亚（Maia）的儿子。由于他穿有带飞翅的凉鞋，手持魔杖，能像思想一样敏捷地飞来飞去，故成为宙斯的传旨者和信使。

3 阿佛洛狄忒（Aphrodite），意为“由海水的泡沫中诞生”，希腊奥林匹斯十二主神之一，在罗马神话中被称为维纳斯，生于海中浪花，司管人间一切爱情的女神。

修斯[1]的身边，而厄庇米修斯为人少有计谋，忘了哥哥普罗米修斯曾经警告过他不要接受来自奥林匹斯圣山统治者的任何馈赠，反而毫无猜疑地接纳了潘多拉。

直到后来他吃了苦头才意识到正是因为他才给人类招来了灾祸！

在之前，人类遵照普罗米修斯的警告，没有灾祸，也无过分的辛劳和折磨人的疾病。可如今，美丽的潘多拉带来了一份礼物——一只密闭的大盒子。她走到厄庇米修斯的面前，突然打开了盒盖，盒子里面的灾害黑烟般涌了出来，并且迅速地扩散到大地上。

其实，盒子底上还深藏着唯一美好的东西：希望。但潘多拉依照万神之父的告诫，趁它还没有飞出来的时候便赶紧关上了盖子，因此希望就永远被关在盒子里了。自此，各种各样的灾难充满了大地、天空和海洋，疾病日日夜夜在人类中肆虐而又悄无声息地蔓延着——因为宙斯没有赋予它们任何声响。各种热病在大地上猖獗，死神的步履飞一般在人间狂奔！

接下来，宙斯便向普罗米修斯本人实施报复了。他把这名“罪人”交到赫淮斯托斯和他的两名仆人的手里。这两名仆人外号叫作克拉托斯和比亚（即强力和暴力），他们把普罗米修斯拖到斯库提亚的荒山野岭。在这里，普罗米修斯被牢固的铁链锁在高加索山的悬崖绝壁上，下面是可怕的深渊。赫淮斯托斯是不太情愿执行他父亲的命令的，因为他很欣赏这位泰坦神的儿子，而且普罗米修斯还是他的亲戚和同辈，是他的曾祖父乌拉诺斯[2]的子孙，也是神的后裔。

普罗米修斯被锁在悬崖绝壁上，直挺挺地吊着，无法入睡，甚至无法弯曲一下疲惫的双膝！

“不管你发出多少哀诉和悲叹，都是无济于事的！”赫淮斯托斯对他说，“因为宙斯的意志不可能动摇，这些刚从别人那里取得权力而据为己有的人都是最狠心的！”

这位囚徒的苦痛被判定是永久的，至少也得三万年。他大声悲

1 厄庇米修斯（Epimetheus），意为“后见之明”。

2 希腊神话中的天空之神，从母亲盖亚的指端诞生，是全宇宙最初作为统治者的众神之王。

叫，并且呼唤着风、河川、大海、作为万物之母的大地以及注视万物的太阳来为他的苦痛做证！而同时，他的精神却是坚不可摧的！“无论谁，只要他学会承认定数的不可动摇，”他说，“就必须承受命中注定的痛苦！”宙斯再三威逼他，要他说明他那不吉的预言，即一种新的婚姻将使诸神之王面临毁灭和败坏[1]，但他始终没有开口。

宙斯每天派一只恶鹰去啄食被缚的普罗米修斯的肝脏，肝脏被吃掉多少，随即又复长成。这种痛苦将延续到直到有人自愿站出来为他受罪为止。

……

在普罗米修斯被吊在悬崖上度过了漫长的悲惨岁月以后，有一天，赫拉克勒斯[2]为寻找赫斯珀里得斯[3]果园里的金苹果来到这里。他看到这位神的后裔被锁在这里，禁不住同情他的命运，因为他看到恶鹰正栖于普罗米修斯的双膝上。赫拉克勒斯弯弓搭箭，射杀了那只残忍的恶鹰，然后他松开锁链，解放了普罗米修斯并带他离开了山崖。但为了满足宙斯的条件，赫拉克勒斯把半人半马的肯陶洛斯族的喀戎[4]作为替身留在悬崖上。喀戎虽然可以要求永生，但为了解救普罗米修斯，他甘愿献出自己的生命。为了充分履行宙斯的判决，被判在悬崖绝壁长期受苦的普罗米修斯也永远戴着一只铁环，并在铁环上镶上一块高加索山上的石子，这样宙斯便仍可向人夸耀说自己的仇人仍然被锁在高加索山上。

---

1 此预言是说海洋女神忒提丝（Thetis）会生下比自己父亲强大的儿子，所以宙斯知道这个预言后放弃了对忒提丝的追求而将她嫁给阿耳戈英雄之一的佩琉斯（Peleus），著名的阿喀琉斯（Achilles）就是佩琉斯和忒提丝的儿子。

2 赫拉克勒斯（Hercules），希腊神话中伟大的英雄。是主神宙斯与阿尔克墨涅（Alcmene）之子，古希腊罗马神话中的大力神。

3 赫斯珀里得斯（Hesperides），黑夜女神倪克斯（Nox）女儿们的统称，负责看守盖亚作为结婚礼物送给赫拉的金苹果树。

4 喀戎（Chiron）不像其他的半人马般凶残野蛮，而以和善及智慧著称，所以在中文里也常被美称为人马。他是多位希腊英雄的导师。

第二章
人类的时代

当时统治天国的神克洛诺斯[1]所创造的第一代人类是黄金的一代。黄金时代的人生活得与神并无二异，他们无忧无虑，既没有繁重的劳动，也没有贫困等苦恼。大地给他们提供各种硕果，肥美草地上牛羊成群。人们在和平康乐中幸福地生活，几乎不会衰老，即使是寿限已至，人们也不过是沉入安详无扰的长眠中。当命运女神[2]判定黄金一代的人类从大地上消失时，他们都会成为仁慈的保护神，行走于云雾中，施行善举，维护正义，惩罚罪恶。

第二代人类是后来创造的白银的人类。他们在外貌和精神上都异于黄金时代的人类。他们会近百年都保持着童年，精神上不成熟，在家里被娇生惯养，接受母亲的溺爱和照料。等到他们步入壮年时，一生也就只剩下短短的几年了。肆意妄为使这代人陷入了苦难的深渊，因为他们无法节制他们激烈的感情，他们尔虞我诈，违法乱纪，甚至不给神献祭。宙斯十分恼怒，他不愿意看到有人亵渎神，便决定要把这个种族从大地上消灭掉。当然，这个种族也不是一无是处，所以他

1 克洛诺斯，宙斯之父，是希腊神话中的第二代众神之王，第一代神乌拉诺斯和盖亚的儿子，泰坦十二神中最年轻的一个。

2 指的是诺恩斯（Norns），作为宇宙混沌之初最早产生的神，命运女神负责掌控包含泰坦十二天神及奥林匹斯十二主神在内的整个欧洲神话系统中所有神的命运，同时也支配着每一个凡人的命运，是能量最为强大的天神。

们可以获得恩准在生命终止以后，作为魔鬼在大地上漫游。

天父宙斯创造了第三代人类，即青铜的人类。这代人跟白银时代的人又完全不同：他们残忍而粗暴，只知道战争，不停地互相厮杀，每个人都千方百计地侮辱其他人。他们不愿食用田野上的各种果实并饮食动物的血肉。他们的体型异常高大结实，有着如同金刚石一般坚硬的意志。因为当时还没有铁，所以他们的武器、房屋还有农具都是青铜的。然而这一代人是无法抗拒死亡的，他们离开光明的大地后，便会坠入阴森可怕的冥府之中。

当青铜时代的人完全死灭后，宙斯又创造了第四纪元的人。这代人依附于肥沃的大地生活，他们比以前的人类更高尚公正。他们便是古代所称的半神的英雄们。但最后他们也陷入了战争和仇杀中：有的为了夺取俄狄浦斯国王的国土，倒在底比斯的七道城门前；有的为了美丽的海伦跨上战船，倒在特洛伊的田野上……当他们在战争和灾难中结束了自身的生存后，宙斯便把在天边大海中那光明的极乐岛分派给了他们，让他们在那里生活和居住，富饶的大地会每年三次给他们提供甜美的果实。

古代诗人赫西俄德[1]在说到世世代代的人类传说时，感慨道：“唉，如果我不生在现今人类的第五代，而是早一点去世抑或是迟一点出生的话该多好啊！因为现在正是黑铁的世纪，人们彻底败坏和堕落，充满着痛苦和罪孽。他们日日夜夜地忧虑和苦恼，永不得安宁，神又不断地给他们增添新的烦恼。而最大的烦恼却是来于人类自身：父亲反对儿子，儿子敌视父亲，客人憎恨款待他的朋友，朋友之间也互相憎恨。人间充满着仇怨，即使是兄弟之间也不像从前那样坦诚相见，充满仁爱；白发苍苍的父母得不到怜悯和尊敬，年迈的老人备受虐待……啊，无情的人类啊，你们怎么忘了神将要给予的判罚，辜负父母的养育之恩？处处都是强权者得势，他们心里恶毒地盘算着如何去毁灭对方的城市和村庄；正直、善良、公正的人不得好报，反而欺

1 赫西俄德（Hesiod），古希腊诗人，大概生活在公元前8世纪，从公元前5世纪开始文史学家就开始争论赫西俄德和荷马（Homer）谁生活得更早，今天大多数史学家认为赫西俄德更早。

蒙拐骗者会备受光荣，善良和文雅不再受到崇敬，恶人侮辱善人，他们说谎话，用诽谤和诋毁制造事端……实际上，这正是这些人如此不幸的原因！从前常常降临在大地上的至善和尊严女神，如今也悲哀地用白袍裹住美丽的身躯，飞离人间，回到了永恒的神世界中。留给人类的，只是不见边际的悲惨、痛苦和绝望。”

第三章
丢卡利翁和皮拉[1]

在青铜人类的时代，世界的主宰宙斯不断地听到这代人的种种恶行，他决定扮作凡人到人间去查看。但无论他到什么地方，都发现情况比他听说的还要严重得多。

一天临近深夜时，他来到阿耳卡狄亚国王吕卡翁[2]的大厅里。吕卡翁不仅待客冷淡，而且残暴成性。宙斯以神异的先兆和表征表明了自己是个神，于是大家都跪下来向他顶礼膜拜。但吕卡翁却不以为然，并嘲笑人们虔诚的膜拜，他说："让我们来考证一下，看看他到底是凡人还是神！"他暗自决定趁着这位来客半夜熟睡的时候杀死他。

在这之前吕卡翁先悄悄地杀了一名摩罗西亚人送来的可怜的人质，吩咐人剁下他的四肢并扔进开水里煮，其余部分放在火上烤，然后以此作为晚餐来招待客人。宙斯看出了他所盘算的一切，愤怒地从餐桌上跳起来，召唤来一团复仇的怒火并投掷在了这个不仁义的国王的宫院里。吕卡翁惊恐万分，战栗着逃到宫外去。可他发出的第一声绝望的呼喊却变成了凄厉的狼嚎，他身上的皮肤也变成了粗糙的毛皮，双臂变成了两条前腿，吕卡翁自此变成了一只嗜血的恶狼。

1 丢卡利翁（Deucalion）是普罗米修斯的儿子，皮拉（Pyrrha）是厄庇米修斯和潘多拉的女儿。此名字在希腊神话中也被多人共用，不要混淆。

2 吕卡翁（Lycaon），是以残暴和蔑视神而知名的阿耳卡狄亚（Arcadia）国王。

回到奥林匹斯圣山的宙斯与诸神商量，决定根除这一代可耻的人。他正想用雷电惩罚整个大地，但又担心天国会被殃及并且害怕宇宙之轴可能会被烧毁。于是，宙斯放下独眼神库克罗普斯[1]给他炼铸的雷锤，决定降暴雨用洪水来灭绝人类。此时，除了南风神诺托斯，其他的风神[2]都被锁在埃俄罗斯的岩洞里。南风神领命后，扇动着湿漉漉的翅膀直扑地面，洪涛大水自他的白发和胸膛喷涌而出，他升在空中，用手紧抓浓云并狠狠挤压。顿时，雷声隆隆，大雨如注。暴风雨摧毁了地里的庄稼，也摧毁了农民的希望——整整一年的辛劳都白费了！

宙斯的兄弟，海神波塞冬[3]也赶来参与这场破坏，他用自己的三叉戟召集起所有的河流，说："泛滥吧！吞没所有的房屋，冲垮所有的堤坝！"他亲自上阵，用三叉神戟撞击大地来为洪水开路。泛滥的洪水汹涌澎湃，势不可挡，如狂暴的野兽般冲倒大树，冲毁庙宇和房屋。不断上涨的洪水不久便淹没了宫殿，连最高的塔楼也被卷进了湍急的漩涡中。顷刻间，水陆莫辨，整个大地汪洋一片，无边无际。

面对滔滔洪水，绝望的人类挣扎着寻找救命的办法：有的爬上山顶躲避，有的驾起木船航行在已经被淹没的房屋上方。大水一直漫过了人们的葡萄园，鱼儿在藤蔓间挣扎，逃遁的野猪被浪涛吞噬，一群群的人都被洪水冲走，而幸免于难的人后来也饿死在长满杂草和苔藓的山顶上。

在福喀斯的陆地上，有一座高山叫帕耳那索斯山，这座山的主峰高于水面。丢卡利翁，由于事先得到其父普罗米修斯关于这场洪水的警告，事先造好了一条大船。当洪水到来时，他和妻子皮拉驾船驶到

---

1 在为期十年的泰坦战争期间，克洛诺斯被他最小的儿子宙斯推翻，库克罗普斯（Cyclopes）独眼巨人族这才重获自由。为了报答宙斯的救命之恩，他们甘愿成为宙斯的仆人，并且为他制造雷电。

2 古希腊神话中四大风神统称阿涅弥伊（Anemoi），包括北风神玻瑞阿斯（Boreas）、南风神诺托斯（Notus）、东风神欧洛斯（Eurus）和西风神仄费洛斯（Zephyrus），他们皆为泰坦神阿斯特赖俄斯（Astraeus或Astraios）与黎明女神厄俄斯（Eos）的儿子。

3 波塞冬（Poseidon），海神，克洛诺斯和瑞亚（Rhea）的儿子，宙斯的兄弟。

了帕耳那索斯山。当宙斯淹没大地，报复完人类，从天上俯视人间时，看到千千万万的人中只剩下这一对可怜的人漂在水面上，而当时被创造的人类再没有比这对夫妻更善良并且对神充满虔诚的了。宙斯平息了怒火，唤来北风神，让他驱散了团团乌云和浓浓的雾霭，使得天空和大地重新相见；海神波塞冬见状也放下三叉戟，使滚滚的海涛退去，海水驯服地退到高高的堤岸下，河水也回到了河床。带着泥污的树梢从深水中露了出来，群山重现，平原伸展，大地恢复了原有的面貌。

丢卡利翁看着周围荒芜的泥泞的大地如坟墓般死寂。这满目的疮痍让他禁不住流下了眼泪，他对妻子皮拉说："我唯一挚爱的伴侣哦，极目所至，我看不到任何活物。我们俩是大地上仅存的人类了，其他人都被洪水吞没了，而我们也很难生存下去。现在，每一朵云彩都使我惊恐。即使一切危险都过去了，我们两个孤单的人在这荒凉的世界上又能做什么呢？唉，要是我父亲普罗米修斯教会我创造人类的本领，并教会我把灵魂给予泥人的技术，那该多好啊！"皮拉听罢，也很悲伤，夫妻二人不禁痛哭起来。束手无策的他们只好来到女神忒弥斯[1]半荒废的圣坛前跪下恳求："女神啊，请告诉我们，该如何再造已经灭亡了的人类呢？啊，帮助这世界重生吧！"

"从我的圣坛离开，"女神的声音回答说，"蒙上头，解开身上的衣服，然后把你们母亲的骸骨扔到你们的身后去。"

两个人听了这神秘的言语后既惊讶又感到莫明其妙。皮拉打破沉默说："我高贵的女神，宽恕我吧，我不得不违背你的意愿，因为我不能扔掉母亲的遗骸，这样会冒犯她的阴魂！"

这时丢卡利翁心里却豁然明朗，他顿悟了，安慰妻子说："如果我没理解错的话，女神的命令应该并没有叫我们去干不敬的事。仁慈的大地也是我们的母亲呀，那石块一定是她的骸骨了。皮拉，我们应该把石块扔到身后去！"

---

1 忒弥斯（Themis），十二泰坦神之一，乌拉诺斯的女儿，法律和正义的女神。

话虽这么说，但二人还是不太确定，于是他们抱着试试看的心态转过身子，蒙住头，再松开衣带，把石块朝身后扔去。这时，奇迹出现了——石头突然不再坚硬，而是变得柔软，并逐渐成形。人的形体的模样开始显现出来。起初还没有完全成型，就好像艺术家刚从大理石雕凿出来的粗略轮廓。石头上泥质湿润的部分变成了一块块肌肉，结实坚硬的部分变成了骨头，石块间的纹路变成了人的筋脉。说也神奇，丢卡利翁往后扔的石块都变成了男人，而妻子皮拉扔的石头则全变成了女人。

直到今天，人类也并不否认自己的起源和来历并会永远记住他们是由什么物质造成的。这是坚强、刻苦而又勤劳的一代人。

第四章
宙斯和伊娥

彼拉斯齐人是古希腊最初的居民，他们的国王伊那克斯有一个如花似玉的女儿，名字叫伊娥[1]。

有一天，伊娥在勒尔那草地上为他的父亲牧羊，奥林匹斯圣山的主宰宙斯看见了她，并顿时对这美丽的姑娘产生了火焰般的爱意。于是他变为一个凡间的男人来到人间，并用甜美的语言引诱伊娥："哦，年轻的姑娘，能拥有你的那个人该是多么幸福啊！但这世界上任何凡人都配不上你，你只适宜做万神之王的妻子。告诉你吧，我就是宙斯，你不要害怕，你看这正午酷热难挡，你何必在这烈日下折磨自己呢？和我到左边的树荫中去休息吧，你也别怕走进阴暗的树林，那里的野兽都蹲伏于幽暗的山谷中，而我是执着天国权杖的神，可以把闪电直接送到地面，我愿意保护你。"

伊娥还是被吓到了，为了逃避宙斯，她飞快地奔跑起来。如果不是宙斯施展了法力使得整个区域陷入一片黑暗，她一定能逃掉。可现在，被浓浓云雾包裹的她因担心撞上石头或失足落水而放慢了脚步。不幸的伊娥就这样落入了宙斯的手里。

诸神之母赫拉是宙斯的妻子，她早就知道宙斯对自己不忠，背弃她而对凡人或是半神的女儿滥施爱情。赫拉也毫不掩饰自己的愤怒和

1 伊娥（Io），被赫拉迫害得最惨的宙斯的情人。

嫉妒，始终怀着强烈的疑心密切监视着宙斯在人间的行为。这时，她突然惊奇地发现一处大地上在大晴天也云雾迷漫，那肯定不是自然形成的。赫拉顿时起了疑心，她找遍了整个奥林匹斯圣山，可就是找不到宙斯。“如果我没有猜错的话，”她恼怒地说，“我的丈夫一定在做伤害我的事情！”

赫拉乘云降到地上，下令让浓雾散开。宙斯也料到妻子来了，为了让自己心爱的姑娘逃脱赫拉的报复，他把伊娥变成了一头美丽雪白的小母牛。赫拉当即识破了丈夫的诡计，假意称赞这头美丽的动物，并询问这是谁家的小母牛、是什么品种、它吃什么……宙斯只能撒谎说这头母牛只不过是地上的生物而已，没什么特别的。赫拉假装对宙斯的回答满意，但要求宙斯把这头美丽的动物作为礼物送给自己。这下子宙斯左右为难：假如答应赫拉的要求，他就失去了美丽的姑娘；但拒绝她更会令她的猜疑和嫉妒更加强烈，这会令伊娥遭到恶毒无比的报复。思来想去，他决定暂时先放弃，就把这光艳照人的小母牛赠给了妻子。

赫拉装作心满意足，得意地用一条带子牵走了这位不幸的姑娘。可要是找不到一个可靠的地方安置情敌，赫拉心里是不会安宁的。于是，她找到阿耳戈斯[1]，他特别适合帮她看守伊娥，因为阿耳戈斯有一百只眼睛，且即使在睡眠的时候也只是闭上一双，其余的都睁着，在他的额前脑后如星星般发着光。

有了阿耳戈斯的看守，宙斯无法劫走他落难的情人。阿耳戈斯时刻在伊娥的附近，瞪着一百只眼睛盯住她，忠实地执行看守任务。伊娥白天整天在山坡上吃草，到了晚上阿耳戈斯会用锁链锁住她的脖颈。伊娥吃着涩口的苦草和树叶，睡在坚硬冰凉的地上，饮着污浊的池水。她常常觉得自己还是人类，可当她想伸出双手乞求阿耳戈斯的怜悯和同情时，却发现自己已经没有手臂了；她想用感人的话语向他哀求，但她一张口，却也只能发出哞哞的牛叫，把自己都吓一跳。

---

1 阿耳戈斯（Argus），百眼巨人，关于他的出身谱系有很多不同的说法。

阿耳戈斯不会总在固定的牧场看守伊娥，因为赫拉吩咐过让他不断地变换伊娥的居所，让宙斯找不到她。阿耳戈斯牵着伊娥各处游牧。一天，伊娥发现自己回到了故乡，来到她孩提时常常玩耍的河岸上。这时她第一次从清澈的河水中看到了自己的倒影，看着镜像中有角的兽头，她惊吓得不由自主地往后退了几步，不敢再看。

怀着对父亲伊那克斯和自己姐妹们的依恋，她找到了他们，可大家却都认不出她。伊那克斯抚摸着这头美丽的小牛，从树上捋了一把树叶喂她。伊娥感激地舐着他的手，泪水滴落在父亲的手上，可老人却不知道面前这头牛就是自己终日思念的女儿。

终于，伊娥想出了一个主意拯救自己。虽然她变成了一头小母牛，可是她的思想并没有发生变化。她用蹄子在地上弯弯曲曲地写出一行字，这个举动引起了伊那克斯的注意，他很快便从地面上的文字中得知站在他面前的就是自己的亲生女儿！“天哪，这是多么的悲惨！”老人惊呼着，伸出双臂紧紧地抱住满脸泪水的女儿的脖颈，“我走遍全国到处找你，想不到你被变成了这个样子！见到你这样比见不到你更加让我悲痛！我可怜的女儿啊，我知道你不能对我说一句话，你只要用一声牛叫回应我就好！我以前好傻，一心想给你挑选一个如意郎君，帮你置办未来的婚事。可现在，你却变成了一头牛……”伊那克斯的话还没有讲完，残暴的看守阿耳戈斯就从他的手里抢走了伊娥，牵着她去了另一块荒凉的牧场。然后，自己爬上一座高山，继续执行着他的看守任务。

宙斯不能忍受伊娥长期遭此折磨。他把爱子赫耳墨斯[1]召到跟前，命令他诱使可恨的阿耳戈斯闭上所有的眼睛。于是赫耳墨斯穿上飞鞋，戴上飞帽，手握散布睡眠的神杖，离开父亲的宫殿来到人间。他脱下飞帽和飞鞋，只提着神杖，看上去像个牧羊人。赫耳墨斯召唤

1 赫耳墨斯（Hermes），第一章中提到的赋予潘多拉语言技能的奥林匹斯十二主神之一，奥林匹斯统一后作为畜牧之神，他穿有带飞翅的凉鞋，手持神杖，是宙斯的传旨者和信使。他同时还是行路者和商人的守护神，亦是雄辩之神。他聪明伶俐又机智狡猾，是七弦琴的发明者，还是骗术的创造者。

了一群羊跟着他来到阿耳戈斯看守伊娥的草地上。赫耳墨斯抽出牧笛开始吹奏，这牧笛古色古香，优雅别致，比人间的牧人吹奏的牧曲美妙多倍。阿耳戈斯陶醉于这迷人的笛音，他从高处的石头上站起来，向下呼喊："吹笛子的朋友啊，不管你是谁，我都热烈地欢迎你。过来吧，坐到我身旁的岩石上休息一会儿！别的地方的青草都没有这里的茂盛鲜嫩。看啊，这儿的树荫下多舒服！"

赫耳墨斯说了声谢谢，便爬上山坡，坐到了阿耳戈斯的身边和他攀谈起来。他们越说越投机，时间不知不觉地过去了。阿耳戈斯打了几个哈欠，一百只眼睛的眼皮都感到很沉重。赫耳墨斯又吹起牧笛，想把阿耳戈斯催入梦乡。可是阿耳戈斯怕他的女主人赫拉动怒，丝毫不敢松懈，拼命抵抗着睡意，至少他得保证让自己的一部分眼睛睁着，紧紧盯住伊娥。同时他又对赫耳墨斯手里这支自己从未见过的笛子充满好奇，于是开始打听这支牧笛的来历。

赫耳墨斯说："如果你不嫌天色已晚，并且还有耐心听的话，我很乐意告诉你。从前，在阿耳卡狄亚的雪山上住着一个著名的山林女神叫绪任克斯。那时，森林神和农神都迷恋她的美貌，但她总是能巧妙地摆脱他们的追求。她惧怕婚姻的束缚，想如束着腰带的狩猎女神阿耳忒弥斯[1]一样，始终保持独身，过处女的生活。但最后当强大的山神潘在森林里漫游时看到了她，便走近她，凭着自己显赫的地位急切地向她求爱。绪任克斯拒绝了他，并逃进没有路径的荒野。她一直逃到拉冬河边，这河水的深度恰恰可以阻止她渡过去。姑娘很焦急，只得哀求女神阿耳忒弥斯同情她，在山神潘还没追来之前，帮她改变模样。这时，潘奔到她面前，张开双臂一把抱住了站在岸边的绪任克斯。但让他吃惊的是，他发现自己抱住的不是姑娘，而是一根芦苇。山神忧郁地悲叹一声，声音经过苇管时逐渐变大，并发出了如泣如诉的回声。这奇妙的声音总算使失望的山神得到了些许的安慰。'好吧，变形的情人啊，'他在既痛苦又高兴的复杂情绪中喊道，'即使

---

1 阿耳忒弥斯（Artemis），奥林匹斯十二主神之一，宙斯和勒托（Leto）之女，阿波罗（Apollo）的孪生姐姐，是希腊神话中的狩猎女神。

如此，我们也要结合在一起！’说完，他把芦苇切成长短不一的小杆，用蜡粘住连接起来，做成笛子，并以这美丽姑娘的名字命名这笛子。从此以后，我们就叫这种牧笛为绪任克斯笛[1]……”

赫耳墨斯一边讲故事，一边目不转睛地看着阿耳戈斯。故事还没有讲完，阿耳戈斯所有的眼睛便一只只地依次闭上了。他沉沉地昏睡过去。赫耳墨斯又用他的睡眠神杖轻触阿耳戈斯的一百只神眼，让他睡得更沉。趁阿耳戈斯呼呼大睡，赫耳墨斯迅速抽出藏在牧人革囊里的镰刀，将他的头颅齐脖砍断！阿耳戈斯分离的尸首滚下山去，喷溅的鲜血染红了山上的岩石[2]。

就这样，伊娥重获了自由。虽然她保持着牛的形体，也只是除掉了脖颈上的绳索，但她还是兴奋地在草地上来回奔跑，无拘无束。当然，下界所发生的这一切都逃不过赫拉的眼睛。她又想出了一种新的方法来折磨自己的情敌。她碰巧抓到一只牛虻，于是就让牛虻去叮咬可爱的小牛。这昆虫咬得伊娥无法忍受，几乎发狂。她惊恐地逃避牛虻，逃遍了世界各地：逃到斯库提亚，逃到高加索，逃到亚马逊部落，逃到伊斯坦布尔海峡，逃到迈俄提斯海，并由此逃到亚细亚……最后，经过长途跋涉，她来到了埃及。在尼罗河河岸上，疲惫万分的伊娥前脚跪下，昂起头，在默默的怨诉中仰望着奥林匹斯圣山。宙斯看到她这样子，终是抑制不住心中的怜悯之情，他即刻来到赫拉那里，拥抱着她，求她对那可怜的伊娥大发慈悲。他告诉赫拉说伊娥没有诱惑他，她是清白无辜的。他指着斯提克斯河[3]向妻子发誓，以后他将永远放弃对伊娥的爱情。这时，赫拉也听到小母牛的哀鸣声，软下心来，允许宙斯恢复伊娥的原形。

宙斯急忙来到尼罗河边，用手抚摸着小母牛的背。奇迹立刻出现

---

1 绪任克斯（Syrinx）的名字命名，即我们通常所说的排箫。

2 传说为了纪念阿耳戈斯的忠诚，赫拉把他的眼睛们取下安在了孔雀尾巴的羽毛上。

3 斯提克斯河（Styx），即冥河，在古希腊神话中，凡人只要碰到斯提克斯河水就必须进入冥界，相传神明越过此河就会失去神性，因此奥林匹斯山上的神灵以此河名义发誓为最为隆重的誓言。

了：小母牛身上蓬乱的牛毛消失了，牛角也缩了进去，牛眼变小，牛嘴变成小巧的人的双唇，肩膀和两只手也出现了，牛蹄也突然消失……伊娥恢复了人形。在尼罗河的河岸上，伊娥为宙斯生下了一个儿子厄帕福斯，他后来成了埃及的国王。

当地人民十分爱戴这位得救了的神奇女人，并把她尊为女神。伊娥作为女君主统治那里相当长一段时间。不过，她始终没有得到赫拉彻底的宽恕。赫拉唆使野蛮的库埃特人抢走了伊娥年轻的儿子厄帕福斯。伊娥不得不再次四处漂泊，寻找儿子的下落。后来，宙斯用闪电劈死了库埃特人，伊娥才在埃塞俄比亚的边境找到了儿子。她带着儿子一起回到埃及，让儿子同她一起治理国家。

厄帕福斯长大后娶门菲斯为妻，生下女儿利比亚，利比亚这个地方就是以她的名字命名的。厄帕福斯和他的母亲在埃及深受人民的尊敬和爱戴，在他们死后，埃及人为他们建立庙宇并把他们当作神来崇拜，伊娥是伊西斯神，厄帕福斯是阿庇斯神。

第五章
法厄同[1]

华丽的柱子支撑起太阳神的宫殿，这堂皇的神殿镶着闪亮的黄金和璀璨的宝石，连飞檐都由名贵炫目的象牙制成，银质的大门上用浮雕诉说着美丽又古老的传说故事。

有一天，太阳神福玻斯[2]的儿子法厄同走进宫殿想找他父亲谈话。他站在稍远的地方而不敢走得太近，因为他受不了父亲身上那璀璨的光芒。

虽然没有走得太近，法厄同还是非常吃惊于眼前这闪着荣耀光辉的一切：在镶着绿翡翠的宝座上，福玻斯穿着紫袍正襟危坐，文武随从分列其左右。这边是日神、月神、年神、世纪神等；那边是四季神：有戴着鲜花发带年轻娇艳的春神、双目有神戴着金黄麦穗花冠的夏神、手捧芬芳的葡萄面容如醉的秋神、头发花白透着智慧的冬神。

“你怎么跑到这里来了，我的孩子？”他亲切地问道。

“尊敬的父亲，”法厄同回答说，“因为大地上有人嘲笑我，还诽谤我的母亲克吕墨涅。他们说我自称是天国的子孙，而实际上只是

1 法厄同（Phaethon），太阳神赫利俄斯（Helius）与克吕墨涅的私生子。

2 福玻斯（Phoebus）是太阳神赫利俄斯的别称。由于人们的混淆，阿波罗常作为太阳神，但他其实并不是真正的太阳神，而是艺术神。本书的作者斯威布也将阿波罗作为了太阳神，即福玻斯·阿波罗。

一个不知名的凡人的儿子。所以我来请求父亲大人给我一些凭证，让我向全世界证明我的确是您的儿子。”

听他说完，福玻斯收敛了围绕在头上的万丈光芒，让法厄同走近自己。他拥抱着儿子，说：“我的孩子，你的母亲克吕墨涅已将真情告诉了你，无论何时何地我也永不会否认你是我的儿子。为了消除你的疑虑，你向我要一样礼物吧。我对斯提克斯河发誓，一定会满足你的愿望！”

法厄同听父亲这么应允，便迫不及待地说：“那就请您满足我梦寐以求的愿望，让我独自驾驶您的太阳车一天吧！”

太阳神的脸上流露出忧郁和后悔的神色，他忍不住连连摇头并大声说道：“哦，我的孩子啊，我如果能够收回刚才的誓言，那该多好啊！你提出的要求远远超出了你的力量所在啊。你还年轻，而且又是人类，可你要求做的却是神的差事啊。即使这样，除了我以外，众神中还没有一个人能够站在那喷射火焰的车轴上。我的车必须要经过陡峻的路，即使在马匹精力充沛的早晨，行路也很艰难。路程的中点在天之绝顶，当我站在车上到那里时，会感到头晕目眩。只要我向下俯视，看到辽阔的大地和海洋无边无际地延展，我吓得双腿都会发颤。而过了中点以后，道路又急转直下，需要牢牢地抓住缰绳精确地驾驶。甚至在下面高兴地等待我的海洋女神也常常担心，怕我一不小心而从天上掉入万丈海渊。你还要知道，天在不断地转动，我必须竭力保持与它平行的大回转速度……因此，即使我把车借给你，你又如何能驾驭它呢？我可爱的儿子，你不要固执着我对你许下的诺言，放弃你刚才危险的愿望，重提一个要求吧，你看我的脸色就应该知道我的担心有多沉重。从天地间的一切财富中挑选一样吧，我对着斯提克斯河发过誓，你要什么就能得到什么！”

可是法厄同很固执，不肯改变他的愿望，而福玻斯自己也许下了神圣的誓言。他不得不拉着儿子的手，来到由赫淮斯托斯为他打造的太阳车前。法厄同对面前这太阳车精美的工艺赞叹不已。车辕和车轮还有轮边都是金的，轮子上的辐条是银的，马辔头上嵌着各种稀有的宝石……不知不觉中，黎明女神[1]已经醒来，东方露出了一抹朝霞，群星们也慢慢隐没，新月的弯角也模糊在西方的天边上。现在，福玻斯命令长着翅膀的时光神们赶快套马。众神领命，从豪华的马厩里把周身闪着光辉的马匹牵了出来，并为这些喂饱了仙草的马套上漂亮的辔具。

福玻斯把一种神圣的膏油涂在儿子法厄同的脸上，使他可以抵御熊熊燃烧的火焰的炙烤，并为他戴上日光的金冠。他不断地警告儿子说："孩子，千万别使用鞭子，要紧紧地抓住缰绳。马会自己飞奔，你要做的就是控制住它们让它们跑慢些。走一条宽阔而微弯的弧线，不要靠近南极和北极。你将会从之前遗留下的车辙中找到道路。不要过分地弯腰以免导致地面升起烈焰；也不能站得太高，那样会把天空烧焦。如果你还是觉得自己非去不可，那就去吧，黑夜已经要过去了。或者……可爱的儿子，你再重新考虑一下吧，抛弃你的妄想，把车子交给我，我把光明送给大地，而你留在这里看着吧！"

法厄同好像没有听到父亲的话，他嗖一下跳上车子，兴冲冲地抓住缰绳，朝着忧心忡忡的父亲点头，用微笑表示他对父亲的谢意。四匹有翼的马儿嘶鸣着，空气因接触到它们灼热的呼吸而燃烧。马蹄轻踏，准备启程。外祖母忒提不知道外孙法厄同的冒险，她亲自给他打开大门，世界广阔的空间展现在法厄同的眼前。马匹嘶鸣着奔跑起来，勇敢地冲破了拂晓的雾霭。

马儿们似乎感觉到它们今天的负重比平时轻，如同一艘由于载重过轻而在大海中摇荡的船只一样，今天的太阳车在空中颠簸摇晃，像是一辆空车。觉察到今天情况异常，马匹们离开了平日的故道，并且在野性的驱使下相互冲撞起来。

法厄同被颠上颠下，害怕得失去了主张，不知道该朝哪一边拉缰绳，找不到原来的道路，更无法控制撒野奔跑的马匹。他朝下界瞥了一眼，看见一望无际的大地展现在身下，吓得脸色惨白双膝发抖。回

1 黎明女神厄俄斯，太阳神福玻斯和月亮女神塞勒涅（Selene）的姐姐，古希腊神话中的黎明女神，对应于古罗马神话中的欧若拉。

头看去，自己已经走出来很长一段路了，无法回头；而看看前方，路途更加漫长。现在的法厄同手足无措，不知道怎么办才好，只能呆呆地看着远方，双手抓着缰绳，既不敢放松，也不敢拉得太紧。他想叫唤马匹，但又不知道它们的名字。惊慌中，他看到散布在空中的星座，那些奇异可怕的形状如同魔鬼，让他的心理陷于恐怖和麻木，他绝望了，缰绳从他毫无力气的手中滑落。马匹拉动着太阳车彻底脱离了轨道，时而奔突向上，时而又疾驰而下，时而冲向某颗星星，时而又向地面坠落。

它们掠过云层，云彩被烧烤得直冒白烟；他们掠过高山，大地因受尽炙烤水分全部蒸发而龟裂。田里几乎冒出了火花，草原干枯，森林起火，大火蔓延到广阔的平原烧毁了庄稼，耕地烧成了沙漠，无数的城市和乡村在浓烟中化为灰烬。人们被烤得焦头烂额，据说埃塞俄比亚人的皮肤就是那时变成黑色的……河川里翻滚着热水，要么干涸要么一直倒流到源头，大海凝缩，从前是湖泊的地方，现在都成了干巴巴的沙砾场。

全世界都在燃烧，热浪滚滚，法厄同自己也感到炎热难忍。他感觉自己的每一次呼吸都好像是从滚热的火炉烟囱里往外冒烟，而脚下的太阳车就是那燃烧的火炉。浓烟、热浪将他包围，地面上爆裂开的石头从四面八方朝他袭来……

可怜的法厄同支持不住了，马和车已经完全失去了控制，乱窜的火焰烧着了他的头发，他一头栽倒，从豪华的太阳车里跌落下去，如同燃烧着的一团火球从空中激旋而下。最后，他远离了他的家园，广阔的埃利达努斯河接受了他，埋葬了他的遗体。

福玻斯眼看着这悲惨的情景，陷于深深的悲痛。

据说这一天整个世界都没有阳光，只有大火照亮田野……

水泉女神那伊阿得斯[1]同情这位遭难的年轻人，埋葬了法厄同被

1 那伊阿得斯：一种宁芙仙女，希腊神话中的一类低级女神（仙女），宁芙是希腊神话中体现自然现象与自然力的女性精灵，分为很多种，那伊阿得斯只与淡水联系在一起，代表海洋的是俄刻阿尼得斯诸女神，而地中海则地位特殊，专门由涅瑞伊得斯诸女神代表。

烧得残缺不全的尸体。悲痛绝望的母亲克吕墨涅与她的女儿们赫利阿得斯[1]抱头痛哭。她们一连哭了四个月，最后温柔的妹妹变成了白杨树，她们的眼泪变成了晶莹剔透的琥珀。

1 赫利阿得斯（Heliades），是福玻斯（赫利俄斯）与克吕墨涅所生的女儿们的统称，但具体是几个女儿说法不一。

第六章
欧罗巴

腓尼基王国的首府泰乐和西顿十分富饶。国王阿革诺耳[1]的女儿欧罗巴，便一直深居在父亲的宫殿中。

梦境是虚幻的，但其实梦的深处却也藏着真实。一天半夜，欧罗巴做了一个梦，梦到世界的两大部分亚细亚和其对面的大陆变成两个妇人的模样，激烈地争斗着想要带走她。其中一位妇女身上带着一种异国人的陌生感。而另一位，也就是亚细亚变的，却长得跟欧罗巴自己的女同族一样，她温柔而又热情地要求欧罗巴跟自己走，并说自己是生养她的母亲；而另一个陌生的妇人却将她像偷来的宝物一样将欧罗巴抱在怀里。“跟我走吧，亲爱的，”陌生女人对她说，“我带你去见宙斯，因为命运女神指定你做他的情人。”奇怪的是，在梦里欧罗巴并没有挣扎，也没有打算拒绝她。

欧罗巴从梦中惊醒，心跳个不停。她从床上坐起来，刚才的梦如同白天发生的真事一样清晰地浮现在眼前。她呆坐了很久。“这是天上的哪一位神给我的梦呢，”她寻思着，“梦中的那位陌生女人是谁呢？她让我产生了一种怎样的神奇而又新颖的欲望哦，她待我是那么慈爱，即使动手抢我时，还在温柔地向我微笑着……啊，愿神给我的这个梦是一个吉兆吧！”

1 阿革诺耳（Agenor），海神波塞冬和利比亚（Libya）之子，欧罗巴（Europa）之父。

清晨，明亮的阳光抹去了欧罗巴梦中的阴影。她从床上起来，开始了作为女孩子一天的工作和娱乐：许多和她年岁相仿的显赫家庭的姑娘们都来同她玩耍，她们陪她散步、唱歌跳舞以及祭祀神明，她们会带着她到海边，在开满花朵的草地上听海浪声声，看浪花朵朵。姑娘们穿着鲜艳的衣服，上面绣着美丽的花朵。欧罗巴的长裙上用金丝银线织出许多神生活的景致，光彩照人，这件无价的裙子可是火神赫淮斯托斯的杰作呢——很久以前，善于呼风唤雨，常常引起大地撼动的海神波塞冬曾把这件衣服送给他热恋的利比亚[1]，后来，这件衣服被作为传家宝传到了阿革诺耳手上。欧罗巴穿着美丽得如嫁衣般的长裙，更加的楚楚动人。她跑在同伴的前头，奔到海边鲜花怒放、芬芳四溢的草地上。姑娘们欢笑着散开来，各自去采摘自己喜欢的花朵：水仙、风信子、紫罗兰、百里香、藏红花……欧罗巴也很快发现了她要找的花——红玫瑰，她站在几位姑娘中间，双手高高地举着火焰般的花儿，这场景就像生于海中浪花的爱情女神被美惠三女神[2]围在中间一般美丽。

姑娘们在草地上围坐在一起，动手将采来的鲜花编织成花环，并把这花环挂在翠绿的树枝上以感谢草地的仙子。可眼前这快乐的一切终归是要被打断的，欧罗巴昨夜的梦境所暗示的命运开始发生了……

宙斯，这位万神之父被欧罗巴的美貌深深地吸引，但他还是怕他那嫉妒成性的妻子赫拉发怒，同时又怕以自己的真实形象出现难以诱惑纯洁的欧罗巴。于是他想出一计，变身为一头公牛——不是那种普通的背着牛轭拉着沉重牛车的公牛，而是一头体型健美、高贵优雅的牛，这牛的角犹如精雕细刻的工艺品般晶莹闪亮，额头前闪烁着一块新月形的银色标记，金黄色的毛皮，一双亮蓝的眼睛里流露出浓情蜜意……

宙斯在变形前，把儿子赫耳墨斯叫到跟前吩咐他做一件事。“快

1 前面的故事里提到的伊娥之子厄帕福斯和门菲斯的女儿，利比亚地名即由她而来。

2 美惠三女神（The Graces），又称卡俪缇丝（Kharites），包括光辉女神阿格莱亚（Aglaia），激励女神塔利亚（Thalia），欢乐女神欧佛洛绪涅（Euphrosyne）。

过来，我的孩子，我忠实的执行者，”他说，“你看到我们下面的腓尼基王国了吗？你快下去，把正在山坡上吃草的那些属于阿革诺耳国王的牲口统统赶到海边去。”赫耳墨斯立即挥起翅膀，飞到西顿的牧场，把国王的牲口们从山上一直赶到海边欧罗巴和姑娘们采花的草地上。他不知道的是，他的父亲宙斯已经变成一头公牛，混进了国王的牛群中。

牛群在草地上慢慢散开，只有宙斯化身的这头公牛来到了欧罗巴和她的女伴们围着的小山上。公牛的高贵优雅和温顺安静得到了欧罗巴和姑娘们的夸赞，她们兴致勃勃地走近这头牛，伸出手抚摸它闪光的牛背。公牛似乎很通人性，它越来越靠近，最后它来到了欧罗巴的身旁。欧罗巴虽然吓了一跳，并不禁往后退了几步，但当她看到公牛只是十分驯善地站在那儿，便又壮着胆子走上前来，并把手里散发着香气的玫瑰花放到公牛的嘴边。公牛撒娇地舐着鲜花和姑娘的手。姑娘用手拭去公牛嘴上的白沫，温柔地抚摸着牛身，她越发喜欢这头温顺的动物了，她甚至亲吻了它锦缎一般的前额。公牛发出欢快的鸣叫，这叫声不像普通的牛叫，而更像吕狄亚人的牧笛声，在山谷间久久回荡……后来这头公牛蹲伏在欧罗巴的脚旁，满目爱意地看着她，摆着头示意她爬到自己宽阔的牛背上。

欧罗巴高兴地呼唤她的女伴们：“你们快过来呀，我们可以坐在这美丽公牛的背上。我想牛背上坐得下四个人。你们看它是多么的驯良和温柔，和其他的牛一点儿都不一样。它肯定通人性，只不过不会说话罢了。”她一边说一边从女伴们的手上接过花环，一一将它们挂在漂亮的牛角上，然后灵巧地骑上牛背，可她的女伴们都因为有点儿害怕犹豫着不敢骑。

公牛达到目的，便从地上起来，轻松悠然地慢慢往前走，但欧罗巴的女伴们还是赶不上它的步子。当它走到草地尽头，一片沙滩展现在面前时，公牛突然像奔马一样前进。欧罗巴还没有来得及反应过来，便被公牛驮着游进了大海。海风吹动着她的衣服，好像张开的船帆。此时欧罗巴心里充满恐惧，她用右手紧抓着牛角，左手抱着牛背，回过头张望着远方的故乡，大声呼喊着她的女伴们，可这一切都是徒劳的。海浪拍打着公牛的腹部，欧罗巴怕弄湿衣服而竭力地提起双脚，这头公牛像一艘船一样，平稳地向大海更远处游去。没多久，海岸消失了，太阳也沉进了水里。夜色朦胧中，孤寂而又惊恐不安的欧罗巴除了海里的波浪和天上的星星外，什么也看不到。

公牛驮着姑娘一直往前游，从晚上游到黎明，继而又在水中游了整整一天……周围的海水无边无尽，公牛却十分灵巧地分开波浪，最后竟没有一点水珠沾在它那可爱的猎物身上。第二天傍晚时分，他们终于来到了一处远方的陆地，公牛游上岸，来到一棵大树旁，让姑娘从背上轻轻滑下来，自己却突然消失了。欧罗巴正在惊异，却看到美如天神的男子出现在自己面前。这男子告诉欧罗巴说他们现在所在的岛屿叫作克里特岛，而自己就是这座岛的主人，如果欧罗巴愿意嫁给他，他可以保护她。绝望的欧罗巴朝他伸出手，代表答应他的要求。宙斯的企图得逞了。

欧罗巴从昏睡中醒来，太阳已经高高地挂在半空。她惊慌失措地环顾四周，不断地呼喊着父亲的名字，但是却得不到任何的回应……她想起了发生的一切，伤心不已："我是个如此卑劣的女儿，怎么还敢呼喊父亲的名字？是什么样的狂热使我失去了处女的爱和忠诚？"她再次审视周围，心里反复地问着自己，"我这是在哪里呢？我真是该死，发生在我身上的丑事真的不是如那迷雾一样的梦在纠缠和困扰我吗？"

欧罗巴边说着边用手揉着双眼，好像想驱除丑恶的梦魇一样。可是当她张开眼，那些陌生的景物依旧如故：不知名的高山和树林、波涛汹涌澎湃的大海、在海浪的拍打下发出骇人轰隆声的悬崖峭壁。绝望之中，姑娘心底生出无比的愤恨，她高声地呼喊起来："天哪，把那头公牛交给我吧！我一定会劈开它的身体，折断它的牛角！可这也只能是我自己愚蠢的想法啊！我的家乡远在天边，如今的我只有一死！天上的神啊，如果你们都丢弃了我，派一头雄狮或者猛虎来把我吃掉吧！"

然而猛兽没有出现，太阳的笑脸挂在蔚蓝无云的天上，陌生的风景明媚而幽静地存在在欧罗巴的眼前。欧罗巴突然像被复仇女神[1]驱使了一般跳了起来。“可怜的欧罗巴！”她大叫着，“你没听见你的父亲在遥远的地方对你的诅咒吗？你赶快去了结了自己的生命吧！你可以在那边那棵白杨树上用带子吊死自己，或者从那边的悬崖上跳进狂暴的大海！你难道宁愿嫁作一个野蛮暴君的妾妇，成为他永久的奴隶吗？！可别忘了，你是一位高贵国王的公主啊！”

可怜的欧罗巴被一死了之的想法苦恼着却又拿不出死的勇气。突然，她听到背后传来一阵低低的嘲笑声。姑娘惊讶地回过头去，一处闪耀着非凡光辉的地方，爱情女神阿佛洛狄忒正站在那里，旁边是带着小弓箭的厄洛斯[2]。女神微笑着说：“美丽的姑娘，平息你的愤怒吧！你所诅咒的公牛回来并会伸着它的两角让你折断。你那天在你父亲的宫殿里做的梦就是我托给你的。请息怒吧，欧罗巴！把你带走的那头牛便是天神宙斯本人，你注定要做他人间的妻子。你现在成了地面上的女神，你的名字也将不朽，自此，收容你的这块大陆就按你的名字命名为欧罗巴！”

欧罗巴恍然大悟，她默认了自己的命运，并跟宙斯生了三个强大而睿智的儿子，他们是米诺斯、拉达曼提斯和萨耳佩冬。米诺斯和拉达曼提斯后来成为冥界判官[3]。萨耳佩冬是一位大英雄，当了小亚细亚吕喀亚王国的国王。

---

1 复仇女神，由不安女神阿勒克图（Alecto）、嫉妒女神墨纪拉（Megaera）、报仇女神底西福涅（Tisiphone）组成，统称厄里倪厄斯（Erinyes），意即“愤怒”，后来改为欧墨尼得斯（Eumenides），意为“仁慈”，这是由于希腊人敬畏神祇，担心直接说出女神之名会招致厄运，故而对女神使用的敬称与讳称，也有传说是在雅典娜的劝说下，厄里倪厄斯改变了复仇的形象，转为繁荣的保护者，被尊称为仁慈女神。

2 在柏拉图之后的晚期希腊神话中，厄洛斯（Eros）是阿佛洛狄忒和战神阿瑞斯（Ares）的小儿子，形象为一个手拿弓箭、长有一对小翅膀的淘气小男孩。而到了后来，厄洛斯的形象又转变为一个容貌英俊的男青年。罗马神话中与这个名字对应的丘比特更为人熟知。

3 拉达曼提斯和米诺斯先后为克里特王，他们二人加上宙斯和河流神女埃吉娜的儿子埃阿克斯并称为冥界三大判官。

第七章

卡德摩斯[1]

卡德摩斯是腓尼基国王阿革诺耳的儿子，欧罗巴的哥哥。宙斯带走欧罗巴后，悲痛的阿革诺耳派卡德摩斯和他的兄弟们去寻找她，并且告诉他们如果找不到欧罗巴就不要回来。卡德摩斯出门以后四处打听妹妹的消息却一直无果。他无可奈何却又怕父亲发怒而不敢回到腓尼基。因此他在卡斯塔利亚圣泉边上向太阳神福玻斯祈求神谕，希望神能告诉他他这一生该在哪里度过。太阳神回答说："你将在一块孤寂的牧场上遇到一头没有背负过轭具的牛，它会引领你一直往前走，并会在某处草地上趴下休息，在那里你可以建造一座城市，然后把它命名为底比斯[2]。"

正在卡德摩斯谢过神明要离开圣泉时，他看到前面草地上有一头母牛正在吃草，这头牛身上刚好没有背过轭具的痕迹。卡德摩斯便一路跟随着这头母牛，当他们涉过刻菲索斯河的浅滩后，母牛停了下来，一边朝天嘶叫一边回首看着跟在后面的卡德摩斯以及他的随从们，最后惬意地卧在了绿草深软的草地上。

神谕应验，心怀无尽感激的卡德摩斯跪在地上，亲吻了这异国的土地。

---

1 卡德摩斯（Cadmus），腓尼基王子，传说是他将腓尼基字母传入希腊。

2 底比斯（Thebes），也有译作忒拜。希腊神话中很多故事都发生在这里，所以它在希腊神话中占有重要地位。

后来，卡德摩斯打算向宙斯献祭，于是他派仆人去寻找可作灌礼用的清泉，他们在附近找到一片从来没有被砍伐过的古老森林，林中树木盘根错节，被山岩横跨的深谷中便流淌着一股甘冽的泉水。腓尼基的仆人们走进山林，正要把水罐沉入水中打水，突然从岩洞中出来一条庞大的毒龙！它那紫红的龙冠闪着令人毛骨悚然的光芒，眼睛像两团熊熊燃烧的火球，口中三排利齿，舌头像三叉戟。毒龙伸出青蓝色脑袋并发出一阵可怕的吼叫。仆人们吓得连水罐都掉到了地上，浑身的血液像是凝固了一样，毒龙把布满鳞甲的身体盘成一团，高昂着头，俯视的目光中透着凶狠。它向腓尼基人冲了过来！人们要么被活活咬死，要么被它缠住勒死，再要么就是被它喷出的毒气和毒液毒死……

卡德摩斯等不到自己的仆人们归来，心里不安，他决定亲自去寻找他们。他披上用曾经猎杀的狮子皮做的衣服，挎上宝剑，提上长矛和标枪，而比这些武器更强的，是他那颗勇敢之心！

卡德摩斯进入树林，见到的却是仆人们的尸体，而万恶的毒龙正膨胀着肚子在舔舐着他们的鲜血。“我可怜的朋友们啊！”卡德摩斯发出悲愤交加的怒吼，“我定要为你们报仇，否则我就跟你们一起死在这里！”说着他就抡起一块巨石朝着巨龙砸了过去，这样大的石头加上卡德摩斯的力道，就连岩壁都会被震颤，可是毒龙由于有铁甲般坚硬的厚皮和密布的鳞片保护，竟一动都没动。卡德摩斯见状，使出全力将标枪狠狠掷出，这一次枪尖从背部深深地刺入了恶龙的内脏。受创的恶龙疼痛难忍，狂暴地转过头来咬碎背上的标枪，可枪尖却仍然留在体内。恶龙被彻底激怒了，它张开血盆大口，喷吐着剧毒的白沫，像里离弦的利箭般朝卡德摩斯直冲过来！卡德摩斯连忙后退了一步，敏捷地躲过了它的攻击，并用狮皮服护住身体，猛地将长矛刺进了龙口，恶龙一口咬住长矛，卡德摩斯拼命用力抵住。这恶龙口吐鲜血，染红了周围的土地。卡德摩斯很难一下子置它于死地，因为恶龙伤得并不重，仍能躲避攻击。卡德摩斯越斗越勇！他拔出宝剑，找准机会，一剑朝恶龙的脖颈刺去！这一剑又狠又重，直接把恶龙的脖颈刺穿，并且刺入到后面的一棵橡树里，把恶龙紧紧钉在了树身上。恶龙死死挣扎，橡树被压弯，枝杈和树叶被龙尾抽打得四下散落，萧萧作响！

这场恶战结束了，卡德摩斯久久地凝视着被刺死的恶龙。当他移开视线眺望四周，并打算离开时，他看见帕拉斯·雅典娜站在不远处，她命令卡德摩斯把龙的牙齿播种在松软的泥土里，这是一个未来种族的种子。卡德摩斯听了女神的话，在地上挖开了一条又长又宽的沟，把龙牙种了下去。

突然，奇迹出现了，埋着种子的泥土开始松动，一杆长矛的尖露出地面，接着是一顶饰有羽毛的武士盔，然后又露出了肩膀、胸脯和四肢，最后一个全副武装的武士从土里站了起来。整片树林都在晃动，不一会儿工夫，地下便长出了一整队的武士。

卡德摩斯十分惊愕，连忙摆开架势准备对战这些武士。这时一个武士对他喊道："别拿武器反对我们，千万别参加进我们兄弟之间的战争里来！"他一边说，一边抽出剑对准刚从泥土中生长出来的另一位武士狠狠地挥去，而同时他自己也被别人用标枪刺倒在地，结束了他刚刚获得的生命。一时间，一队人互相厮杀起来，难解难分！倒下的武士们在死亡的痛楚中挣扎着，大地母亲吞饮着她所生儿子的鲜血……最后，当只剩下五个人时，其中一人（后来取名为厄喀翁[1]）首先响应了雅典娜的建议，放下武器，愿意和解，而其余四人也同意了。

腓尼基王子卡德摩斯在这五位士兵的帮助下建立了一座城市，并根据太阳神福玻斯的旨意将这座城命名为底比斯。神为了嘉奖卡德摩斯，便把美丽的姑娘哈墨尼亚[2]嫁给他为妻，并送上了丰厚的贺礼。爱与美的女神阿佛洛狄忒，即哈墨尼亚的母亲，送了一根贵重的项链和一条做工精致的丝面纱给她。

---

1 厄喀翁（Echion），阿尔戈英雄之一，下一章故事中主人公彭透斯（Pentheus）就是厄喀翁和卡德摩斯及哈墨尼亚的另一个女儿阿高厄（Agaue）的儿子。

2 哈墨尼亚（Harmonia），战神阿瑞斯和爱神阿佛洛狄忒之女。

卡德摩斯和哈墨尼亚生了女儿塞墨勒[1]。宙斯对塞墨勒十分爱慕，这又让赫拉心生嫉妒，于是她唆使塞墨勒要求宙斯以神的面目出现。塞墨勒受到蛊惑提出了这一要求，但最终在见到宙斯真面目的那一刻因为无法承受伴随主神出现的雷火而被烧死。临死前，塞墨勒为宙斯生下一个孩子，这就是狄俄尼索斯，又叫巴克斯[2]。宙斯把孩子交给塞墨勒的妹妹伊诺[3]抚养。后来，伊诺带着另一个儿子墨里凯耳特斯为躲避丈夫阿塔玛斯的追杀，不幸失足落海。母子两人被波塞冬救起，当了救助落难人的海神。从此以后，伊诺被称作洛宇科忒阿，她的儿子被称作帕勒蒙。后来，卡德摩斯和哈墨尼亚年事已高，为子女们的不幸感到哀伤，于是双双前往伊里利亚，最后变作两条大蛇，死后进了天堂。

1 塞墨勒（Semele），酒神狄俄尼索斯（Dionysos）之母。

2 巴克斯（Bacchus）是狄俄尼索斯在古罗马神话中对应的名字，下一章故事中的酒神。

3 伊诺（Ino），她也是玻俄提亚国王阿塔玛斯（Athamas）的第二个妻子，后文中阿耳戈英雄故事中也会提到她。

第八章
彭透斯

宙斯和塞墨勒的儿子酒神狄俄尼索斯，即巴克斯，也是首先种植葡萄的果实神。

巴克斯在印度长大后，离开了养育和庇护自己的仙女们，游历到各地，向世人传授他的教义和种植葡萄的技术。同时，他要求人们建立神庙来供奉他。对待朋友他宽厚又大方，但对那些不相信他是神的人却常常施以灾祸作为惩罚。没多久，巴克斯的声名传遍了希腊，并传到他的故乡底比斯。

那时候，卡德摩斯已经把王位交给了彭透斯，他是生于泥土的厄喀翁与酒神狄俄尼索斯的姨妈阿高厄所生的儿子。彭透斯侮慢神明且尤其对他的亲戚巴克斯不敬。

当酒神带着一群狂热的信徒来到底比斯并说明自己是神的时候，彭透斯却顽固地拒绝听从年迈的盲人预言家忒瑞西阿斯[1]的警告。特别是当有人告诉他底比斯城内的男女老少都在追随赞美新来的神明时，彭透斯愤怒极了。

“你们都疯了吗？”彭透斯问道，“底比斯人啊，你们难道忘了你们是龙的子孙了吗？你们临危不惧，不畏刀剑，现在你们却甘愿像

1 忒瑞西阿斯（Tiresias），关于他失明的说法不一：有说是因为他泄露了神的秘密而被弄瞎；有说是他因为指出在爱情中女人得到的欢乐比男人多而激怒赫拉被赫拉弄瞎；还有说是因为他窥见了雅典娜沐浴而被雅典娜夺去视觉。

一群傻子一样臣服吗？还有你们腓尼基人啊，你们跋山涉水在这里建造了城市，供奉着你们的神明，你们难道忘了你们的英雄祖先了吗？你们能忍受一个两手空空，头戴葡萄藤花冠，身披紫金长袍却非铠甲，甚至不会驾驭马匹并且在战争中一无是处的人来征服你们吗？！但愿你们不要被人迷惑，你们会看到巴克斯是同我们一样的凡人，我和他是堂兄弟，宙斯也不是他的父亲，所有的教义和虚礼都是骗子编出来的！”彭透斯说完便接着转向他的仆人们，吩咐他们去捉拿这个疯狂的新教教主，并说不管在哪里碰到他，都要给他套上脚镣手铐并带到城里来。

彭透斯的亲戚朋友们听了他傲慢的言语和命令均十分吃惊。他的外祖父卡德摩斯也摇着白发苍苍的头，表示反对。可是一切劝说却更加激怒了彭透斯，他就像决堤的洪流冲走拦在自己路上的石头一样听不进任何诤言。

这时候，派去执行任务的仆人都回来了，他们脸上都沾染着血迹。

“巴克斯现在在哪里啊？”彭透斯愤怒地大声问道。

“我们无论在什么地方都找不到巴克斯，”仆人们答道，“不过我们抓了他的一个随从，但是这人好像跟随他的时间并不长。”

彭透斯瞪着被抓来的人，满眼仇恨，他大声问道：“该死的东西！你应该被立即处死以儆效尤！你叫什么名字？父母是谁，家住哪里？为什么要信奉这愚蠢的新教义？！”

被抓来的这位犯人并无畏惧，他坦然地回答说：“我叫阿克忒斯[1]，家在迈俄尼亚。我的父母亲都是普通人，他们既没有留给我田地，也没留给我牧群。父亲只教会我怎样钓鱼，因为这套本领就是他的宝物。后来我学会了驶船和观察天象，知道哪里会是最好的港口，我就这样成了一个航海者。有一次，在开往爱琴海中的提洛斯岛的时候，我和伙伴们到了一处不知名的海岸。我跳下船，离开同伴一个人

---

1 阿克忒斯（Acoetes），拐走酒神狄俄尼索斯的船上的舵手。

在岸边过了一夜。第二天一早我迎着朝霞爬上一座山地去查看风力风向。在回船的途中我遇上了同伴们，他们在无人的荒滩上抓到了一个男孩，这男孩长得很英俊，像女孩儿一样漂亮，他好像喝醉了般昏昏欲睡，走起路来摇摇晃晃，很难跟上大家的步伐。我靠近观察，从他的脸和动作上判断他不是一个凡人。

“‘我不知道什么神隐藏在这少年的心里，但我可以确定他是个天神。’我告诉我的同伴们。”

“‘不管你是谁，’我继续说道，‘请保佑我们一切顺利并原谅我这些无礼的伙伴吧！’

“‘你在嘀咕什么啊？’一名船员叫了起来，‘不要向他做祷告吧！’

“其他的船员也开始嘲笑我，并且抓住这个青年将他拖上船去，我一个人根本无法与他们对抗。船员中间一个最年轻力壮的小伙子，是从提瑞尼亚城逃出来的杀人犯，他抓住我的衣领把我从船上丢了出去。如果不是我的脚勾住一根绳索，早就被淹死了。男孩被拖上大船，他躺在那里，像是睡熟了。突然，他好像被吵闹声吵醒一样，站起身来，清醒地走到船员们那里。‘这是怎么回事呀？’他大声问道，‘告诉我，是怎样的命运让我来到了这里？你们要带我去什么地方？’

“‘你不用害怕’，一个船员假意安慰他说，‘告诉我们你想要去的口岸，我们将按照你的心愿，无论如何都会把你一直送到那里。’

“‘好吧，’男孩说，‘那就请你们把船开往那克索斯岛吧，那里是我的故乡。’

“这批骗人的水手表面上答应男孩，并且吩咐我立即挂帆，准备启程。那克索斯岛位于我们的右边。可是当我升帆时，他们却向我眨眼低声说：‘你这个傻瓜，你在干什么？你难道疯了吗？向左走呀！’

“‘你们换个人来吧！我不想和他们同流合污。’

“‘好像真的离不开你似的！’一个粗暴的人嘲弄地叫着走上前来，升起了船帆。就这样，那克索斯在岛在右边，船却向着相反的方向前进。男孩在后甲板上眺望着大海，他的嘴角挂着一丝冷笑。这时，他做出才发现他们骗局的样子并佯装绝望地哭诉着：‘啊，水手们，你们答应把我送到那克索斯，现在行驶的方向错了！你们这样欺骗一个孩子是没有道理的。’但那些不敬畏神明的水手们只是继续嘲笑着我和男孩，手上不停地划桨，并没有改变航行方向。突然间，船停在了海上，一动不动，好像搁浅了一般。水手们用尽了办法和力气却都无济于事。一会儿，人们发现葡萄藤缠住了船桨，藤蔓攀上了桅杆，所有的帆上都挂满了成熟的葡萄……

“原来这男孩就是巴克斯！他神采奕奕地站在圣光中，头上束着葡萄叶做成的发带，手中握着缠有葡萄藤花环的神杖，在他周围的神奇异象中，猛虎、山猫和豹子都趴在甲板上，葡萄酒的香味弥漫全船……水手们吓得跳了起来，其中一个人刚要叫，却发现他的嘴已经变成了鱼嘴，其他人也遭到了同样的命运：他们身上长出了蓝色的鳞片，脊背变弯，双臂萎缩成了鱼鳍，两只脚变成了鱼尾——船上的二十个人，除我之外都被变成了鱼跳入大海，在激荡的海水中游上游下。我吓得四肢发抖，下一秒我也可能失去我的人形。可是，巴克斯却和蔼地走上前来，因为我没有伤害过他，所以他说：‘你别害怕，请把我送往那克索斯吧。’当我们到达那里时，他把我带到圣坛旁，封我为侍奉神的仆人，传我以神的教义。”

“我们已听得不耐烦了！”彭透斯叫道，“来人，把他抓起来，叫他受千种苦刑，然后把他押在地牢里！”仆人们便按照彭透斯的命令把这名水手五花大绑，套上枷锁并且关进了地牢。

可是，一只看不见的手却在无人知觉的情况下把他放走了。

国王彭透斯怒不可遏，他开始大规模地迫害巴克斯的信徒，这其中包括彭透斯的生母阿高厄和他的几位姐妹。彭透斯派人捉拿他们，并把他们全部囚禁在城中的监狱里。同样地，在没有看到任何人来帮助他们的情况下，他们的手铐脚镣自动断开来，监狱的大门自动打开。信徒们怀着对巴克斯狂热的崇拜，逃进了树林中。

奉命去捉拿酒神本人的仆人们也都惶惑地回来了，因为巴克斯毫无反抗，反倒微笑着甘愿被套上枷锁。巴克斯站在彭透斯面前，他那年轻并且光辉四射的美貌让这国王也禁不住惊奇。但彭透斯仍旧顽固地把酒神作为用神的名义招摇撞骗的骗子，吩咐手下给他戴上锁链然后关进了宫殿后面靠近马厩的一个黑黢黢的房子里。可酒神的一声命令就使得地动山摇，砖墙倒塌，手脚上的镣铐也松开了……巴克斯安然无恙地走了出来，甚至以更加美丽的姿态回到了他的信徒们中间。

报信的人们接连来到彭透斯面前，向他汇报那些狂热的妇女们在树林里做出的各种奇迹，而他的母亲阿高厄和姐妹们正是这批妇女的领导者。她们只需用手杖敲击岩壁，清泉和美酒便会从石头缝里涔涔流出；酒神挥起神杖，溪水便会变成牛奶，枯树也会滴出香甜的蜂蜜……

“我的国王哟，”另一位打探消息的人补充说，“如若你在现场亲眼看到神的奇迹，那你肯定也会停止你对他的嘲讽而跪下崇拜，并且颂扬他。”

彭透斯更加恼怒，他命令全副武装的步兵和骑兵去驱散这批妇人信徒。不料巴克斯却自己来到了国王面前，并且答应将女信徒一起带来。但他同时告诉国王必须穿上女人的衣服，因为他是男人且还未入教，那些女信徒看到他会把他撕成碎片的。彭透斯迟疑着接受了这个建议，他乔装之后跟着酒神走到城外。突然，他被酒神巴克斯施了魔法，他好像看到两个太阳，一个双倍大的底比斯城，每一座城门也都是原来的两倍高，而他眼中的巴克斯在他看来却像一头长着巨角的公牛……

彭透斯跟着巴克斯来到一个长满了松树的幽深峡谷。巴克斯的女信徒们聚拢过来，用新鲜的葡萄藤缠住他们的神杖，并向着她们的神唱着颂歌，而彭透斯由于双目被巴克斯施过法，也可能是巴克斯故意想让彭透斯迷惑，总之彭透斯看不到这些狂热着聚拢过来的女信徒们。

酒神伸出一只手，奇迹出现了，那手一直伸到最高的一棵松树的树冠上，并将它像弄弯一根柳条那样弯下来，然后他让彭透斯坐上去，让松树慢慢地直立起来回到原来的位置。奇怪的是彭透斯却没有掉下来，而是稳稳地坐在高高的树冠上。山谷里巴克斯的女信徒们都看到了国王，可是国王却看不见她们。这时候酒神巴克斯对着山谷大喊一声："看啊，信女们，这就是嘲笑我们神圣教义的人，惩罚他吧！"

森林里听不到任何生物的声音，连树叶都停止了颤动。巴克斯的信徒们抬起头，听到了教主的差遣，便飞快地奔跑起来。在神圣的狂欢中，她们穿过湍急的河流和密密的丛林，看到了被挂在树上的国王，同时也是她们的迫害者。她们先是向他扔掷石块、折断的树枝还有手里的神杖，可是这些东西都扔不到那么高。于是她们开始用用坚硬的橡树棒挖松树周围的泥土，刨出了树根！伴着彭透斯惊恐的哀叫，他和大树一起轰隆一声倒在了地上。

酒神在彭透斯的母亲阿高厄双眼上画了符，所以她认不出自己的儿子。现在她作为领导者首当其冲，示意大家开始惩罚彭透斯。

这时彭透斯突然恢复了知觉，他惊恐万分。"母亲啊！"他高喊着，"你不认识我了吗？我是你在厄喀翁家时生的儿子彭透斯呀，请不要惩罚你的亲生儿子啊！"但这位巴克斯狂热的女信徒口吐着白沫，斜眼看着他，她所看见的不是自己的亲生儿子，而是一头凶狠的狮子！她一把抓住儿子的肩膀，猛地撕掉了彭透斯的右臂！其他的妇女也疯狂地奔上前来，每人都撕下了他身体的一部分，将他完全肢解了！阿高厄血淋淋的双手抓起儿子的脑袋，将它穿在了她的神杖上。她仍然认为那是一个狮子的头，并且带着它用胜利的姿态穿过了喀泰戎山[1]的森林。

这就是狄俄尼索斯神对于侮蔑他的神圣教义的人实施的报复。[2]

---

1 喀泰戎山（Cithaeron），底比斯（忒拜）的山，关于忒拜的故事多少都会跟它有关。

2 追随与崇拜酒神狄俄尼索斯的信女们，因为在酒神祭的狂欢行列中疾呼行走，貌似疯狂了一般，所以被称为"迈那德"，意即为"发狂"，现在可以用"迈那德的狂女"来形容那些疯狂的崇拜者。

第九章
珀耳修斯

阿戈斯国王阿克里希俄斯得到神谕预言说自己的外孙将会夺取自己的王位并谋害他的生命，因此他便将他的女儿达那厄[1]连同她和宙斯所生的儿子珀耳修斯装在一只箱子里投入了大海。宙斯保佑着在大海中漂流的母子，引导这只箱子穿过风浪，一直漂到了由狄克堤斯和波吕得克忒斯兄弟俩统治着的塞里福斯岛的海岸边上。当时狄克堤斯正在海边捕鱼，他看到水里漂来一只木箱，就连忙把它拉到岸上。回到家中，兄弟二人十分同情这母子俩的悲惨遭遇，便收留了他们。后来波吕得克忒斯娶达那厄为妻，并悉心地抚育着珀耳修斯。

珀耳修斯长大后，他的继父波吕得克忒斯鼓励他外出去探险，希望他能够获得荣耀并建功立业。勇敢的小伙子欣然接受，他遵照父亲的鼓励，要去砍下女妖美杜莎[2]那颗可怕的头颅并把它带回到塞里福斯，交给父亲。

珀耳修斯收拾好行装就上路了。在诸神的指引下他来到了远方可怕的众怪之父福耳库斯居住的地方。珀耳修斯在那里遇到了福耳库斯

---

1 达那厄（Danae），阿克里希俄斯（Acrisius）与欧律狄刻（Eurydice）之女，与宙斯生育了珀耳修斯（Perseus）。

2 美杜莎（Medusa），原始海神福耳库斯（Phorcys）之女，戈耳工（Gorgon）三女妖之一，头发是无数条蛇，眼睛的光芒可以把人石化。

的三个女儿：格赖埃[1]。她们生下来就是满头白发，三个人共用一只眼睛和一颗牙齿。珀耳修斯夺走了她们的牙齿和眼睛，并用这两件她们不可缺少的东西为要挟提出一个条件：告诉他到仙女那儿去的路。

珀耳修斯要找的那些仙女都会魔法，她们有几样宝物：一双飞鞋，一只革囊，还有一顶狗皮盔。无论谁，有了这些东西，就可以随心所欲地自由飞翔，见到想见的任何人，但别人却看不见他。福耳库斯的女儿们给珀耳修斯指了路，讨回了自己的眼睛和牙齿。

珀耳修斯找到仙女并得到了前面提到的三件宝贝。他将革囊跨上肩，穿上飞鞋，戴上狗皮盔，又从赫耳墨斯那里得来一块青铜盾牌。他用这些神器把自己武装起来，飞去了福耳库斯的另外三位女儿戈耳工的住处。戈耳工中只有小女儿美杜莎是凡胎，珀耳修斯是奉了命来取她的头颅的。

珀耳修斯发现戈耳工们正在睡觉。她们的身上布满了鳞甲，头上没有头发，而是盘着许多毒蛇。她们长着野猪的獠牙、金属质地的手臂，还有可以御风飞行的金翅膀。珀耳修斯知道任何看到她们的人都会立即变成石头。于是他背过脸去，用光亮的盾牌做镜子，清楚地看出她们三个的头像，认出了美杜莎。雅典娜指点他怎样动手，所以他顺利地割下了美杜莎的头。

刚被割下头颅的美杜莎的身体中忽然跳出一匹飞马，即珀伽索斯[2]，紧跟着又跳出一个巨人，即克律萨俄耳，这二者都是波塞冬的儿子。

珀耳修斯把美杜莎的头颅塞进革囊里，利用飞鞋飞离了那里。美杜莎的姐姐们醒来看见了被杀的妹妹的尸体，便即刻飞到空中追赶凶手。可是珀耳修斯戴着从仙女那里得到的狗皮盔，她们是看不到他的。帕耳修斯躲过了跟踪和追捕，不过他在空中遇到了狂风袭击，被

---

1 格赖埃（Graeae），意为“老妇人”或“灰巫女”。

2 珀伽索斯（Pegasus）以银白色飞马形象示人，是文艺女神缪斯的守护伙伴。相传当它用蹄子敲击地面时，就会有象征着好运、希望和美丽的清泉涌出，能解除各种困顿、烦恼的负面情绪，让肌肤和容颜变得清灵动人。

吹得左右摇晃。当他摇摆着经过利比亚沙漠的上空时，美杜莎的脑袋上滴下的点点鲜血渗出革囊，一直滴落到地上，就变成了各种颜色的毒蛇。从此，利比亚这个地方常受蛇和毒虫之害。

珀耳修斯一直向西飞行，直至阿特拉斯国王的国土上才降落下来，打算休息一会儿。这里有一片树上结着金果的小树林，一条巨龙在旁边守卫着。

珀耳修斯请求在这儿住一夜，但没有得到允许。阿特拉斯担心自己的金果被盗，所以将他逐出了宫殿。珀耳修斯十分愤怒地说道："你虽然拒绝了我的请求，但是我却要送你一件礼物呢。"说着便当场从革囊中掏出美杜莎的头颅，自己背过身子，把头颅向国王递了过去。这身形高大的国王看到美杜莎的头后立即变成了一块巨石，确切点儿说是一座大山：他的须发变成了广阔的森林，双肩、两手和大腿变成了山脊，头颅变成高入云层的山峰……

珀耳修斯重新穿上飞鞋，戴上头盔，背上革囊飞上了高空。他一路飞行，来到埃塞俄比亚的海岸边，这里是国王刻甫斯治理的地方。在这里，珀耳修斯看到耸立在大海之中的山岩上绑着一个年轻的姑娘，要不是海风吹起了她的头发并看到她眼中的泪水，他还以为她是一尊雕像呢。珀耳修斯为她的年轻美貌所动心，便跟她打起招呼："你为什么被捆绑在这里？你叫什么名字？家住哪里？"

姑娘反背着双手，起初沉默而羞涩，害怕同一个陌生人说话。要是她能动，肯定会用自己的双手捂住脸的。为了不使陌生人误会认为她要隐瞒什么罪过，她噙着眼泪回答说："我叫安德洛墨达[1]，是埃塞俄比亚国王刻甫斯的女儿。我的母亲曾吹嘘说我比海神涅柔斯[2]的女儿，也就是海洋女仙们更漂亮。她的言语惹怒了海洋女仙，她们一起让海神发大水淹没了整个国家。和洪水一起，海神还派了一个逢物

---

1 安德洛墨达（Andromeda）是衣索比亚国王刻甫斯（Cepheus）与王后卡西奥佩娅（Cassiopeia）之女。

2 涅柔斯（Nierus），希腊神话中的一个海神，蓬托斯（Pontos）和盖亚的儿子，后来被赫拉克勒斯抓住，用他预言的能力帮助其找到金苹果园。

便吞的妖怪。有神谕宣示说只有把我祭献给妖怪吃掉才能结束这一切灾难。国民顿时闹得沸沸扬扬，逼迫我的父亲献出女儿拯救他们。绝望之余，国王只好忍痛下令将我锁在这里。”

姑娘刚讲完，滔天的海浪哗的一声分开，从海水中冒出了一个妖怪，妖怪宽宽的胸膛几乎盖住了整个水面。姑娘吓得发出一声尖叫，她的父母亲也赶了过来。他们看到女儿难逃厄运，万分绝望，神情痛苦。他们紧紧地抱着女儿，然而却除了哭泣和悲痛之外什么都做不了……

这时珀耳修斯说：“你们要哭，将来有的是时间，但采取行动的时机却不会再来。我叫珀耳修斯，是宙斯和达那厄的儿子。神的翅膀能让我飞越高空，美杜莎也已经死在我的剑下。姑娘如果现在是自由的，并愿意挑选配偶的话，她一定会看中我。虽然她现在身陷绝境，我却要向她正式求婚，并愿意前去解救她。”

安德洛墨达的父母庆幸遇到了救星，欣喜非常，不仅答应把女儿许配给他，还答应把自己的王国送给他作为嫁妆。

说话间，妖怪已如扯满了风帆的大船一般游了过来，距离捆绑姑娘的山崖只有咫尺之距了。年轻的珀耳修斯脚上一蹬，腾空跃起。妖怪看到他在海面上投下的身影，像是已经意识到有人要抢走它的猎物一样狂怒地向影子扑去。珀耳修斯犹如一只矫健的雄鹰，从空中猛扑下来，骑在了妖怪的背上，拔出他杀死美杜莎的那把利剑，狠狠地将整个剑身刺进了妖怪的背部！他把剑拔出来，妖怪疼得忽而蹿到空中，忽而又沉入水底，四向奔突犹如一头被猎犬围剿的野猪。珀耳修斯继续朝它身上猛刺，直到黑血从它的喉管喷涌而出。

珀耳修斯的翅膀也沾湿了，不敢在空中久留，这时恰好看到水面上露出一根帆柱，他便用左手牢牢抓住这根帆柱，右手握剑往妖怪的肚子上猛刺了三四次，结果了这恶魔的生命。海浪把它的尸体冲远，消失在了海面上。

珀耳修斯跳到岸上，爬上山崖解开了姑娘身上的锁链，并把她送到她的父母亲身边。国王令宫殿的金门打开，迎接珀耳修斯的凯旋，在那里他受到了隆重的款待，成了宫廷里的贵客佳婿。

正当婚礼在欢乐地举行时，王宫的前厅里突然骚动起来。原来是国王刻甫斯的弟弟菲纽斯带了一批武士闯了进来。他从前曾经追求过安德洛墨达，然而在她最危难时却舍弃了她，现在却又来重提自己的要求。菲纽斯挥舞着长矛闯进大厅，并冲着珀耳修斯大声嚷道："你抢走了我的未婚妻，我要报仇！无论你的宝物还是你的父亲宙斯都无法帮你逃脱！"说着，他摆开架势，准备掷出长矛。

刻甫斯从席间站起来。"你真的是疯了啊！"他呵斥道，"是什么驱使着你干这种坏事！并不是珀耳修斯抢去了你的未婚妻。当我们被迫牺牲她时，你看着她被绑在那里，作为叔父或者情人的你为什么不亲自去救她，反而还袖手旁观呢？现在你应该让她归属于冒着生命危险解救了她并且让我的晚年得到了安慰的人！"

菲纽斯不作回答，他死死地盯住他的哥哥和情敌，好像在暗自揣度着先对哪一个下手。终于，他在狂暴中用尽全力，朝珀耳修斯掷出了他的长矛。可是他没有刺中珀耳修斯，长矛扎进了珀耳修斯身旁的坐榻垫子里。珀耳修斯顺势跳了起来，朝门口投出他的标枪，只见标枪直奔菲纽斯飞去。要不是菲纽斯及时地躲到了祭坛后面，标枪肯定会穿透他的胸膛。虽然菲纽斯躲过一劫，但他的一名随从却被刺中了前额，这下武士们全都拥了上来，和参加婚礼的客人们打成了一团。跋扈的武士们人多势众，把珀耳修斯他们团团围住。弓箭如飞蝗般从各个方向射过来，珀耳修斯背靠着一根大柱子，用这个据点招架敌人，奋力阻止他们逼近，并杀死了一个又一个进犯的敌人。但对方人数太多了，他看到单凭武力已经不起作用，于是决定用出最后的一招。

"是你们逼我这样做的！"他喊道，"我只好让我的仇敌帮助我了！现在，请我的朋友都把脸转过去！"说完，他从肩上的革囊中取出美杜莎的头，向离自己最近的敌人伸了过去。这名武士正盲目地向着这里冲过来。"让你的魔法去捉弄别人吧，"他一边冲，一边轻蔑地大笑，"我们才不会被你的鬼话吓倒。"可是当他刚要举手投矛时，手却在空中僵住了——他变成了石头！后面冲上来的人一个个也难逃厄运。这时候，珀耳修斯干脆把美杜莎的头颅高高地举起，使别的人都能立即看到。就这样，他把最后的一批敌人变成了僵硬的石头。

直到这时，菲纽斯才后悔发起这场毫无正义的事端。他看着左右两面姿态各异的石像，呼喊着他们的名字却得不到回应。他惊恐万分，一改过往的骄横，绝望地哀求着："饶恕我的命吧！王国和新妇都给你！"可是珀耳修斯悲痛于他新朋友们的死，不想放过他。"贼徒啊，"他怒骂道，"我将在岳父的宫殿里为你树立一座永久的纪念碑！"

菲纽斯左躲右闪，不想看到那可怕的头颅，可是他终究没有躲过。菲纽斯神色恐怖地变成了石头，站在那里，双手下垂，完全是一副卑贱的奴仆模样。

珀耳修斯终于能够带着年轻的妻子安德洛墨达回家了，光辉幸福的日子在等待着他。他还找到了母亲达那厄。不幸的是，他仍不能避免给外祖父阿克里西俄斯带来灾难。

由于害怕神谕应验，外祖父阿克里西俄斯悄悄地逃亡外地，到了彼拉斯齐国王那儿。有一天，这里正在举行一场赛会。而此时珀耳修斯正航行在返回阿戈斯的路上，刚好路过这里，顺便也参加了比赛，却在掷铁饼时打中了自己的外祖父……当知道自己所害死的人是谁时，珀耳修斯悲痛异常，他把外祖父安葬在城外，并且卖掉了他所继承的王国。至此，嫉恨的复仇女神才终止了对他的迫害。

安德洛墨达为珀耳修斯生了一群可爱的儿子，并且每一个都一直保持和维护着父亲的名誉和荣耀。

第十章
克瑞乌萨和伊翁

雅典的国王厄瑞克透斯[1]有一个漂亮的女儿叫克瑞乌萨。她没有征得父王同意便做了太阳神阿波罗的新妇，并为他生了一个儿子。由于害怕父亲发怒，她便把孩子放进一只箱子，然后把箱子藏在她跟太阳神幽会的岩洞里，并虔诚地祈祷众神能够庇佑同情这个被遗弃的儿子。为了使儿子能够有个身份的证明，她把自己当姑娘时佩戴的一条由很多小金龙串成的项链戴在孩子的身上。儿子的出世自然瞒不过阿波罗，他既不想辜负他的情人，又不想让自己的孩子无依无靠，于是他找到他的兄弟赫耳墨斯。作为神的使者，赫耳墨斯可以在天地之间自由来往，不受限制。

“亲爱的兄弟，”阿波罗说，“有一个凡间女子给我生下了一个孩子，这女子是雅典国王厄瑞克透斯的女儿。因为畏惧父亲，她把孩子藏在一个山洞里。请你帮我救下这个孩子，把用麻布包着的孩子和箱子一起送到我在特尔斐[2]的神殿，放在神殿的门槛上，其余的事就交给我。”

赫耳墨斯展开双翅，飞到雅典，在阿波罗指引的隐蔽处找到了孩

1 厄瑞克透斯（Erechtheus），古希腊神话中的雅典国王，潘狄翁（Pandion）的儿子。

2 特尔斐（Delphi），古希腊神秘之地，位于希腊的福基斯（Phocis），1987年联合国教科文组织将其列入《世界遗产名录》。相传宙斯为了确定地球的中心在哪里，从地球的两极放出两只神鹰相对而飞。两只鹰在特尔斐相会，宙斯断定这里是地球的中心。

子，背到了特尔斐，按照阿波罗的叮嘱，趁着夜间的时候把箱子放在了神殿的门槛上，并且把盖子略略掀开，以便更容易让人发现。

第二天早晨太阳升起的时候，特尔斐的女祭司走向神殿，发现了睡在箱子里的婴儿。她猜这可能是一个私生子，便想把他从门槛上丢出去。可是神却指使着她内心产生了怜悯之情，女祭司把孩子抱起来，并把他带在自己的身边抚育——尽管她不知道这孩子的父母是谁。

这孩子终日在父亲的神坛前玩耍，慢慢长大，成了一个高大英俊的少年。特尔斐的人民都很喜欢他并把他看作神庙的小守护者，让他看管献给神的祭品。就这样，他在父亲的神殿里高高兴兴地生活着。

岁月荏苒中，克瑞乌萨却再也没有听到关于丈夫太阳神阿波罗的消息，觉得他早已将她和儿子忘掉了。这时，雅典人与邻国的欧俾阿岛人正在进行着激烈的战争。最后雅典人在一个来自阿开亚的外乡人的帮助下打败了欧俾阿岛人，取得了战争的胜利。这个外乡人名叫克苏托斯，是宙斯之子埃俄罗斯的儿子。他要求国王把女儿克瑞乌萨嫁给他，国王同意了。太阳神为了惩罚自己的情人和别人结婚，所以一直未让克瑞乌萨生育。若干年后，克瑞乌萨想去特尔斐神殿求子，而这也正是阿波罗希望看到的。

克瑞乌萨公主和她的丈夫带着一群仆人动身了。一行人来到特尔斐神殿时，克瑞乌萨禁不住流下了眼泪。而此时，阿波罗的儿子正跨过门槛，像往常一样用桂花枝清扫庭院，他看见了这位高贵的夫人在低声哭泣，便小心翼翼地走上前去问她为什么如此悲伤。

“我无意让你的伤心事使你更加悲伤，”他说，“不过，如果你愿意的话，请告诉我，你是谁，从什么地方来？”

“我叫克瑞乌萨，”公主回答说，“我的父亲是厄瑞克透斯，雅典是我的故国。”

这青年听后兴奋地喊了起来：“多么有名的地方啊！你出身的家族又是多么的有名望！不过，请告诉我，我们从图画上看到的，你的曾祖父厄里克托尼俄斯是像一棵树苗一样，从地里长出来的[1]。雅典娜女神将这泥土所生的孩子放在箱子里，并派了两条巨龙看守，然后将箱子交给刻克洛普斯[2]的女儿们去保护。听说那些女儿抑制不住好奇心，违反了雅典娜的旨意，悄悄地打开了箱盖。等到她们看到男孩时却突然发了疯，从刻克洛普斯城堡的山岩上跳了下去摔死了……这也是真的吗？”

克瑞乌萨默默地点点头，因为她那祖先的遭遇使她想起了自己的儿子。可她却不知道自己的孩子此刻正站在自己面前，天真地继续问着她问题：“尊敬的公主，也请你告诉我，你的父亲厄瑞克透斯真的因为地裂而被吞没了吗？波塞冬真的用三叉戟杀害了他？他的坟墓真的就在我所供奉的主人阿波罗所喜欢的那座山洞附近吗？”

“陌生的人啊，请你别提起那座山洞，”克瑞乌萨悲痛地打断他的话，“那是发生了背信弃义的重大罪孽的地方。”公主沉默了一会儿，平复了情绪。她以为这个年轻人就是个神庙的守卫而已，没有隐瞒什么的必要，便告诉他自己这次来到特尔斐，是要祈求神赐给她一个儿子。

“福玻斯·阿波罗知道我没有孩子的原因，”她叹息道，“只有他才能帮助我。”

“你没有儿子，这算是一种不幸吗？”年轻人同情而又伤心地问了一句。

“我早就是个不幸的人了，”克瑞乌萨回答说，“我真嫉妒你的母亲，能够有你这么一个聪明伶俐的儿子。”

“我对自己的父母一无所知，”年轻人悲伤地说，“我不知道我是从哪里来的。我的养母是这神殿的女祭司，她曾经对我说她当年很同情我，于是就抱养了我。从我记事的时候起，我就住在这神殿里，做神的仆人。”

---

1 火神赫淮斯托斯非礼雅典娜未遂，精液滴落在女神的腿上，女神用羊毛擦去然后扔在地上，就此生出来厄里克托尼俄斯（Erichthonius）。

2 刻克洛普斯（Cecrops），传说中雅典的第一位国王，拥有人的身体和蛇的尾巴。

克瑞乌萨公主一边听着，一边陷入了沉思，但她的思想此刻正模糊不清，她心疼地说：“我认识一个妇人，她的命运跟你的母亲很像。我就是为了她的缘故，才来这里祈求神谕的。跟我一起来的还有她的丈夫，他为了听取特洛福尼俄斯的神谕，便特意在路上停留。趁他没有到，又因为你是神的仆人，我愿意把那位女人的秘密告诉你。那位妇人在她和现在的丈夫结婚之前，是福玻斯·阿波罗的妻子。当年她没有征得父亲的同意便跟阿波罗生了一个儿子。后来这位女人将孩子放在了一个地方，便再也没了孩子的任何音讯。”

“这是多少年前的事情？”年轻人问。

“如果这孩子还活着，他也正是你现在这般年纪。”克瑞乌萨说。

“啊，我的命运和你的那位朋友是多么相似啊！”年轻人悲伤地叫道，“她在寻找自己的儿子，而我在寻找自己的母亲，只是我们彼此互不相识罢了。可是你别指望神会给你一个满意的答复，因为你用你朋友的名义控诉他的不义，而神祇是不会自己认错的！”

“停一停！”克瑞乌萨打断他的话，“那人的丈夫到了。忘却我告诉你的吧，我向你吐露的秘密你千万别让他知道。”

克苏托斯欣喜地跨进神殿，向他的妻子走来。

“克瑞乌萨哟！”他呼唤着她，“特洛福尼俄斯已给予我吉利的消息，他说我不会不带着一个孩子回去的。咦！这位年轻的祭司是谁？”

年轻人上前一步，礼貌地告诉克苏托斯自己只是阿波罗神殿的仆人，这儿是特尔斐的圣地，那些被命运选中的特尔斐男子中的高贵人们正在这圣殿的里面，围坐在三角圣坛周围，等待女祭司宣示神谕呢。

克苏托斯听到这里，立即吩咐克瑞乌萨以祈求者必须持有的花枝来装饰自己，在阿波罗殿外的祭坛前祈求吉利的神谕。克瑞乌萨走到露天祭坛那里，克苏托斯则连忙走进圣殿的里间，那位年轻的神的仆人仍在前庭守护。

不久，年轻人听到大门启闭的砰然声响，接着便看见克苏托斯王子兴冲冲地跑了出来。他突然狂热地抱住守在门外的年轻人，并连声叫他“儿子”，而且还要求年轻人也拥抱自己，给自己送上一个儿子的吻。

年轻人不知道发生了什么事，以为他疯了，便用力将他推开。

可是克苏托斯并不介意。“神已向我启示，”他说，“神谕宣示我，我走出门来遇到的第一个人便是我的儿子——这是一种神的赐予。我并不明白为何会这样，因为我的妻子从来没有替我生过孩子，可是我相信神的指示，他也许会亲自给我阐明的。”

现在，年轻人也不由得高兴起来，不过他还是心有所憾。当他拥抱和亲吻着父亲时，不由得悲叹道：“啊，我亲爱的母亲，你在哪里呢？我何时才能见到你慈爱的面孔呢？”同时，他的心里也疑虑重重：他不知道克苏托斯的妻子是否愿意认他为儿子，因为她没有亲生的孩子，也不认识自己；此外，雅典城会不会接受并非父亲合法子嗣的人呢？

克苏托斯竭力地安慰他，鼓励他勇敢一些，并答应他会先以客人的身份把他介绍给妻子和雅典的人民。克苏托斯还给他取了一个名字，叫作伊翁[1]。

与此同时，克瑞乌萨仍然在阿波罗的祭坛前一动不动地祈祷。但她的祈祷被喧嚷着跑过来的女仆们打断了，她们对克瑞乌萨抱怨道：“不幸的女主人啊，你的丈夫现在满心欢喜，可是你却永远得不到一个可以抱在怀中的儿子。阿波罗赐给你丈夫一个儿子，已经长大成人了，可能是多少年前的某个姘妇给他生的。克苏托斯从神殿里走出来的时候正好遇到了这个儿子，现在他激动又高兴，可怜了你今后将更加孤独。”

可怜的克瑞乌萨，心智已经被搅糊涂了，竟丝毫未能觉察到近在身旁的真相，而是仍在继续为自己悲哀的命运而烦恼。过了好一会

1 伊翁（Ion），意为“浪迹天涯的人”，他是古希腊爱奥尼亚人（Ionian）的祖先。

儿，她才询问这个已经是自己义子的人叫什么名字。

“他就是守护神殿的那个年轻人，你见过的，”女佣们回答，“他的父亲给他起了个名字叫伊翁，我们不知道谁是他的母亲。你的丈夫现在到狄俄尼索斯的祭坛去了，他想悄悄地为他的儿子给神献祭，不久还要在那里举行一个庄严的宴会。他警告过我们说不能把这件事告诉你，可是出于对你的爱，我们违抗了他的命令，你可千万不要说出这是我们告诉你的！”

众仆人中有一个老仆人，他一心忠于厄瑞克透斯家族，并对女主人十分敬爱。他站出来指出克苏托斯是不义的丈夫，并且要消灭伊翁这个私生子，以免他继承厄瑞克透斯的王位。克瑞乌萨想着自己被丈夫和从前的情人遗弃，悲愤难忍，竟然同意了老仆人的阴谋，并对他讲明了她从前跟太阳神的关系。

克苏托斯和伊翁离开神殿后，一起登上了帕尔那索斯的山顶，那里是特尔斐人民朝拜酒神狄俄尼索斯的地方。王子祭酒于地，伊翁则在仆人的帮助下在旷野中搭起了一座华丽的大帐篷，帐篷上面盖着从阿波罗神殿里得来的精美花毡。帐篷里面摆了长桌，桌上摆满了盛着精致食品的银盘以及斟满美酒的金杯，场面十分豪华。克苏托斯派使者到特尔斐城，邀请所有的居民来参加盛宴。不久，帐篷里就挤满了头戴花冠的宾客，大家在光辉和愉悦中尽情享受着这美好的宴会。

宴席即将要结束的时候，宾客中走出一位老人向宾客们敬酒，他那奇怪的姿态引得客人们哗然大笑。克苏托斯知道他是妻子克瑞乌萨的老仆人，便没去管他，反倒是当着客人的面夸奖他的勤奋和忠诚。等到宴会终席，笛声响起，这位老仆人连忙吩咐人撤去小酒杯，在宾客们面前摆上了金银大杯。老仆人走近酒柜，满满地倒了一碗酒。他装作要给年轻的新主人斟酒，但是他已经在酒里下了致命的毒药！老人来到伊翁身旁并往地上滴了几滴酒作为灌礼，一个站得很近的仆人却不经心地说了一句不吉利的话。

伊翁是在神殿里长大的，知道在神圣的教仪中这是一种不祥的预兆，于是便把杯里的酒全倒在地上，并吩咐仆人重新递上一只杯子斟上新酒，然后再用这杯新酒进行隆重的浇祭仪式。客人们也全都效仿他跟着这样做。

这时，外面飞进来一群在阿波罗神殿里长大的圣鸽，鸽子们飞进帐篷后看到地上全是浇祭的美酒，便飞落下去争相抢饮。别的鸽子喝过祭酒后都安然无恙，只有饮过伊翁倒掉的酒的那只鸽子忽然拍打着翅膀，发出一阵阵哀鸣，不一会儿便抽搐而死。

伊翁愤怒地从椅子上站了起来，紧握双拳，大声叫道："想谋杀我的是谁？说呀，老人，因为你正是帮凶的人！因为我的酒是你倒给我的！"他一把抓住老人，老人见密谋败露，心里害怕，便把罪过推到了克瑞乌萨的身上。伊翁听罢走出帐篷，客人们义愤填膺地跟在他后面。在外面的空地上，在特尔斐贵族们的环绕中，伊翁对着天空高举双手，呼喊道："神圣的大地哟，你要见证这厄瑞克透斯家族的异国妇人想要毒害我啊！"

"用石头打死她！用石头打死她！"众人异口同声地叫嚷着，并跟随着伊翁一起去寻找克瑞乌萨。克苏托斯被所发生的一切弄得不知所措，也随着人流走去。

克瑞乌萨在阿波罗的祭坛旁等待着她可怕的阴谋的结果。远处的嘈杂声越来越近，在她还不知道是怎么回事时，丈夫身旁一名忠实于她的仆人急匆匆地抢先跑了过来，告诉她阴谋已经败露，特尔斐人要来杀害她。听到这个消息，克瑞乌萨的女仆们为了保护她将她围了起来。"女主人，你务必紧紧抓住祭坛不要松开，"她们说，"如果这个圣地不能让你免遭杀害，那么他们所犯下杀人的罪行，也是不可饶恕的。"

暴怒的人群在伊翁的率领下已经越来越近，他愤怒的言语清晰可闻："诸神啊，这桩没有实现的罪恶是指示我要去摆脱那个充满敌意的继母吧！这毒蛇一样的妇人在哪里呀？让我们把她从最高的山崖上扔下去吧！"簇拥着他的民众也高喊着响应他的计划。他们来到了祭坛旁，伊翁抓住克瑞乌萨，想拖着她离开那作为保卫自己屏障的祭坛。他不知道他要杀死的这个仇人正是他的亲生母亲。

阿波罗不愿看到自己的儿子成为杀死生母的凶手，于是他把神谕昭示给女祭司，让她明白了事情的原委，知道了自己领养的孩子并非克苏托斯所生，而是阿波罗和克瑞乌萨的儿子。她离开了三足圣坛，找出她从前在殿门口发现的那只盛放婴儿的小箱子，匆忙地来到祭坛前。

伊翁看到女祭司，停止了拉扯正在拼命挣扎的克瑞乌萨，虔诚地迎上前去："欢迎你，我亲爱的母亲，尽管我非你所生，可是我却必须这样称呼你！你知道我刚刚逃脱了一场祸事吗？我刚得到了父亲，而他的妻子却策划谋杀我！"

女祭司听后警告他说："伊翁，让你的双手保持净洁，出发到雅典去吧！"

"杀掉自己的敌人难道也算沾染了血污吗？"伊翁不解。

"在听完我的话之前，你不能杀她！"女祭司威严地说，"你可看到我手里这只小箱子了吗？你可看到我在这陈旧的箱柄上缠绕的新的花环吗？你过去曾被遗弃在这里面，我就是从这箱子里取出并收养的你。"

伊翁惊异地看着她，问道："母亲，这事你从来没有对我说过，你为何将这个秘密保持这么久啊？"

"因为神祇要让你在这段岁月中侍奉他，"女祭司回答，"现在他给了你一个父亲，并让你到雅典去。这箱子里面还有包裹你的麻布呢，亲爱的孩子。"

"包裹我的麻布？"伊翁惊叫起来，"怎么，那是一种信物，可以帮助我找到生母啊！"

女祭司给他递上开着的小箱子，伊翁热情地伸过手去，从里面取出那小心折叠着的麻布。他含着泪，悲伤地打量着这些宝贵的纪念物。

克瑞乌萨也渐渐地恢复镇静，她看到伊翁手里的麻布和箱子，立刻明白了全部的真相。她跳起身来，高兴地叫起来："我的儿啊！"边叫边冲过去伸出双手紧紧地把伊翁抱到了怀里。

伊翁却满腹狐疑地看着她，不情愿地挣脱了身子。

克瑞乌萨往后退了几步，说："这块麻布将证实我的话。孩子！你把它摊开，将会发现我要告诉你的信物。这块布上面的刺绣是毒蛇戈耳工的头。"

伊翁半信半疑地打开麻布，突然惊喜地叫了起来："啊，全能的宙斯啊，这是美杜莎，是那些毒蛇！"

"箱子里还有一条金龙项链，"克瑞乌萨继续说，"是用来纪念看守厄里克托尼俄斯箱子的巨龙的，这是当时我给你挂在脖子上的饰物。"

伊翁在箱子里搜寻，幸福地微笑着，他找到了金龙项链。

"最后一个信物，"克瑞乌萨说，"是我戴在你头上那永不凋落的橄榄叶花环，是用从雅典第一棵橄榄树上摘下的叶子编成的。"

伊翁将手伸进箱底，果然找出一个美丽的橄榄叶花环。

"母亲，母亲啊！"他在哽咽中哭泣起来，一把抱住母亲的脖子，连连亲吻着她的面颊。

最后，伊翁松开手，询问他刚刚认作父亲的克苏托斯的情况。克瑞乌萨便对他说出了他的身世，告诉他他正是侍奉了这么多年的神祇太阳神阿波罗的儿子。知道了所有真相的伊翁高兴地原谅了母亲因为误会差点犯下的大错。

克苏托斯拥抱着伊翁，把他看作神恩赐的宝贝。三人都进到阿波罗的神殿里，感谢他的神恩。女祭司坐在三足祭坛上给他们预示说伊翁将成为一个光荣的种族，即爱奥尼亚人的祖先。对于克苏托斯，女祭司预言说克瑞乌萨会替他生一个儿子，即多洛斯，他将成为世界著名的多利亚人的祖先。

满怀着快乐与希望，克苏托斯和克瑞乌萨带着重新找到的儿子动身出发踏上了返回雅典的路，特尔斐城的人们都出门夹道欢送。

第十一章
代达罗斯和伊卡洛斯

雅典人代达罗斯是墨提翁的儿子，厄瑞克透斯的曾孙，也是一个属于厄瑞克提得斯家族的人。他是位建筑师和雕刻家，被当时的人称为最伟大的艺术家。世界各地的人都十分赞赏他的艺术品，说他的雕像是具有灵魂的创造物，是活的、动的、能看见东西的。因为过去的大师们创作的雕像都闭着眼睛，双手接在身体上，无力地垂落下来。而代达罗斯是第一个让雕刻的人像张开眼睛，往前伸出双手，并迈开双腿好像走路一样的人。但这个完美的艺术家却是个自负且嫉妒心极强的人，这一缺点诱使他作恶，也使他陷于悲惨。

代达罗斯有个外甥，名字叫作塔洛斯。塔洛斯向他学艺，但他的天分却比代达罗斯高。当还是个儿童的时候，塔洛斯就已经发明了制造陶器的轮盘；有一次他杀死了一条蛇，并且发现蛇的腭骨可以切割薄木片，于是他在金属片上刻上锯齿而制造出了更锐利的东西，就这样他成了锯子的发明者；他将两根金属横档，一个固定，一个转动，这就是最早的圆规……除了这些，由于塔洛斯善于动脑，还发明了很多别的机巧的工具，而且这一切都是在没有舅舅的帮助下他自己独立完成的。塔洛斯很快就出了名，赢得了很大的声誉。代达罗斯担心自己的学生会超过他，一股嫉妒的恶意油然而生，他竟阴险地把塔洛斯从雅典城墙上推了下去，残酷地杀害了他。代达罗斯在埋葬尸体的时候，被人发现了，他谎称是在埋一条蛇。可是他仍被指控谋杀，并被阿瑞俄帕戈斯法庭[1]宣判有罪。

但是代达罗斯逃脱了，流亡阿提喀，后来又到了克里特岛，国王米诺斯[2]收留了他，尊他为上宾并令他作为有名望的艺术家而受到极大的尊重。

随后，国王米诺斯委派他给牛头人身的怪物米诺陶洛斯[3]建造一所住宅，要让进去的人都感到晕头转向，迷失方向。代达罗斯利用自己的聪明才智建造了一座迷宫。这迷宫里面迂回曲折，使进去的人很快就眼花缭乱；无数的过道纵横交错，犹如佛里吉亚[4]的迈安德洛斯河那迂回的河水般，时而顺流，时而倒流，时而又回折到它的源头……迷宫造好后，代达罗斯亲自走进去察看，也几乎找不到出口。

怪物米诺陶洛斯就深藏在迷宫中，每九年吞食七个童男七个童女，这些童男童女是根据古老的规定，由雅典送来给克里特王进贡的。

代达罗斯生活在这里，虽然倍受赞誉，但因离家日久，心中难免生出了思乡之情，并且他感觉到国王其实并不信任自己，他不愿意在这样的一个孤岛上度过一生，他要设法逃走。

深思熟虑后，他想到了办法，高兴地叫了起来："米诺斯虽然可以从陆上和水上封住我的去路，但我还有空中呀！即使这国王拥有如此伟大的权力，但他对于空中也是无能为力的。好的，我将从空中逃走！"

---

1 古希腊最高法庭，由代表法律和秩序的神祇雅典娜建立。

2 米诺斯（Minos），克里特王，前面故事中提到的宙斯与欧罗巴之子。

3 米诺陶洛斯（Minotaur），在米诺斯赶下拉达曼迪斯（Rhadamanthys）成为新一任克里特岛的国王之后，他向波塞冬祈拜神迹以证明自己的篡权是正当的，于是波塞冬赐给了米诺斯一头巨大的白色公牛，要求他将其祭献给自己。但是这只公牛实在是太美丽了，米诺斯最后宰了另外一只公牛来祭献，愤怒的波塞冬诅咒了米诺斯的妻子帕西菲（Pasiphae），使其患上了嗜兽癖。为了遮丑，米诺斯请来代达罗斯为帕西菲制造了一只木制母牛，把她藏入其中。由于做得过于逼真，白色公牛看上了这只母牛并与其交配，帕西菲因而怀孕，随后生下了牛头人身的怪物米诺陶洛斯，意思即为"米诺斯的牛"。

4 佛里吉亚（Phrygia），也作佛律癸亚，小亚细亚中部一古国。

话一说完代达罗斯就开始行动。他运用了一个匠人的想象力来驾驭自然。他收集整理大大小小的羽毛并依据次序排列，最初是最短的，其次是长的，依次而下，看上去像天生的一般。然后他把羽毛用麻线从中间捆住，又在末端用蜜蜡封固，最后把羽毛微微弯曲，看起来完全跟鸟翼一模一样。

代达罗斯有个叫伊卡洛斯的儿子，这孩子喜欢站在父亲的身旁，用一双小手时而帮他按住被风吹动的羽毛，时而帮他揉捏黄色的蜜蜡。代达罗斯微笑地看着他笨拙的动作，听凭他在一旁忙来忙去。当一切完成，代达罗斯把翅膀缚在身上，调整到平衡，像轻灵的鸟儿一样飞上了云天。他随后降落下来，指教儿子伊卡洛斯该如何操纵这种翅膀——他已给儿子做了一对适合他的小羽翼。

“亲爱的孩子，”他叮嘱道，“你要记住，必须在半空中飞行。因为你若飞得太低，羽翼会碰到海水，羽翼湿透，你就会坠到大海里；而若是飞得太高，翅膀上的羽毛又会因靠近太阳而着火。”代达罗斯一边说，一边把羽翼缚在伊卡洛斯的双肩上。但老人的手却在微微地颤抖着，忧虑的眼泪滴落在手上，他拥抱着儿子，并给了他一个鼓励的吻。

两个人都鼓起翅膀升上了天空。父亲飞在前头，像一只带着初次飞出巢穴的雏鸟的母亲一样，小心地扇着翅膀，并时不时地回过头来查看儿子的情况。

开始时一切都很顺利，不久他们就到达萨摩斯岛[1]上空，又飞过了德洛斯和帕罗斯，他们看到海岸线都向后退去并且消失。伊卡洛斯兴高采烈，他感到飞行很轻快，变得大胆起来。于是，他偏离父亲的航线，向着更高的高空飞去！可怕的惩罚便飞快地到来了：强烈的阳光融化了蜜蜡，用蜡封在一起的羽毛开始松动，羽翼逐渐完全散开，从他的双肩上滚落下去。这不幸的孩子只得用两手在空中绝望地划动，可是他根本浮不起来，只能无力地一头栽落到了汪洋大海中。他

1 萨摩斯岛（Samos Island），希腊岛屿。在爱琴海东部，是爱琴海中距小亚细亚大陆最近的希腊岛屿。

想呼喊父亲来救他，但还未张嘴，汹涌的海浪便把他吞噬了……

这一切发生得很突然，代达罗斯根本没有觉察到。当他再次回过头来时，却没有看见他的儿子。“伊卡洛斯，伊卡洛斯呀！”他预感不妙，大声呼喊起来，“你在哪里啊我的孩子？我怎样才能找到你？”最后，他惊恐地朝下面瞅了一眼，当看到海面上漂着许多羽毛时，代达罗斯立即收起羽翼，降落在一座海岛上，他睁大了眼睛，满怀希望地寻找着。

一会儿，汹涌的海浪把他儿子的尸体推到了岸边。天哪！他杀害塔洛斯的罪恶报应到了自己的儿子身上！绝望的父亲掩埋了儿子的尸体。为纪念他的儿子，从此，埋葬伊卡洛斯尸体的海岛被叫作伊卡利亚岛[1]。

代达罗斯满怀悲痛，继续飞行到了西西里岛，这里由国王科卡罗斯统治。就像从前在克里特岛上受到米诺斯的款待一样，代达罗斯在这里也受到盛情接待并被当作贵客。人们惊奇并崇拜着这位艺术家的作品。他在那里造了人工湖泊，又把湖水顺着河流一直送到附近的大海；在陡峭的高岩上、只有几棵树生长并且无法进攻的地方，他建起了一座城堡，并以一条羊肠小道盘旋着通到城堡，只要三四个人就可以守住，固若磐石。科卡罗斯国王选择了这座城堡来存放他的财宝；代达罗斯在西西里岛上完成的第三件工程是一个深深的地洞，他从洞里巧妙地引取地下火的热气，所以，即使是一座潮湿的岩洞，现在也舒适得如同暖室，人在慢慢地出汗，却又不会觉得太热；此外，他还扩建了厄里克斯山上的阿佛洛狄忒神庙，并献给女神一只金蜂房，这蜂房由代达罗斯精心雕刻，几乎达到乱真的地步，跟天然的蜂窝一模一样。

国王米诺斯听说代达罗斯逃到了西西里岛，非常恼怒，并决心派出强大的部队把他抢回来。他装备了一支大舰队，从克里特岛一直驶往西西里岛。他的军队上岛以后驻扎下来，然后他派出使者前往，要

---

1 伊卡利亚岛（Icaria Island），希腊岛屿，位于爱琴海北部海域，在萨摩斯岛西南部。

求国王科卡罗斯交出逃亡的代达罗斯。科卡罗斯听了这异邦君主蛮横的要求后非常愤怒，思量着怎样一举消灭这个来犯的头领。

科卡罗斯装作答应米诺斯的要求，邀请他赴会商谈。米诺斯赶来时受到了科卡罗斯的盛情款待。他为米诺斯准备了热水浴，让他缓解掉一路奔波的疲劳。可等米诺斯坐进浴缸，科卡罗斯就开始让人不断地加火升温，直到米诺斯被烫死在沸水里。西西里国王把尸体交给克里特人，谎称说米诺斯是在洗澡时失足跌入沸水池之中的。克里特的士兵在阿格里根特城郊隆重地埋葬了米诺斯，并在他的墓旁建造了一座阿佛洛狄忒神庙。

代达罗斯便仍然留在了西西里岛，享受着当地的礼遇。他在这里培养了许多有名的艺术家，成了西西里岛文化的奠基人。但自从儿子伊卡洛斯惨死海中之后，代达罗斯的内心就一直没有快乐过。他的劳动让西西里岛变得庄严灿烂，可他自己却进入了更加忧郁苦恼的晚年。最后，他死在了西西里，并被安葬在那里。

第十二章
坦塔罗斯

坦塔罗斯是宙斯之子，他统治着吕狄亚的西庇洛斯，以富有而名声远播。

高贵的出身令坦塔罗斯十分受诸神的尊敬，他可以跟宙斯同桌用餐，也不用回避神们的谈话。可是他的虚荣心又使他不配享有天上的福祉，于是，他开始用各种方法对神们作恶：他泄露神们生活中的秘密；从他们的餐桌上偷取美酒和香膏用来分给凡间的朋友；他把别人在克里特的宙斯神庙里偷出来的一条金狗窝藏在家里据为己有……

为了试探一下众神是否通晓自己所做的一切，有一天，坦塔罗斯邀请诸神到家中做客。他残忍地杀死了自己的亲生儿子珀罗普斯[1]，做成一桌酒席来款待他们。在场的谷物女神德墨忒耳[2]因思念被抢走的女儿珀耳塞福涅[3]，在宴席上心神不定，只有她出于礼貌稍微尝了一块肩胛骨。别的神早已识破了他的诡计，纷纷把这男孩被割裂的肢

---

1 珀罗普斯（Pelops），坦塔罗斯（Tantalus）之子，他的故事下一章会讲到。

2 德墨忒耳（Demeter），希腊神话中司掌农业的谷物女神，亦被称为丰收女神，为奥林匹斯十二主神之一。

3 珀耳塞福涅（Persephone），众神之王宙斯和德墨忒尔之女，被哈得斯（Hades）绑架到冥界与其结婚，成为冥后。

体丢到一只盆里。命运女神克洛托[1]将他从盆里取出，让他重新活了过来，可惜肩膀上缺了一块，那是被德默忒耳吃掉的，后来便用象牙做了一块补上。

坦塔罗斯的恶贯满盈终于激怒了诸神，神们把这罪恶滔天的人打入了地狱，让他在那里承受酷烈的惩罚。他站在一池齐颔的深水中间，却要忍受着烈火灼烤般的干渴，因为只要他弯下腰去喝水，池水便会立即从他身旁流走，脚下只剩一片焦干的黑土；他同时也要忍受饥饿的折磨，他身后的湖边便是结满累累果实的果树，树枝都被果实压弯了，就吊在他的额前。他一抬头就能看到树上蜜水欲滴的生梨、鲜红的苹果、火红的石榴、芳香的无花果和绿油油的橄榄……这些水果似乎都在微笑着向他打招呼，可是当他踮起脚来想要摘取时，空中就会刮起一阵大风，把树枝吹向空中；然而，最可怕的痛苦还是永无休止的对死神的恐惧，因为他的头顶上方悬挂着一块大石头，随时都会掉下来将他压得粉碎。

对神祇充满不敬的坦塔罗斯，注定要永无休止地遭受这三种酷刑的折磨[2]。

---

1 克洛托（Clotho），命运守护神，是朱庇特（宙斯在罗马神话中的名字）和忒弥斯的女儿，前者代表无上的权力，而后者代表绝对的公平，因此克洛托一出生就拥有掌握人间命运的神力。

2 现在人们常常把一个人所受的巨大磨难和人生挑战说成“坦塔罗斯（Tantalus）的磨难”。

第十三章
珀罗普斯

坦塔罗斯亵渎神明，而他的儿子珀罗普斯却与父亲恰恰相反，他对诸神充满虔诚。在父亲被打入地狱后，他被邻近的特洛伊国王赶出了自己的国土，流亡到了希腊。

年轻气盛的珀罗普斯爱上了伊利斯国的公主希波达弥亚[1]，但是要迎娶这名女子并非易事，因为曾有神谕预言，当女儿结婚时，她的父亲便会死亡，所以国王俄诺玛诺斯千方百计地阻挠前来向他女儿求婚的人。他公告全国，说凡想要和他女儿结婚的人，必须要参加他的马车比赛，只有赢他的人才能娶他的女儿。但如果国王赢了，他的对手就会被处死。

比赛路线起于比萨，终于科任托斯海峡的波塞冬神坛。国王规定，在比赛开始前他会先给宙斯献祭一只羔羊，然后让求婚者驾着四马战车先出发，等到献祭仪式完毕后，他就开始追赶。国王的马车由车夫密耳提罗斯[2]驾驭，国王自己站在车上，手执一根长矛，如果他们追上参赛者，就有权用长矛将对手的胸膛刺穿！

爱慕希波达弥亚的年轻小伙子们都对这条件不以为然。他们以为国王俄诺玛诺斯年老体弱，明知道自己赛不过年轻人，便故意让参赛

1 希波达弥亚（Hippodamia），她是伊利斯国王俄诺玛诺斯（Oenomaus）和斯忒洛珀（Sterope）的女儿。古希腊神话中这个名字被许多人共用，不要混淆。

2 密耳提罗斯（Myrtilus），赫耳墨斯之子，俄诺玛诺斯的御车者。

者先走一程，这样，即使输了，也可为自己找到一个体面的借口。青年们纷纷赶到伊利斯，向国王的女儿求婚。国王很友好地逐个接待他们，给他们提供漂亮威武的四马战车。他自己则不慌不忙地去向宙斯献祭羔羊。等到献祭仪式完毕，他登上由两匹叫作菲拉和哈尔彼那的骏马拉动的一辆轻便战车，它们跑得比强劲的北风还要快！国王很快就赶上了前面的求婚者，残忍地用长矛刺穿了他们的胸膛。就这样，十几名求婚者全部惨死在他的长矛之下。

珀罗普斯为他所爱的女郎而来，半路上他在一个半岛登陆，这座岛后来就以他的名字被命名为珀罗普纳索斯。听说了关于求婚者们在伊利斯惨死的消息后，他趁着黑夜来到海边，大声地呼唤强大的守护神波塞冬，但见海浪分开，波塞冬应声驾浪来到了他面前。

“伟大的神啊，”珀罗普斯祈求道，“如果爱情女神的馈赠能使你欣喜，那么请保佑我让我不会受到俄诺玛诺斯的长矛的伤害，请赐给我神车，让我以最快的速度到达伊利斯，他已经杀死了十几个求婚者，巨大的危险需要一个勇敢的灵魂去对付。总有一天我也会死去，那么我宁愿去参加这光荣的冒险，在这里我祈求你保佑我取得胜利。”

珀罗普斯的祈求生效了，水中又响起一阵哗哗声，汹涌的波涛再次分开，一辆金光闪闪的神车出现在他的面前，前面有四匹带翼的飞马拉动，速度犹如飞箭。珀罗普斯飞身上车，风似的向伊利斯驶去。俄诺玛诺斯见到珀罗普斯的到来，大吃一惊，因为他一眼就认出了这是波塞冬的神车，可是他也只能按照原定的条件和规则与这个外乡人进行比赛。珀罗普斯的马匹在休息了几天后，他驱策着它们来到赛场开始比赛。

就在快要接近终点时，依照惯例先给宙斯献祭了羔羊的国王追了上来，他挥舞着长矛，向珀罗普斯的后背刺去。但珀罗普斯的保护神波塞冬即刻赶来，在国王的马车奔跑得最快时松动了他的车轮，马车被摔得粉碎，国王被强大的惯性甩出马车，坠地而死。珀罗普斯驾着四匹飞马顺利地到达终点，他回头一看，只见国王的宫殿里烈火熊熊，原来是那宫殿被雷电击中了。珀罗普斯勇敢地驾着带翼的马车冲进火光冲天的宫殿里，救出了自己的未婚妻希波达弥亚。

后来，他统治了伊利斯全国，并夺取了奥林匹亚城，创办了闻名于世的奥林匹克运动会。他和妻子希波达弥亚生了很多儿子。儿子长大后，分布在珀罗普纳索斯全境，并各自建立了自己的王国。

第十四章
尼俄柏

缪斯女神送给底比斯国王安菲翁[1]一把漂亮的竖琴，琴声美妙而神奇，当他弹奏的时候，砖块竟自动地黏合起来，建起了底比斯的城墙。

王后尼俄柏[2]是个骄横成性的女人，她的父亲坦塔罗斯在被打入地狱之前是神祇的上宾，而她自己又是堂堂王后，庄严美丽，远近闻名……不过最使她感到高兴和自豪的是她那七个儿子和七个女儿。她被视为幸福的母亲，而且如果不是她过分的自鸣得意和肆意妄为，事实也真是如此，但她的自骄自矜终是给她招来了杀身之祸。

有一天，盲人占卜家忒瑞西阿斯的女儿曼托[3]受神指使，在街上呼唤底比斯城的妇女全都出来，共同祭拜勒托[4]和她的双生子女阿波罗和阿耳忒弥斯。底比斯城的妇女一起涌了出来，曼托吩咐她们头戴桂冠，献上祭品并做虔诚的祈祷。

这时，尼俄柏也带着她的侍女们出来了。她穿着一件金线织成的长袍，披肩的长发光彩照人。可她美丽的容颜却带着怒色，并且用傲

---

1 安菲翁（Amphion），宙斯与河神阿索波斯（Asopus）之女安提俄珀（Antiope）的儿子，痴迷于音乐。

2 尼俄柏（Niobe），坦塔罗斯和狄俄涅（Dione）之女，安菲翁之妻，底比斯王后。

3 曼托（Manto），彭透斯的故事中提到的盲人占卜师忒瑞西阿斯之女，她精通火焰占卜。

4 勒托（Leto），暗夜女神，泰坦神科俄斯（Coeus）之女，星夜女神阿斯忒里亚（Asteria）的姐姐。

慢的目光环视着准备在露天进行祭拜的妇人们。

“你们难道疯了吗？你们敬奉荒诞的神祇，难道天国的神真的来到了你们中间？你们给勒托献上了祭品，为什么不向我顶礼膜拜？我的父亲可是赫赫有名的坦塔罗斯，他是唯一可与神们一起用餐的凡人；我的母亲狄俄涅是天上闪耀的七星普勒阿得斯的姊妹；力大无穷的阿特拉斯[1]也是我的祖先，他把整个苍天都扛在自己的肩上；万神之王宙斯是我的祖父；所有的佛律癸亚人民也都听从我的指挥；这整个底比斯城都属于我和我的丈夫，它的城墙也是我们弹奏竖琴才黏合而成的；我的宫殿里每间屋子都放满了奇珍异宝……此外，我有着如同女神一样的容貌，有其他的母亲渴求却得不到的孩子——七个美丽如花的女儿和七个体格强健的儿子，不久我便会有七个女婿和七个儿媳。请问，难道我没有足够的理由骄傲吗？你们不敬奉我，却敬奉勒托这不知名的泰坦神之女。她曾经在陆地上几乎找不到一块生养孩子的地方[2]，只有漂浮的提洛斯岛怜悯她，才给她提供了临时的住处。她一共才生了两个孩子，真可怜啊，仅仅是我的七分之一。有谁不承认我的幸福？谁又怀疑我不会长久如此幸福下去？就算命运女神要毁灭我的财富，她也要忙碌和烦恼好久！即便是他们要夺去我一两个子女，我也不会像勒托一样只剩下两个孩子！所以，把贡品拿开，摘下你们的花冠，都回家去！再不要让我看见你们做这样的蠢事！”

妇女们惊恐地取下头上的桂冠，撤掉祭品，献祭还没完就奔回家去，不过心里都在默默地向勒托祈祷，试图平息这个被得罪了的女神的怒火。

在提洛斯的库恩托斯山顶上，勒托和她的一对双生子女用慧眼明察着远在底比斯发生的一切。“看啊，我的孩子们，”她说，“我作

---

1 阿特拉斯（Atlas），希腊神话里的擎天神，属于泰坦神，泰坦之战后宙斯降罪让他用双肩支撑苍天。七星普勒阿得斯便是他的女儿们。有传说她们因同情父亲而集体自杀，宙斯可怜她们便将他们化作星辰。

2 勒托怀孕后，嫉妒的天后赫拉无法容忍别的女神为宙斯生下孩子，便下令禁止大地给予她分娩之所。

为你们的母亲，如此荣幸地生育了你们。除了赫拉以外，我不比任何女神低微，今天却被一个傲慢的人间女子如此侮辱。如果你们不支持我，我将被赶出古老的圣坛。我的孩子，连你们也遭到了尼俄柏的侮辱！”

“母亲啊，不要悲痛了吧，”福玻斯打断了母亲的话，“这只能徒然地耽误惩罚的时机！”他的妹妹也随声附和着。兄妹二人都披着云霞，穿空而过，来到了卡德莫斯的城边。城外是一片没有耕种的宽平地，是用以供车马比赛的演武场。尼俄柏的七个儿子正在那里嬉戏。最年长的大儿子伊斯墨诺斯正骑着快马绕圈奔驰，突然，伴随着一声呻吟，他双手一松，缰绳啪的一声滑落，他顿时从马上跌落在地！原来是一支飞箭射中了他的心脏。他身旁的兄弟西庇洛斯在一旁听到空中箭翎飞鸣的声音，吓得策马飞奔，就如一名扬帆疾驰的舵手要逃到港口里躲避暴风雨一样。但是，他还是被一支箭射穿了脖子，从马上滚落下来，当场毙命。另外两位兄弟，一个是以外祖父的名字命名的坦塔罗斯，另一个是弗提摩斯，两人正抱在一起角力，结果被同一支飞箭双双射死。第五个儿子阿尔菲诺看到四个哥哥倒地身亡，惊恐地跑了过来，把一具尸体抱在怀里，痛苦万分，但立刻胸口也遭到阿波罗放出的致命一箭，流血而死。第六个儿子达玛锡西通是个留着长发的可爱青年，他被射中了膝盖，正当他弯下腰去想要用手拔出箭镞时，第二箭从他口中穿过，他即刻便血流如注，倒地而亡。最小的一个儿子伊里俄纽斯，仅仅是个小男孩，他被眼前所发生的一切吓坏了，急忙双膝跪地，张开双臂向神祈求：“呵，万能的神祇哟，请饶恕我吧！”尽管可怜的哀求声让残忍的射手心生同情，但此时射出的利箭再也收不回来了。男孩扑通一声倒在了地上，只是痛苦最轻，因为弓箭正中他的心脏。

这场残忍的屠杀很快就传遍了全城。孩子们的父亲安菲翁听到噩耗，悲恸难当，拔剑自刎而死。他的仆人们和国民悲泣的哭声立刻传进了尼俄柏的宫室。这时的她才意识到天上的神祇竟有如此大的威力！这时她跟从前的尼俄柏判若两人，她刚才还在驱散女神圣坛前的民众们，趾高气扬地走过全城，不可一世，现在却一下子惊慌失措并且倍感无助。她奔跑到城外空地上，伏在儿子们冰冷的尸体上，一个一个地亲吻他们。她向空中伸开双臂，呼天抢地地叫着："看着我的苦难，你幸灾乐祸吧！残酷的勒托啊，你也该心满意足了吧！七个儿子的死，也会把我送进坟墓的！"

这时候她的七个女儿穿着丧服来到她的身旁。风儿吹散她们的长发，她们围着七个惨遭杀害的兄弟，悲伤地站在那里。尼俄柏看到女儿们，苍白的脸上闪过一种怨恨的神情，她侮蔑地看向空中："不，即使我遭到了如此不幸，失去了七个儿子，但我拥有的还是比你多！我还是比你更富有！"

可她话音刚落，空中就传来一阵弓弦的声音，除了尼俄柏之外每个人都十分恐惧——巨大的灾祸作用下，尼俄柏已经麻木了。随着一声悲惨的叫声，她的一个女儿被射中了胸口，无力地瘫倒在一个兄弟的尸体旁；另一个女儿忙奔向不幸母亲身旁，想去安慰她，可是另一支无情的箭射杀了她；第三个在逃跑中被射倒在地，其余的几个也相继倒在死去的兄弟姐妹身边！最后只剩下了一个最小的女儿，她惊恐地躲在母亲的怀里，钻到了母亲的衣服下面。

"给我留下这唯一的一个吧，"尼俄柏悲痛地朝苍天呼喊着，"她是兄弟姐妹中最小的一个！"但即使她苦苦哀求，这最小的孩子还是在她的怀里被杀死了。尼俄柏孤零零地坐在儿女们的尸体中间，悲痛令她的身体变得僵硬了：她的头发不再于微风中飘拂，脸颊褪去了容光，毫无血色，眼神变得木然空洞，生命离开了她的躯体，血液在血管里凝结，脉搏也停止了跳动——尼俄柏变成了一块冰冷的石头，只是僵化的眼睛里还在不断地流着眼泪。一阵暴风将她吹到空中，横过大海，一直把她送到了在吕底亚的故乡，并安置在西皮罗斯的悬崖上。尼俄柏成了一座石像，静静地立在那里，直到现在还在以泪洗面。

第十五章
阿克特翁

阿克特翁[1]和他的父亲一样喜欢打猎，年轻时跟随英雄导师喀戎学习打猎的技巧。

有一天，他跟一群伙伴外出围猎。到了中午，火辣辣的太阳酷热炙人，猎人们就想着快些找到一处树荫纳凉。阿克特翁对伙伴们说道：“今天我们已经收获颇丰了，围猎就此结束！明天再打吧。”于是大家四下散开，带着猎犬走进森林深处，想找一块荫凉处睡一觉。

附近有座叫加耳菲亚的山谷，山谷中长满了松树和柏树，是狩猎女神阿耳忒弥斯的一块圣地。山谷深处的一角有一处被树木遮掩的山洞，洞内有一个清泉汇成的小湖，年轻的女神狩猎回来，经常来这里洗澡消除疲劳。

这天也一样，狩猎归来的女神在一群女仆的簇拥下走进山洞。她把弓箭和箭袋都交给后面的仆人们。其中一位女仆为她脱下衣服，另两位女仆帮她解下脚上的鞋带，聪慧美丽的库洛卡勒将阿耳忒弥斯松散的头发扎成一把，大家又从湖中舀来凉水冲洗她的身体。

这时，卡德摩斯的外孙阿克特翁来到树丛深处，无意之中踏进了阿耳忒弥斯的圣地，女仆们突然看到这位突然闯进来的不速之客，不禁惊叫起来，并且迅速一起围住了女主人，不让他看到她的胴体。女

1 阿克特翁（Actaeon），也作阿克泰翁，是阿里斯泰俄斯和奥托诺厄（卡德摩斯之女）之子。他的故事在欧洲古代非常有名，常常出现在诗歌、绘画等艺术中。

神羞得面色绯红，眼睛直愣愣地盯着这闯进来的男子。而此时的阿克特翁已经完全被眼前的美人迷住了，他呆呆地站在那里，一动不动，而不是想着立刻逃出这是非之地。

女神俯下身子，退到一旁，一面用手从湖里舀起水来洒在了阿克特翁的头上和脸上，一面威胁着说：“如果你有本事的话，去告诉大家你看到了什么吧！”

阿克特翁缓过神来，吓得扭头就跑，而且速度快到连他自己都感到吃惊。不幸的他没有发觉自己的头上已经长出了一对犄角，脖子也变得细长，耳朵变得又长又尖，双臂变成了大腿，双手变成了蹄子，身上长出了斑斑点点的毛皮——愤怒的女神已经把他变成了一头鹿。他来到一处水边，看到了自己的倒影。“天哪，我这不幸的可怜人！”他想呼喊，可嘴巴却僵硬得像石头般发不出声来。他痛哭流涕，眼泪顺着脸颊淌下来，现在的他就只有思想还没有丧失了。

该怎么办呢？是回到外祖父的宫殿里去，还是藏在这深山密林里？正当他又羞又怕的时候，他的一群猎狗一起围拢了过来，冲向外型是一头雄鹿的他，追得他漫山遍野地逃窜。他一会儿逃上悬崖，一会儿逃进峡谷，惊恐万状地在他从前围追猎物的林场上逃命，现在的自己反倒成了被围猎的对象。

最后，一条凶恶的猎犬吼叫着扑上来，一口咬在了他的背上。别的猎狗也一呼而上，锋利的牙齿将他咬得遍体鳞伤。此时，和他一起狩猎的朋友也闻声而至，放出恶狗，拼命撕咬着这头壮鹿。猎友们高声欢呼着，寻找他们的朋友，喊声在山谷间回响：“阿克特翁！你在哪里哟？瞧啊，我们猎到了一头壮鹿！”

这头可怜的鹿被穿在他的朋友的猎枪上，渐渐地断了气。

第十六章
普洛克涅和菲罗墨拉

从泥土中生出的厄里克托尼俄斯[1]和女神帕茜特阿之子潘狄翁成了雅典的国王，他娶了女水神策雨茜泼为妻，生下双生子厄瑞克透斯和波特斯，还生下两个女儿分别叫作普洛克涅和菲罗墨拉。

有一次，底比斯的国王拉布达科斯[2]同潘狄翁发生了战争，雅典人不敌，最后都退缩在阿提喀城内。潘狄翁眼看兵临城下，匆忙向英勇善战的色雷斯国王忒瑞俄斯[3]求援。在忒瑞俄斯的帮助下，底比斯人被赶出了阿提喀。潘狄翁为了感谢他，把女儿普洛克涅远嫁给这位声誉赫赫的英雄。很快，他们生了一个儿子叫作伊迪斯。

不知不觉间，五年的光阴过去了，远离家园的普洛克涅思念故土，尤其对妹妹菲罗墨拉十分牵挂和想念。于是，她对丈夫说："如果你爱我的话，就请让我回到雅典去，把我妹妹接来；抑或是你去那里，将她接到这里来。你就对我父亲说她在这里逗留一段时间就会回去，不然父亲会因为担心而不允许妹妹在这儿住很久。"

忒瑞俄斯同意去接菲罗墨拉，于是他带着仆人乘船驶往雅典。到

1 第十章中提到过的从土中长出的人物，克瑞乌萨的父亲厄瑞克透斯以及普洛克涅（Procne）和菲罗墨拉（Philomela）姐妹的祖父。

2 拉布达科斯（Labdacus），波吕多罗斯的儿子，卡德摩斯的孙子，拉伊俄斯的父亲，俄狄浦斯的祖父。

3 忒瑞俄斯（Tereus），战神阿瑞斯之子。

了雅典的海港城市拜里厄司时，他的岳父潘狄翁在那里热情接待了他。在进城的途中，忒瑞俄斯转告了妻子的愿望，并向国王保证，会很快把菲罗墨拉送回雅典的。

进宫后，菲罗墨拉便迫不及待地前来向姐夫忒瑞俄斯询问姐姐的情况。忒瑞俄斯见她光彩照人，美艳非凡，顿生爱慕之情，并暗暗打定主意要把菲罗墨拉骗到手。他表面上不动声色地诉说着普洛克涅对妹妹的思念之情，心中却在酝酿着邪恶的计划。

菲罗墨拉用双手勾住父亲的脖子，恳求他同意自己到远方看望姐姐。国王虽然心里不舍，但还是答应了女儿的请求，菲罗墨拉十分高兴，连忙感谢父亲。

第二天清晨，年迈的潘狄翁含着热泪同女儿分别，他紧紧地握住女婿的手说："我亲爱的儿子，因为你们一致要求，我就把心爱的小女儿托付给你了。凭着我们的亲戚关系，对着天上的诸位神，我恳请你，千万要像慈祥的父亲一样爱护妹妹，并且尽快将妹妹送回来。"他一边说，一边亲吻着自己的孩子，告诉她把自己的问候带给普洛克涅和自己的外孙。菲罗墨拉登上了船，驶入了远方的大海。

不久他们就到了色雷斯，船稳稳地进港后，大家一起上了岸。舟车劳顿的水手们都赶回了家里。忒瑞俄斯却悄悄地把菲罗墨拉带进密林深处，并把她锁在了一间牧人的小屋里。菲罗墨拉又惊又怕，流着泪打听姐姐的情况。忒瑞俄斯谎称说普洛克涅已经死了，为了不让潘狄翁伤心，他才故意编造了姐姐邀请菲罗墨拉过来的故事，而实际上自己是为了娶菲罗墨拉为妻才赶往雅典的。他一边说，一边假惺惺地哭了起来，一副伤心无比的样子。菲罗墨拉只得流着痛苦的眼泪不情愿地做了忒瑞俄斯的妻子。

可是，没过多久，菲罗墨拉心里逐渐产生了不祥的预感和可怕的怀疑。她默默地思忖：忒瑞俄斯为什么像对待犯人一样将自己锁在远离宫殿的密林深处？而不是让她像一个真正的王后那样住在他的宫殿里呢？

终于有一天，她偷听到了仆人们的小声议论，才知道姐姐普洛克涅还活着，她顿时明白她跟忒瑞俄斯的婚姻其实是一场罪恶，而她自己成了姐姐的情敌。一股怒火油然而生，她无法忍受姐夫对姐姐的背叛，飞快地冲进他的房间，大声对他说自己已经知道了真相，她狠狠地诅咒这个不义之徒，并且发誓要把他卑鄙的行径和罪恶公之于众，让人人都知道他是一个无耻的人！又害怕又恼火的忒瑞俄斯不想让任何人知道他的丑行，可是他又不敢杀害一个无辜的女子。为了保险，他想出了一个恶毒的办法。

他把菲罗墨拉的双手反绑，然后抽出利剑，做出要杀她的样子。菲罗墨拉心甘情愿，也想着要一死了之。可正当她痛苦地呼喊父亲名字的时候，忒瑞俄斯却一剑割掉了她的舌头。现在他再也不用担心有人泄露他的秘密了。他像什么也没有发生一样离开了，并且严厉地命令仆人对她严加看管，不准有任何懈怠。

忒瑞俄斯回到宫殿，普洛克涅问他为什么没有同妹妹一起回来。这时他假惺惺地含着眼泪说，菲罗墨拉已经死了，并且已被埋葬了。普洛克涅悲痛欲绝，她脱下金银彩服，换上一件黑纱，为妹妹建了一座空墓，摆上供品奠祭妹妹的亡灵。

又过了一年，受尽磨难的菲罗墨拉顽强地活了下来，在严密的看管下，她失去了一切自由，也无法向世人揭露忒瑞俄斯卑鄙可耻的行径。可是，这一切的不幸都使她变得更加聪明，她决心要把自己的悲惨遭遇让姐姐知晓。她坐在织机旁，在雪白的麻纱布上织出了紫铜色的字样，然后用手势哀求仆人将自己费尽力气织成的麻布送给王后普洛克涅。仆人不知道其中的奥秘，便答应了她。就这样，当普洛克涅摊开麻布发现了上面的字样时，她知道了丈夫所干的骇人听闻的暴行。

普洛克涅欲哭无泪，深深的痛苦甚至令她无法发出一声叹息，现在她的脑子里只有一个念头：报仇！向暴徒报仇！

夜幕降临，色雷斯的妇女们热情地庆祝着巴克斯酒神节。王后也戴上葡萄花环，手执酒神杖，匆忙跟着一群妇女来到了丛林中。她躲过看守，悄悄地走进了关着她的妹妹菲罗墨拉的牧人小屋。她抑制着激动和悲伤的心情，流着眼泪带着饱经风霜的妹妹逃回忒瑞俄斯的宫殿并且把她藏在一间密室里，告诉她："亲爱的妹妹啊，眼泪救不了我们！为了报仇雪恨，我做好了一切准备！"

这时，她的儿子伊迪斯走进来问候母亲。普洛克涅木然地看着他，面如死灰地小声念叨着："他长得多像他的父亲！"儿子在她身旁欢快地跳跃着，用小手臂勾住母亲的脖子，在她脸上吻了个遍。这个被仇恨淹没的母亲心中只是稍微感动了一下，便一把推开孩子，拿出一把尖刀，在疯狂的复仇欲望驱使下将尖刀刺进了亲生儿子的心口！

国王忒瑞俄斯坐在祖先的祭坛前，他的妻子送上可口的菜肴，他吃完后，问道："我的儿子伊迪斯在哪里？"

"远在天边，近在眼前，他离你不能再近了！"普洛克涅冷笑着说。

忒瑞俄斯不解地朝四周张望，这时菲罗墨拉走了进来，她把一颗血淋淋的孩子脑袋扔到了他的脚下。忒瑞俄斯顿时明白了一切，愤怒的他马上掀翻了餐桌，拔出剑来扑向拼命逃跑的两姐妹。

两姐妹跑得像飞似的。咦！她们竟然真的长出了翅膀，一个飞进了树林，另一个飞到了屋顶——普洛克涅变成了一只燕子，菲罗墨拉变成了一只夜莺，胸前还沾着杀人留下的血迹。当然，卑鄙的忒瑞俄斯也变了，变成了戴胜鸟，高耸着羽毛，撅着尖尖的嘴，永远地追赶着夜莺和燕子。

第十七章
墨勒阿革洛斯和野猪

喜获丰收的卡吕冬王俄纽斯[1]虔诚地以新鲜果物来献祭神明：谷物献给德墨忒耳，葡萄献给巴克斯，油料献给雅典娜……每位神都有相应的祭品，可是他却唯独忘掉了给狩猎女神阿耳忒弥斯献祭。她的祭坛前没有供品，也没有缭绕的烟火，这让女神十分生气，她决定报复漠视她的人——她往卡吕冬的原野上放出一头巨大而又凶猛的野猪：血红的眼睛里喷射着熊熊火焰，宽阔的脊背竖着坚硬的鬃毛，粗大锐利的獠牙如同象牙一般……这头野猪在庄稼地里肆意践踏，连枝带叶地把葡萄和橄榄吞吃掉，让人们得不到预期的收获。所有的牧人和猎犬看到它都赶紧躲开，因为没有办法抵御这头可怕的怪物。

最后，国王的儿子墨勒阿革洛斯[2]挺身而出，召集所有的猎人和猎犬来捕杀这头的野猪，全希腊最勇敢的人都响应了他的号召前来参加围猎，这其中有阿耳卡狄亚的女英雄阿塔兰忒，她是伊阿索斯的女儿[3]，

1 俄纽斯（Oeneus），卡吕冬王，赫拉克勒斯之妻得伊阿尼拉（Deianira）的父亲，特洛伊战争中希腊联军英雄狄俄墨得斯（Diomedes）的祖父。

2 墨勒阿革洛斯（Meleager），希腊神话中的著名英雄之一，是狩猎卡吕冬野猪活动的发起者。同时也是阿尔戈英雄，曾随同伊阿宋一起寻取金羊毛。

3 阿塔兰忒（Atalanta）是希腊神话中著名的女英雄，阿耳卡狄亚（Arcadia）国王伊阿索斯（Iasus）和克吕墨涅的女儿。传说因为国王想要儿子而将她遗弃，一只母熊照顾了她，据说这头熊是阿耳忒弥斯的圣兽，阿塔兰忒的守护神。阿塔兰忒后与希波墨涅斯（Hippomenes）结婚，生下攻打底比斯的七英雄之一的帕耳忒诺派俄斯，见本书第二十四章。

幼年时被遗弃在树林里，由一头母熊哺乳。后来，她被猎人发现带回抚养成人。从此她就以树林为家，靠狩猎为生，出落成一位漂亮的女子，但对男人却十分厌恶，她拒绝一切靠近她的男人。曾有两个肯陶洛斯族的半人马企图在荒野之中追求她，也被她用弓箭射杀。因为她喜欢狩猎，所以这次才加入到围猎的队伍里来。她把头发挽成发髻，肩上挂着象牙色的箭袋，右手执弓，脸色红润，在男人眼里像美女，在女郎眼里像美男子。墨勒阿革洛斯就被她深深吸引住了，他不由得在心里感叹："能够被她认作丈夫的男人该是多么幸福啊！"但他没有工夫琢磨这个了，因为危险的狩猎行动已迫在眉睫。

猎人们来到一座沿着山坡逶迤而上的古老的森林里，有的布罗网设陷阱，有的放开猎犬，有的仔细寻觅野猪的踪迹。

现在，众人来到一处被急流冲蚀而成的险要山谷中，山谷里长满了浓密的芦苇和水杨，这里就是野猪的巢穴！它被猎犬的狂吠声惊起，窜了出来，冲断了数不清的树木，如同从浓云中穿过的闪电。猎人们齐声呼喊，执矛刺杀，可野猪却避开他们，朝斜里冲刺过去，猎人们朝它投掷出的矛枪和飞镖只能擦破它的硬皮而已！被激怒的野猪兽性大发，它瞪着冒火的眼睛，腹部起伏着，如同投石车掷出的巨石般向着猎人们的右侧猛冲而来！三位猎人被怪兽冲倒并被活活踩死。旁边的涅斯托耳[1]，这位注定要成为大英雄的勇士爬到一棵野猪用来磨牙的橡树上才躲过一劫。卡斯托耳和波吕丢刻斯[2]两兄弟骑着战马追击，他们的长矛刚要刺中野猪的时候，那野兽竟机敏地逃进了人无法进入的密林中。此时，阿塔兰忒及时赶到，弯弓搭箭，朝着野猪一箭射去，正中它的耳根，鲜血染红了野猪的鬣毛。

墨勒阿革洛斯看到野猪受了伤，他欢欣地喊道："阿塔兰忒啊，

1 涅斯托耳（Nestor），战车大师，希腊神话中皮洛斯国王，足智多谋，善于辞令，人们遂以其名喻指某一行业或领域中阅历丰富、资深望高的长者。

2 卡斯托耳（Castor）是斯巴达的国王廷达瑞俄斯（Tyndareus）的儿子，海伦（Helen）的哥哥，是凡人，波吕丢刻斯（Polydeuces）是勒达（Leda）和宙斯所生的儿子，所以属于神的行列。可是这一对兄弟朝夕相处，不愿分离。也有说他们是宙斯和勒达所生，所以将其合称为狄俄斯库里，意即"宙斯之子"。

只有你才配得上勇士的荣耀！”男人们见一个女人竟抢在他们前面立了功，感到很羞愧又懊恼，他们立刻跳起身子，把长矛和飞镖朝野猪掷去，可是这一阵雨点似的乱发竟没有一支击中野猪。

现在另一位阿耳卡狄亚人安开俄斯双手举着一柄利斧，愤怒地扑上去，可是还没砍到野猪，就被野猪的獠牙刺进了腹部，送了性命；伊阿宋也投去一矛，没有击中野猪，却斜掠而过击中了一条猎狗；墨勒阿革洛斯连投两矛，第一矛落在地上，第二矛则正好击中了猪背！野猪再次受创，在原地暴躁地打转，口中喷吐着鲜血和白沫，墨勒阿革洛斯立即赶上前去，举起长矛，狠狠地刺进了野猪的脖子！猎人们也纷纷举矛刺杀，野猪身上顷刻间就被戳成了蜂窝，它挣扎了一下，终于倒在了血泊之中。

墨勒阿革洛斯一只脚踩住野猪的头，用利剑连毛带肉地剥下了猪皮。他把猪皮连同猪头和獠牙一起送给勇敢的阿塔兰忒，对她说：“请收下战利品吧！这是我得到的，可是更大的一份荣誉应该归于你！”

这伟大的光荣归于一个女人使得众猎人愤愤不平，认为她不配。墨勒阿革洛斯的几个舅舅更是不服，他们站到阿塔兰忒的面前，挥舞着拳头：“放下手中的战利品，你别想得到这份猎物，它是属于我们的！你不要妄想了，你的美貌和把这战利品平白送给你的墨勒阿革洛斯都帮不了你！”说着他们抢过战利品便要扬长而去。墨勒阿革洛斯忍不住切齿咆哮道：“你们这些强盗！我要让你们知道我的行动胜过你们的威胁！”他提起长矛就朝他的一个舅舅刺了过去，第二个舅舅还没明白是怎么回事，就被长矛刺进了胸膛。

墨勒阿革洛斯的母亲阿尔泰亚正在去神庙献祭的路上，她要为儿子的凯旋向神明表示感谢。可这时她却看到两个兄弟的尸体被抬了过来。阿尔泰亚悲痛地捶着胸，匆忙赶回宫殿，换上黑色的丧服，使全城都充满着悲哀。可当她听说凶手是自己的儿子墨勒阿革洛斯时，这悲哀变成了仇恨——她开始思量着要替兄弟们报仇。

阿尔泰亚想起墨勒阿革洛斯生下没几天的时候，命运三女神曾来到她的床前。“你的儿子将成为一个勇敢的英雄。”第一位女神预言说。“你儿子的寿命会像……”第二位女神还没有说完，第三位女神就接过了话头：“像炉子上的木柴一样，直到被火烧完。”听完这些，阿尔泰亚在女神们离开时连忙把木柴从火中取了出来，用水浇灭，然后藏进密室里。现在的她在复仇的愤怒中，又想了起这木柴，于是立即走进密室，吩咐仆人架起木柴生好炉子，让火焰熊熊燃起。

阿尔泰亚的内心里的母子之爱和手足之情在激烈地冲突着。她四次伸手，要将木柴扔进火中，却又四次把手缩了回来。终于，兄弟的情谊战胜了母爱。

“复仇的女神啊，”她说，“望着我，望着这献给你的祭品！我兄弟们的灵魂啊，你们可知为了你们我正在做的事。接受我这不幸的亲生骨肉，作为你们安葬的礼品吧！多么昂贵的礼品啊！我的心因为母爱而破碎，为了你们我夺去了他的生命，不久我也要跟着他去了！”说着，她闭上眼睛，用一只颤抖的手将木柴投进了熊熊的烈火中。

墨勒阿革洛斯这时正在回城的途上。突然他感到内心有如火烧般的灼痛。刚到宫殿，他就痛得难以忍受，一头倒在床上。他如一个英雄一样忍受着痛楚，但却深悔不能像死去的猎人同伴一样死在与野兽搏击的战场上。在痛苦中他呼叫他的兄弟、他的妹妹、他年迈的父亲和呆呆地站在火堆旁木然地看着烈火焚烧木片的母亲。可怜的儿子的痛苦随着木片的燃烧而愈加剧烈。当火焰渐渐熄灭，他的痛苦也逐渐消失了，当最后一个火星熄灭时，他也停止了呼吸，灵魂离开了他的身体。

父亲、姐妹和全卡吕冬的人民都为失去了这位英雄而悲哀。只有他的母亲不在那里，人们发现她已经在仅剩下余烬的火炉旁自缢而死了。

第十八章
西绪福斯和柏勒洛丰

埃俄罗斯[1]的儿子西绪福斯是所有的人类中计谋最多的人，他在两个国家之间的狭窄地带建立并统治着美丽的城邦科林斯。由于他背叛了宙斯，死后被打入地狱受惩罚。每天清晨，他都必须将一块沉重的巨石从平地搬到山顶上去，每当他自以为已经搬到山顶时，石头就突然顺着山坡滚下去，他必须重新回头搬动石头，艰难地挪步爬上山去，就这样永无休止。[2]

---

1 埃俄罗斯（Aeolus），也作埃洛斯，这个名字被神话中的三个人共用。第一个埃俄罗斯是希腊人祖先赫楞（Hellen，有说他是丢卡利翁和皮拉的儿子）的儿子，埃俄利亚族的祖先；第二个是波塞冬的儿子，母亲是第一个埃俄罗斯与喀戎之女墨拉尼珀的私生女阿耳涅，是他带领了一支殖民队到第勒尼安海；第三个是希波忒斯的儿子，在《奥德赛》中给了奥德修斯一满袋风使得奥德修斯轻易地回到了家。这里的西绪福斯（Sisyphus）是第一个埃俄罗斯的儿子。

2 据《荷马史诗》记载，当宙斯掳走河神伊索普斯（Aesopus）的女儿伊琴娜（Aegina）后，河神曾到科林斯找寻其女，知悉此事的西绪福斯以一条四季长流的河川作为交换条件告知了他女儿的下落。由于泄露了宙斯的秘密，宙斯便派出死神要将他押下地狱。没有想到西绪福斯却用计绑架了死神，导致人间长久以来都没有人死去，一直到死神被救出为止，而西绪福斯也被打入冥界。在被打入冥界前，西绪福斯嘱咐妻子墨洛珀（Merope）不要埋葬他的尸体。到了冥界后，他告诉冥后珀耳塞福涅（Persephone）说一个没有被埋葬的人是没有资格待在冥界的，并请求给予三天告假还阳处理自己的后事。没有想到，西绪福斯一看到美丽的大地就赖着不走不想回冥府去了。直到其死后，西绪福斯被判逐出到地狱那边，在那里，他每天要把一块沉重的大石头推到非常陡的山上，然后朝边上迈一步出去，再眼看着这个大石头滚到山脚下面。西绪福斯要永远地，并且没有任何希望地重复着这个毫无意义的动作。

西绪福斯的孙子柏勒洛丰[1]，即科林斯国王格劳卜斯的儿子。他因为过失杀人，被迫逃亡到提任斯，在这里他受到国王普洛托斯的热情接待，并被赦免了罪行。由于柏勒洛丰仪表堂堂，身材魁梧，提任斯王后安忒亚对他一见倾心并企图引诱他。可是柏勒洛丰心地善良，为人高尚，对她的挑逗十分冷淡。安忒亚见企图不能得逞，恼羞成怒，于是来到她丈夫面前说："我的丈夫，如果你不想受羞辱，让自己的名誉遭到败坏，就该把柏勒洛丰杀死，因为他是个不老实的人，他企图引诱我，让我背叛对你的爱情。"

国王普洛托斯轻信了她的话，心里升起一股无名怒火。但因为他对年轻的柏勒洛丰十分赏识，所以又不忍心亲手杀了他，于是便想用别的办法对他施加报复。他派柏勒洛丰到他的岳父，即吕喀亚国王伊俄巴忒斯那里去送一封密封的家信。其实信上要国王把来者处死，可柏勒洛丰并不知情，毫不怀疑地出发了。他急匆匆往前走向死亡，天上的诸神也一路保护他。他渡过大海，穿过美丽的克珊托斯河，一路来到吕喀亚，见到了国王伊俄巴忒斯。

伊俄巴忒斯是一位热情有礼的贤君，他设宴招待了这位来自外乡的贵客，没有问他是谁，也没有问他来自何方。柏勒洛丰的高贵的举止和俊秀的仪表足以表明他是一个不寻常的客人。国王每天都像过节似的宴请他，并为他宰牛敬献神，总之给了他一切可以享受的荣耀。

第十天的时候，国王才问起客人的身世和来意，柏勒洛丰告诉他，自己是从普洛托斯国王那里来送信的，说完便把书信呈给伊俄巴忒斯。国王看完信，吓得倒抽了一口冷气，惶恐非常，因为万万没想到女婿让自己处死眼前这位风度翩翩的客人。可是他同时也在思忖着，如果没有重大原因，女婿也一定不会想要处死他的。即使这样，国王还是不忍心杀害这个温文尔雅、谈吐不俗的青年才俊。

最后，国王为了摆脱为难，决定派他去做必死无疑的冒险。他先

1 柏勒洛丰（Bellerophon），关于他的神话，既具有古代民间故事的特点，又有关于希腊时代以前所崇拜的神祇的概念。希腊悲剧大师索福克勒斯和欧里庇得斯都将其编成悲剧故事流传下来。

命令柏勒洛丰消灭危害吕喀亚的怪物喀迈拉，这怪物是巨人堤丰与巨蛇厄喀德那之子，它上半身像狮子，下半身像恶龙，中间像山羊，口中喷着火苗，烈焰腾腾，委实可怕。天上的诸神都可怜这个无辜的年轻人。他们眼见柏勒洛丰要遭大祸，便急忙派波塞冬和美杜莎所生的双翼飞马珀伽索斯去援助他。可是这飞马从来没有让人骑过，十分狂野，撒泼，无法抓住和驯服。柏勒洛丰努力了一阵，累得精疲力竭，最后竟在皮勒内河边睡着了。他做了一个梦，梦见他的保护神雅典娜交给他一副壮丽的带有金色饰物的辔头，对他说："你怎么睡着了？带上它吧，给波塞冬献祭一头公牛，就可以使用这副辔头了！"柏勒洛丰突然从梦中醒来，看到手上果然多了一副金光闪闪的辔头。

柏勒洛丰找到能够解梦和占卜的波吕德斯，把梦中的情景告诉了他，请他帮忙解梦。波吕德斯听后劝他听从女神的建议，去杀一头公牛祭祀波塞冬，并给保护他的女神雅典娜造一座祭坛。等到这一切都做完以后，柏勒洛丰果然毫不费力地把双翼飞马驯服了，他把辔头套在马头上，然后穿上盔甲，骑着神马腾空飞跃，弯弓搭箭，射死了怪物喀迈拉。

见到完成任务安然无恙地返回的柏勒洛丰，伊俄巴忒斯非常吃惊，他越发觉得这位年轻人绝非常人。他又派柏勒洛丰去攻打居住在吕喀亚边地的、蛮勇好战的索吕默人。再一次出乎国王的意料，柏勒洛丰又在艰苦的战斗中取得了胜利。国王又派他去跟亚马逊人作战，他同样安然无恙地得胜回来。

伊俄巴忒斯见难不倒柏勒洛丰，于是心生一计，在柏勒洛丰凯旋途中设置埋伏狙击柏勒洛丰。可是袭击柏勒洛丰的士兵全被他消灭，无一生还。直到这时，伊俄巴忒斯才明白这个年轻人根本不是罪人，而是神的宠儿。他再也不敢设计杀害他了，而是把他接回宫中，和他分享王位，还把美丽的女儿菲罗诺厄嫁给他为妻。吕喀亚人献给他肥沃的土地和丰盛的作物。他的妻子生下两个男孩和一个女儿，生活过得十分美满。

时过境迁，柏勒洛丰的幸福也到了尽头。他的大儿子伊桑特洛斯在跟索吕默人的战争中不幸阵亡。女儿拉俄达弥亚跟宙斯生了英雄的儿子萨耳佩冬，后来却被狩猎女神阿耳忒弥斯一箭射死。只有小儿子希波洛库斯活到高龄，他在特洛伊人反对希腊人的战争中派自己的儿子格劳库斯参战，格劳库斯与他的表兄弟萨耳佩冬率领一队吕喀亚士兵援助特洛伊人。

柏勒洛丰因为拥有双翼飞马而变得骄矜起来，作为一个凡人，他竟想骑着马到奥林匹斯圣山去参加神的集会。可是神马却不愿听从他的指挥，在天空直立起来，将他摔下了马背。柏勒洛丰虽然没有被摔死，但他从此便遭到神明的抛弃。羞于见人的他唯有到处流浪，躲躲藏藏，隐居在没有人烟的地方，度过忧虑的余生。

第十九章
阿耳戈英雄们的故事

伊阿宋和珀利阿斯

伊阿宋是埃宋的儿子，克瑞透斯的孙子。克瑞透斯在帖撒利的海湾建立了城池和伊俄尔科斯王国，并把王位传给了儿子埃宋。但后来埃宋的弟弟珀利阿斯篡夺了王位。埃宋死后，他的儿子伊阿宋逃到半人半马的肯陶洛斯族人喀戎那儿。作为英雄导师的喀戎要把伊阿宋训练成一个英雄[1]。

在珀利阿斯年迈时，他因为一个奇异的神谕而日日不安。这个神谕警告他说要提防一个只穿一只鞋子的人。珀利阿斯反复思忖，却怎么也猜不透这话的含义。

当伊阿宋在喀戎那里训练了二十年后，他动身返回位于伊俄尔科斯的故乡，打算向珀利阿斯要求王位继承权。

伊阿宋带了两根长矛——一根用来投掷，一根用来刺杀，身上裹着野豹皮，长发披散在肩上，如同古代的英雄一般。在途中，他碰到一条大河，河旁有一位老妇，她请求伊阿宋帮助她渡过河去。实际上，这妇人便是众神之母赫拉，她是国王珀利阿斯的仇人。不过因为她做了伪装，伊阿宋竟没有认出她来。

---

1 克瑞透斯（Cretheus）死后埃宋（Aeson）继位，他和他的父亲一样也是一位正直的国王，但性格过于优柔寡断，当诸侯发生叛乱时，他请同母异父的哥哥珀利阿斯（Pelias）帮助自己，珀利阿斯却在平定叛乱后篡夺了王位。

伊阿宋决定把老妇人背过河去，可半途中他的一只鞋子陷到了淤泥里拔不出来。他只能穿着一只鞋子，来到伊俄尔科斯的市场上。这里每个人都忙忙碌碌，原来是他叔父珀利阿斯正在那里虔诚地祭献海神波塞冬。当伊阿宋出现在众人面前，他那英俊魁梧、气宇轩昂的外表让人们以为是太阳神阿波罗或者是战神阿瑞斯来到了人间。正在摆设祭品的国王看到伊阿宋，也不禁吃了一惊，因为他发现这个外乡人只穿了一只鞋子。当祭祀仪式完毕后，他立即走到这个外乡的小伙子身边，装作若无其事地问他是谁，家在哪里，但其实他的内心充满了疑虑和恐惧。

伊阿宋语气平和又无畏地回答说自己是埃宋的儿子，在喀戎的山洞里长大。现在他回来了，想看看父亲的旧居。狡黠的珀利阿斯客气地听着，不让丝毫的惊恐与不安流露出来。珀利阿斯派人带伊阿宋到宫殿内四处参观，伊阿宋以渴慕的眼神打量着父亲的旧居内的一切。接连五天，他的亲属们都在用欢宴庆祝他的归来。第六天，他们离开了为宾客临时搭起来的帐篷，来到国王珀利阿斯的面前。伊阿宋谦和地对叔父说："国王哟，你知道，我是合法的王室之子，你所占据的一切都是属于我的。但我仍愿意把所有的羊群、牛群和你从我父亲手里夺得的土地都留给你。我其他什么也不要，只要讨回我父亲的权杖和王位。"

珀利阿斯心里不停地盘算着，很快地镇定下来并且故作亲切地说："我愿意满足你的要求，但你也必须替我做一件事，这是你们年轻人能够做到的，我因为年迈体衰，已经无力做这件事了。长久以来，佛里克索斯[1]的阴魂总是在我的梦里显现，他要求我带给他的灵魂以平静，满足他的一个愿望，就是到科尔喀斯的国王埃厄忒斯[2]那

1 玻俄提亚国王阿塔玛斯（Athamas）娶了仙女涅斐勒做妻子，婚后他们生了两个孩子，姐姐叫赫勒，弟弟叫佛里克索斯（Phrixus）。后来国王抛弃了原来的王后涅斐勒，娶了伊诺做新皇后，伊诺则要千方百计地害死姐弟俩。

2 埃厄忒斯（Aeetes），古希腊神话的人物，日神赫利俄斯和珀尔塞（Perse）之子，女魔法师喀尔刻（Circe）之兄，美狄亚（Medea）之父。他残暴无情，武艺高强。

去，取回金羊毛。我现在只得把这光荣的使命交给你了，你可以从中获得无上的荣耀。当你成功归来，你就能得到权杖和王位。”

阿耳戈英雄们乘船出发

关于金羊毛的故事是这样的：

玻俄提亚国王阿塔玛斯的儿子叫佛里克索斯，他备受父亲的宠妾伊诺的虐待。于是他的生母涅斐勒为了救儿子，就在佛里克索斯的姐姐赫勒的帮助下，偷偷地把他从宫中抱了出来。涅斐勒是一位云神，她让儿子和女儿骑在长有双翼的公羊背上。这公羊的毛是纯金的，是神的使者赫耳墨斯送给她的礼物。姐弟俩骑着这头神奇的公羊凌空飞翔，飞过了不知多少陆地和海洋。途中，姐姐赫勒一阵头晕，从羊背上摔了下去，掉在海里被淹死了，于是那海从此就以她的名字命名为赫勒海，也称赫勒斯蓬托。佛里克索斯则平安地到达黑海沿岸的科尔喀斯，在那里他受到了国王埃厄忒斯的热情接待，并把自己的一个女儿许配给他。佛里克索斯宰杀金羊祭献宙斯以感谢他的一路保佑，然后把金羊毛作为礼物献给了国王埃厄忒斯。国王又将它转献给战神阿瑞斯，他吩咐人把它钉在纪念阿瑞斯的圣林里，并派一条火龙看守，因为神谕告诉他，他的生命长久与否全在于他能否保有这金羊毛。

金羊毛被看作稀世珍宝，希腊人也对它传说纷纷。许多英雄和君王都想得到这件宝物。所以，珀利阿斯国王鼓励伊阿宋去取回这件宝物也不奇怪，而伊阿宋也非常愿意去，他并没有看出叔父的真正用意是要他死于这次未知的冒险。

希腊著名的英雄们都被邀请来参加这一英勇的盛举。在佩利翁山脚下，聪明绝顶的希腊建筑师阿耳戈得到雅典娜的指导，用不腐的坚木造了一条共有五十支船桨的华丽大船。大船以造船者的名字命名为“阿耳戈号”。这船是希腊人敢于航行在大海上最大的一艘了。帆具用来自多多那神殿前的一棵神奇橡树的木料制成，这木板是女神雅典娜的赠物，可以用来占卜。华丽的大船两侧雕刻着华美富丽的图案。虽然这船很大，但是船体很轻，所以英雄们可以把它扛在肩上运走。

当大船造好并装备妥当后，水手们用抽签的方式决定了自己在船上的位置。伊阿宋担任船上的指挥，提费斯[1]掌舵，眼力敏锐的林扣斯为领港员，著名的英雄赫拉克勒斯掌管前舱，阿喀琉斯的父亲佩琉斯和埃阿斯的父亲忒拉蒙负责后舱。其余的水手还有宙斯的儿子卡斯托耳和波吕丢刻斯，皮洛斯国王涅斯托耳的父亲涅琉斯，忠贞的妻子阿尔刻提斯的丈夫阿德墨托斯[2]，后来杀死卡吕冬野猪的墨勒阿革洛斯，天才的歌手俄耳甫斯，帕特洛克罗斯的父亲墨诺提俄斯，后来当了雅典国王的忒修斯[3]和他的朋友庇里托俄斯，赫拉克勒斯的年轻朋友许拉斯，海神波塞冬的儿子奥宇弗莫斯和小埃阿斯的父亲俄琉斯。伊阿宋把他的船祭献给海神波塞冬。起航前，所有的英雄也都给波塞冬和其余海神献祭了供品，并虔诚地祈祷。

当所有的英雄在船中就位后，伊阿宋一声令下，拔锚启航，五十支船桨一起划动，大船乘风破浪地前进，不久伊俄尔科斯港便被远远地抛在了后面。俄耳甫斯弹着竖琴，用优美动人的歌曲鼓舞士气，英雄们意气风发地驶过了不知多少山峦海岛。有一天，海上起了一阵大风，汹涌的波浪把他们一直送到了雷姆诺斯岛的港口。

阿耳戈英雄们在雷姆诺斯岛

一年以前，雷姆诺斯岛上的妇女们杀死了岛上的男人，也就是她们的丈夫，因为他们从色雷斯带回了许多宠妾，爱神阿佛洛狄忒激起了她们心中的嫉妒和愤怒。只有许珀茜柏勒救出了她的父亲托阿斯[4]国王，并将他藏在木箱里抛进大海里，任其漂流。事情发生后，妇女们便一直担心色雷斯人会来袭击雷姆诺斯，她们常常警惕地站在岸边眺望海上，提防有船只突然驶来。这时，当她们看到阿耳戈号快速正

1 提费斯（Tiphys），阿耳戈号舵手，后来不幸病死在阿耳戈历险的途中。

2 阿德墨托斯（Admetus），帖撒利弗赖城的国王，阿耳戈英雄之一，也参加过卡吕冬野猪狩猎，以他忠贞的妻子阿尔刻提斯（Alcestis）而著名，太阳神为其守护神。

3 忒修斯（Theseus）的故事详见本书第二十二章，同时也会讲到他的好友庇里托俄斯（Pirithous）。

4 托阿斯（Thoas）这个名字被多人使用，注意区分。

在靠近海岸，她们立刻全副武装，纷纷冲出城门，像亚马逊女人国的士兵一样，在海岸上严阵以待。

阿耳戈的英雄们看到海岸上这群全副武装的人群里没有一个男人，感到非常惊奇。他们派出一位使者，手持和平杖乘着小船来到这支奇怪的队伍面前，妇女们簇拥着这位使者去见女王许珀茜柏勒。使者彬彬有礼地向女王传达了阿耳戈英雄们的请求：让他们进港休息。

女王将部下们召集到城中的市场上，自己端坐在父亲坐过的大理石王座上向众人传达阿耳戈英雄们的和平要求。她站起身来说："亲爱的姐妹们，我们已经犯下极大的罪孽，愚蠢地消灭了全部男人。现在，我们不能拒绝这些愿意和我们做朋友的人。但是，我们也要小心提防，不能让他们知道我们做过的事。因此，我建议把食物、美酒和其他的必需品送上船去，以这种礼遇来保障我们的安全。"

这时一个老得连说话都费劲的妇人说："给外乡人送礼很对，但也应该想到，如果色雷斯人冲过来该怎么办？即使有一位仁慈的神保佑大家，那也不能确保我们的安全吧？当然，像我这样的老太婆，根本用不着害怕，反正在物资耗尽和危险来临前我们就会死了。可是年轻的你们以后怎么生活呢？难道耕牛会自己套上牛轭去田里耕地吗？会替你们去收割庄稼吗？你们是不愿意干这种苦活的。我劝你们别错过送上门的机会，赶快把一切财产交给这群异乡人，让他们来治理你们的城市吧！"

老人的建议得到了妇女们的赞同。女王派一名年轻的女子随阿耳戈使者一起回到船上，向英雄们表达了她们的愿望。大家听后都很高兴，他们都以为许珀茜柏勒是在父亲死后和平地继承王位的。伊阿宋披上雅典娜赠送的紫色斗篷进了城。当他穿过城门的时候，女人们涌出门来欢迎他，表达她们对这位客人的满意之情。伊阿宋按照礼仪，目光向下，急步朝女王的宫殿走去。年轻的女使者把他一直领进了女君主的内室并让他在女王面前一把华丽的椅子上坐下。许珀茜柏勒低垂着头，脸泛红晕，她温柔而羞涩地说道："异乡人啊，你们为何迟疑着不进我们的城门呢？雷姆诺斯城里没有男人，你们一点也不用害怕。我们的丈夫不讲信义，背弃了我们。他们把战争中抢来的色雷斯女人纳为小妾，并且移居到她们的故乡去了，还带走了儿子和男佣，把我们孤零零地抛弃在这里。所以，我希望你们留在这里。假如你愿意，你可以代替我坐我父亲的王位。雷姆诺斯岛是大海中最富饶的岛屿，你们一定会喜欢这地方的。希望你回去以后把我的提议告诉你的伙伴们。”

伊阿宋回答说：“啊，女王，我们怀着无比感激的心接受你的帮助。我会把你的建议告诉我的同伴，我也愿意重新回到城里来。但我们都不能接受王杖和岛屿，还是请你自己执掌吧！并不是我看不起它们，而是激烈的战争还在远方等待着我。”他说完，伸出双手向女王告别，然后急忙回到了海边。

妇女们即刻驾着载满礼物的快车，跟随伊阿宋而来。船上的英雄们听完伊阿宋的解释后也都进城并住进了妇女们的家里，伊阿宋直接住在宫里，只有赫拉克勒斯生来厌恶女色，仍然坚持跟少数几个伙伴留在船上。当天，城内家家欢宴，美酒飘香，欢歌笑语，舞影婆娑。献祭的烟火缭绕着飘上云霄。女人和客人都虔诚地膜拜岛屿的保护神赫淮斯托斯和他的妻子阿佛洛狄忒。

出航的日期被一天天地拖延，若不是赫拉克勒斯忍不住从船上下来，催促他的伙伴们动身出发，阿耳戈的英雄们真的已经忘记身上的任务了！

“你们这些傻瓜啊，”他鄙视地说，“难道你们故乡没有足够的妇人吗？难道你们是为了妻室才到这里的吗？难道你们想要留在雷姆诺斯岛像农人一样地过日子吗？你们以为天上的神把金羊毛取来放在我们脚下吗？我们干脆回去算了！就让伊阿宋留在这里，娶许珀茜柏勒为妻，生一大堆儿子，听听别的英雄是怎样创立丰功伟绩的吧！”

没有人敢违抗和反对赫拉克勒斯，于是众人收拾停当，准备出航。城里的妇人们知道他们的意图后，像群蜂一样涌来缠住他们，又是抱怨，又是请求，哭哭啼啼地闹成一片。最后，她们还是屈从了男人们的决定。许珀茜柏勒含泪走上前来，握住伊阿宋的手说：“去吧，愿神保佑你和你的伙伴们取得金羊毛！成功后如果你还愿意回来，这岛和我父亲的王杖仍然等着你。但我知道，你们是不打算回来的，那么请至少在远方想念我吧！”

伊阿宋怀着对女王善与美的赞叹之情回到船上，其他人也跟着他上了船。英雄们解下缆绳，摇动船桨，重新踏上了征程！

阿耳戈英雄们在杜利奥纳人的国土

色雷斯的风把阿耳戈号吹送至佛律癸亚的海岸，那里居住着杜利奥纳人以及极其野蛮的土著巨人，这些巨人长有六条胳膊：宽阔的肩膀上一双，前胸和后背又各生一双。

海神是杜利奥纳人的祖先并且保护着他们不受当地巨人的侵犯，虔诚而友好的基奇科斯是他们的国王。国王曾得到神谕：如果有一队高贵的英雄前来，他应该友好接待，千万不能与其发生冲突。国王牢记着这神谕，所以当国王听说海上驶来一艘大船时，他便马上和全城人民赶出来迎接阿耳戈英雄们，请他们把船停在了港口，并热情地设宴款待了他们。

基奇科斯国王还是个刚刚长出胡子的青年，他刚结婚不久的妻子正在生病，但基奇科斯要敬奉神的旨意，于是他把妻子安顿好，便来招待阿耳戈的英雄们了。英雄们告诉国王他们本次出航的目的和意图，国王也为他们详细地指明了应该走的方向和路程。

第二天一早，大家登上一座高山，查看了这里在海上的方位，又欣赏了一番海天一色的壮丽景象。突然间，一群野蛮的六臂巨人从四处涌来，用巨大的山石把港口封了起来，阻断了船只进出的通道，阿耳戈号被困在了港口内。

留守在船上不愿上岸的赫勒克勒斯看到前来进犯的巨人，便持弓搭箭，射死了许多巨人。其他的英雄们也纷纷支援过来，用长矛和利剑把巨人们打得一败涂地，这些巨人的尸体如同被砍倒的大树一样躺倒在港口周围，他们终将成为飞鸟和鱼们的食物。

结束了这场斗争，阿耳戈英雄们又扬帆起航，驶入了大海。

夜里，海上的风向忽然变了，但是阿耳戈英雄们都没有意识到，于是他们又被大风吹回到了杜利奥纳海岸。杜利奥纳人被登陆的嘈杂声从睡梦中惊醒，以为大敌来犯，急忙拿起武器出来迎战，根本认不清对方其实就是他们白天刚刚隆重款待过的朋友。双方展开了不幸的厮杀！混乱中，英勇的伊阿宋亲手把长矛刺入了善良的国王基奇科斯的胸膛。杜利奥纳人战败，逃回了城内，紧闭城门。直到第二天清晨太阳升起，红霞映天时，双方这才发现发生了一场可怕的误会。

伊阿宋和他的英雄们看到国王躺在血泊中，心中充满了无限的悔恨和悲痛。接连三天，他们和杜利奥纳人一起庄严地哀悼了死者才又重新出发。

国王的妻子克利忒失去了丈夫，无法忍受过度的忧伤和孤寂，自缢而亡。

赫拉克勒斯留了下来

在暴风雨中航行一程后，阿耳戈英雄们在俾斯尼亚的海湾登陆。生活在这里的密西埃人也友好地款待了这些客人。他们燃起熊熊的篝火为英雄们取暖，用树叶为他们铺成柔软的床，而且虽然时已入夜，还送上了丰富的食物和美酒。

赫拉克勒斯同往常一样，放弃了途中的一切享受。这次他又离开了同伴们，独自走进茂密的树林，打算寻找一棵结实的树，用来削制一把更好的船桨。不久，他果然发现了一棵比较令他满意的松树。他把箭袋和弓放在地上，解开缚在身上的狮皮，又把自己的武器大木槌放在地上，双手抱住树干，用力将大树连根拔起，树根上带出的泥土使得这棵树看上去就像被飓风吹倒的一样。

这时，赫拉克勒斯的朋友许拉斯也离开了餐桌。赫拉克勒斯当年因争吵杀死了许拉斯的父亲，便把他抚养长大，让他当了自己的仆人和朋友。许拉斯带了一只铁罐，到泉边去为主人和朋友们取水。一轮圆月发出清辉，年轻的许拉斯映着月光，显得更加英俊。他到了泉边，弯下腰去打水，水中的女仙被他美丽的身影迷住了，突然伸出左手抱住他的脖子，又用右手抓住他的手臂，把他拖入了水中。正在泉水附近的阿耳戈英雄波吕斐摩斯听到许拉斯的呼救声，却怎么都找不到他。

这时赫拉克勒斯从树林里走了出来。

“唉，我必须告诉你一个不幸的消息，”波吕斐摩斯急忙对他说，“你的仆人许拉斯去泉边打水，却一直未见回来。不知道是被强盗抓去，还是被野兽吃了，我只听到他恐怖的呼喊声。”赫拉克勒斯听到这话，急忙扔下松树朝泉边奔去。

启明星高高地悬挂在山峰上空，微风吹拂，凉意习习。在舵手的催促下英雄们登上阿耳戈号，借着顺风在月色里愉快地航行了一程。直到这时才突然有人发现还有伙伴没有上船。是折返回去找他们，还是继续航行呢？这个问题引起了大家的激烈争执。他们难道能够不顾最英勇的伙伴，自顾自地走掉吗？

伊阿宋一言不发，静静地坐在那里，忧心如焚。忒拉蒙沉不住气了，暴怒地对他说：“你怎么能若无其事地坐在这里？你是怕赫拉克勒斯比你强，夺去你的荣誉？！你听到大家的议论了吗？哪怕其他的同伴都支持你，我也愿独自回去寻找失落的伙伴和英雄。”他一边说，一边用手抓住舵手提费斯的衣服，眼里满是怒火。要不是北风神玻瑞阿斯的两个儿子卡雷斯和策特斯阻止了他，他真的会逼迫大家掉头折返的。

正在大家吵得不可开交时，海神格劳科斯[1]出现在滚滚的波涛里。他用强劲有力的手拖住船尾，对他们叫道：“英雄们啊，你们在争吵什么？为什么你们要违背宙斯的意愿，想要把勇敢的赫拉克勒斯带往埃厄忒斯呢？命运注定他有另一番英雄事业要去完成。而许拉斯已经被那遭爱情之箭射中的水仙抢去了，赫拉克勒斯是为了他才留下来的。”说完这些话，格劳科斯又沉入水中，海面上留下一个急转的巨大漩涡。

---

1 格劳科斯（Glaucus），古希腊神话中一位鱼尾人身的海神，据说是因为在打鱼时发现岸边一种神秘的药草能使已经死去的鱼起死回生，好奇之下吞食了这种药草就变得鱼尾人身，大洋之神俄刻阿诺斯（Oceanus）和海后忒堤斯（Tethys）就把他迎入海神之列。

忒拉蒙感到很羞愧，他走到伊阿宋面前，恳求他的谅解："伊阿宋，请不要生我的气，我因忧虑而失去了理智。忘掉我粗暴的行为，让我们和好如初吧！"伊阿宋也很高兴能够和解，英雄们便在海上继续向前航行。

波吕斐摩斯留在了密西埃人那里，并为他们建了一座城池；而赫拉克勒斯则继续按照命运的指引，去宙斯想要他去的地方。

波吕丢刻斯和珀布律喀亚国王

第二天清晨的太阳升起时，英雄们来到一个半岛附近，抛了锚，准备休息。这里是未开化的珀布律喀亚王国，野蛮的国王阿密科斯生性好斗，他规定外乡人必须和他进行拳击比赛，而且只有取胜了才能离开他的王国。为此，许多人的性命断送在他的手里。

阿耳戈英雄们刚上岸，他就走过去用嘲弄和挑衅的口吻嚷道："听着，你们这群海上的流浪者，外乡人如果不和我赛拳并战胜我，就不许离开我的王国。你们赶快挑选一个最有本事的人前来跟我比赛，否则我就判处你们死刑！"

英雄的队伍中有一名希腊最杰出的拳击手，他就是勒达的儿子波吕丢刻斯。听到国王的挑衅，他被激怒了，跳上前去喊道："你不要多讲了，我们会服从你的规定，而我便是你的对手！"

珀布律喀亚国王看着这个勇士，眼珠子不停地打着转，而波吕丢刻斯则面带微笑，显得十分镇静。他试着挥动了一下双手，看看它们是否因为在船上长久的劳作而变得生疏了。当英雄们都离开大船来到他们面前时，双方早已面对面站好了位置，国王的一位奴仆朝他们丢下两副赛拳的皮套。

"挑选你喜欢的一副吧，看哪一双适合你的手，"阿密科斯的表情是一如既往的轻蔑，"我不想用那麻烦无比的抓阄来决定，待会你就会明白我是最好的鞣革[1]匠，可以用血把人的双颊染成红色！"

1 鞣（róu）革，用树皮、矿物盐、单宁或替代物通过浸泡将生皮制成革。亦称"硝皮"。

波吕丢刻斯仍然默默地微笑着，拿起就近的一副手套，转过身来，让朋友们帮他套在双手上，珀布律喀亚国王也同样这样做了。

拳击开始！国王朝这位希腊人奋力冲过来，连连出击，使波吕丢刻斯没有喘息和还手的机会。波吕丢刻斯则总是巧妙地躲过他的攻击，不让他的重拳落到自己身上。不一会儿，波吕丢刻斯就发现了对手的弱点，找准机会挥去重重的几拳！国王这才领略到对方的厉害。

双方咬牙切齿地格斗着，随着沉顿有力的拳击声，两人一直打到都气喘吁吁才站开来休息一下，深深地呼吸着，擦去满头的大汗……当他们重新交手的时候，阿密科斯一拳朝对方脑袋击去，但又一次被躲过，只是打中了对方的肩膀，波吕丢刻斯却一个灵巧的挥拳狠狠地击中了国王的耳根，国王痛苦地跪倒在了地上。

阿耳戈英雄们齐声欢呼，可是珀布律喀亚人却都挥舞棒棍和长矛，朝波吕丢刻斯冲了过来。见此情形，阿耳戈英雄们也拔刀迎战，保护自己的朋友。一场血战后，珀布律喀亚人抵挡不住，被迫逃回城中不敢出来。英雄们涌入畜栏，抓到许多牲口，得到了丰富的战利品。

夜晚，英雄们就留在岸上，包扎同伴的伤口并向神献祭，通宵欢乐畅饮。他们还从桂树上折下树枝，编成花冠戴在头上。俄耳甫斯弹着琴，大家唱着赞美歌，歌颂波吕丢刻斯这宙斯之子的胜利时，静静的海岸似乎也在侧耳倾听……

菲纽斯和妇人鸟

直到黎明，阿耳戈英雄们才结束饮宴，继续他们的航程。经历了几次冒险后，他们来到俾斯尼亚的对岸下锚休息整顿。英雄阿革诺耳的儿子菲纽斯住在这里，因为他滥用了阿波罗传授给他的预言本领，到了晚年突然双目失明。那些丑陋而讨厌的妖妇似的鹫鸟，也就是长着妇人头的妇人鸟，每天都尽其所能地抢走他面前的饭菜，并且会把剩下的饭菜弄脏，使他无法食用。

即使这样饱受痛苦的煎熬，菲纽斯一想到宙斯的一个神谕仍然会感到十分欣慰。因为这个神谕说北风神玻瑞阿斯的儿子和希腊水手们到来时，他就可以结束这苦难，安静地享用美餐。现在他听说来了一条船，便迫不及待地来到了岸边。

现在的菲纽斯已经饿得皮包骨头了，活像一个影子，衰弱的双腿一直不停地颤抖，走起路来也是摇摇晃晃。当他来到阿耳戈英雄们的面前时，已经精疲力竭，晕倒在了地上。英雄们围住这个可怜的老人，他枯槁的样子让大家感到很震惊。

老人苏醒过来，恳求他们说："英雄们，如果真如神谕暗示我的那般，你们就是我的救星，那就请赶快帮助我吧。复仇女神不仅使我双目失明，而且派来可怕的怪鸟抢劫糟蹋我的食物。你们援助的不是一个外乡人，而是一个希腊人，我是阿革诺耳的儿子菲纽斯，过去也是一个国王。能够救我脱离苦难的是玻瑞阿斯的儿子，他就是克勒俄帕特拉的弟弟，也是我的妻弟。北风神玻瑞阿斯曾因追求雅典国王厄瑞克透斯的女儿奥律蒂里阿遭到拒绝而发怒，把她带到遥远的色雷斯，住了下来，生下两个儿子策特斯和卡雷斯，还生了两个女儿克勒俄帕特拉和茜欧纳。"

玻瑞阿斯的儿子策特斯答应菲纽斯会请他的英雄兄弟们帮忙驱除这些恶鸟。他们为菲纽斯摆下一桌丰盛的食物，和往常一样，他还没来得及享用，一群怪鸟风一般从空中扑了下来，贪婪地啄食。英雄们大声怒喝，可是它们根本就不理会，而是仍然在餐桌上吞食，直到把一切都吃光后才又飞上天空，只留下一片令人无法忍受的恶臭。

策特斯和卡雷斯拔出剑追赶这些妇人鸟，宙斯借给了他们双翼，并赋予了他们无尽的力量。他们越追越近，马上就要抓住它们并将要砍断它们的脖子时，宙斯的使者伊里斯[1]突然出现了，朝他们呼唤

1 伊里斯（Iris），彩虹女神，是海神陶玛斯（Thaumas）和厄勒克特拉（Electra）的女儿，鹰身女妖哈耳皮埃（Harpy）的妹妹，众神的使者。古代的人认为，彩虹是连接天和地的，故伊里斯就被认为是神和人的中介者，她负责将人的祈求、幸福、悲哀、怨怒、祝福传递给神；同时，她亦将神的旨意传递给人，被认为是神音的传递者。同样作为神的旨意的传达者，她与诸神的使者赫耳墨斯不同，赫耳墨斯常常会根据他的主观爱好，擅自改变神的命令，而伊里斯在每次执行命令的时候，都不显示自己的主观精神。

道："喂，玻瑞阿斯的儿子们，这些神遣来的妇人鸟是不能用刀剑杀死的，你们住手吧，但同时我可以指着斯提克斯河发誓，这些怪鸟再也不会折磨阿革诺耳的儿子了。"策特斯和卡雷斯听到这话，也就停止了追赶，准备返回到船上。

与此同时，希腊的英雄们正在为年老的菲纽斯准备着圣餐，宴请这位饿得奄奄一息的国王。他幸福地享用着这些洁净而丰盛的食物，就好像这一切都发生在梦中一样。到了夜晚，当他们期待着玻瑞阿斯的儿子回来的时候，年迈的国王菲纽斯为感谢他们，便对他们说了一个预言。

"你们最初将在塞诺斯狭窄的海峡中碰到撞岩，那是两座陡峭的山岩。不过它们在海底没有根基，而是从远方漂来的，有时海流将它们聚拢相撞，有时又将它们分开。两山之间潮水奔腾，声浪骇人。如果你们不想被挤碎，在经过两山之间时必须用力地飞快划桨，让船像鸽子一样飞过。经过撞岩之后，你们会来到玛丽安蒂纳海滨，那是通往地狱的入口。你们将经过许多山川，海湾，亚马逊女人国还有汗流满面地从地下挖掘铁矿的卡律贝尔人的地方。最后，你们将到达科尔喀斯海滨，宽阔的法瑞斯河的湍急水流在那儿注入大海。最后你们将会看见埃厄忒斯国王那宏伟的城堡，城堡里有一条从不睡觉的巨龙看守着悬挂在橡树树冠上的金羊毛。"

英雄们听了老人的话，心里都禁不住不寒而栗。他们正想询问别的问题，玻瑞阿斯的两个儿子已经从空中降落在他们中间。他们把伊里斯的口信告诉了菲纽斯，他听了之后十分欣喜。

撞岩

菲纽斯满怀感激之情依依不舍地同大家告别后，阿耳戈的英雄们便重新踏上了冒险的征途。起初，海上刮起了强劲的西北风，接连十天他们无法航行，直到完成了对所有的十二名神祇的祭献和祈祷后才得到诸神的保佑，继续加速航行。没多久，航行中的英雄们忽然听到远方传来雷鸣般的巨响，伴着巨大的回音和海浪的呼啸，这便是海面上浮动的两座巨大撞岩互相撞击时发出的轰响了。

提费斯在舵旁一边细心观察，一边努力把稳船舵。年轻的奥宇弗莫斯从船舱里站起来，手上托着一只鸽子。因为菲纽斯曾经预言，如果鸽子能够无所畏惧地从两座撞岩间飞过，那么他们也就可以放心地前进。当两座巨岩刚刚分开的时候，奥宇弗莫斯急忙放出了鸽子。大家都满怀期待地注视着这只鸽子，两座巨岩开始互相靠近，海水掀起巨浪，大海和天空都在咆哮，两座漂浮的巨岩马上要靠在一起了，只给鸽子留下一线飞越的空间！鸽子奋力地扇动翅膀，冲刺般飞了过去，撞合的山岩只是夹掉了鸽子的一点尾羽。

于是，提费斯高声地鼓励划桨的英雄趁着巨岩再次分开之机奋勇地划过去！山岩分开时产生的空隙使得回流的海水一下子把船就吸了进去，船随着汹涌的水流向前进发，同时灾难也在威胁着英雄们。正在这时，一阵巨浪排山倒海般席卷而来，英雄们不禁倒抽一口气，连忙埋下头来。提费斯保持着镇静，下令大家停止摇桨，因为此时合拢中的巨岩使得巨浪翻滚着冲入船底，把船高高托起到了高处，甚至高过了正在合拢的山岩！抓住这个时机，他们又齐心协力地拼命划桨，船桨都弯得像拉满的弯弓一样了。突然间漩涡又把船扯进了撞岩中间，岩石差点擦到船身！要不是雅典娜暗中悄悄地推了一把，他们的船准会被撞个粉碎。就这样，撞合的巨岩还是夹住了船尾的几块木板，压成碎片的木板掉进海里，瞬间就海水吞没冲走，消失得无影无踪……

当英雄们重新见到广阔的蓝天和平静的大海时，才都松了一口气，此刻的他们真觉得自己是刚刚从地狱里逃出来一样。

“我们的成功并不是由于我们自己的力量！”提费斯大声说，“是雅典娜助了我们一臂之力。现在我们再也不用害怕了，因为根据菲纽斯的预言，我们以后碰到的其他险阻都会比较轻松地克服了！”

但伊阿宋却悲哀地摇着头说：“善良的提费斯啊，珀利阿斯说服我接受这项任务，这倒使神们为难了，当时还不如让他把我杀了。现在我日日夜夜为你们的生命担忧。我能够使你们都度过所有的危险，带领你们平安地回到家乡吗？”

伊阿宋说这些话是想看看他的同伴们的心里是怎么想的。但大家没有一个人畏惧，而是一致热烈地向他欢呼，要求继续前进。

新的风险

忒耳莫冬河同世界上其他河流不同，它发源于深山之中的一处泉水，流了一段后分成九十六条支流，奔流入海。亚马逊人就住在一条最宽的河流入海处。这个民族全是妇女，是战神阿瑞斯的后裔，生性好战。她们不住在城里，而是分部落散居在乡村。阿耳戈英雄们如果从这里登陆，那么毫无疑问会与亚马逊女战士们有一场血战，因为她们足够英勇善战，是能与英雄们匹敌的。

一阵西风吹来，使船改变了航向，阿耳戈英雄们避开了好战的亚马逊人。又经过了一天一夜的航行后，到达了菲纽斯所预言的卡律贝尔王国。这儿的人既不务农，也不放牧，整天在荒凉的土地里挖掘铁矿，并以此与邻国交换食品。他们在阴暗的地窖和浓密的烟雾中艰苦地劳动，过着没有欢乐的日子。

阿耳戈英雄们到达阿瑞蒂亚岛（或称阿瑞岛）时，一只鸟飞临到阿耳戈号上空，抖擞两翼，射出了一根锋利的翎管，击中了英雄俄琉斯的肩头。俄琉斯痛得倒在船舱里，不能继续划桨了。他的同伴们连忙拔出他身上的翎管并为他包扎好伤口。大家看到这特殊的飞箭，正觉得万分奇怪不解的时候，第二只同样的鸟飞了过来。克吕蒂沃斯见状，迅速弯弓搭箭，一箭射了出去，飞鸟应声掉在了船板上。

“看来岛屿近在眼前了！”富有航海经验的安菲达姆斯说，“暂时别理会这些鸟吧，因为一定还有很多，假如我们登陆，可没有这么多箭去射杀它们。我们得想个办法驱逐这些好斗的飞鸟。我建议大家都戴上插有羽饰的头盔，再用闪亮的长矛和盾牌装点在船上，然后大声吼叫。鸟儿听到叫声，看到头盔上的羽毛，尖锐的长矛还有闪光的盾牌，一定会吓得飞走的。”

英雄们称赞这是一个好主意，便照他的意思做了。当他们临近海岛，并撞击矛和盾发出阵阵轰响时，无数受了惊吓的鸟儿从岸上飞起，掠过船的上方，就像浓密的乌云一样。阿耳戈的英雄们用盾牌护住自己，鸟儿尖锐的羽翎飞蝗似的落了下来，却没有伤到他们。这些惊恐的可怕的鸟儿穿过大海，远远飞到了对面的海岸上。确认安全后，阿耳戈的英雄们登上了海岛。

在这里，他们意外地遇到了朋友和伙伴。当他们上岸后，才走了没几步，便见到四位衣衫褴褛的年轻人迎面走了过来。其中一个匆匆上前打招呼说："好心的人啊，不论你们是谁，请帮帮我们这些可怜的落难人吧，给我们一点衣服穿，再给我们一点食物充饥！"伊阿宋友好地答应给他们帮助，并问起他们的姓名和身世。

"你们一定听到过关于佛里克索斯的故事，他是阿塔玛斯和涅斐勒的儿子。"这个年轻人回答说，"你们知道，他把金羊毛带到了科尔喀斯，是吗？国王埃厄忒斯把大女儿卡尔契俄珀许配给他，我们就是佛里克索斯的儿子。我的名字叫阿耳戈斯，我们的父亲佛里克索斯不久前去世了。我们根据他的遗嘱，航海去取他留在俄耳科墨诺斯城的宝物。"听了这话，英雄们非常高兴。伊阿宋立即认他们为堂兄弟，因为这位阿耳戈斯的祖父阿塔玛斯和自己的祖父克瑞透斯是亲兄弟。

这几个小伙子继续说到他们的船是怎样遭到风浪而沉没，他们又是怎样抱着一块船板漂流到这无人救助的岛屿。阿耳戈英雄们也把他们出海的意图告诉了他们，希望这几个年轻人能够加入他们的队伍一起去冒险。可是他们听完后都惊恐得瞪大了眼睛："我们的外祖父埃厄忒斯是个残酷的人，据说他是太阳神的儿子，具有非凡的力量。他统治着科尔喀斯地方的无数种族，况且金羊毛旁边还有一条可怕的巨龙看守着。"有几个阿耳戈英雄听后顿时也怕得脸色都变了，但埃阿科斯的儿子佩琉斯霍地一下站起来说："你们不要以为我们会败在科尔喀斯国王的手下，大家不要忘了，我们也是神的子孙！如果他不肯把金羊毛交给我们，我们便用武力夺走！"接下来他们举行了宴会，在用餐时又互相鼓励，这更增添了整个队伍的勇气。

第二天清晨，佛里克索斯的儿子们穿着新衣，吃饱喝足后同新遇到的英雄们一起登上了阿耳戈号，扬帆出航。经过一昼夜的航行，他们隐约看到了高加索的山峰耸立在海面上。到暮色降临时，他们听到空中鸟儿急飞的声音，那是去啄食普罗米修斯肝脏的苍鹰。它在船上方的空中飞翔时，强健的翅膀掀起的阵阵大风鼓起了船帆。又过了不久，他们听到远方传来普罗米修斯痛苦的呻吟声，因为此刻雄鹰正在啄食他的肝脏，等呻吟声消失，人们又看到苍鹰在高空中扇动着翅膀，往回飞去。

就在当天夜晚，他们到达了目的地，即法瑞斯河的入海口。有几个人攀上桅杆将船帆卸下，然后大家齐力用桨把船划到了宽阔的河面上，迅速溯流而上，河水好像在巨大的阿耳戈号前让出了道路。船的左边是高加索山和科尔喀斯王国的都城基泰阿，右面是广袤的田野和阿瑞斯的圣林。在那里，一条巨龙瞪大不眠的眼睛，看守着挂在橡树冠上的金羊毛。这时伊阿宋站起身来，举起盛满美酒的金杯，浇祭河流和大地母亲，祭奠诸位神以及在途中死去的伙伴们，请求诸神帮助，保护阿耳戈号顺利停泊。

“现在我们已经平安地来到了科尔喀斯，”舵手安克奥斯说，“现在我们该认真地商量一下了，到底是友好地央求埃厄忒斯，还是用其他办法来实现我们的目的。”

“明天再说吧！”疲倦的英雄们叫道。伊阿宋吩咐把船停在河湾里，他们刚一躺下就睡着了。但他们并没有睡多长时间天就亮了，因为黎明的阳光把他们唤醒了。

伊阿宋在埃厄忒斯的宫殿里

清晨，阿耳戈英雄们聚在一起商讨计划，伊阿宋说：“我有个建议，大家都安静地留在船上，不过要拿好武器时刻做好准备。我想带佛里克索斯的四个儿子，另外再从你们之中挑选两人一起到国王埃厄忒斯的宫殿里去。首先，我打算很有礼貌地拜见他并婉言劝他把金羊毛交给我们。毫无疑问，依仗着自己的强力，他肯定会拒绝我的要求，但这样接下来所发生的一切便都是他的责任。谁知道呢，也许我的劝说能够使他改变主意。上次他同意收留从后母那儿逃出来的佛里克索斯，不也是说辞的力量吗？”

年轻的英雄们同意了伊阿宋的建议。于是，他手持赫耳墨斯的和平杖，带着佛里克索斯的儿子们和他的同伴忒拉蒙和奥革阿斯[1]离开大船，踏上一块长满着柳树的田野。他们看到树上吊着许多捆着的尸体，十分恐怖。但这些死者生前都不是罪犯，也不是被杀害的外乡人，而是根据科尔喀斯的风俗，死去的男人不许火化或者土葬，而是要用生牛皮裹起来，吊在远离城市的树上，让尸体风干。土葬或火葬在当地被认为是亵渎的，但为了让大地也有所得，他们就将妇女死后进行埋葬。

科尔喀斯居民众多，为了不让伊阿宋和他的同伴被发现，阿耳戈英雄的保护女神赫拉降下浓雾遮蒙了一切，直到他们进入宫殿后，雾才消散。他们站在宫殿的前院，看到整个建筑用一道凸出的石墙围着，厚实的宫墙，巍峨的大门和雄伟的立柱，这一切都让他们感到惊讶不已。

他们悄悄地跨过前院的大门，看到攀满葡萄藤的亭子和四股长流不息的泉水，奇怪的是一股喷出牛奶，一股喷出葡萄酒，一股喷出香油，最后一股喷出冬暖夏凉的水，原来这是技艺高超的赫淮斯托斯为国王精心制成的。另外，赫淮斯托斯还制造了口中喷火的铜牛和坚固的铁犁。因为在从前埃厄忒斯的父亲太阳神在一次巨人之战中救了赫淮斯托斯，并让他躲进太阳车里逃跑，为了报恩，赫淮斯托斯将这些工艺品全部献给了太阳神。

他们由前院走进中院，见到两旁的廊柱从左右分开，通往许多宫室和林荫通道。继续往前走又看到几座相对的宫殿，一座宫殿里住着国王埃厄忒斯，另一座宫殿里住着他的儿子阿布绪米托斯，其余的住着宫女和国王的女儿卡尔契俄珀和美狄亚。小女儿美狄亚平常很少

---

1 奥革阿斯（Augeas），伊利斯国王，波塞冬之子（也有说他是太阳神赫利俄斯之子），拥有大批牲畜，扫除他牛棚中的粪便是后来赫拉克勒斯的十二件工作之一。

露面，因为她是赫卡忒[1]神庙的女祭司，常常住在神庙里。但这天早晨，希腊人的保护女神赫拉却使她留在了宫殿里。正当她离开自己的房间，准备去姐姐那里时，在途中突然碰到了这些自己不认识的英雄们，不由得失声惊叫起来，卡尔契俄珀听到叫声，急忙开门出来，却万万没想到站在面前的是自己的四个儿子。母子五人重新团聚，悲喜交集。

美狄亚和埃厄忒斯

国王埃厄忒斯和他的王后厄伊底伊亚也闻声赶来。不一会儿大院里便挤满了欢腾的人群。奴仆们纷纷为国王而忙碌着：有的为款待客人忙着宰杀一头大公牛，有的劈木柴、生火，还有的在忙着烧水……

正在人们忙忙碌碌的时候，爱神厄洛斯却高高地飞翔在空中，从箭袋中抽出一支箭，然后悄无声息地降落在伊阿宋的身后，瞄准国王的女儿美狄亚射出了箭，没有人看到这箭。美狄亚觉得心口如火焰般燃烧起来，不时地深深吸气，就如心痛的人一般，然后偷偷地抬头注视着伊阿宋。她不再想别的事，心中充满甜蜜的痛苦，脸上羞得绯红。

在欢乐的嘈杂声中，没有人发现美狄亚的心事。仆人们端上佳肴美酒，阿耳戈英雄们沐浴更衣后入席，享用丰盛的美食，畅饮甘醇的美酒。席间，埃厄忒斯的外孙叙述了途中的遭遇，国王便趁机悄悄向他打听这些外乡人的情况。"我不想隐瞒你，外祖父哟，"阿耳戈斯附在他的耳后低声说，"这些人是为了金羊毛才来找你的。有个国王想把他们赶出国土，因此派给他们这个危险的任务。他希望这批英雄会惹起宙斯的愤怒，招致佛里克索斯的报复。雅典娜帮助他们建造了一条经得起惊涛骇浪的坚固大船，全希腊的英雄们都勇敢地集合在了这条船上。"

国王听到这里，心里恐惧，但也十分恨他的外孙们，因为他认为一定是外孙们引领外乡人进了他的宫殿。国王眼睛里充满着怒火，大

---

1 赫卡忒（Hecate），希腊神话中前奥林匹斯的一个重要泰坦女神，掌管地狱、亡魂和魔法。

声地说："滚出去！你们这批叛徒和骗子！别让我看见你们！你们不是来取金羊毛，而是来抢我的王杖和王位的。要不是你们远道而来，做了我的宾客，我真的要割掉你们的舌头，剁掉你们的双手！"

坐在国王边上的忒拉蒙听到这话，怒火中烧，正想站起来回骂国王，但被伊阿宋及时阻止了。伊阿宋温和地说："请息怒吧，埃厄忒斯国王，请你放心，我们来到你的城里，进了你的王宫，并不是来抢劫的。有谁愿意漂泊过海，经历如此的险恶和艰苦来夺取别人的财产呢？是命运和一个暴君的命令迫使我到这里来的。你如果把金羊毛送给我，全希腊人都会因此而称赞你，也一定会报答你的好意。如果你遇上战事，那么就可以把我们看作你的盟友，我们将为你而战！"

伊阿宋想用这些话同国王和解，而此刻国王却在暗暗思忖究竟是即刻就把他们杀死，还是先试试他们的力量。他细细想了一会儿，觉得后一个办法比较合适，于是平静地说："外乡人啊，何必如此怯懦呢？只要你们是神的子孙，或者出身不比我低下，那么去取金羊毛吧，我对勇敢的男子汉会毫不吝啬，可是你们必须要去做一件我经常做的危险事。我有两只神牛在阿瑞斯的田地里吃草，它们长着铜蹄，鼻中喷火。我用这两头牛耕地，当泥土被掀起时，我撒下的种子不是谷物，而是龙的毒牙，地里长出来的则是一群男人，他们会从四面八方朝我涌来，我必须挥动长矛，把他们一个个刺倒在地。每天，我清晨给牛套上轭具耕种，晚上收获后我才能休息。外乡人，如果你能够像我一样，当天完成这件事，那么你就可以带走金羊毛。否则我是不能给你的，因为无能的人就应该让步于能力强的人，这样才公正。"

伊阿宋默默地坐在那儿，拿不定主意，因为他不敢冒昧答应去做一件危险的劳作。但最后他还是坚定地说："这工作是沉重的，国王哟，但不管这任务多艰巨，我都愿意经受考验，哪怕为此而死。对一个凡人来说，难道还有比死更糟糕的吗？命运既然把我送到这里，那我就愿意听从命运的安排。"

"好吧，"国王说，"你可以去告诉你的同伴们。但要好好考虑！如果你们完不成我所说的这件功业，那么就还是让我去干，你们就请尽快离开我的国土！”

阿耳戈斯的建议

伊阿宋和两位同伴立即从座位上站起身来走出了宫殿，佛里克索斯的儿子中只有阿耳戈斯跟随他们一起走了出来，他同时示意其他的兄弟们留在宫里。美狄亚的目光透过面纱注视着伊阿宋的一举一动，她的灵魂和内心早已被这位英俊的年轻人占据了。美狄亚回到自己的房间，不禁流下了眼泪，她自言自语道：“为何我的心中充满悲伤呢？这位英雄跟我有什么相干？无论他是最显赫的英雄，还是最糟糕的胆小鬼，甚至他注定要死去，这一切都是他的事情呀。可是……唉，但愿他能逃脱厄运吧！仁慈的女神赫卡忒，保佑他平安回家吧！如果他注定要被神牛打败，那么也请预先让他知道我为他的命运感到担心吧！”

在返回阿耳戈号的路上，阿耳戈斯对伊阿宋说：“你也许会拒绝建议，不过我还是想对你说我认识一位姑娘，她从地狱女神赫卡忒那儿学会了调制一种神奇的药剂，假使我们能够争取到她的帮助，我敢肯定你必定会完成这项任务！只要你愿意，我将去试着争取得到她的支持。”

“如果你愿意的话，我的朋友，”伊阿宋说，“我不会阻止你，可是我们得依靠一个女人才能回去，那听起来多不好。”

谈着话，他们已经来到船上。伊阿宋告诉同伴们发生的一切，他的朋友们听后坐在那里没人吭声，只是相互张望着。最后，佩琉斯站起来打破了沉默。他说：“伊阿宋，如果你相信自己能够做到你已经允诺的事，那就请准备吧！但如果你觉得没把握，那就干脆不要去做，可是你要知道，那样的话你的朋友们面临的结局就只有死亡，再无其他。”

忒拉蒙和另外四个伙伴忍不住跳了起来，他们一想到这是一场艰难的冒险，就感到兴奋和快乐。阿耳戈斯使他们安静下来，继续说：“我认识一位擅长魔法的人，她是我母亲的妹妹，请让我去说服母亲，让她帮忙争取那位姑娘的支持吧。到那时讨论伊阿宋如何去完成他的任务才是有意义的。”

阿耳戈斯话音刚落，天空中突然出现了一种预兆：一只被老鹰追赶的鸽子，飞过来扑进了伊阿宋的怀里，而俯冲下来的鹰却像石头一样掉在船尾的甲板上。看到这情景，人们想起了年迈的菲纽斯的预言：阿佛洛狄忒将会帮助他们返回家园。现在所有的人都同意阿耳戈斯的计划，除了阿法洛宇斯的儿子伊达斯，他暴躁地说：“天哪，难道我们到这里来只是为了当妇人的宠儿吗？我们为什么不找阿瑞斯，却要找阿佛洛狄忒呢？难道一只鸽子就会使我们免于战争？！”他这么一说许多英雄又开始附和他的意见，交头接耳地低声议论着。但伊阿宋仍然决定同意阿耳戈斯的意见，让他去寻求支持，英雄们则在船上等他回来。

阿耳戈斯找到了母亲，请她说服她妹妹美狄亚帮助希腊英雄们。卡尔契俄珀十分同情这些外乡人，现在又看到儿子的恳切央求，便答应帮助他们。而另一边，国王埃厄忒斯在宫殿外召集了人马，告诉大家他将如何摆脱这些外乡人并让他们死于自己交给他们的任务。等他的计划实现，他将砍伐一整座森林来焚烧阿耳戈号和上面的水手，他还要给他的外孙们设置一种可怕的处罚，因为是他们引领这帮外乡人来到了自己的国土之上。

美狄亚躺在床上烦躁不安地无法入睡，焦虑的梦境困扰着她。她梦见伊阿宋正准备跟公牛搏斗，但目的不是为了金羊毛，而是为了要娶自己为妻并要把自己带回家乡。而在这梦里是她战胜了公牛。不料她的父亲却失信了，拒绝履行事先对伊阿宋许下的诺言，因为应当由伊阿宋亲自制服神牛而不是美狄亚。为此他父亲和这位外乡人发生了激烈的争执，双方都推举她当公断人，而她却袒护了这位外乡人，她的父母在暴怒和悲愤中大叫起来……美狄亚也就从梦中惊醒了。

醒来后美狄亚急着想去找她的姐姐，犹豫不决的她徘徊了好一阵，多次要去但又都退了回来。后来她痛苦地扑在自己的床上哭了起来。她的贴身的女仆见此情形，十分同情她，急忙跑去告诉了卡尔契俄珀。卡尔契俄珀连忙赶到妹妹那儿，关心地问："亲爱的妹妹，你是怎么了？是不是神祇使你患病？还是父亲在你面前辱骂我和我的儿子们？啊，我多希望远离这住所，去一个再也不要听到科尔喀斯这个名字的地方！"

美狄亚答应援助阿耳戈英雄们

美狄亚听了姐姐的询问，羞得脸上泛起一阵红晕，欲言又止。最后爱情使她鼓起了勇气，她巧妙地说："卡尔契俄珀，我心里痛楚，我怕父亲会把你的孩子们和那些外乡人一起杀掉，一个可怕的梦给了我这个预感。但愿神保佑，不让梦里的事情成为现实。"

卡尔契俄珀惊讶地说："我正是为了这件事来找你的啊。亲爱的妹妹，我请求你帮助他们对抗我们的父亲！请你答应我。"说着她抱住美狄亚，姐妹俩都悲伤地哭泣起来。

最后美狄亚说："我的姐姐，我指着天地对你起誓，为了拯救你的儿子，只要我能做的，我都愿意去做。"

"那么，"姐姐接过话说，"为了我的孩子，你给那位异乡人一些魔药吧，让他能在对抗神牛的可怕战斗中保全性命。因为他派遣我的儿子阿耳戈斯来向你寻求帮助。"

美狄亚的心高兴得剧烈跳动起来，脸上泛起了红晕，她急切地说："卡尔契俄珀，如果我不把保全你和你儿子的生命当作我最关心的事，那么就让我活不到明早！因为正如母亲常告诉我的，当我还是婴儿的时候，是你把我和你的儿子们一起抚养长大的，我对你的爱比姐妹之情更加深厚。明天一早我就去赫卡忒神殿，把制服神牛的魔药取给那个外乡人。"卡尔契俄珀离开了妹妹的住房，赶紧给阿耳戈斯送去这个值得庆幸的消息，而阿耳戈斯便也去把这消息告诉了伊阿宋和他的伙伴们。

整整一夜，美狄亚都在同自己进行着激烈的斗争。"我是否许诺得太多了？"她问自己，"为了一个外乡人，我值得花费这么大的精力吗？是啊，我应当救他一命，让他去往他想去的地方。可是，他的成功之日也便是我的死期，到那时恶毒的流言会攻击我，说我不惜有辱门庭去为一个外乡人殉情。那流言该是多么可怕啊！”她被这恼人的困扰纠缠着，从房里取出一只装着还魂药和致死药的箱子。她把箱子放在膝盖上，正打算服下致死药让这一切烦恼都结束！就在这时伊阿宋的守护神赫拉改变了她的心绪，让她突然之间想到生之欢乐和甜美而心里充满了对死亡的恐惧。美狄亚赶紧把箱子合好放在地上，她恨不得马上去取来所许诺的魔药，并带着它向她心中所喜爱的英雄那儿走去。

伊阿宋和美狄亚

天刚破晓，美狄亚就从床榻上起身，扎好由于悲伤而披散在肩头的金发，擦去了脸上的泪痕，涂上花蜜般的香膏，穿上用弯曲的金钩扣紧的美丽长袍，戴上雪白的面纱。夜间的一切悲哀和焦虑都已消失，她轻手轻脚走过大厅，吩咐十二个女仆为她套好马车然后送她到赫卡忒神殿去。同时，她从小盒子里取出一种药膏，如果有人在祈求地狱女神后，用这种药膏涂抹全身，那么他在当天就能刀枪不入，火烧不伤，并将战无不胜。这种药膏是用一种来自高加索山的树根的黑汁制成的，树根吸收了普罗米修斯的肝脏滴入地里的血而产生了这黑汁，因此这种药膏被叫作普罗米修斯油。美狄亚亲自取了这种植物的宝贵的黑汁并把它存在贝壳里收藏。

马车套好后，两个侍女和她们的女主人一起上了车。美狄亚亲自执着缰绳和马鞭，驱车出城，其余的女侍们则在车后随行。行人都恭恭敬敬地避到一旁，为公主让路。

美狄亚来到神殿，跳下车来，巧妙地哄骗侍女们说：“朋友们，我想我犯下了罪孽，因为没有避开那些外乡人。我姐姐和她的儿子阿耳戈斯要求我帮助他们的头领制服神牛，并用魔药使他免遭伤害。我假装答应了，并且约他到神殿里来单独会面，我将接受他的礼物然后分给你们，其实我要给他的是致死的毒药。现在你们都走开吧，以免他产生怀疑，因为我曾告诉他说我是单独一人来接见他的。”侍女们对这计划都感到满意，她们便遵照吩咐走开了。

阿耳戈斯和他的朋友伊阿宋带着预言家莫珀索斯这时也快要到了这里。美狄亚不时地从门里朝外张望，一听到脚步声或风声，她都急切地抬起头来探望。今天赫拉使伊阿宋更加的英俊潇洒，他跨进神庙，高大威武，神采奕奕，犹如大海中升起的天狼星一样。美狄亚见到他，连呼吸都停住了，眼神眩晕，双颊发热，心慌意乱得不知道如何是好。伊阿宋和美狄亚就这样面对面地站着沉默了好一会儿。最后伊阿宋打破沉默说："为什么你见到我害怕呢？我是来请求援助的。请把答应你姐姐的魔药给我吧，我迫切需要你的帮助。不过请别忘记，我们是在一个神圣的地方，任何的欺骗在这儿都是罪孽。我们阿耳戈英雄的母亲和妻子们正在悲悼我们的命运，你的援助将免除她们的忧虑和痛苦。那样，你将受到希腊人的尊重，他们将会把你当作神。"

美狄亚为受到伊阿宋的称赞而高兴，微笑着低垂着眼帘，有许多话涌到她的嘴边，她恨不得把心事都告诉他！可是她还是一声不吭地解开包巾，取出小盒子，伊阿宋连忙从她手中接了过去，美狄亚多么希望趁机把自己的心也一起交给他啊。他们都害羞地低下了头，然后，两人又相对而视，目光交织，激起爱的火花。过了许久，尽了最大努力美狄亚才说得出话来："听着，我将告诉你如何做。在我父亲把龙牙交给你，让你去播种之后，你先在河水里沐浴，然后穿上黑衣，在地上挖一个圆形的土坑，填上一堆木柴，再杀一头小羊并将其架在木柴堆上烧成灰。然后用甘甜的蜂蜜给赫卡忒祭献，等这一切做完以后再离开木柴堆。听见身后的脚步声或狗吠声，千万不能回头，否则献祭就不会生效了。第二天清晨，你用我给你的魔药涂抹全身，它会给你无穷的力量，让你甚至能与神匹敌。你还应该把你的长矛，宝剑和盾牌也抹上魔药，这样一来你就能刀枪不入，神牛喷出的火也无法烧伤你。当然，所有这些都只是在当天有效。我还可以给你其他的帮助，当你套上神牛，耕遍了土地，种下龙牙，看到龙牙破土而出的时候，你就投掷一块巨石到新生的人群中，他们会激烈地争夺石头，就像一群疯狗争食一块面包一样相互残杀。你可以趁机把他们全部杀死。这样你就可以毫无阻拦地从科尔喀斯拿到金羊毛，离开这里！对，从此以后，你可以离开这里，到你所喜欢的地方去。”

她一边说着，眼泪簌簌滴了下来，因为她想到自己的意中人又要航海远去，感到很悲伤。她握住他的右手，因为心里的悲痛已使她忘形了：“你回去以后，请不要忘记美狄亚的名字。我也会想念你的。告诉我，你要回去的地方在哪儿吧。”

此时伊阿宋也已经被不可控制的爱情征服了，他心里也深爱着美狄亚，于是他急切地说：“请相信我，高贵的公主！我只要能够逃离大难，将会日日夜夜地怀念你。我的家乡在帖撒利的伊俄尔科斯，那是普罗米修斯的儿子丢卡利翁建造了许多城市和庙宇的地方。在那里，人们还不知道你们的国家叫什么名字。”

“啊，这么说你住在希腊，”她说，“希腊人应该要比我们这里的人值得亲近些，请不要告诉他们你在这里的遭遇，只是在你孤独时默默地怀念我吧！至于我，即使这里的人全都把你忘掉了，我也会想念你的。假如你忘记了我，那么就让伊俄尔科斯的风吹来一只小鸟，通过它我会使你知道你是通过我的帮助才逃离厄运的！唉，不过我是多么希望能够亲自去到你的家乡，亲自提醒你啊！”说到这里，姑娘的眼泪又像断了线的珍珠一样滚落下来。

“你在说什么呀？”伊阿宋回答说，“让你的风吹走吧，让你的鸟飞走吧！假如你跟我一起回到希腊，一起回到我的故乡，那里的男男女女都会尊重你，把你当神一样崇拜，因为由于你，他们的儿子、兄弟和丈夫才逃脱了死亡。而我们将会在一起，除了死神以外，谁也不能把我们的爱分离！”

美狄亚听到这话感到十分幸福，但同时又感觉到要离开自己的祖国是多么可怕的一件事。不过她还是渴望到希腊去，那是因为赫拉已把这种渴望埋在她的心里。女神希望美狄亚离开科尔喀斯到伊俄尔科斯去，并帮助伊阿宋戳穿珀利阿斯的阴谋。

侍女们还在焦急地等待着女主人，因为回家的时间都已经过了。

要不是细心的伊阿宋提醒，美狄亚也许还真的忘记回家了呢。“该是分别的时候了，”伊阿宋说，“否则人们会疑心的，让我们以后再在这里会面吧。”

伊阿宋驾驭神牛

伊阿宋满怀喜悦地回到船上，见到了同伴们。美狄亚也朝女仆们走去，她们连忙迎了过来，但美狄亚却一点儿也没有注意到她们焦灼的神色，因为她的灵魂好像一直浮在云雾里。她轻捷地登上车，催动马把车一直拉到宫中。卡尔契俄珀已经焦虑地在宫殿里等了很久，她此刻正托着低垂的头，坐在一张小凳上为儿子的命运而担忧。

伊阿宋兴奋地告诉同伴们美狄亚已经把魔药交给了他。阿耳戈英雄们都很高兴，只有伊达斯气得咬牙切齿。第二天早晨，他们派了两个人到埃厄忒斯那儿去取龙牙。国王把几颗龙牙交给了他们，这正是被底比斯国王卡德摩斯杀死的那条龙的牙齿。国王毫不担心，因为他相信伊阿宋绝对对付不了神牛，完不成播种龙牙的任务，也休想保住自己的性命。

按照美狄亚的吩咐，伊阿宋这天夜里在河水里沐浴过，又给赫卡忒献祭。女神听到了他的祈祷，从地下的洞府中出来，她可怕的头上缠绕着扭结的毒蛇和燃烧的树枝，地狱的恶犬狂吠着围着她转来转去，她的步履使田野都在颤抖。伊阿宋十分害怕，可是他没有忘记恋人的吩咐，头也不回地往前走去。这时高加索的雪峰上映着一抹朝霞，新的一天开始了。

埃厄忒斯穿上阿瑞斯在同巨人的战斗中夺来的铠甲，戴上四羽金盔，手中拿着四层牛皮的盾牌。这盾牌很重，除了他和赫拉克勒斯以外，几乎无人能够举起，他的儿子给他牵来快马。他登上马车，如飞似的驰过城区，后面跟着一大批人。国王只是想作为一个旁观者去观战，但还是愿意全身武装，好像亲自临阵一样。

伊阿宋遵照美狄亚的吩咐，用魔油涂抹了长矛，宝剑和盾牌。他的同伴们围在他的身边，每个人都想跟他的长矛较量一下，但伊阿宋的矛坚韧无比，甚至无法将它弄弯。伊达斯恼怒地挥剑朝矛柄狠狠一击，但剑却被弹了回来。英雄们看到后，欢呼雀跃，因为他们已经感觉这次胜券在握了。伊阿宋又用神油把自己的身体涂抹了一遍，他顿时感到四肢充满了无穷的力量。同伴们摇着船将他送到了阿瑞斯田野上，此时国王埃厄忒斯已经率领人群在等着他们了。

伊阿宋跳上岸，手执长矛和盾牌，接过国王递给他的盛着尖硬龙牙的头盔，把宝剑用一根皮带斜挂在肩上，威风凛凛地朝田野走去。地上放着铁铸的轭犁和犁头，伊阿宋细细地观察了一下这些工具，然后把枪头紧紧扎在长矛柄上，放下装着龙牙的头盔，手持盾牌朝前去寻找神牛，不料关在地洞里的神牛却突然从另一端的地下钻出来冲向了伊阿宋。神牛的鼻孔里喷射着火焰，全身都笼罩在炽热烟雾中。

伊阿宋的同伴们都吓得发颤。但伊阿宋却镇定自若地双腿站定，把盾牌置于身前，等待神牛的进攻。只见一头神牛低着头，昂着角，呼啸着朝他冲来！激烈的冲击并没有使伊阿宋后退半步，神牛又退回几步，咆哮着跳起双腿，喷吐着烈焰又狠狠向他冲击着。伊阿宋仍然岿然不动，因为姑娘的魔药保护了他。说时迟那时快，伊阿宋瞅准机会，一把抓住了牛角，用尽力气把牛拖到了放轭具的地方，并踢着它的铁蹄，迫使其跪倒在了地上！他又用同样的方法制服了第二头牛。这时，他扔下盾牌，冒着公牛喷出的烈火，双手按住跪在地上的两头神牛。不管神牛如何挣扎，现在也一点都动弹不得！看到这一切，埃厄忒斯也不禁惊叹于这位外乡人的神力。卡斯托耳和波吕丢刻斯兄弟俩按事先商量的，把地上的轭具递给了伊阿宋然后飞快地躲开来。伊阿宋则敏捷地将轭具紧紧套在牛脖子上，然后套上了铁犁。

伊阿宋重新拾起盾牌，用皮带挂在背上，又拿起装满龙牙的头盔，手执长矛，用它当作鞭子抽打着神牛拽犁前进。牛的神力在地上犁出了深沟，伊阿宋一步步地跟在后面播下了龙牙，同时又小心地注视着身后，查看毒龙的子孙是否已破土而出并向自己扑来。下午时分，整块土地已被全部耕完了。伊阿宋解下牛轭，扬起武器猛地一挥，神牛吓得一溜烟地逃了回去。

看到垄沟里还没有长出巨人，伊阿宋就回到了船上进行休息。他的同伴们围着他，高声向他欢呼着。他用头盔盛满河水畅饮起来，以稀释自己烈火般的干渴。此时的伊阿宋双腿仍旧充满力量，心里也还满怀着斗争的欲望。

这里，地里冒出了巨人，阿瑞斯的田野里霎时被长枪和盾牌的银光布满。伊阿宋想起了美狄亚的话，便举起一块巨大的圆石，远远地扔到了巨人们中间，然后蹲在地上并用盾牌掩护自己。在一旁的科尔喀斯人吓得大声惊叫起来，国王埃厄忒斯也一脸惊呆地望着那块大石头，那是一块四个人才移得动的石头，可伊阿宋却一个人就搬了起来。

地上冒出来的巨人开始像恶狗争食一样，互相厮打起来，他们怒吼着互相残杀，难分难解。当他们拼杀得最激烈的时候，伊阿宋如同流星一样扑了过去，拔出剑，左刺右杀，将已经长出来的巨人全部砍倒，将刚露出肩头的像割草一样削平，田野中血流成河，死伤狼藉。

国王埃厄忒斯心中大怒，他一言不发地转身离开，回到城里去了。他一心只想着如何才能对付伊阿宋并置其于死地。

美狄亚取得金羊毛

整整一夜，国王埃厄忒斯和贵族都在商议如何才能战胜阿耳戈英雄，因为伊阿宋能够完成任务完全是在女儿的帮助下才做到的。

赫拉女神看到了伊阿宋面临的危险，因此她使美狄亚的内心充满疑惧，让美狄亚预感到父亲已经知道她的所作所为。她想来想去，最后决定逃走。

“再见了，亲爱的母亲，”美狄亚流着泪自言自语，“再见了，卡尔契俄珀姐姐，再见了，父亲的王宫！唉，外乡人啊，要是世界上根本就没有你，要是你还没来到科尔喀斯就已葬身大海，那该多好啊！”

她如同一名逃犯般匆匆忙忙离开了家，轻念咒语打开了宫殿的大门，赤着脚穿过一条条窄小的街道。她左手拉着面纱遮住脸庞，右手提着拖在地上的长袍匆匆赶路。所幸城门的守卫没有认出她来。不一会儿她便来到了城外，从小路走到神殿，又向海岸走去，后来她终于看到了阿耳戈英雄们为庆祝伊阿宋的胜利而点燃的篝火。当她走到靠近大船的地方时，便大声呼唤姐姐的小儿子弗隆蒂斯的名字。听到美狄亚的声音，英雄们先是吃了一惊，接着把船摇到岸边。还没等船靠岸，伊阿宋就一步跳上了岸，弗隆蒂斯和阿耳戈斯也跟了上来。

“救救我吧！”美狄亚急切地对伊阿宋说道，“一切都已经暴露了，在我父亲还未骑着快马追来之前，让我们驾船逃跑吧！我决定再帮你们得到金羊毛，我会施用法术将恶龙送入梦乡，而你们就可以趁机取走金羊毛。不过你，外乡人啊，得当着众英雄的面向神发誓，当我孤身一人到了你们遥远的国土时，你要保证维护我的尊严！”

伊阿宋内心一阵欢喜，轻轻地搀扶住美狄亚，抱住她说：“亲爱的，让主宰婚姻的宙斯和赫拉作证，我愿意把你当作我的合法妻子带回家乡！”他发着誓，紧紧握住姑娘的手。

于是，美狄亚吩咐英雄们连夜行动，把船摇到圣林中去夺取金羊毛。伊阿宋和美狄亚则从另一条穿过草原的小路进入了圣林。他们远远就看到那挂在高大橡树上的金羊毛在黑夜中熠熠放光，不眠的恶龙毫无倦意地在旁边看守着。这恶龙一见有人走近，便伸长着脖子，朝他们游来，同时发出一阵阵尖利可怕的吼叫，河岸和树林里回荡起一阵阵沉闷而又凄凉的回声，令人毛骨悚然。

美狄亚毫无畏惧地迎上去，用甜美的声音祈求睡眠之神让这恶龙入睡。同时，又祈求伟大的地狱女神赐福于她，帮她实现自己的计划。跟在后面的伊阿宋看着这一切，心里很害怕。但这时毒龙已在美狄亚的魔幻般的催眠声中昏昏欲睡，弓起的脊背垂了下来，盘旋的身子也慢慢地伸展开来，只有那可怕的脑袋还直立着，并张开巨口，好像要一口吞掉步步走近的这两个人。美狄亚跳上一步，用杜松树枝把神奇的露水洒在巨龙的眼睛里，一股异香让恶龙昏迷过去。现在，它闭着嘴，伸直了身体，躺在树林里睡熟了。

按照美狄亚的吩咐，伊阿宋连忙从橡树上取下金羊毛，两个人即刻迅速地逃离了阿瑞斯树林。伊阿宋把金羊毛扛在肩膀上，这宝物从他的脖子一直垂到脚跟，闪着金光，把夜间的小路照得通明。因为伊阿宋担心恶人或神看中这件宝物会把它抢走，便把它卷了起来。

他们回到船上时天刚蒙蒙亮，同伴们围着两人问长问短，都想摸一摸金羊毛。伊阿宋没有答应他们，而是将金羊毛用一件新斗篷盖住。然后，他又给美狄亚在后舱铺了一张舒服的床，回过头来对朋友们说道："亲爱的朋友们，现在让我们返航回到家乡去吧！由于这位姑娘的帮助，我们终于完成了使命，立下了功绩。我要把她带回家乡，娶她为我的合法妻子。一路上你们应该帮我好好照顾她，我相信事情还没有了结，埃厄忒斯一定会带领人追上来阻挡我们的归路，所以让我们一半人划桨，另一半人持矛执盾，准备打退他的进攻。"

说完，他挥剑砍断缆绳，手持武器，站在美狄亚和舵手安克奥斯旁边。大船箭一般地朝着河流的入海口驶去。

阿耳戈英雄们带着美狄亚逃跑

此时，埃厄忒斯和所有的科尔喀斯人都知道了关于美狄亚的事情。他们拿着武器在市场上集合，然后急急忙忙地赶往河边。埃厄忒斯乘坐太阳神给他的四马战车，左手执着圆盾，右手擎着火把，身旁插着粗大的长矛。他的儿子阿布绪耳托斯亲自为他驾车，带领大队人马来到河流入海口。此时阿耳戈号早已驶进大海，只能看见一个小黑点在海浪中上下颠簸。

国王放下盾牌和火把，高举双手，对着天空，请宙斯和太阳神证明敌人对他所犯下的罪孽，然后愤怒地对他的臣民宣布说如果他们不能捉住美狄亚，那就要全部判处死刑！科尔喀斯人全都吓得脸色发白，马上扬帆出海，直往前面的黑点追去。船队由阿布绪耳托斯指挥，黑压压的一片，如同鸟群一样航行在海上。

阿耳戈船在海上顺风航行，在第三天清晨时，船驶进了哈律斯河，到达巴夫拉哥尼阿的海岸。在这里，按美狄亚的吩咐，他们献祭救了他们的赫卡忒女神。英雄们突然想起年老的菲纽斯曾给他们作过的预言，要他们返回的时候走另一条路，可是并没有人知道这条路在哪里。

还是佛里克索斯的儿子阿耳戈斯有办法，他从祭司们的记载中知道他们的船现在正向着伊斯河进发，这河发源于遥远的律珀恩山，它的一条支流流入了爱奥尼亚海，而另一条支流流入西西里海。正当他向大家说明的时候，天空中出现了一条宽阔的长虹，为他们指明了方向，与此同时刮起了一阵顺风，这一切的征兆让英雄们毫不犹豫地向前航行，一直到了伊斯河注入爱奥尼亚海的河口。河水稳稳地流动着，似乎在欢迎英雄们凯旋。

然而科尔喀斯人没有停止追赶，他们驾着轻舟，已经抢在英雄们的前头到达了伊斯河的入海口，封锁了英雄们的归路。阿耳戈英雄们看到科尔喀斯士兵人多势众，急忙下船上岸，躲到了一个岛屿上。科尔喀斯人则紧紧地追寻他们，一场短兵相接的遭遇战一触即发。

被逼得走投无路的希腊人准备谈和，双方议定：阿耳戈英雄们可以带走国王许诺过的金羊毛，但他们必须把国王的女儿美狄亚送到位于另一座岛屿上的阿耳忒弥斯的神庙中，等待当地国王来判定她到底是回到父亲那里，还是随阿耳戈英雄们前往希腊。

听到这消息的美狄亚忧心忡忡，她把心爱的人拉到一旁，流着泪说："伊阿宋，你怎么处置我呢？你难道忘了在困难时对我立下的庄严誓言了吗？我对你的信任让我轻率地离开了故乡，离开了母亲。我由于对你痴心，才帮你取得了金羊毛。为了你，我看轻了自己的名分，像你的妻子一样随你到希腊去，你应当保护我。千万别让我独自留下来！假如我回到父亲那里，那我将必死无疑！假如你离弃了我，那么有一天你在灾难中会无限地怀念我，而金羊毛也会像梦幻一样离开你，我复仇的灵魂将驱使你离开故乡，就像我被你诱骗离开自己的故乡一样！"她任凭感情的洪流肆意地发泄，激动得快发狂。伊阿宋望着她，良心受到责备，于是他解释说："你放心吧，亲爱的！我并没有认真对待这个条约。这一切都是一个缓兵之计，因为我们面临着一大群敌人。如果我们真的与他们开战，就会悲惨地全部战死，那时你的处境就会更加不幸。实际上这个条约只是一种策略，希望以此能够击败阿布绪耳托斯。只要他们失去领袖，科尔喀斯人的邻居们便不会再援助他们了。”

听到他的话，美狄亚又向他献上一条残忍的计策：“我曾一度放弃我的责任铸下大错，现在我已经不能回头了，因此也只有继续向罪恶走去。我要帮你打败科尔喀斯人，我将引诱我的弟弟，让他落到你的手里，你去准备丰盛的酒席，我再争取说服他的使者们都离开他，让他单独和我在一起，这时你就可以趁机杀死他。”

英雄们给阿布绪耳托斯设下了圈套，给他送去许多礼物，其中有一件是雷姆诺斯女王送给伊阿宋的华丽金袍。机敏的美狄亚告诉使者，让阿布绪耳托斯在深夜前往另一座岛上，到阿耳忒弥斯的神庙里，她将在那里思量一个计谋为他重新取回金羊毛，带回去交给父亲。美狄亚撒谎说，她是身不由己，是被佛里克索斯的儿子们用暴力抓住，交给外乡人的。

他们的计谋进展得很顺利。阿布绪耳托斯对美狄亚庄严的誓言深信不疑，他在一个漆黑的深夜摇船来到这神圣的岛上，希望从姐姐那儿获得制服外乡人的计谋。这时伊阿宋挥着寒光闪闪的宝剑从背后冲了出来！美狄亚急忙转过身子，拉上面纱遮住眼睛——她不忍目睹弟弟被杀害的惨状。可怜的王子像祭坛上的羔羊一样被伊阿宋一剑砍死。无所不察的复仇女神看到了这件恐怖的事，眼中流露出阴暗的目光。

伊阿宋擦去手上的血迹，掩埋了尸体。美狄亚举起火把，向阿耳戈英雄们发出信号。他们涌上阿耳忒弥斯岛，如同猛兽进入羊群一样，扑向阿布绪耳托斯的随从，他们中没有一个人生还。

阿耳戈英雄们在归途中

佩琉斯见事情成功，急忙劝大家赶快离开河口，免得其余的科尔喀斯人知道内情后追杀上来。事实也正是如此，科尔喀斯人果然追了来，但被在天上的赫拉用可怕的闪电镇住，放弃了追逐。可是，他们没有抓住国王的女儿，现在又失掉了国王的儿子，回去定然无法交代，因此，他们最后都留在了阿耳忒弥斯岛，并且定居下来。

阿耳戈英雄们又经过了不知多少海湾和海岛，他们相信已经能够看到远方耸立的就是故乡的山峰了。可是赫拉由于畏惧被激怒的宙斯的意图，于是在海上刮起了一阵大风，将船漂到荒凉的埃莱克特律斯岛。这时雅典娜镶在船上的占卜木板开口说道："宙斯的恼怒，你们是逃避不了的，所以只能在海上漂泊。除非魔法女神喀耳刻[1]给你们洗却谋杀阿布绪耳托斯的罪孽！卡斯托耳和波吕丢刻斯应该向神祈祷，让他们在海上指点一条路，让你们能够找到太阳神和珀耳塞的女儿喀耳刻。"

英雄们听到这块神奇的木板说出如此可怕的话来，又惊奇又害怕。只有孪生兄弟卡斯托耳和波吕丢刻斯勇敢地站起来，祈求不朽的神帮助他们。但是阿耳戈号现在被刮到埃利达努斯河口，也就是太阳神的儿子法厄同在太阳车上被烧死坠海的地方。直到现在水中还冒着热气和火花。法厄同的几个姐妹现在已变成高高的白杨树耸立在河岸上，她们在风中发出阵阵的叹息声，晶莹的泪珠犹如琥珀一般滴落在地上，一部分被太阳晒干，一部分被潮水冲到埃利达努斯河里。英雄们虽然靠坚固的船摆脱了危险，但是他们也失去了一切饮食的欲望。白天，曾经收留烧焦的法厄同尸体的埃利达努斯河上飘来一阵阵恶臭，让他们直犯恶心；深夜，他们又清楚地听到赫利阿得斯姐妹们的悲哭声，听到她们琥珀般的泪珠如油一样滴进海里。后来，他们来到罗达诺斯河的入海口。这时赫拉突然出现，以清晰的神的声音叫他们赶快离开，否则他们必然遭到毁灭。赫拉降下黑雾笼罩住大船，英雄们不知白天黑夜地航行，终于平安地到达了喀耳刻的岛屿。

他们在这里找到了魔法女神，此刻她正伏在海边用海水洗头。她曾梦见她的房间和整幢房子里血流成河，大火烧毁了她用来迷惑外乡

1 喀耳刻（Circe），希腊神话中住在艾尤岛上的女巫。她是太阳神和海神女儿珀耳塞所生的孩子，是国王埃厄忒斯的妹妹。在古希腊文学作品中，她善于用药，并经常以此使她的敌人以及反对她的人变成怪物。后文中奥德修斯的故事中也有出现。

人的魔药，而她却用手掌掬起血水，浇灭了熊熊的火焰……被噩梦惊醒的她跳下床，奔到海边，清洗自己的衣裾和头发，就好像它们真的沾了血迹一样。成群怪兽就像牲口跟着牧人一样跟在她身后，这些怪兽的四肢，头颅和身体都千奇百怪。

阿耳戈英雄们见到喀耳刻，知道她是残暴的埃厄忒斯的妹妹，他们都惊得心里发慌。女神摆脱了黑夜梦境的恐惧后，镇静下来，转身回去，她呼唤那些怪兽，并像抚摸小狗似的用手抚摸它们的毛。

伊阿宋吩咐所有的人都留在船上，他和美狄亚上岸，朝喀耳刻的宫殿走去。喀耳刻并不知道这两位外乡人的来意，她请两人坐下，美狄亚低着头，以手蒙住脸，伊阿宋把杀害阿布绪尔托斯的宝剑插在地上，双手紧握剑把，闭着眼睛，把下巴支在手上。喀耳刻这才明白，他们是由于漂流的辛苦，由于请求恕罪，来向她求救的。喀耳刻宰杀了一只乳狗，向宙斯献祭，祈求宙斯允许她为他们洗刷罪过。她吩咐女仆水泉女神那伊阿得斯把所有赎罪的祭品全部端出去，送入大海。自己则站到炉旁，庄严焚烧祭供的圣饼，祈求复仇女神息怒，恳请万神之父赦免犯有罪孽的人。祭供完毕后，她在两个人的面前坐了下来，问他们家住哪里，从何而来，为什么请求她的保护。美狄亚抬起头来，当看到她的双眼时，喀耳刻吃了一惊，因为美狄亚跟自己一样也有一双金光闪闪的眼睛——只有太阳神的子孙才会有这样的一双眼睛。喀耳刻要求她用家乡的语言回答，美狄亚便开始用科尔喀斯地方的语言叙述起来，讲到埃厄忒斯，阿耳戈英雄以及她本人的命运，只是隐瞒了自己谋杀弟弟阿布绪尔托斯的事实。虽然魔法女神知道她没说出所有的实情，但她心里却十分同情这位侄女。她说：“可怜的孩子啊，你未能正大光明地离开家乡，相反却犯下了巨大的罪孽。你的父亲一定会追到希腊，为他被杀的儿子报仇的。我不想惩罚你，因为你恳求保护，而且你还是我的侄女。可是我也不能帮助你，你带那位外乡人赶快离开吧！”听到这话，美狄亚心里很痛苦。她用面纱捂住脸伤心地哭起来。伊阿宋抓住她的手，牵着她离开了喀耳刻的宫殿。

赫拉对自己的保护人非常同情，她派女使彩虹女神伊里斯穿过彩虹小道，找来大海女神忒提斯，请她保护阿耳戈号和英雄们。伊阿宋和美狄亚上船后，突然吹起了一股暖和的西风，英雄们高兴地顺风扬帆启航，大船慢慢地驶入了大海。不一会儿，一座美丽的岛屿出现在众人面前，那便是迷惑人的女妖塞壬[1]的住所。她们用美妙的歌声诱惑过往船只的水手，然后将他们葬身鱼腹。她们一半像鸟，一半像女人，总是蹲在海岸上，张望远方。走近她们的人，谁也逃脱不了她们的诱惑。现在，她们正对着阿耳戈英雄唱着动听的歌儿。俄耳甫斯迅速从座位上站起来，开始弹奏神奇的古琴，让悠扬的琴声盖过了女妖的歌声，同时船后吹来一阵瑟瑟作响的南风，把女妖们的歌声吹到了九霄云外……即使这样，还是有一个英雄——来自雅典的忒勒翁的儿子波忒斯，实在抵制不住诱惑，便丢下船桨，跳入了大海去追逐那令人销魂的歌声。若不是西西里岛的厄里克斯高山守护神阿佛洛狄忒及时发现，并把他从水中拉上来扔在西西里岛的山脚下，他早就成为鱼食了！从此以后波忒斯就住在了西西里岛，可阿耳戈英雄们以为他已葬身鱼腹，十分伤心地哀悼了他。

英雄们继续前进，来到一处海峡，这儿一边是峻峭的西拉山岩，伸向海里的陡岩，好像要把过往的船只撞得粉碎；另一边正是卡利布提斯大漩涡，海水急速旋转，随时准备着把过往船只吞没；中间的海里有无数的险礁……过去，这里是火神赫淮斯托斯的地下冶炼场，现在只有从海里冒出的浓烟，把天空染得一片漆黑。当阿耳戈英雄来到这里时，海洋女仙们，也就是海神涅柔斯的女儿们都赶来救助他们，最具智慧的女仙忒提斯，也就是佩琉斯的妻子亲自在船尾给他们掌舵。她们围着大船游动，当漂浮的山岩靠近时，她们就抓起船像传球一样朝前传过去。于是只见阿耳戈号一会儿被托到空中，一会儿又随着波浪沉进浪底。赫淮斯托斯站在礁石顶，肩上扛着锤子，观赏着这惊心动魄的场景；赫拉从晨星闪烁的空中俯视着，她紧紧抓住雅典娜的手，因为她看得有点禁不住头晕了……最后阿耳戈英雄们冲破了重

1 塞壬（Siren），又译作西壬，河神阿刻罗俄斯（Achelous）的女儿们的统称。

重险阻，平安地进入了辽阔的大海，来到善良的淮阿喀亚人和他们的贤王阿尔喀诺俄斯[1]居住的岛上。

科尔喀斯人追击而来

阿耳戈英雄们在岛上受到了热情的接待，他们正想松弛休息一下，谁知这时科尔喀斯人的船队又突然出现在海边，大批的人涌上岸来。他们要求把美狄亚带回故乡，如果不答应，便要和希腊人决一死战。

阿耳戈英雄们正要迎战，被善良的阿尔喀诺俄斯及时制止了。美狄亚抱住国王的妻子阿瑞忒的双膝说："女君主，我恳求你，别让他们把我送回故乡去。我不是轻率出逃的，实在是因为我畏惧父亲才下决心跟伊阿宋出走的，他要把我作为新妇带回家乡。请你同情我吧，愿神保佑你长寿，多子多孙，并赋予你的城市不朽的荣誉。"她又向各位英雄跪下恳求。每一个英雄都摩拳擦掌，信誓旦旦地向她保证：即使国王阿尔喀诺俄斯想把她交出去，他们也要把她救出来。

深夜，国王跟他的妻子商议如何处置这位从科尔喀斯逃来的姑娘。阿瑞忒为她求情，并告诉他说英雄伊阿宋愿意娶她为合法妻子。阿尔喀诺俄斯是一个心地善良的人，他听了妻子的话后也非常感动。"当然，为了这个姑娘我也愿意亲自拿起武器，把科尔喀斯人赶出海岛，"他说，"可是，我又担心这样会违反宙斯的以礼待人的神训。再说，得罪强大的国王埃厄忒斯也不是明智之举，他虽然住得很远，但他仍有足够的力量去攻击希腊。所以，我的决定是这样的：如果她还是一位未婚的姑娘，那么应该把她交给她的父亲去处置；如果她已是伊阿宋的妻子，那么我不能让她离开丈夫，破坏他们的幸福，因为结过婚的她已属于丈夫伊阿宋，而不再属于她的父亲了。"

阿瑞忒听到国王的决定，连夜派出一名使者，把消息传给了伊阿宋，并劝他赶在黎明前和美狄亚结婚。英雄们也都赞成这样做。于

1 阿尔喀诺俄斯（Alcinous），淮阿喀亚王，阿瑞忒（Aretus）的丈夫，后文奥德修斯故事中出现的瑙西卡（Nausicaa）的父亲。

是，他们选择了一处圣洁的山洞，让美狄亚和伊阿宋结成了伴侣。

海岸和田野沐浴着清晨的阳光，淮阿喀亚人聚集在城里的街道上，岛屿的另一端站着科尔喀亚人，他们手执武器，随时准备开战。阿尔喀诺俄斯走出宫殿，手握金王杖来宣布对姑娘的裁决。他的身后站着一批贵族和随从，妇女们也聚在一起想一睹希腊英雄们的风采。因为赫拉已经把这消息传遍了四面八方，所以也有不少人从乡下赶来。

一切都已准备就绪，献祭的香火直飘入天，国王坐在宝座上，伊阿宋走上前去，发誓埃厄忒斯国王的女儿美狄亚是他的合法妻子。阿尔喀诺俄斯听到这话，又传唤了他们证婚人来为此事作证。于是国王庄严地宣判：美狄亚已是伊阿宋的妻子，因此不能把她交给科尔喀斯人。并且国王答应会保护阿耳戈英雄们，科尔喀斯人的反对再也无效。国王还声明，科尔喀斯人可以作为和平的居民住在岛上，或者驾船离开，一切都由他们的意愿。

科尔喀斯人要不回美狄亚，害怕埃厄忒斯国王会动怒杀了他们，因此不敢再回去。他们选择了前一种做法，留在了岛上。

又过了一个星期，阿耳戈英雄们才依依不舍地告别了国王阿尔喀诺俄斯。他们带着国王送的丰盛的礼物上了船，满心欢喜地踏上了航程。

阿耳戈英雄们的最后一次冒险

航行了几天后，故乡伯罗奔尼撒的海岸已隐隐可见。突然，船又一次遭到一阵狂暴北风的袭击，在海上漂泊了九天九夜，这期间他们飘过了利比亚海，最后来到非洲的瑟堤斯海湾。这里的海上满是稠密的大叶藻，漂浮着一层厚厚的泡沫，犹如一大片平静的沼泽地。周围是伸展的沙滩，沙滩上既没有野兽，也没有飞鸟。阿耳戈船被潮水冲上了沙滩，船身搁浅在了沙滩上。英雄们大吃一惊，纷纷跳下船来。在他们面前的是无边无际的泥淖，空旷荒凉得如同死寂天空——没有泉水，没有道路，没有牧舍，只有死一般的沉静。

“糟了！风浪把我们送到哪里来了？”英雄们纷纷抱怨，“我们宁愿在撞岩中被砸碎，或者在壮烈的战斗中牺牲都比困死在这个地方好！”

“是啊！”舵手安克奥斯说，“潮水把我们搁浅在这里，却不再接我们回去。这下，继续航行或尽快回家的希望都落空了。”

他们好像在瘟疫流行的城里被感染的人一样，一筹莫展，只好眼睁睁地看着病魔肆虐，等待着死神的降临。夜晚，他们饿着肚子和衣躺在沙地上，国王阿尔喀诺俄斯送给美狄亚的几位姑娘也惊恐地围着女主人，连连叹息。

如果不是利比亚的保护者——三位半人半神的女仙怜悯他们，那么这些人真会悲惨地死去！

三个仙女全身披着山羊皮，在炎热的中午来到伊阿宋身旁，揭开伊阿宋盖在头上的斗篷。伊阿宋惊恐地跳起身来，虔诚而恭敬地注视着她们。“不幸的人啊，”女仙们说，“我们知道你们的苦难。可是你们不用再发愁了，当海洋女神卸下波塞冬的马车时，你们感谢长久孕育你们的母亲吧。从此以后你们就能顺利地返回幸福而光荣的希腊。”

仙女们说完就消失不见了，伊阿宋连忙把这隐晦的、令人兴奋的神谕告诉了同伴们。正当他们苦苦思索时，又一个神奇的征兆出现了：一匹巨大的海马从海里跳上岸来，金黄的鬃毛披散在马背上，抖落了身上的水滴，从英雄们面前飞奔而去。佩琉斯高兴地欢呼起来：“伙伴们，谜语般的神谕中已有一半得到了解释。海洋女神已卸下了马车，那车子正是这匹马拉的。长久孕育我们的母亲，便是阿耳戈船。为此我们应该感谢她。让我们把船扛在肩上，走过这块泥地吧，顺着地上海马的足迹走，它一定会指引我们到达停泊的地方。”

说了就做，英雄们合力扛起了大船，在泥淖里走了整整十二天，但仍未走出荒凉的沙滩，要不是神给了他们信心和力量，他们也许早在第一天就死了。

最后他们终于来到了忒律托尼的海湾，大家疲倦地把船从肩膀上放下来。由于干渴难忍，他们到处寻找水源。歌手俄耳甫斯在找水的途中碰上夜神赫斯珀洛斯[1]的四个女儿，她们都是善于唱歌的仙女，住在巨龙拉冬看守金苹果的圣园里。俄耳甫斯恳求她们指示有泉水的地方。仙女们也顿生同情之心，其中最为仁慈的埃格勒，告诉了他一件事。

“昨天，这里出现了一个勇敢的强盗。”她说，“他杀掉巨龙，抢走了金苹果，他是一个极野蛮的人，一脸愤怒的表情，眼睛闪闪发亮，身上披着粗糙的狮子皮，手中拿着一支作为武器的大棒和弓箭。他也是从沙漠里走出来的，因口渴难忍到处找不到水源，便用脚朝一块岩壁踢了一脚。说来奇怪，岩壁如中了魔似的，清凉的泉水顿时从岩缝中流了出来。这个强壮的人用双手捧着水喝，喝足后便躺在地上休息。”埃格勒说着便把岩泉指给他看。英雄们全都闻声赶来，清凉的山泉救活了他们即将干枯的生命。

“真的，”一个英雄一边说一边用泉水滋润着炽热的嘴唇，“那个人是赫拉克勒斯，即使他没有和我们在一起，他仍旧救了我们大家，但愿我们还能遇上他！”说完，大家便分头到处寻找。当大家垂头丧气地回来时，都说没有看见他，只有锐眼的林扣斯说曾见过他一眼，但是他正在很远处，要追他回来是不可能的。

不幸的是，意外又发生了，在这次意外中他们又死去了两位伙伴。同伴们为他们进行了适宜的埋葬和哀悼后才又继续航行。他们试图把船开出忒律托尼海湾，进入一望无际的大海，但海面上刮起了逆风，船受阻横在港口里。他们听从歌手俄耳甫斯的建议，上岸给当地的神献祭了船上最大的三脚祭坛。在返回船上的途中，他们遇到扮成少年模样的海神忒律托尼。他从地上捡起一块泥土，交给阿耳戈英雄奥宇弗莫斯，表示尽地主之谊，奥宇弗莫斯接过土块，将它藏在胸前。

“我父亲把这块海域赐给了我，”海神说，“我成了当地的保护

1 赫斯珀洛斯（Hesperus）被描绘成掌管黄昏时升起的金星的神祇，而掌管清晨时出现的金星（启明星）的神祇则是他的兄弟福斯福洛斯（Phosphorus）。古希腊人很长一段时间里都不知道早晨出现的启明星和傍晚出现的太白星实际是同一颗星，因此为一个天体安排了两位神祇。

神。你们看，那边冒着黑水的地方，是海湾到大海的狭窄通道。你们往那边划，我再给你们送上一阵顺风，使你们很快就会到达伯罗奔尼撒。”英雄们听后满心高兴地上了船。忒律托尼则扛起了三脚祭坛，消失在海浪中。

航行了几天后，阿耳戈英雄平安地来到了喀耳巴托斯岛，他们打算从这里驶向克里特岛。然而克里特岛上的守护者是可怕的巨人塔洛斯，他来自青铜时代。宙斯让他看守欧罗巴，并吩咐他每天都迈开铜腿在岛上巡视三次。塔洛斯的身体是青铜的，因此不会受伤，只有脚踝上有一块是肉，有着筋脉和血管。谁如果能击中这一弱点，就能够杀死他，因为他毕竟是凡人，而不是永生的。

阿耳戈英雄朝海岛驶来，此时塔洛斯正站在海边的礁石上，一看见有外乡人过来，便抓起石块朝船上掷去。英雄们吃了一惊，急忙摇桨往后躲避。虽然他们这时口渴难忍，但为了逃脱危险，还是准备放弃登陆计划。

这时美狄亚站起身来，说：“男子汉们，你们听着，我知道怎样制服这怪物。大家先把船靠过去，躲在石块掷不到的地方。”说完，她提起紫金袍，登上甲板，伊阿宋紧跟在她身旁。美狄亚小声地念着魔咒，三度召唤命运女神，以及到处追逐生命的地狱猎狗。她又使用魔法使塔洛斯闭上眼皮。让噩梦侵入他的灵魂，在梦中的塔洛斯抬起肉脚，蹬在尖锐的石头上，顿时伤口里血流如注。他被疼痛刺醒，挣扎着想站起身来，可却像一棵被砍断一半后被大风吹倒的松树一样摇晃着，突然间他一声大吼，便一头栽进了海里。

阿耳戈英雄们平安地上了岸，在岛上舒舒服服地休息到第二天清晨。可是，当他们刚刚离开克里特岛的时候，新的可怕的危险又来了。这时候天空突然变得一片漆黑，没有月亮，没有星星。黑暗好像从地狱里升腾起来一般，并且一直连接到了天空。他们不知道自己现在是在海上还是在塔耳塔洛斯[1]的潮水上。

1 塔耳塔洛斯（Tartarus），“地狱”的代名词，由火神赫淮斯托斯建造，是地狱冥土的本体。塔耳塔洛斯是人死后灵魂的归所，用冥河与人间世界连通。

伊阿宋高举双手，祈求太阳神阿波罗把他们从可怕的黑暗里拯救出来。太阳神听到了他的祈求，从奥林匹斯圣山上下来，跳到大海里的一块岩石上，手执金弓，射出一支锃亮的银箭。在闪亮中，阿耳戈英雄们看到他们前面有一座小岛，他们在那里抛锚停泊，等待着天明。

当他们在灿烂的阳光中又一次航行在海上时，奥宇弗莫斯向大家讲起了自己夜间做的一个怪梦。忒律托尼送给他的土块在他的胸间慢慢有了生命，长成了一个可爱的少女，她对奥宇弗莫斯说："我是忒律托尼和利彼亚的女儿，把我交给海神涅柔斯的女儿吧，让我在靠近阿娜弗的海上生活，并赡养你的子孙。"因为他们刚才停泊的岛就叫作阿娜弗，所以伊阿宋马上明白了梦中的意思。他让奥宇弗莫斯把怀里的泥块扔进大海，奥宇弗莫斯照他说的做了。啊，看哪！在英雄们的眼前，一个草木丰盛的岛屿长出了海面。英雄们称它为卡里斯特，意即最漂亮的岛。后来，奥宇弗莫斯同他的子孙们就住在这个岛上。

这便是阿耳戈英雄们最后的冒险。不久，他们就到了伊齐那岛，并从那里平安地进入伊俄尔科斯海湾。伊阿宋把阿耳戈船停靠在科任托斯海峡献祭给海神波塞冬。天长日久，大船破成灰烬后，神们把它安放在天上，成了南方的天空中一颗亮晶晶的星。

伊阿宋的结局

尽管伊阿宋历尽危险和考验，他还是没能得到伊俄尔科斯的王位。他不得不把王国让给珀利阿斯的儿子阿卡斯托斯，自己带着年轻的妻子美狄亚逃往科任托斯。他们在那里住了十年，美狄亚给他生下三个儿子，前两个是双胞胎，名字分别叫忒萨罗斯和阿耳奇墨纳斯，第三个年龄尚小的儿子叫蒂桑特洛斯。

在这段时间里，美狄亚由于年轻美貌，品格高尚，举止得当，所以深得丈夫的宠爱和尊重。可是后来她年龄大了，魅力日减，伊阿宋又迷上了科任托斯国王克雷翁的漂亮女儿格劳克。伊阿宋瞒着美狄亚向她求婚。国王答应了婚事，选下了结婚日期。直到这个时候，伊阿宋才打定主意去说服妻子美狄亚解除婚约。他发誓说，并不是他已经厌恶她，而是为他们的孩子们着想他才不得不和王室结亲。美狄亚听后怒不可遏，大声地呼唤诸神为他以前立下的誓言作证，但伊阿宋不顾这些，还是执意准备与国王的女儿结婚。

绝望的美狄亚在丈夫的宫殿里急得团团转。“天哪，苦命的我，怎么能活得下去？让死神怜悯我吧！啊，我的父亲，我的故乡，我可鄙地离开了你们！啊，我的弟弟，我残忍地杀害了你！但我是为了我的丈夫伊阿宋才犯罪的啊，正义女神，求你毁灭他吧，毁掉他那年轻的情妇！”

她正在宫中怒气冲冲地徘徊时，伊阿宋的新岳父，国王克雷翁向她走来。“你竟仇恨你的丈夫！”克雷翁说，“请立即带着你的儿子们离开我的国家。”

美狄亚压住怒火，平静地说：“国王啊，你为什么怕我作恶呢？你对我无冤无仇。你看中了那个男人，把女儿嫁给了他，我为什么要怪你呢？我只是仇恨我的丈夫罢了。但木已成舟，但愿他们像夫妻一样生活下去吧。只是请你让我继续住在你的王国里吧，即使受了极大的屈辱，我也会一声不吭，屈从强者对弱者命运的安排！”

克雷翁看到她的眼里充满仇恨，不相信她的话。即使是美狄亚抱住他的双膝，并以他的女儿，自己的情敌格劳克的名字祈求他，国王还是不敢相信她。“走吧！”他说，“请别让我留下隐患吧！”美狄亚无可奈何，便请求他延缓一天，以便她为孩子们找一个去处。国王考虑了一下说：“我并不是一个无情的人。有许多次我由于怜悯和宽容，愚蠢地做了让步。现在也是这样，我感到让你拖延一天，这样做并不聪明。可是，我还是对你做出让步吧。”

美狄亚虽然得到了她所希望的延缓放逐的一天，但却变得狂妄起来。之前有个计划在她脑海里闪过，她没敢采用，现在她决定实现那个计划。

首先，她想做最后一次努力，向她的丈夫指明过失，让他回心转意。她走到他的面前，说：“你背叛了我，现在又找到了新妇，把自己的孩子都弃之不顾。假如你没有孩子，我还可以原谅你，可现在我无法原谅你。你以为当初听过你发誓忠于爱情的神已不存在了吗？你以为现在又有了新法律，你就可以背弃誓言吗？现在，你要我到哪里去呢？难道你想把我送回父亲那里？我为了你才背弃了他，杀害了他的儿子。你难道忘了吗？现在还有什么地方可以让我安身呢？假如你的前妻领着你的儿子像乞丐似的到处漂泊，你又会有什么光彩可言？”

伊阿宋无动于衷，他只答应给她和孩子们一笔金钱，并写信请各地的朋友们收留她。美狄亚对这种施舍不屑一顾。“你在作践自己！”她说，“去结婚吧，你的婚礼将是痛苦的！”她离开后又对刚才说出的话感到后悔，并不是她改变了主意，而是担心她的话会引起伊阿宋的怀疑。所以，她又请伊阿宋来商谈，语气温和地对他说：“伊阿宋，请原谅我刚才所说的话。我一时气愤说了伤感情的话，我现在明白了，你的做法是为了我们的利益。我们流亡到这里，一无所有，你想通过一场新的婚姻为你，为你的孩子，最终也为我谋求幸福。好吧，今后你可以把孩子接回去，让他们跟继母的孩子们一起生活。孩子们，过来吧，来，吻一下你们的父亲，原谅他，就像我已经原谅了他一样！”

伊阿宋真的以为她原谅了他，喜出望外，并给美狄亚和孩子们做出了各种各样的保证。美狄亚以更甜蜜的语言让他相信她已不再怀恨他了。她请求丈夫，把孩子留在宫殿里，让她一人离开。为了要得到国王和格劳克的同意，她又从自己的储藏室里取出许多珍贵的金袍，交给伊阿宋送给新娘作为礼物。伊阿宋踌躇了一会儿，终于答应了。他派了一个仆人，将礼物送给新娘。但这些珍贵的衣袍上都是用浸透了魔药的料子缝制的。美狄亚假惺惺地和丈夫告别之后，就时时刻刻地等待着新妇收下这些礼物的消息。有一位可靠的仆人会把消息告诉她的。

仆人终于气喘吁吁地奔了过来，在远处就嚷道：“美狄亚，快上船，快逃走！你的女仇人和她的父亲都已死去。你的儿子和伊阿宋走进新娘房间时，我们这些仆人都很高兴，大家都以为怨恨终于消除了。国王的女儿看到你的丈夫也非常开心，然而她看到孩子时，又用面纱蒙着眼睛转过脸去，不想搭理这些孩子。伊阿宋竭力安慰她，还为你说了不少好话，并把礼物拿给她看。国王的女儿看到美丽的金袍时，满心欢喜，马上就答应了新郎提出的一切要求。当你的丈夫和儿子离开后，她马上贪婪地看着这些美妙的衣袍，将斗篷披在了身上，又把金色的花环套在头上，喜不自胜地在镜子前上下打量。还高兴地在房间里走来走去，像一个小姑娘似的为自己的新装而得意。可是，她突然面色苍白，四肢痉挛，摇摇晃晃地往后退着，还没有走到椅子跟前便扑通一声栽倒在地上，翻着白眼，口吐白沫。大家都惊住了，仆人赶紧去找来国王，另外几个仆人则赶紧去喊她的未婚夫。突然间她戴在头上的花环喷出了火焰，烤得她的皮肉吱吱作响。当国王悲伤地赶到现场时，他只看见女儿的尸体已被烧得变了形。绝望的国王扑向女儿拥抱她，也中了女儿身上那件漂亮衣服上的剧毒而死。伊阿宋的情况怎么样，我还不知道。”

仆人一口气说完这些情况，然而这一切并没有平息美狄亚的愤怒，复仇的怒火反而被煽得更旺。她如同复仇女神一样，急忙奔出去，准备给她丈夫和自己一个致命的打击。她来到儿子的卧室，这时天已晚了。“我的心啊，不要软！”她自言自语地说，“为什么在做这可怕却又十分必需的事情时要犹豫呢？忘掉他们是你的孩子，忘掉你是生养他们的母亲，只要在这一瞬间忘记他们，以后你可以为他们痛哭一辈子！你不杀死他们，他们也会死在仇人的手里！”

当伊阿宋急忙赶回家中，要为年轻的新妇向美狄亚复仇时，他听到里面传来孩子们的惨叫声。他奔到他们的住房里，看到他们身上致死的创口正流着鲜血，就像被在献祭中杀死的羔羊！伊阿宋在哪里都找不到美狄亚，绝望的他走出屋子时忽然听到空中传来阵阵声响。他抬起头，看到了可怕的杀人凶手，她坐在用魔法召来的龙车中腾空而去，离开了她用一切手段复仇的人间。伊阿宋无法惩罚她，陷于痛苦的绝望中，而谋杀阿布绪尔托斯的场面又浮现在他面前。他没有其他选择，只能在绝望中拔剑自刎，死在了自己住处的门槛上。

第二十章
赫拉克勒斯的故事

赫拉克勒斯的出生和童年时代

赫拉克勒斯是宙斯与珀耳修斯的孙女阿尔克墨涅所生的儿子，他的后父安菲特律翁也是珀耳修斯的孙子[1]。

宙斯之妻赫拉痛恨阿尔克墨涅当了丈夫的情妇，也对赫拉克勒斯忌恨非常，因为宙斯向诸神预言过说自己的这个儿子前途无量，将来会大有作为。阿尔克墨涅担心自己儿子的安全，所以当她生下赫拉克勒斯时，就将他放在篮子里并用稻草把篮子盖好后放到一处田野上，这田野后来就被称为赫拉克勒斯的田野。当然，如果不是雅典娜和赫拉偶然走到那地方，这孩子肯定存活不下来。

雅典娜见孩子生得漂亮，非常喜欢，同时又很可怜他，便劝赫拉用神圣的乳汁哺育他。小赫拉克勒斯贪婪地吮吸乳汁，咬痛了赫拉。赫拉生气，把孩子扔到了地上。雅典娜连忙把孩子抱起来并把他带回城里交给王后阿尔克墨涅代为抚养。

阿尔克墨涅一眼就认出这正是自己的儿子，高兴地把孩子放进摇篮里。当初她是由于畏惧赫拉才遗弃了孩子，没想到最后却是满怀嫉妒的赫拉用乳汁救活了他。不仅如此，赫拉克勒斯由于吮吸了赫拉的乳汁，从此脱离了凡胎变成了不朽之身。但是赫拉也很快就明白了她

1 阿尔克墨涅是珀耳修斯的孙女，她的丈夫安菲特律翁是其堂兄，由于偶然杀死叔父迈锡尼国王厄勒克特律翁，他偕同厄勒克特律翁的女儿阿尔克墨涅逃到底比斯。

刚刚喂奶的孩子是谁，十分后悔自己错失了一个绝佳的报复机会。不肯善罢甘休的赫拉随即又派出了两条可怕的毒蛇爬进宫殿去杀害赫拉克勒斯。

这天深夜，熟睡的女佣和母亲都没有察觉到有两条毒蛇从敞开的房门里游了进来。它们爬上摇篮，缠住了孩子的脖子。赫拉克勒斯被惊醒，因为感到脖子被这种特殊的项链缠得难受，他哭了起来，也就是在这个时候他显示了他的神力，他两手各抓住一条蛇使劲一捏，竟把两条蛇活活捏死了。

阿尔克墨涅听到儿子的哭声，赤着脚奔了过来，大喊救命，但她发现两条大蛇已经死在孩子手上了。底比斯王室的贵族们听到呼救都全副武装地循声而来。国王安菲特律翁因为把这孩子看作宙斯赐予的礼物，所以也十分疼爱他。当他手持宝剑跑过来，并看到所发生的一切时，心里又惊又喜，为儿子的神力而感到无比自豪。安菲特律翁把这件事看作一个预兆，派人找来底比斯的盲人占卜者忒瑞西阿斯进行预言，这位预言家当着大家的面预言了这孩子的未来：他长大以后，将杀死陆上和海里的许多怪物；他将战胜巨人，在他历尽艰险后，他将享有神们的永久生命，并会赢得青春女神赫柏[1]的爱情。

赫拉克勒斯所受的教育

国王安菲特律翁对儿子抱有极大的期望，加上从盲人占卜师的口中知道儿子天赋极高，前途远大。他便下定决心让儿子接受怎样成为一位英雄的教育。他聘请了各地的英雄们给年轻的赫拉克勒斯传授各种本领：他自己亲自教授他驾驶战车；俄卡利亚国王欧律托斯教他拉弓射箭；哈耳珀律库斯教他角斗和拳击；刻莫尔库斯教他弹琴唱歌；宙斯的双生子之一卡斯托耳教他在野外作战；阿波罗的儿子，白发苍

1 赫柏（Hebe）是古希腊神话中负责司掌青春的女神，是宙斯与赫拉所生的女儿，漂亮而活泼可爱，是个永远年轻的青春女神。另外，她也是奥林匹斯山诸神的斟酒官，在每次宴会中替诸神斟酒，而这些酒会使诸神心花怒放，永葆青春活力。嫁给赫拉克勒斯之后，宙斯从人间找来年轻英俊的特洛伊王子伽倪墨得斯（Ganymedes）代替她。

苍的里诺斯教他读书识字……

赫拉克勒斯充分显示了自己学习的天赋和才能，可是他不能忍受折磨，而年老的里诺斯又是一个缺乏耐心而且苛刻的教师。有一次，他无端责打赫拉克勒斯，这在赫拉克勒斯看来是不当并且不能忍受的。他顺手抓起身边的竖琴就朝老师头上扔了过去，里诺斯即刻便倒地身亡了。

赫拉克勒斯对自己的失手十分后悔。他被传到法庭上，为人正直且知识渊博的法官拉达曼提斯宣布他无罪。并且法官还颁布了一条新法，即由于自卫而打死人者无罪。

安菲特律翁担心力大无穷的儿子今后还会犯下类似的过错，所以便把他送到了乡下去放牧。赫拉克勒斯在这里慢慢长大，长得又高又壮，双眼犹如闪烁的炭火般炯炯有神。他善骑会射且能百发百中。当他十八岁时，已成为全希腊最英俊、最强壮的男子汉！

现在是看他的一身武艺和力量是用来造福还是作恶的时候了。

赫拉克勒斯选择生活道路

赫拉克勒斯离开牧人和牛群，来到了一个寂静的地方，想要思考自己的人生道路到底该怎样选择。

这时，他看到两位高贵的女子向他走来。其中一位仪态万千，纯洁高贵，目光谦和，举止有礼，着一身雪白的长袍；另一位艳丽动人，雪白的肌肤抹了香粉和香水，姿态端正，傲岸的气质使得她显得比实际还要高一些，她的目光直视前方，得体的衣着衬托着她无限的魅力。她自我欣赏一番，又顾盼四周，看看有没有人在仰慕地打量她。

当她们走近时，后一位女子抢前几步，赶在了第一位女子前来到了赫拉克勒斯面前，打招呼说：“赫拉克勒斯，我看得出你还在犹豫不决，不知选择怎样的生活道路。如果你选我做你的朋友，我可引领你走一条最舒适和平坦的路。你可以享尽生活乐趣，一生没有烦恼和不幸。你不用参加任何战争，也不会有任何烦忧，只管享用美酒佳肴，睡在柔软的床上，不用从事任何的体力和脑力劳动，相反的，你可以尽情享用别人的劳动果实，得到一切对你有利的东西，享不尽的荣华富贵。”

赫拉克勒斯听了这诱人的话语，诧异地问：“美丽的女子哟，请问你叫什么名字？”女子回答道：“我的朋友们称我为‘幸福’，而那些想贬低我的人则叫我是‘堕落的享受’。”

这时，另一位女子也来到赫拉克勒斯前面：“亲爱的赫拉克勒斯，你可以叫我‘美德’，我认识你的父亲，知道你的天赋和你所受的教育，这一切都给我一种希望，如果你选择我指引给你的路，那么你将成就世上的一切善事和大事。可是我不能保证让你享受荣华富贵。我只是愿意告诉你，天上的神是多么喜欢你。但是，一切收获都不会从天上掉下来，有播种才会有收获。你如果希望神保护你，那么你首先应该敬奉他们；你要得到朋友们的爱戴，那么就该为你的朋友做好事；你要国家尊重你，你就应该为国家有所贡献；你要全希腊推崇你的美德，那么你就应该去为全希腊谋幸福；你想赢得战争，就得学会战争的艺术；你要保持矫健的体魄，就应该通过艰苦的劳动使它强健……”

“你看，亲爱的赫拉克勒斯，”首先说话的那位女子打断了她的话，“你要走多么漫长而崎岖的道路，才能到达她刚才所说的那些目标呀，而我提供的却是引导你走向幸福的最舒服方式。”

“你是个说谎的女人，”美德女子反驳道，“你没有一点美的东西。你不知道什么是真正的快乐，因为你还没有走到它们面前，就心满意足了。你不饥而食，不渴而饮，任何柔软而温暖的床都不能使你满足。你让你的朋友们通宵畅饮，白天酣睡，多少美好时光白白流失。他们在年轻时花天酒地，过着无忧无虑的生活，在年老时，愧对过去的光阴。而你呢？虽然你是不朽的，然而却遭到诸神的唾弃，为善良的世人所不齿。你从未听到过赞扬，从未做过一件好事……相反，我却受到诸神和一切善良之人的欢迎：艺术家们视我为使者，父母亲视我为忠诚的保护者，仆人们视我为仁慈的帮助者，我是和平事业的支持者，在战争中是可靠的盟友，是友情忠诚的伙伴。饮食和睡眠对懒散者才重要，我的朋友并不看重这些。年轻人为受到老人们的夸奖而高兴，老人为受到年轻人的尊重而快乐。他们回忆起从前的行为感到满意，他们对于现在的作为感到高兴。我使人们相敬如宾，让他们受到神的保佑，受到朋友的爱护，受到国家的推崇，当末日来临的时候，他们不会毫无光彩地走进坟墓，而会把荣耀仍留人间，受后世敬仰！啊，赫拉克勒斯，选择这样的生活道路吧，真正的幸福将会是属于你的。”

赫拉克勒斯最初的冒险

两位女子说完话就消失了，赫拉克勒斯独自一人留在原地，他决心选择“美德”指给他的道路并且不久便找到了行善做好事的机会。

那时，希腊丛林密布，沼泽遍野，到处是凶恶的猛狮、公猪以及其他作恶的野兽。因此，清除这些怪物并赶走在僻静之处伺机抢掠的强盗们，是古代英雄们的伟大目标之一。赫拉克勒斯命中注定要去完成这艰巨的任务。

当他听说在喀泰戎山脚下，国王安菲特律翁的牧场上，有一头可怕的狮子在为非作歹时，年轻的英雄耳畔响起“美德”的声音，他立即全副武装爬上了荒山，杀死了狮子，剥下狮皮披在肩上，然后又把狮子的巨颚戴在头上作为战盔。

赫拉克勒斯凯旋途中遇到了明叶国王埃尔吉诺斯派出的使者团，他们是去向底比斯人收取年贡的。这供奉是一种既不合理又令人感到屈辱的沉重负担。赫拉克勒斯把自己看作一切受压迫人民的解救者，他迅速地解决了这些滥施淫威的家伙，砍断了他们的手足。

国王埃尔吉诺斯蛮横地要求底比斯国王克瑞翁交出凶手。克瑞翁因迫于对方的权势准备满足其要求。而赫拉克勒斯则动员了一批勇敢的年轻人同他一起抵抗敌人。

可是当时明叶人为防止底比斯人叛乱，收缴了所有的武器，导致民间没有一件武器可以给赫拉克勒斯的部队使用。雅典娜女神看到这情况，便把赫拉克勒斯召进神庙，用自己的盔甲将他武装起来，同时神庙里还有不少其他武器，都是前人在战争中缴获来作为战利品献祭给诸神的。随赫拉克勒斯一同前来的青年们纷纷拿起武器，跟着赫拉克勒斯一起出征了。

他们只有一小队人马，而明叶人拥有的却是一个庞大的军团，兵力相差悬殊。最后两支部队在一处狭路相逢，在这块弹丸之地，明叶人的士兵虽多，但根本无法施展，埃尔吉诺斯的军队被彻底击溃，他自己也战死了。不幸的是，赫拉克勒斯的后父安菲特律翁也在战斗中中箭身亡。战争结束后，赫拉克勒斯迅速率众挺进明叶都城奥耳科墨诺斯，冲进城里烧毁了王宫，摧毁了城池。

全希腊人都赞颂赫拉克勒斯的丰功伟绩。底比斯国王克瑞翁为嘉奖他，把女儿墨伽拉许配给他，后来墨伽拉为他生了三个儿子；诸神也送给这位半神半人的英雄许多礼物：赫耳墨斯送给他一把宝剑，阿波罗送给他一张弓，赫淮斯托斯送给他益智金箭袋，雅典娜送给他一面崭新的青铜盾。

赫拉克勒斯的母亲阿尔克墨涅后来改嫁给了法官拉达曼堤斯。

赫拉克勒斯与巨人的战斗

赫拉克勒斯受到诸神的珍贵馈赠，便寻找报答的机会以表心中的感激之情。

大地女神盖亚为天神乌拉诺斯生下一群怪物巨人，这些怪物面目狰狞，长须杂乱，身后拖着一条带鳞的龙尾巴作为脚。盖亚唆使他们反对世界的新主宰宙斯，因为宙斯把盖亚之前生下的一群儿子，也就是泰坦巨人们全都打入了地狱塔耳塔洛斯。

“去吧，孩子们，为我，为昔日的神之子们报仇，”大地之母说，“秃鹰在啄食普罗米修斯的肝脏；提堤俄斯[1]也受到惩罚，宙斯用闪电击中了他，他躺在地上，两只大鹰在啄他的肝脏！阿特拉斯被判处肩扛苍天；泰坦巨人在铁链的束缚中受尽折磨身心憔悴，去吧，去报仇，去拯救他们！用我的肢体——巨大的山峰作为阶梯和武器！

---

1 提堤俄斯（Tityus），传说他对暗夜女神勒托心怀不轨，因而被她的孩子，即孪生姐弟阿耳忒弥斯和阿波罗用弓箭射杀。据说，提堤俄斯会迷上勒托是由于赫拉的诅咒。提堤俄斯在死后被打入冥界，在那里有两只巨鹰不停地啄食他的内脏。

登上星光照耀的城堡！你，阿耳克尤纳宇斯，你去夺下暴君手中的权杖和闪电！恩刻拉多斯，你去征服海洋，将波塞冬从他的堡垒中赶走！洛托斯去夺下太阳神手里的缰绳，珀耳菲里翁去占领特尔斐的神殿……”巨人们纷纷领命，大声欢呼，如同已经取得了胜利一般纷纷登上了帖撒利山，准备从那里向奥林匹斯圣山发起冲击。

与此同时，神的使者彩虹女神伊里斯，连忙召集了诸位天神，水神以及地府里的命运女神一起前来商讨对策。冥后珀耳塞福涅和她的丈夫，即沉默的死者的国王也骑着畏光的骏马爬上金光闪闪的奥林匹斯圣山。如同一座被包围的城市的居民们从四面八方涌来卫城一样，众神们集合在奥林匹斯圣山上。

“诸位神啊，”宙斯对他们说，“你们看看，大地之母是如何起劲并又恶毒地反对我们。大家起来进行战斗吧！她给我们派来多少个儿子，我们就要给她送回多少具尸体！”

万神之父刚把话讲完，天空中就响起阵阵雷鸣。盖亚在地上掀起猛烈的地震，大自然又像造物时一样陷于一片混沌。巨人们拔掉一座又一座高山，使帖撒利的俄萨山、佩利翁山、俄塔山、阿托斯山全部都堆砌了起来！然后，又将洛多珀山连同赫布洛斯河的一半河源也拔了起来。巨人们以山作阶梯一步步地朝着神的住地爬上去，手里拿着燃烧的橡木大棒和巨大的石块，像风暴一样猛烈地袭击奥林匹斯圣山。

有一则神谕说如果没有一名凡人参与战斗，那么神们就杀不死前来进犯的巨人。盖亚知道这个神谕，所以她便去寻找一种方法以保证自己的儿子们不会受到凡人的伤害。她需要一种药草，可宙斯却抢先一步不让朝霞、月亮和太阳露出光芒。当盖亚在黑暗中到处寻找药草时，宙斯却已经把药草收割起来，并请雅典娜去召唤他的儿子赫拉克勒斯前来参战。

奥林匹斯圣山上战火熊熊。战神阿瑞斯坐在战车上，伴随着骏马高声嘶鸣朝着密集的敌人冲了过去！只见他手执闪闪发光的金盾比火焰还要明亮，战盔上的羽毛在风中呼呼作响！他一枪刺穿了蛇足巨人珀洛罗斯，又驾着战车碾过他的肢体。但直到这巨人看到凡人赫拉克勒斯来到奥林匹斯山顶时，他才灵魂出窍而死。赫拉克勒斯环顾战场，立刻为自己的弓箭找到了目标——他一箭射中阿耳克尤纳宇斯，这巨人滚落山下，可是一接触到大地他便又复活过来！按照雅典娜的主意，赫拉克勒斯也追了下去，然后把阿耳克尤纳宇斯从地上举起。可怜的阿耳克尤纳宇斯一离开大地就死去了。

这时，巨人珀耳菲里翁气势汹汹地朝赫拉克勒斯和赫拉猛扑过来！宙斯见状，马上让这巨人产生了想要看一看神后的念头，于是在他刚掀开赫拉的面纱的那一瞬间，宙斯便用雷电击中了他，赫拉克勒斯紧接着射出了一箭杀死了他。

眼中直喷火花的巨人埃菲阿耳斯紧接着呼啸着冲了过来。“这个靶子来得正是时候！”赫拉克勒斯大笑着对身旁的阿波罗说，二人一起动手，射出两箭，分别射中了埃菲阿耳斯的左右眼。酒神狄俄尼索斯举起酒神杖，将律杜斯打倒在地。赫淮斯托斯单手扔出一把烧得通红的铁弹，灼热的弹珠暴雨似的浇下，巨人刻吕提俄斯中弹身亡。雅典娜举起西西里岛，朝正在逃跑的恩刻拉多斯猛砸过去，将他压住了。巨人波吕波特斯在大海上被波塞冬追击，一直逃到了爱琴海的可斯岛，波塞冬即刻劈裂了海岛的一角将他埋在了里面。赫耳墨斯头上戴着地狱神普路同[1]的战盔，杀死了希波吕托斯。两位巨人被命运女神的铁棒砸死。其余的巨人或被雷电击中，或被赫拉克勒斯用弓箭射死……

战斗胜利结束，诸神称赞赫拉克勒斯的赫赫战绩。宙斯把参战的神封作奥林匹斯人，这是勇敢者的称号。狄俄尼索斯和赫拉克勒斯这两个凡间女子为宙斯所生的儿子，也获得了这光荣的称号。

赫拉克勒斯与欧律斯透斯

在赫拉克勒斯出世之前，宙斯曾经在神的会议上宣布，会让珀耳修斯的第一个孙子主宰所有的珀耳修斯后代。他本想把这份荣誉给他和阿尔克墨涅所生的一个儿子。可是赫拉却不甘将这种光荣归于自己

1 普路同，冥王哈得斯的别称。

情敌的儿子，于是她施展诡计，让珀耳修斯的另一个孙子欧律斯透斯先于赫拉克勒斯出世。就这样，欧律斯透斯成了迈锡尼的国王，后来出生的赫拉克勒斯成了他的臣民。

国王欧律斯透斯注意到他这位年轻的兄弟声名显赫，于是如同召见臣民一样把他召来，给他布置了一大堆困难的任务。赫拉克勒斯心里是不愿服从的，但宙斯又不想违背自己的规定，于是便命令儿子去执行国王的任务。

半神半人的英雄赫拉克勒斯不甘当凡人的奴仆，便离家来到特尔斐，请求神谕。神谕昭示说欧律斯透斯凭借赫拉的诡计骗取了王位，这个错误诸神将会予以纠正，但前提是赫拉克勒斯必须完成国王交给他的十项任务。等完成这些任务后，他就可以升格为神。

赫拉克勒斯陷入了深深的悲哀和郁闷之中——替一个比他低微的人服务，实在有损他的尊严和身份，可是他又不敢违抗父亲宙斯的旨意。另外，虽然他在与巨人作战中援助过神们，赫拉仍然妒恨着赫拉克勒斯，并且趁机使赫拉克勒斯心头的郁闷变为狂暴的野性。这野性让赫拉克勒斯失去了理智，他甚至想要杀害自己喜爱的侄儿伊俄拉俄斯，伊俄拉俄斯在惊吓中逃走了，但不幸的是赫拉克勒斯在狂暴中将他和墨伽拉所生的孩子们看成了敌对的巨人，并用箭射杀了他们。

可怜的赫拉克勒斯疯狂了很久才解脱出来。当他看到自己闯下的大祸，悲痛欲绝。他闭门不出，不见任何人。

随着时光的流逝，这位英雄的心头之痛才有所减轻。他重新振作了起来，并且下定决心要去完成欧律斯透斯交给他的任务。

勇斗尼密阿巨狮

国王交给赫拉克勒斯的第一件任务是为他剥下尼密阿巨狮的兽皮。这头巨兽生活在阿耳戈利斯地区的伯罗奔尼撒，尼密阿和克雷渥纳之间的大森林里，凶悍无比且任何人间的武器都伤害不了它。据说这巨狮是巨人堤丰和半人半蛇女怪厄喀德那所生的儿子，也有人说它是从月亮上掉到地上来的。

赫拉克勒斯一路奔波，当他来到克雷渥纳时，遇到一位名叫莫洛耳库斯的可怜短工并受到了他的热情接待。莫洛耳库斯当时正想宰杀一头牲口来献祭宙斯。赫拉克勒斯对他说："善良的人啊，让你的牲口再活三十天吧！如果那时我能顺利地打猎回来，你再给宙斯献祭，如果我死了，你就献祭给我，把我当作升入神的英雄吧。"

赫拉克勒斯继续前进，他身背箭袋，一手持弓，一手拿着从赫利孔山上连根拔起的橄榄树做成的木棒。几天后，他到了尼密阿的大森林里，并立刻在林间四下寻找，想在狮子看见他之前先发现它。可是周围看不到狮子的任何足迹，也遇不到一个人，因为所有人都由于害怕而躲在家里，紧闭大门。

傍晚时分，赫拉克勒斯终于看到狮子从一条林中小路慢慢走来——它刚刚捕食回来，准备回窝休息。它吃得肚子鼓鼓的，一边挪步一边用舌头舔着嘴唇上的血，它的头上、鬣毛和胸脯上也残留着猎物的鲜血。赫拉克勒斯连忙躲进茂密的树丛里，等它走近时，用箭瞄准它的腰部，全力开弓射去一箭！可是这支箭并没有伤到它，反而像射在石头上一样被反弹回来，落在了满是苔藓的地上。

狮子觉察到危险，昂起头，转动着眼睛四下张望，露出血盆大口中的巨牙。这时，它的胸脯正对着赫拉克勒斯。这位半神半人的英雄抓住时机，瞄准它的心脏射出了第二支箭！可这次也一样，这箭根本伤不了它。正当赫拉克勒斯准备射出第三支箭时，狮子发现了他，暴怒地夹起长尾巴，脖颈因狂暴而膨胀，鬣毛竖起，脊背拱起，瞪着血红的大眼，沉闷地吼叫着向它的敌人扑了过来。

赫拉克勒斯立刻扔下手中的箭，挥起木棒朝狮子的头部猛力一击，打中了它的脖子，狮子倒在了地上，随即它又跳起来反扑，但扑了个空。赫拉克勒斯还没有等它回过神来，便立即冲了上去，腾出双手抱住了巨狮的脖子，狠命地卡住了它的喉咙，狮子挣扎了一阵，终于断了气。

赫拉克勒斯费尽周折也没有成功地把狮皮剥下来，因为任何铁器都无法在它身上划出哪怕一道小口子。最后，他想出一个办法，用狮子的利爪划破了狮皮才把皮剥了下来。他用这张奇异的狮皮缝制了一件盔甲，还做了一只新头盔。现在，他把自己带来的狮皮和武器收拾好，把尼密阿巨狮的狮皮披在了肩上，踏上归途。

赫拉克勒斯按照约定来到莫洛耳库斯那儿时，刚好过去了三十天。以为赫拉克勒斯已遭不幸的莫洛耳库斯正忙着给他的亡灵献祭。当这位英雄突然出现在他的面前时，他惊喜交加，二人一起为宙斯献祭了供品后赫拉克勒斯才同他告别，继续赶路。

当国王欧律斯透斯看见赫拉克勒斯披着可怕的狮皮回来时，吓得双腿发颤，他畏惧英雄的神力，从此再也不敢让赫拉克勒斯靠近自己，各项命令也都交给他的传言官、珀罗普斯之子科普柔斯代他传达。

杀死九头蛇许德拉

赫拉克勒斯的第二件任务是杀死九头蛇许德拉。许德拉是堤丰和厄喀德那的女儿，在阿耳哥利斯的勒那沼泽地里长大，常常爬到岸上为非作歹。许德拉是九头蛇怪，她凶猛异常，身躯硕大无比，她的八个头可以被杀死，但位于正中间的第九个头却是无法杀死的。

赫拉克勒斯勇气十足，驱车踏上冒险之路，急匆匆地朝勒那驶去，为他驾车的是他的侄儿伊俄拉俄斯，即他的堂兄弟伊菲克勒斯的儿子。伊俄拉俄斯一直伴随在赫拉克勒斯身边，是他不可分离的左右手。

当他们驱车来到阿密玛纳泉水附近的山坡时，远远便看到了许德拉。伊俄拉俄斯急忙勒住马缰，赫拉克勒斯便跳下马车，一连射出了数发箭，九头蛇怪被引了过来！她嗞嗞地吐着气冲到了赫拉克勒斯面前，咄咄逼人地昂着九个头，就如暴风雨中的树枝一样，狰狞而可怕。赫拉克勒斯无所畏惧地迎上去，奋力一把抓住了她，并死死卡住！可是同时赫拉克勒斯一只脚被她缠住动弹不得，赫拉克勒斯只能举起木棒使劲打她的头，但是打碎了一个，马上又长出一个新的来。许德拉还有一只巨蟹也跑来帮助许德拉，它用巨钳咬住了赫拉克勒斯的脚。赫拉克勒斯怒不可遏，挥起木棒将它打死并呼喊伊俄拉俄斯来援助他。伊俄拉俄斯举起火把，点燃了附近的树林，然后用熊熊燃烧的树枝灼烧刚长出来的蛇头，阻止它长大。这样才解除了赫拉克勒斯不断面临的新威胁，使得他抓住时机，趁机砍下了许德拉的那颗不死的头！

他们将砍下的不死蛇头埋在了路旁，在上面压上一块沉重的巨石。接着又把蛇身劈作两段，并用有毒的蛇血浸泡了自己的箭镞。从此以后，中了赫拉克勒斯之箭的敌人再也无药可医。

生擒刻律涅亚山上的牝鹿

欧律斯透斯交给赫拉克勒斯的第三个任务是要他生擒刻律涅亚山上的牝鹿。这是一头漂亮的生灵，金角铜蹄，自由自在地居于阿耳卡狄亚的山坡上，它是女神阿耳忒弥斯在首次打猎时捉到的五头牝鹿之一，只有这一头被放归了树林，因为命运女神规定有一天要让赫拉克勒斯为追捕她而累得精疲力竭。

赫拉克勒斯追了她整整一年，一直追到了北极净土族人居住的地方和伊斯忒河的发源地。最后赫拉克勒斯终于在安诺埃城附近、邻近阿耳忒弥斯山的拉冬河岸上追上了牝鹿。为了迫使她停下来，他不得已朝她的腿上射了一箭。这样他才把受伤不能奔跑的牝鹿逮住，扛在肩上往回走。

途中，赫拉克勒斯遇到了女神阿耳忒弥斯和她的哥哥阿波罗。阿耳忒弥斯责问他为什么伤害她放生的牝鹿，并且想夺走这猎物。

“伟大的女神啊，我这么做是有绝对的必要的，”赫拉克勒斯解释说，“我也是迫于无奈啊，否则我怎么能完成欧律斯透斯交给我的任务呢？”

这话总算让女神的怒火平息下来，赫拉克勒斯便扛着活牝鹿回到了迈锡尼。

活捉厄律曼托斯山上的野猪

赫拉克勒斯的第四个任务是活捉厄律曼托斯野猪并且把它完好地带回迈锡尼，交给国王欧律斯透斯。这头野猪是用来献祭给女神阿耳忒弥斯的圣物，可是它在厄律曼托斯一带糟蹋庄稼，危害甚大。

赫拉克勒斯在前往厄律曼托斯的途中，路过西勒诺斯[1]的儿子福罗斯的家，半人半马的福罗斯是肯陶洛斯人，他热情地端出一盆烤肉招待客人，而自己则吃生的。赫拉克勒斯希望有美酒做佳肴，福罗斯笑着告诉他说："尊贵的客人啊，在我的地窖里倒是有一桶酒，但它属于全体肯陶洛斯人，我不敢私自把它打开，因为我知道我们肯陶洛斯人并不慷慨。"

"别担心，请打开它吧，"赫拉克勒斯说，"我答应保护你不会受到任何人的攻击。我现在真的是口渴难忍！"

原来，这桶酒是酒神巴克斯亲自送给一个肯陶洛斯人的，并吩咐他不能提前打开，需要等到一百二十年之后，赫拉克勒斯到来时才能打开。

福罗斯走进地窖，可是他刚把酒桶打开，半人马人们便循着扑鼻的酒香蜂拥而来，手拿石块和木棒，试图要冲进福罗斯的地窖里。赫拉克勒斯拿起火棒把试图冲进来的人打了回去，又用弓箭追击余下的人，一直追到了伯罗奔尼撒半岛东南角的玛勒河，那是赫拉克勒斯的老朋友喀戎居住的地方。半人马们纷纷投奔到喀戎那里，赫拉克勒斯朝他们射去一箭，可箭头却擦过一个半人马的手臂，射中了喀戎的膝盖！

赫拉克勒斯发现自己射中了自己的朋友，他从喀戎的膝盖上拔下箭，然后又用喀戎自己调制的药膏敷在伤口上。但因为箭头已浸过许德拉的毒血，此伤口是无法医治的。喀戎吩咐他的兄弟们把他抬回洞穴，希望能够死在朋友的怀里。可惜这个愿望也是空妄的，因为他是不死之身，所以他的伤痛也将永远持续！赫拉克勒斯含泪告别了喀戎，答应不管花多大的代价，也要请死神满足他的愿望，让他从痛苦中解脱。我们知道，他后来实现了自己的诺言。

赫拉克勒斯重新回到福罗斯那里，却发现这位朋友已经死了。原来他是因为从一个肯陶洛斯死者的身上拔出一支箭，并惊叹这支短箭竟有如此大的威力并顺手把箭丢到地上的时候，不小心划破了自己的

---

1 西勒诺斯（Silenus），相传他是酒神狄俄尼索斯（巴克斯）的养育者、教师和信徒。

脚，许德拉之毒令他即刻就毙命了。悲伤的赫拉克勒斯将这位朋友安葬在一座山下，这座山从此就叫作福罗山。

赫拉克勒斯继续上路去寻找野猪。他大声吼叫，把野猪赶出了丛林，又一直把它赶到雪地里，最后终于用活结把筋疲力尽的野猪套住，遵照国王欧律斯透斯的命令，将它毫发无损地送回到迈锡尼。

清扫奥革阿斯的牛棚

国王欧律斯透斯交给赫拉克勒斯的第五项任务是一位英雄不屑于干的，即要在一天之内把奥革阿斯的牛棚打扫干净。奥革阿斯是伊利斯的国王，他养着三千多头牛。按照古代的习惯，牛全都被关在宫殿前面的牛棚里，里面堆满了牛粪。要在短短的一天内把牛粪清除干净，这任务不仅有损尊严，而且几乎是无法完成的。

赫拉克勒斯来到国王奥革阿斯面前，只说愿意帮他清扫牛棚，但没有说这是欧律斯透斯交给他的任务。奥革阿斯打量着眼前这位身披狮皮的魁梧的男子，心想这样一位高贵的武士居然愿意干一件仆人的活，忍不住大笑起来。他又觉得有可能这位武士贪图什么利益，也许是想让自己给他重赏吧。但转念一想，倒是觉得假如他真的能在一天之内把牛棚打扫干净，就算重赏他也无妨呀，况且这么多牛粪根本不可能在一天内打扫干净！国王想到这儿，便自信地说："外乡人啊，假如你真的能在一天之内把宫殿前的牛棚打扫干净，我将把牛群的十分之一送给你。"

赫拉克勒斯接受了这个条件。国王以为他马上就会动手清扫，但赫拉克勒斯却叫来奥革阿斯的儿子菲洛宇斯做证人，然后才在牛棚的一边挖了一条沟，把阿尔弗俄斯和佩纳俄斯的河水引进来，流经牛棚的水流把里面大堆牛粪冲走了。就这样，赫拉克勒斯连手都没有弄脏，就完成了任务。

奥革阿斯这时听说赫拉克勒斯是奉了欧律斯透斯之命来做这件事的，便想赖账，拒绝兑现诺言，不给赫拉克勒斯任何报酬。而且他还说如果赫拉克勒斯不服，他们也可以对簿公堂。当法官审理时，奥革阿斯的儿子菲洛宇斯出庭作证，告诉了法官真实的一切。奥革阿斯大怒，还没等法官做出判决，便命令他的儿子和赫拉克勒斯一起立即离开他的王国。

驱赶斯廷法罗斯湖的怪鸟

赫拉克勒斯完成了任务，高兴地回到欧律斯透斯的王国，可是国王却说因为这次任务赫拉克勒斯要求得到报酬，所以无效，并且又派赫拉克勒斯去完成第六件任务，即赶走斯廷法罗斯湖的怪鸟。这是一种巨大的猛禽，长着铁翼，铁嘴以及铁爪，十分厉害。它们栖息在阿耳卡狄亚的斯廷法罗斯湖畔，抖落的羽毛犹如离弦的飞箭，铁嘴甚至能够啄破青铜盾牌。无数的人畜受到过他们的攻击和伤害。

赫拉克勒斯动身不久便来到密林环绕的斯廷法罗斯湖畔。这时怪鸟们由于在躲避豺狼的袭击而在林中惊恐地飞来飞去。赫拉克勒斯却也暂时无法制服这些怪鸟，只能眼睁睁地看着它们在林中穿梭。

突然，赫拉克勒斯感到有人在身后轻轻拍了一下他的肩膀，回头一看，原来是雅典娜。女神交给赫拉克勒斯两面大铜钹，这铜钹是赫淮斯托斯为她打造的。雅典娜教完赫拉克勒斯怎样使用铜钹驱赶怪鸟后，就突然消失不见了。

赫拉克勒斯按照雅典娜的指导，爬上湖边的一座小山，使劲敲起铜钹，怪鸟们受不了这刺耳的声音，都仓皇地飞出了树林。赫拉克勒斯瞅准时机，举弓连射几箭，几只怪鸟应声落地，其余的也都仓皇飞走了，而且从此再也没有回来。

驯服克里特岛上的公牛

克里特国王米诺斯答应海神波塞冬要把海里出现的第一个动物当作祭品献给他，因为他认为在自己的领土内还没有一种动物值得献给这位伟大的神灵。波塞冬很受感动，便特地让一头健壮的公牛从海浪里浮现出来。米诺斯看到这头漂亮的公牛，非常喜欢，以至于舍不得把它献给海神，而是将它悄悄地藏在了自己的牛群里，并且用另一头牛代替它献祭给了海神。

波塞冬非常生气，他使那头原本应该献给他的公牛变得疯狂起来，在克里特岛为非作歹，大肆破坏。

赫拉克勒斯得到的第七项任务，便是驯服克里特岛上的这头公牛，并将它带回，献给国王欧律斯透斯。

赫拉克勒斯来到克里特岛并且见到了国王米诺斯。米诺斯十分高兴，他已经为这头公牛伤透了脑筋，巴不得有人来为他除掉这个祸害。国王甚至亲自上阵，帮助赫拉克勒斯抓住了这头疯狂的公牛。赫拉克勒斯利用自己非凡的力量把狂暴的公牛制服得服服帖帖，然后骑在牛背上回到了伯罗奔尼撒。

欧律斯透斯对赫拉克勒斯做的这件工作十分满意，但他看了这头美丽的公牛后又把它放了。可是这公牛一旦脱离了赫拉克勒斯的控制，就立刻又发起狂来。它跑遍拉科尼亚和阿耳卡狄亚地区，穿过海峡，直到阿提喀州的马拉松，如同过去在克里特岛上一样在这里四处作恶，直到很久以后才被希腊英雄忒修斯制服。

制服狄俄墨得斯的牝马

赫拉克勒斯的第八项任务是把狄俄墨得斯[1]的一群牝马带回迈锡尼。狄俄墨得斯是战神阿瑞斯之子、好战的皮斯托纳人的国王。他养了一群凶猛狂野的牝马，用铁链子紧锁在铁马槽上，喂养这些马的饲料也不是普通马儿吃的燕麦，而是误入城堡的不幸的外乡人。

赫拉克勒斯来到这里，做的第一件事就是制服管理马厩的卫士，然后把凶残无道的国王抓来扔进了马槽里。这些马匹饱食了国王的血肉后，立即变得驯服起来。它们老老实实地听从赫拉克勒斯的指挥，被一直赶到海边。

突然，赫拉克勒斯听到背后传来嘈杂的人声，原来是皮斯托纳人全副武装地追了上来。赫拉克勒斯连忙做好战斗准备。他把马匹交给

1 狄俄墨得斯（Diomedes），注意区分于后文中出现的特洛伊之战中的英雄狄俄墨得斯。

自己的同伴，神的使者赫耳墨斯的之子阿珀特洛斯看管。可是当赫拉克勒斯离开后，牝马们又都变得狂暴起来。当赫拉克勒斯打退皮斯托纳人回来的时候，他发现自己的同伴已经被马吃掉了，只剩下一堆尸骨。赫拉克勒斯十分难过，他在附近建造了一座叫作阿珀特拉的城来纪念自己的朋友。

最后，赫拉克勒斯又制服了这些牝马，并把它们顺利地交到了欧律斯透斯手中。欧律斯透斯将这些马献祭给天后赫拉。后来这些牝马便一代一代繁殖了下来。据说马其顿的国王亚历山大骑过的一匹马就是它们的子孙之一。

赫拉克勒斯完成这项任务以后，便随同伊阿宋和阿耳戈英雄们一起出发去寻找金羊毛了，这在前面的故事中已经提到过。

征服亚马逊人

赫拉克勒斯跟随伊阿宋在海上冒险，后来又回到到欧律斯透斯那儿接受了第九项任务。欧律斯透斯命令赫拉克勒斯夺取亚马逊女王希波吕忒[1]的腰带。

亚马逊人居住在忒耳摩冬河周围，这是一个妇人国，她们买卖男人生育，把生下的女孩留下并养育她们长大。自古以来，这个民族就尚武好战。她们的女王希波吕忒佩戴着一根战神亲自赠送的腰带，作为女王权力的象征。

赫拉克勒斯召集了一批志愿参战的男子汉，乘船出发。经过众多波折，他们进入了黑海，并由那里来到忒耳摩冬河河口，顺流而上，驶入了亚马逊人的特弥斯奇拉港。他们在那里遇到了亚马逊人的女王。当她看到赫拉克勒斯，便对他非常喜欢和敬重。当她听说英雄远道而来的目的后，便一口答应将腰带送给赫拉克勒斯。

可是，憎恨赫拉克勒斯的天后赫拉却扮成了一个亚马逊女子，混杂在人群中散布谣言说一个外乡人想要劫持她们的女王。亚马逊人听

1 希波吕忒（Hippolyta），是希腊神话中的人物，也被称为希波吕塔。传说是亚马逊部落的女王，她好战英勇，是战神阿瑞斯的女儿，拥有一条神奇的腰带。

信谣言，即刻骑上马背去袭击住在城外帐篷里的赫拉克勒斯和他的跟随者们。一场恶战就这样发生了！

勇敢的亚马逊女战士们与赫拉克勒斯的随从作战，另有一批久经沙场的女子冲过来与赫拉克勒斯对阵。与赫拉克勒斯交手的第一个女子叫埃拉，也称旋风，因为她可以如风般飞快地奔跑，可赫拉克勒斯比她跑得更快，当天她败下阵来逃跑时，被赫拉克勒斯追上杀死；第二名女子刚一交手，就被赫拉克勒斯打倒在地；上来迎战的第三个女子名叫珀洛特埃，她在单人对阵中七次获胜，可还是不敌赫拉克勒斯而被杀死；在她以后又上来八个女子，其中有三个是在阿耳忒弥斯狩猎中被选中的投枪是百发百中的勇士，可在这场战斗中她们却大失威风，射不到目标，反而都被赫拉克勒斯击中；立誓终身不嫁的阿尔喀珀[1]也死在了战场上。最后，英勇善战的亚马逊人领袖墨拉尼泼也被赫拉克勒斯活捉。亚马逊人群龙无首，纷纷溃逃。女王希波吕忒履行在没有想到会有战争之前所许下的诺言，献出了腰带，赫拉克勒斯则收下腰带，同时放回了墨拉尼泼。

在返回迈锡尼的途中，一场新的冒险在特洛伊海岸上等待着赫拉克勒斯。在那里，特洛伊国王拉俄墨冬[2]的女儿赫西俄涅被捆绑在一块岩石旁，在恐怖中等待来吞食她的海怪。事情是这样的：海神波塞冬曾经给拉俄墨冬建造了特洛伊城墙，但国王却吝惜钱财，没有付应该给的报酬。为了报复，海神派海怪践踏土地，危害人畜，直到国王拉俄墨冬在绝望中被迫交出自己的女儿，以求得自身和地方的太平。

赫拉克勒斯经过那里的时候，国王连忙请求他的援助，并一口答应说只要他救出自己的女儿，就送给他一群漂亮的骏马——这些马还是宙斯送给拉俄墨冬的父亲的礼物。

赫拉克勒斯停住船，等待在海怪出没的地方。当海怪出现，张开血盆大口来吞食姑娘的时候，赫拉克勒斯猛地冲上去，跳进了它的喉

1 阿尔喀珀（Alcippe），阿瑞斯之女。

2 拉俄墨冬（Laomedon），希腊神话中的特洛伊国王，是个专横武断、凶恶残暴的人，他不仅欺骗国人，也欺骗神祇。后以其名喻指背信食言的人。

咙并进入它的腹腔，从里面用利刀割碎了海怪的内脏，然后又在它身上挖了个洞爬了出来。可是这一次拉俄墨冬又背弃诺言，并没有送上马匹。赫拉克勒斯十分恼怒，说了一些恐吓的话后愤然离开了。

牵回巨人革律翁的牛群

当赫拉克勒斯把女王希波吕忒的腰带献到国王欧律斯透斯的脚下，欧律斯透斯并没有让他休息，而是随即又派他去牵回革律翁的牛群。

革律翁是居住在伽狄拉海湾厄里茨阿岛上的巨人，他有一群棕里透红的牛，另一个巨人和一只双头猎犬替他看管着这群牛。革律翁高大如山，三头六臂，长着三个身体和六条腿，世上没有一个人敢和他作战，赫拉克勒斯也深知要完成这项艰巨的任务，必须要做周密的准备。

革律翁的父亲克律萨俄耳是世界上闻名的富户，外号“黄金宝剑”，是意卑利亚的国王（意卑利亚后来分成西班牙和葡萄牙）。除了革律翁以外，他还有三个高大勇猛的儿子，每人都统率一支威武善战的军队。欧律斯透斯交给赫拉克勒斯这样一个任务，实质是希望赫拉克勒斯在征伐这个国家时战死，再也不能回去。可是赫拉克勒斯对此任务并不畏惧，他像从前一样组建军队，在克里特岛上召集那些他从野兽口中救出的军队，然后乘船在利比亚登陆。在这里他和巨人安泰俄斯作战。

安泰俄斯是海神波塞冬和地母盖亚之儿子。凡经过利比亚的过路人，都必须跟他格斗。可在格斗的时候，只要安泰俄斯不离开大地，就能不断地从大地母亲的身上汲取力量。赫拉克勒斯把他打倒三次才发现他能够快速恢复力量的秘密。于是他用强有力的手臂将安泰俄斯举到空中才将其扼死。他接着又肃清了利比亚的食肉兽，他憎恶凶猛的动物和恶人，这些都让他想起逼迫他多年从事艰险工作的不义统治者。

经过长途的沙漠跋涉，赫拉克勒斯终于来到一处富庶的大河流域。在这里他建立了一座巨大的城市，称作赫卡托姆皮洛斯，意为百座城门。最后，他又来到了大西洋，在这里他竖立起两根石柱，这就是有名的赫拉克勒斯石柱。

骄阳似火，酷热难忍的赫拉克勒斯抬头望向天空，举起弓箭，想把太阳神射下来。太阳神惊叹于他的大无畏精神，于是借给他一只自己在夜间旅行时所用的金碗。赫拉克勒斯乘坐着金碗渡海，他的战船则张着船篷紧跟在他的身边航行。到了意卑利亚，克律萨俄耳的三个儿子已经率领三支军队严阵以待。但赫拉克勒斯没有必要和军队作战，他向他们的领袖们单独发起挑战并将他们逐一杀死，征服和占领了他们的国土。

随后，他来到革律翁和他的牛群所在的厄里茨阿岛。岛上那只双头狗发现了赫拉克勒斯，吠叫着扑了上来。赫拉克勒斯挥动木棒，打死了恶狗。看守牛群的巨人看到狗被打死，想上来援助，也被一棒打死。赫拉克勒斯急忙赶着牛群，离开了那里。可是，革律翁在后面追了上来，爆发了一场激战。

赫拉来帮助巨人革律翁，赫拉克勒斯不客气地射出一箭，击中了她的胸部。赫拉大吃一惊，急忙逃走。赫拉克勒斯的第二箭射中了革律翁三个身体连接的腹部，杀死了他。

凯旋途中，赫拉克勒斯赶着牛群经过意卑利亚和意大利，一路上他又创立了许多英雄业绩。当他到了意大利南部的勒奇翁姆时，有一头公牛逃走，渡过海峡到了西西里岛。赫拉克勒斯立即赶着其余的公牛下了水。他抓住一只牛的角，泅水到了西西里，在那里又立下了许多功绩后，终于顺利地穿过意大利，伊利里亚和特拉刻，最后到了希腊。

现在，赫拉克勒斯已完成了十件任务，但欧律斯透斯却认为有两件不能算数，因此他不得不再补做两件。

摘取赫斯珀里得斯的金苹果

很久以前，宙斯跟赫拉结婚时，所有的神都给他们送上礼物。大地女神盖亚也不例外，她从海洋西岸带来一棵枝叶茂盛的树，树上结满了金苹果。夜神的四个女儿，统称作赫斯珀里得斯，被指派看守栽种这棵树的圣园。帮助她们还有众怪之父福耳库斯和大地之女刻托所生的、从不睡觉的百头巨龙拉冬。巨龙的一百张嘴中会发出一百种不同的声音，它走动时，一路上总会伴随着震耳欲聋的响声。按照欧律斯透斯的命令，赫拉克勒斯必须从巨龙那儿摘取赫斯珀里得斯的金苹果。

赫拉克勒斯又一次踏上了漫长而艰险的旅途。因为他不知道赫斯珀里得斯到底住在哪里，他只能凭着运气和机遇漫无目的地走着。他首先来到帖撒利，这里是巨人忒耳默罗斯居住的地方。这位巨人头颅十分坚硬，并且会用自己的头颅将他碰到的过往旅客顶死。可是这次他的脑袋撞在赫拉克勒斯的头上时却被撞得粉碎。赫拉克勒斯继续赶路，来到了埃希杜罗斯河附近，遇到了一个怪物，那是阿瑞斯和波瑞涅的儿子库克诺斯[1]。赫拉克勒斯并不知道他的底细，向他打听赫斯珀里得斯的圣园在哪儿，库克诺斯没有回答，并向赫拉克勒斯提出了挑战，于是被赫拉克勒斯当场杀死。战神阿瑞斯赶来要为死去的儿子报仇，赫拉克勒斯被迫迎战。可是宙斯却不愿意看到他们当中任何一个流血，因为他们都是自己的儿子。于是他用一道雷电把他们隔开了。

赫拉克勒斯继续前进，他穿过伊利里亚，跨过埃利达努斯河，来到居住在埃利达努斯河的两岸，宙斯和忒弥斯的女儿们——一群山林水泽女神的面前。赫拉克勒斯向她们问路。

“你去问年老的河川神祇涅柔斯吧，”女神们回答，“他是一位预言家，知道一切事情。你要趁他睡觉的时候制服他，并将他捆起来，然后他就会告诉你正确的方向。”

尽管河神本领高强，能够变成各种模样，但还是被赫拉克勒斯按照女神的建议制服了。直到问清了在哪里可以找到赫斯珀里得斯的金苹果后赫拉克勒斯才放了他。

赫拉克勒斯又穿过利比亚和埃及。统治那里的国王是海神波塞冬和吕西阿纳萨之子布西里斯。在连续九年的干旱后，塞浦路斯的一个预言家宣布了一个残酷的神谕：只有每年向宙斯献祭一个外乡人，才

---

1 库克诺斯（Cycnus）这个名字被多个希腊神话人物共用，注意区分。这里提到的库克诺斯是阿瑞斯之子，被赫拉克勒斯杀死后变成了天鹅。

会使这里的土地变得肥沃。可怜的预言家就被布西里斯国王作为第一个祭品杀死了。后来，这个野蛮的国王对于这一年一度的残暴的祭礼越发感兴趣，以至于来到埃及的外乡人全部惨遭杀害。赫拉克勒斯也被他抓了起来，被捆绑着送到了祭供宙斯的圣坛前。但是赫拉克勒斯却挣脱了捆绑他的绳子，并且杀掉了布西里斯及其儿子还有那些助纣为虐的祭司。

赫拉克勒斯继续前进，一路上又遇到许多险事。他在高加索山上释放了被缚的普罗米修斯，又遵照着这位被解放的泰坦神所示的方向，来到了阿特拉斯背负苍天的地方。在那附近便是赫斯珀里得斯看守的金苹果圣园。普罗米修斯当时建议赫拉克勒斯不要亲自去摘金苹果，而是派阿特拉斯去完成这个任务。

于是赫拉克勒斯答应在阿特拉斯离开的这段时间里亲自替他背负苍天。阿特拉斯把重担交给赫拉克勒斯后，朝圣园而去。他先设法引诱巨龙昏昏入睡，然后挥刀杀死了它，又骗过了看守圣园的仙女们，顺利摘到了三个金苹果，高高兴兴地回到了赫拉克勒斯的面前。但是此时的他已经尝到了自由的滋味，他对赫拉克勒斯说："我的肩膀尝够了扛天的滋味，我不愿让它们再受罪了。"说完，他把金苹果扔在赫拉克勒斯脚前的草地上，让他扛着沉重的苍天站在那里。但赫拉克勒斯随即便想出了一条计策来摆脱肩上的重负。

"让我绕一根绳子在我的头上吧，"他对阿特拉斯说，"否则，这副重担都快把我的脑袋压碎了。"

阿特拉斯认为这是一个合理的要求，因此同意先代他再扛一会儿。他接过了担子，但如果他是要等赫拉克勒斯再来接替他，那可就不知道要等多久了，因为赫拉克勒斯已从草地上拾起金苹果，迅速地走开了，骗子反而被骗了。

赫拉克勒斯把金苹果带回交给了国王欧律斯透斯。国王感到懊丧的是这次赫拉克勒斯又活着回来了，他原希望他会在摘取金苹果时丧命。其实他并不喜欢金苹果，因此就把金苹果送给了赫拉克勒斯。赫拉克勒斯把金苹果供奉在雅典娜的圣坛上，女神又把这些圣果送回到了原来的地方，让赫斯珀里得斯继续看守。

带回地狱的恶狗刻耳柏洛斯

欧律斯透斯不但一直没能除掉他所讨厌的竞争对手赫拉克勒斯，反而帮助他赢得了更多的荣耀。因为赫拉克勒斯已经成了人间的卓越勇士和一切残忍行为的复仇者，大家对他全都感激不尽。现在，狡猾的国王又想出了最后一个冒险任务，而此任务是任何英勇的神力都无法完成的。国王要求赫拉克勒斯去同地狱的恶势力拼斗，并把冥王哈得斯的看门狗刻耳柏洛斯带回来。这条狗有三个头，大嘴流着毒涎，下身长有一条龙尾，而头上和背上的毛则全是盘缠着的一条条毒蛇。

为了准备这场可怕的冒险，赫拉克勒斯来到阿提喀的厄琉西斯城，那里的祭司精通阴阳世界的秘密之道。他首先在这个神圣的地方洗刷了杀害肯陶洛斯人的罪孽，然后由祭司欧摩尔波斯[1]传授他神秘的道义。赫拉克勒斯获得了神秘的力量，不再惧怕恐怖的地狱。传说在伯罗奔尼撒半岛南端的忒那隆城有一个通往地狱的入口。他来到这里，由亡灵引导神赫耳墨斯带领，下降到深渊，来到普路同王哈得斯的城堡。城门前游荡着阴魂，它们一见到有血有肉的人，便立即惊吓得四散奔逃。只有戈耳工怪物美杜莎和墨勒阿革洛斯的灵魂敢于面对生灵。正当赫拉克勒斯挥剑想要砍杀戈耳工时，赫耳墨斯急忙抓住他的手臂，告诉他死人的灵魂只不过是空洞的影子，是不会被剑砍伤的。然后赫拉克勒斯同自己往日的战友墨勒阿革洛斯的灵魂友好地进行了交谈，并答应回到阳间后，给他的姐姐得伊阿尼拉[2]送去亲切的问候。

当走近哈得斯的城门时，赫拉克勒斯看见了他的朋友、同为阿耳戈号英雄的忒修斯和庇里托俄斯。忒修斯是陪庇里托俄斯来地府向冥后珀耳塞福涅求爱的，这两个人由于这种狂妄的念头而被冥王锁在他

---

1 欧摩尔波斯（Eumolpus），有说他是海神波塞冬与北风神之女、雪花女神喀俄涅（Chione）之子，他的儿子就是支援厄琉西斯城与雅典国王厄瑞克透斯作战的色雷西亚人的国王伊玛拉德。

2 得伊阿尼拉（Deianeira），即赫拉克勒斯的妻子，后面的故事会讲到。

们坐下休息的石头上。当二人看到老朋友赫拉克勒斯经过身旁，便向他伸出手求救，希望赫拉克勒斯能把他们救回到阳间。

赫拉克勒斯抓住忒修斯的手，斩断镣铐，把他解脱了出来。但当他试图用同样的方法解救庇里托俄斯时，却失败了，因为大地开始在他脚下剧烈地震动。

再往前走，赫拉克勒斯又认出了阿斯卡拉福斯。他曾经诽谤珀耳塞福涅偷吃哈得斯的红石榴，因此被珀耳塞福涅的母亲得墨忒耳[1]用一块大石头压在身上。赫拉克勒斯为他搬开了石头。

为了使焦渴的鬼魂们得到血食，赫拉克勒斯杀了普路同的一头牛，但这得罪了牧牛人墨诺提俄斯[2]。他向赫拉克勒斯挑战，要和他角力。赫拉克勒斯拦腰抱住他，并捏断了他的肋骨。冥后珀耳塞福涅急忙出来求情，赫拉克勒斯才放开他。

冥王普路同在死城的门口拦住了赫拉克勒斯，不让他入内。赫拉克勒斯射出一箭，击中了冥王的肩膀，使他痛得如同凡人一样乱跳乱叫。在尝到了苦头后，当赫拉克勒斯要他交出地狱恶狗刻耳柏洛斯时，冥王没有拒绝，只是提出了一个条件：不能使用武器制服恶狗。赫拉克勒斯于是只穿了胸甲和狮皮去捕捉恶狗。

在冥河的河口上，他看到那只三头狗。它昂起三个头狂吠不止，回声如同雷鸣。赫拉克勒斯用双腿夹住三个狗头，并用手臂死死勒住狗脖子不让它逃脱，但狗的尾巴（其实就是一条活龙）妄图抽击和撕咬他。赫拉克勒斯仍紧紧地扼住狗脖子，直到恶狗屈服。赫拉克勒斯举起恶狗，带着它走出冥府，从亚哥利斯的特洛曾附近的另一个出口平安地回到了人间。恶狗刻耳柏洛斯见到阳光，恐惧得发疯并四处呕吐毒涎，毒涎滴到地上，长出剧毒的乌头草。

赫拉克勒斯将用铁链拴住的刻耳柏洛斯带到提任斯，交到欧律斯

1 德墨忒耳（Demeter），希腊神话中司掌农业的谷物女神，亦被称为丰收女神，为奥林匹斯十二主神之一。

2 墨诺提俄斯（Menoetius），第二代泰坦，伊阿佩托斯与克吕墨涅的儿子，泰坦之战中被宙斯击败并与其他泰坦神一样被流放到塔耳塔罗斯（即地狱）。

透斯面前。欧律斯透斯惊讶到不敢相信自己的眼睛。现在他才彻底明白，他是不可能除掉宙斯的这个儿子的。他只好听凭命运的安排，并吩咐赫拉克勒斯把恶狗送回地府，交还给它的主人。

赫拉克勒斯和欧律托斯

赫拉克勒斯经过种种辛劳和努力，排除无数的艰险和障碍，终于完成了国王欧律斯透斯交给的任务，不必再受他的奴役后回到了底比斯。

由于赫拉克勒斯在疯狂时杀害了自己跟妻子墨伽拉所生的几个孩子，因此再也不能跟妻子在一起生活了。后来，当他的爱侄伊俄拉俄斯表示愿意娶墨伽拉为妻时，赫拉克勒斯同意了。而他自己则开始寻求一个新妇，他把爱情转移到漂亮的俄卡利亚国王欧律托斯之女伊俄勒身上。赫拉克勒斯童年时曾跟欧律托斯学过箭术。

有一天，国王宣布如果有人在箭术上超过他和他的儿子，便可以娶他的女儿为妻。赫拉克勒斯闻讯后急忙赶到俄卡利亚，混在竞赛者的中间。在比赛中，他不仅胜过了国王的儿子，而且还胜过国王欧律托斯。国王极其隆重地接待了他，可是想到墨伽拉的遭遇，国王心中仍然为女儿担忧。因此，国王推托说自己需要有充分的时间来考虑一下这件婚事。

欧律托斯的大儿子伊菲托斯跟赫拉克勒斯正好同龄，他对赫拉克勒斯的箭术极口称赞，毫无嫉妒，并成了这位英雄的朋友。他劝父亲接纳这位技艺超群的贵客。欧律托斯却仍固执己见，这让赫拉克勒斯深受打击，他离开了王宫，在外面漂泊了很长时间。

有一天，一名仆人来到国王欧律托斯面前禀报说一个强盗偷走了国王的牛群。这盗贼是奸诈而狡猾的奥托吕科斯，他的窃技闻名遐迩。可是恼怒的欧律托斯却说："这一定是赫拉克勒斯干的，他是杀害自己孩子的刽子手！我没有把女儿许配给他，他就干出了这样卑鄙的报复勾当！"

伊菲托斯委婉地劝说父亲，极力为他的朋友辩护，并表示愿意和赫拉克勒斯一起去寻找被偷走的牛。

赫拉克勒斯见到来找自己的伊菲托斯，非常高兴。他热情地招待了王子，并答应一起去寻找被偷走的牛。但是，他们一无所获，只好往回走。当他们爬上提任斯的城墙，想从高处察看丢失的牛时，愤怒的赫拉使赫拉克勒斯失去了理智，让他把自己忠诚的朋友伊菲托斯看作了他父亲的同谋，狂暴地把伊菲托斯从高高的城墙上推了下去。赫拉克勒斯忧伤地离开了俄卡利亚的王宫，到处漂泊。

赫拉克勒斯和阿德墨托斯

在帖撒利的费赖城住着高贵的国王阿德墨托斯，他的妻子阿尔刻提斯不但年轻漂亮，而且对丈夫十分忠诚，爱丈夫胜过一切。

有一次，宙斯用雷电把神医阿斯克勒庇俄斯[1]劈死，因为宙斯担心他连死人都能救活。阿斯克勒庇俄斯之父阿波罗为了报复，杀死了为宙斯锻造雷电的独眼巨人库克罗普斯。他担心宙斯发怒，便逃出了奥林匹斯圣山，在人间寻找避难所。阿德墨托斯友好地收留了他，让他为自己看守牛群。后来宙斯赦免了阿波罗，他便做了阿德墨托斯的守护神。

阿德墨托斯年老体衰，生命即将结束，身为神祇的阿波罗预先知道，所以他去劝说命运女神拯救阿德墨托斯，免得他受地狱之苦。命运女神答应说如果有人愿意代他去死，并到冥府去，就可以让他免于死亡。

阿波罗离开奥林匹斯圣山，来到费赖，告诉他的老朋友他的气数将尽了，但又向他透露了免于一死的方法。阿德墨托斯是个正直的人，但他同时也眷恋生命。他的家人和仆人们听说自己的国王命数将尽，都颇为一惊。阿德墨托斯也希望能找到一个愿代他去死的人，可是尽管人们不想失去阿德墨托斯这样的一位贤君，但还是没有一个人愿意代替他，甚至国王风烛残年的父母也不愿意放弃时日无多的生命

1 阿斯克勒庇俄斯（Asclepius/Aesculapius），太阳神阿波罗之子，跟随喀戎长大并习得医术，并从智慧女神雅典娜处得到蛇发女妖戈耳工的血液，可令人起死回生，被宙斯杀死并升上天空，化为蛇夫座（Ophiuchus），被人们奉为医神。

来拯救自己的儿子。而只有他那正当青春年华的妻子阿尔刻提斯愿意代丈夫去死。

死神塔那托斯[1]来到王宫，准备把阿尔刻提斯带到地府去。忠贞的阿尔刻提斯沐浴更衣，穿上节日的华服，戴上首饰，然后在家里的祭坛前向地府女神祷告，愿意充当死神的祭礼。说完，她一一地拥抱了孩子和丈夫，然后走进房间，准备在那里迎接地府的使者。

她对自己的丈夫说："你的生命比我的宝贵，因此我愿意为你去死。要是没有你，我也不愿活下去。不过你的父亲母亲背叛了你，他们其实是应该为你做出牺牲的。那样，你就不致孤独地生活，去抚养失去母亲的孩子们。但神既然已做出这样的安排，那么，我只得请求你，别忘掉我为你做的事，而且请你答应我，不要把我们的孩子交给一个继母，因为她会虐待他们的。"

阿德墨托斯含着眼泪，向他的妻子发誓，她活着是他的妻子，死后仍然是他的妻子。阿尔刻提斯把哭哭啼啼的孩子交给了阿德墨托斯后便晕死过去了。

赫拉克勒斯到达费赖王宫时，宫殿里正在准备丧事。阿德墨托斯强忍着悲痛，热情地欢迎这位远方来的朋友。赫拉克勒斯看到他穿着丧服，便问宫里发生了什么事。阿德墨托斯为了不使朋友难过，便闪烁其词，没有直接回答。因此赫拉克勒斯误以为宫中死了一位无足轻重的远房女子，也没有显出悲伤的样子。

赫拉克勒斯让一位仆人陪着他到餐厅，并给他倒满美酒。他看到这位仆人悲哀的神情，责备他道："你为什么这副面孔？一个仆人必须友好地接待宾客！你们这里只是死了一个外乡的女子而已，有什么大不了呢？死亡是凡人的共同命运，而忧伤只能对身体有害。去吧，像我一样戴上花冠，一起来喝酒吧！满满的一杯美酒自会抹去你额上的不快的皱纹。"

仆人悲伤地转过脸去。"我们遭到了不幸，"他说，"因此我们

---

1 塔那托斯（Thanatos），是古希腊神话中的死神，罗马神话中名为Mors。他是睡神修普诺斯（Hypnos）的孪生兄弟，其母为黑夜女神倪克斯。

都失去了欢乐饮宴的心情，我们的国王是很好客的，所以才让一个心情快活的外乡人在他充满悲伤的宫殿里喝酒。”

赫拉克勒斯一听这话，觉得不对劲，在他的一再追问下，才弄清了实情。

“这是真的吗？”他大叫起来，“他失掉了一个光彩照人的妻子，怎么还能慷慨大方地招待客人？我在办丧事的人家还头戴花冠，大声欢笑，举杯畅饮，这太不像话了！请告诉我，这位忠贞的妻子被葬在了什么地方？”

“你如果要去找的话，那么就沿着通往拉里萨的大道一直走下去。”仆人回答说，“你会看到为她建立的一座墓碑。”仆人说完这些，便难过地走开了。

“我必须救出这位已死的女子，”赫拉克勒斯立即做出了决定并自言自语道，“要将她领回来，交给她的丈夫，否则，我就不配享受阿德墨托斯的厚爱。我要去找到墓碑，并在那里等待死神塔那托斯。他一定会吮吸祭品的血。我要抓住他并且绝不会放开他，直到他答应把死者的阴魂送回来！”他怀着这样的决心，不声不响地离开了王宫。

阿德墨托斯回到自己的房间，看到失去母亲的孩子们，心里非常悲伤，仆人的安慰丝毫无法减轻他的痛苦。突然，他看到赫拉克勒斯走进大门，后面跟着一个遮着面纱的女人。

“你连妻子去世的消息都不如实告诉我，”赫拉克勒斯说，“那是不应该的。你接待我，让我住在你的王宫里，看上去你好像只是遇到一件小事，好像去世的是一位无关紧要的人。同时，因为我不知道实情，做出许多违反礼仪的事情。我不愿让你继续痛苦下去了！听着，我回到这里只是因为我在一场比武中赢得一位年轻的女子，我现在把她交给你做你的女佣。我还要去参加新的比武，在我回来之前，你一定要多多关心这位女子。”

阿德墨托斯听了他的话吃了一惊，他解释说：“我的朋友，我没有把妻子去世的消息告诉你，是因为我不愿意看到你搬到另一位朋友家里。现在我请你把这位女子给费赖城的任何一个人都好，不要给我。我怎么能每天看着她在我屋里而不流泪呢？我也不可以把亡妻的房间腾出来给她住。我也畏惧费赖人民的闲言和亡妻的责备！”

阿德墨托斯在好奇心的驱使下朝这位遮着面纱的女人看了一眼。“无论你是谁，”他对她说，“你的身材跟我的妻子阿尔刻提斯十分相像。诸神在上，赫拉克勒斯，把这位女人带走吧，别再苦苦地折磨我了，我看见她如同看见妻子一样，我的悲伤将没有尽头。”

赫拉克勒斯继续隐瞒着真情，忧郁而悲痛地说：“唉，但愿宙斯能给我神力，使我能从地府里把你的忠贞的妻子救回来，用以报答你伟大的友情！”

“我知道，假使你有这样的本领，你一定会这样做的，”阿德墨托斯说，“可是，你听说过一个死人还能从地府回来吗？”

“是呀，”赫拉克勒斯比较愉快地接着说，“因为这是不可能的，所以让时间来减轻你的痛苦吧。斯人已故，过一阵你会再娶一个妻子，也许她会给你带来生活上的欢乐。还是让我把这位高贵的姑娘送进你的房间吧，你至少可以试试看。如果事实证明，她不能让你的生活变得轻松愉快，她就会离开你的！”

阿德墨托斯不想辜负友人的一番好意，他不情愿地命令仆人把这位姑娘带到内房去，但赫拉克勒斯却不同意，他说：“国王陛下，请别把这无价之主交到仆人手上！你应该亲自带她过去。”

“不行，”阿德墨托斯说，“我不会碰她一下，否则我就违背了对亡妻许下的诺言。她可以进内房了，可是不能由我送去。”

赫拉克勒斯仍然坚持要阿德墨托斯亲自送去，他没有办法，只得朝带着面纱的女人伸出一只手去。“喏，”赫拉克勒斯高兴地说，“你就收留她吧！你仔细瞧瞧这位年轻的姑娘，看看她跟你的妻子是否相像？”

说着，他伸手揭开女子头上的面纱。国王惊讶得目瞪口呆，他看见了自己的妻子毫发无伤地站在自己的面前，高兴地扑进妻子的怀里。而她却沉默着，无法对丈夫深情的呼喊做出回答。

“再过三天，”赫拉克勒斯对国王说，“等到给她的亡灵祭供结束时，你就能够听到她说话的声音了。你尽可以放心地把她带回房间去。她又回到了你的身边，那是为了报答你对我这个外乡人的热情款待！现在，就让我去走我自己的路吧。”

“祝你平安，赫拉克勒斯！”阿德墨托斯在他的身后大声喊道，“你指引我回复到更美的生命，因为现在我不仅仅感到幸福，而且以感恩的心体会着这幸福。我所有的子民将通过歌唱和舞蹈进行庆祝，所有的圣坛将升腾起献祭的熏香。在这一切里，我们将怀着无限的感激和爱戴来纪念你，伟大的宙斯之子！”

赫拉克勒斯为翁法勒服役

尽管赫拉克勒斯是在疯狂时把伊菲托斯推下城墙的，但他心里仍然感到这是一种沉重的罪孽。他四处漫游，向各地的国王寻求净罪，可是都遭到拒绝。后来，他找到了阿弥克勒的国王得伊福斯，国王同意为他净罪，但神却为惩罚他而让他身患重病。

一向健康的大英雄原本浑身充满了力量，现在却不堪重病的折磨，撑着病弱的身子来到特尔斐，希望在深奥的神谕中寻得治病的妙方。但是那里的女祭司都因为他是杀人凶手而不理睬他。赫拉克勒斯一怒之下扛走了庙前的三足圣坛，带到野外，自己做起神谕来。由于这种狂妄和僭越，恼火的阿波罗即刻出现在赫拉克勒斯面前，向他挑战。宙斯不愿看到两个儿子互相残杀，用雷电挡住了争斗的双方，平息了他们的决斗。

最后，赫拉克勒斯才被告谕：他只有卖身为奴，当三年苦差，并把这笔卖身钱送给死者的父亲，这样才能消除罪孽。病弱的赫拉克勒斯不得不按照这一苛刻的要求去做。他带领几个朋友，乘船来到亚细亚，把自己卖给翁法勒[1]为奴。

赫拉克勒斯托人给欧律托斯送上了卖身钱，但被欧律托斯拒绝，

---

1 翁法勒（Omphale），伊阿尔达诺斯的女儿，吕底亚的女王。

后来只得把钱交给了伊菲托斯的儿子。直到这时，赫拉克勒斯的疾病才被治愈，恢复了气力。

虽然在为翁法勒当奴仆，但赫拉克勒斯仍然做出了英雄的业绩，为人类造福。他肃清了所有危害和扰乱地方的强盗，保护了女主人和周围邻居们的安全；当时住在厄斐索斯的科耳刻珀斯人抢劫掠夺，坏事做尽。赫拉克勒斯将他们彻底打败，把俘虏用绳子捆绑起来，押送到翁法勒的面前；奥利斯的国王绪琉斯是波塞冬的儿子，他抓捕过往旅客并强迫他们为自己耕种葡萄园。赫拉克勒斯痛恨他的横行霸道，用铁铲打死了他，并将他所有的葡萄藤连根挖掉；翁法勒经常遭到伊托纳人的骚扰，赫拉克勒斯奋起征服了伊托纳人，把他们变作为翁法勒服役的奴隶；在佛律癸亚，弥达斯[1]的儿子利堤厄尔塞斯作恶多端，为害乡里。他很热情地把客人邀请回家，视若贵宾，在晚宴后，他便强迫他们为他耕地，然后又在夜深人静时把客人杀害。赫拉克勒斯杀死了这个恶霸，并把他的尸体丢入迈安得洛斯河里。

在一次远征中，赫拉克勒斯来到多利刻岛。他看到沙滩上躺着一具尸体，原来这是不幸的伊卡洛斯的尸体。他佩着父亲为他制造的鸟翼逃出克里特的迷宫，却忘记了忠告，飞得离太阳过近以至于鸟翼融化脱落，使他栽入海里身亡。赫拉克勒斯心里充满同情地掩埋了他的尸体，并为了纪念他而把这座岛称作伊卡里亚。伊卡洛斯的父亲、建筑师和雕刻家代达罗斯为感谢赫拉克勒斯的功德，在伊利斯的比萨建造了一座赫拉克勒斯纪念碑。但有一天当赫拉克勒斯来到比萨，由于夜晚天黑，他把纪念碑前的雕刻看成了一个向他寻衅的活人，于是抓起石块，把石像砸了个粉碎。

赫拉克勒斯在为翁法勒服役期间还参加了围猎卡吕冬野猪的活动。

翁法勒十分赞赏她这位仆人的勇敢，她估猜这位仆人一定是位有名的英雄。当她听说他就是宙斯的儿子赫拉克勒斯时，立即恢复了他

---

1 弥达斯（Midas），富有的佛律癸亚的国王，从酒神狄俄尼索斯那里获得了点金术，引来一系列麻烦，随后又因为表达了自己不同的艺术观点而变成驴耳朵，成了人尽皆知的最不幸的国王。

的自由，并招他为夫。从此以后，赫拉克勒斯过着豪华的生活，逐渐忘掉了在他年轻时美德女神给她的教诲，沉湎享乐，不思进取，连妻子翁法勒也开始瞧不起他了，她自己披上他的狮皮，而把女人的衣服给赫拉克勒斯穿上羞辱他。赫拉克勒斯迷恋于她的爱情，竟甘愿坐在妻子的脚旁为她纺羊毛。他在原先能够顶住苍天的脖子上挂了一条金项链，两只健壮的胳膊上戴上玉石手镯，头上戴着女人的发饰，身上披上一件女人的华丽长袍。他跟女佣们坐在一起，面前放着纺车，细长的手指纺着粗大的纱线，他卖力地干着，担心完不成任务会遭到女主人的嘲笑和责骂。有时候，当翁法勒高兴的时候，她让穿着女人长袍的丈夫给她和女佣们讲他年轻时的英雄业绩：他是怎样在摇篮里捏死了大蛇，怎样从哈得斯那里牵回地狱恶狗刻耳柏洛斯……那些女人们喜欢听他的故事，如同听精彩的童话一样。

赫拉克勒斯给翁法勒服役的期限快满了，他突然从昏聩中清醒过来。他厌恶地甩掉妇人的服饰，又恢复了宙斯儿子的本来面目，浑身充满了力量。他愿意充分使用重新获得的自由，向他往昔的敌人复仇。

赫拉克勒斯以后的业绩

赫拉克勒斯恢复自由后，首先前往特洛伊。他要征服那个暴虐而又专制的国王拉俄墨冬，他是特洛伊的缔造者和统治者。赫拉克勒斯对他当年违约的事情一直耿耿于怀。那是他在讨伐亚马逊人的凯旋途中，从海怪口中救出了拉俄墨冬的女儿赫西俄涅，原先国王是答应送给他骏马作为报答的，后来却自食其言。赫拉克勒斯决定报复他。现在，他带着六艘船一队战士出发，其中包括希腊著名的英雄佩琉斯、忒拉蒙和俄琉斯等。

赫拉克勒斯穿着狮皮来到忒拉蒙面前，正在用餐的忒拉蒙连忙从桌旁站起身来，热情地给赫拉克勒斯斟满酒，叫他坐下一起喝酒。赫拉克勒斯为朋友的热情所感动，他举起双手向天祈祷：“吾父宙斯，如你愿施恩惠，听从我的请求，请赐给忒拉蒙一个勇敢的儿子吧，一个无敌的儿子，就像穿着这身狮皮的我一样勇敢，永远被高贵的精神所鼓舞。”

赫拉克勒斯的话还没有讲完，宙斯就送来一只矫健的鹫鹰，鸟中之王飞翔在他的头上。赫拉克勒斯满心欢喜，并用狂喜的心情和有力的声音如同预言家一样说道：“是的，忒拉蒙，你即将得到你梦寐以求的儿子，他将像这只矫健的鹫鸟一样威风凛凛，埃阿斯是他的名字，他将在神圣的战争中取得声望。”

在特洛伊登陆时，他把看守船只的任务交给俄琉斯，自己则率领着英雄们向特洛伊进发。拉俄墨冬急忙率军袭击了英雄们乘坐的船只，并在战斗中杀害了俄琉斯。但当他动身归去时发现已经被赫拉克勒斯的勇士们包围了。与此同时，英雄们也围困了特洛伊城。

忒拉蒙攻破城池，一马当先冲进特洛伊城内。赫拉克勒斯紧跟在他的后面，这位大英雄生平第一次被人类在战斗中超过了自己，他又气又急，深深的嫉妒蒙蔽了他的灵魂，恶毒的阴谋在心中滋长。他拔出宝剑，想把跑在前面的忒拉蒙砍翻在地。忒拉蒙此刻正好回头一看，猜到了赫拉克勒斯的意图，他弯下腰去，把近旁的砖石收集过来堆成一堆。当被问到他在做什么时，他回答说：“我要在这里为胜利者赫拉克勒斯建造一座圣坛！”这话让大英雄感到十分惭愧，两位英雄又重新并肩作战。

赫拉克勒斯援弓搭箭，射死了拉俄墨冬和他的几个儿子，只有一个儿子波达尔克斯幸免于难。特洛伊城被占领后，赫拉克勒斯把拉俄墨冬的女儿赫西俄涅作为战利品送给了忒拉蒙。同时他又允许姑娘在俘虏中挑选一个，让他获得自由。姑娘挑选了她的兄弟波达尔克斯。

“好吧，他就归你了，”赫拉克勒斯说，“可是，他必须先当一名奴仆，忍受耻辱。然后你用一笔赎金将他赎回，这样他才能得到自由！”这孩子被卖为奴之后，赫西俄涅摘下头上的金冠作为兄弟的赎身钱。因此，这位兄弟后来就叫作普里阿摩斯，意即被买来的人。

赫拉仍旧忌恨赫拉克勒斯，不让他得到圆满的结局。从特洛伊回去的途中，他们遇到了暴风雨，在宙斯的搭救下，赫拉的企图才未能得逞。经过一系列征战，赫拉克勒斯决定再去报复国王奥革阿斯。奥革阿斯也是自食其言，拒绝给他应得的报酬。赫拉克勒斯攻占了他的伊利斯城，把国王和他的儿子们全都杀死。后来，他把王国送给菲洛宇斯。菲洛宇斯当年因为和他友好并因为为他作证而遭到放逐。

取得这场征战的胜利之后，赫拉克勒斯恢复了奥林匹克运动会。在运动会期间，连宙斯也变作人的模样前来与赫拉克勒斯角斗。他常常输给自己的儿子。尽管如此，他还是衷心祝贺赫拉克勒斯，称赞他是了不起的大力士。

赫拉克勒斯和得伊阿尼拉

赫拉克勒斯在伯罗奔尼撒半岛做出了许多英雄业绩后，又来到埃托利亚和卡吕冬，来到国王俄纽斯那里。俄纽斯的女儿得伊阿尼拉长得非常美丽迷人，因此她正被一个讨厌的求婚者所烦扰。

在来卡吕冬之前，得伊阿尼拉住在父亲王国里的另一座城市。河神阿刻罗俄斯倾慕得伊阿尼拉的美貌，前来求婚。可是他长得丑陋无比。他起初变作一头公牛，后来又变作一头长着闪光龙尾的巨龙，最后他又变作牛头人形，多毛的面颊上流着泉水。得伊阿尼拉见到这个奇形怪状的求婚者十分害怕，绝望地向神祈祷，请求一死。但河神却逼得越来越紧，她的父亲也并非不愿意将女儿嫁给阿刻罗俄斯，因为这位河神毕竟是神的子孙。

正在这时，赫拉克勒斯慕名前来求婚。他早在地府时就已经听朋友墨勒阿革洛斯讲起妹妹的天姿国色。他知道，不经过一番激烈的争夺是得不到这样一位美丽的女郎的。头上长角的河神看到赫拉克勒斯前来争夺他的意中人，气得青筋暴突，企图用牛角顶死赫拉克勒斯。国王俄纽斯看到这两个求婚者激烈争夺，也并不想阻拦他们。他宣布谁取得了胜利，他就把女儿许配给谁。

在国王、王后和他们的女儿得伊阿尼拉的旁观下，两个求婚者勇猛地拼斗起来。赫拉克勒斯左冲右突，出拳放箭，但河神巨大的牛头总是一再避开了对手的打击，并寻找机会准备用牛角将他顶翻在地。最后，他们扭在了一起，肉搏起来，手臂绞着手臂，脚绊着脚，二人的额头和身体上汗如雨注，都累得气喘吁吁。最后，宙斯之子占了上风，他猛力一摔，将河神按倒在地。河神却突然变作一条长蛇，赫拉克勒斯抢上一步，一把捏住蛇头。要不是河神迅速地变回公牛形态，那真的会被赫拉克勒斯捏死。赫拉克勒斯抓住一只牛角，奋力一扔，可怜河神的一只牛角已断成两截！河神阿刻罗俄斯只得告饶，赫拉克勒斯成了胜利的求婚者。后来，海中女仙阿玛尔忒亚用石榴、葡萄等果汁浇在阿刻罗俄斯的断角里，才治好了他的创伤，并长出了新的牛角。

赫拉克勒斯与得伊阿尼拉举行了婚礼，可是结婚并没有改变他的生活方式。他一如既往，总是到处漫游冒险。有一次，他又回到了妻子身旁。可是，在无意之中因为手劲太大而失手打死了一个侍童，国王尽管饶恕了他，但他不得不流亡，他的年轻的妻子和他的小儿子许罗斯也伴随着他。

赫拉克勒斯和涅索斯

赫拉克勒斯从卡吕冬来到特拉奇斯的朋友刻宇克斯那里。一路上，赫拉克勒斯经历了一生中最危险的事。他来到奥宇埃诺斯河时，看到肯陶洛斯人涅索斯。涅索斯每次都向来回的旅客索要渡河费。他是用双手把来往行人抱着过河的。涅索斯认为拿这笔钱是对得起良心的，因为神们相信他诚实才把这任务交给他的。赫拉克勒斯自然用不着他的帮助，他迈开大步，涉水而过。妻子得伊阿尼拉却需要涅索斯的帮助，需要他把自己放在肩头带她过河。

得伊阿尼拉年轻漂亮，涅索斯在河中被她迷住了，开始拥抱她。赫拉克勒斯在对岸突然听到妻子的呼叫声，定睛一看，发现这个半人半马在侮辱他的妻子，不由得心头火起。他连忙从箭袋中抽出箭来，在涅索斯上岸时，一箭射去，把他射倒在地上。得伊阿尼拉挣脱了肯陶洛斯人的手臂，朝丈夫急步奔去。这时垂死的涅索斯仍然不忘报复，他朝她呼喊，欺骗她说："听着，俄纽斯的女儿！你是我抱着渡河的最后一个人，所以你有掩埋我尸体的责任。你把我的伤口中流出来的最后一滴血保留起来，它会起到神奇的作用。你要是用它涂抹你丈夫的衣服，那么从此以后，除了你以外，他再也不会爱上其他女人！”涅索斯说完这些居心险恶的话就死了。得伊阿尼拉虽说从来也不会怀疑丈夫对自己的忠诚和爱情，可是仍用一只杯子接过肯陶洛斯人的最后一滴血，并保存起来。赫拉克勒斯对此事毫不知情。

他们经历了其他的一些冒险后，终于找到了朋友刻宇克斯。他是帖撒利的国王，很友好地接待了赫拉克勒斯夫妇。

赫拉克勒斯的结局

赫拉克勒斯经历的最后一次冒险是讨伐俄卡利亚国王欧律托斯，以前国王曾允诺凡是射箭胜过他和他儿子的人，可以娶他女儿伊俄勒为妻，可是后来他却食言了。赫拉克勒斯为了报复他，召集了一支强大的军队，攻破城池，打死了国王和他的三个儿子，俘虏了年轻美貌的伊俄勒。

得伊阿尼拉在家里焦急地等待着丈夫的消息。这时王宫里传来一阵欢呼声，一名使者飞奔回来报告说：“您的丈夫大获全胜，即将回来了！他的仆人利卡斯正在向城外的人民宣布胜利的喜讯。赫拉克勒斯要推迟几天才能回来，因为他在欧玻亚的刻奈翁半岛上准备给宙斯献祭。”

不久，随从利卡斯带着一群俘虏回来了。

“问候您，尊贵的夫人，”他对得伊阿尼拉说，“赫拉克勒斯的正义事业已经取得了胜利。我们攻占了城池，抓获了一批俘虏。您的丈夫说请你善待这些俘虏，尤其是这位跪在你脚下的不幸女子。”

得伊阿尼拉同情地看着这位年轻的女子，她把姑娘从地上扶起来，说：“可怜的女人，你是谁呢？你好像还没有结婚，而且一定出身于高贵家庭！利卡斯，告诉我，这位年轻姑娘的父亲是谁？”

“我怎么知道呢？您为什么要问我呢？”利卡斯躲躲闪闪地回答，他的表情透露出他似乎隐瞒了一桩秘密。

“自然，这个女子绝不会出身于俄卡利亚的小户人家。”利卡斯踌躇了一会儿又说。

听到这里，年轻的姑娘长叹一声，仍保持着沉默。得伊阿尼拉感到奇怪，但也不便再问，只是叫人把姑娘送进内室，不要亏待她。

利卡斯去执行她的吩咐时，先前进来的那名使者走近女主人，悄悄地对她说："得伊阿尼拉，你不要相信利卡斯的话，他对你隐瞒了事情的真相。他曾经亲口说过，赫拉克勒斯只是为了这位年轻的女子才讨伐俄卡利亚的。她就是伊俄勒，即欧律托斯的女儿。赫拉克勒斯认识你以前，对她十分爱慕。她这次来可不是当你的女佣，而是你的情敌。"

得伊阿尼拉十分悲伤，可是她马上又镇静下来，命令丈夫的仆人利卡斯前来见她。利卡斯指着苍天向宙斯发誓说他讲的都是真话，而且他确实不知道姑娘的父亲到底是谁。得伊阿尼拉请求他别捉弄她："即使我可能责怪丈夫的不忠，但也决不会仇视这位姑娘，因为她从来没有伤害过我。我很同情她，她的容貌给她招来了苦难，也毁了她的国家。"

利卡斯见夫人如此通情达理，便把一切都告诉了她。得伊阿尼拉一点也没有责备他，只是让他稍等片刻，她要为丈夫准备一件礼物，来回报他送给她这些俘虏。在这之前，按照肯陶洛斯人涅索斯临死前的吩咐，她把他的毒血制成血膏，藏在不见阳光的地方。她以为那是无害的，只是一种唤回赫拉克勒斯的爱情和忠心的魔药。现在她悄悄地钻进那间小房间，取出血膏，用羊毛将它涂在一件珍贵的衣服上。然后，她把衣服折起并锁在了一个漂亮的小盒子里。做完这一切后，得伊阿尼拉把使用过的羊毛随手扔在地上，然后走到外面，把礼物交给仆人利卡斯。

"请把这件衣服带给我的丈夫，"她吩咐道，"这是我亲自缝制的。除了他以外，谁也不能穿这件衣服。他在穿这件衣服祭拜神前，不能把它放在火旁或阳光底下，这是我的愿望。我交给你一枚戒指作为信物，他就会知道这确实是我真实的口信。"

利卡斯答应照她的吩咐去做。他带着礼物赶到欧玻亚，送给准备献祭的主人。过了几天，赫拉克勒斯的儿子许罗斯前去看望父亲，他要说服父亲迅速回家。同时得伊阿尼拉偶然走进盛放血膏的小房间，看见地上涂过魔药的羊毛在阳光下已化为灰烬，不禁大吃一惊，预感事情不妙，她吓得在宫里团团转，不知道怎么办才好。

儿子许罗斯终于回来了，可是身旁却没有父亲。“唉，母亲哟，”他充满仇视地对母亲叫喊着，“我真希望世界上从来就没有你，希望你从来就不是我的母亲！”她听了儿子的话，吃了一惊，连忙问道：“孩子哟，你这是怎么啦？”

“我刚从刻奈翁回来，母亲，”儿子抽泣着说，“正是你毁了父亲的生命！”

得伊阿尼拉面色惨白，但仍镇静地问他：“这是谁告诉你的，我的儿子？谁敢诬蔑我做下这种伤天害理的事？”

“不，没有人告诉我，是我亲眼看到父亲的悲惨结局，”儿子说，“我在刻奈翁遇到他时，他正忙着宰杀牲口，准备给宙斯献祭。这时利卡斯来了，他带来了你的礼物，那是一件受到诅咒的衣服。父亲立刻把它穿在身上，对这件漂亮的衣服他很喜欢。他开始献祭。那天一共宰了十二头公牛。开始时，父亲十分安详地做着祷告。但是，当祭坛上的火焰升腾时，他浑身冒出了豆粒大的汗珠，那件紧身衣像是用铁铸在他身上的一样，他一阵阵颤抖，好像毒蛇在咬他一般。父亲大声呼唤利卡斯。利卡斯其实是无辜的，他忠实地转交了你的那件有毒的紧身衣。利卡斯来了，他重复了一遍你吩咐他的话。父亲马上抓住他，把他摔死在海滨的岩石上，又把他的骨尸扔进了大海。他疯狂的举动使人不敢靠近，他在地上痛苦地号叫打滚，然后又突然跳了起来，诅咒你和你们的婚姻。最后，他对着我喊道：‘儿子，如果你同情父亲的话，那就赶快送我上船回去。我不能死在异乡。’我们将他抬到船上，他痛苦地大声吼叫，但总算回到了故乡。你马上就能看到他了，或者仍然活着，或者业已死去。这就是你干的好事。母亲，你可耻地谋害了人间最伟大的英雄！”

得伊阿尼拉对儿子的责备没有辩解，她绝望地走开了。有几个仆人听她说过涅索斯送给她的那种爱情魔药，他们告诉了这个孩子，说他在愤怒中错怪了母亲。儿子听说后急忙朝不幸的母亲追去。可是他还是来迟了。得伊阿尼拉直挺挺地躺在丈夫的床上，已经死了，她的胸口上插着一把利剑。儿子伏在母亲的身旁，痛哭着抱住母亲的尸体，为自己过激的语言感到深深的后悔。

突然，他听说父亲回到了宫殿，连忙跳起身来。

“儿子，”赫拉克勒斯大声地叫着，“儿子，你在哪里呀？拔出宝剑来，对准你的父亲，对准我的脖子，杀死我吧！这样才能解脱你的母亲赐予我的痛苦！”然后，他又绝望地转向站在一旁的人，向他们伸出双手，大声地说：“没有一杆长矛、一头野兽，也没有一支巨人的队伍能够制服我。但我现在却死在一个妇人的手里！我的儿子哟，杀死我吧，然后再去惩罚你的母亲！”

当许罗斯告诉他，母亲是无意之中害了他，并且为了抵罪，已经拔刀自尽了。赫拉克勒斯由悲愤转为悲哀。他立即让儿子许罗斯同他以前爱过，并成了他的俘虏的伊俄勒结婚。

因为特尔斐的神谕中说，赫拉克勒斯必将死在特拉奇斯地方的俄塔山上，所以他不顾身体疼痛，仍然叫人把自己抬到俄塔山的山顶上。他又叫人架起了一堆木柴，把他搁在木柴堆上，并命令点火，可是没人愿意执行这一命令。最后，经不住他再三恳求，他的朋友菲罗克忒忒斯1看到他痛苦难忍，才站出来准备点火。赫拉克勒斯为感谢他，特地把自己战无不胜的弓箭送给他。木柴刚被点燃，天上就闪起了闪电，助长了火势。最后，空中降下一朵祥云，在隆隆的雷声中将这位不朽的英雄送到了奥林匹斯圣山。当木柴烧成灰烬时，伊俄拉俄斯和别的一些朋友准备捡拾他的遗骨，然而他们什么也没有找到。毫无疑问，赫拉克勒斯应了神的谶语，已从凡人变成了天神，接受人们的崇拜。

在天上，雅典娜把这位英雄引入诸神的行列。赫拉也宽恕了他，并把自己的女儿赫柏嫁给了他。赫柏是永恒的青春女神，他们住在奥林匹斯圣山上，生育了很多美丽而且永生的孩子。

---

1 菲罗克忒忒斯（Philoctetes），特洛伊战争中希腊联军的将领，精通箭术，是希腊第一神箭手。

第二十一章
赫拉克勒斯的后裔

赫拉克勒斯的后裔来到雅典

赫拉克勒斯被召唤上天后，国王欧律斯透斯再也用不着畏惧他了。他便开始殚思竭虑地对大英雄的子孙们进行报复。

赫拉克勒斯的子孙们大都跟着赫拉克勒斯的母亲阿尔克墨涅一起生活在阿耳戈斯的首都迈锡尼。为了逃脱国王的迫害，他们逃到特拉奇斯，希望得到国王刻宇克斯的保护。欧律斯透斯要求刻宇克斯交出赫拉克勒斯的子孙，否则就要对这个弱小的王国动武。赫拉克勒斯的子孙们感到不安，便又逃离了特拉奇斯。

伊菲克勒斯之子、赫拉克勒斯的侄儿兼朋友伊俄拉俄斯，如同父亲一样始终照顾着他们。他在年轻时跟随赫拉克勒斯共命运同患难，现虽已年迈，白发苍苍，但仍保护着老朋友的子孙们并跟他们一起在世界各地漂泊。他们要巩固赫拉克勒斯在伯罗奔尼撒所取得的地位和财产。

在欧律斯透斯的追赶下，他们来到正在忒修斯的儿子得摩丰统治下的雅典。他刚从篡位的梅纳斯透斯手中取回王位。

到了雅典，他们在靠近宙斯祭坛的旷野里搭起帐篷，并伏在圣坛前祈求雅典人的庇护。欧律斯透斯派传言官科普柔斯来威胁和嘲讽伊俄拉俄斯："伊俄拉俄斯，你以为在这里很安全吗？谁敢跟强大的欧律斯透斯作对呢？还是赶快回到阿耳戈斯去接受严厉的判决吧——被乱石打死！"

伊俄拉俄斯无所畏惧地回答道：“不！这座圣坛将会保护我，我不仅不怕你这种毫无价值的人，也不怕你的主人派来的强大军队，这里是一片自由的土地。”科普柔斯听了这话，继续威胁说：“你要知道，我不是独自一人到这儿来的，跟在我的后面还有强大的军队。你们很快就会被从这片你所谓的自由之地带走！”

赫拉克勒斯的子孙们听到这话，都不由得悲哀地哭泣起来，伊俄拉俄斯回过身，对着雅典居民大声呼喊道：“虔诚的雅典人民，你们不能眼睁睁地看着受宙斯庇护的人被人劫走，不能眼睁睁地看着这圣地遭到亵渎，因为那也会是整个雅典城的耻辱。”

他的呼号求助使得雅典人从四面八方赶来。当他们看到一群流亡的人坐在神坛周围，当他们得知这些寻求保护的人是大英雄赫拉克勒斯的后裔时，他们不但充满了同情，而且都肃然起敬。他们命令那位横蛮的使者迅速离开神坛，并要他按照规矩先向雅典国王禀报他的要求。

“这里的国王是谁啊？”科普柔斯被雅典人的气势镇住了，他难堪地问道。

“他是一位伟人，你必须服从他的裁决，”雅典人回答说，“我们的国王乃是不朽英雄忒修斯之子得摩丰。”

得摩丰

国王得摩丰在王宫里听说了外面的情况，便亲自来到了现场，想看一下具体情况和这些外人的意图。

“我是阿耳戈斯人，”科普柔斯说，“我要求带回去的也是一批阿耳戈斯人，他们是我们国王的仆人。忒修斯之子，你应该不会丧失理智到为了庇护这些逃亡者而不惜同欧律斯透斯开战吧！”

得摩丰是一位沉着而宽容的国王，听了科普柔斯的话后，他说：“我还没有听完你们双方的意见，怎能判定谁是谁非呢？又怎能决定是否去进行一场战争呢？”他转而对伊俄拉俄斯问道：“这位老人，你是这些年轻人的保护者，你有什么话要说吗？”

伊俄拉俄斯从神坛的石阶上站起，虔诚地向国王鞠了一躬，说道："尊敬的国王，我第一次感到自己到了一座自由的城市。这里的人们允许和倾听我的讲话，在其他的地方，我们都是被驱逐出境，连说话的权利都没有。欧律斯透斯把我们从阿耳戈斯赶了出来。我们既然不能在那里逗留，又怎能说我们是他的臣民呢？难道逃出阿耳戈斯的人在全希腊都没有立足之地吗？不！至少在雅典不是这样！这座英雄城市的居民不会把赫拉克勒斯的子孙赶出他们的国土，他们的国王也不会让请求保护的人被从神坛拖走。你们放心吧，我的孩子！你们现在是在一个自由的国家里，而且是和你的亲戚在一起。国王啊，你所保护的也并非外乡人，这些遭受迫害的人都是赫拉克勒斯的子孙，而赫拉克勒斯和你的父亲忒修斯都是珀罗普斯的孙子，而且赫拉克勒斯还从地府里救出了你的父亲。"

伊俄拉俄斯一面说着，一面跪下去抱着国王的双膝，国王扶起他说："有三个理由让我不能拒绝你们的请求，并有义务保护你们。第一是宙斯和这座神坛，第二是你所保护的人和我的关系，第三是赫拉克勒斯对我父亲的恩惠。如果我让你们被人从神坛旁拖走，那么这个国家便不再是自由的国家，不再是尊敬神的国家，也不再是遵奉道义的国家！因此，使者，请你立即回到迈锡尼去，告诉你们的国王，我决不允许你把这批流亡者重新带回去！"

"我走，我走！"科普柔斯说，并威胁似的挥动手中的节杖，"我会带领阿耳戈斯的军队再来的。有一万士兵正等着我的国王发布命令。他会亲自统率军队，而且这支军队已经到达你的王国的边境了。"

"见鬼去吧！"得摩丰鄙夷地说，"我不怕你，也不怕你们所有的阿耳戈斯人！"

使者退去，赫拉克勒斯的子孙们都欢呼雀跃着从神坛上跳起，把手放在国王的手里，感谢这位慷慨的救命恩人。伊俄拉俄斯又代表大家讲话，感谢国王和雅典的人民。

回到王宫后，国王得摩丰紧急部署，准备对付敌人的侵犯。他召集起预言师们，吩咐他们举行隆重的祭礼。国王邀请伊俄拉俄斯和他所监护着的人们住在王宫里，但被伊俄拉俄斯拒绝，他宣称他们不愿离开宙斯的神坛，他们愿意留在这里，为雅典城祈福。“直到神帮助国王取得胜利，”他说，“我们才愿意让自己疲倦的身体在你的屋檐下休息！”

国王登上最高的塔楼，观测越来越近的敌人军队并召集士兵，命令他们保卫雅典城。然后又和星象师及占卜家一起商量对策。

当伊俄拉俄斯正在向神祈祷时，得摩丰突然愁容满面地来到他的面前。

“怎么办呢，我的朋友们？”他大声地说，“我的军队虽然已经准备好抗击阿耳戈斯人，可是我的占卜家都说如果这场战争要取得胜利，就必须要达成一个条件，这条件我是难以满足的。神谕告诉我们说不用宰杀牛犊和公牛，只要牺牲一个出身高贵的年轻女子。也只有这样，你们，包括这座城市才能取得胜利，获得拯救。可我怎么能这样做呢？我自己有个女儿，然而哪个父亲愿意做出如此牺牲呢？生有女儿的高贵人家，又有谁愿意把女儿交出来呢？假使我强迫别人，那将是一件会引起内战的麻烦事！”大家听到国王的话，心情都异常沉重。

“天哪！”伊俄拉俄斯叫起来，“我们真像沉船遇难的人，刚刚爬上海滩，又被巨浪卷回了大海。希望啊，为什么像一场梦一样呢？我们完了，孩子们，现在国王会把我们交出来的，但我们又怎么能责怪他呢。”

突然，老人的眼中闪过一丝希望的光芒，他对国王说：“你知道我们该怎样拯救自己吗？你把赫拉克勒斯的儿子们留下来，把我交出去，送给欧律斯透斯！他一定会把我处死，因为我是大英雄的伙伴，是他的忠实的朋友。我已经是上了年纪的人，愿意为这些年轻人牺牲我的生命！”

得摩丰看着他，悲伤地说：“你的精神是高贵的，但是那么做并不会有帮助。你以为欧律斯透斯杀死一个老人便满足吗？不！他要杀死赫拉克勒斯的年轻美丽的子孙们。你如果还有别的主意，那就告诉我。刚才的这个主意是行不通的。”

玛卡里阿

听到神谕的残酷内容，集合在广场上的雅典市民也发出悲叹声和哀怨声，声音响得一直传到了国王的内宫。国王得摩丰在逃亡者进入雅典后不久，便把赫拉克勒斯的年老体衰的母亲阿尔克墨涅以及赫拉克勒斯和得伊阿尼拉所生的漂亮的女儿玛卡里阿藏在宫里，免得外人看见。阿尔克墨涅耳聋眼花，听不到外面的声音，可是孙女儿却听到外面传来的悲叹声，她非常担心她的兄弟们的命运，于是独自一人走出深宫来到广场上。她混在人群中，听到了众人的议论，知道了雅典和赫拉克勒斯的子孙们面临的灾难和危险，知道了国王执行神谕所遇到的困难和麻烦。

于是，她无畏而坚定地来到得摩丰的面前，对他说："我知道，你正在寻找一个祭品，以保证战争取得胜利，并可救出我的兄弟，使他们免遭暴君的蹂躏。神谕要你献祭一个高贵的女人，难道你忘了，赫拉克勒斯的女儿正在你的宫里？我请求你把我作为祭品，因为我是自愿的，所以诸神一定会喜欢。假如雅典城为了保证赫拉克勒斯的子孙们的安全而甘愿承受一场战争，并且愿意牺牲成百上千的儿女的生命，那么大英雄赫拉克勒斯的子女中为什么不能有一人为取得胜利而牺牲自己呢？如果我们中没有人敢这样想，那么我们这些人还有什么值得保护呢？"

伊俄拉俄斯和周围的人听了这番慷慨仗义的话，沉默了良久。终于赫拉克勒斯的子孙们的保护者开口说道："你不愧为赫拉克勒斯的女儿，不过，依我看，还是让他的女儿们全都集中起来，抽签决定谁为她的兄弟们献出生命。"

"我不希望通过抽签去死，"玛卡里阿说，"我是心甘情愿的。好了，不要再犹豫了，否则敌人偷袭过来，神谕就无效了。"

说着，这位高尚的女子在雅典贵妇人的陪同下，坚定而快乐地走向死亡。

拯救赫拉克勒斯的子孙们的战争

命运并不让人长久地沉浸在悲哀之中。国王和雅典人以崇敬的目光望着赫拉克勒斯的女儿玛卡里阿远去。她的身影刚消失，一个使者带着愉快的神情，飞快地向神坛跑来。“伊俄拉俄斯在哪里？”他大声问道，“我给他带来了一个好消息！”伊俄拉俄斯从神坛旁站起来，一副悲伤的样子。

“你不认识我了吗？”使者问道，“我是许罗斯的老仆人！许罗斯不是赫拉克勒斯和得伊阿尼拉所生的儿子吗？你是知道的，我的主人在逃亡途中和你分手，去寻找同盟军。现在他回来了，带来了一支强大的军队。”

周围的人发出一阵欢呼，这消息很快传遍全城。伊俄拉俄斯不顾年老体弱，穿上盔甲，拿起武器。他把小孩和赫拉克勒斯的老母亲留在城里，交给雅典的老人们照顾，自己随着一支年轻人的队伍和国王得摩丰一起出发，准备跟许罗斯的部队会合。

两支军队会合后，勇敢地迎着欧律斯透斯的军队开过去。当双方的军队靠近时，许罗斯走下战车，站在阵前的道口上对阿耳戈斯的国王喊道：“欧律斯透斯国王哟！在一场流血的战争开始之前，在两支军队仅仅为了少数人的利益拼命厮杀之前，请你听听我的建议：由我们两人单独作战来决定胜负。如果我败在你的手里，那么你就带走我的兄弟姐妹，一切听凭你的发落；如果你输了，那么你应该把我父亲的王权，他的王宫以及在伯罗奔尼撒的统治权归还给我和我的亲属。”

许罗斯身后的士兵们大声欢呼，赞成这个建议。对面阿耳戈斯的士兵们也交头接耳，表示赞同。欧律斯透斯以前在赫拉克勒斯面前就显得胆怯，现在他再次显得贪生怕死，他反对这个建议，不敢离开他的军队。因此许罗斯又回到自己的队伍里。占卜者和星象家向神献祭，战斗的号角吹响了。

国王得摩丰回过头去对他的士兵大声呼喊：“公民们，记住，这是为了你们的家园而战，为了生育和抚养你们的城市而战！”

在那一边，欧律斯透斯也鼓励他的士兵们为了阿耳戈斯和迈锡尼的光荣奋勇作战。现在，军号吹起，盾牌撞击，战车对阵，长矛相刺，刀剑挥舞。双方士兵杀成一团，伤者呻吟，血流成河。起初，赫拉克勒斯的子孙们的同盟军在阿耳戈斯人的长矛的攻击下，阵脚动摇，被迫后退，紧接着，他们展开进攻，向前推进。双方拼杀了很长时间，最后，阿耳戈斯人的阵脚开始混乱，步兵和战车纷纷逃跑，互相冲撞践踏，死伤惨重。

年迈的伊俄拉俄斯斗志昂扬，他看到许罗斯驾着战车追击敌人，从旁边驶过时，便急忙伸出右手，要求跳上战车代替他的位置。许罗斯恭敬地把位置让给了他父亲的朋友。伊俄拉俄斯上车后费力地用双手控制四马战车，勇敢地向前冲去。到达雅典娜神庙时，他看到欧律斯透斯的战车正在他前面逃窜。于是，他向宙斯和青春女神赫柏祈祷，祈求赐予他年轻人的力量，让他在这一天取得战斗的胜利，为赫拉克勒斯报仇。赫柏正是赫拉克勒斯上了奥林匹斯圣山后续娶的妻子。伊俄拉俄斯祈祷后，果然出现了奇迹：两颗晶亮的星星缓缓降下，落在马鞍上，浓密的大雾遮住了战车。不一会儿，浓雾消散，星星也不见了。伊俄拉俄斯年轻了许多。他精神焕发地挺立在战车上，挥动着两支强健有力的胳膊，紧紧地抓住四马缰绳，向前飞奔过去。

欧律斯透斯逃入一座自以为很安全的山谷，他看到后面追赶的人快要追上了。他不认识这个追来的人，于是，他站在车上，反身应战。伊俄拉俄斯凭借神赐予的力量，把他的对手从车上打落到地上，然后把他捆在自己的战车上，作为战利品送回去。

阿耳戈斯人因欧律斯透斯被活捉，失去了统帅，顿时四散逃走。欧律斯透斯的儿子们和数不清的士兵被打死，很快阿提喀的土地上没有一个从阿耳戈斯来的敌人了。

欧律斯透斯和阿尔克墨涅

雅典的军队凯旋进城，伊俄拉俄斯又恢复了老年人的模样，他把捆住手脚的欧律斯透斯带到赫拉克勒斯的母亲面前。

“你终于来了！”老妇人一见欧律斯透斯，愤怒地斥责他，“神的惩罚终于落到你的身上。你抬头看看你的对头啊！正是你，多少年来用繁重的劳动和污辱折磨我的儿子。你派他去捕捉毒蛇猛兽，想置他于死地。你把他赶入地府，不是为了让他永远回不到人间吗？你还把他的母亲和他的子孙们全都赶出希腊。但你这一次却失算了，你碰到并不畏惧你的淫威的人！这儿是一座自由的城市！现在你死定了，你马上死倒应该为自己庆幸，因为你的罪恶实在够得上让人把你慢慢折磨死！”

欧律斯透斯打起精神，强装镇静地说：“我死也无所谓，可是我还得说几句话为自己辩护。我并不是出于个人的欲望将赫拉克勒斯作为仇敌的，那是女神赫拉吩咐我这样做的，她叫我永远折磨他。我把这个巨人和半神当作自己的敌人，只好被迫使他不得安宁。在他死后，我只好被迫驱逐他的子孙，因为我相信他的子孙中一定有敌人，一定有为他报仇的人！好了，现在听凭你处置我吧！我不求死，但死也不会使我感到悲痛。”

欧律斯透斯讲完这番话，显得很镇静，似乎准备去死。

许罗斯为欧律斯透斯说情，雅典的市民们也要求依据城市宽以待人的习俗，对击败的敌人宽大为怀。可是赫拉克勒斯的母亲阿尔克墨涅不肯饶恕他。她想起她儿子被迫做这个暴君的奴隶时所遭受的苦难；她想起孙女的死，孙女为了击败欧律斯透斯甘愿献出自己的生命；她又设想她和她的儿孙们的命运，假如他们成了欧律斯透斯的俘虏，那么后果是不堪设想的。

“不！他该死。”阿尔克墨涅大声喊道，“不能饶恕他！”

欧律斯透斯转过身来对雅典人说道：“感谢你们，感谢你们为我说情，我的死不会给你们带来灾难。如果你们给我一座坟墓，将我埋葬在雅典娜神庙旁，那么我会作为一个受到礼遇的客人那样守护你们的土地，不让任何军队越过边界。你们请记住，现在受你们支持和保护的赫拉克勒斯的子孙们，总有一天会来袭击你们。他们会恩将仇报，破坏你们的美满生活。那时，我这个赫拉克勒斯的世代仇人将是你们的救星。”说完这些话，他从容赴死。

许罗斯和他的子孙

赫拉克勒斯的子孙们向他们的保护人得摩丰发誓，永远感谢他的帮助。然后，他们在许罗斯和伊俄拉俄斯的率领下离开了雅典城。他们到处都能遇到同盟军，一路前进，到了他们父亲的世袭领地伯罗奔尼撒半岛。他们花费了整整一年时间，攻占了除阿耳戈斯以外的全部城市。

这时候，整个半岛上瘟疫流行，无法防止。赫拉克勒斯的子孙们从一则神谕中得知，这场灾祸是由他们引起的，因为他们在规定的时间之前回到了伯罗奔尼撒。于是，他们又连忙撤走，重新回到阿提喀地区，住在马拉松平原上。许罗斯遵照父亲的遗愿，娶了美丽的姑娘伊俄勒为妻。当年，赫拉克勒斯曾向她求过婚。现在许罗斯对夺回父亲的领地耿耿于怀。他又来到特尔斐，祈求神谕，得到的回答是："等到第三次庄稼成熟时，你们可以成功地回归。"许罗斯便把这神谕理解为等第三年秋天到来的时候[1]。他耐心地等待，到第三年的夏天过去后，他又发兵侵入伯罗奔尼撒。

在欧律斯透斯死后，阿特柔斯在迈锡尼当了国王。阿特柔斯是坦塔罗斯的孙子，珀罗普斯的儿子。他看到许罗斯带兵侵入，便与特格阿城以及别的城市联合起来，组织军队迎敌。双方士兵在哥林多地峡附近扎下营帐，相互对峙。许罗斯为了不使希腊遭到战争的破坏，提出单独对阵的建议：如果他获胜，那么欧律斯透斯的王国就归赫拉克勒斯的子孙们统治；如果他失败，那么赫拉克勒斯的子孙在五十年内不得进入伯罗奔尼撒。

对方同意了许罗斯的提议，并由特格阿国王厄刻摩斯出阵接受挑战。两人对阵开始，杀得难解难分。最后，许罗斯不幸战败，临死时还在痛苦地回忆那则含义隐晦的神谕。赫拉克勒斯的子孙们遵照约定，从哥林多地峡附近撤出，退居在马拉松附近地区。

五十年过去了，特洛伊战争也已经过去三十年，在这之前赫拉克勒斯的子孙们从未违约，也从未企图夺回他们的领土，现在许罗斯和伊俄勒所生的儿子克勒俄代俄斯已经五十多岁了。因为和平条约所规

1 神谕所说的第三次庄稼收获，实则指的是许罗斯后面第三代人成人。

定的期限已满，他不再受约束，于是便联合赫拉克勒斯的其他孙子们一起发兵，侵入了伯罗奔尼撒。可是他也和自己的父亲一样不幸，自己和跟随自己的人们全部在战争中战死。

又过了二十年，克勒俄代俄斯之子，许罗斯之孙阿里斯托马科斯再度兴兵重来。这时统治伯罗奔尼撒的国王是俄瑞斯忒斯[1]的儿子提萨梅诺斯。阿里斯托马科斯也和自己的父亲一样被一种隐晦的神谕引入了迷途，这神谕说："神祇保佑你们从狭窄的小道获得胜利。"因此，他从哥林多地峡侵入，结果被打败，像他的父亲和祖父一样牺牲了生命。

又一个三十年过去，也就是特洛伊战争之后的第八十年。阿里斯托马科斯的三个儿子忒梅诺斯、克瑞斯丰忒斯和阿里斯托得摩斯又一次出发带兵前去夺取他们祖传的领土。尽管他们的前辈们都因得到意义模糊的神谕而失败，但他们仍然没有丧失对神的信仰。因此他们也来到特尔斐向女祭司询问他们所要进行的这事业的前景，但得到的回答跟他们的先辈所得到的一模一样。长兄忒梅诺斯不由得抱怨说："我的父亲、祖父和曾祖父都遵从这神谕，可是他们都遭到了失败！"最后，神可怜他们，便通过女祭司的口向他们解释这神谕的意思。

"你们祖先的不幸，"女祭司说，"都是自取的，因为他们不明白神谕的真正含义！神指的不是大地上的第三次庄稼收获，而是指你们种族的种子第三次收获。第一次是克勒俄代俄斯，第二次是阿里斯托马科斯，第三次就是预言能取得胜利的一代，也就是你们几个。至于所谓的狭窄的小路，也被误解了。它指的不是哥林多地峡，而是指对面的科任科斯海峡。现在你们明白神谕的真正含意了吧，你们可以出发去从事你们的事业了，祝你们在神的庇护下一帆风顺！"

忒梅诺斯这才恍然大悟，立即和他的兄弟联合武装了一支强大的军队，并在洛克里斯建造战船，并且为了纪念此事而把这地方称作诺帕克托斯，意即船厂。当然，这次征战虽然是在前途很有希望的情况下进行的，但对赫拉克勒斯的子孙们来说仍不是一件轻而易举的事，

---

1 俄瑞斯忒斯（Orestes），远征特洛伊的统帅阿伽门农（Agamemnon）的儿子，后面章节中会讲到他的故事。

他们付出了很多的心血。

正当他们集结部队准备出发时，最年轻的兄弟阿里斯托得摩斯突然遭到雷击身亡。埋葬了兄弟，他们的战船正要驶离海岸时，一位星象家受神意的安排来到他们面前，念念有词地说着神谕。赫拉克勒斯的子孙们把他当成了巫师，甚至认为他是伯罗奔尼撒人派来的奸细。希珀特斯朝他投出一杆标枪刺死了这位老人。诸神对赫拉克勒斯的子孙们的行为十分恼火，便给他们降下了灾难——暴风雨击毁了战船，许多士兵在水里被淹死，陆上的军队也遭到饥荒，士兵们断炊断粮，不久军队便瓦解了……

接二连三的灾难后，忒梅诺斯去祈求神谕，得到的回答是：你们杀害了无辜的预言家，所以才遭到不幸，你们必须将凶手放逐十年，而且必须使一个有三只眼睛的人指挥军队。神谕的第一部分很快就被执行了，希珀特斯被赶出了军队，流亡国外。神谕的第二部分却让赫拉克勒斯的子孙们感到绝望，到哪里才能找到有三只眼睛的人呢？大家怀着对神的虔诚，不倦地到处寻找。

终于有一天，他们偶然遇到了海蒙的儿子俄克绪罗斯[1]，他是埃托利亚王族的后裔，因为之前犯了杀人罪，逃离了埃托利亚，躲到伯罗奔尼撒的小国厄利斯。一段时间后，他思念故土，于是骑着驴子回乡，路上遇到了正在进入伯罗奔尼撒的赫拉克勒斯子孙们。俄克绪罗斯只有一只眼，另一只眼早在年轻时就被人用箭射瞎了，因此他骑驴代步，人兽合在一起共有三只眼。

赫拉克勒斯的子孙们认为神谕已经应验，于是推选俄克绪罗斯为他们的领袖，又重整军队，建造战船，举兵进攻敌人，杀死了伯罗奔尼撒的军事首领提萨梅诺斯。

赫拉克勒斯的子孙瓜分伯罗奔尼撒

这样一来，赫拉克勒斯的子孙们经过不懈的努力和征战，终于征

1 俄克绪罗斯（Oxylos），后文提到的海蒙（Haemon）的儿子，卡吕冬王俄纽斯的后人。

服了伯罗奔尼撒。他们给先祖宙斯设立了三座神坛，进行献祭。然后抽签瓜分了半岛上的城池。第一座是阿耳戈斯，第二座是拉刻代蒙[1]，第三座是美索尼亚。抽签的方法规定每人将写有自己名字的签投在装满水的瓦罐里，然后按照三座城市的顺序对应给从瓦罐中取出的签上的名字。忒梅诺斯和阿里斯托得摩斯的双生子欧律斯透涅斯和珀洛克勒斯都将写着名字的石块投进瓦罐，可狡猾的克瑞斯丰忒斯想得到美索尼亚，于是他拣了一块土投入水中，土块即刻化解了。

投过石块后，最先被取出的是写有忒梅诺斯名字的石子，然后是写有阿里斯托得摩斯的双生子名字的石子，这时他们觉得没有必要再看第三颗石子了。因此，克瑞斯丰忒斯便如愿以偿地得到了美索尼亚。

瓜分领地后，他们各自走向神坛向神献祭。突然，奇异的征兆出现了，每个人都在自己祭供的神坛上发现了一头动物：分到阿耳戈斯的人发现一只蟾蜍；分得拉刻代蒙的人发现一条蛇；分得美索尼亚的人发现一只狐狸。他们疑虑重重地向占卜师请教，得到的回答是："看到蟾蜍的人最好留在家中，因为蟾蜍容易受伤，外出得不到保护；看到神坛上盘着毒蛇的人是最大的侵略者，不必畏惧越出自己的疆界；看见狐狸的人最好是攻或守都尽力避免，他们要临机应变才能得到安全。"后来，这三种动物成了阿耳戈斯人、斯巴达人和美索尼亚人盾牌上的标记。

赫拉克勒斯的子孙们当然也没有忘记独眼的俄克绪罗斯，他们把厄利斯王国送给他作为感谢和报答。

现在，伯罗奔尼撒半岛上只有阿耳卡狄亚山地还没有被赫拉克勒斯的子孙们占领。建立在半岛上的三个王国中只有斯巴达延续了较长的时间。在阿耳戈斯，忒梅诺斯把爱女许耳涅托许配给赫拉克勒斯的一个曾孙达埃丰特斯并且对这位女婿言听计从，人们怀疑他想把王位也传给这一对爱女爱婿。因此他的儿子们十分不满，团结起来反对并杀死了父亲。阿耳戈斯人虽然仍奉国王的长子为王，但他们对自由和

1 即斯巴达。

平等的热爱超越一切，因此竭力地限制国王的权力，使国王和他的子孙们只保留一个国王的虚名而已，并无实权。

墨洛柏和埃比托斯

美索尼亚的国王克瑞斯丰忒斯也遇到了重重磨难，他的命运不比哥哥忒梅诺斯好多少。他娶了阿耳卡狄亚国王库普塞罗斯的女儿墨洛柏为妻，生了许多孩子，最年轻的儿子叫作埃比托斯。

克瑞斯丰忒斯给自己和他的孩子们建造了一座华丽的宫殿，但他并没在宫里享多久的福，因为他是一位贤明的君主，愿意帮助平民百姓，而这一点令许多富人十分恼怒，他们合谋起来，把国王和他的几个儿子都杀死了。只有小儿子埃比托斯侥幸逃脱，母亲把他藏在阿耳卡狄亚，让儿子悄悄地跟着外祖父库普塞罗斯一起生活并接受教育。

赫拉克勒斯的另一个子孙波吕丰忒斯篡夺了美索尼亚的王位并强娶墨洛柏为妻，当他听说克瑞斯丰忒斯还有一位继承人活在世上，便出重金悬赏他的头颅。但是没有人想得到这笔赏金，而且即使想也不可能，因为大家都没有确切的依据，不知道这位子嗣究竟藏在哪里，只不过听说过这么一个隐隐约约的传说而已。

埃比托斯长大成人后，悄悄地离开了外祖父的宫殿，也没跟任何人说过自己的目的，只身一人来到美索尼亚，听说国王在悬赏他的脑袋。他壮起胆子，扮成一个外乡人来到波吕丰忒斯国王的宫殿，连他的生母都没有把他认出来。他当着国王和王后说："啊，国王哟，我来告诉你，我想领取购买小王子脑袋的赏金。他作为克瑞斯丰忒斯的合法继承人的确威胁着你的王位。我认识他，就像认识我自己一样。我愿意把他交到你的手上，任由你处置。"

听到这话，墨洛柏吓得脸色发白。她急忙找来一名曾经帮她救助过埃比托斯忠实的老仆人。这个老仆人因为畏惧新国王，所以隐居在离宫殿很远的地方。墨洛柏派他秘密前往阿耳卡狄亚，提醒她的儿子小心谨慎，或者把他带来美索尼亚，让他率领痛恨波吕丰忒斯的人民反抗这昏君，夺回原本属于自己的王位。

老仆人来到阿耳卡狄亚，见到了国王库普塞罗斯和其他的王室成员，大家正因为埃比托斯的失踪而忧虑重重。老仆人急忙赶回美索尼亚，把一切告诉了王后。现在这两个人一致认为来到国王面前的那个外乡人一定是在阿耳卡狄亚谋害了埃比托斯，并把他的尸体带到了美索尼亚。他们没有多加思考，便决意要干掉这个已住在宫里的外乡人。

当天夜里，王后手持一把利斧，在老仆人的帮助下，偷偷地进到外乡人的房间里，想趁他熟睡时将他砍死。月光照在睡熟的年轻人的脸上，显得他睡得更加平静而安详……墨洛柏举起斧子，正要砍下去，老仆人突然惊叫一声，并托住了王后的手臂："住手！你要杀的人正是你的亲生儿子埃比托斯！"

听到这话，墨洛柏立刻把斧子扔在了地上。她扑到已经惊醒了的儿子身上，两人拥抱在一起。儿子告诉母亲他回来是要惩罚那些杀人凶手，把母亲从她厌恶的婚姻中解放出来，并在市民的帮助下重登王位。三个人又商量了复仇的办法，然后便分头行事。

墨洛柏穿上丧服，来到国王面前，告诉他自己刚得到小儿子确实死了的不幸消息，因此她决心与丈夫和平相处并忘掉过去的一切。这位暴君中了圈套，没有了心患的他感到十分高兴，他召集市民到广场上来参加给神的献祭，以庆祝他的敌人全被消灭了。但民众们并不情愿，因为他们仍然怀念着从前的国王克瑞丰忒斯，哀悼着他的儿子埃比托斯……

当国王正在献祭时，埃比托斯从人群中冲出来，将一把利剑刺入了国王的胸口！墨洛柏和仆人走到人群前，向市民们宣布：这位外乡人就是埃比托斯，是王位的合法继承人。

人群中爆发出一片欢呼声，并拥护埃比托斯在当天就继承了王位，在母亲的引导下进入宫殿成为美索尼亚的国王。他上位后的第一件事就是惩罚谋害父亲和兄弟们的凶手和罪人们，他赢得了全体美索尼亚人的尊敬，享有崇高的威望，以至于他的后裔不再被称为赫拉克勒斯的后裔，而是被称为埃比托斯的后裔。

第二十二章
忒修斯的故事

忒修斯的出生和少年时代

雅典国王忒修斯是埃勾斯和特洛曾国王庇透斯的女儿埃特拉所生的儿子。他的父系先祖是年迈的国王厄瑞克透斯以及传说中从地里长出来的雅典人；母亲的先祖是伯罗奔尼撒诸王中最强大的珀罗普斯，珀罗普斯之子庇透斯建立了特洛曾城。

在伊阿宋出发寻找金羊毛二十年之前，庇透斯曾亲自接待过当时已经统治雅典的国王埃勾斯。当时埃勾斯没有儿子，因此，他十分惧怕有五十个儿子并对他怀有敌意的兄弟帕拉斯。他想瞒着妻子，悄悄再婚，希望生个儿子来安慰他的晚年并继承他的王位。他把自己的心思吐露给朋友庇透斯。幸运的是，庇透斯刚好得到一则神谕，说他的女儿不会有公开的婚姻，但会生下一个有名望的儿子。于是庇透斯就决意把女儿埃特拉悄悄地嫁给已有妻室的埃勾斯。

埃勾斯与埃特拉结了婚，在特洛曾待了几天后要动身回到雅典。他在海边跟新婚的妻子告别，并把一把宝剑和一双绊鞋放在海边的一块巨石下，说："如果神保佑我们，并赐给你一个儿子，那就请你悄悄地把他抚养长大，不要让任何人知道孩子的父亲是谁。等到孩子长大成人，身强力壮，能够搬动这块岩石的时候，你将他带到这里来。让他取出宝剑和绊鞋，带着它们到雅典找我！"

埃特拉果然生了一个儿子，取名忒修斯。忒修斯在外公庇透斯的保护下长大。母亲从未说过孩子的生身父亲是谁。庇透斯对外则宣称说忒修斯是海神波塞冬的儿子。特洛曾人把波塞冬看作城市的保护神，对他特别尊重，会把每年采下的新鲜果实拿来献祭波塞冬，而波塞冬手中的三叉戟则被作为特洛曾城的标志。因此，当大家知道国王的女儿为一位受人敬仰的神生了一个儿子，都完全认为这不是一件不光荣的事。

忒修斯渐渐长大成人，不仅健壮英俊，而且沉着机智且勇力过人。一天，母亲埃特拉遵照埃勾斯的叮嘱，把儿子带到海边的巨石旁，向他吐露了他的真实身世，并要他取出可以向父亲埃勾斯证明自己身份的宝剑和绊鞋，然后带上它们到雅典去。忒修斯抱住巨石，毫不费力地就把它掀到了一旁，将绊鞋穿在脚上，将宝剑挂在腰间。

那时候从哥林多地峡前往雅典的陆路到处都有拦路的强盗和恶徒，虽然有一些强盗已被赫拉克勒斯打死了，可是在他在吕狄亚的女王翁法勒手下服役期间，希腊的暴力活动因为没有人能够制止而又猖獗起来，所以从伯罗奔尼撒到雅典的旅途上充满了危险。母亲和外祖父也一再要求忒修斯走海道去雅典，外祖父庇透斯给忒修斯一一描述了这批强盗和恶徒，还特别强调他们对外乡人的残暴。可是忒修斯却不愿意乘船，他决心以赫拉克勒斯为榜样。

当年，在忒修斯只有五岁的时候，赫拉克勒斯前来拜访过他的外祖父，年幼的忒修斯也荣幸地跟大英雄同桌用餐。赫拉克勒斯用餐时把披在身上的狮皮解了下来放在一旁，其他孩子看到狮子皮时都吓跑了，可忒修斯却一点儿也不怕。他走出去，从一位仆人手上接过斧子，大胆地朝狮子皮扑了过来，因为他以为眼前是一头真狮子呢！自从那次见了赫拉克勒斯以后，他就一直仰慕这位英雄，并想着将来怎样像他一样建立功绩。此外，赫拉克勒斯和忒修斯还有亲戚关系，因为他们的母亲是表姊妹。因此，十六岁的忒修斯怎么能眼看着自己的表兄到处建功立业，而自己却懦弱地回避斗争呢？

“人们把我当作海神的儿子，如果我从海上安全渡过去，如果我的信物鞋子上没有沾上征战的泥土，宝剑上也没留下血迹，我真正的父亲又会怎么看我呢？”忒修斯的这些话讲得慷慨激昂，外祖父听了很高兴，因为他自己年轻时也是一位勇敢善战的英雄。

就这样，忒修斯整理了行装，在母亲的祝福中勇敢地踏上了征途。

忒修斯在寻访父亲的路上

忒修斯在寻访父亲的路上最先遇到的人是大盗佩里弗特斯，他随身带着一根铁棒，常常把路人一棒打死，所以外号叫作“棒子手”。

当忒修斯来到埃比道洛斯地带时，这个穷凶极恶的强盗猛地从密林里窜出来，挡住了他的去路。忒修斯面无惧色，对他大喝一声：“可怜的恶棍啊，你来得正好！你的铁棒正好可以成为我的武器！”说着便向强盗扑去。两人斗了几个回合，棒子手便被打死了。忒修斯拾起死者的铁棒，带在身旁作为战利品和武器。

到了科任托斯，他又遇到了另一个恶徒辛尼斯，人称扳松贼。因为他力大无穷，两手能同时把两棵松树扳下来。他把捕捉到的过往行人绑在树梢上，然后让树梢猛地向上弹去，使他们的肢体被撕为两半。忒修斯愤怒地挥起铁棒，很快就打死了这个恶棍。

辛尼斯有一个漂亮而温柔的女儿珀里吉纳，她看到父亲被杀，便惊恐地逃走了。忒修斯追上去到处寻找。情急之中，姑娘藏进了灌木丛里，天真地祈求树丛救她一命。她发誓，如果树丛愿意救她，掩护她，那么今后决不损伤或焚烧它们。当忒修斯喊她出来并保证不伤害她时，她才走了出来，从此以后她就生活在忒修斯的保护下。后来忒修斯把姑娘嫁给了俄卡利亚的国王、欧律托斯之子得伊俄纽斯，她的子孙们都遵循她的诺言，对曾经保护过她的树林永不伤害一草一木。

忒修斯一路上不仅肃清了沿途的强盗，而且还像赫拉克勒斯一样，把清除为害一方的凶猛野兽也当成了自己的责任。

到达墨伽瑞斯边界时，忒修斯又遇到无恶不作的大盗斯喀戎。这强盗通常出没于墨伽瑞斯和阿提喀山林地区，居住在高大的岩洞之中。他有一个恶劣而残忍的习惯，就是当他抓住了外乡人后便会命令他们为他洗脚，而趁别人为他洗脚时，他就飞起一脚，把他们踢进大海里淹死。忒修斯这次也如法炮制，把他一脚踢进大海中淹死了。

后来他进入阿提喀地区，在厄琉西斯城附近遇到了强盗刻耳库翁。刻耳库翁强迫过往行人同他角力，败给他的人就会被杀掉。忒修斯接受了他的挑战并战胜了他，为地方除了一大祸害。

不久，忒修斯遇到了此行中最后一个，也是最残酷的拦路大盗达马斯特斯，外号叫铁床匪。这个坏蛋有两张床，一张很长，一张很短。如果过往的外乡人是个小个子，他就把他带到大床跟前，说："你看到，我的床太长了，朋友，还是让我把你拉长到合适的长度吧！"说着就用力拉长外乡人的身体，直到他们断气为止；而如果来的客人是高个子，他就让客人睡小床，然后说："真对不起，好朋友，这张床对你来说太小了。这样吧，我来帮你一下。"说着就把别人的腿脚砍掉。忒修斯抓住了这个高大的强盗，强迫他睡小床，并用利剑砍断了他的身体，使他痛苦而死。

一直以来，忒修斯在艰难的旅途中都没有遇到过一个热情友好的人。现在他来到了刻菲索斯河，受到了几个菲塔利得斯族人的热情接待。应他的要求，主人们还按照传统的风俗给他洗礼，让他涤除了一路上沾染的血迹，并款待他吃喝。当忒修斯恢复精力后，他衷心地谢过这些正直的主人，然后朝着父亲的故乡继续前进。

忒修斯在雅典

终于到了雅典，但我们的英雄忒修斯并没有得他所期望的平静和快乐。在这里，市民们互不信任，城市中也是一片混乱。他的父亲埃勾斯的王宫也笼罩在魔影里，因为美狄亚和绝望了的伊阿宋分手后，离开科任托斯也来到了雅典，并且答应用魔药让国王恢复青春而骗取了国王埃勾斯的宠爱。

精通魔法的美狄亚知道忒修斯来到了雅典，她生怕被忒修斯赶出王宫，便劝埃勾斯说这位进宫的外乡人是个危险的奸细，建议埃勾斯在请他进餐时用毒药把他毒死。埃勾斯根本不认识自己的儿子，加上他认为市民们的相互争斗都是外乡人们捣的鬼，因此他猜疑一切新到雅典来的人。

忒修斯进宫用餐，装有毒酒的杯子被端到他面前，美狄亚焦急地等待着年轻人喝这毒酒。但忒修斯却把酒杯推到一旁，因为他渴望父亲的拥抱胜于渴望饮酒。于是，他装作要切肉，从腰间抽出父亲留给自己的信物宝剑。埃勾斯一看到这熟悉的宝剑，立即丢掉忒修斯面前的酒杯。在对忒修斯的几句询问后，他确信面前的青年人就是他从命运女神那里祈求得来的儿子。

国王张开双臂抱住儿子，并向周围的人做了介绍，忒修斯也把旅途上的险遇说给他们听。雅典人民热烈地欢迎这位年轻的英雄，诡计多端的美狄亚也被国王驱逐出境，她逃回了故乡科尔喀斯。那时候他父亲埃厄忒斯的王位已被他的弟弟篡夺，美狄亚跟父亲取得了谅解，并利用魔法帮助父亲重新夺回了王位。

忒修斯和米诺斯

成为王子和王位继承人的忒修斯立下的第一个功绩便是诛杀叔父帕拉斯的五十个儿子。他们早就觊觎埃勾斯的王位，现在忒修斯的突然出现自然令他们十分恼恨，因为他将来不仅要治理国家，他们自己也要受他发差遣和支配。于是他们设下埋伏准备袭击忒修斯，可是他们的一个从外乡来的传令兵把这一阴谋告诉了忒修斯。忒修斯冲到他们的埋伏地点，把五十人全部杀死了。

为了不让这场迫于自卫的杀戮引起人民的反感，忒修斯立即外出，干了一件有利于人民的冒险事：制服马拉松野牛。这头野牛原是赫拉克勒斯从克里特岛捉来，后来又奉欧律斯透斯之命放掉的。它在阿提喀四乡横行无忌，危害人民。忒修斯把野牛捉住，带回了雅典供人们观看，后来又将它宰杀，献祭给了太阳神。

这时，克里特的国王米诺斯派遣使者来索取贡物。情况是这样的：米诺斯的儿子安德洛革俄斯在阿提喀被人阴谋杀害。米诺斯便起兵向这个国家的人民宣战，要为儿子复仇，这给人们造成很大的灾难，神们也使这里遭受瘟疫和干旱。阿波罗神谕显示：神怒和人民的灾患可以解除，但是雅典人需要平息米诺斯的愤恨，取得他的谅解。于是，雅典人向米诺斯求和，答应每九年送七对童男童女到克里特作为进贡。米诺斯接到童男童女后，便将他们关进有名的克里特迷宫里，再由丑陋的半人半牛的怪物弥诺陶洛斯把他们杀死。

现在到了第三次进贡的时间，童男童女们面临着可怕而又残酷的命运。他们的父母埋怨埃勾斯是灾祸的祸根，说他让一个私生子继承了王位，却对别人家的孩子漠不关心，任人宰杀。这埋怨声传到忒修斯的耳朵里，他十分心痛，然后毅然站了出来向民众宣布自己愿意去，并且用不着抽签，全部雅典人都赞赏他的勇敢和无私。埃勾斯听说了儿子的举动，急忙奔过去再三要求他改变主意，可是忒修斯态度坚决，意志坚定，他安慰他的父亲，并保证一定能够制服弥诺陶洛斯，并且不让其他的童男童女受到伤害。

埃勾斯听了儿子自豪且自信的话语，便交给舵手一张白帆。在以前，装着童男童女的船都是挂着黑帆开往克里特的。现在国王吩咐说："如果忒修斯平安回来，就把船上的黑帆换成白帆，仍挂黑帜就表示失败了。"

年轻的忒修斯带着被抽中的童男童女来到阿波罗神庙，以众人的名义向阿波罗献祭用白羊毛缠绕的橄榄枝祈求神的保护。然后便一起来到海边，登上了那艘令人悲哀的大船。

特尔斐的神谕曾告诉忒修斯应该选择爱情女神作为他的向导，他虽然不太理解这是什么意思，但他仍虔诚地向爱情女神阿佛洛狄忒献祭，直到后来神谕奏效他才恍然大悟。当忒斯修到了克里特岛，被带到国王米诺斯面前时，这位充满青春活力的美男子深得国王妩媚动人的女儿阿里阿德涅的青睐，她偷偷地向忒修斯吐露了爱慕之意，并交给他一只线团，让他把线团的一端拴在迷宫的入口，然后边放线边通过多歧而混乱的路直到弥诺陶洛斯的居处。另外，她又交给忒修斯一把用来斩杀弥诺陶洛斯的利剑。

米诺斯把忒修斯等人送入迷宫，忒修斯走在前面，利用宝剑杀死了弥诺陶洛斯，并带着童男童女顺着线的指引原路钻出了迷宫。他们出来以后，阿里阿德涅便跟他们一起出逃。忒修斯听从她的建议，把克里特人的船底全部凿穿，使米诺斯无法追赶他们。上船以后，他们以为太平无事了，于是便无忧无虑地坐船来到狄亚岛，这座海岛后来被称作那克索斯。一天晚上，忒修斯在梦中突然见到酒神巴克斯。酒神声称阿里阿德涅早已经经命运女神的规定成为他酒神的妻子，除非忒修斯放弃对她的爱，否则他就降下灾祸。

从小跟随外祖父长大的忒修斯一直被告诫要敬畏神灵，因此他只得将悲哀的公主留在荒凉的孤岛上。这天夜里，酒神巴克斯把阿里阿德涅带到德里俄斯山。到了山上，他隐身而去，不久，阿里阿德涅也悄然不见了。

忒修斯和他的随从因失掉了姑娘阿里阿德涅，都陷入了深深的悲伤中，所以忘了船上仍然挂着黑帆，而不是按照凯旋的约定改挂白帆，这海船便带着悲哀的标志飞快地朝家乡的海岸驶了过去。此时的埃勾斯正在海岸上翘首眺望，当他突然看到远方驶来一条船，而且船上还挂着黑帆，以为儿子已经死了。他顿时绝望无比，纵身跳入了大海溺水而死。后来为了纪念他，这海就被叫作埃勾海（爱琴海）。

不一会儿，忒修斯率领众人登陆了。他在海岸上向神献祭，并派了一名使者前往城里，把童男童女们获救的消息告诉大家。当他看到有些人高兴地迎接他，而也有些人沉浸在无限的悲哀之中，他搞不清这到底是怎么一回事。国王的死讯渐渐地传了开来，使者听到这消息，回到海滨，但他看到忒修斯正在庙中献祭，所以站在门外没有声张，生怕这悲伤的消息扰乱了神圣的仪式。等到献祭完毕后，他才把埃勾斯国王去世的消息告诉了忒修斯，忒修斯因过度悲痛顿时晕倒在地上。

忒修斯当了国王

忒修斯怀着悲痛埋葬了父亲，然后将阿提喀的童男童女乘坐的那艘船献给阿波罗，那是一艘能容纳三十名水手的船。雅典人为纪念这次神奇的历险，想尽办法保全这艘船，不断地更换船上的朽木。因此，即使到了许多年以后的亚历山大大帝[1]时期还可以看到这一古老而珍贵的纪念物。

忒修斯当了国王，事实也表明他不仅在战斗中是位英雄，而且在治理国家方面也是个天才。在他的统治下，人民安居乐业，幸福美满，这方面他甚至超过了自己的榜样赫拉克勒斯。

在他执政之前，阿提喀的居民大多散居在雅典的小城，周围的农庄以及稀稀落落的村庄里，如果要把村民们召集起来，是一件十分困难的事。忒修斯把整个阿提喀地区的居民全部集中到了城里，把零星的村庄组织起来，建成了一个统一的国家。而且他并没有使用任何武力去完成这一伟大的事业，而是周游各方，亲自去各个村镇找人商谈并征得他们的同意。说服穷人并不费事，因为他们和富人联合起来并不吃亏，而为了说服富人和有权势的人，忒修斯则宣布限制国王的权力，并答应制定一部保障他们自由的宪法。"至于我本人，"他说，"我只愿在战争时当你们的首领，平时愿当一名保护宪法的人，我认为我们所有的居民都应该享受平等的权利。"许多贵族认识到这种改革可能会对他们带来利益，因此持欢迎态度，而一些守旧的人，则因为畏惧忒修斯在民众中的威信和他惊人的胆量，因此也趁着忒修斯还没有强迫他们的时候纷纷表示愿意接受他的提议和劝说。

就这样，忒修斯取消了各个市镇单独的市议会和独立的机构，在市中心建立了一个共同的市议会。他还给全体居民规定了一个假日，即全体雅典人的共同节日，称为泛雅典节。从此，雅典才发展成为一个真正的城市被越来越多的人接受和传诵。而从前的雅典只不过是一座国王的城堡，建造的人把它称作刻克洛普斯宫殿，周围稀疏地散布着几间民房。

为了更加扩大这一城市，他保证所有居民享有同等权利，以此吸引新的移民，他希望雅典成为一个多民族聚居的中心。同时为了避免

1 此处的亚历山大大帝并非指Alexander the Great，而应该是特洛伊故事中会讲到的帕里斯（Paris），他当年力大出众，保护畜群及朋友，因此别人叫他阿勒克珊德洛斯（Alexander），意即惊人的男子汉。

大量移民的涌入造成混乱，他在新城内把居民分为贵族、农民和匠人三大阶级，并为各阶级规定了独自的权利和义务。作为国王，正如他亲口答应的那样，他限制了自己的权力并规定国王的权力受到贵族议会和人民会议的制衡。

忒修斯和亚马逊人的战争

忒修斯建立新国家后，为了使国家安全和巩固，他教育子民们敬畏神祇，将雅典娜女神奉为雅典的保护神，同时也对被当作自己父亲的海神波塞冬十分敬仰，他在哥林多地峡举行了神圣的角力赛会，就如同赫拉克勒斯为了庆祝宙斯而举行的奥林匹克赛会一样。但正当他忙着这些事情时，雅典却面临着一场意外的战争威胁。

忒修斯早年冒险时，在讨伐途中到达亚马逊妇人国的海岸。当时那些好战的亚马逊人并不畏惧这位魁梧的英雄，反而待他为宾客，送给他许多礼物。忒修斯喜欢这些礼物，但更喜欢送礼物来的人——希波吕忒亚马逊女王。忒修斯邀请她上船，但她一上船，忒修斯就马上解缆开船，扬帆返回雅典，并娶希波吕忒为妻。虽然希波吕忒不反对做一名英雄和国王的妻子，但好斗的亚马逊人对他的拐骗行为感到十分愤怒。因此长久以来一直怀恨在心并不停地在寻找机会进行报复。

这一天，趁雅典不备，她们突然开来了一支船队，登上陆地，围困城市，并攻占了雅典，甚至在雅典的城中心扎下营盘，雅典的居民们也惊恐地逃去了卫城。

双方都不敢贸然进攻，对峙了好长时间。后来，忒修斯给复仇女神献祭，得到神谕，才开始组织进攻。开始时，雅典的男子们遭到亚马逊女人的猛烈攻击，一直退到复仇女神欧墨尼得斯的神庙。后来，亚马逊人的右翼被击退，许多人被杀死。王后希波吕忒在战斗中跟丈夫一起抗击亚马逊人，不幸被一支利矛刺中身亡。后来战争和平解决，双方缔结了和约，亚马逊人离开了雅典，退回本国。雅典人为纪念希波吕忒，为她建立了一座石柱。

忒修斯和庇里托俄斯

忒修斯身强力壮，以勇敢著称，令人敬仰。那时候还有一位闻名于世的英雄庇里托俄斯。他是伊克西翁[1]的儿子，很想跟忒修斯比一比高低。于是他故意偷走忒修斯的几头牛。当他听说忒修斯全副武装地追击他时，他非常高兴地停下来在一旁等候。两个英雄相互对阵时，都被对方的英武和胆略折服，因此不约而同地把手中的武器放在了地上。庇里托俄斯伸出右手，要忒修斯裁决他偷牛一事，而忒修斯眼中却闪着欢乐的光芒，回答说："我想得到的唯一满足，乃是让你成为我的朋友和战友。"两位英雄拥抱在一起，相互立誓，永远忠于友谊。不久，庇里托俄斯与拉庇泰族人希波达弥亚结婚，并邀请了忒修斯参加自己的婚礼。

拉庇泰人是帖撒利地区以凶猛粗犷著称的种族，他们是最先驯服马匹的人类。新娘希波达弥亚虽出身这样的野蛮种族，却长得身材苗条，面孔标致，而且生性善良。客人们纷纷祝贺庇里托俄斯娶了这样一位如意的妻子。帖撒里地区所有的贵族也全都应邀前来参加婚宴，包括庇里托俄斯的亲戚，半人马人肯陶洛斯人也来了，他们是在云端里降生的，说起来还跟庇里托俄斯的父亲伊克西翁有着密切的关系：伊克西翁原来是拉庇泰国王，他残杀了岳父狄奥尼斯，逃到宙斯那里，后来竟向神后赫拉提出无礼的要求。宙斯用一片乌云冒充赫拉，伊克西翁拥抱乌云，生下了半人半马的怪物肯陶洛斯人，因此这些半人马也被称为"云雾之子孙"，他们虽为拉庇泰人的仇敌，但这次由于他们是新郎的亲戚，所以也抛弃了旧恨，高高兴兴地来参加婚宴。

婚礼在欢乐的气氛中进行着，大家尽兴地饮酒高歌。但过量的饮酒使得肯陶洛斯人中最野蛮的欧律提翁心情迷乱，他看到美丽的新娘希波达弥亚，便想把她抢走。没人知道是怎么一回事，也没人

---

1 伊克西翁（Ixion's whee），当年他答应邻国国王狄奥尼斯（Deioneus）将女儿许配给自己就把自己的金库给狄奥尼斯，随后食言并设计将狄奥尼斯推入火坑烧死，此举激起众怒，他逃到了宙斯那里并因追求天后赫拉惹怒宙斯而被打入地狱，被绑在一个不停旋转的火轮上，躯体永受撕扯之苦。

注意是怎么发生的，客人们只是突然就看到怒气冲冲的欧律提翁一把抓住希波达弥亚的头发，要把她拖走。希波达弥亚竭力挣扎，大呼救命。其他一些喝得醉醺醺的肯陶洛斯人以为这是一个要他们照样行事的信号，于是他们便每人都拖着一个宫女或前来参加婚礼的女客人要往外走。一时间妇女们的惊叫声和呼喊声响成一片，宫殿和花园里顿时乱成一团，新娘的亲友和宾客们都异常愤怒地从座位上跳了起来。

“欧律提翁呀，你中了什么邪？！”忒修斯大声叫道，“竟敢当着我的面侮辱庇里托俄斯，你是在侮辱两个英雄！”说着，他从欧律提翁的手中抢回新娘。欧律提翁没有回话，因为他没有理由为自己辩护，他挥起拳头朝忒修斯的胸口打了一拳。忒修斯的手上没有武器，顺手抓起一个铜壶，对着欧律提翁劈面砸去，欧律提翁躲闪不及，被打倒在地，头上鲜血淋漓。

“动手！”其他的半人马鼓噪着，霎时杯盏飞舞，酒瓶碰撞。一个马人从祭坛前抓起供品和珍贵的器皿，另一个则举起烛台朝人群中扔了过来，还有一个摘下挂在墙上作为装饰和祭品用的鹿角进行攻击，拉庇泰人被打得伤亡惨重。

庇里托俄斯勃然大怒，把手中的长矛朝大个子马人珀特勒奥斯刺去，珀特勒奥斯还没来得及从地上拔起一棵大栎树当武器，便被长矛钉在了树干上；另一个马人狄克提斯被忒修斯打倒在地，摔了个嘴啃泥；第三个想上来报仇的马人也被忒修斯一棍打死……

契拉罗斯是肯陶洛斯人中生得最漂亮的一个，虽然身体的下半部是马身，但他有一头金黄的卷发，蓄着胡须，脖子、肩膀、双手和胸部都生得十分匀称。他和他美丽的爱人许罗诺默一起来参加婚宴，在宴会上他们亲热地偎依在一起，现在更是互相支持，共同战斗。不幸的是契拉罗斯被利矛射中，凄惨地死在了情人的怀抱里。许罗诺默朝他弯下腰去，吻着他，拔出刺中自己爱人心脏的利矛，自杀身死。

战斗激烈地进行着，最后半人马人被彻底打败。逃跑时的互相践踏和庇里托俄斯一众人的追杀也使他们伤亡不少。

第二天清晨，忒修斯跟庇里托俄斯握手告别。由于经历了这次共同的战斗，他们之间兄弟般的情谊更加牢不可破了。

忒修斯和淮德拉

忒修斯正处在他命运的转折点上。

年轻时，他把米诺斯的女儿阿里阿德涅从克里特岛带走，她的小妹妹淮德拉也因不想离开姐姐而一起出走。后来，阿里阿德涅被酒神巴克斯带走，淮德拉因为不敢回到暴虐的父亲身边，便跟着忒修斯来到了雅典。直到父亲米诺斯去世，她才回到了故乡克里特，住在哥哥、国王丢卡利翁的宫殿里，长成了一个聪慧而且漂亮的女郎。

自从妻子希波吕忒死后忒修斯一直未娶。他听到很多人赞美淮德拉妩媚动人，心中暗暗地希望她能跟姐姐阿里阿德涅一样美丽善良。克里特的新国王丢卡利翁对忒修斯也很有好感。当忒修斯从庇里托俄斯血腥的婚礼上战斗回来后，这两个国王结成了攻守同盟。

忒修斯请求丢卡利翁将妹妹淮德拉嫁给自己为妻并得到了国王的同意。忒修斯便带着年轻的妻子从克里特回到雅典。淮德拉在容貌和态度上真的很像她的姐姐阿里阿德涅，这让忒修斯顿时觉得自己年轻了许多，他的新婚也充满了幸福和甜蜜。淮德拉为忒修斯生了两个儿子：阿卡玛斯和得摩丰。

可是，淮德拉对婚姻的态度却不像她的容貌那样美好，她不是一个忠贞的女人。国王有个儿子希波吕托斯，他的母亲是亚马逊女人希波吕忒，父亲忒修斯曾把年幼的希波吕托斯送往特洛曾，在埃特拉的兄弟们那儿接受教育。希波吕托斯长大成人后，愿把自己的一生献给处女神阿耳忒弥斯，对女人还从来没有产生过欲望。年轻英俊的希波吕托斯刚好与淮德拉同岁，她喜欢他胜过年老的忒修斯[1]。

希波吕托斯回到雅典和厄琉西斯参加神圣的庆典，那时淮德拉第

1 也有故事说因为希波吕托斯追逐狩猎女神阿耳忒弥斯，为能够与女神有非凡交往而自豪，拒绝与其他女性交往，藐视爱神阿佛洛狄忒而惹怒爱神，因此爱神才蛊惑淮德拉爱上希波吕托斯。

一次看到他，还以为面前站着的是年轻时的忒修斯。他那优美的身姿和纯洁的心灵点燃了她心中的烈火，可是她只能把感情深深地埋藏在心里。在希波吕托斯走了以后，淮德拉为爱情女神建造了一座神庙，后来这神庙被称为远眺的阿佛洛狄忒神庙。淮德拉就每天坐在那里眺望大海，心潮随着波浪起伏。

有一次，忒修斯带着淮德拉一起前往特洛曾探望亲戚和儿子。在这里，淮德拉仍然压制着炽烈的热情，常常一个人在桃金娘树下悲哀感叹自己的命运。最后，她实在控制不住自己，就向自己年迈的乳母吐露了心事。可是这位乳母是一个无知的老妇人，只是盲目且毫无理性地忠诚侍奉着她的女主人。老乳母答应把她的相思之情转告希波吕托斯。

当希波吕托斯收到淮德拉的口信后，心里十分厌恶，而当这不义的后母建议他推翻自己的父亲和她共享王位时，他更加害怕。因为在希波吕托斯看来，听到这样的一个罪恶建议就是对神明的亵渎。出于这种极端的厌恶，他诅咒和躲避一切女人。

淮德拉有一次利用忒修斯外出的机会再一次让乳母去找希波吕托斯，但希波吕托斯声称自己决不会跟后母在一起。并且在赶走了年老的乳母后，跑到野外打猎，为他可爱的女神阿耳忒弥斯服役，以此来远离王宫，打算直到父亲回来自己才回去并把实情告诉父亲。

遭到拒绝的淮德拉的良知和私欲在内心激烈交战，但最后还是恶念占了上风。

当忒修斯回来后，他发现妻子已自缢，手上拿着一封遗书，上面写道："希波吕托斯破坏了我的名誉，我无路可走，与其对丈夫不忠，还不如一死了之。"

忒修斯气得发抖，他呆呆地站了一会，最后将双手伸向苍天，祈求道："吾父波塞冬，你爱我胜过爱自己的儿子，你从前曾答应我可以满足我的三个愿望，现在我请求你只要帮我马上满足一个愿望就好，让我那可鄙的儿子在今天日落前就毁灭吧！"

他的诅咒刚说完，知道自己父亲已经归来的希波吕托斯便也已经打猎回来走进宫殿。他听到了父亲的咒骂，平静地回答说：“父亲，我的良心是纯洁的，我没有做过任何坏事。”忒修斯不相信，他把淮德拉的遗书递给希波吕托斯，并下令将他驱逐。希波吕托斯一边呼求女神阿耳忒弥斯为他的纯洁和无辜作证，一边流着泪离开了他的第二故乡特洛曾。

当天晚上，一位使者来到国王忒修斯的面前说：“国王啊，你的儿子希波吕托斯已经离开了人间。”忒修斯听到这消息，冷冷地苦笑着说：“他像侮辱他父亲的妻子一样侮辱了别人的妻子而被仇人杀死了，是吗？”

“不，国王，”使者回答说，“是他自己的马车和你亲口所说的诅咒杀害了他。”

“啊，波塞冬呀！”忒修斯大喊一声，感谢地举起了双手，指着苍天说，“你今天真的如同我的父亲一样，听从了我的请求！可是，使者，请告诉我我的儿子是怎样死的？”

使者回答道：“我们几个仆人正在河边洗刷马匹时，主人希波吕托斯走过来命令我们立即备马套车。当一切都准备好以后，他举起双手向天祈祷说：‘宙斯哟，假使我是有罪的人，那么就请你把我除掉吧！不管我是生是死，请让我的父亲知道，他斥责我是没有理由的！’说完，他就跳上了马车，抓住缰绳向阿耳戈斯和埃比道利亚奔去，我们跟着他一路到了荒凉的海滩，右面是起伏的波浪，左面是高山和悬崖。突然，我们听到一阵嘈杂的声响，犹如地底下传来的隆隆雷声。马都惊讶地竖起耳朵，我们也小心地四下观望，寻找响声是从哪里来的。正在这时，我们看到海面上升起一股排山倒海的波浪，遮住了我们的视线，我们看不清楚对岸和哥林多地峡，那巨大的波浪带着泡沫，犹如一堵巨大的山墙般吼叫着奔涌过来。波涛之间我们看到一个妖怪分开水面走了出来，那是一头巨大的公牛，它吼叫一声便地动山摇。看到这怪物，拉车的马匹都被吓住了。可是希波吕托斯却抓住缰绳，毫不慌张，马儿又奔跑起来。正当马儿拉动马车走上平坦大道的时候，水怪跳上前来挡住了去路。希波吕托斯驾车急转向岩边想给妖怪让道，可是妖怪还是逼住了马车，使得马车碰在了岩石上。你那不幸的儿子一头倒栽下来，马儿们仍然拖着他和翻掉的马车在沙石上狂奔……这一切都发生得太突然了，我们根本来不及去救他。后来他在山道的转弯处消失了，海上的妖怪也不见了，就如同突然被大地吞吃了一样。”

忒修斯默默地呆望着地上，带着一丝疑虑说道：“对他的不幸，我并不感到高兴，但也不感到悲哀。可是我希望能见到他还活着，问清楚他的罪孽。”

他的话被一个老妇人的哭喊声打断了，她推开仆人们跑过来，跪在了国王忒修斯的脚下。这人正是王后淮德拉的老乳母，她深受良心的折磨，不敢再隐瞒，因此含着眼泪把国王儿子的无辜和王后的歹毒和盘托出。这位不幸的父亲还没有反应过来，他的儿子已躺在担架上被抬了进来，虽然肢体已经被拖残，但还有一口气。忒修斯后悔而绝望地扑在奄奄一息的儿子的身上……

儿子用仅存的微弱气息问道：“我的无辜是否已得到证明？”身边的人全都纷纷点头并安慰他。希波吕托斯这才用尽所有力气说道：“可怜的父亲，你遭人欺骗，我原谅你！”说完他就呻吟着气绝身亡了。

忒修斯把儿子葬在桃金娘树下，就是在这棵树下，淮德拉曾对爱情反复挣扎过，她的尸体也被埋在了这个地方，因为忒修斯国王并不想让她已死的妻子丧失体面。

忒修斯和海伦

忒修斯与庇里托俄斯在年轻时结下深厚的友谊，现在他虽然上了年纪，却又激发出勇敢，甚至是鲁莽的冒险欲望。因为庇里托俄斯的妻子希波达弥亚在婚后不久就去世了，而忒修斯现在也是独居，于是这两个人就约定一起出去为自己抢个妻子。

当时有一位姑娘年轻美貌，她就是后来闻名于世的海伦。海伦是宙斯跟勒达所生的女儿，在她的后父、斯巴达国王廷达瑞俄斯的宫里长大。忒修斯和庇里托俄斯远征到斯巴达，他们在阿耳忒弥斯神庙里见过她跳舞。这两个人都抵挡不住爱情的欲火，便大胆地把海伦抢走并带到了阿耳卡狄亚的特格阿。他们在这里约好用抽签的方式决定海伦归谁，然后中签得到海伦的一方必须要帮另一个人再去抢一个美女。结果忒修斯中签得到了海伦，他把她带到阿提喀地区的阿弗得纳交给母亲埃特拉照料，并让一个朋友保护她。

然后，他又跟自己的好朋友计划着去进行另一场伟大而又惊人的冒险。庇里托俄斯在失去海伦后，决定从地府里拐走冥王普路同的妻子珀耳塞福涅以求得安慰。前面已经提到过，他们的计划彻底失败了，而且两个人被普路同永远拘押在地府里，赫拉克勒斯试图救出他们，但只救出了忒修斯。

当忒修斯被关在哈得斯的地府里的时候，海伦的两个哥哥卡斯托耳和波吕丢刻斯来到雅典，礼貌地要求把妹妹还给她们。但雅典人告诉他们说海伦不在雅典，而且他们也不知道忒修斯把她藏在哪里。于是兄弟俩勃然大怒，威胁说要动用武力，这让雅典人十分害怕，其中有一个叫阿卡特摩斯的人，他曾用各种方法知道了国王忒修斯的秘密，便告诉了海伦的两个哥哥他们妹妹的下落。卡斯托耳和波吕丢刻斯立即举兵围攻该城，并很快攻陷了城池。

同时，雅典城里也发生了一件不利于忒修斯的事。厄瑞克透斯的孙子梅纳斯透斯自立为人民的领袖，预谋篡夺王位。他蛊惑城里的贵族说国王让他们从乡村迁移到城市，实际上是控制和奴役他们；然后又对那些自由的人民说他们放弃了乡间的圣殿和神祇，而来追求虚空的自由梦，不依赖当地的大小贵族，却服从一个外地的暴君……他用这些话语煽动民众的情绪。

现在，阿弗得纳又被廷达瑞俄斯的族人攻占，这加剧了雅典人的惊恐和不安。梅纳斯透斯利用人民的恐慌情绪，劝居民给廷达瑞俄斯的两个儿子打开城门，友好地迎接他们入城，因为卡斯托耳和波吕丢刻斯只是反对忒修斯抢去了他们的妹妹而已。不过事实也确实证明了梅纳斯透斯所说的话。那些外来的士兵们虽然从打开的城门里冲了进来，但他们并没有伤害任何人，只是救出了海伦便离开了雅典，回故乡去了。

忒修斯的结局

忒修斯从哈得斯的地狱里被解救回来后，一改以前的脾性，成了一位严肃的老人。他听说海伦被她的哥哥们救了回去，反而如释重负，因为他为自己从前的行为感到惭愧。

现在他虽然重新执政，但国内一片混乱。叛乱的梅纳斯透斯得到贵族的支持。贵族们为纪念忒修斯的叔叔帕拉斯和他那五十个儿子，自称为帕拉斯族人。那些过去仇恨忒修斯的人现在也对他毫不惧怕，普通人在梅纳斯透斯的怂恿下也开始不愿服从国王的命令。

开始忒修斯试图动用武力镇压反叛，但由于叛乱越来越严重导致他的努力归于失败。于是，这位不幸的国王决定彻底离开这座无法控制的城市，并事先把儿子阿卡玛斯和德摩丰送往攸俾阿，让他们投奔国王厄勒菲诺耳。他自己去到阿提喀的一个叫伽尔盖托斯的小镇上宣布了对雅典人的诅咒（很多年过去以后他当年诅咒人民的地方仍然被标记着），然后他拍掉身上的灰尘，乘船前往了斯库洛斯岛，他把这座岛上的居民看成自己特殊的朋友，因为那里的国王保存了忒修斯的父亲留给他的大笔财产。

那时统治斯库洛斯的国王是吕科墨得斯。也许是吕科墨得斯惧怕忒修斯的威名，也许是他和梅纳斯透斯有什么秘密协议，总之，当忒修斯来要求他归还他父亲的遗产时，他便要计划把忒修斯除掉。

吕科墨得斯把忒修斯带到岛上的一处悬崖边，谎称让忒修斯向下看一下他父亲留下的财产。趁忒修斯不备的时候，他猛地从背后一推，把忒修斯推下悬崖，坠入大海。

在雅典，不懂得感恩戴德的雅典人在忒修斯死后不久便把他遗忘了，而梅纳斯透斯则好像合法地继承祖先的王位一样上台执政，而忒修斯的儿子们却跟随着英雄厄勒菲诺耳，以士兵的身份一起出征特洛伊，直到梅纳斯透斯死后，他们才重新执掌王杖。

几百年以后，雅典人在马拉松与波斯人作战，大英雄忒修斯的灵魂从地底下显现了出来，率领雅典人民击败了入侵的波斯人。于是，特尔斐传出神谕，要求雅典人取回忒修斯的遗骸，隆重地为他安葬。可是，人们该到哪里去寻找他的遗骸呢？况且即使在斯库洛斯岛上找到了他的坟墓，他们又怎能从野蛮人的手中夺回遗骸呢？

这时候，希腊出了一位有名的人，即弥尔提阿得斯的儿子喀蒙，他在一次讨伐中征服了斯库洛斯岛。正当他努力地寻找那位民族英雄的坟墓时，看到一座山坡上空盘旋着一头雄鹰，这雄鹰突然像箭一般地直冲下来，用爪子刨开一座坟墓的泥土。喀蒙把这个现象看作是神意，便命人挖开那里的泥土，在泥土深处他们果然发现一座大棺，棺旁埋葬着一根铁矛和一把宝剑。喀蒙和随从们都断定这就是忒修斯的坟墓。他们把英雄神圣的遗骸抬到三橹战船上运回到了雅典。雅典人民列队迎接忒修斯的遗骸，就像他们的老国王又活着回到故乡一般。

在忒修斯死了几百年以后，雅典的子民们才重新将无限的感激和尊敬赋予了这位当年给了他们自由和宪法但却被那时无知的同时代人民所反对的英雄。

第二十三章
俄狄浦斯的故事

俄狄浦斯杀害父亲

卡德摩斯的后裔、底比斯国王拉布达科斯之子拉伊俄斯继承王位后，娶了贵族墨诺扣斯之女伊俄卡斯忒为妻。

拉伊俄斯和伊俄卡斯忒婚后很长时间内未曾生育，渴求子嗣的他来到特尔斐的阿波罗神庙，求得一则神谕："拉伊俄斯，你会有一个儿子，可命运女神规定你将死在他的手里，这也是克洛诺斯之子宙斯的意愿，因为他听到珀罗普斯的诅咒，说你过去曾劫去他的儿子。"

那是拉伊俄斯在年轻的时候犯的错误，当年他被赶出故国后来到了伯罗奔尼撒，住在国王珀罗普斯的宫殿里并且享受着贵宾的礼遇。可他却以怨报德，在一次赛会中拐走了珀罗普斯和女神阿刻西俄刻的私生子克律西波斯[1]。

拉伊俄斯知道自己的过错，所以对现在得到的这个神谕深信不疑。他长期以来一直跟妻子分居，以免生育。可爱情又使得他们不顾神谕的警告，常常同床共寝，结果伊俄卡斯忒为他生了一个儿子。当孩子出世，拉伊俄斯为了阻止神谕的实现，在孩子出生后的第三天就派人用钉子将婴儿的双脚刺穿，并用绳子把他捆起来，放到了喀泰戎

1 克律西波斯长得非常英俊，但命运却十分不幸，被拐走后他父亲珀罗普斯发动了一场战争把他从拉伊俄斯的手里救了出来，可是他的异母兄弟阿特柔斯和提厄斯忒斯受了母亲希波达弥亚的唆使，把他杀害了。

的荒山下。

执行这一残酷命令的牧人可怜这个无辜的婴儿，把他交给了和自己在同一山坡上为科任托斯国王波吕玻斯放羊的牧人后，回去后向国王和他的妻子谎称自己已执行了命令。夫妇两人相信孩子已经死掉，或者给野兽吃掉了，因此认为神谕不会实现。他们就这样安慰自己，依然平静地过日子。

那天，国王波吕玻斯的牧羊人解开孩子上脚上的绳索后，因为不知道他的来历，因此给孩子起名为俄狄浦斯，意即“肿痛的脚”。他把孩子带到了科任托斯并交给了国王波吕玻斯。国王同情这个弃婴，就把孩子交给妻子墨洛柏，而他们也没有其他的孩子，便对待俄狄浦斯视如己出。后来俄狄浦斯渐渐长大，他始终相信自己就是国王波吕玻斯的儿子和王位的继承人。

可一件偶然的事使得他从信心的顶峰跌到了绝望的谷底。有一个一直嫉妒俄狄浦斯特殊地位的科任托斯人在一次宴会上因喝醉了酒，大声叫着俄狄浦斯不是国王的亲生儿子。这话让俄狄浦斯深受刺激。第二天清晨，他来到父母面前，向他们询问这件事。国王波吕玻斯和王后对挑拨是非的人很生气，并设法用温和的话语排解儿子的疑虑。俄狄浦斯听得出他们话语中充满的爱心，也很感动，但疑虑却仍在咬噬着他的心，因为那个人所说的话真的太使他悲哀了。最后，俄狄浦斯悄悄地来到特尔斐神庙祈求神谕，希望太阳神证明他所听到的话完全是诽谤。可是阿波罗并没有给他答复，相反地，反而给了他一个新的更为可怕的不幸的预言：“你将会杀害你的父亲，你将娶你的生母为妻，并生下可恶的子孙。”

俄狄浦斯听了这神谕，无比惊恐。不知情的他始终认为慈祥的波吕玻斯和墨洛柏是自己的生身父母，于是他再也不敢回家去，他害怕命运之神会指使他杀害父亲并让他丧失理智，邪恶地娶母亲为妻。这种可怕，他无法想象！

俄狄浦斯决定到波俄提亚去。当他走到特尔斐和道利亚城之间的十字路口时，看到一辆马车朝他驶来，车上坐着一个陌生的老人、一个使者、一个车夫和两个仆人。

车夫看到对面来了一个人，便粗暴地叫他让路。俄狄浦斯生性急躁，而且现在心情正极端郁闷，便挥起拳头打了这无礼的车夫一拳。车上的老人见他如此蛮横暴力，举起鞭子狠狠打他的头。俄狄浦斯怒不可遏，他用尽力气挥起行杖朝老人打去，老人被打翻在马车下。其余三人见状都上前来与俄狄浦斯格斗，但毕竟俄狄浦斯年轻有力，这三人两人被杀死，一人逃跑。俄狄浦斯则继续动身赶路。

俄狄浦斯以为自己只是为了自卫才报复了那群人，因为那个人仗着人多势众企图伤害他。何况他遇到的那个老人并没有任何标志足以显示他显赫的地位，但实际上被俄狄浦斯打死的老人正是底比斯国王拉伊俄斯，即他的生身父亲，当时这位国王正在赶往皮提亚神庙的路上。

就这样，父亲和儿子都在小心回避的神谕，还是悲惨地应验了。

俄狄浦斯娶母为妻

俄狄浦斯杀父后不久，底比斯城外出现了一个带翼的怪物斯芬克斯。她有美女的头，狮子的身子。她是巨人堤丰和蛇怪厄喀德那所生的女儿之一。厄喀德那生了许多怪物，如地狱三头狗刻耳柏洛斯、勒耳那九头蛇许德拉、口中喷火的喀迈拉。

斯芬克斯盘坐在一块巨石上，对底比斯的居民提出各种各样的谜语，猜不中谜语的人就被她撕碎吃掉。这怪物正好出现在全城都在哀悼国王被不知名的路人杀害之时。现在执政的是王后伊俄卡斯忒的兄弟克瑞翁。斯芬克斯危害严重，连国王克瑞翁的儿子也因为没有猜中谜底而被其吞掉。克瑞翁无奈，只好张贴告示，宣布谁能除掉城外的怪物，就可以获得王位，并可娶他的姐姐伊俄卡斯忒为妻。

正在这时，俄狄浦斯带着行杖来到底比斯。危险和奖励的挑战以及那不祥的神谕的压力，使得他并不看重自己的生命。他爬上山岩，见到斯芬克斯盘坐在那里，便自愿解答谜语。狡猾的斯芬克斯决定给他出一个在她看来都十分难猜的谜语：

“早晨四条腿走路，中午两条腿走路，晚上三条腿走路。所有生物中，这是唯一用不同数目的腿走路的。而用腿数目最多的时候，却正是力量和速度最小的时候。”

俄狄浦斯听到这谜语，不禁微微一笑。“这是人啊，”他回答说，“人在幼年，即生命的早晨，是个软弱无力的孩子，他用两条腿和两只手在地上爬行；到了壮年，正是生命的中午，用两条腿走路；但到了老年，已是迟暮，只好拄着拐杖，好像三条腿走路。”

他猜中了谜底！斯芬克斯羞愧难当，绝望地从山岩上跳下去摔死了。克瑞翁也兑现了他的诺言，把王国给了俄狄浦斯，并把国王的遗孀伊俄卡斯忒许配给他为妻。当然，俄狄浦斯并不知道他娶的是自己的生母。

婚后，伊俄卡斯忒为俄狄浦斯生下四个儿女，先是双生子厄忒俄克勒斯和波吕尼刻斯[1]；后是两个女儿安提戈涅和伊斯墨涅。这样，此四人既是俄狄浦斯的子女，也是他的弟弟和妹妹。

秘密的揭露

俄狄浦斯杀父娶母，这一可怕的秘密历经多年，仍未被揭露。他虽有罪过，却是个纯良正直的国王，深得民众的拥护和尊敬。

后来，神祇将瘟疫降给了底比斯王国，任何药物都失去了作用。民众认为这场可怕的灾难是神对他们的惩罚，便自动聚集到国王俄狄浦斯的宫门前请求庇护，因为他们相信自己的国王是神的宠儿，一定会有办法的。

俄狄浦斯听到喧哗，走出宫来询问城内为何被献祭的香烟缭绕，且为何到处怨声震天。一位老年祭司回答说：“国王啊，你亲眼看看吧，我们遭受着怎样的灾难：瘟疫流行，干旱烧焦了牧场和山林。我们忍受不了折磨，前来找你请求帮助。你曾经从残酷的斯芬克斯的手里把我们解救出来，一定有神暗中庇佑着你，所以我们相信你，你一

1 厄忒俄克勒斯（Eteocles），名字意为“真正的荣耀”；波吕尼刻斯（Polynices），名字意为“很多动乱”。

定能够再次拯救我们。”

“我可怜的子民啊，”俄狄浦斯说，“我明白你们的请求，也了解你们的苦难。没有人比我更关心这些了，而且我不是只关心一两个人，而是关心整个底比斯的命运！你们的到来对我来说并非突然，因为我深虑你们的忧患且正在设法补救。我深思熟虑后，已经派我的内弟克瑞翁到特尔斐去寻求阿波罗的神谕，寻求解救这座城市的办法了。”

国王话音刚落，克瑞翁已经回来了，他当着民众们的面向国王报告了神谕的内容。但这神谕并不能让大家感到安慰。他说：

“神谕指示说让我们把藏在国内的一个罪孽之徒驱逐出去。否则，我们便永远摆脱不了这苦难的惩罚，杀害国王拉伊俄斯的罪恶使这个城市陷于沉沦。”

毫不知情的俄狄浦斯宣布，他将要亲自处理这桩杀人案，并且当即在全国发布一道命令：无论谁，只要知道杀害拉伊俄斯的凶手的情况，必须立即前来报告。如果知情不报，或者窝藏同伙，以后一律不得参加祭祀神灵的仪式，不得享受圣餐，也不得跟国人有任何来往。最后，他发誓要诅咒杀人凶手，使他一生痛苦，即使他隐藏在王宫里，也不能逃脱这重罪。另外，他又派人去邀请盲人预言家、预见能力不逊于阿波罗的忒瑞西阿斯。

忒瑞西阿斯在一名男孩的牵引下来到了国王和民众面前。俄狄浦斯把国人遭受的灾祸告诉了他，说这不仅像一座山一样压在他的心头，更让他的子民们生活这水深火热之中。他请忒瑞西阿斯运用神异的能力，帮助他找出杀害国王的凶手。忒瑞西阿斯悲叹一声，朝国王伸出双手，推辞说：“国王哟，你有你的负担，我的能力让我承受着沉重的负担，让我回去吧！”

这隐晦的回答让俄狄浦斯更加坚持要他说出真相，而在场的国民们也都纷纷跪在他的面前，但是忒瑞西阿斯仍然不肯回答。俄狄浦斯大怒，指责他知情不报，甚至说他是帮凶。最后，迫于国王的指责，内心已然气愤的忒瑞西阿斯不得不说出了真相。

“俄狄浦斯啊，”他说，“请你不要指责我，也别指责国民中的任何一人。凶手就是你本人啊！是你自己的罪恶使整个城市遭殃！你就是杀害国王的凶手，也是你同自己的母亲在罪恶的婚姻中一起生活！”

俄狄浦斯对这些莫名其妙的话仍不明白。他指责忒瑞西阿斯是骗子，是恶棍。同时他又怀疑克瑞翁和预言家合谋设此谎言，妄图篡夺王位。遭受侮辱的忒瑞西阿斯愤怒且毫不含糊地称俄狄浦斯为杀父的刽子手和娶母为妻的罪人，并预言他将面临灾难，然后牵着孩子的手气愤地离开了。克瑞翁也激烈地指责俄狄浦斯无端毁谤他，两人争吵不休。伊俄卡斯忒竭力劝解，仍无法使他们平静下来。克瑞翁满腹委屈，也愤愤地离开了俄狄浦斯。

伊俄卡斯忒比俄狄浦斯更不明白事情的真相。“这个预言家说的事真是荒唐啊！我的前夫拉伊俄斯曾得到过一则神谕，说他将会死在自己儿子的手里。但事实呢？拉伊俄斯被强盗打死在十字路口，而我们唯一的儿子在出生后就被绑住双脚，扔在了荒山上，出世还没有三天就可怜地死去了。”

这番话让俄狄浦斯大为震惊。“在十字路口？！”他惶恐地问道，“拉伊俄斯死在十字路口？！你快告诉我，他长得什么模样，有多大年纪？”伊俄卡斯忒并没有明白丈夫为什么如此激动，便不假思索地回答说：“他个子高大，头发灰白，模样跟你倒是有几分像。”

俄狄浦斯心里顿时有说不出的惊恐，自己心中模糊的问题一下变得明朗了，像被闪电划过，明亮且刺痛。

“啊！忒瑞西阿斯并不是瞎子，他是个眼睛最为明亮的人！”俄狄浦斯大声说。他虽然知道了可怕的事实，但他仍然问了又问，希望能证明这所有的一切都不是他想的那样。可是一切细节都是如此吻合。最后他听说当时有一个仆人逃了回来，报告国王被杀害的消息。这个仆人在看到俄狄浦斯登上王位时，恳求离开城市到最远的牧场上去为国王放牧。俄狄浦斯想亲自盘问他，便派人把他了召回来。这位仆人回来时，从科任托斯的来的一位使者也来到了宫殿，使者向俄狄浦斯报告说他的父亲波吕玻斯去世了，要他回去继承王位。

王后听到这个消息，得意地说："尊贵的神谕啊！你所说的真实在哪儿呢？神谕中应该被俄狄浦斯杀死的父亲现在已经证明是寿终正寝了。"但一向敬畏神祇的俄狄浦斯心里又是另外一种想法。他虽然愿意相信波吕玻斯是他的亲生父亲，可是又不能不相信神谕的灵验，因此他表示不愿回到科任托斯，因为那里还有母亲墨洛柏，而神谕的另一半内容，就是说他将会娶母亲为妻。但他这疑虑被科任托斯来的使者打消了，因为这位使者正是多年以前从拉伊俄斯的仆人手中接过孩子的另一位牧人。他对俄狄浦斯说，他虽然可以继承王位，可他只是科任托斯国王波吕玻斯的养子。当俄狄浦斯继续追问把婴儿送给他的那位牧人是谁时，他发现那个牧人就是在国王被害时逃回来的仆人，也就是刚刚被从边境的牧场上召回的这位。

伊俄卡斯忒听到这些，绝望地离开了丈夫和聚在宫门口的民众。

科任托斯的使者也马上认出了被召回的老牧人，可是这名知道一切真相的老者已经被吓得面如土色，他仍想否认这一切，直到盛怒的俄狄浦斯威胁他时，他才战战兢兢地说出了真相：俄狄浦斯就是国王拉伊俄斯和王后伊俄卡斯忒的儿子！可怕的神谕已经应验：他杀死了父亲，并娶母亲为妻。一切都水落石出了……

俄狄浦斯惩罚自己

一切都已经真相大白，面对这可怕的真相，俄狄浦斯狂叫着冲出人群。他在宫殿中狂奔，想要寻找一把利剑，去杀掉那个既是他母亲，又是他妻子的妖怪。最后他找到自己的卧室，踢开锁着的房门冲进去时，却看到又一番悲惨的景象：伊俄卡斯忒披头散发，已经吊死在了床的上方……俄狄浦斯痛苦地哭喊着跑上前去，解开绳索，将尸体放在地上。

痛苦到无法自已的俄狄浦斯从伊俄卡斯忒的衣服上摘下金胸针，用右手紧紧抓住，高高举起，然后用胸针刺瞎了自己的眼睛。

他到市民面前承认自己便是杀父的凶手，是娶母为妻的丈夫，是遭神诅咒的恶徒，是大地的怪物……但底比斯人民并没有嫌弃这位他们一直爱戴和尊敬的国王，反而对他的境遇表示出同情，连遭受过他不公正责骂的克瑞翁也没有嘲笑他，而是把这位遭到神灵惩罚的可怜人从众人眼前带走，把他交给了他的孩子们看护。俄狄浦斯深受感动，便任命克瑞翁替自己两位年幼的儿子摄护王位。此外，他请求为自己不幸的母亲建造了一座坟墓，把无人照应的女儿交给新国王照看。至于他自己，他愿意被放逐出国，因为是他以双重罪孽玷污了这块圣洁的土地。他说自己应该被烧死在喀泰戎山顶上，也就是当初他的父母遗弃他的地方。他最后他又一次把女儿叫来，用手抚摸她们的头，做最后的道别。他感谢克瑞翁对自己的深情厚谊，并祈祷他和全体人民会永远受到神的保护。

这位曾经为万人所爱戴、作为底比斯的救星而闻名于世、曾经解出过最难的谜却在被自己的命运之谜折磨的国王，如今已准备好走出宫门，如盲目的乞丐一样向遥远的边境走去……

俄狄浦斯和安提戈涅

当俄狄浦斯发现可怕的真相时，他只求即刻死去。他情愿全体人民都来反抗他，把他用石块打死，也是一件好事。只因为他求死不成，所以才请求被放逐。

可当他自怨自艾的狂乱心情逐渐平静时，却又开始感到盲目的漂泊之苦实在是件可怕的事情，心中便又泛起了对故乡的留恋之情。他觉得自己无意犯下了罪孽，但已经得到足够的惩罚，伊俄卡斯忒悬梁自尽，他也用胸针戳瞎了自己的眼睛。因此他想继续留在底比斯。

俄狄浦斯把这个心愿对克瑞翁和自己的儿子们说了。可是，克瑞翁对他的态度已经变了，他的两个儿子也变得自私无情。他们都要求俄狄浦斯按原来的决定去做。他们塞给他一根行乞的手杖，逼他离开。

只有两个女儿同情此时的俄狄浦斯。小女儿伊斯墨涅留在两个哥哥的家中，以料理父亲的一切。大女儿安提戈涅则与父亲一起流放，一直娇养这宫中的她赤着双脚，忍饥挨饿，不顾日晒雨淋地牵着失明的俄狄浦斯四处漂泊。

开始时，俄狄浦斯打算在喀泰戎的荒野上结束自己的生命。但因他是一个敬畏神祇的人，他愿意一切都听命于神的意志，所以他决定先去阿波罗神庙请求神谕。

在神殿，俄狄浦斯得到一则使他感到安慰的神谕。神们知道俄狄浦斯并非有意地违犯了天伦，破坏了人类神圣的法律。但尽管是误犯，罪孽还是必须要抵偿的，这惩罚也不会永无休止。神谕向他启示：许久之后，他便可以期待到赎罪的一天。那时他将到达命运女神指定的国家，严厉的复仇女神将会让他解脱。

俄狄浦斯相信神的指示，他在希腊到处流浪，乞讨度日，生活节俭，需求极微，但他心满意足，苦难生活和高贵的精神已教会他知足常乐、随遇而安。

俄狄浦斯在库洛诺斯

一天晚上，俄狄浦斯和他的女儿安提戈涅来到一个美丽的村庄。夜莺在树林里歌唱，开花的葡萄藤散发着阵阵清香，橄榄树和桂花树下凉风习习，俄狄浦斯虽然眼睛看不见，但他感觉得到这里的平和和安详。听了女儿的描述后，他更相信这儿一定是个神圣的地方。前面不远处，一座城市的城堡高高耸起。安提戈涅这打听后得知他们现在在离雅典不远处。

俄狄浦斯感到疲倦，便坐在一块石头上休息。一个村民走过来，告诉他这里是任何人的足迹都不能玷污的圣地。这时俄狄浦斯父女才知道，他们到了库洛诺斯。这里是欧墨尼得斯（雅典人对复仇女神的敬称）的圣林。俄狄浦斯知道，他已经到达流亡的终点，他们困厄的命运也将得到解脱。而这位库洛诺斯人也感受到俄狄浦斯的风采，不再把这位坐在石头上的外乡人赶走，而是想赶快去向国王报告。

“你们的国王是谁？”俄狄浦斯问道，长期流浪使得他对世界上的事已陌生。

“你听说过强大而又高贵的英雄忒修斯吗？”村民回问他，“他的声名已经传遍了世界。”

“如果你们的国王真的如你所说的这般高贵，”俄狄浦斯回答说，“那么请告诉他，让他到这儿来一趟，告诉他我会以最大的报酬祈请他一点微末的好意。”

“一位双目失明的人能给我们的国王什么报酬呢？”这位村民既同情又嘲弄地笑道，“不过如果你不是双目失明，你的仪容真是又威武又高贵，足以使我尊重你，所以我愿意把你的口信带给我的同胞和国王。”

村民离开后，俄狄浦斯站起身来，然后伏到地上，虔诚地祈求复仇女神：“威严而又仁慈的女神啊，请你们实现阿波罗的神谕，告诉我终生的前途吧！黑夜的女儿哟，请可怜我吧！尊敬的雅典城哟，请怜悯俄狄浦斯的影子，虽然他还在呼吸，但他的肉体已经不复存在了！”

没多久，一位神态高贵的瞎子正在复仇女神的圣林里的消息便传开了，村里的老人吃惊地围聚过来，想制止圣地被亵渎。当他们知道这盲人乃是被命运女神驱逐时，他们更是害怕神也会迁怒于他们，所以更加不敢让这个遭到神的惩罚的人继续留在圣地，要求他立即离开。俄狄浦斯请求不要把他从神亲自指定的流亡终点赶走，安提戈涅也一再央求他们：“如果你们不愿意怜悯我白发苍苍的父亲，那么就请善良的你们为我这个无辜的人接受他吧。”

村民们既同情这父女俩，但又敬畏复仇女神，正在大家踌躇不定之际，安提戈涅突然看到一位头戴遮阳帽的姑娘骑着马向他们走来。姑娘后面跟着一个也骑着马的仆人。“是我妹妹伊斯墨涅！”安提戈涅惊喜地叫起来，“她一定给我们带来了家乡的消息！”

是的，伊斯墨涅带着一名忠实的仆人，离开底比斯，前来告诉父亲国内的情况。

俄狄浦斯的两个儿子在底比斯遭到了自己招来的灾难。起初，由于他们的家族的厄运威胁着他们，他们愿意把王位让给舅父克瑞翁。

可后来他们对父亲的记忆逐渐淡漠，又渴望统治权和王权，兄弟两人便互相嫉妒起来。波吕尼刻斯先登上王位，可厄忒俄克勒斯心里不满，他不愿意轮流执政，于是煽动民众叛乱，并驱逐了自己的兄弟。据说波吕尼刻斯已经到了阿耳戈斯，在那里娶了国王阿德拉斯托斯[1]的女儿，并得到朋友和盟国的帮助，准备兴兵报复。这时又流传了另一则神谕：国王俄狄浦斯的儿子们如没有父亲将会一事无成。假如他们要求幸福，就必须找回自己的父亲，无论他已经死去还是活着。

库洛诺斯人听到伊斯墨涅带来的消息都惊讶不已。俄狄浦斯站起身来。“原来如此，”他的脸上露出国王的威仪，“他们要向一个流亡者、一个乞丐寻求帮助？现在的我一文不值，难道我会是他们所请的人吗？”

“是的，”伊斯墨涅继续说，“舅父克瑞翁也会马上来到这里，我是赶在他前面过来的。他想要说服你，甚至劫持你回到底比斯的边境以满足神谕的要求，又不致亵渎底比斯城。”

“你是怎么知道我们在这里的？”俄狄浦斯问。

“是前往特尔斐朝圣的人告诉我们的。”

“如果我死在底比斯边境，”俄狄浦斯继续问，“他们会把我葬在底比斯的土地上吗？”

“不会，”伊斯墨涅答道，“他们会觉得你身负血腥的罪恶而不会这样做。”

“那么他们永远也得不到我了！”老国王愤怒地说，“如果我儿子们的权欲大于孝道，神将永远使他们成为死敌。如果要我裁定他们的争端，那么，现在执持王杖的人就应该让出王位，而被驱逐的人也不应该重新回到故国！”

他又转向库洛诺斯的民众说道：“只有两个女儿才是我的忠实的孩子！她们不应该受到我罪孽的牵累。我为她们向苍天祈福，并为她们请求你们的保护。我仁慈的朋友们，向我们伸出援助之手吧，你们

1 阿德拉斯托斯（Adrastus），希腊神话英雄，阿耳戈斯国王，塔拉俄斯（Talaus）的儿子。攻打底比斯的七位英雄之一，尼密阿竞技会的创立者。

自己的城市也将得到报酬和荣耀。”

俄狄浦斯和忒修斯

流放中的俄狄浦斯仍然显示了高贵的风度和威仪，库洛诺斯人都非常敬畏他，并劝他举行灌礼以求得复仇女神的宽恕。直到这时村中的长老们才知道站在面前的就是曾经犯下不可饶恕之罪的俄狄浦斯。如果不是他们的国王忒修斯及时赶到，很难说这群人会不会硬着心肠将这可怜的老人赶走。

忒修斯怀着尊敬而又友好的心情走近这异国的盲人，说：“可怜的俄狄浦斯，我知道你的厄运。你被戳瞎的眼睛已告诉我你是什么人。你的不幸使我感动。说吧，你向这个城市以及我个人有什么要求？我和你一样，是在异地生长并历尽了艰难和危险的。”

“你简短的话语让我看到了你高尚的心灵，”俄狄浦斯说，“我的请求实际上是一件礼物，我把自己疲倦的身体送给你。这是一件微不足道却又十分宝贵的礼物。请你把我埋葬掉，而你的仁爱和公正将会得到丰裕的酬报。”

“啊！你的要求是很轻微的，”忒修斯惊讶地说，“要求一些更好更高的吧，我会满足你的。”

“这份礼物不如你想象的那么轻微，”俄狄浦斯补充道，“为了我这老朽的躯体，你必定会被卷入一场战争中。”于是，他讲了自己被放逐的原因，以及那些自私自利的亲属企图要找到他的情况并恳请忒修斯给他帮助。

忒修斯仔细地听完他叙述后，严肃地回答说：“我的王国向任何朋友敞开大门，因此我决不能将你除外，何况是神的意愿把你送到我这里来的。”他问俄狄浦斯是愿意跟他一起回雅典，还是留在库洛诺斯。俄狄浦斯选择了后者，因为命运决定他应该在这里战胜仇敌，度过高贵而荣耀的晚年。

雅典国王忒修斯答应给他提供保护，说完，就回城去了。

俄狄浦斯和克瑞翁

不久，国王克瑞翁果然带着武装的随从从底比斯侵入库洛诺斯。他对当地的村民们说："我带领部队来到阿提喀地区，请你们不要感到惊讶，也请不要发怒。我还不至于幼稚妄为到向希腊最强大的城市挑战。我年纪已大，我的国民们派我来是为了说服俄狄浦斯让他跟我一起回到底比斯去。"说着，他又转过身子看着俄狄浦斯，假惺惺地对他和他女儿的命运表示同情。

俄狄浦斯举起手中的行乞棒，示意他不要靠近："无耻的骗子！你还嫌我遭受的折磨不够多吗？你休想利用我来让你的城市免除必将降临的灾难，我是不会跟你回去的！我只会派复仇的恶魔与你同去。我的两个忤逆的儿子，除了两块用来埋葬他们尸骨的墓地，也不能占有底比斯土地的一尺一寸！"

克瑞翁想用武力劫走双目失明的国王，可库洛诺斯的人民却不同意。克瑞翁示意他的随从不顾库洛诺斯人的反抗，硬生生地将伊斯墨涅和安提戈涅从俄狄浦斯身边抢走，并且嘲弄俄狄浦斯说："我夺走了你的支柱。你这个瞎子，现在你就一个人去流浪吧！"

俄狄浦斯没有女儿在身边保护，这使得克瑞翁更加张狂，甚至走上前去要出手殴打失明的他。这时听到消息的忒修斯赶了过来，了解了实情之后，忒修斯十分生气，他马上派人骑马和徒步去追赶劫走两位姑娘的底比斯人。然后，他对克瑞翁表明了态度，责令他必须把俄狄浦斯的两个女儿放回来，否则克瑞翁自己也别想离开。

"埃勾斯之子啊，"克瑞翁假意谄媚道，"我不是来跟你和你的城市打仗作对的。而且我对俄狄浦斯也是一番好意，我不知道你的人民竟会如此保护我的瞎亲戚，会如此地庇护一个娶母的罪人，而不愿将他送回本国去。"

忒修斯命令他闭嘴，并要求他说出藏匿两个姑娘的地方。过了一会儿，两个姑娘被救了回来，重新和俄狄浦斯在一起了，而克瑞翁则被迫带着仆人悻悻地离开了库洛诺斯。

俄狄浦斯和波吕尼刻斯

即便如此，可怜的俄狄浦斯仍然不得安宁。

这一天，忒修斯给俄狄浦斯带来消息，说他的一个亲人来到了库洛诺斯，但他不是从底比斯来的，现在正在波塞冬神庙的圣坛前祈求保护。

“这是我的儿子波吕尼刻斯，”俄狄浦斯恼怒地说，“我不想跟他讲话，我的这个儿子除了仇恨之外，什么也不配得到！”

但安提戈涅却不能忘掉自己的哥哥。于是她竭力安慰父亲，让他平静下来，告诉他至少听听波吕尼刻斯的来意。俄狄浦斯再次请求忒修斯保护他，以防儿子用武力劫持他。做了充分的准备后，俄狄浦斯才召见了波吕尼刻斯。

波吕尼刻斯进来时的那副样子就表明他的意图同他的舅父克瑞翁的不同。安提戈涅把她看到的告诉了瞎眼的父亲：“我看到他没有带任何随从，而且泪流满面。”

“真的是他吗？”俄狄浦斯转过头，问了一句。

“是的，父亲，”安提戈涅回答说，“你的儿子波吕尼刻斯已站到你的面前。”

波吕尼刻斯扑倒在父亲的面前，双手抱住他的双膝。他看到父亲穿着衣衫褴褛，眼窝深陷，灰白的头发随风飘散，心里也很悲痛。“父亲，我罪孽深重，很难得到你的宽恕，但我仍请求你的宽恕和理解。哦，亲爱的妹妹啊，帮帮我，让父亲饶恕我吧！”

“哥哥，你先告诉我们，为什么会到这里来？”安提戈涅温和地说，“也许你的话会打动父亲，让他说话。”

波吕尼刻斯将兄弟厄忒俄克勒斯是如何驱逐他，阿耳戈斯的国王阿德拉斯托斯又是怎样收留他，并把女儿嫁给了他，他在那里如何联合了七个王子和他们的军队，围困了底比斯这些事情都告诉了俄狄浦斯和妹妹们。最后，他请求父亲能跟他一起回去，并答应推翻骄横的厄忒俄克勒斯后，愿意把王冠奉还给父亲。

然而，儿子的悔悟并未能使深受折磨的俄狄浦斯回心转意，他对波吕尼刻斯说："当王位和权杖在你手上时，你亲自驱逐了你的父亲。你和你的兄弟，都不是我真正的儿子。如果我依靠你们，恐怕早就死了。只是因为我的女儿们的帮助，我才活到今天。你们应该受到神的惩罚！你无法毁灭你父亲的城市，你和你的兄弟也必然会躺在你们自己的血泊之中……这就是我的回答，你可以把这告诉同你结盟的七个王子。"

听到父亲的诅咒，波吕尼刻斯惶恐地从地上站起来，畏缩地倒退了几步。

"波吕尼刻斯，"安提戈涅走上去拥抱住自己的哥哥，并且对他说，"我希望你听从我的劝告，把军队撤回阿耳戈斯吧，不要给父亲的城市带来战争！"

"这是不可能的，"波吕尼刻斯踌躇了一会儿回答说，"撤退对我来说不仅是耻辱，而且更是毁灭。我宁可两败俱伤，也不会同我的兄弟和好。"他挣脱了妹妹的拥抱，苦恼而绝望地走了出去。

俄狄浦斯的结局

就这样，俄狄浦斯拒绝了两方亲人给予他的诱惑和诺言，还诅咒他们将遭到神的报复。而现在，他自己的命数也将终尽了。

一天，天空中响起了阵阵的雷声，整个大地也都笼罩在黑暗之中。老人听到这来自天上的声音，要求会见忒修斯，因为这位瞎眼的国王担心自己可能不会有机会活着见到忒修斯了，可他还有许多话要跟忒修斯讲，他要感谢忒修斯对他和他的女儿们善意的保护。

忒修斯终于来了，俄狄浦斯当着他的面衷心地为雅典城祈求祝福。然后，他又要求忒修斯服从神的召唤，陪着他去到他可以死去的地方，而且他死时不容许任何人的手指碰到他。俄狄浦斯还交代在自己死后，忒修斯不能把他去世的地方告诉任何人，也不能说出他的墓地所在，因为这样可以保护雅典，抵御敌人。

俄狄浦斯允许他的女儿和库洛诺斯的村民们送他走一程。于是一队人马便走进了复仇女神的圣林，并且任何人都没有用手指触碰俄狄浦斯。这位一直由女儿牵着走路的盲人现在好像突然什么都能看见了似的，昂然走在最前面，朝着命运女神指引的道路走去。

到达复仇女神圣林深处的时候，大地开裂，许多弯弯曲曲的小道通到了开裂的洞口处出现的一道铜门槛，传说这是通向地府的一处入口。

俄狄浦斯制止同行的人们走近洞口。他自己在一棵空心树前停下来，坐在一块岩石上，解下束住褴褛衣服的腰带，要了一些洁净的泉水，洗去了因长期流亡积在身上的污垢后，穿上了女儿为他拿来的整洁干净的衣服，精神焕发地站在那里。

这时地下传来了隆隆的雷声，俄狄浦斯拥抱亲吻着女儿们，难过地说："孩子们，别了！从今天起你们就要失去父亲了！"

突然人们又听见一阵不知是来自天空还是地狱的隆隆声响："俄狄浦斯，你还犹豫什么？你怎么还在耽搁？"

老国王放开怀中的孩子，把他们的双手交到忒修斯的手里。然后，他吩咐所有的人都转过身离开这里，只有忒修斯一人可以跟他一起走到铜门槛那儿。

他的女儿和同来的人们背过身去，走了一阵才回头望。他们眼前出现了奇迹：俄狄浦斯已经无影无踪，天空中既无闪电，又无雷声，就连一丝风也没有。周围出奇地安静，忒修斯独自一人站在那里，双手掩着眼睛，像这神奇的情景使他睁不开眼一般。

忒修斯做完祈祷后，来到国王的两位女儿面前，向她们保证一定会保护好她们，然后带着她们一起回到了雅典。

第二十四章
七英雄远征底比斯

阿德拉斯托斯的女婿波吕尼刻斯和堤丢斯

阿耳戈斯国王阿德拉斯托斯是塔拉俄斯的儿子，他生有五个孩子，其中有两个漂亮的女儿，即阿尔琪珂和得伊皮勒。关于她们的命运，有一则奇怪的神谕说她们的父亲将会把她们一个嫁给狮子，一个嫁给野猪。国王思来想去也弄不懂这句话的意思。待女儿们长大后，他只想尽快为她们完婚，以避免可怕的预言，但神的预言又怎能是逃得掉的呢。

有一天，两个流亡者从不同的方向同时来到了阿耳戈斯。其中一人是被其兄弟逐出底比斯的波吕尼刻斯；另一人是在围猎时不小心杀害了一个亲戚而从卡吕冬逃出来的俄纽斯和珀里玻亚之子堤丢斯。这两个人在宫门口相遇时，因夜色朦胧，分辨不清，便各自把对方当成敌人，打了起来。

阿德拉斯托斯听到门外厮杀声，便拿着火把出来，制止了两人。当他看到波吕尼刻斯的盾牌上刻画的狮子头和堤丢斯的盾牌上刻画的野猪时，便顿时明白了神谕的含意。遵照神谕，他把两个流亡的英雄招为女婿：波吕尼刻斯娶了大女儿阿尔琪珂，小女儿得伊波勒嫁给了堤丢斯。此外，国王还庄重地答应要帮助他们重登王位。

第一次的远征目标是底比斯。阿德拉斯托斯召集了各方英雄，连他自己在内一共七人分别率领七支军队。其余六人分别是波吕尼刻斯，堤丢斯，国王的姻兄安菲阿拉俄斯[1]，国王的侄儿卡帕纽斯[2]，以及国王的两个兄弟希波墨冬[3]和帕耳忒诺派俄斯[4]。

安菲阿拉俄斯因为有未卜先知的本领，所以知道这场征战必然失败。可当他反复劝说阿德拉斯托斯和其他的英雄们放弃这场战争时，意见并没有被采纳。于是他找了一个只有他的妻子厄里费勒知道的地方躲了起来。大家四处都找不到他，可阿德拉斯托斯又少不了他，因为他被看作是整个军队的眼睛，没有他是不敢进行远征的。

波吕尼刻斯从底比斯逃出来时，随身带了两件家传宝物——一条项链与一方面纱。这两件宝物是女神阿佛洛狄忒送给哈墨尼亚与卡德摩斯的结婚礼物。这两件东西是会给佩戴者带来凶杀之祸的。它们已经使卡德摩斯家族内的哈墨尼亚、酒神之母塞墨勒以及俄狄浦斯之母伊俄卡斯忒都死于非命。现在它们又转落在波吕尼刻斯的妻子阿尔琪珂的手里。现在，波吕尼刻斯试图用项链贿赂厄里费勒，让她说出丈夫藏匿之所。

厄里费勒早就垂涎外乡人送给侄女的这根项链，当她看到项链上闪闪发光的宝石时，实在抵制不了这巨大的诱惑，便把波吕尼刻斯带到了安菲阿拉俄斯的藏身处。

安菲阿拉俄斯实在不想加入这场远征，但他这次又不能拒绝，因为他迎娶阿德拉斯托斯的姐姐为妻时，曾答应过遇到有争议的问题时，一切都由妻子厄里费勒做主。现在妻子带着人找到他要求他加入，他也只得佩上武器，召集武士，准备出征。

---

1 安菲阿拉俄斯（Amphiaraus），曾经与阿德拉斯托斯不和，二人和解后阿德拉斯托斯将自己的姐姐厄里费勒（Eriphyle）嫁给了他。他凭借医术与占卜而为希腊人所崇拜供奉，也经常出现在艺术作品中。

2 卡帕纽斯（Capaneus），传说拥有巨大的力量和高大的身材，是一位远近闻名的战士，也是出了名的气焰嚣张。后来他在底比斯围困战中站在底比斯的墙上大呼宙斯无法阻止他的侵略，激怒宙斯发动雷电将其杀死。

3 希波墨冬（Hippomedon），高大强壮，手持绘着喷火堤丰的闪光盾牌。

4 帕耳忒诺派俄斯（Parthenopaeus），希腊神话中的英雄，女英雄阿塔兰忒与希波墨涅斯之子，风流倜傥，温文尔雅，后来壮烈地死在攻打底比斯的城前。

出发前，安菲阿拉俄斯把儿子阿尔克迈翁[1]叫到跟前，庄重地叮嘱他如果听到父亲的死讯，一定要向为了利益出卖他的母亲复仇。

七英雄在远征途中

七支部队全部准备妥当，满怀着信心和希望，他们离开了阿耳戈斯，浩浩荡荡地踏上了征程。

当部队行进到尼密阿的森林时，他们碰到了困难——那里的河流和湖泊都已干涸见底，炎热之苦令他们干渴难忍，身上的盔甲和盾牌也都成了沉重的累赘。部队行进扬起的沙尘土落在他们焦枯的嘴唇上，连马匹也渴得嘴边泛出了层层涎沫。

阿德拉斯托斯带了几个武士在森林里到处寻找水源时，遇到了一位十分美丽，却面泛悲愁的女人。她坐在树荫下，怀里抱着一个男孩，虽然身上的衣服褴褛，但长发飘拂，气质高雅如女王一般。

阿德拉斯托斯吃了一惊，以为自己遇到了森林女神，便连忙上前跪下，请求神指点迷津，让他逃离苦难。这位妇人低垂着眼帘，回答说："外乡人哟，我不是女神。如果你觉得我的外貌有什么非凡之处，那是因为我一生忍受的苦难比世间任何人都多。我叫许珀茜柏勒，以前是雷姆诺斯岛上亚马逊人的女王，我的父亲是威武的托阿斯。后来我被海盗所俘，成了尼密阿国王吕枯耳戈斯的奴隶。这个男孩叫俄斐尔忒斯，是国王吕枯耳戈斯之子，我只是他的保姆。我很愿意帮你们找到你们需要的东西，在这片干旱肆虐的地方，只有一处除我以外无人知道的水源，那里泉水丰富，足够你们全军人马解渴，跟我走吧！"

妇人站起身来，把孩子放在草地上，哼了一支摇篮曲让孩子入眠后，带着远征的人们穿过茂密的森林，来到一处怪石嶙峋的峡谷。在这里，泉水倾泻在岩石上的声音清晰可闻，远远也看得到萦绕在这峡谷上方清冽的水雾。

1 阿尔克迈翁（Alcmaeon），后辈英雄之一。

“有水了！有水了！”山谷间回荡起欢呼声，将士们欢呼雀跃，扑到溪水边，张开干枯得冒烟的嘴巴，大口地喝着甜美的泉水。他们又赶着车，牵着马，穿过树林，连车带马一直走到水里，让马儿们也浸在水中冲凉。现在，全军人马都被从干渴中解救出来，恢复了精神。

许珀茜柏勒又带领大家回到了大路上。还没等返回原处，作为乳母的敏锐本性使她听到了远处传来的孩子可怜的哭声。可怕的预感攫住了她的心，她飞快地往前奔去。可是当她赶到，却不见了孩子的踪影。四处搜寻后她才突然明白发生了什么，因为她看到不远的地方有一条大蛇正盘绕在树上，鼓着肚子在睡觉。许珀茜柏勒既惊恐又悲痛地呼号起来。匆忙赶来的英雄中第一个看到恶蛇的是希波墨冬，他立刻搬起一块大石头朝蛇掷去，可是石头却被布满鳞甲的蛇身弹了回来，而且被击得粉碎。于是希波墨冬又将长矛刺出，正好击中了大蛇张开的嘴里，猛烈的力道让矛尖刺穿蛇头冒了出来。大蛇受到重创，痛得把身子陀螺似的在矛杆上缠绕，慢慢地断了气息。

可怜的许珀茜柏勒鼓起勇气追寻孩子的踪迹，她发现草地都被孩子的鲜血染红了，地上是零乱的孩子的尸骨。绝望的许珀茜柏勒跪到地上，拾起孩子的遗骨交给站在一旁的英雄们。英雄们隆重地埋葬了因为他们而丧命的孩子。为了纪念他，英雄们举行了神圣的尼密阿赛会，并崇拜他为半人的神，称他为阿尔刻摩洛斯，意为“早熟的人”。

许珀茜柏勒没有逃脱吕枯耳戈斯的妻子、孩子的母亲欧律狄刻的惩罚，被关入狱中，并要被残酷地处死。幸好许珀茜柏勒的儿子们已经出来寻找他们的母亲，不久后他们来到了尼密阿，把他们的母亲从为奴的束缚中救了出来。

围困底比斯

“这也许是这场远征结局的一种预兆吧！”预言家安菲阿拉俄斯神色忧郁地说。可其他人却认为打死恶蛇是一种胜利的预兆，对预言家的担心不以为然。心情沉重的安菲阿拉俄斯虽唉声叹气，但也无法阻止这场远征。几天后，精神振奋又日夜兼程的部队就来到了底比斯城下。

兵临城下，底比斯城自然也在紧张地备战。厄忒俄克勒斯和他的舅父克瑞翁准备采取长期防守的策略。他将市民们集合起来，对大家说："你们要牢记对国家和城市的责任。无论是谁，都应该奋起保卫这座城市，保卫家乡的神坛不被侵犯！保卫你们的父母妻儿和你们脚下这自由的土地！拿起武器，到城头上去据守城池！严密监视每一条通道，不要惧怕城外敌人众多！因为外面有我们的耳目，他们随时会告诉我们敌人的诡谋，为我们送来确切的情报，我会根据情报来决定我们的行动。"

这时，安提戈涅也站在宫殿城墙的最高处，旁边站着一位老人，他从前是她祖父拉伊俄斯的卫士。父亲俄狄浦斯去世后，安提戈涅思乡心切，谢绝了雅典国王忒修斯的庇护后带着伊斯墨涅回到了这座父亲曾统治的城市。克瑞翁和她的兄长厄忒俄克勒斯张开双臂欢迎了他们，但这是因为他们把安提戈涅看作是一个自投罗网的人质和中间人。

安提戈涅看到城外的田地上，伊斯墨诺斯河沿岸和闻名于世的狄尔刻泉的周围都驻扎着强大的敌人。他们的军队在不断地移动，金属盔甲和武器的冷光这阳光下闪烁。步兵和骑兵呐喊着涌到城门口，把一座城池围得像铁桶密不透风。

安提戈涅被吓得倒吸一口冷气。老人却在一旁安慰她说："我们的城池高大坚固，城门都配有大铁栓，而且由勇敢的士兵坚守，所以不用担心。"然后他又把前来围城的各路英雄向姑娘做了介绍和叙述："那边戴着闪亮头盔的人就是希波墨冬！再过去，右边的那一个，穿一身外乡人的战衣，看上去像一个野蛮人似的，他就是堤丢斯，是你嫂子的妹夫。"

"那个人是谁？"姑娘问道，"那个正从坟地上走过的年轻英雄。"

“那是帕耳忒诺派俄斯，”老人告诉她说，“他是女英雄阿塔兰忒之子。阿特兰忒是月亮和狩猎女神阿耳忒弥斯的女友。可是你看那里两个英雄，站在尼俄柏女儿的坟旁的，年龄大的是阿德拉斯托斯，他是这支远征军的统帅，旁边那个年轻的你认得出他是谁吗？”

“我看到了，”安提戈涅声音中透出痛苦，“我只需看到他身体的轮廓，就认出那就是我的哥哥波吕尼刻斯！啊，我多希望能像片云朵一样飞到他的身旁！那个驾驶一辆银白战车的人是谁呢？”

“他是预言家安菲阿拉俄斯。”

“那个绕墙走动，在测量寻找合适的攻城点的人又是谁？”

“那是骄横的卡帕纽斯。他嘲笑我们的城市，并扬言要把你和你的妹妹掳走为奴。”

听到这话，安提戈涅吓得脸色苍白，要求老人带她回去。老人便用手搀扶着她走下楼梯，送她回了内室。

墨诺扣斯

与此同时，克瑞翁和厄忒俄克勒斯正在商量应战方案，决定派七名将领分别把守底比斯的七座城门。开战之前，他们还想从鸟雀飞翔看一下预兆来推测这次战争的结局。

在俄狄浦斯时代就十分有名的预言家忒瑞西阿斯还居住在这底比斯城中。他是欧厄瑞斯和女仙卡里克罗之子，他年轻时同母亲去拜访雅典娜时偷看了不该看的事情，因此被女神降惩罚，双目失明。母亲卡里克罗再三央求雅典娜使她的孩子眼睛复明，但雅典娜无能为力，不过女神给了他更加敏锐的听觉，而且使他能够听懂各类鸟的语言。从那时起，他就成了底比斯人的预言家。现在，克瑞翁派了他的小儿子墨诺扣斯去把老预言家接到宫中来。

老人在女儿曼托和墨诺扣斯的搀扶下，颤巍巍地来到克瑞翁面前，沉默良久后终于悲伤地说：“俄狄浦斯的儿子对他们的父亲犯下大罪，给底比斯带来了苦恼和灾难。阿耳戈斯人和卡德摩斯的子孙互相作对，手足相残。我知道挽救底比斯的唯一方法，但这个办法是极其可怕的，我不敢说，让我回去吧！”

老预言家说完转身要走，在克瑞翁再三央求下，他才停下来严肃地问道：“你真的想知道的话我可以告诉你，可是请你先告诉我，接我来这里的你的儿子墨诺扣斯在哪里？”

“他就站在你的身旁。”克瑞翁回答。

“那么在我说出神祇的意愿之前，让他赶快走开吧！”老人说。

“为什么？”克瑞翁问，“墨诺扣斯是个忠实的孩子，他会保持沉默的，而且让他知道拯救底比斯的办法，也不是一件坏事。”

忒瑞西阿斯拗不过克瑞翁，便说：“那我告诉你们我从飞鸟的声音中知道的事吧！幸福女神会再次降临，但是她要跨过可悲的门槛。龙的子孙中最小的那个必须死亡。只有他的死才能使你得到胜利。”

“哎呀！”克瑞翁急躁得叫起来，“你的话到底是什么意思啊？”

老预言家继续解释说：“卡德摩斯后裔中最小的一个必须献出生命，才能保整个城市周全。”

“你是说要我的儿子墨诺扣斯去死吗？！”国王愤怒地跳了起来，“你滚回去吧！我不需要你这荒唐的预言！”

“难道真情使你悲哀痛苦，你就可以一口否认了吗？”忒瑞西阿斯严肃地问。

这时，克瑞翁意识到了事情的严重性，他跪倒在忒瑞西阿斯的面前，抱住他的双膝，请求他收回预言，但老人不为所动：“这牺牲是不可避免的，狄尔刻泉曾是毒龙的栖息地，那儿必须流淌着这个孩子的血。从前大地曾用龙齿把人血注射给卡德摩斯，你现在必须血债血偿，用卡德摩斯后人的血让大地成为你的朋友。这孩子为他的城市牺牲自己，赶走侵略者，他也必将成为全城的救星受人爱戴。你自己选择吧，克瑞翁。”忒瑞西阿斯说完，便让女儿引导着离开了。

克瑞翁陷入了深深的沉默。最后他痛苦地大声喊道：“我宁愿亲自为我的祖国去死！我的孩子，我怎么可能让你去牺牲呢？快逃走吧我的孩子，逃得越远越好。离开这座被诅咒的城市，离开这个配不上你纯洁灵魂的罪恶之地吧，取道特尔斐，埃托利亚和忒斯普洛提亚一直到多多那神殿，就住在那里不要出来！”

“好的，”墨诺扣斯答应道，眼中放着光辉，“我会备好需要的东西，也请你相信我一定不会迷路的。”

克瑞翁对于儿子的恭顺感到安慰，于是便又去处理其他的事情了。

墨诺扣斯却突然跪伏在地上，虔诚地祷告着：“永生的神啊，原谅我吧，我用谎言安慰了我的父亲。假如我真的逃走，背叛祖国，那我该是多么卑鄙和怯懦啊！神啊，请聆听我的誓言，并仁慈地收下我的一片赤诚之心！我愿以死来拯救我的国家！我愿从城头跳进幽深的毒龙之谷。如预言家所说那样，用我的鲜血解救底比斯于战争的灾难。”

说完，这孩子便朝宫墙最高处奔去。他看了一眼敌方的阵营，并威严地诅咒他们，然后他从衣服里掏出一把短剑，割断了自己的喉咙，从城头上滚落下去，被跌得粉碎的尸体，正落在狄尔刻泉水的旁边。

进攻底比斯

老人的预言应验了，墨诺扣斯献出了自己的生命，克瑞翁在竭力抑制着自己巨大的悲伤。

厄忒俄克勒斯指挥七位将领守住七座城门，并安排每一处容易遭受进攻的地方都有人把守。

阿耳戈斯人终于发起了进攻，大部队跨过平原向前推进，一场暴风雨一般激烈的攻防战开始了！一时间，双方战歌嘹亮，号角嘶鸣，杀声震天。

女猎手阿塔兰忒之子帕耳忒诺派俄斯冲在最前面，他手持刻画着自己母亲用飞箭征服的野猪图案的盾牌，率领队伍以密盾为掩护，向第一座城门发起攻击；预言家安菲阿拉俄斯冲到第二座城门下，他的战车上装满了着献祭神祇的供品，他的武器没有任何装饰，盾牌也是光亮空白的；希波墨冬攻打第三座城门，他的盾牌上刻画的是百眼巨人阿耳戈斯看守着被赫拉变成母牛的伊娥的图像；堤丢斯率部攻打第四座城门，他左手举着画有一头雄狮的盾牌，右手愤怒地挥舞着一支火炬；被放逐的国王波吕丢刻斯攻打第五座城门，他的盾牌上画着一匹愤怒的骏马；卡帕纽斯率领带领部队来到第六座城门下，夸口说他自己可以和战神阿瑞斯一比高下，他的盾牌上画的是一个将一座城池举起扛在肩上的巨人；最后的第七座城门由阿耳戈斯国王阿德拉斯托斯攻打，他的盾牌饰以百条口里衔着底比斯儿童的巨龙。

七支军队逼近城门，投石射箭，长矛挥舞，但第一次进攻遭到了底比斯人的顽强抵抗而被迫后退。堤丢斯和波吕尼刻斯大声吼道："同伴们，难道我们要等着死在他们的枪矛之下吗？所有的步兵，骑兵和战车都一起向城门猛攻吧！"命令如借了风势的火焰般传遍了整个部队，阿耳戈斯人重新振作起来，气势汹汹地发起了第二次进攻，可这次仍然遭到了迎头痛击，一排排士兵死在了城墙下，血流成河。

这时，帕耳忒诺派俄斯旋风般冲到城门口，打算用火和斧子摧毁并焚烧城门。防守城门的底比斯人珀里刻律迈诺斯见状，命令部下从城墙上滚下一块巨石，把帕耳忒诺派俄斯砸死在了城下。见这道城门暂时安全，珀里刻律迈诺斯又跑去支援第四座城门，他看到暴怒的堤丢斯如同一条游龙，头上戴着饰有羽毛的头盔，急速挥舞的盾牌发出嗖嗖的声响，正在带领士兵把标枪像雨点般朝城上掷去，底比斯人不得不从城墙边沿后退。

这时，厄忒俄克勒斯赶到。他重整了士兵，带领他们重新回到城墙边，然后又继续去逐个巡视城门防守的战况。他看到气急败坏的卡帕纽斯扛来一架云梯，狂妄地吹嘘说即使是宙斯的闪电也不能阻止他攻占底比斯。他把云梯靠在墙上，以盾牌做保护，冒着城上飞来的石块勇猛地向上攀爬。为了惩罚这个狂妄之徒，当他刚从云梯上跳到城头时，宙斯便用雷霆击毙了他，这雷霆的威力让大地都为之震动，卡帕纽斯的身体被击得粉碎。

国王阿德拉斯托斯认为这是宙斯反对他们攻城的预兆，便带领士兵离开战壕，下令撤退。底比斯人则从城里冲出来，借着宙斯降下的福祉追击来犯者。一场混战后，底比斯人大获全胜，把敌人驱赶到很远的地方后才退回城里。

两兄弟单独对阵

当克瑞翁和厄忒俄克勒斯率领队伍退回城内后，阿耳戈斯的士兵却又重新集合，准备进行再次进攻。面对数倍强大于自己的敌人，厄忒俄克勒斯明白这次已经无法抵御，然后他做出了一个重大决定：在敌人安营扎寨之后，他派一名使者前往阿耳戈斯人的兵营，请求罢兵息战。然后，他自己站到最高的城头上向双方的士兵喊话："远道而来的阿耳戈斯的士兵们，还有底比斯的子民们，你们双方犯不着为我和波吕尼刻斯的私人恩怨相互厮杀，枉作牺牲！让我和我的哥哥波吕丢刻斯单独对阵吧。如果我把他杀掉，那么我就留在底比斯的王位上；而如果我死于他手，那么这王国即为他所有。而你们阿耳戈斯人则可以回到自己的国土，不必在这异国流血牺牲了。"

波吕尼刻斯立即从阿耳戈斯人的队伍里跳了出来，声明愿意接受弟弟的挑战。双方士兵欢声雷动地赞成这个提议。于是双方签订了一个条约，并让两个首领都郑重立誓遵守。

在决战之前，双方的占卜者都忙碌地向神献祭，想从祭祀的火焰中看到结局。但他们得到的预兆都很模糊，好像双方都是胜利者，又都是失败者。波吕尼刻斯转过头，向阿耳戈斯的方向举起双手祈祷："赫拉女神，阿耳戈斯的保护神啊，我在你的国土上娶妻，在你的国土上生活，祈求你保佑我取得战斗的胜利吧！"与此同时，厄忒俄克勒斯也在底比斯城内的雅典娜神庙祈祷："宙斯的女儿啊，保佑我的长矛刺中敌人，让我取得最后的胜利吧！"

战斗的号角吹响了，兄弟俩开始了一场残酷的对战。他们挥舞着长矛向对方猛刺，盾牌抵挡攻击，发出铿锵又响亮的声音。两方激战甚酣，难分上下。在一旁观看的士兵们看得眼花缭乱，紧张得汗水直流。

最后，厄忒俄克勒伸出右脚要把一块碍事儿的石头踢到一边去，不料却把脚暴露在了盾牌之外，波吕尼刻斯抓住时机，挺起长矛冲过去，用利矛刺穿了他的脚胫。

阿耳戈斯的士兵们高声欢呼起来，以为己方锁定胜局。可是受伤的厄忒俄勒斯忍住疼痛，寻找反攻的机会。当他看到对方的肩头暴露在盾牌的保护之外，便一矛刺去，但刺得不深，矛头折断。随即他退后一步，拾起一块石头用力掷去，把波吕尼刻斯的长矛砸成两段。这时，双方各失去了一件武器，战局仍然不分上下。他们又抽出宝剑相互砍杀。盾牌有力地撞击在一起，空气都为之震荡。厄忒俄克勒斯忽然想起他从帖撒利人那里学到的一种战术，他突然改变姿势，往后退了一步，用左脚支撑身子，小心防护身体的下半部，然后冷不丁用右脚跳上去，一剑刺中了波吕尼刻斯的腹部。波吕尼刻斯遭到这突如其来的一剑，受了重伤，倒在地上，伤口血流如注。厄忒俄克勒斯相信自己已经取胜，便丢下宝剑，向垂死的哥哥弯下腰去，想摘取他的武器。而波吕尼刻斯虽然倒在地上，却仍紧握剑柄，见厄忒俄克勒斯弯下腰来，便挣扎着用力一刺，刺穿了弟弟的胸膛，被击中要害的厄忒俄克勒斯随即倒在垂死的哥哥的身旁，发出一声低沉的叹息后便死去了……

底比斯的七座城门都打开了，妇人和仆人们都冲出来悲悼他们的国王。安提戈涅扑倒在哥哥波吕尼刻斯的身上，想要听听他的遗言。波吕尼刻斯气息微弱，他朝妹妹转过脸来，泪眼模糊地看着妹妹，说：“妹妹啊，我该如何悲叹你的命运，悲叹死去的弟弟的命运，从前我们相亲相爱，但后来却成了仇敌，直到濒死的这一刻我才感到我是爱他的！亲爱的妹妹，我希望你把我埋葬在家乡的土地上，请不要让底比斯人民拒绝我这个最后的要求。现在用你的手帮我合上眼睛吧，死亡的阴影已经冰冷地落在了我的头上。”说完话，他就死在了妹妹的怀里。

这时，交战的双方又因为意见不合而爆发了争吵，双方都认为自己才是胜利的一方。争论不休之后便又要动武。但这次底比斯人占了先机，因为刚才兄弟对阵时，底比斯人仍然队形整齐而且士兵们都拿着武器在一旁观看；而阿耳戈斯人因为本以为自己必胜无疑，所以都放下了武器在一旁呐喊助威。现在，底比斯人突然杀了过来，阿耳戈斯人还来不及拿起武器就已经被冲散，四散而逃，成百上千的士兵死在了底比斯人的长矛之下。

底比斯英雄珀里刻律迈诺斯把预言家安菲阿拉俄斯一直追到伊斯墨诺斯河边。这时，河水高涨，马车不能过河。绝望中的安菲阿拉俄斯只得冒险渡河，可是马车还没下水，追兵就已经到了河边，长矛几乎刺到了他的脖子。宙斯不愿意让这个被他赋予了预言天才的人耻辱地死去，于是用一道雷霆轰裂大地，裂开的土地张着黝黑的大口，把安菲阿拉俄斯和他的战车吞没了。

不久，底比斯周围的敌人也被消灭。底比斯人清扫战场，带着死者的盾牌和从俘虏的士兵手中得到的战利品，凯旋回城。

克瑞翁的决定

俄狄浦斯的两个儿子都已经战死在底比斯城前，他们的舅父克瑞翁又成了底比斯的国王，他对两个外甥的丧葬事做出了决定：为厄忒俄克勒斯举行隆重的丧礼，如同国王的葬礼一样。市民们列队送葬，一直到墓地；但是他要求把波吕尼刻斯暴尸城下，不予安葬，并派人下令说对背叛祖国的敌人，任何人都不得哀悼他的死，也不得掩埋他的尸体，就暴露在外，任凭乌鸦和野兽侵食。他派专人看守波吕尼刻斯的尸体，以免有人将它偷去埋葬，如有人敢违反命令，就在城中的大街上将他用乱石砸死。

安提戈涅也听到了这一残酷的命令，但她在哥哥临死前曾答应过他。怀着沉重的心情，她来到妹妹伊斯墨涅面前，想要说服她一起运走哥哥的尸体。可伊斯墨涅胆小怕事，她流着泪说："姐姐，你忘了父母亲和我们两个哥哥悲惨的死了吗？你这是要我们也遭到同样的恶果吗？"

安提戈涅见她这么说，冷淡地转过身子："我不需要你帮助，我会独自一人埋葬哥哥的尸体。如果我能完成这件事，即使死去也心甘情愿。”

不久，一个看守尸体的人惶恐不安地来到克瑞翁的面前说：“我们看守的尸体已被人埋葬，干这事的人已逃跑了。我们也不知道这事到底是如何发生的。听到这件事时，我们都感到很惊异。尸体上只遮了一层薄薄的土。很薄的一层，刚刚够使地府的神们知晓这个人已被埋葬了。那里没有锄铲或者车轮的痕迹。我们互相争论谁该为此负责，甚至彼此动了武。但最后我们决定向您汇报，报信的使命就落到我的头上。”

克瑞翁勃然大怒，他责令看守尸体的人说如果不把干这件事的人找出来，那么他们全得被处死。同时，他又下令立即扒去尸体上面的泥土，重新设立岗哨，严加看守。看守们从上午到中午，坐在火辣辣的太阳下守着，不敢有丝毫懈怠。

突然，刮起一阵暴风，灰尘弥漫这空中。看守们看到天有异象，正在纳闷时，看到一个姑娘走了过来。她手中拎着一只装满泥土铜罐，悄悄地走到波吕尼刻斯的尸体前。她并没有看到高处的看守们，独自举起铜罐，对着尸体倾洒了三次泥土。

看守们见状立即奔了过来，抓住了姑娘，并不由分说把她到了国王克瑞翁面前。

安提戈涅和克瑞翁

克瑞翁立即认出这姑娘就是他的外甥女安提戈涅，他生气地吼道：“蠢孩子呀！你垂头丧气地站在那里，究竟是在忏悔还是在否认你被指控的罪行呢？”

“我承认这所谓的罪行。”姑娘一面说，一面倔强地昂起了头。

“你知道你已经违背了我的命令吗？！”国王大声质问。

“我知道，”安提戈涅从容坚定地回答，“但这不是不朽的神祇发布的命令。而且我还知道有一种命令，它不分现在和过去，永远有效。尽管无人知道是谁发布的这个命令，但大家都知道是不能违反它的，否则就会引起神的愤怒，也正是这种神圣的命令促使我不能让我母亲的儿子暴尸野外。如果你认为我这种行为是愚蠢的，那么骂我愚蠢的人才真的是愚蠢！”

姑娘的反驳和倔强让克瑞翁更加愤怒：“你以为你凭顽强的精神就可以不屈服吗？越是不曲的钢刀就越容易折断，落在别人的手中就不该这么傲慢！”

“除了把我杀死，你还能给我什么折磨呢？”安提戈涅回答道，“我的名字不会因我被杀而受到玷污。而且我知道，你的人民只是因为惧怕你的权威才保持沉默，但他们心里必然是赞成我的行为的，因为我尊敬和爱戴兄长，这是做妹妹要尽到的责任。”

国王被气得咬牙切齿：“好！如果你一定要尊敬和爱戴你哥哥的话，那么你就到地府里去陪他吧！”接着他命令仆人立即把她拖下去。这个时候，伊斯墨涅冲了进来，她好像摆脱了软弱和害怕的束缚，勇敢地站到了残酷的国王面前，并且承认说自己是同谋，要求跟姐姐一起赴死。但是她又提醒国王说：“安提戈涅不仅是他的姐姐，也是你的儿子海蒙的未婚妻，如果你杀了她，你的嗣子便不能与所爱的人结婚了。”

克瑞翁没有回答，只是命令把她们姐妹俩都押到内廷关起来。

海蒙和安提戈涅

当克瑞翁看到他的儿子慌忙朝他奔过来，心想一定是儿子听说未婚妻被抓了，所以前来反抗自己的父亲来了。然而海蒙却显得十分恭顺，在他表明对父亲的忠诚后，才开始为未婚妻求情。

“父亲哟，你不知道人民在议论什么，”他说，“你不知道他们正在口出怨言。他们不敢当着你的面说你不愿听的话，但我却听到了许多，就让我来告诉你吧。全城的人都为安提戈涅鸣不平，她的行为也受到大家的称赞。没有一个人会觉得一个妹妹保护哥哥的尸体不被野狗撕咬不被嘉奖反而要被处死是一件好事。所以，亲爱的父亲，你应该听听人民的呼声，应该向民间的舆论让步。防民之口，甚于防川啊。”

“你是在教训我吗？”克瑞翁轻蔑地说，“看起来你是在为了袒护一个女人而反对我。”

“是的，如果你是一个女人的话，因为我说的这些话，都是为了袒护你的。”海蒙激昂地抗议。

“我十分清楚，”父亲愤怒地说，“盲目的爱情使你为罪犯辩护。可是只要她活着，你就不能同她结婚。我决定，为防止处死她的血玷污底比斯城，我要把她送到远方一个人迹罕至的岩洞里，只给她少许食物，就让她在那里向地府的神祈求自由吧！她应该知道，与其听从死人的话，不如听从活人的话，但现在对她来说已经太迟了！”

说完，克瑞翁怒气冲冲地转过身走掉了，并且命令仆人们立即执行他残酷的命令。安提戈涅被当着底比斯人民的面带进了如同坟墓般的岩洞里。她呼唤神和亲人，希望跟他们永远生活在一起，然后毫无畏惧地走进了岩洞。

波吕尼刻斯的尸体渐渐腐烂了，可是仍然没有被掩埋，野狗和恶鸟争相撕食他的尸体。年老的预言家忒瑞西阿斯又来到了克瑞翁面前，向他预告灾祸的来临，因为他听到吃腐肉吃得过饱的鸟儿在叽叽喳喳地议论，说供在神坛上的祭品在熏烟中冒出了悲惨的晦气。

“很显然，神灵对我们发怒了，”他补充说，“因为你虐待了俄狄浦斯的儿子。国王哟，你不能再固执了！向死者施虐，这又会给你带来什么光荣呢？”

像当年俄狄浦斯一样，克瑞翁也听不进这位预言家的忠告并且骂忒瑞西阿斯说谎，企图骗取钱财。预言家很愤怒，于是他当着国王的面，毫无顾忌和保留地揭示了将要发生的事情：“你等着瞧吧，还没等太阳下山，你就会为这具尸体再牺牲两个亲骨肉！你犯了双重罪过：第一，你不让死者魂归地府；第二，你不让生者留在世上。快些，我的孩子，快快领我回去！让这个人独自去品尝他的不幸吧！”说着他牵着引领人的手，拄着拐杖离开了王宫。

克瑞翁受到惩罚

国王目送着盛怒的预言家忒瑞西阿斯离开，也感到一阵难以名状的恐惧。他赶紧召集城里的长老们来商议该怎么办。

“从岩洞里释放安提戈涅，埋葬波吕尼刻斯的尸体！”长老们众口一词。

顽固的国王本不愿意做出让步，可是现在他不敢再固执己见了，因为忒瑞西阿斯的预言已经说得很明白了，这是使他的亲人免于毁灭的唯一做法。于是，他率领着仆人、随从和士兵来到波吕尼刻斯暴尸的旷野，然后又来到关着安提戈涅的岩洞。他的妻子欧律狄刻独自留在宫中。没多久，欧律狄刻听到大街上传来悲鸣声，她急忙离开内室，来到前厅，刚好碰上迎面过来的丈夫的使者。

“我们向地府的神做了祈祷，”使者说，“然后为死者进行了圣浴，火化了他的遗骸，并用故乡的泥土给他建造了一座坟墓。后来，我们去到那个关押安提戈涅并准备让她在里面饿死的山洞。一个走在前面的仆人远远就听到了悲痛的哭声，我们的国王也隐隐约约听见了，他听出那是他儿子的声音，便马上吩咐仆人们赶快过去。他们从石缝里看到在石洞的后面，安提戈涅用面纱缠成绳索上吊自杀了。你的儿子海蒙跪在她面前，正抱着她的尸体哭泣，边哀悼未婚妻的惨死，边诅咒残酷无情的父亲。这时候，国王打开洞门走了进去。他大声呼喊并哀求自己的儿子到身边来。海蒙在绝望中呆呆地看着他，然后一声不响地从剑鞘里拔出锋利的宝剑。国王以为儿子要刺杀他，就急忙退出了岩洞，而海蒙却伏剑自杀了。”

欧律狄刻听到这消息，顿时呆住了。最后，她匆忙离开了宫殿。

国王克瑞翁绝望地回到宫殿，仆人们抬着他唯一的儿子的尸体跟在他身后。而就在他刚刚从丧子之痛中回过神来，便得到王后已在内室自杀身亡的又一噩耗。

安葬阿耳戈斯的英雄们

俄狄浦斯的一族中，只有死去两兄弟的两个儿子他们的姑姑伊斯墨涅还活着。据说伊斯墨涅一直未婚，也没有留下子女，在她死后，这个不幸的家族的故事也就终结了。

攻打底比斯的七位英雄只有国王阿德拉斯托斯在海神波塞冬和农业女神得墨忒耳所生的神马阿里翁的帮助下逃脱了底比斯人的追击，幸免于难。幸运的他骑着神马来到雅典，在神坛前祈求避难，并请求雅典人帮助他安葬在底比斯城下丧身的英雄和士兵们。

雅典人答应了他，忒修斯亲自率兵来到底比斯，底比斯人也同意了让他们埋葬那些阵亡的人们。

阿德拉斯托斯堆起了七座柴堆，举行了献祭阿波罗的赛事。就当卡帕纽斯的柴堆熊熊烧起时，他的妻子奥宇阿特纳突然纵身跳入了火堆，自焚而死。被大地吞没了的安菲阿拉俄斯的尸体无法寻到，国王因为不能亲自为他朋友送葬而感到悲痛：“我失去了我军队的眼目，失去了一位勇敢的战士，一位超人的预言家。”

安葬仪式完成后，阿德拉斯托斯在底比斯城外为报应女神涅墨西斯[1]造了一座神庙，之后便和他的雅典盟军离开了底比斯。

后辈英雄们

十年过去了，底比斯之战阵亡英雄的儿子们决定再次征讨底比斯，为他们死去的父亲们报仇。他们共有八人，称为厄庇戈诺伊（意即后辈）。他们中包含：安菲阿拉俄斯之子阿尔克迈翁和安菲罗科斯，阿德拉斯托斯之子埃癸阿勒俄斯，堤丢斯之子狄俄墨得斯[2]，帕耳忒诺派俄斯之子普洛玛科斯，卡帕纽斯之子斯忒涅罗斯[3]，波吕尼刻斯之子忒耳珊特罗斯和国王的兄弟墨喀斯透斯之子欧律阿罗斯。

---

1 涅墨西斯（Nemesis）：希腊神话中被人格化为冷酷无情的复仇女神。又名阿德拉斯忒亚，意为“不可避免之人”，其神殿位于马拉松以北的拉姆诺斯。

2 狄俄墨得斯（Diomedes）：古希腊男性英雄之一，特洛伊战争中希腊联军英雄，其形象在相关艺术作品中得到广泛反映。注意与本书第二十章中赫拉克勒斯第八项任务中出现的皮斯托纳人的国王相区分。

3 斯忒涅罗斯（Sthenelos），卡帕纽斯和欧阿德涅之子，攻打底比斯的后辈英雄之一。在后来的特洛伊战争中，他充当了狄俄墨得斯的副将和御者。

年事已高的国王阿德拉斯托斯也参加了这次远征，但这次他打算把统帅之职让给年富力强的年轻人承担。八个英雄一起在阿波罗神庙祈求神谕为他们选一个统帅神谕，神谕提示他们说合适的人选是阿尔克迈翁。阿尔克迈翁却犹豫了，因为他不知道在为父亲报仇之前能不能担此要职。于是他也祈求神谕，得到的答复是两件事可以同时做。

以前阿尔克迈翁的母亲厄里费勒从波吕尼刻斯手里得到了那条晦气的项链，现在，波吕尼刻斯的儿子忒耳珊特罗斯又将自己从父亲那里继承来的另一件宝物——面纱送给了厄里费勒，想贿赂她，要她说服儿子参加此次讨伐底比斯的战争。

遵照神谕，阿尔克迈翁出任了统帅。他在阿耳戈斯建立了一支强大的军队，又让邻近城市里有许多勇敢的武士也加入进来，然后浩浩荡荡的军队便向底比斯进发。

同十年前的父辈们一样，这些后辈们又围困了底比斯城并展开了激烈的战斗。但他们比父辈们幸运，阿尔克迈翁在一次决定性的战斗中取得胜利，只有国王阿德拉斯托斯的儿子埃癸阿勒俄斯死在了厄忒俄克勒斯之子拉俄达马斯[1]手下，而拉俄达马斯又被主帅阿尔克迈翁杀死。

底比斯人兵将折损惨重，只能放弃阵地，退守城内。他们向已经一百多岁的盲人预言家忒瑞西阿斯寻求对策，老人建议大家派出使者向阿耳戈斯人求和，同时弃城逃跑。

人们采纳了他的建议，派了使者前往敌营议和。趁谈判之机，用马车载着妻儿老小逃离了底比斯。

出逃的底比斯人在深夜时到达了波俄提亚的一座城内，在这里，跟着大家一起出逃的忒瑞西阿斯由于喝了冷水受寒而不幸去世。但这个睿智的预言家到了地府也受到器重，因为他保留了自己高超的直觉和占卜的本领。他的女儿曼托没有和他一起外逃，而是留在了底比斯城内，落入了侵略者手里。入侵者们在进城前曾向太阳神阿波罗许

---

1 拉俄达马斯（Laodamas），本书中有两位拉俄达马斯，另一位是奥德修斯的故事中出现的淮阿喀亚王子。

愿，说要把在城内发现的最高贵的战利品祭献给他。现在，他们一致认为神肯定喜欢继承父亲预言本领的曼托。

英雄的后辈们把曼托带到了特尔斐，把她献给太阳神做女祭司。这样，曼托的预言术更加精湛，智慧更出众。不久后就成了当时最有名的女预言家。

在她主管的神庙里，人们看到有个老人常常来往。曼托把充满活力、甜美和光辉的诗歌教给老人。不久，这些诗歌便传遍了希腊。而这个老人就是著名的迈俄尼亚的歌者——荷马。

阿尔克迈翁和项链

阿尔克迈翁从底比斯凯旋，决定再去实现神谕的第二部分内容——为父报仇。当他发现母亲厄里菲勒曾经接受贿赂出卖了父亲，并且又因为受贿出卖他时，怒火中烧，当即杀死了他的母亲。最后，他带着项链和面纱，离开了父母的故居，因为这里让他厌恶。

虽然神谕暗示他为父亲报仇，但杀害母亲也是违反伦理的罪孽，神派复仇女神来迫害他，使他丧失了理智，变得疯疯癫癫，流亡到阿耳卡狄亚，为国王欧伊克琉斯所收留。但在这里他仍不得安宁，复仇女神驱使他继续流浪。最后，他逃到阿耳卡狄亚国王俄依克琉斯那里，但复仇女神仍然让他不得安宁。他又漂泊到阿耳卡狄亚的另一座城普索菲斯，投靠了国王菲格乌斯，国王为这位流浪人净了罪，并把自己的女儿阿尔西诺厄嫁给了他。于是，那两件不祥的礼物——项链和面纱又到了阿尔西诺厄的手里。

阿尔克迈翁神智虽已恢复，但仍然没有摆脱灾祸。因为他，国王岳父的国度连年遭灾，颗粒无收。阿尔克迈翁祈求神谕，但得到的提示却也并未能让他感到安慰，因为神谕说他必须到一个在他杀死母亲之后这世界上才出现的国家去才能得到安宁。因为他的母亲厄里菲勒在临死前，诅咒了任何一个当时已存在并将要收留杀母凶手的国家。

阿尔克迈翁绝望地离开了妻子和小儿子克吕提俄斯，继续漂泊。经过长久的漫游后，他来到阿克洛斯河，发现了一个刚从水里露出来的小岛。阿尔克迈翁明白了神谕的含义，便在岛上住了下来，诅咒被免除。可是新的欢乐和幸福又使他得意忘形起来，他忘掉了他的妻子阿尔西诺厄和儿子克吕提俄斯，另娶了阿克洛斯河河神的女儿、漂亮的卡利洛厄为妻，并生了两个儿子阿卡耳南和阿福特罗斯。

由于到处都在传说阿尔克迈翁有两件稀世之宝，所以年轻的妻子便要他把宝贝拿出来看看。但这两件宝物在阿尔克迈翁前妻手里，而他又不能向现在的妻子提起从前的婚姻。所以他撒谎说这两件宝贝被他藏在了一个遥远的地方，并且允诺她会把宝贝取回来。为此，阿尔克迈翁又回到了普索菲斯，来到岳父菲格乌斯和被他抛弃的妻子阿尔西诺厄面前，说当时自己由于疯病发作失去理智才离开了他们。“现在这病还没有痊愈，”他对妻子说，“按照神谕所示，只有一种办法才能使我彻底摆脱病魔，那就让我把从前送给你的项链和面纱带到特尔斐去献给神。”

于是阿尔西诺厄便把两件宝物交给了他。得逞的阿尔克迈翁高高兴兴地带着宝物上了路，但他完全没有想到的是这两件宝物会给他带来灭顶之灾。

他的一名仆人向国王菲格乌斯告了密，把所有的真相告诉了二人。菲格乌斯的儿子听说妹妹受了骗，不禁大怒，急忙追了出去，在路上袭击了阿尔克迈翁，把他杀死了，又把项链和面纱带了回来还给了妹妹。

现在，这两件会给拥有者带来灾难的宝物又在阿尔西诺厄身上起作用了。由于她仍然爱着不忠实的丈夫，便责怪兄弟说他不该杀害阿尔克迈翁。这让她的兄弟十分生气，便决意报复。他们把抓住的阿尔西诺厄锁在了一只木箱里运到特格阿，交给国王阿伽帕诺尔，对他说，阿尔西诺厄是谋杀阿尔克迈翁的凶手。后来，阿尔西诺厄在这儿悲惨地死去。

卡利洛厄听到丈夫阿尔克迈翁被害的消息后，跪倒在地，祈求宙斯降下奇迹，让她的两个儿子阿卡耳南和阿姆福特罗斯立即长大成人，前去惩罚杀父的凶手。

卡利洛厄是个纯洁而虔诚的女子，宙斯接受了她的祈求。她的两个儿子第一天晚上睡觉的时候还是小孩，第二天醒来时已是成人，充满力量和复仇的欲望。他们出发去复仇，首先来到了特格阿。正好菲格乌斯的两个儿子帕洛诺俄斯和阿根诺尔也刚把不幸的妹妹阿尔西诺厄带到那里，并准备到特尔斐去，把阿佛洛狄忒的不祥的宝物献给阿波罗神庙。当这两个青年冲上去时，帕洛诺俄斯和阿根诺尔还不知道是怎么一回事。没等他们问清袭击的原因，即被兄弟两人打死了。兄弟两人向阿伽帕诺尔说明了事情的原委，然后又前往阿耳卡狄亚的珀索菲斯。他们一直走进宫殿，杀掉国王菲格乌斯和王后。他们安全回来后，告诉母亲，他们已为父亲报了仇。后来，他们听从外祖父阿克洛斯的建议，前往特尔斐，把项链和面纱献给了阿波罗神庙。当这件事完成后，安菲阿拉俄斯家族所遭受的灾难才最终消除。他的孙子，即阿尔克迈翁和卡利洛厄的儿子阿卡耳南和阿姆福特罗斯在伊庇鲁斯召集移民，建立了阿卡耳南尼亚王国。而克吕堤俄斯，即阿尔克迈翁和阿尔西诺厄的儿子，在父亲被杀后，也怀恨离开了母亲一方的亲戚们，逃到厄利斯，并在那里生活。

第二十五章

特洛伊的故事

特洛伊城的建立

很久以前，宙斯与海洋女神的儿子伊阿西翁和达耳达诺斯统治着爱琴海中的萨摩特剌刻，伊阿西翁自恃其父为神，竟敢觊觎奥林匹斯圣山上的女郎，并向谷物女神德墨忒耳求婚。为了惩罚他的胆大妄为，宙斯用雷电把他击死。达耳达诺斯悲痛于兄弟的死，便远走他乡，走到亚细亚大陆，来到密西亚的海岸边——西摩伊斯河和斯卡曼德洛斯河的入海交汇处。这里的国王是祖先来自克里特岛的透克洛斯[1]。

透克洛斯热情地接待了达耳达诺斯，不但赏赐给他一块土地，还把女儿许配给他。这里以他的名字命名为达耳达尼亚，居民被称为达耳达尼亚人。达耳达诺斯死后，其子厄里克托尼俄斯继位称王，后来其孙特洛斯又继承了厄里克托尼俄斯的王位。从此以后，特洛斯统治的地区则称为特罗阿斯，其都城则称为特洛伊，达耳达尼亚人自然都就被称为了特洛伊人。

特洛斯死后，其长子伊罗斯继承王位。有一次他访问邻国佛律癸亚。伊罗斯在当地国王举行的角力比赛中取得了胜利，得到了童男童女各五十人以及一头花斑牛的奖赏。国王还再三向他说明了一则古老

1 古希腊神话中，有两个透克洛斯（Teucer），另一个是忒拉蒙和赫西俄涅之子，有名的神箭手，后文会提到。

的神谕：在这花斑牛趴下休息的地方，他将建立一座城堡。

这花斑牛休息的地方正是国都特洛伊。于是伊罗斯就在那里的山上建立了一座坚固的城堡。此后，这地方有时称为特洛伊，有时称为伊利阿姆，有时又称为柏加马斯。

在建城前，伊罗斯曾祈求先祖宙斯的兆示，看神是否同意他的建城计划。第二天，雅典娜的神像从天而降，正落在伊罗斯的门前。神像高约三肘，双脚合拢，右手执矛，左手拿着纺线竿和纺锤。关于神像，传说是女神雅典娜出生后由海神特里同[1]收养。特里同的女儿名叫帕拉斯，正好和雅典娜同龄，这两个女孩成了要好的朋友。有一天，两位年轻的姑娘举行了一场比赛来证明谁更强一些。当帕拉斯的长矛刺向雅典娜时，宙斯担心自己的女儿受伤，就在她面前挡了一面结实的羊皮盾。帕拉斯被这突然出现的一幕惊到，露出了破绽，被雅典娜刺中而亡。悲痛的雅典娜为纪念朋友帕拉斯而造了一尊像，并把一副羊皮盾一样的胸甲围在神像上。雅典娜把这神像安置在宙斯神像前以示敬重。并从此自称为帕拉斯·雅典娜。现在，宙斯征得女儿的同意，把帕拉斯神像从天空降落下来，暗示特洛伊城堡将受到他和他女儿的佑护。

国王伊罗斯的儿子拉俄墨冬是个专横武断、凶恶残暴的人，他不仅欺骗国人，也欺骗神明。他看到特洛伊城没有牢固的设防，便想在周围建造护城墙。

当时阿波罗和波塞冬因反对宙斯而被逐出天国，流放人间。宙斯想让二神帮助拉俄墨冬为他和自己的女儿所佑护建造坚不可摧的城墙。命运女神便引导漂泊的阿波罗和波塞冬来到特洛伊城区。他们向拉俄墨冬自荐收取低额报酬为其劳动，国王同意了。波塞冬负责建造城墙，而阿波罗则在伊得山山谷和河岸间为国王放牧。一年过去了，雄伟的城墙已经建成。可是拉俄墨冬却赖账不给他们报酬。二人激烈地谴责国王不守信用，国王则下令把他们驱逐出境，并威胁说要把他

1 特里同（Triton），古希腊神话中海之信使，海王波塞冬和海后安菲特里忒（Amphitrite）的儿子，一般被表现为人鱼形象，他的女儿帕拉斯（Pallas）是雅典娜的第一个挚友。

们手脚捆住，并把两人的耳朵割下来。

两个神发誓，与国王不共戴天，从此他们对特洛伊人充满敌意。雅典娜也不再保护这座城市，后来赫拉也加入这座城市的反对者之中。在宙斯的默许下，这座城市将听凭诸神去毁灭……

普里阿摩斯、赫卡柏和帕里斯

国王拉俄墨冬和他的女儿赫西俄涅的命运在赫拉克勒斯的故事中已经讲过。后来，其子普里阿摩斯[1]继承王位。普里阿摩斯的后妻是佛律癸亚国王迪马斯的女儿赫卡柏。他们第一个儿子叫作赫克托耳。赫卡柏快生第二个孩子时梦见自己生下了一只火炬，将特洛伊城烧成了灰烬。

恐惧的赫卡柏把梦境告诉了丈夫，普里阿摩斯也充满疑虑，他即刻召来了与前妻所生的儿子、预言家埃萨库斯。在听完父亲的叙述后，埃萨库斯给出解释：继母赫卡柏将生下一个毁灭特洛伊城的儿子。并且他极力劝父亲把这个新生儿扔掉。

赫卡柏果然生了一个儿子，出于对国家的热爱，她劝丈夫把婴儿交给仆人阿革拉俄斯，让他去将孩子扔到伊得山上。仆人照做了，但一只母熊哺乳了这个弃婴。五天后，阿革拉俄斯再次来到这里，看到孩子仍安好，便决定把婴孩带回家去当作儿子一样抚养，并为他取名帕里斯。

帕里斯渐渐长大成人，健壮有力，容貌出众，并且因为他帮助当地人反抗强盗，被人们尊称为阿勒克珊德洛斯，意为：人类的救助者。

一天，帕里斯在峡谷里放牧，正当他靠在一棵大树上眺望特洛伊的宫殿和远处的大海时，忽然听到大地震动，如同神的脚步声。他掉头一看，见到神的使者赫耳墨斯来到了他身边，身后跟着奥林匹斯圣山上的三位女神，帕里斯感到一阵惊悸。

1 普里阿摩斯（Priams），特洛伊国王，赫克托耳（Hector）和帕里斯（Paris）之父。

长着翅膀的赫耳墨斯对帕里斯说："别害怕，三位女神选择了你当她们的评判，让你评一评她们中谁最漂亮。宙斯吩咐你接受这个使命，以后他会给你保护和帮助的。"

赫耳墨斯说完话就鼓起双翼，飞上了天空。帕里斯听了他的话，鼓起勇气，大胆地抬起头打量着三位女神。起初他觉得三个女神都一样漂亮，分不出高低，可是越细看他就越迟疑。最后，他觉得最年轻的那位女神比其他两人更美丽。

这时，三个女神中最骄傲，也是身材最高大的一个对他说："我是赫拉，宙斯的姨妹和妻子。我手里的金苹果是不和女神厄里斯在佩琉斯与海洋女神忒提斯的婚礼上掷给宾客的礼物，上面写着'送给最美的人'。你先把苹果拿去，然后如果你把它判给我，那么你就可以统治世上最富有的国家。"

"我是帕拉斯·雅典娜，智慧女神，"第二个女神说，"假如你判我最美丽，那么你将作为人类中最智慧和最刚毅者而出名。"

一直用美丽的眼睛在说话的第三个女神这时也微笑着开了口："千万不要受诱惑，那些承诺是靠不住的。我愿送给你一样礼物，它会带给你快乐。我愿把世界上最漂亮的女子送给你做妻子。我是阿佛洛狄忒，专司爱情的女神！"

当阿佛洛狄忒站在牧人面前说这番话时，她正束着她的腰带，这使她显得更具魅力和光彩，其他两位女神相形之下便黯然失色。帕里斯把从赫拉手里得到的金苹果递给了阿佛洛狄忒。这时，赫拉和雅典娜恼怒地转过身去，发誓不忘今天的耻辱，一定要向他、他的父亲以及所有的特洛伊人报复。

阿佛洛狄忒又庄严地重申了许下的诺言后才离开了他。

从此以后，牧人帕里斯开始希望女神给他许下的诺言能够实现。后来他娶了漂亮的姑娘、河神的女儿俄诺涅为妻，生活得很幸福。

有一天，帕里斯听说国王普里阿摩斯为一位死去了的亲戚举办殡仪赛会，没有进过城的他兴致勃勃地赶到城里。普里阿摩斯为这场比赛设立的奖品是一头从伊得山牧群里牵来的公牛。这头公牛正好是帕里斯最喜爱的。因此，他决心要在比赛中赢得这头牛。

帕里斯机敏灵活，英勇善斗，战胜了所有的对手，甚至战胜了高大强壮、王子中最勇敢有力的赫克托耳。王子得伊福玻斯[1]因失败老羞成怒，他挥舞长矛，冲向这个牧人，想把他刺死。帕里斯惊慌地逃到宙斯的神坛边，遇到了普里阿摩斯的女儿卡珊德拉，她是一个得到神的传授而具有预言本领的人。她一眼看出面前的牧人正是从前被遗弃的哥哥。国王普里阿摩斯和王后也很高兴地上前拥抱失散多年的儿子。欣喜中，他们忘记了当时神谕的警告。

帕里斯享受了王子的待遇，得到了一幢在伊得山上的华丽住房，然后高高兴兴地回到妻子和牧群那里。

后来，国王委托他去完成一件事，踏上旅途的他并不知道自己即将得到爱情女神许给他的礼物。

劫走海伦

在国王普里阿摩斯的童年时，大英雄赫拉克勒斯曾征服特洛伊，并杀死了拉俄墨冬，抢走其女赫西俄涅，然后把她送给朋友忒拉蒙为妻[2]。普里阿摩斯一族一直对这件事耿耿于怀，在他们看来这是一场侮辱。

有一次大家又议起此事，帕里斯站出来，胸有成竹地对父亲普里阿摩斯说，如果让他率领一支舰队到希腊去，那么在神的帮助下，他定能用武力夺回自己的姑姑。帕里斯向父亲和兄弟们叙述了那天在放牧时的奇遇，大家都坚信帕里斯是受到神祇保护的。

普里阿摩斯的另一个儿子赫勒诺斯精通占卜，他告诉了大家一个预言：如果帕里斯从希腊带回一名妇人，那希腊人就会追到特洛伊，摧毁城市，并会杀死国王和他所有的儿子。

预言引起了大家的议论，国王的小儿子特洛伊罗斯血气方刚，毫无顾忌地表示不相信这类预言，甚至嘲笑哥哥胆小，劝大家不要被

1 得伊福玻斯（Deiphobus），帕里斯的哥哥，赫克托耳的弟弟。

2 见本书第二十章《赫拉克勒斯以后的业绩》一节。

这种预言吓到。所有人都陷入了权衡利弊的沉思中，但由于普里阿摩斯太思念自己的姐姐，最后他支持了儿子帕里斯的提议。

国王对市民们宣称过去他曾派安忒纳沃斯带领使团前往希腊，要求希腊人赔罪并让赫西俄涅回国，但安忒纳沃斯被希腊人拒绝并赶了回来。现在，国王想让儿子帕里斯率领一支强大的部队，以武力实现礼节无法实现的目的。安忒纳沃斯支持这一建议，想起了在希腊遭到的侮辱，他指责希腊人都是和平的狂人，战争的懦夫。他的讲话激起了人民对希腊人的愤怒，大家一致要求战争。

普里阿摩斯是个贤明的君主，他不愿过于轻率太早决定，而是要求大家发表自己的意见。这时，年事已高的潘托俄斯从人群中站出来。他在童年时曾听说自己的父亲受到过神谕的指示，说如果将来拉俄墨冬家族中有一位王子从希腊带回一个妻子，那所有的特洛伊人就会面临灾难。老人说："我们不能被战争的荣誉所迷惑，朋友们，让我们还是在和平和安宁中生活吧，不要把我们的生命当作战争的赌注，最后失去自由。"但大家对这项建议表示不满，纷纷要求国王普里阿摩斯不要理睬老人的话，而是要赶快把战争计划付诸实施。

于是普里阿摩斯下令在伊得山上建造船只，同时派赫克托耳到佛律癸亚，派帕里斯和得伊福玻斯到邻国派俄尼亚去争取这些王国结成了同盟，特洛伊的青壮年也纷纷报名入伍。没多久一支强大的军队就被组织了起来。国王任命帕里斯为统帅，并指派得伊福玻斯、埃涅阿斯[1]和潘托俄斯的儿子波吕达玛斯为副将。

强大的战船朝着希腊航行。半路上，他们遇到了正要到皮洛斯拜访贤明的国王涅斯托耳的斯巴达国王墨涅拉俄斯[2]的船队，特洛伊人看到他的装饰豪华的船都非常惊奇。而墨涅拉俄斯一行也对迎面浩浩荡荡驶来的战船赞赏不已。可是双方互不认识，两支船队在海

1 埃涅阿斯（Aeneas），特洛伊公主克瑞乌萨的丈夫，女神阿佛洛狄忒和老英雄安喀塞斯（Anchises）的儿子，他是特洛伊人引为骄傲的先辈。

2 墨涅拉俄斯（Menelaus），斯巴达的国王，是阿伽门农（Agamemnon）之弟，海伦之夫。

面上擦肩而过。特洛伊的战船平安地到达希腊的达锡西拉岛，帕里斯想从这里登陆斯巴达去与宙斯的双生子卡斯托耳和波吕丢刻斯交涉，要求归还他的姑母，如果希腊人拒绝，那帕里斯就会直接开进萨拉密斯湾，动用武力。

帕里斯在动身前往斯巴达之前打算在爱神阿佛洛狄忒、月亮及狩猎女神阿耳忒弥斯的神庙里献祭。岛上的居民也把一支强大战船到达的消息传到了斯巴达。因为墨涅拉俄斯已外出造访皮洛斯，政事暂由王后海伦主持。

海伦是当时世界上最漂亮的女子。她还是个姑娘的时候，曾被忒修斯抢走，后来被两位哥哥重新夺了回来[1]。后来她在继父、斯巴达国王廷达瑞俄斯的宫中长大。姑娘的美貌吸引了大批求婚的人。国王担心如果他选择其中的一个为女婿，便会得罪其他众多的求婚者。后来聪明的伊塔刻国王奥德修斯[2]建议他让所有的求婚者都发誓，将来跟有幸被选中的女婿建立同盟，共同反对因未被选中而怀恨在心并企图危害国王的人。廷达瑞俄斯接受了他的建议，他让所有的求婚者当众发誓。后来，他选中了阿特柔斯的儿子，阿伽门农的兄弟墨涅拉俄斯做他的女婿，继承了他的王位。海伦为他生了一个女儿赫耳弥俄涅。当帕里斯来到希腊时，赫耳弥俄涅还只是一个躺在摇篮里的婴儿。

海伦在丈夫外出期间感到非常寂寞。当她听说一位异国王子即将率领强大的战船来到锡西拉岛，便怀着女性的好奇心动身前去观看。当她走进阿耳忒弥斯神庙准备献祭时，帕里斯刚好献祭完毕。他看到端庄的王后走进来，说不出的惊羡，高举起向天祈祷的双手不禁垂落下来，因为他感到好像又见到了他在牧场放牧时曾经见到过的爱神阿佛洛狄忒。这时他顿时明白，这便是爱情女神赠给他的

---

1 见本书第二十二章《忒修斯和海伦》一节。

2 奥德修斯（Odysseus），罗马神话传说中称之为尤利西斯，或译俄底修斯，是希腊西部伊塔刻国王，曾参加特洛伊战争。出征前参加希腊使团去见特洛伊国王普里阿摩斯，以求和平解决因帕里斯劫夺海伦而引起的争端，但未获结果。

美女。一时间，帕里斯把父亲的委托、远征的计划都抛到九霄云外，他觉得带领着百万士兵远征的目的就是为了得到海伦。

海伦也在打量这位从亚细亚来的俊美王子，心中也不禁生出爱慕之情，自己丈夫的形象被这位年轻而英气勃勃的外乡人代替。

献祭完毕，海伦回到斯巴达的宫中，她竭力忘记帕里斯，让自己想念逗留在皮洛斯的丈夫墨涅拉俄斯。但不久帕里斯带着几个随从来到了斯巴达的王宫。王后海伦按照礼遇接待了前来造访的王子。帕里斯王子讲话温文尔雅，眼睛里燃烧着激情的火焰，他又弹得一手好琴，琴音美妙得令海伦陶醉。帕里斯也早已忘记了父亲的委托和此行的使命，心中只有爱情女神迷人的许诺。他召集跟他一起来到斯巴达的士兵，带领他们将希腊国王的财富掳掠一空，并劫走了美丽的海伦。

帕里斯带着战利品驶过爱琴海时，船只忽然被定住，船前面的波浪自动分开，只见年老的海神涅柔斯从水中伸出戴着芦花花冠的头，胡须和头发上滴着海水，他大声宣布了一个可怕的预言："希腊人会带着军队追来，他们将拆散你们罪恶的结合，摧毁普里阿摩斯的古老帝国！唉，特洛伊人要为你们付出多少生命！雅典娜已戴盔执盾！这一场血战要经历多年，只有一位英雄的愤怒才能阻挡你们的城市的毁灭！一旦等到指定的时日来临时，特洛伊人的家园将被希腊人烧成灰烬！"年老的海神说完便又潜入海里。帕里斯听到这预言，心里非常恐惧，但不一会儿海面上又吹起了欢快的顺风。躺在怀里的海伦让他马上把这可怕的预言忘得一干二净。

后来战船来到克拉纳岛，他们在岛前下锚登陆。薄情海伦自愿跟帕拉斯结婚。他们沉浸在新婚的快乐中，都忘掉了家庭和祖国，依靠带来的财宝，在岛上过着豪华奢侈的生活。好几年后他们才回到特洛伊去。

希腊联军

作为使者，帕里斯的行为严重地违背了宾主之道和民法，不久便产生了恶果。

斯巴达国王墨涅拉俄斯和他的哥哥，即迈锡尼的国王阿伽门农是希腊最强大的王族。两人都是宙斯之子坦塔罗斯的后裔，珀罗普斯之孙，阿特柔斯之子。这个家族除了统治阿耳戈斯和斯巴达，伯罗奔尼撒的大部分王国也受他们支配，希腊各地的许多君王都是他们的盟友。

妻子被劫走的消息让墨涅拉俄斯怒不可遏。他即刻离开皮洛斯，到迈锡尼把事情告诉了哥哥阿伽门农和海伦的异父姐妹克吕泰涅斯特拉[1]。阿伽门农安慰了他，并答应去敦促从前曾向海伦求婚的人们履行他们的誓言，参加讨伐特洛伊的战争。首先答应他们的是洛德斯岛上有名的国王、赫拉克勒斯之子特勒波勒摩斯，他愿意装备九十只战船出征；其次是阿耳戈斯国王、堤丢斯之子狄俄墨得斯答应率八十条海船参战。宙斯的两个儿子，即海伦的两位哥哥卡斯托耳和波吕丢刻斯听到妹妹被劫的消息后便立即扬帆追击，但在逼近特洛伊海岸的列斯堡岛时遇到风暴而随船失踪，但传说他们并没有死，而是被父亲宙斯召回到天上成了两颗星星，成了海上水手们的保护神。

现在，几乎全希腊都响应了阿特柔斯之子的号召。只有两个国王还在犹豫不决，一个是狡猾的伊塔刻国王奥德修斯，奥德修斯是珀涅罗珀[2]的丈夫。他不愿为了斯巴达王后的不忠而离开自己的妻子和襁褓中的儿子忒勒玛科斯[3]。当他看到帕拉墨得斯[4]带着斯巴达国王前来拜访他时，便佯装发疯，驾了一头牛和一头驴去耕地，并把盐当种子撒在田里。聪明的帕拉墨得斯能看透一切凡人的诡计，他偷偷地走进宫殿，把婴儿忒勒玛科斯抱来放在奥德修斯正要犁的地

1 克吕泰涅斯特拉（Clytaemestra），阿伽门农之妻。

2 珀涅罗珀（Penelope），是奥德修斯忠贞的妻子，在丈夫远征特洛伊失踪后，拒绝了所有求婚者，一直等待丈夫归来，忠贞不渝。

3 忒勒玛科斯（Telemachus），名字意为“远离战争”。

4 帕拉墨得斯（Palamedes），希腊联军中最有见识者，为希腊文明做出过卓越贡献。

上。为防止儿子受伤，奥德修斯连忙小心翼翼地把犁头提起来，这样一来便暴露了他的神智很清楚，他也就无法再固执地拒绝参加战争了，并且只得答应献出伊塔刻及其邻近岛屿的八条战船让墨涅拉俄斯调遣。从此他也对帕拉墨得斯有了成见。

另一个不愿参加战争的是阿喀琉斯。他是阿耳戈英雄佩琉斯和海洋女神忒提斯之子。当他初生时，他的母亲也想使他成为神人，便连续好几夜偷偷地把儿子放在天火中，烧毁他从父亲那里遗传来的人类成分，天亮后又用神药给儿子治愈烧伤。但有一次这事被佩琉斯看到，当看到儿子在烈火中抽搐时，他被吓得大叫起来。这样一来，忒提斯便没能完成她的秘密计划，也不愿再回宫去，而是躲进了海洋。佩琉斯以为儿子受了重伤，便把他送到半人马喀戎那里医治，英雄导师喀戎收养了孩子，并用狮肝以及熊骨髓喂养他。

阿喀琉斯九岁时，希腊预言家卡尔卡斯[1]预言特洛伊之战如果没有佩琉斯的儿子参战是攻不下特洛伊的。忒提斯听说这预言，而且知道这场战争将会让自己的儿子死去，因此连忙浮上海面，潜入丈夫的宫殿，把儿子打扮成女孩送到了斯库洛斯岛交给国王吕科墨得斯。吕科墨得斯见他是女孩，便让他跟自己的女儿们一起玩耍。后来，当阿喀琉斯开始长出毛茸茸的胡子时，他向国王的女儿得伊达弥亚说出了自己的秘密。岛上的居民以为他只是国王的一个女眷，而实际上他已悄悄地成为得伊达弥亚的丈夫了。

由于阿喀琉斯成了特洛伊之战取胜的关键人物，而卡尔卡斯又透露了他的行踪，奥德修斯和狄俄墨得斯便去斯库洛斯岛请他参战。可即使两位英雄眼力敏锐，也认不出哪个是穿着女装的阿喀琉斯。狡猾的奥德修斯叫人拿来一矛一盾放在姑娘们聚集的屋子里，然后命令随从吹起战斗的号角，造成敌人来犯的假象。姑娘们都惊叫着逃出了屋子，只有阿喀琉斯一人留下，并拿起屋里的矛和盾准备迎敌。

---

1 卡尔卡斯（Calchas），预言家忒斯托耳之子，荷马称他是最有智慧的预言家和占卜师，说他“能察物界之今昔，卜万端之未来”。

暴露了身份的阿喀琉斯只得同意出征，并带着他的老师福尼克斯和同自己一起在父亲宫中长大的朋友帕特洛克罗斯[1]同行。他们率领五十只战船驶入希腊海，前往联军统帅阿伽门农为大家选中的集合地——港口城市奥里斯，这里聚集的英雄除了前面提到的之外，还有忒拉蒙之子大埃阿斯[2]以及他的异母兄弟、著名的弓箭手透克洛斯[3]等很多其他的英雄。他们每人率领一支战队集合于奥里斯港。

希腊人派出和平使节

在备战的同时，希腊人在阿伽门农主持下举行了会议，决定先采用和平手段，派帕拉墨得斯、奥德修斯和墨涅拉俄斯作为使节前往特洛伊，向普里阿摩斯国王抗议特洛伊王子的行为，并要求归还海伦以及被掠夺的所有财物。奥德修斯尽管在心底里怨恨帕拉墨得斯，可是为了他们共同的利益，而且帕拉墨得斯经验丰富，阅历广泛，所以奥德修斯也同意他担任发言人，一起乘着战船前往普里阿摩斯国王的宫殿。

看到这些使节从华丽的战船上走下来，不知缘由的特洛伊人和他们的国王都感到惊慌。因为帕里斯和他抢到的妻子仍住在克拉纳岛，特洛伊人并不知道他的消息，还以为他率领的军队已经在希腊全军覆没了。他本来应该接回姑母赫西俄涅，现在却不知去向，而这边希腊人已经全副武装率军而来。特洛伊的城门打开，三位王子被引进宫殿谒见普里阿摩斯国王。

帕拉墨得斯代表全希腊人民谴责了普里阿摩斯的儿子帕里斯劫走王后海伦这一伤天害理、违犯民法和宾主礼节的行为。接着，他又指出这种行为将会导致战争，并给特洛伊造成巨大的损失。他列举了加入希腊联军的王子们，说他们将率领一千多条战船远征特洛伊。

1 帕特洛克罗斯（Patroclus），意为“父亲的荣耀”。

2 大埃阿斯（Ajax），其父忒拉蒙与佩琉斯是亲兄弟，所以大埃阿斯与阿喀琉斯是堂兄弟。

3 注意区分本章第一节中提到的国王透克洛斯。

“啊，国王，”他说，“希腊人宁死也不愿忍受外乡人的侮辱和欺凌。他们决心洗雪自己所遭到的耻辱。因此，我们的最高统帅、阿耳戈斯国王阿伽门农，以及所有的希腊英雄和王子都要求你们归还王后海伦，否则你们将被彻底毁灭！”

这番狂妄和挑衅的话激怒了普里阿摩斯的儿子们和特洛伊的长老们。他们拔出宝剑，以刃击盾，一个个杀气腾腾。国王普里阿摩斯从座位上站起来，要求大家安静，他说：“外乡人，你们以你们人民的名义向我们讲出这种咄咄逼人的话，我感到惊讶，因为我们对你们指控的罪行一无所知，相反，应该是我们谴责你们才对。你们的同乡赫拉克勒斯在我们安居乐业时袭击我们的城市，抢走我的无辜的姐姐赫西俄涅，并把她送给他的朋友忒拉蒙为奴。感谢忒拉蒙让我的姐姐成为他合法的妻子而非女奴。可是这仍然补偿不了对我们的侮辱和欺凌。我们以前曾派出过使节，现在又派了我的儿子帕里斯到你们的国家去接回我的姐姐。至于帕里斯如何执行任务、究竟做了些什么、现在又身在何处，这些事情我真的不清楚，但我可以保证我的宫殿和城市里没有任何希腊女子。因此我现在无法答应，也无法做到你们的要求。但如果我的儿子能平安回来，又果真带回了他所劫持的希腊女子，而这女子又不要求我们的庇护的话，我可以把她交给你们。可有一个条件，那就是你们要先把我的姐姐赫西俄涅送回来！”

所有与会的特洛伊人一致赞同国王的说法，而帕拉墨得斯却顽固地坚持说：“实现我们的要求是没有任何先决条件的。我们相信你的话，你的儿子所劫持的墨涅拉俄斯之妻还没有来到特洛伊，可毫无疑问她会回来的。你的不义之子抢走了她，这也是事实。我们也不能对我们的父辈赫拉克勒斯所干的事负责的。你的姐姐赫西俄涅是自愿跟忒拉蒙结合的，她这次还让自己的儿子大埃阿斯参战呢，而海伦被劫走并非自愿。你们感谢神吧，你的儿子还逗留在外面，因为如此你们才有时间考虑，但你们必须及早做出明智的决定，以免遭到毁灭！”

普里阿摩斯和特洛伊人因为帕拉墨得斯充满挑衅的话感到无比愤怒，但他们仍保持了对使节应有的礼貌。会议结束，特洛伊城的一位长者、贤明的安忒诺耳[1]保护使者们离开，以免他们遭到愤怒民众的攻击，他将使者们带到家中加以款待，并在第二天早晨送他们乘船离开。

阿伽门农和伊菲革涅亚[2]

大批战船会集于奥里斯之际，阿伽门农为消磨时间外出狩猎时射中了一头梅花鹿，而这头鹿是要献给女神阿耳忒弥斯的，不知情的阿伽门农还夸口说即使是狩猎女神阿耳忒弥斯也不一定射得比他准。女神对如此无礼的话感到十分生气，于是在战争该开始的时候，她让港口风平浪静，战船根本无法开出去。

一时束手无策的希腊人只好去向预言家卡尔卡斯请教摆脱困境的方法。作为随军祭司和占卜家的卡尔卡斯说："如果希腊人的最高统帅阿伽门农愿意把他和克吕泰涅斯特拉生的女儿伊菲革涅亚献祭给阿耳忒弥斯，女神就会宽恕我们，那时海面上将会刮起顺风，神也就不再阻碍你们攻打特洛伊了。"

预言家的话让阿伽门农陷入了绝望，他无法杀害他心爱的女儿，于是派传令官塔尔堤比俄斯[3]向全体将士宣布：阿伽门农辞去希腊军最高统帅一职。听到这个决定后，希腊人十分恼火，扬言要反叛。墨涅拉俄斯急忙赶来，警示自己的兄弟这么做的严重后果。经过劝说的阿伽门农终于同意了这件可怕的事——把女儿献祭给女神。他给妻子克吕泰涅斯特拉写了一封信，让她把女儿伊菲革涅亚送到奥里斯来。在信中他向妻子谎称要为女儿和佩琉斯的儿子、光荣的英

---

1 安忒诺耳（Antenor），可能是特洛伊最睿智和最有见识的长老了，很多人坚持认为他是特洛伊议会中亲希腊派长老的代表人物。他和普里阿摩斯在政见上分歧颇多，一些资料表明他有可能是普里阿摩斯的妻舅，这可能是普里阿摩斯容忍他的唯一原因。

2 伊菲革涅亚（Iphigenia），阿伽门农的爱女，古希腊剧作家所喜爱的悲剧人物。

3 塔尔堤比俄斯（Talthybius），斯巴达人，希腊人的传令官。

雄阿喀琉斯订婚（阿喀琉斯与得伊达弥亚的秘密婚事是没人知道的）。可是，送信的使者刚出发，良心受到自责的阿伽门农便痛苦无比，后悔自己做了轻率的决定。他在当晚又叫来可靠的老仆人去送另外一封信给妻子，吩咐她不要把女儿送到奥里斯来，并声称自己已改变了主意，决定把女儿订婚的事推迟到明年春天。

而墨涅拉俄斯对哥哥的迟疑不决其实早有察觉。忠诚的仆人拿着信上路后，并没能到达目的地就被他抓住了，信也被搜了出来。墨涅拉俄斯拿着信来找他的哥哥。

“世上最坏的事就是迟疑不决了！”他大声责备哥哥，“我的兄长，你不记得了吗？当时你是如何渴望当远征军的统帅？你当时是多么谦恭和亲切，你的大门向任何人都敞开着，你这些友好只是为了得到一种地位。现在你做了统帅，便不再像从前一样是大家的朋友了。在军中大家也很难再见到你的人影，当所有人都已经整装待发时你却举棋不定，徒劳地指望刮起顺风。你要我想办法，找出路，只是为了保住你引以为豪的统帅之位。可是现在你又变卦了，像你一样的人不计其数，他们渴望地位和权势，可一旦看到需要做出个人牺牲时，便又畏缩了。没有理智和见识、在艰难面前丧失了品质的人，是不配统率一支军队的，更不配管理一个国家。”

出自自己兄弟之口的这番责备并没有平息阿伽门农心中的痛苦。“为什么这么严厉地责备我呢？”他说，“你为什么这样恼怒？是为了你那美丽的妻子海伦吗？你为什么不谨慎地守住她呢？你难道以为我在理智时纠正轻率的决定是愚蠢的？在我看来，要追回一个不忠实的薄幸妻子倒是更愚蠢，你应该庆幸自己摆脱了她。不！我决不能残害我的骨肉！”

当兄弟两人互不相让地争论时，一名仆人突然来向阿伽门农报告说他的女儿伊菲革涅亚已到，一起前来的还有她的母亲和弟弟俄瑞斯忒斯。阿伽门农觉得自己完全绝望了，热泪夺眶而出。墨涅拉俄斯连忙握住他的手表示安慰，阿伽门农痛苦地说：“好吧，兄弟，胜利是你的，你把她带走吧，我已经毁了！”

但墨涅拉俄斯却要撤回先前的要求，他不愿意为了海伦而杀掉伊菲革涅亚，伤害兄弟的感情。“别流泪吧！”他大声地说，“如果神谕让我对于你的女儿也有一分权力，我愿意放弃，不要奇怪我为何由愤怒变成友爱，一个人在激愤的心情平息以后才会做出更好的判断。”

“我感谢你，”阿伽门农拥抱着他的兄弟说，“亲爱的兄弟，你高尚的精神让我们重归于好。只是我的命运已定，女儿的惨死是无法避免的。卡尔卡斯和狡黠的奥德修斯已达成默契，他们在争夺人民的支持，甚至要谋害你我，然后牺牲我的女儿。即使我们逃到阿耳戈斯，他们也会追来。因此我请求你，兄弟，千万对克吕泰涅斯特拉保守秘密，让神谕顺利实现。”

这时，妇人们走了进来，墨涅拉俄斯怀着忧郁的心情走开了。夫妻两人略微寒暄了几句，阿伽门农显得既冷淡又不自然。女儿衷心地拥抱了父亲，当她看到父亲愁云满面，便关心地问道：“父亲，为什么你的眼光充满焦虑？见到我你不高兴吗？”

“我的孩子，”国王心情沉重地说，“一个国王有许多责任，也总有许多苦恼。”

“你为什么流泪呢，父亲？”伊菲革涅亚问。

“因为我们将要长久分离。”父亲答道。

“假如我能参加你领导的远行，那该多幸福啊！”女儿高兴地叫喊起来。

“你也要进行一次远行，”阿伽门农严肃地说，“这之前我们需要献祭，我亲爱的女儿，这次献祭你一定要参加。”说这话时，他哽咽得几乎不能出声，但女儿毫不知情。最后他让女儿跟着随从离开了。接着，为了应付妻子，阿伽门农演戏似的向她介绍新郎的身世和命运，等妻子离开后，他便立即去找卡尔卡斯，跟他商量这一场不可避免的献祭的事。

但时机不巧，这时克吕泰涅斯特拉正好碰到了因为将士不愿再等而来找阿伽门农的阿喀琉斯。克吕泰涅斯特拉像对待未来的女婿一样问候他，这倒让阿喀琉斯惊讶得往后退。“你说的是谁的婚事啊，王后？”他问道，“我从未追求过你的女儿，阿伽门农也从未鼓励我这么做。”

克吕泰涅斯特拉这才知道她受骗了，她站在阿喀琉斯面前，心里充满羞愧和疑虑。阿喀琉斯却以年轻人的热情和天真安慰她说：“请不要难过，王后，一定是有人拿我跟你开玩笑。如果我坦率的话伤害了你，也请你不要在意。”说完，他正想离开时，阿伽门农派出的那个送信的老仆人正好走来。他把克吕泰涅斯特拉叫到一边，悄悄地把真相告诉了她。现在母亲终于知道了神谕的具体内容。她痛不欲生，转过身扑在阿喀琉斯的面前，抱住他的双膝，哭诉到：“啊，女神的儿子，求你救救我和我的孩子！我把你当作她的未婚夫，我给她戴上花冠一直送她到军中。我虽然已被蒙蔽，可是仍把你当作她的新郎！我当着一切神，当着你的女神母亲的面，请求你救下我的女儿。向我们伸出双手吧！”

阿喀琉斯尊敬地扶起跪在面前的王后，对她说：“请放心，王后！我在一个虔诚而慈爱的家庭里长大，导师喀戎教会了我朴实而又灵活的思考方式。我愿意服从阿伽门农的指挥，却不愿听从他罪恶的命令。因此，我愿意保护你们，尽我所能把你的女儿救回来。如果她因那个用我的名义骗她来这儿的诡计而死，我将会视自己为懦夫。”

阿喀琉斯做出庄严的保证后便离开了，克吕泰涅斯特拉便怨恨地走去找丈夫阿伽门农，他不知道自己的秘密已经泄露，还用暧昧的语言打招呼说：“把女儿叫出来吧，因为面粉、水和婚宴前的祭品都已经准备好了。”

“哼！”克吕泰涅斯特拉叫起来，眼里闪着仇恨的光，“女儿，带着你的弟弟俄瑞斯忒斯一起出来吧！”当伊菲革涅亚从内室出来时，她又接着说：“看啊，她就站在这里，任由你摆布。现在我只要你坦率而诚实地告诉我，你真的要杀害我们的女儿吗？”

国王站在那里久默无言。最后，他终于绝望地叫道：“啊，命运女神啊！为什么你泄露了我的秘密呢！”

“你听我说完，”克吕泰涅斯特拉说，“我们的婚姻是以罪恶开始的。你用武力杀死我的前夫坦塔罗斯，劫持了我，还把我的孩子从怀中抢走，而且残酷地把他杀害了。我的哥哥卡斯托耳和波吕丢刻斯带兵追击你。你向我年迈的父亲廷达瑞俄斯请求保护，他见你可怜才救了你，并使你成了我的丈夫。我一直信守结婚时的誓言，做一个忠贞的妻子，使你在家感到幸福，在外感到骄傲，我为你生下三个女儿和一个儿子。你现在却要抢走我的大女儿，为什么呢？为了让墨涅拉俄斯夺回他那不贞的妻子，你愿意杀死自己的女儿吗？为什么拿你亲生的孩子献祭呢？你为墨涅拉俄斯征战，难道为了让他保全自己的女儿赫耳弥俄涅，却要我牺牲自己的女儿？你说，我讲的话哪一句不对？如果我讲的全是事实，那么就不要杀害我的女儿，想想吧！”

伊菲革涅亚听到这些话也跪倒在父亲面前，泣不成声地说：“父亲哟，假如我有俄耳甫斯的神奇的竖琴，假如我可以发出感动顽石的声音，那么我就能说出雄辩的话引起你的同情！但我没有这个能力，只有眼泪才是我唯一的武器。请求别人怜悯的人都在手上拿一根橄榄枝，我现在只能用双手来代替橄榄枝，抱住你的双膝。父亲，别让我这么年轻就死去！母亲在痛苦中生下我，现在她想到我的死就感到更大的痛苦。海伦与帕里斯的事与我有什么相干？帕里斯来到希腊，而我为什么就该死呢？对于人，没有比生命更可爱的，怜惜我吧！”

但阿伽门农依然坚决，冷酷得像一块石头，他站在那里说：“我当然爱自己的孩子，我现在怀着沉重的心情做着可怕的事，可我是身不由己。你们看到了，多大的一支船队由我统率，多少王子身穿盔甲站在我的周围。我的孩子，如果我不按照神谕的预示牺牲你，那么特洛伊将不能被攻陷。英雄们全都希望希腊妇女今后再也不会遭到特洛伊人的劫持，他们都下了这个决心。如果我不遵照神谕去做，他们就会杀掉你们，也杀掉我。我已经无能为力了，我不是顺从弟弟墨涅拉俄斯，而是顺从全希腊人。”

国王说完就离开了她们，哭泣中，她们突然听到了兵器撞击的声音。“是阿喀琉斯！”克吕泰涅斯特拉高兴地喊了起来。阿喀琉斯大踏步地带着随从赶来，大声说：“军队都公开叛乱，要求牺牲你的女儿，我大声反对他们的要求时，几乎被他们用乱石击死，我带着这些忠诚的伙伴赶来，我将用生命保护你们。我倒想看看，他们是否敢于进攻一个与特洛伊的命运息息相关的女神之子。”最后一句话让绝望的母亲感到了安慰和希望。

可伊菲革涅亚却突然挣脱母亲的拥抱。她抬起头，勇敢而决绝地面对王后和阿喀琉斯。“听我说吧！”她沉着坦然地说，“亲爱的母亲，你生父亲的气是没用的，他不能违反众人的意志。我感激这位外乡人的高尚勇敢，可是他将为此付出代价，他将会遭到毁谤。我已经下了决心去领受死亡。我心头现在没有任何胆怯的念头，我要了结这件事。所有的希腊人都用目光注视着我，战船的出发，特洛伊的攻陷都取决于我，希腊女人的荣誉也都系在我一个人身上。我的名字将载誉千秋万代，我将被称为祖国的救星。我是一名凡人，女神阿耳忒弥斯要我为祖国献身，那我甘愿献出自己的生命。牺牲我而征服特洛伊，这就是我的纪念碑，就是我的结婚盛典！”

伊菲革涅亚目光炯炯，慷慨激昂，如同一位女神般站在母亲和阿喀琉斯面前。这时，英俊勇敢的阿喀琉斯跪在她的面前，说：“阿伽门农的女儿，如果我能享受你的爱情，那么我就是神赐予的天下最幸福的人。我嫉妒你许身给希腊，我仰慕希腊养育了你这样的女子，我爱你，渴慕你，请好好考虑一下吧！死是可怕的！我愿意给你创造良好的条件，愿意将你带回家乡，让你过上幸福的生活。”

伊菲革涅亚微笑着回答：“由于海伦，女人的美貌已经引起了足够的战争和杀戮。我亲爱的朋友，你不该为了我而死，也不该为了我而去从事杀戮。让我来拯救希腊吧！”

“高尚的心啊，”阿喀琉斯说，“那你按照自己的心愿去做吧！但我要带着武器先赶到祭坛去阻止你，也许你在临死前还能同意我的话。”说完，他匆忙赶在姑娘的前面朝祭坛走去。姑娘心怀坦荡，为 拯救祖国走向死亡。母亲悲恸地倒在地上，她无法跟随女儿前 眼睁睁地看着她死。

所有的军队都集中在奥里斯城外的阿耳忒弥斯的圣林里，祭 搭好，祭司和预言家卡尔卡斯站在祭坛旁。伊菲革涅亚在一 的陪同下走进圣林，步伐坚定地朝父亲走去，士兵中腾起一 的呼声。阿伽门农叹息着转过身去，默默流泪。女儿走到 说：“亲爱的父亲，我遵从神谕，为了军队，为了祖国，在 祭坛前献出我的生命。我很高兴，但愿你们都能胜利地返回 ”

军队中又响起一阵赞叹的低语声，这时传令使塔尔堤比俄斯叫大 静并祈祷。预言家卡尔卡斯抽出一把锋利雪亮的宝刀，放在祭 的金匣子里。

这时，阿喀琉斯突然全副武装，挥着宝剑走上祭坛。姑娘朝他看了一眼，眼神中的坚决让阿喀琉斯改变了主意，他把剑扔在地上，用圣水浇奠祭坛，然后用双手捧起金匣，像祭司一样环绕神坛边走动，边祈祷：“高贵的女神阿耳忒弥斯，请仁慈地接受这一自愿而又神圣的牺牲吧！那是阿伽门农和全希腊献祭给你的。让我们的船一帆风顺吧，让特洛伊毁灭在我们的枪矛之下吧！”

士兵们默默地低头致敬，卡尔卡斯拿着宝刀，念着祷词。大家清楚地听到了他挥刀的声音，可是姑娘却在全军面前突然不见了。原来阿耳忒弥斯怜悯她而将她带走了，代替她的是一只美丽的牝鹿，在祭坛前的血泊中挣扎。

“希腊联军的首领们，”卡尔卡斯喊道，“看看这里的祭品吧，这是女神阿耳忒弥斯送来的，她宁愿牺牲这只梅花鹿而不愿牺牲那位姑娘。祭坛不需要用姑娘的热血祭洒了，女神已经原谅了我们，她将使我们的船顺利地航行，并保佑我们征服特洛伊。拿出勇气来吧，海上的战友们，我们今天就要离开奥里斯港！”他一边喊，一边看着献祭的鹿在火中慢慢地烧成灰烬。当最后一点火星熄灭的时候，祭台前的寂静立即被呼啸的风声打破了，士兵们抬头望去，看到船只在海面上晃动着，大家欢呼着离开了圣林，赶回去整装待发。

阿伽门农回到屋子里，他没有看到妻子克吕泰涅斯特拉。早在他回来之前，他的心腹仆人就赶来把她女儿遇救的好消息告诉了她，王后高兴地举起双手，但没有说感谢的话，而是痛苦地呼喊："我同样永远地失去了我的孩子，我的丈夫葬送了我的幸福，我不愿再看见这个杀人凶手！"仆人马上为她叫来了马车和随从，当阿伽门农完成了祭礼回来时，他的妻子早已在回迈锡尼的路上了。

菲罗克忒忒斯被遗弃

希腊人的船队当天就扬帆启航，顺风使他们飞快地航行在大海上。他们不久就来到卡律塞岛，从岛上补充生活用水。菲罗克忒忒斯在岛上发现一座破败的祭坛，这是阿耳戈英雄伊阿宋在航行途中为女神帕拉斯·雅典娜建立的。

菲罗克忒忒斯是墨里波阿国王珀阿斯的儿子，也是赫拉克勒斯的战友，他继承了赫拉克勒斯百发百中的箭术。发现了这座祭坛让这位虔诚的英雄感到非常高兴，他想给希腊人的保护神献祭。但正在这时，一条看守圣坛的大蛇窜过来，咬到了英雄的脚胫。

受了重伤的菲罗克忒忒斯被抬回战船，船队便继续航行了。可是菲罗克忒忒斯的伤口却肿了起来，疼痛难忍。同船的士兵无法忍受化脓伤口的恶臭，伤者大声叫痛的呼喊声也扰得人不得安宁。最后，病人周围士兵们的怨言传到全军，引起了士兵的不安。大家担心受伤的菲罗克忒忒斯会在他们到达特洛伊前传播瘟疫，而他疼痛的叫喊声则会影响希腊人的斗志。阿特柔斯的儿子们与狡黠的奥德修斯秘密商议处置的办法。他们决定把可怜的英雄遗弃在雷姆诺斯岛荒无人烟的海滩上，他们不知道的是这么做就是失掉了一位战无不胜的弓箭手。

狡猾的奥德修斯被选定来执行这个任务，他把睡着的菲罗克忒忒斯装上一条小船，划到海滩边，把他放在一座岩洞里，为他留下足够的衣服和食物……

将不幸的菲罗克忒忒斯遗弃在荒岛后，奥德修斯驾着小船返回，很快便追上了前面的大队战船。

希腊人进攻密西埃

希腊人的船队平安地来到小亚细亚的海岸，可是大家都不熟悉这地方，一阵顺风把船队吹离了特洛伊而来到了密西埃湾。在这里抛锚登陆后，他们在沿岸地区到处都遇到武装的士兵的阻拦，他们以当地国王的名义禁止希腊人入境，并要他们先谒见国王，说出他们是哪里来的军队。密西埃的国王也是希腊人，名叫忒勒福斯，是赫拉克勒斯和阿耳卡狄亚国王阿喀琉斯之女奥革的儿子[1]。后来，他娶了密西埃国王的女儿阿耳癸俄珀，并在国王去世后继承了王位。

希腊士兵没有问这里的国王是谁，也不回答守兵的盘问，而是直接拿起武器进攻。几个逃脱的守兵回去向国王忒勒福斯报告说有成千名外来的敌人侵入国土，杀死岗哨并占领了海岸。国王立即召集军队抵抗侵略。

忒勒福斯不愧为赫拉克勒斯的儿子，希腊人遭到激烈的抵抗，双方展开了殊死的拼搏。英雄忒耳珊得耳突然从希腊士兵中冲出，他是著名的国王俄狄浦斯之孙，波吕尼刻斯之子，狄俄墨得斯的忠实战友。他在忒勒福斯的士兵群中横冲直撞，甚至杀死了国王身边的统帅。国王忒勒福斯愤怒地奋力扑了过去和忒耳珊得耳对阵。结果，赫拉克勒斯之子取得了胜利，忒耳珊得耳被一枪刺倒在地。

狄俄墨得斯从远处看到战友倒下，急忙奔了过去，在忒勒福斯摘下死者的武器前抢过了战友的尸体，扛在肩上大步逃离了战场。他

1 传说阿喀琉斯曾得到神谕说自己的儿子将死于外孙之手，于是便让女儿奥革做了雅[illegible]祭司，不许她结婚，后奥革与路过的赫拉克勒斯结合生下忒勒福斯（Telephus）。女[illegible]大怒，向国内降下了瘟疫。阿喀琉斯为了解瘟疫来到了神庙，发现了婴儿，便下令把母[illegible]人装到木箱中投入大海，木箱被冲上密西埃海岸，国王透特剌斯娶奥革为妻，并收养了[illegible]儿。

背着尸体经过埃阿斯和阿喀琉斯面前时，他们也十分悲愤，连忙重新召集溃散的军队，然后兵分两路，运用巧妙的迂回战术，很快扭转了战局，取得了优势。

忒勒福斯的异母兄弟透特然提俄斯被埃阿斯一箭射中倒地，正在追赶奥德修斯的忒勒福斯见兄弟遇险，连忙过来帮助，而此时他们已经被狡猾的希腊人引到了葡萄园中，忒勒福斯被葡萄藤绊倒在地，阿喀琉斯见状，迅速赶上去用长矛刺中了他的左腿。忒勒福斯忍痛站起，拔出了矛，并在赶来的士兵的掩护下逃脱了。直到夜幕降临，双方不得已才停止了激战撤离战场。

第二天，双方派使者要求暂时停战，以各自寻找和掩埋阵亡将士的尸体。希腊人直到这时才惊讶地知道，原来这样英勇地保卫自己国土的国王乃是他们的同族，是伟大的半神赫拉克勒斯之子。在他们的军队中还有三个王子是忒勒福斯的亲戚，他们是赫拉克勒斯的儿子特勒帕勒摩斯，赫拉克勒斯的孙子国王忒萨罗斯的两个儿子菲迪普斯和安底福斯，他们三人主动要求跟密西埃使者一同到忒勒福斯那儿，向他说明这一切。

忒勒福斯高兴地接待了远道而来的亲戚，认真地倾听他们的叙述。他这才知道帕里斯丧失伦理，侮辱希腊人的行为，也知道了阿伽门农以及其他希腊王子正统率联军前来讨伐。

特勒帕勒摩斯作为国王的异母兄弟，代表他们发言："亲爱的兄弟，你也是希腊人，请不要离开你的人民，我们的父亲赫拉克勒斯在世界许多地方都为了希腊而英勇作战，全希腊都有他的纪念碑。为了弥补你给希腊人造成的伤害，请加入我们的军队，与我们共同征讨特洛伊吧！"

忒勒福斯因伤躺在床上，这时他费力地坐起身来，友好地回答道："乡亲们，你们的责难是不公正的，我们成为敌人，那是你们的过失。你们不回答我守卫海边士兵的问题，就像野蛮人一样冲上岸来把他们杀翻在地，还在我身上留下了记号，我这辈子都不会忘记昨天的血战。当然，我也不会责怪你们，我很高兴能在我的国家欢迎我的亲戚和希腊同乡。但是我不能答应跟你们一起讨伐普里阿摩斯。我的后妻阿斯堤俄刻是他的女儿，他是一位虔诚的老人，而他其余的几个儿子也都是品德高尚的人，与堕落的帕里斯犯下的罪过没有任何关系。你们瞧，这是我的儿子欧律皮罗斯，我怎么可以帮助你们毁灭他外祖父的王国？正像我不反对普里阿摩斯一样，我也不会反对你们。你们都是我的同乡。请收下我的一份薄礼吧，我给你们准备一点粮草，然后你们就出发，由神来决定胜负吧。我是两边都不会参加的。”

三位王子听到这番友好的回答，满意地回到阿耳戈斯人的军营中，向阿伽门农和其他首领报告他们已和忒勒福斯建立了良好的友情。英雄们召开军事会议，决定派埃阿斯和阿喀琉斯去谒见国王，慰问他的创伤。到了那里，看到赫拉克勒斯的这位儿子忍受着极度的痛苦，阿喀琉斯感动得流下泪来，悲叹自己无意中伤了一位希腊同乡，伤了赫拉克勒斯的高贵的儿子。国王由于他们的到来高兴得忘记了疼痛，抱歉地说着贵宾来到未曾远迎，有失宫廷礼节。他请两位客人到他的宫中，设宴隆重招待，并赠送了许多礼物。

希腊人应阿喀琉斯的要求，派出两名举世闻名的医生波达利里俄斯和马哈翁去为国王治疗。两人虽然医术高明，但因为阿喀琉斯的矛头具有特殊的威力，无法根治，但他们敷的药能减轻他的痛苦。忒勒福斯国王在感到舒适之时向希腊人提出种种有益的建议，为他们提供生活用品和食物，并挽留他们住在岛上度过严冬；他还向他们详细介绍了特洛伊的地理位置，告诉他们该怎样到达那里，并向他们透露了唯一的登陆地点是在斯卡曼德洛斯河的河口。

帕里斯的归来

特洛伊人还不知道庞大的希腊战船队伍已经逼近他们的国土，但自从希腊使节离开以后，全国就人心惶惶，担心战争的来临。这时，帕里斯已率领船队载着被他劫持的王后和众多的战利品回来了。

国王普里阿摩斯看到这不祥的儿媳走进宫中，心情并不高兴，他立即召集儿子们和贵族举行紧急会议。可是他的儿子们都不以为然，因为帕里斯已分给他们大量的财宝，还把海伦带来的漂亮侍女送给他们为妻。年轻好战的年轻人受到财宝和美女的诱惑，于是他们商量的结果是：保护这位外乡来的女人，将她留在王宫里，决不还给希腊人。

但城里的居民十分害怕希腊人攻城，他们对王子和他抢来的美女深感不满，只是出于对年迈的国王的敬畏，他们才没有坚决反对宫中新来的女人。

普里阿摩斯见会上众人决定收留海伦，而不是将她驱逐出境，便派王后到海伦那里了解她是否是真的自愿跟帕里斯到特洛伊来的。

海伦声称，她的身世表明她既是特洛伊人，也是希腊人，因为达那俄斯和阿革诺尔既是特洛伊王室的祖先，也是她的祖先。她说她被抢走虽非自愿，但现在她已衷心地爱上了新夫，并同他的心紧紧连在一起。她自愿成为他的妻子。在发生这件事后，她已经不可能得到前夫和希腊人的原谅。如果她真的被驱逐出去，交给希腊人处置的话，那么耻辱与死亡是她的唯一命运。

她含着眼泪一边诉说一边跪倒在王后赫卡柏的面前，王后同情地把她扶起来，告诉她国王和所有的儿子都决定保护她，使她不受任何伤害。

希腊人到达特洛伊城外

海伦在特洛伊安定地住了一段时间，后来她和帕里斯移住到了他们的宫殿里。人民对她的到来渐渐地适应了，并开始赞美她的美丽和可爱。因此当希腊人的战船出现在特洛伊的海岸时，人民倒不像以前那样因为某种不清楚的危险而心中充满恐惧了。

首领们调查了市民和答应前来援助的同盟军的力量，感到有把握对付希腊人。他们知道，神中除了阿佛洛狄忒以外，还有战神阿瑞斯、太阳神阿波罗和万神之父宙斯都站在他们这一边。他们希望借助神的保护守住城市，并在一个不长的时间内击退围城的敌人。

国王普里阿摩斯虽已年迈，不能作战，但他有五十个儿子，其中十九个是赫卡柏所生。这些儿子都年轻有为，赫克托耳尤其出色，其次是得伊福玻斯，此外还有预言家赫勒诺斯、潘蒙、波吕忒斯、安提福斯、希波诺斯和俊美的特洛伊罗斯。在他的身旁还有四个可爱的女儿，即克瑞乌萨、拉俄狄刻、卡珊德拉和波吕克塞娜，她们在少女时就以美貌出众而闻名。

赫克托耳担任最高统帅，率领全军迎敌。

辅佐他的是达耳达尼亚人埃涅阿斯，他是国王普里阿摩斯的女婿，克瑞乌萨的丈夫，女神阿佛洛狄忒和老英雄安喀塞斯的儿子，他是特洛伊人引为骄傲的先辈。

另外一支部队的统帅是吕卡翁之子潘达洛斯[1]，他曾经得到阿波罗赠送的神箭，以善射著称。

希腊人已在西革翁和洛忒翁半岛间的海岸登陆，营幕连绵，看上去像一座城池。特洛伊国王和贵族们需要很长时间来商讨应敌对策，所以希腊人有充分的时间完成一切布置。他们把船只拉上岸来，整齐地排列成行，各支军队的战船按上岸时的先后次序排成纵队。船身下垫上石块，以免船底受潮腐烂。

在双方交战前，希腊人惊喜地接待了一位远道而来的贵客——密西埃国王忒勒福斯。他曾慷慨地支援过希腊人，因被阿喀琉斯用矛刺伤，难以治愈，所从疼痛难忍的他便求助于阿波罗的神谕，答复是：只有刺中他的矛才能治愈他的伤口。虽然神的回答隐晦曲折，但忒勒福斯还是乘船追上了希腊战船。上岸后他吩咐随从抬他来到阿喀琉斯的营帐，年轻的阿喀琉斯看到国王痛苦的样子心里很难过，但他不知道如何用自己的矛医治已经化脓的伤口。最后还是聪慧的奥德修斯想出了办法，派人把随军的两位医生请来，向他们请教神谕的内涵。

1 潘达洛斯（Pandarus），吕卡翁之子，特洛伊英雄，精于射箭。

聪明的波达利里俄斯和马哈翁应召赶来，他们听到阿波罗的神谕后，立刻明白了它的含意。他们从阿喀琉斯的矛上锉下一点铁屑，小心地敷在伤口上，奇迹出现了：铁屑刚接触到伤口，伤口便很快地愈合了。几个小时后，忒勒福斯便能下地走路了。他向几位英雄再三道谢，并祝希腊人战事顺利，但他必须赶快离开，因为他不想亲眼看到这场在他亲密的朋友和他所爱护的亲戚之间爆发的战争。

战争开始

希腊人正在同国王忒勒福斯告别时，特洛伊城的几座城门突然大开，全副武装的特洛伊士兵在赫克托耳的率领下潮水似的冲过平原席卷而来。驻扎在最前排的希腊士兵急忙拿起武器抵抗涌来的敌人，但众寡悬殊，很快就被击退了。但这抵挡也为其余驻扎在营帐里的希腊人赢得了集合时间，以摆开阵势朝敌人进攻。战争开始了，但战局很不平衡：赫克托耳所到的地方，特洛伊人就占优势，而在离他很远的地方，特洛伊人则被希腊人击溃。

在希腊人中，首先被特洛伊英雄埃涅阿斯杀死的是伊菲克洛斯的儿子帕洛特西拉俄斯，他在祖国刚订婚就参加了特洛伊远征。在登陆时他也是第一个跳上岸的希腊人，如今他却最先阵亡了。他漂亮的未婚妻、阿耳戈英雄阿卡斯托斯的女儿拉俄达弥亚，出发前是那么悲伤地和他告别，现在她却永远见不到自己的新郎了。

现在，阿喀琉斯还远离战场。他把国王忒勒福斯一直送上船，怀着依依惜别的心情目送船只远去。忽然帕特洛克罗斯急匆匆赶到他跟前，抓住他的肩膀，喊道："你怎么还在这里？希腊人需要你！战斗已经开始了。敌军统帅赫克托耳凶猛得像头狮子，国王的女婿埃涅阿斯还打死了我们的帕洛特西拉俄斯。如果你再不去作战，将有更多的英雄会牺牲。"

阿喀琉斯急忙穿过营帐中的小道，回到自己的营房，这时他才大声呼唤他的士兵拿起武器，和他一起奔赴战场。阿喀琉斯的攻击猛烈非常，连赫克托耳也抵挡不住。他接连杀死了普里阿摩斯的两个儿子。和阿喀琉斯并肩作战的还有身材高大的忒拉蒙之子大埃阿斯，在两位英雄猛烈的攻击下，特洛伊人如同鹿群遇到了凶猛的猎犬一样纷纷逃窜，一直败退到城里，闭门不出。希腊人则从容地回到船边，继续扩建营盘。

帕洛特西拉俄斯被隆重安葬，他们将他放在高大的柴堆上火化，把他的骨灰埋在海湾半岛上一株枝叶繁茂的榆树下。可葬礼还没有结束，特洛伊人又发起了第二次攻击。

特洛伊附近科罗奈王国国王库克诺斯[1]是海神波塞冬和一个女仙的儿子，他被一只奇异的天鹅抚养长大，因此得名为库克诺斯，意即天鹅。他是特洛伊人的盟友，当他看到入侵的军队在特洛伊登陆时，便未等普里阿摩斯求援就主动赶来援助他的老朋友。他召集了一支大军，从后围悄悄包围了希腊人的营地。此时希腊人正在追悼阵亡的英雄帕洛特西拉俄斯，手里都没拿武器。突然的进攻让希腊人措手不及，幸好阿喀琉斯率领其他船上和营帐里的士兵迅速赶来支援。

阿喀琉斯站在战车上，挥舞长矛，左冲右突，杀得科罗奈人丢盔弃甲。混战中，他发现敌人的统帅正在远处追杀希腊士兵，便迅速驾车向库克诺斯杀去。他挥舞手中的长矛，大声喊道："年轻人，你应该为自己的死感到安慰，因为你有幸死在女神忒提斯之子的长矛下！"说完便投出精准的标枪，可标枪落在库克诺斯的胸膛上后又被弹了出去。阿喀琉斯惊奇地打量着眼前这位刀枪不入的对手。

"不要奇怪，女神的儿子，"库克诺斯微笑着对他说，"这不是我的盔甲，也不是我的盾。挡住你标枪的不是盔甲，也不是盾牌，这些对我而言只是一种装饰，正如战神阿瑞斯有时也执着武器，但他根本不需要武器的保护。我即使脱下盔甲，你的标枪也不能伤害我的身体。我的身体如同钢铁一样。你要知道我不是普通女仙的儿子，而是神的宠儿。我的父亲统治着海神涅柔斯和他的女儿们，你

1 库克诺斯（Cycnus），注意与前面故事中被赫拉克勒斯杀死的阿瑞斯之子区分。

面对的是海神波塞冬之子！”

话音刚路，他便将长矛掷向阿喀琉斯，矛尖刺穿了他的青铜盾面和九层生牛皮，到第十层牛皮时才被挡住。阿喀琉斯将长矛抖落，又刺出两枪，但仍无法伤到对方。阿喀琉斯怒不可遏，像公牛一样横冲直撞，可是每次都扑空。他又用杨木削制的标枪狠狠掷去，这次击中了对方的左肩，看见肩上一片血迹时，阿喀琉斯高兴得大叫起来。可这并不是库克诺斯流的血，而是他身边的战友被击中，血溅到了他的肩头上而已。

阿喀琉斯愤怒得咬牙切齿，他跳下战车，挥动宝剑朝库克诺斯奋力砍去，可库克诺斯体硬如钢，直接把他的宝剑弄断了。阿喀琉斯几乎绝望，他举起十层牛皮的大盾，冲到对方面前，朝他的头部猛砸。库克诺斯被打得眼前发黑，摇晃着后退时一不小心被一块石头绊倒了。阿喀琉斯抓住机会抢前一步，将库克诺斯按在地上，用盾牌压住他，双膝抵住他的胸口，又用他盔甲的皮带勒住他的喉咙，将其勒死了。科罗奈人见他们的国王被杀，顿时丧失了斗志，在惊慌失措中纷纷逃窜。

希腊人趁机侵入库克诺斯的王国，并从都城带走了国王的孩子们做战利品。然后，他们进攻并占领了邻近的喀拉国，满载着战利品回到营地。

帕拉墨得斯之死

长相英俊并多才多艺的帕拉墨得斯是希腊军队中最有见识的英雄，起初正是由于他的辩才才使全希腊的大多数王子赞同远征特洛伊。但也因为他当初识破了奥德修斯不想参战的诡计，现在在军中的威望又高于奥德修斯，因此奥德修斯一直对他怀有敌意，想伺机报复。

这时，阿波罗的神谕又启示希腊人，要他们向阿波罗·斯明透斯（特洛伊地区对阿波罗的尊称）献祭一百头牲口，祭品就放在他的神庙和神像前。帕拉墨得斯被神选中为押送祭品的人。阿波罗的祭司克律塞斯将在那里接受祭品，并主持隆重的献祭仪式。这个地区对太阳神阿波罗特别敬重。相传在远古时，国王透克洛斯率领古老的透克洛斯人从克里特来到小亚细亚海湾，一个神谕命令他们驻扎在从地下钻出敌人来的地方。后来，他们来到本地的哈马克西托斯城，地底下钻出许多老鼠，在夜间把他们的盾牌全都咬坏了。大家以为神谕应验，于是便驻扎在那里，并为阿波罗建了神像，脚边伏着一只老鼠，斯明透斯便是当地方言中老鼠的意思。

祭司接受了一百只羊向太阳神献祭。其实，阿波罗选定帕拉墨得斯操办祭品，并给他特殊的荣誉，这反而加速了他的毁灭，因为奥德修斯更加嫉妒，并决定设计谋害他。他悄悄地把一笔黄金埋在帕拉墨得斯的营帐内，然后又以普里阿摩斯国王的名义写了一封信给帕拉墨得斯，信中写的是特洛伊国王为感谢帕拉墨得斯出卖希腊人的军事秘密而赏赐黄金。奥德修斯把信落到一个俘虏手上，并假装被自己偶然发现，他即刻下令杀死了这个无辜的持信人，然后在希腊王子们的会议上公布了这封信。

愤怒的希腊英雄们立即要求传唤帕拉墨得斯召开军法会议。阿伽门农委任地位显赫的人为审判官，让奥德修斯担任主审。奥德修斯下令搜查帕拉墨得斯的住处，被他预先埋在床下的黄金便被挖了出来。审判官们不问清事情的真相，便一致同意判帕拉墨得斯死刑。帕拉墨得斯看出了其中的阴谋，但无法提出自己无罪以及有人陷害他的有力证据，于是他不再想为自己申辩。当他听到人们要用乱石打死他时，他只是说道："啊，希腊人啊，你们将杀死一只充满博学和智慧且歌声最优美的夜莺！"在场的人们都嘲笑这种奇特的辩护方法，并将这位希腊军队中最高尚的人带去刑场。

帕拉墨得斯从容而勇敢地接受了死刑。一阵乱石雨点般朝他砸来，他大声呼喊着："真欢呼吧，真理，因为你死在了我的前面！"当他喊完这句话，奥德修斯用全力朝他的头上砸去一块大石头……

帕拉墨得斯倒在地上死去了，但报应女神涅墨西斯从天上看到了这一切。她决定惩罚希腊人以及这悲剧的罪魁祸首奥德修斯。

阿喀琉斯和埃阿斯

此后的几年内关于特洛伊战争的传说很少。

希腊人一直驻扎在特洛伊城前，从未懈怠，而城内的居民也因为养精蓄锐很少出击。于是希腊人便运用空暇组织兵力转而侵略特洛伊附近的地区。

阿喀琉斯率部从海上攻占了十二个城市，从陆上攻占了十一座城市。在对密西埃的战争中，他劫持了阿波罗的祭司克律塞斯美丽的女儿克律塞伊斯；在吕耳涅索斯，他攻占了王宫，逼得国王兼祭司布里修斯走投无路而自缢身亡，国王的女儿勃里撒厄斯被他带回，成了他宠爱的奴隶；阿喀琉斯还带兵攻击了底比斯城，这里的国王厄厄提翁是普里阿摩斯的亲家，他把女儿安德洛玛刻嫁给了赫克托耳。阿喀琉斯攻进王宫，杀掉了厄厄提翁和他的七个儿子。厄厄提翁身材高大，相貌威严，阿喀琉斯在他的尸体前感到恐惧，不敢摘下死者身上的武器作为战利品。他派人将国王的尸体连同闪亮的盔甲一起火化，并在高大繁茂的榆树林中造了一座巨大的坟墓将他埋葬。

国王厄厄提翁的妻子被他掳走为奴，后来他得到一大笔赎金后才将她释放回国。回国的王后坐在纺车前纺纱时不幸被女神阿耳忒弥斯的神箭射中而死；国王的骏马佩达索斯也被阿喀琉斯夺走，此马虽然生于凡间，但力大善跑，可以与他的神马相媲美；阿喀琉斯还从国王的武器库中带走了许多珍贵的战利品，其中有一只巨大的铁饼，它的铁如果制成农具的话，足够一个农民用五年。

希腊另一勇猛的英雄，忒拉蒙之子埃阿斯也没有荒废时日空等战事。他率领战船到达位于色雷斯半岛的国王波吕墨斯托耳的王宫。特洛伊国王普里阿摩斯把自己小儿子波吕多洛斯寄养在这里以免战祸，并且送给波吕墨斯托耳大量的黄金珠宝。然而色雷斯国王是个不讲信义的人，在埃阿斯进攻时，他用这些黄金珠宝和波吕多洛斯向埃阿斯求和。

埃阿斯没有带着战利品马上返回，而是继续向佛律癸亚海岸进发。他攻击了透特拉斯的王国，杀死了国王并抢走了公主忒克墨萨。埃阿斯仰慕她的美貌和气质，便将她留在身边，待她如同妻子一般。如果不是希腊人不允许和野蛮人结婚，他会正式娶她为妻的。

阿喀琉斯和埃阿斯都满载而归，同时回到特洛伊城外的军营中。希腊人热烈地欢迎他们，把橄榄枝花冠戴在两位英雄的头上，嘉奖他们的胜利。然后，希腊人聚在一起，将他们视作财产的战利品进行了分配，作为统帅的阿伽门农虽然没有亲自出征，但是也被分到了可观的战利品，阿波罗的祭司克律塞斯之女克律塞伊斯就被他占有为奴。

波吕多洛斯

最后，英雄们商量如何处置最宝贵的战利品——国王普里阿摩斯之子波吕多洛斯。他们一致决定派奥德修斯、狄俄墨得斯和海伦的丈夫墨涅拉俄斯三人为使节前往特洛伊，要求用国王的儿子交换海伦。他们带着年幼的波吕多洛斯来到城前。按照国与国之间的交往礼节，三位使节毫无阻挡地进入城内并受到特洛伊人的接待。

普里阿摩斯及其儿子们还没有听到地方使节的消息，使节们就已来到特洛伊的城内广场上，墨涅拉俄斯对聚集在那里的民众演说，严厉地谴责帕里斯违背民法，抢夺他妻子海伦的罪行。激昂动情的演说感动了特洛伊人，他们含着同情的眼泪，认为他的要求是合理的。

奥德修斯见听众受到鼓动，便说：“特洛伊的人民，你们应该知道，希腊人并不是野蛮人，我们热爱荣誉，摒弃耻辱。如你们所知，动武之前我们友好地派出过使节，争取和谈解决此事。后来因为你们先袭击我们，战争爆发。现在，你们已经看到我们的力量，你们的盟国和属地都被毁灭，也应该感到了多年围城所造成的困难。但是，和平解决的希望仍然把握在你们的手中！你们把海伦交出来，我们的船队永远地离开你们的海岸。当然，今天我们也不是空手而来，而是为国王带来一件比一个只会给特洛伊带来诅咒的异国女人宝贵得多的礼物——你们国王的小儿子波吕多洛斯。如果你们今天把海伦交出来，我们就将你们的王子送到他父亲那儿，但如果你们拒绝，那么你们的城池必将毁灭，而且，你们的国王还得目睹他宁死也不希望看到的悲剧。”

奥德修斯讲完后，人群陷入了沉默。最后贤明的老人安忒诺耳开口说道：“希腊人啊，你们曾是我的客人，你们说的这一切我们都知道，而且都赞同。可是我们没有办法，因为我们生活在一个国王的命令高于一切的国家里。我们的法律、祖传的信仰以及子民的良心都使我们不能违背他的意志。为了使你们知道民众中最卓越的人对你们的要求所持的看法，我们将举行长老会议，他们将当面对你们说出他们的心里话。”

于是安忒诺耳召开了由他亲自主持的长老会议，并让希腊使者们出席。特洛伊城的知名人物纷纷发表看法，大家都反对帕里斯的所作所为，只有心怀不轨的安提玛科斯为帕里斯辩护。帕里斯曾用许多礼物收买他，让他帮自己竭力阻挠交出海伦。现在安提玛科斯甚至背着英雄们提出了一个丧心病狂的建议，要把作为使者的三个希腊英雄杀死。特洛伊人没有听从他的建议。他又怂恿要把希腊使者拘禁起来，胁迫希腊人无条件交出波吕多洛斯，这个建议也被拒绝后，安提玛科斯竟开始公开辱骂希腊使者，特洛伊人便将他逐出了会场。

心怀愤恨的安提玛科斯把希腊使者到来的消息告诉了国王。国王和他的儿子们也立即召集会议讨论，深得国王信任的老者潘托俄斯也出席了会议。在会上，他请求勇敢正直而又道德高尚的王子赫克托耳，要他听从特洛伊长老们的意见，交出引起战争的祸根：“帕里斯的过错给我们带来了灾难，我们的许多盟国都已经被攻占，它们的毁灭已经表明了我们的命运。而且，你最小的弟弟现在在希腊人的手里，如果不把海伦交出去，波吕多洛斯怕是凶多吉少！”

提到兄弟帕里斯的恶劣行径，赫克托耳也会面红耳赤，但他也不同意交还海伦，他说：“海伦已经是来我们这里寻求保护的人，而且特洛伊也接受了她，我们为她和帕里斯建造了宫殿，他们甜蜜地生活在一起这几年，当初大家就知道这场战争的到来，但大家都沉默，也无人反对，到了现在我们有什么理由驱逐她呢？”

“我可没有沉默，”潘托俄斯说，“我的良心是清白的，而且我曾把父亲的预言告诉过你们，即使你们不听，我今天也仍然要再一次警告你们！”他说完便站起身离开了会场。

会议商讨的结果是按照赫克托耳的建议，特洛伊不交还海伦，但会把当时连同她一起抢掠来的财物等价偿还，另外他们会从国王的女儿中挑选一人许配给墨涅拉俄斯，并且普里阿摩斯还会备上丰厚的嫁妆。

听到这一交换条件后，墨涅拉俄斯顿时大怒：“可笑！现在居然由我的敌人为我挑选妻子！留着你们野蛮人的女儿吧，把我年轻时所娶的妻子还给我！”

这时国王的女婿、克瑞乌萨的丈夫埃涅阿斯霍地站起身来，粗暴地呵斥墨涅拉俄斯道：“假如我说了算，那么你这个家伙就既不能带回妻子，也得不到国王的公主。特洛伊不是没有人，现在话已经说够了！如果你们不立即撤走，那么就将看到特洛伊人的力量！我们还有许多强大的同盟军和久经沙场考验的英雄战士。虽然邻近的许多小国已被打败，但更强大的同盟军会加入我们！”

埃涅阿斯的这番话受到了王子们的热烈拥护。如果没有赫克托耳的掩护，希腊使节一定会遭到更多的凌辱。他们怒气冲冲地带着波吕多洛斯回到了营地，国王普里阿摩斯只是从远处看到了自己的爱子。

希腊人听说他们的使节在特洛伊受到了侮辱，都怒不可遏。他们叫嚷一定要报复。军前特别会议没有过多地征求诸位王子的意见，便决定让无辜的波吕多洛斯抵偿他哥哥和父亲的罪恶。这可怜的孩子被带到城墙边，石块从四面八方朝孩子毫无遮拦的身上砸去，就这样孩子悲惨地死去了。国王普里阿摩斯和特洛伊人都亲眼看到了希腊人执行的酷刑。希腊王子们答应把砸烂的尸体交给国王，让他为儿子举行葬礼。国王的仆人们在特洛伊的英雄伊特俄斯的率领下来到城外，悲伤地把孩子的尸体装上灵车，带回去交给可怜的国王普里阿摩斯。

阿喀琉斯的愤怒

战争进入了第十年，这一年的战事和故事比过去九年的总和还要多。由于波吕多洛斯被害，这更加深了双方的仇恨，连天上的神也加入了这场人间的纷争。赫拉、雅典娜、赫耳墨斯、波塞冬、赫淮斯托斯站在希腊人一边，而阿瑞斯和阿佛洛狄忒则反对希腊人的残暴，帮助特洛伊人。诗歌之父荷马正是以这个时期发生的事——阿喀琉斯的愤怒和他带给希腊人的苦难来叙述他的史诗的。

阿喀琉斯被激怒的原因是这样的：希腊人的使节回来后，特洛伊人的威胁让他们不敢松懈，随时准备迎战。正在这时，阿波罗的祭司克律塞斯来到军营。他的女儿之前被阿喀琉斯抢走并作为战利品送给了阿伽门农。现在他手执缠着橄榄枝的和平金杖，并带着大量赎金前来恳求希腊人把女儿还给他。他恳求道："阿特柔斯和阿耳戈斯的儿子们，让天上的神保佑你们攻占特洛伊，并能平安地回到自己的故乡。请接受我的赎金，把女儿还给我，作为阿波罗的祭司，我将虔诚地为你们祝福！"

人们都赞成接受他的要求，但国王阿伽门农却不同意，他不愿意失去美丽的女奴，生气地反驳道："老家伙，不许你再出现在我的船只附近！你的女儿现在是我的奴仆，今后也是！我要把她带到阿耳戈斯，让她整天为我纺织！你不要惹我发火，赶快滚回去！"

克律塞斯被吓到了，只好顺从地退了出来，默默地来到海岸上，向苍天举起双手，祈求道："阿波罗啊，你掌管着如此广阔的土地，请听我的申诉吧！多少年来，我为你清洁神庙，给你选择祭品，为我报复阿耳戈斯人吧，让他们知道你金箭的厉害。"

阿波罗听到了他的诉求，愤怒地离开了奥林匹斯圣山，肩上背着弓和装满的箭袋，来到希腊人的军营上空，将毒箭一支支地射下去。中箭的人畜都患了瘟疫，悲惨地死去了，营地上火化尸体的柴火日夜燃烧。这瘟疫一直蔓延了九天，第十天的时候，阿喀琉斯受到赫拉的启示，才召集会议。他征询意见，希望找出办法可以平息阿波罗的怒火，停止军中的灾难。

能从飞鸟中得到预兆的随军预言家卡尔卡斯站走出来说，如果阿喀琉斯恕他直言，他可以详细说明神为什么愤怒。阿喀琉斯令他大胆地说出来，并保证会保护他。于是预言家说："神并不是因为我们不守誓言和不献祭而降下灾难，他愤怒是因为阿伽门农侮辱了他的祭司。如果我们不把女儿还给她的祭司父亲，阿波罗就不会善罢甘休，他将继续给我们降下灾难。我们只有满足他的愿望，才能重新获得神的保佑。"

阿伽门农听到这话后十分恼火："你这个不祥的预言家，从来没有对我说一句吉利话，现在又来蛊惑众人。我愿意将祭司那聪慧美丽的女儿留在身边不假，但为了让士兵们免受瘟疫之灾，我愿意把她交出来！但是我要求一件东西作为补偿！"

"阿特柔斯之子啊，"阿喀琉斯回答说，"我不知贪婪驱使着你要求怎样的补偿，可我们从被征服的城市掠来的战利品早已分光了，现在不可能把分给每个人的东西再要回来。因此，请放掉祭司的女儿吧！如果宙斯保佑我们攻占了特洛伊城，我们愿意三倍甚至四倍地补偿你的损失！"

"勇敢的英雄，"国王大声说，"别想来骗我了！你以为自己可以把战利品保存得好好的，而我就会顺从地把战利品交出来吗？不！我要从你们的战利品中夺取我所需要的东西。不管那是属于埃阿斯，奥德修斯，还是你阿喀琉斯的，我也不管你们生多大的气，我都不在乎。不过这事我们以后再说，现在你们先去准备一条大船和祭品，把克律塞斯的女儿送上船，并派一位王子，我的意思是你，阿喀琉斯，亲自押运这只船！"

阿喀琉斯怒气冲冲地说："无耻又自私的君王呐！希腊人还有谁愿意听从你的指挥？特洛伊人与我并无仇恨，但我跟随和帮助你，现在你却忘恩负义，想要夺取我的战利品。我攻占了一座座城市，但我所得到的战利品都不如你的多。我一直承担着最艰巨的战斗任务，但在分战利品时，你却得到最好的一部分。好吧，我现在就回到家乡佛提亚去！看你还能积累多少财富！"

"请便吧！"阿伽门农吼道，"没有你，我仍有足够的战士！而且你总是引起事端！现在，我告诉你，我可以把克律塞斯的女儿还给她的父亲，但我要用你营帐中的勃里撒厄斯作为补偿，我要让你明白我比你高贵，也要以此警告别人不要像你一样违背我的命令！"

阿喀琉斯怒火难耐，正在考虑是立刻拔出剑来杀了阿伽门农还是暂且忍耐时，女神雅典娜悄悄地出现在他的身后，轻声说道："你要镇静，如果你能听话，我将给你三倍以上的赏赐！"

收到劝告，阿喀琉斯把剑又推回到剑鞘里，但用愤怒的语言说道："卑鄙之徒，你何时想到应该在战场上同希腊最高尚的英雄们一起战斗？你只知道在这儿抢夺战利品是一件很舒服的事！我发誓，从现在起，你休想看到我再到战场拼杀了！当凶狠的赫克托耳像割草一样屠杀希腊人时，你也休想我来救你！"

正直的涅斯托耳竭力劝说双方和解，但没有效果。最后，阿喀琉斯愤怒地对国王说："随你怎么样吧，但别指望我会听从你的调遣。我不会因为这个姑娘而反对你或其他英雄，可是你别想碰我的财产，否则我就要了你的命。"

散会后，阿伽门农将克律塞斯的女儿和祭品送上船，由奥德修斯押运回去。然后又命令传令官塔尔堤比俄斯和欧律巴特斯去阿喀琉斯的营房里把布里修斯的女儿带来。他们不敢违抗主人的命令，只好不情愿地来到营地，见阿喀琉斯正坐在营房门口，心里由于胆怯而不敢说明来意。但阿喀琉斯已经猜到他们为何而来，便说："你们不必犯愁，你们是宙斯与凡人的传令官，请过来吧，这不怪你们，而是阿伽门农的过错！不过，我要你们作证，如果将来有人要我援助而遭到拒绝，那就不能怪我，而应责备阿伽门农！”

阿喀琉斯的好友帕特洛克罗斯把姑娘领了出来，她很不情愿地跟两个传令官走，因为她已经爱上了宽厚温良的主人。

阿喀琉斯来到海边，含着眼泪注视着深色的海水，呼喊着母亲忒提斯来帮助他。果然，大海深处传来了母亲的声音：“我的孩子，我生下了你，你的生命是如此短暂，但却要忍受这么多的苦难和侮辱！我会亲自去找宙斯，请求他帮助你。但这不是立刻就能办到的，因为昨天他去接受献祭了，要过十二天才能回来。现在你暂且留在战船附近，不要理睬他们，也不要去参加战斗。”阿喀琉斯郁闷地回到营帐里，一言不发。

另一边，奥德修斯把卡律塞斯的女儿送了回去。这使得祭司惊喜交加，他朝天举起双手感谢神恩，并请求阿波罗终止希腊人降灾。果然，瘟疫立刻停止了流行，当奥德修斯驾船回到营中时，所有的病人都已经病愈了。

忒提斯并没有忘记自己的诺言，到了第十二天，她从海中来到奥林匹斯圣山，见到了凌驾于众神之上的宙斯。忒提斯上前去用左手抱住他的双膝，说：“父亲啊，请准许我向你祈求保佑我的儿子吧，因为命运女神要他的荣誉过早地枯萎。阿伽门农肆意地侮辱他，剥夺了他的战利品，求你给特洛伊人降福吧，让他们保持胜利，直到希腊人把荣誉重新还给我的儿子为止！”

宙斯沉默良久，忒提斯则不停哀求，宙斯不高兴地说：“这样做并不好，你是在让我跟神之母赫拉作对。你不要让她看到你！我点头示意，算是对你的回答。”

忒提斯满意地离开了宙斯，回到大海里。但已经知道他们谈话的赫拉却来埋怨宙斯，宙斯则平心静气地对她说：“别来反对我的决定，请安静地听从我的命令。”赫拉听后，便不敢再反对他的决定。

阿伽门农试探希腊人

宙斯想到对忒提斯的许诺，便派梦神变成涅斯托耳的模样来到正在熟睡的阿伽门农的床头。在所有的长老中，国王最喜欢和尊重涅斯托耳，他在朦胧中听到涅斯托耳对自己说："阿特柔斯之子，你还在睡觉吗？全军统帅不应该睡这么久。我是宙斯派来的使者，神已决定让特洛伊城毁灭，他命令你集合军队，现在就去征服特洛伊。"

阿伽门农被梦惊醒，他立即起床穿上衣靴，背上宝剑，执着王杖大步朝战船走去。他命令传令官去召集军队，并通知王子们到涅斯托耳的船上开会。在会上，阿伽门农说："朋友们，神刚才赐梦给我，梦中一个酷似涅斯托耳的人告诉我说宙斯已决定让特洛伊城毁灭。阿喀琉斯让军队的斗志涣散，让我们试试能否重新激起他们的斗志吧。我要亲自试试他们，先劝他们上船离开特洛伊海岸，然后你们散布在军中，动员他们留下。"

阿伽门农说完后，涅斯托耳站起来对王子们说："若是别人对我述说这样的梦，我会斥责他撒谎，并不去理睬，可是现在说这话的是我们的最高统帅，我们应该相信他，并照他的计划去做。"

阿伽门农和其他的王子们便跟涅斯托耳来到人群簇拥的广场上，喧哗渐渐平息，阿伽门农站在人群前说道："亲爱的朋友们，勇敢的战士们！宙斯欺骗了我们，他曾郑重地允诺我可以征服特洛伊，得胜回国，但他现在命令我毫无体面地返回阿耳戈斯，让我们的战友白白牺牲。当然，是特洛伊人强大的同盟军在阻止我们取胜，可当我们的后代子孙听说伟大的希腊人对付这么弱小的敌人都不能取胜时，该是多么羞耻。战争开始已经九年，我们船上的木板都已开始腐烂，缆绳也在断裂，我们的妻儿在家中热切地盼着我们回家。所以，我们还是服从神意，上船返航回家吧。"

阿伽门农的话在人群中引起了骚动，兵将们如风般朝战船飞奔而去，一时地面上被搅得尘土飞扬，有人去垫圆木，有人去疏通水道，大家互相鼓励着要合力把战船拖入大海。

奥林匹斯圣山上，支持希腊人的神们对这场面感到诧异。赫拉催促雅典娜降到地上，阻止阿耳戈斯人奔逃。雅典娜听从吩咐，飞降到希腊人的军营中。她看到奥德修斯静静地站在自己的战船前面，便现出原形走近他，亲切地问道："你们为了光荣远离故乡，现在难道真的想逃走吗？难道你们真的愿意把荣誉留给普里阿摩斯，把海伦留给特洛伊人吗？不，聪明而高贵的奥德修斯，你当然不能忍受这种耻辱！别再犹豫了，快去运用你的智慧和辩才阻止他们吧！"

听了女神的话，奥德修斯丢下披衣跑进了军中，对遇到的每一个王子或贵族说："难道你也要像懦夫一样逃跑吗？你应该安静下来，你知道阿伽门农心里到底在想什么，难道他不是在试探希腊人吗？"当他看到士兵们闹闹嚷嚷时，便生气地举起权杖挥打他们，并粗暴地威胁说："混蛋！别乱动，回到原地去！我们希腊人不能个个都当国王！群龙无首有害无利，宙斯把权杖交给了一个人，那其他人就该听从他的指挥！"

奥德修斯激昂的声音传遍全军，士兵们终于被劝阻离开了战船，回到了集合的广场。人群安静下来，只听到一个人叽里呱啦的说话声，便是忒耳西忒斯，他是远征军中最丑的一个：斜眼跛脚，驼背尖脑而且满头乱发，这个家伙常常有意无意地诽谤别人，阿喀琉斯和奥德修斯都很痛恨他。现在他像平时一样说着怨恨的话，尖着嗓门责备反对国王和王子们："阿特柔斯之子，你还抱怨什么？你的帐篷里不是塞满了金银财宝和美女吗？你在这里过得多快活，我们却被你害惨了，徒有烦恼和苦闷的话还不如乘船回家去。"他又挑拨说："他曾经侮辱了英勇的阿喀琉斯，强占了他的战利品！要不是阿喀琉斯没骨气，这个暴君早就被杀了！"

奥德修斯听到这些话，满怀厌恶地走上前来，举起权杖狠狠地打在他的身上，并大声斥责道："你这流氓，如果再胡说八道，我绝对会剥光你的衣服，把你痛打一顿！"忒耳西忒斯被打得肩背上血迹斑斑，痛得大叫，气呼呼地跑掉了。在场的每个人都为这个无耻的人受到了应有的惩罚而高兴。

雅典娜变为传令兵站在奥德修斯一旁，奥德修斯举起王杖，叫大家静下来，然后说："朋友们，你们一定还记得我们离开奥里斯港时所得到的预兆。那时候我们在一棵茂密的槭树下进行百牲大祭，我感到这好像发生在昨天一样。一条乌黑的巨蛇从祭坛下爬出，曲着身子爬到树上，树枝上有一只鸟窝，窝里有八只小鸟挤在一起，第九只是哺育它们的母鸟。母鸟悲鸣着，扇动着翅膀保护小鸟，巨蛇转过头，一只咬住了它的翅膀，吞掉了母鸟和八只小鸟后，被派它来的宙斯变成了一块石头。在场的阿耳戈斯人都惊得呆住了。预言家卡尔卡斯却大声说：'你们为什么目瞪口呆地站在那里？你们难道看不出这是宙斯的预兆吗？九只鸟表示我们在特洛伊要战斗九年，到第十年你们才能征服这座雄伟的城池。'卡尔卡斯的预言即将应验，战争已经过去九年了，胜利也随之到来。你们应该再坚持一段时间，留下来吧，直到我们攻破普里阿摩斯国王的卫城！"

阿耳戈斯人发出一阵欢呼，聪明的涅斯托耳趁机利用士兵们情绪的转变，向阿伽门农建议说让那些思念家乡的人上船回家，这样做既可以确凿地知道军中谁是英雄，谁是懦夫，并知道妨碍战争进行的到底是神意，是畏惧，还是缺乏作战经验。阿伽门农接受了这个英明的建议，他说："涅斯托耳，你是我们中最聪明的人，如果军中有十个像你这样的人，我们早就把特洛伊夷为平地了。我承认自己愚蠢地为了一个女人和阿喀琉斯反目，一定是宙斯让我失去了自我，如果我们两人能和解，攻陷特洛伊也就指日可待了。现在我们准备进攻吧，让每个人都饱餐一顿，带上武器，喂饱战马，备好战车去投入战斗吧，如果有人因为畏惧留在船上，那就让他们的身体成为野狗和老鹰的食物！"

阿耳戈斯人欢呼雷动，如同被风激起的海浪拍打着悬崖。阿伽门农宰了一头公牛向宙斯献祭，然后他吩咐传令官发布作战命令，首领们率领军队涌向原野，阿特柔斯之子阿伽门农一马当先。他威风凛凛，如万神之父一样威严，宽阔的胸脯像波塞冬的一样健壮，而他的铠甲和武器也像战神阿瑞斯的一样，坚固而精良。

帕里斯和墨涅拉俄斯

希腊人按照涅斯托耳的建议做好了战斗准备的同时，特洛伊人的部队也伴随着城墙后飞扬的尘土推进过来，两军逼近，战斗一触即发！

这时，王子帕里斯身穿豹皮战袍，背着弓佩着剑，手中挥舞两根长矛，从特洛伊人的队伍中冲了出来，他大声叫阵，要单独挑战敌军中最勇敢的人。墨涅拉俄斯一看是他，心里如发现了猎物的狮子一样兴奋。他全副武装跳下战车，迫切地要去惩罚这个抢去他妻子的无耻之徒。

帕里斯看到杀气腾腾的对手，顿时胆怯得不由自主地往后退。赫克托耳见状，愤怒地呵斥道："兄弟啊，你空有一副英雄的外表，心里怯懦得像个女人！难道你除了拐骗女人的本事，别无所长吗？你这样的人即使受伤倒地挣扎，美发上沾满了泥土，我也不会同情你的。"

帕里斯回答说："赫克托耳啊，你胆量超群，勇敢无比，对我的责备也不无道理。可是你不该嘲笑我的美貌，因为它是神赐予的。如果你想要我进行决斗，那么请双方的士兵们全放下武器吧。我愿意为了海伦和她的财富同墨涅拉俄斯决斗，获胜者可以带着海伦和财宝回去。不过，我们需要签订一个条约，这样特洛伊人就可以和平地耕种土地，而希腊人也可以扬帆回阿耳戈斯去。"

赫克托耳听到他兄弟的话，惊喜又意外，他高兴地走到队伍前面，命令特洛伊人停止冲击。对面的希腊人看到他时，纷纷朝他投石，射箭，掷飞镖。阿伽门农连忙命令道："阿耳戈斯的士兵们，住手！赫克托耳有话想和我们说！"希腊人这才停止攻击，静静地等在原地。

赫克托耳大声宣布了帕里斯的建议，希腊人听了后陷入沉默。最后，墨涅拉俄斯说："大家听我说，我也希望阿耳戈斯人和特洛伊人最终能够和解。这场战争是由帕里斯而起，让双方都受尽了苦难。我与他必须听从命运之神的决定拼个你死我活，而其余的人都可以和平地回去。让我们献祭并立誓，然后开始这一场不可避免的决斗吧！"

厌恶战争的双方士兵听了这话都很高兴，英雄们也都跳下战车，解下盔甲，连同武器一起放在地上。赫克托耳派使者回特洛伊城内取来献祭的公羊，顺便请国王普里阿摩斯到战场来；阿伽门农也派传令官塔尔堤比俄斯去船上牵来一头活羊。神的使者、彩虹女神伊里斯变成普里阿摩斯国王的女儿拉俄狄克的样子，赶到特洛伊城把城外发生的事情告诉了海伦。海伦听后心里也不由得生出对故乡、从前的丈夫墨涅拉俄斯和其他的朋友们的思念。她戴上银白色的面纱，遮住泪眼，带着侍女来到中心城门。国王普里阿摩斯和几个德高望重的特洛伊长老坐在城垛后面，老人们看见海伦走来，立刻为她的天姿国色所倾倒，并互相低语说："怪不得希腊人与特洛伊人为这个女人争斗了多年，她看上去就像一位不朽的女神！不过，不管她多美丽，还是让她回到阿耳戈斯人的船上去吧，免得我们的子孙再受她的祸害。"

普里阿摩斯亲切地招呼海伦说："过来吧，我可爱的女儿，坐到我的身旁来！我要让人们知道你对这场苦难的战争是没有责任的，这场战争是神加在我们身上的。你告诉我那个高大健壮的国王是谁，我还从来没有看到如此威武的人。"

海伦恭敬地回答说："尊敬的父王，现在想来我真的宁愿身遭惨死，我离开家乡，跟着你的儿子来到这里，每当想到这些，我就被淹没在泪水里！你现在说的那个人就是国王阿伽门农，他是勇敢的武士，我过去的夫兄。"海伦又向老国王介绍了奥德修斯和埃阿斯等人后，接着说："如果时间允许，我可以一一说出希腊将领们的名字。只是我未见到的兄弟卡斯托耳和波吕丢刻斯，他们难道没有来吗？也许他们是为自己的妹妹感到羞愧而不愿出现？"海伦沉思起来，她不知道自己的两个哥哥早已不在人世了。

两名使者抬着祭品从城里走了出来，第三使者伊特俄斯端着金光闪闪的酒壶和酒杯跟在后面，他来到普里阿摩斯面前，对他说："请起身吧，国王，特洛伊人和希腊人的首领都请你到战场上去为一个神圣的条约宣誓。帕里斯跟墨涅拉俄斯决定单独作战，得胜者可以把海伦和她的财产带走，阿耳戈斯人将收兵回国，我们也可以和平地耕种特洛伊的土地。"

国王很惊讶，他和安忒诺耳一起登上战车，并亲自驾车驶出城门，来到两军阵前，阿伽门农和奥德修斯也走了过来。使者们抬上祭品，用金碗调和美酒，给两个国王洒上圣水。阿伽门农抽出宝剑，按照祭礼割下公羊前额上的羊毛，祈请万神之父宙斯为盟约作证。然后，他杀死献祭的羊，放在地上。使者们一边祈祷，一边将杯中的酒浇祭在地上，口中念念有词："宙斯和所有永生的神们，请你们明鉴，如果我们中间有人违背誓言，那么他的血，他的子孙们的血将像杯中的酒一样流在地上！"

盟誓完毕后普里阿摩斯对在场的人说："特洛伊人和希腊人，我要重新回到卫城中去，因为我不能眼睁睁地看着我的儿子跟墨涅拉俄斯进行生死决斗。他们中间谁胜谁负，只有宙斯知道。"说完便带着随从驾车朝城内驶去。

国王离开后，赫克托耳和奥德修斯开始测量决斗的距离，并在战盔中抽签决定哪一方先朝对方掷矛。赫克托耳摇动头盔，写有帕里斯名字的签被拈了出来，由他先来投矛。两位全副武装的英雄大步走到决斗场上。帕里斯首先猛地掷出了他的长矛，矛尖射中了墨涅拉俄斯的盾牌，被撞弯了；接着墨涅拉俄斯举起长矛，大声祈祷道："宙斯，为了让天下人从此以后都不敢再肆意妄为，请允许我惩罚侮辱我的人吧！"他投出长矛，矛尖穿透帕里斯的盾牌，刺透了他的盔甲，墨涅拉俄斯接着拔出宝剑，抢上一步砍向敌人的头盔，但只听"当"的一声，宝剑被断成了两截。

"残酷的宙斯，你为何不让我取得胜利？"墨涅拉俄斯大叫着朝敌人扑了过去。他抓住帕里斯的战盔，拖着他转身朝希腊人的阵地奔去。要不是女神阿佛洛狄忒前来帮助，暗中割断了皮带，帕里斯一定会被勒死。现在墨涅拉俄斯只抓住了一只空空的头盔，他把头盔扔在一边，又朝对方扑去。这时阿佛洛狄忒降下一片浓雾遮住了帕里斯，并把他带回了特洛伊城。她自己则变成女佣走近海伦，拉了一下她的衣角说："帕里斯喊你过去，他穿着宴服在宫中内室里等你。看到他你会觉得他不是刚从决斗场上回来，而是要去参加舞会。"

海伦看到女神阿佛洛狄忒突然消失在一片神光中，会意地点了点头，悄悄地回到自己的宫殿，看到丈夫正躺在床上。海伦嘲笑地问他："你就这样回来了？我宁愿你被杀死在战场上。你之前还夸口说无论投矛还是徒手作战，都能轻而易举地战胜我的前夫！去吧，再去向他挑战！哦，不，你还是留在这里吧，否则一定会被他打得粉身碎骨的！"

"请你别讥讽我了，"帕里斯回答说，"墨涅拉俄斯之所以能够赢我，是因为女神雅典娜在帮助他。下一次我会战胜他的，因为神们并没有抛弃我。"阿佛洛狄忒拨动了海伦的心弦，让她心生感动，她亲切地看着她的丈夫，并谅解地亲吻他。

战场上，墨涅拉俄斯还在寻找失踪了的帕里斯。可大家都不知道他到哪里去了。最后，阿伽门农大声宣布："很明显，墨涅拉俄斯是胜利者。特洛伊人，现在请你们交出海伦和她的财宝，并从此以后永远向我们纳贡！"

阿耳戈斯人都欢呼着赞成这一提议，但特洛伊人却保持着沉默。

潘达洛斯

神们在奥林匹斯圣山上一边饮酒，一边俯视着特洛伊城，宙斯和赫拉决定毁灭特洛伊城，便命令女儿雅典娜即刻去特洛伊战场，怂恿特洛伊人破坏誓约，并侮辱正在庆祝胜利的希腊人。

帕拉斯·雅典娜变成安忒诺耳的儿子拉俄多科斯[1]混在特洛伊人中间，来到了吕卡翁的儿子潘达洛斯身边。潘达洛斯是个高傲的人，他是特洛伊人的盟友，率领士兵从吕喀亚赶来参战。雅典娜觉得他非常适合完成宙斯交代的任务，便拍着他的肩膀说："潘达洛斯啊，现在正是你建功立业，让特洛伊人永远感谢你的时候，尤其是帕里斯，他一定会对你厚礼相报。你看墨涅拉俄斯那副傲慢的样子，多让人气恼！何不向他射出一支冷箭，你敢吗？"这番话鼓动了潘达洛斯愚蠢

1 拉俄多科斯（Laodocus），此名字被两人共用，一个为希腊人，是安提罗科斯的御者；另一个是特洛伊人，安忒诺耳之子。

的内心。他拿起弓，从箭袋里抽出一支翎箭，扣紧弓弦，“嗖”的一声向对方射去。箭飞到空中，雅典娜引导这支箭射中了墨涅拉俄斯的腰带，箭镞穿过皮革，透过铠甲，只伤到了皮肤，但伤口里却涌出了鲜血。

阿伽门农和其他英雄惊慌地围上去。“我的兄弟，敌人违背了誓约，”国王叫道，“他们将你害死，我定要他们赎罪。如果我失去了你，而且又没有取得胜利，这该是多么大的耻辱和悲痛啊。”

墨涅拉俄斯安慰哥哥说：“请放心，这伤口不是致命的，我的腰带保护了我。”

阿伽门农立即派人去找神医马哈翁。马哈翁赶来为墨涅拉俄斯拔下箭镞，并仔细处理了伤口，敷上了止痛的膏药。

当大家正忙着照顾受伤的墨涅拉俄斯时，特洛伊的士兵已冲了过来。希腊人急忙拿起武器抵抗。阿伽门农把战车交给欧律墨冬，自己则跟士兵们一起步行作战，他四处鼓励各位带队的英雄和士兵，一时间，希腊人士气大振。一队一队的战士们如大海的波涛般勇猛地冲上战场。特洛伊人却像一群喧哗叫嚷的绵羊，各种语言混杂在一起。喧嚣之上则是神们叫战的声音，战神阿瑞斯鼓励特洛伊人奋勇前进，雅典娜则煽起希腊人复仇的怒火——两军势必血战一场。

两军大战

交战的双方短兵相接，一时间盾牌碰撞，剑矛挥舞，杀声震天。最先阵亡的是特洛伊人厄刻波罗斯，他冲在最前面，被涅斯托耳的儿子安提罗科斯[1]用矛刺中了前额，倒在地上。希腊王子厄勒菲诺耳即刻上去抓住他的一只脚，想把他抢过来，剥去他的铠甲，可正当他弯腰时，漏出防卫破绽，被特洛伊人阿革诺耳刺中腰部而亡。

战斗越来越激烈，双方将士如同饿狼般相互扑杀。埃阿斯挥起长矛，刺穿了朝他冲来的西莫伊西俄斯的胸膛，西莫伊西俄斯踉跄

1 安提罗科斯（Antilochus），以英俊勇敢著称，是阿喀琉斯的挚友之一。

着倒在地上。埃阿斯扑上去剥他的铠甲，特洛伊人安提福斯顺手掷出一枪，埃阿斯及时躲过，但他身旁的琉科斯却被击中。琉科斯是奥德修斯的朋友，见他被刺死，奥德修斯悲愤万分，他带着怒火掷出他的枪，安提福斯闪到一边，投枪擦身而过，直接击中了国王普里阿摩斯的私生子得摩科翁的头颅，他轰然一声倒在地上死去了。特洛伊的前锋见状被吓得连忙后撤，连赫克托耳也身不由己地往后退。希腊人大声欢呼着向前推进，更加深入到特洛伊人的阵地中。

阿波罗见状很恼怒，他鼓励特洛伊人道："不要轻易地放弃阵地！他们又不是钢筋铁骨，而且他们中最勇敢的英雄阿喀琉斯并没有参战。"而另一边，雅典娜则鼓励阿耳戈斯人奋勇冲击，她为堤丢斯之子狄俄墨得斯注入神力，让他的铠甲和盾牌像秋夜的天狼星一样闪闪发光，并驱使他冲入敌阵，杀得敌人乱成一团……战况激烈，双方英雄都死伤很多。

富裕而有权势的特洛伊人达瑞斯是赫淮斯托斯的祭司，他也把两个勇敢的儿子，菲格乌斯和伊代俄斯，送上了战场。二人的战车遇上了徒步作战的狄俄墨得斯，菲格乌斯朝他投枪，但被狄俄墨得斯闪过，并没有伤到他，反倒是他回手一枪将菲格乌斯挑下了战车。伊代俄斯吓得不敢上前保护兄弟的尸体，便跳下战车奔逃。达瑞斯的保护神赫淮斯托斯赶来，降下黑雾掩护他逃跑，因为他不想让自己的祭司一下子失掉两个儿子。

雅典娜握住她的兄弟、战神阿瑞斯的手说："兄弟，我们最好暂时别去插手特洛伊人和希腊人的战事，让他们各自作战，看我们的父亲希望哪一方获胜。"阿瑞斯点头同意，便和她一起离开了战场，可雅典娜的爱将狄俄墨得斯还带着神力在战场上杀敌，只见他左冲右突，人们甚至分不清他究竟是哪一个阵营的。特洛伊人潘达洛斯拉起弓，一箭射中了他的肩部，鲜血染红了他的铠甲。潘达洛斯大声欢呼着鼓励他的士兵们说："前进吧，特洛伊人！我已经射中了最勇敢的敌人，他马上就会倒下！"

但狄俄墨得斯并没有受到致命伤，他站到战车的前面，让他的御者斯忒涅罗斯为他拔出肩上的箭，鲜血从铠甲的接缝处涌流而出，狄俄墨得斯向雅典娜祈祷道："宙斯的蓝眼睛女儿，你过去曾保护过我的父亲，现在也请你保护我，让我的长矛刺中那个伤害我的人！"

雅典娜听到祈祷，赋予了他更多力量，并对他说："前进吧！我已使你的伤口愈合，并去除了遮眼的障幕，现在你可以看出战场谁是凡人，谁是神。你要记住，如果有神朝你走来，你就跟他一起去战斗！但阿佛洛狄忒除外，如果见到她，就用你的矛刺向她！"

狄俄墨得斯突然感到身轻如鸟，伤口也不再疼痛，勇气和力量也倍增，他像猛狮一样奋勇冲杀，所向无敌。

普里阿摩斯国王的女婿埃涅阿斯眼看着特洛伊人在狄俄墨得斯的打击和杀戮下渐渐后退，便冒着飞蝗一般的乱箭跑到潘达洛斯跟前，大声说："吕卡翁之子，你的弓箭和你的荣誉呢？那个人杀害了这么多特洛伊人，如果他不是化身为人的神，你就应该将他射死！"潘达洛斯回答说："他若不是神，那必是堤丢斯之子，我没有射死他，一定是因为有神保护了他，而且仍然在援助他！我真不幸，我已经射中了两个希腊首领，可是都没能够把他们射死。这让敌人们变得更加狂暴，大概这是因为我是在最不吉利的时辰带着弓箭来到特洛伊城前的！"

"别灰心，"埃涅阿斯鼓励他说，"快上我的战车。"

潘达洛斯跃身上车，站在埃涅阿斯身旁。两个人驾着快马，朝狄俄墨得斯飞驰而去。斯忒涅罗斯看到他们冲了过来，便朝他的朋友大喊："两位勇敢的人朝你奔来了，他们是潘达洛斯和埃涅阿斯。埃涅阿斯是一个半神的英雄，他是阿佛洛狄忒的儿子！我们还是驾车逃走吧，你的勇敢和力量怕不是他们的对手！"

狄俄墨得斯皱着眉看了他一眼，回答说："别对我说什么怕不怕！胆怯地逃避或退却绝不是我的风格。我要徒步去挑战他们！如果我杀死了他们，你就过来把埃涅阿斯的骏马当作战利品送回去。"他正说着，潘达洛斯的枪已朝他掷过来，穿过他的盾牌，却被他的铠甲挡了回去。

“没有投中啊！”狄俄墨得斯朝特洛伊人大叫着，同时投出了手中的枪，射中了潘达洛斯的颌骨，他从车上翻倒在地，战马也惊逃而去。埃涅阿斯跳下战车，像头凶猛的狮子一样站在自己伙伴的身边，准备歼灭任何敢于碰他朋友的人。狄俄墨得斯从地上举起一块需要两个人才能搬得动的石头，砸中了埃涅阿斯的腿骨。埃涅阿斯跌倒在地，痛得失去知觉。如果不是他的女神阿佛洛狄忒即刻跑来，用自己的袍子把他裹住离开了战场，那他一定被打死了。斯忒涅罗斯缴下了埃涅阿斯的战车和战马，送回战船后又驾驶着自己的战车回到狄俄墨得斯的身旁。狄俄墨得斯认出了女神阿佛洛狄忒，于是穿过混乱的战场追了上去，举枪奋力投出，枪尖刺破了女神的手腕。受伤的阿佛洛狄忒痛得尖声叫喊，将儿子也放到了地上，急忙去找兄弟阿瑞斯。这时战神阿瑞斯正坐在战场的左边。“兄弟啊，”她恳求道，“把马车借给我，让我回奥林匹斯圣山去吧。我的手受了伤，疼痛难忍，凡人狄俄墨得斯伤害了我，我相信他也敢反抗我们的父亲宙斯的。”

阿瑞斯把战车借给了她，阿佛洛狄忒驾车回到奥林匹斯圣山，哭着扑进了母亲狄俄涅[1]的怀里。狄俄涅安慰了女儿，并领她来见父亲。宙斯含着微笑对她说：“我可爱的女儿，你并不适合掌管战争的事情，你还是去主管婚礼，把厮杀留给战神去管吧！”雅典娜和赫拉却在一旁嘲笑她说：“怎么回事啊？也许是那个漂亮而不忠的希腊女人把阿佛洛狄忒吸引到特洛伊去了，在那里她一定抚摸了海伦的衣裳才被衣扣划破了手！”

同时，在下界的战场上，战斗越趋激烈。狄俄墨得斯扑向失去保护的埃涅阿斯，他三次发出致命的打击，但是都被愤怒的阿波罗用盾牌挡住。当他第四次冲过去时，阿波罗朝他怒喝一声：“你这个凡人，不要放肆地和神对抗！”

---

1 狄俄涅（Dione），希腊神话中的冰海女神，海洋女神之一。这个名字也可指阿特拉斯之女、坦塔罗斯之妻。

感到畏惧的狄俄墨得斯退了下来，阿波罗则带着埃涅阿斯离开了混乱的战场，回到他在特洛伊的神庙，交给母亲勒托和姐姐阿耳忒弥斯精心照料，同时他在英雄埃涅阿斯刚才躺下的战场上制造一个假像，特洛伊人和希腊人都在为那个假像激烈争夺。然后，阿波罗吩咐战神阿瑞斯，把那个胆敢与神作对的堤丢斯之子从战场上清除出去。战神变成色雷斯人阿卡玛斯[1]来到普里阿摩斯的儿子们跟前，斥责他们说："王子们，你们要让那个希腊人杀戮到何时呢？！难道你们想让战场逼近到特洛伊的城下吗？你们不知道埃涅阿斯已经倒下了吗？来吧，让我们从敌人的手中救出我们高贵的伙伴！"

特洛伊人的战斗热情被点燃，吕喀亚国王萨耳佩冬跑去找赫克托耳，对他说："赫克托耳，你的勇气到哪儿去了？不久前你还夸口即使没有同盟军，光靠你们几个兄弟和姐妹丈夫就能保卫特洛伊城。但我看他们中没有一个在战场上，都胆怯地躲在后面，逼得我们同盟军不得不单独作战。"

赫克托耳被这番谴责触动，他挥舞着长矛跑下战车，大步到军中鼓励士兵。他的几个兄弟带领着特洛伊人即刻向敌人冲去。同时，阿波罗也让埃涅阿斯恢复了力量，把他送回了战场，见到他突然毫无伤痛地出现在大家面前，人们向他欢呼着并随着他一起朝敌人扑去。

希腊联军在狄俄墨得斯、两个埃阿斯和奥德修斯的率领下严阵以待。阿伽门农发表了鼓舞军心的讲话后第一个朝着飞奔而来的特洛伊人投去一枪，击中了埃涅阿斯的朋友、一直奋勇作战的得伊科翁；而埃涅阿斯则挥起强有力的手杀死了联军中的狄俄克赖斯之子、勇敢的克瑞同和俄耳西科罗斯。为了报仇，阿伽门农的兄弟墨涅拉俄斯挥动长矛，像狂风似的投入战斗，战神阿瑞斯怂恿他前进，希望他被埃涅阿斯砍倒。涅斯托耳的儿子安提罗科斯为国王的生命担心，当两个英雄举矛厮杀时，他急忙奔到墨涅拉俄斯的身

1 阿卡马斯（Acamas），本书中出现了三个阿卡马斯：忒修斯与淮德拉之子、安忒诺耳之子（两人都是特洛伊一方的英雄）以及这里的色雷斯人阿卡马斯。

边。埃涅阿斯看到对方又来了一个帮手，连忙退了下去。墨涅拉俄斯和安提罗科斯抢出了两位朋友的尸体，交给自己人守卫，接着又反身杀了回去。

赫克托耳率领最勇敢的一队特洛伊人冲了过来，战神亲自与他并肩作战。狄俄墨得斯看到战神走来，大吃一惊，对士兵们大喊道："朋友们，不要为赫克托耳的勇敢而感到惊讶；他的身旁有神护卫！"正说着，赫克托耳已经杀了过来并砍到了两位勇士。忒拉蒙的儿子埃阿斯赶过来要为他们报仇，他用长矛击中了特洛伊人的一个盟友安菲俄斯，而特洛伊人枪如飞蝗般朝他投过来，阻止他剥取尸体上的铠甲。

在战场的另一边，可怕的厄运驱使着赫拉克勒斯之子特勒帕勒摩斯向吕喀亚人萨耳佩冬走去。他老远就向他的对手大声叫骂道："你这个亚细亚来的懦夫，竟敢夸口是宙斯之子，你可知道我父乃是赫拉克勒斯！懦弱的人啊，即使你今天变得勇敢，也难逃一死！"萨耳佩冬愤怒地说："如果我直到今天还没有取得战斗的荣誉，那么现在你的死刚好把这荣誉给我！"两个英雄挥舞着长矛拼杀起来，傲慢的特勒帕勒摩斯被对方刺中喉咙而亡，可是同时他也刺中了萨耳佩冬的左腿，宙斯不愿意看到自己的儿子死去，便驱使着士兵们把萨耳佩冬带离战场，有人发现萨耳佩冬的腿上还扎着镖枪。

正在奥德修斯快要追上正在逃跑的萨耳佩冬时，赫克托耳赶了过来。萨耳佩冬虚弱地对他道："保护我！别让我落在阿耳戈斯人的手里，即使我不能回国，也要在特洛伊城里咽下最后一口气。"赫克托耳没有直接回答他，只是勇猛地驱逐着追赶他的希腊人，就连奥德修斯也不敢再往前一步。萨耳佩冬被抬到离中心城门不远的一棵大树下，他青年时代的朋友珀拉工从他腿上拔出枪头，萨耳佩冬痛得昏了过去。不久，他苏醒过来。一阵凉风让他又恢复了精神。

阿瑞斯和赫克托耳的并肩作战迫使希腊人节节后退到他们的战船上，光赫克托耳一人就杀死了六个希腊英雄。

赫拉从奥林匹斯圣山上看到特洛伊人在阿瑞斯的帮助下屠杀希腊人的血腥场面，感到十分震惊。于是这位万神之母便吩咐将战车准备好，这车轮是青铜铸的，外面包金，车轴是白银的，而轭具是黄金的。赫拉为战车套上她的飞马，雅典娜也穿上父亲的铠甲，头戴金盔，手持画有戈耳工头像的盾牌，带着长矛跳上战车，赫拉在她旁边挥舞鞭子，飞马疾驰，由时光女神看守的天宫大门自动打开，两位伟大的女神驶过雄伟的奥林匹斯圣山。她们看到宙斯坐在山顶上，赫拉勒住马缰，停下来对他说："你的儿子阿瑞斯违背天命，屠杀希腊人，难道你不感到愤怒吗？阿佛洛狄忒和阿波罗唆使战神作恶，你没有看到他们多得意吗？现在请你允许我去狠狠打击这个狂妄之徒，让他赶快离开战场！"

"你可以试试，"宙斯回答，"让我女儿雅典娜和他对阵，她有勇有谋，知道如何与他作战。"战车继续在空中飞奔，上面是繁星密布的青天，下面是高山和大地。

两个女神迅速地来到战场，看到一群士兵正挤在狄俄墨得斯的四周。赫拉变作斯屯托耳走近他们，用洪钟一样的声音大声喊道："你们不感到害臊吗？难道只有阿喀琉斯和你们一起战斗，你们才能战胜敌人吗？"听到责骂声，将士们受到激励，勇气陡增。雅典娜开出一条路来到狄俄墨得斯的面前。这位英雄正靠在战车上，让风吹凉被潘达洛斯之箭射中的灼热的伤口，盾牌带子吊在肩头，淌下的汗水令伤口阵阵发痛。雅典娜抓住马轭，将手臂倚在上面对他说："看来，堤丢斯的儿子一点儿也不像他的父亲。他的父亲虽说是小个子，但比任何人都勇敢。他在底比斯城外作战，虽说违反了我的意志，但他如此勇敢，所以我依旧援助了他。今天你也可以得到我的保护和援助，但你是怎么了？是因为久战而劳累呢，还是因为害怕而四肢麻痹了？你一点儿都不像堤丢斯之子！"狄俄墨得斯听到她的话，惊讶地抬起头看着她，说道："我认出你了，你是宙斯之女，我不想对你隐瞒什么。我后退既不是因为害怕，也不是因为无力，而是因为一个强大的神逼得我这样的，你从前给了我慧眼让我认出了他，那是战神阿瑞斯，我看见他率领着特洛伊人作战。我是毫无办法才退到这里，而且命令其他的人也集合在我的周围。”雅典娜听了他的话，允诺他说：“狄俄墨得斯啊，从现在起，你不用害怕阿瑞斯，也不用害怕其他任何神，我是你的坚强后盾！勇敢地驾起战车，去与战神战斗吧！”

说完，她朝狄俄墨得斯的御者斯忒涅罗斯打了个手势，他会意地从战车上跳了下来。雅典娜跳上了战车，抓住缰绳，挥起马鞭，驾着战车朝战神阿瑞斯直扑过去。阿瑞斯刚刚战胜了最勇敢的埃托利亚人珀里法斯，正在剥取他的铠甲，他看到狄俄墨得斯站在战车上向他冲了过来（女神雅典娜把自己掩在了看不透的浓雾里），便丢开珀里法斯，将长矛刺向了狄俄墨得斯的胸脯。雅典娜用隐形的手悄悄地接住长矛，并改变了它的方向。狄俄墨得斯从战车上站了起来，雅典娜使他的长矛击中了阿瑞斯的小腹。战神大吼一声，那吼声如同千万个人一起发出的一般，让特洛伊人和希腊人都感到毛骨悚然，他们以为自己听到了宙斯的雷声。只有狄俄墨得斯看到阿瑞斯驾着云团像旋风似的朝天空飞去。

战神来到天上，坐在父亲身旁，将伤口指给他看。宙斯脸色阴沉地对他说：“我的儿子，别再抱怨了！在奥林匹斯圣山的神里，我最不喜欢的就是你了。你总是喜欢战争和搏斗，你倔强又执拗的态度真像你的母亲赫拉。不过，我还是不愿看见你忍受创伤和痛苦。”说着便让神中的医生弗厄翁为他治好了伤口，健壮如初。

与此同时，其他的神也回到了奥林匹斯圣山，以便让特洛伊人和希腊人自行作战。忒拉蒙的儿子埃阿斯冲入特洛伊人的阵地，用枪刺中了强有力的色雷斯人阿卡玛斯；狄俄墨得斯也杀死了阿克绪罗斯和他的御者；三位英勇的特洛伊人死在了墨喀斯透斯的之子欧律阿罗斯的手下；德修斯杀死了特洛伊英雄庇底狄斯；透克洛斯杀死了阿瑞塔翁；阿布勒洛斯倒在了安提罗科斯的脚下；埃拉托斯被阿伽门农杀死；阿达斯特洛斯在回城途中被墨涅拉俄斯活捉。这俘虏抱住墨涅拉俄斯的双膝，苦苦哀求：“放我一条命吧，阿特柔斯之子，我的父亲会拿出大量的赎金给你！”墨涅拉俄斯听后几乎已经心动了，但这时阿伽门农向他走来并斥责他说：“墨涅拉俄斯，你对敌人发慈悲吗？特洛伊人没有一个能逃脱我们的惩罚，哪怕是在母亲怀里吃奶的婴儿！”墨涅拉俄斯听到这话，只得拒绝了他的求饶，让阿伽门农挺起长矛把他刺死在地。阿耳戈斯人蜂拥而上，涅斯托耳在后面大声呼喊：“朋友们，别只顾停下来抢夺财物，剥取战利品。现在是动手杀敌的时候，以后有时间再慢慢地收取战利品。”

特洛伊人几乎大败，往城里逃走了，幸好普里阿摩斯的儿子，可以从鸟儿飞翔预卜未来的赫勒诺斯对赫克托耳和埃涅阿斯说：“朋友们，一切都指望你们了。你们必须把逃跑的人都拦在城门口，这样我们仍能恢复战斗力，战胜敌人。埃涅阿斯啊，这是神给你的任务，而你，赫克托耳，你应立即回特洛伊去，告诉我们的母亲，请她动员城里的贵妇人到雅典娜的神庙去，将最贵重的衣服献给女神，并答应给她祭供十二头肥壮的母牛，请女神怜悯我们特洛伊的妇女、孩子和她们的城市，帮助他们抵抗可怕的狄俄墨得斯。”赫克托耳急忙往特洛伊城里赶去。

格劳库斯和狄俄墨得斯

在战场上，吕喀亚人柏驶洛丰的孙子格劳库斯和堤丢斯的儿子狄俄墨得斯从各自的队伍里冲了出来。狄俄墨得斯逼近他说：“高贵的英雄，你是谁？我在战场上从来没有见过你。现在你却以超群的勇气前来抵挡我的长矛。我警告你，阻拦我的人都必死无疑。如果你是化身为人的神，那么我就不跟你作战，因为我不愿反对永生的神。如果你是一个凡人，那么就请过来，我会赐你一死！”

格劳库斯听了这话，回答说：“狄俄墨得斯啊，你为什么要问我的身世呢？我们人类如同林中树叶，它在风中凋零，又在春天重生！你若真想知道，那就听好，我的祖先是埃洛斯，他是赫楞之子，埃洛斯生了足智多谋的西绪福斯，西绪福斯生下格劳库斯，格劳库斯的儿子是柏勒洛丰，柏勒洛丰的儿子是希波洛库斯，而我正是希波洛库斯之子，我叫格劳库斯，我受父命前来特洛伊，为祖先的荣耀而战！”

“尊贵的王侯，你我原是世交，我们的祖辈就是朋友。我的祖父俄纽斯曾在他的王宫里接待过你的祖父柏勒洛丰，让他住了二十天，并赠给你的祖父一条紫金腰带，而你的祖父则回赠了一只双耳金杯，这金杯现在还保存在我的家中。所以，你如果到阿耳戈斯去，当然是我的客人；我如果到吕喀亚去，你就是我的东道主。在战场上我们不应该动武，有足够的特洛伊人可供我杀戮，也有足够的希腊人可供你挑战。让我们交换一下武器吧，让别人也看到我们对于先辈友情的尊重吧。”于是，二人从马车上跳下来，互相握手，并立誓友好。格劳库斯把自己的金盔与狄俄墨得斯的青铜甲做了交换。

赫克托耳在特洛伊城

前面提到赫克托耳返回，他来到中心城门，走到宙斯的山毛榉下。特洛伊的妇女们在这里团团围住他，不安地向他打听丈夫、儿子、兄弟和亲友的消息。很多人从他那里听到了可怕的噩耗。赫克托耳无法一一回答每个人，最后只是要求她们向神祈祷。

不一会儿，他来到父亲豪华的宫中，这里有用粗大的石柱支撑着的宽敞厅堂，内有五十间相连的大理石宫室，是王子和他们的妻子居住的地方；内廷的另一边是十二间相连的大理石建筑的厅堂，是国王的女儿女婿们居住的地方。这宫殿由高大的城墙围绕，构成一座牢固的卫城。

在这里，赫克托耳遇到了他善良的母亲赫卡柏，她正要到她最喜爱的女儿拉俄狄克那儿去。年迈的王后急忙朝儿子走过来，握住他的手，又是担忧又是爱怜地问他：“儿子，你怎么离开了战场？想必是希腊人加紧围攻我们，所以你是回来祈求宙斯的。我要给你送上最珍贵的美酒，使你可以祭供万神之父宙斯和其他的神，你自己也可以喝一口提提精神。对一名疲劳的战士来说，没有比酒更能振作精神的了！”

赫克托耳回答她说：“亲爱的母亲，酒可能会让我四肢无力，我也不想用一双不洁的手向万神之父祈祷。母亲，我请求你，请带着最高贵的妇女们手持熏香到雅典娜神庙去，把你最华贵的衣服献给她，并答应给她十二头肥壮的母牛，祈求她保护我们。同时我要去喊兄弟帕里斯上战场。即使他被大地吞没，我也不怜悯他，因为他生来就是要给我们全城带来毁灭的。”

母亲照儿子的说法，走进内室，取出了她最美丽的丝袍，这是帕里斯带海伦回来时从西顿带来送给她的。然后她带着高贵的妇女们来到雅典娜的神庙。安忒诺耳的妻子、雅典娜在特洛伊的女祭司忒阿诺为她们打开了神庙的门。妇女们围着雅典娜的神像，举起双手向她祈祷。忒阿诺从王后手里接过丝袍，放在圣像的膝上，祈祷道：“帕拉斯·雅典娜，特洛伊的保护神，最高贵最伟大的女神，请砍断狄俄墨得斯的矛吧！请怜悯这城市，怜悯妇女和孩子吧！请保佑我们，我们将给你献祭十二头肥牛。”但雅典娜心里对他们的请求是拒绝的。

赫克托耳手执一根长矛，矛长丈余，青铜矛头和矛杆交接处用箍有一道金环，他这时已经来到帕里斯的宫殿，看到兄弟帕里斯正在房内检查武器，修理他的硬弓。海伦则坐在她的侍女中间，做着日常的事情。赫克托耳嘲笑般看着帕里斯，大声斥责他：“你坐在这里舒舒舒服服实在是罪过。兄弟，城里这么多人都因为你在城外作战。如果你看见有人在这种时候逃避战斗，你也会责骂他们。来吧，在城市还没有被敌人攻破并烧毁之前，帮助我们去防守城池吧！”

帕里斯回答他说：“我的哥哥，你说得不是没有道理，但我是因为内心悲伤才坐在这里的。刚才海伦还鼓励我重上战场。你先去，我随后就来！”赫克托耳沉默不语，海伦面带愧色地说：“哥哥，看我给你们带来了多少灾难啊！我宁愿在我跟帕里斯来到这里之前就葬身大海！现在灾难临头，我多么希望我的丈夫能够勇敢一些，多么希望他记住自己所受的羞辱和谴责。可是他没有骨气，他的胆怯一定会带来可怕的后果。而战争的巨大压力却全部压在你的肩上，请你进来休息一下吧！”

“不，海伦，”赫克托耳回答说，“我绝不能休息，我必须回到特洛伊人的队伍中去战斗。你要劝说帕里斯，让他跟我一起去。现在我还要回宫去，看望我的妻儿和仆人。”说着，赫克托耳转身走了。但他在房里没有看到妻子。女仆告诉他说当妻子听说特洛伊人遭到打击，希腊人取得胜利时就离开了宫殿，想爬到城楼上去。赫克托耳急忙走到特洛伊的大街上。当他来到中心城门时，他的妻子、底比斯国王厄厄提翁的女儿安德洛玛刻迎面朝他走来。跟在她后面的女佣怀里抱着儿子阿斯提阿那克斯。

看着漂亮的儿子，赫克托耳默默地微笑，而安德洛玛刻却饱含着眼泪，温柔地握住丈夫的手。她说：“真的，由于你的勇敢，你注定会牺牲。但你不可怜你的儿子和即将成为寡妇的妻子吗？阿喀琉斯杀害了我的父亲，阿耳忒弥斯的神箭射死了我的母亲，我的七个兄弟也全被阿喀琉斯杀死。除了你以外，赫克托耳，我什么亲人也没有了。对我来说，你就是我的一切。待在这座塔楼上吧！命令部队去那边的小山上，因为那的城墙没人防守，容易成为敌人的突破口。也许是预言家给了希腊人启示，也许是他们自己发现了这处守卫薄弱的地方，他们三次对那里发动了进攻。”

赫克托耳亲切地看着妻子，说：“亲爱的，我也关心着这一切。不过，我如果待在这里，远远地站着旁观，那么我会在特洛伊的男女老少面前感到惭愧。我在内心总是有个声音命令我参加到前线最激烈战斗中去。虽然我已经预感特洛伊城终有一天会毁灭，普里阿摩斯和他的人民也将遭不测。可是比这更使我难过的是想到你将受到的痛苦，想到这些，我愿意现在就死！”

他一面说着，一面伸手抚摸着孩子，但孩子却哭着贴在女仆的胸前，因为父亲头上的铜盔和飘动的马鬃盔饰让他感到害怕。赫克托耳微笑地看着孩子和母亲，脱下头盔放在地上，亲吻着可爱的儿子。他仰望苍天，向神祈祷："宙斯和诸神！让我的儿子跟我一样，成为特洛伊人的榜样吧！让他强大无比，统治特洛伊，使得人民终有一天会说：'他比他的父亲更勇敢！'让他的母亲也为他感到骄傲！"说着，他把儿子放在妻子的手上，妻子把孩子抱在怀里，含着眼泪微笑。赫克托耳抚摸着妻子的双颊，说："可怜的妻子，不要悲伤！没有人敢于违背神意杀死我，但也没有人能够逃脱自己的命运！"说完这些话，赫克托耳戴上头盔离开了。安德洛玛刻朝宫中走去，一路频频回头，悲哀地流着眼泪。

帕里斯也带着铮亮的青铜武器在城内穿过，赶上了哥哥赫克托耳，道歉说："让你久等了，我来迟了。"赫克托耳却亲切地回答说："好兄弟，我不能不说你是一个勇敢的人，你常常落后，但你总算自愿来了。特洛伊人为你受尽了苦，当我听到他们鄙夷地议论你时，我就感到痛心。好吧，这件事，等我们把希腊人赶出特洛伊，在宫中饮酒庆祝时再说。"

赫克托耳和埃阿斯决战

雅典娜在奥林匹斯圣山上看到赫克托耳兄弟两人向战场走去，便降到特洛伊城，在宙斯的山毛榉树下，她遇到了阿波罗。

"你为什么从奥林匹斯圣山到特洛伊来了？"阿波罗问她，"你还坚持要让特洛伊陷落吗？但愿你不要在今天让他们决战。如果你和赫拉一定要让巍峨的特洛伊城变成废墟的话，那就让他们下次再打吧！"

雅典娜回答说："我也正是怀着这种想法从奥林匹斯圣山上赶来的。可是怎样才能让他们停战呢？"

"我们要做的是让赫克托耳更有勇气，"阿波罗说，"让他向敌人单独发起挑战，而我们则可以瞧一下是什么结果。"

预言家赫勒诺斯听到了这番对话，他急忙找到赫克托耳，对他说道："聪明的普里阿摩斯之子，你听从我的建议吧，去要求特洛伊人和希腊人停战，你可以自己要求和阿耳戈斯人中最勇敢的一个英雄决战，从而决定这次战争的胜负。我知道你这样做毫无危险，因为命中注定你还不会死。”

赫克托耳听了之后很高兴，他喝住了前进中的特洛伊士兵，然后手执长矛走到阵前，阿伽门农也命令希腊人停止前进。雅典娜和阿波罗变作两头苍鹰，栖息在宙斯的圣树上看着这一切。当大家都安静下来后，赫克托耳喊道：“特洛伊和希腊的士兵们，请你们听听我发自内心的建议！我们不久前缔结的和约没有获得宙斯的赞同，使我们双方兵戎相见，而这结果不是特洛伊被征服，就是你们连同战船在这里彻底毁灭。全希腊最勇敢的英雄们就在你们的中间，谁有胆量跟我单独作战？我的条件很简单，请宙斯作证：如果我被对手的长矛杀死，他就可以拿走我的武器作为战利品，但要把我的尸体归还给特洛伊；如果对手死在我的矛下，我将把他的盔甲剥下来放在特洛伊城内雅典娜的神庙里，你们也可以把死者运回战船，隆重安葬建墓，供后人凭吊！”

赫克托耳说完，阿耳戈斯人却保持沉默，因为拒绝挑战是耻辱，但接受挑战又有生命危险。正在大家为难时，墨涅拉俄斯站了起来，并斥责自己的同胞说：“怯懦的人哪，你们根本不是男子汉。如果我们中没人敢跟赫克托耳作战，那真是让我们的敌人耻笑！我愿意迎战，让诸神决定命运吧！”说完他便束紧铠甲准备战斗，但他被几个希腊王子拖了回来，阿伽门农握住他的手说：“兄弟啊，你疯了吗？怎么想要跟这位强有力的对手决战？你要知道，连阿喀琉斯在战场上见到他也不敢鲁莽从事，你要三思而行。”墨涅拉俄斯这才冷静下来

涅斯托耳向大家诉说了当年他和阿耳卡狄亚人厄洛宇特哈利翁决战的故事，并且说道：“如果我还年轻，跟当年一样强壮的话，赫克托耳马上就会有对手了！”

这番略带责备之意的话刚说完，希腊军中便同时站出来九个王子表示愿意接受挑战。他们是阿伽门农、狄俄墨得斯、两位埃阿斯、

伊多墨纽斯和他的伙伴迈里俄纳斯、欧律皮罗斯、托阿斯还有奥德修斯，大家都表示要和赫克托耳对战。

在涅斯托耳的建议下，最后采用抽签的方式决定谁去参加决战。每一个人都做了一份签投入阿伽门农的头盔里。这士兵们的祈祷声中，涅斯托耳摇了摇头盔，忒拉蒙之子埃阿斯的签跳了出来。埃阿斯高兴地大喊起来："这是我的呀，我很高兴，因为我希望战胜赫克托耳，朋友们，这我准备战斗的时候，为我祈祷吧！"

埃阿斯束紧金光闪闪的铠甲，大步走向战场。他挥舞着粗大的长矛，战神般严肃的脸上泛着一丝微笑。阿耳戈斯人见到他威武的形象都很高兴，而特洛伊的士兵则感到恐惧，连威风凛凛的赫克托耳也感到心跳加速，但他既然发起了挑战，就绝不能后退。

埃阿斯走到赫克托耳面前，威胁说："赫克托耳，现在你该知道，我们军中除了佩琉斯之子外还有别的英雄了吧。好吧，让我们开始作战吧！"

赫克托耳回答说："威武的忒拉蒙之子，不要把我当一个弱小的孩子般挑逗。我身经百战，你也是一位勇敢的好汉，我不会使用诡计，我要当着你的面投出我的长矛，看它能否击中你。"

说着，他急速地投出他的长矛，击中了埃阿斯的盾牌，矛尖穿透了六层牛皮，只是没有穿透第七层。现在轮到忒拉蒙的儿子投矛。它飞过空中，穿透赫克托耳的盾牌，刺破了他的铠甲。要不是赫克托耳躲闪及时，一定会被刺穿腹部！

双方持矛对刺，赫克托耳瞄准埃阿斯的盾牌中心刺去，但枪尖未能刺穿青铜盾面，反而被折弯；埃阿斯则刺透了对方的盾牌，划伤了赫克托耳的脖子，赫克托耳后退两步，右手抓起一块石头，伴随着"当"的一声巨响，石头击中了埃阿斯的盾牌。埃阿斯也从地上捡起一块更大的石头用力朝赫克托耳掷去，石头打穿了赫克托耳的盾牌，砸伤了他的膝盖。赫克托耳不由得往后踉跄了几步，隐身在他旁边的阿波罗伸出手来，把他扶住。两个人又拔出剑冲向对方，进行最后的决战。

这时，双方的使者匆忙走上前来，举起棍棒隔开了两位激烈交战的英雄："别再斗了！我们都知道你们两个都是勇敢的人，都是宙斯喜爱的人。现在天时已晚，请听从黑夜的命令，停战吧！"

埃阿斯回道："是赫克托耳自己要向最勇敢的希腊人进行挑战的！如果他同意现在停战，那么我也同意！"

赫克托耳说："埃阿斯，是神给了你强壮的身体、力量和投矛的本领。我们今天暂且停战，以后我们再决斗，直到神把胜利交给我们两个民族中的任何一方为止！现在让我们互换礼物作为纪念，让特洛伊人和希腊人将来有理由说：'你们瞧，他们在战斗时想拼个你死我活，然而在分手时却是友情深厚！'"说着，赫克托耳把银柄宝剑连同剑鞘赠给了对方，埃阿斯则解下他的紫金腰带送给赫克托耳，双方停战分手。

休战

阿耳戈斯的王子们聚集在阿伽门农的帐篷里，他们向宙斯献祭了一头肥壮的公牛。欢宴时，埃阿斯获得了一块从牛背上割下来的好肉。宴饮完毕后，涅斯托耳提议明天休战，以收集战场上阵亡的阿耳戈斯人的尸体，并运到战船附近将火化，回国时把骨灰带回去交给他们的家人，他的提议得到了大家的赞同。

与此同时，特洛伊人也在卫城上的宫内举行会议。明智的安忒诺耳站起身来说："特洛伊人的朋友和同盟军们，由于潘达洛斯破坏了神圣的协议，我们已经失信了，如果继续进行战争，对于我们的人民毫无好处。因此我建议把海伦和她的财富都还给阿特柔斯的儿子。"

但帕里斯表示不同意，他说："安忒诺耳啊，如果你是认真的，那一定是神让你失去了理智。我决不会把海伦交出去，就让他们取回我从阿耳戈斯带回的财富吧。而且，如果他们要求更多的话，我也可以从自己的财产中再给他们增加一些！"

年迈的国王普里阿摩斯在儿子说完后用宽慰平和的语气对大家

说："朋友们，今天我们就不再议论其他事了，让士兵们开始晚餐吧，你们也好好休息。我们的使者伊特俄斯明天到希腊人的船上去，询问他们是否愿意休战，让我们把死者火化掉。如果和平无望，那么我们就在安葬好逝者之后再战。"

第二天清晨，伊特俄斯就作为使者来到希腊人面前传达帕里斯和国王的建议。阿耳戈斯的英雄们听完他的话后沉默了许久。最后狄俄墨得斯打破了沉寂，他说："朋友们，你们不要只想着财宝和海伦。你们应该从特洛伊人的建议中看出他们已经感到了灭亡的威胁！"大家为他的发言而欢呼。阿伽门农对使者说："你已亲耳听到希腊人对你们提出建议的答复了，但是，我们应该给你们时间去安葬死者。执掌雷霆的宙斯可以为我的话作证！"说着，他向上天举起了权杖。

伊特俄斯回到特洛伊，报告了对方的答复。随后全城的人都动员起来，有的收尸，有的人拾木柴，另一边，希腊人的军营里也同样地忙碌着。在灿烂的阳光下，敌对双方的人平静地来来往往，各从对方的阵地中寻觅着阵亡的战友，含着热泪替他们的阵亡将士清洗肢体上的血污，默默地把尸体抬上车，送上高高的柴堆。

他们忙碌了整整一天，到了用晚餐时，和希腊人交好的、伊阿宋和许普西皮勒之子欧纽斯从雷姆诺斯岛用大船运来许多名酒，这礼物来得正及时，希腊人高兴地放怀畅饮。

特洛伊人也想趁着战争的间隙休息一下，但宙斯却整个夜晚都在用隆隆的雷声让他们不得安宁，特洛伊人预感到面临着新的灾难，他们怀着恐惧，举杯时也不敢往嘴边送，而是先给愤怒的万神之父浇酒献祭。

特洛伊人的胜利

但宙斯突然改变了主意，在第二天清晨他对诸神说："你们听着，今天有谁胆敢帮助任何一方，我就把他扔入塔耳塔洛斯地狱，那深度如同天地间的距离一样，然后我再锁上地府的铁门，让他再也回不来。如果你们怀疑我是否有力量做到，那可以用金链拴住天宫，然后一齐用力拉，就会发现无法把我拖到地面上。相反，我可以把你们连同大地和海洋全都拉上来，并锁在奥林匹斯圣山上，让大地永远悬在半空中。”

神们对宙斯愤怒的话语感到畏服，而宙斯则乘着他的雷霆金车驶往伊得山去了。在那里有他的圣林和祭坛，他坐在高高的山顶上，威严地俯视下方特洛伊城和希腊人的营地。看到双方士兵正在忙碌着准备战斗。特洛伊人数量不如对方多，可是他们也在踊跃备战，因为他们明白这一仗关系着他们父母妻儿和国家的安危。不一会儿，城门大开，特洛伊的军队呐喊着冲了出来。一大早双方就杀得难解难分，不分胜负。到了中午太阳当空时，宙斯将两个死亡筹码放在黄金天秤的两端，希腊人的这一边朝下倾斜，而特洛伊人的一边却高高地向天空举起。

宙斯立即用闪电和雷霆警告阿耳戈斯人命运的改变。大家都被这凶兆威慑到了，英雄们都感到沮丧并且吓得发抖。只有年迈的涅斯托耳仍在前线作战，帕里斯一箭射中了他的马，马惊恐地直立起来，然后倒在地上打滚。正在涅斯托耳挥舞宝剑想割断第二匹马的缆绳时，赫克托耳驾着战车朝他扑了过来，如果不是狄俄墨得斯及时赶到，这位高贵的老人必定凶多吉少；狄俄墨得斯一边来到涅斯托耳的马前一边大声责骂转身逃回战船的奥德修斯，但也无法拦住他，他将涅斯托耳的马交给斯忒涅罗斯和欧律墨冬，然后把老人抱上了自己的战车，朝赫克托耳冲去。他将矛向对方投去，虽没有击中赫克托耳，但却刺穿了他的御者。看着朋友死在自己身旁，赫克托耳十分悲痛。他又唤来另一名御者，朝狄俄墨得斯冲了过去。

宙斯知道，赫克托耳如果跟这堤丢斯之子较量，那一定会丧命。他一死战局就会发生变化，希腊人会在当天攻破特洛伊，而宙斯不愿这事发生，他立刻朝狄俄墨得斯的车前扔去一道闪电！涅斯托耳吓得大声喊道：“狄俄墨得斯，快逃跑！你没看到宙斯不让你今天征服敌人吗？”

“你说得对，”狄俄墨得斯回答说，“可是我只要一想到赫克托耳会在特洛伊人的大会上说我在他面前吓得逃跑，心里就非常生气！”

涅斯托耳不以为然地说：“不管赫克托耳如何嘲笑你，特洛伊人都不会相信的。你在战场上杀掉了无数特洛伊人，他们能相信你是懦夫吗？”他一边说，一边掉转了马头。而赫克托耳却立即追了上来，他大声喊道：“堤丢斯之子，希腊人在会议或宴席上都对你推崇备至，你现在逃跑他们一定会看不起你！攻占特洛伊的希腊英雄中一定没有你了！”

听到这刻薄的嘲笑，狄俄墨得斯思考再三，犹豫着想掉转马头，和嘲笑自己的人较量，但宙斯也一连三次从伊得山上扔下炸雷。因此，他还是决定逃跑，而赫克托耳则在后面紧追不舍。

赫拉看到这一切，万分焦急，想说服希腊人的保护神波塞冬援救希腊人，但没有成功，因为波塞冬不敢违抗兄长的意志。希腊人兵败如山倒，纷纷逃回营地上了战船。如果不是赫拉鼓励阿伽门农把惊慌失措的希腊人重新集合起来，赫克托耳一定会攻入营地，放火焚烧战船。

阿伽门农走上远高出其他船只的奥德修斯的大船，他披着闪闪发光的紫金战袍站在甲板上，朝着正在慌乱而逃的希腊人大声喊道：“多么可耻啊！你们的勇气到哪儿去了？我们居然输给了一个人，赫克托耳一个人就把我们打退了。他马上会焚烧我们的战船，啊，宙斯啊，别让特洛伊人在这里征服我吧！别让我遭万人唾骂，成为千古罪人吧！”说到这里，他声泪俱下。万神之父怜悯他，便从天上给希腊人显示了吉兆：一头雄鹰翱翔在天空中，抓着一只幼鹿并将它扔在了宙斯的神坛前。

阿耳戈斯人看到这吉兆，又鼓起勇气聚集起来顽强抵抗蜂拥而来的敌人。狄俄墨得斯从战壕里跳出来，冲在前面，一枪刺中见到他之后想转身逃跑的阿革拉俄斯的后背；阿伽门农和墨涅拉俄斯随后跟上来，紧接着是两位埃阿斯、伊多墨纽斯、迈里俄纳斯和欧律皮罗斯，还有透克洛斯，他由异母兄弟大埃阿斯的盾牌保护着，弯弓搭箭，射中了一个又一个特洛伊人，他瞄准赫克托耳射去一箭，箭射偏了，却射中了普里阿摩斯的私生子戈尔吉茨翁。透克洛斯又一次向赫克托耳射去一箭，但阿波罗让箭偏离了目标，射中了驾车的御者。又一次失去御者的赫克托耳忍着悲痛让他的朋友躺在车上，又叫来第三个人为他驾车，凶猛地向透克洛斯冲去，此时透克洛斯正要弯弓搭箭，却被赫克托耳用一块尖利的石块砸中锁骨，筋也被砸断了，他一只手僵硬地靠在踝骨旁，双膝弯曲着跪在地上。埃阿斯连忙伸出盾牌护住兄弟，又来了两个人帮忙后他才把呻吟不已的透克洛斯抬离了战场，送上大船。

宙斯又鼓起特洛伊人的勇气，赫克托耳发出雷鸣般的吼声，瞪着一双直冒火星的眼睛，追击着希腊人。希腊人惊恐地边逃跑边痛苦地祈求神的保护。赫拉听到他们的祈求，非常同情他们。她转身对雅典娜说："阿耳戈斯又危险了，难道我们要坐视不救吗？你瞧，赫克托耳疯狂地追击他们，对他们大肆屠杀！"

"是呀，我的父亲真残忍，"雅典娜回答说，"他忘记了我从前是如何援救他的儿子赫拉克勒斯脱离险境的。现在忒提斯以她的温柔和撒娇赢得了他的欢心，他现在一看见我就烦，但我想这一切都会改变的。帮助我套上马吧，我去劝说父亲！"

宙斯预见到她会来，便恼火地命令伊里斯去阻挡两个女神的车，不让她们穿过奥林匹斯圣山的大门。赫拉和雅典娜听到万神之父的命令便即刻返回，随即宙斯驾着雷霆金车驶来，整个圣山都在震动。

"明天特洛伊人将取得更大的胜利，"宙斯对妻子和女儿的恳求不予理睬，对赫拉说，"强大的赫克托耳将把希腊人一直赶到船尾，希腊人在绝望之际，将重新请出受尽凌辱的阿喀琉斯，这就是命运女神的安排！"

晚上，赫克托耳召集起士兵们说："要不是天黑下来，我们说不定已经把敌人彻底歼灭了！现在，我们也不用回城去了，只要在四周燃起篝火，以防敌人偷袭，再派少数人把牛羊、面包和美酒送来。我们就在此开怀畅饮，休息整顿。天一亮，我们就开始进攻希腊人的船只。我要看一看究竟是狄俄墨得斯把我从城墙上摔死，还是我从他的尸首上剥下他的盔甲做战利品！”特洛伊人振臂高呼，他们遵照命令燃起篝火，饱餐一顿为大战做准备，他们的马匹也没有卸下鞍具，随时准备再上战场！

希腊人去见阿喀琉斯

希腊的士兵们还没有从刚才败逃的恐惧中恢复过来，阿伽门农便悄悄地召集诸位王子举行了会议。他们坐在一起，神情沮丧，作为盟军最高统帅的阿伽门农叹了一口气说：“朋友们，战士们，宙斯对我很苛刻。他仁慈地给过我一个吉兆，示意我将征服特洛伊人并胜利返乡，而现在他却骗了我，要我失败而归，把这么多勇敢的军士丢弃在战场上。我们虽然已经攻陷了许多城市，而且还会攻陷更多的城市，可是我们命中注定不能征服特洛伊。因此，让我们一起乘上战船返回我们的祖国吧！”

听完他这些灰心的话，英雄们沉默良久。最后，狄俄墨得斯打破寂静，他说：“国王啊，刚才你还当着希腊人的面嘲笑我没有勇气和胆量！现在我却觉得宙斯给了你权力，却没有给你胆量。你难道真的认为希腊的好汉们像你说的那样不敢战斗吗？如果你心里思念家乡，那么你就回家去吧！你的船也已备好。但我们其他人愿意留下来，直到摧毁普里阿摩斯的王宫为止！即使你们全都走掉了，我和我的朋友斯忒涅罗斯也要留下来，我们深信是神指引我们来这里的！”

当他说完，英雄们都大声喝彩。涅斯托耳说：“虽然你像我的小儿子一样年轻，但你说的话却像出自一位睿智的成年人之口。来，阿伽门农，你应该邀请我们欢宴。你的帐篷里有的是美酒，让守卫的哨兵在土墙边注意动向，我们则在这里举杯，你可以听到我们最好的建议。”

于是，王子们在阿伽门农处饮宴，人们的信心在渐渐地增强。饮毕，涅斯托耳又说："阿伽门农，你在那一天违反了我们的心愿，从受辱的阿喀琉斯的营帐里抢去了他美丽的女仆，这件事情你应该还记得吧。现在是重新思考的时候了，我们必须说服阿喀琉斯放下他的怨恨和愤怒。"

"你说的有理，我也承认这是我的过错，"阿伽门农回答说，"我愿意给阿喀琉斯加倍的赔偿，并归还美丽的勃里撒厄斯。我对着神立誓，我对勃里撒厄斯一直很尊重，从未轻薄过她。等我们征服特洛伊分发战利品时，我愿亲手为他的战船载满青铜和黄金，除了海伦以外，他可以在特洛伊挑选二十个最漂亮的女人。等我们回到阿耳戈斯时，他还可以娶我的一个女儿为妻，我会待他如同我的独子俄瑞斯忒斯那样，将给他七座城市作为女儿的陪嫁。只要他愿意和解，我保证言出必行！"

"你答应给阿喀琉斯的礼物不算微薄，"涅斯托耳说，"我们立即挑选最合适的人去见他。福尼克斯为首，其次是大埃阿斯和尊贵的奥德修斯，荷迪奥斯和欧律巴特斯也和他们同去吧。"

在隆重的灌礼举行后，由涅斯托耳提名的王子们离开会场，朝阿喀琉斯的船队走去。他们看到阿喀琉斯边弹着一架精致的竖琴，边和着琴音歌唱古时英雄的光荣战绩。阿喀琉斯看到他们走来，惊愕地站了起来，原来默默无声坐在对面看他弹奏的帕特洛克罗斯也站起身来，和阿喀琉斯一起走上前迎接他们。阿喀琉斯握住福尼克斯和奥德修斯的手，大声说："你们好，我的朋友们！我想你们一定是有难处才来找我的，可是即使我对希腊人气恼，我依然爱你们，所以仍然热烈欢迎你们！"

帕特洛克罗斯急忙端来一大罐美酒和大块的烤肉，阿喀琉斯请大家放怀畅饮。酒足饭饱之际，埃阿斯朝福尼克斯使了一下眼色，可还没等福尼克斯开口，奥德修斯就抢在他的前头说："感谢你的款待，佩琉斯之子，你的餐食丰盛极了。但我们来这里并不是为了贪图丰盛的美食，我们是因为遇到了巨大的不幸才来找你。我们是得救还是毁灭，完全取决于你是否愿意援救我们。特洛伊人已逼近我们的围墙和战船，赫克托耳靠着宙斯的庇佑凶猛无比，不可阻挡。在这最后关头，拯救希腊人的重任只有你能承担了。请相信我，友谊终归比敌意可贵，这也是你的父亲佩琉斯在你出征前说过的。”接着，奥德修斯又列举了阿伽门农答应给他的赠礼。

可阿喀琉斯却回答说：“尊贵的拉厄耳忒斯[1]之子，我必须直截了当地用一个不字来回答你的好话。我像恨地狱大门一样憎恨阿伽门农！无论是他还是其他希腊人都不能让我回心转意并且重新回到他们的队伍里。他们何时酬谢过我的功劳？我曾经日夜操劳，流血流汗，只是为了替那个不知感恩的人夺回一个女人。我夺来的战利品全部献给了阿特柔斯那贪得无厌的儿子！他甚至夺走了我最心爱的女人。因此，明天为宙斯和诸神献祭后，我们将乘船返回。阿伽门农已欺骗了我一次，我不会第二次上当！你们回去吧，把我的意思转告他。可是我希望福尼克斯留下来，你愿意跟我一起回到祖辈们生活过的地方吗？”

福尼克斯是他的老朋友和老师。可是，无论他怎样劝说都不能使阿喀琉斯回心转意。最后埃阿斯站起来，说：“奥德修斯，我们走吧！朋友们的友情不能打动阿喀琉斯，他是无法和解的人！”奥德修斯也站起身来，他们先向神浇祭，然后和其他使者一起离开了阿喀琉斯的营帐，只有福尼克斯一人留了下来。

多隆和瑞索斯

奥德修斯传达了阿喀琉斯的话，阿伽门农和其他王子们听了以后陷入沉默。天还没亮，墨涅拉俄斯就把英雄们一个个地从营帐内唤醒，鼓励大家振作起来。阿伽门农则来到涅斯托耳的住处，老人从睡梦中惊醒，喝问道：“你是谁？为何深更半夜潜入我的营帐，是来找人呢，还是找一只走丢的牲口？你到底来干什么？”

“难道你不认识我了吗，涅斯托耳，”国王小声地回答，“我

1 拉厄耳忒斯（Laertes）：阿耳喀西俄斯之子，宙斯之孙，安提克勒亚（Anticlea）之夫，奥德修斯之父。

是阿伽门农，宙斯使我遭受痛苦和折磨，担忧让我无法入睡。我们一起去外面看看哨兵是否都醒着吧，说不定敌人会趁着黑夜偷袭我们。”

涅斯托耳匆忙穿上衣服，抓起长矛跟着国王一起到各处巡视。奥德修斯被他们叫醒后也背上盾牌跟上了他们；涅斯托耳又来到狄俄墨得斯的营帐里，把他推醒，睡眼惺忪的狄俄墨得斯抱怨着说：“你这位不知疲倦的老人，从来不需要睡觉吗？不是有许多比你年轻的人可以在深夜放哨，并帮你叫醒大家吗？”

“对啊，”涅斯托耳回答说，“我有足够的人可以代我去干这些事情。但是我们处境困难，所以我亲自出来。现在是生死关头，你还是起来吧，帮我们去叫醒埃阿斯和梅革斯吧！”狄俄墨得斯即刻起来，披上一张狮皮，并找来了两位英雄。他们一齐检查岗哨，发现哨兵没有一个睡觉的，都拿着武器随时准备战斗。

几乎所有的王子都被叫醒了，大家又聚在一起开会。涅斯托耳首先发言：“朋友们，我提议派一个勇敢的人潜入特洛伊人的军营中，窃听他们的会议，或者抓一个俘虏，探明他们是留在这里准备战斗，还是回城防守，那不是对我们很有帮助吗？当然，对于敢于承担这个任务的英雄也应该重赏！”狄俄墨得斯当即站了起来，自告奋勇去执行任务，但他希望有一个人陪他去。见英雄们都表示愿意陪他一起去，狄俄墨得斯说：“如果可以选择的话，我想奥德修斯和我同去，我相信我们将一定能平安回来，因为他是一个绝顶聪明的人！”

“不要过分嘲弄或夸奖我了，这里的每个人可都是数一数二的大英雄，”奥德修斯说，“我们动身吧，从头顶上的星星看，黑夜只剩下三分之一了。”

两个人紧束铠甲，乔装打扮了一番。狄俄墨得斯把自己的剑和盾都留在营内，从英雄特拉斯墨得斯那里借来了他的双刃剑、牛皮盾和既没有羽饰也没有鬃饰的战盔；迈里俄纳斯把自己的硬弓、箭袋、利剑和镶有野猪牙的皮盔给了奥德修斯。二人离开了希腊军营时，突然听到上空飞过一只苍鹭，他们为雅典娜送来的吉兆而高兴，并且祈求女神保佑他们今夜可以侦察成功。

与此同时，赫克托耳也召集会议并做出了类似的决定。他答应给有胆量去侦察敌情的人从希腊人那里缴获的一辆战车和两匹最名贵的骏马作为奖赏。特洛伊人中有一位名叫多隆的，他其貌不扬，但很富有，也颇受人尊敬。听说可以得到阿喀琉斯的战车和骏马，不禁怦然心动，表示愿意去敌人军营侦察和刺探。他背上弓，戴上战盔，提上长矛便出发了，他在路上刚好和两个来执行侦察任务的希腊英雄碰到了一起。

奥德修斯先听到脚步声，他悄悄地告诉同伴："狄俄墨得斯，可能有探子从特洛伊军营过来了。我们先让他过去，然后跟踪他，把他抓住再送到船上去。"于是二人便潜伏在路旁的尸体中间，多隆毫无察觉地走过他们并行进了一段路后，听到身后有声响，还以为是赫克托耳派人来召他回去，便停住了脚步。当他突然发现来者是敌人时，大吃了一惊，撒腿就跑，快得就像被猎狗追逐的兔子。

"站住，否则我就朝你投矛了！"狄俄墨得斯大喝一声并掷出他的长矛，他故意掷偏，矛尖从逃跑者的肩头擦过。多隆吓得面如土色，停了下来，站在那里浑身发抖。他向两位英雄苦苦哀求道："放了我吧，我可以用黄金赎回我自己，你们要多少我就给多少。"

奥德修斯说："你不用害怕，但你要如实告诉我们你在这里干什么！"多隆颤抖着说出了一切。奥德修斯听后笑着说："你的品位真不错，竟想得到阿喀琉斯的战马！现在我要你告诉我：你是从哪里离开赫克托耳的？他的马匹和兵器在哪里？其他的特洛伊人和同盟军又在哪里？"多隆一一回答："赫克托耳和王子们在伊罗斯大坟附近开会；士兵们没有特别的防范，都在烤火取暖；一些远道而来的同盟军的首领因为没有家室的担忧，所以和大军分开来睡，没有守卫。你们如果要进特洛伊人的军营，将会首先遇到色雷斯人，他们的首领是阿埃俄纽斯之子瑞索斯，他的马高大而健美，奔跑如飞，他的战车饰以金银，他自己则身着金甲，如天神下凡。你们已经知道了一切，现在就将我送上你们的战船，或者将我捆着留在这里，同时你们自己去证明我说的全是实话吧。”

狄俄墨得斯阴沉着脸说：“你这个骗子，你想逃跑！我要让你永远也害不了阿耳戈斯人！”多隆听到这话，吓得哆哆嗦嗦地伸出右手，抚摸着英雄的下颌苦苦哀求，但堤丢斯之子还是挥剑砍下了他的脑袋。两位英雄剥下他的战盔，解下他的硬弓，从他的手里摘下长矛，然后把他的盔甲放在树上，作为归途的路标。接着他们又朝前走去，来到正在熟睡的色雷斯人那儿。他们每人身旁都有一辆双马战车，盔甲都整齐地放在地上，闪着寒光。瑞索斯睡在中间，他的马匹拴在战车后面。

“这就是我们要找的人，”奥德修斯小声地对狄俄墨得斯说，“现在我们马上动手，你去解下马匹，或者你去杀人，马交给我来处理。”狄俄墨得斯没有回答，直接像野性发作一样左砍右杀，不一会就打死了十二名色雷斯人。聪明的奥德修斯立即拖开尸体，给马匹让出通道。这时狄俄墨得斯挥剑杀死了第十三个人，就是国王瑞索斯。奥德修斯趁着混乱解下车旁的马匹，拉着缰绳将它们赶出军营。然后他轻吹口哨作为给同伴的暗号。这时的狄俄墨得斯正在犹豫是把国王的战车拉出来，还是干脆把它扛走。女神雅典娜跑来警告他要他快走。狄俄墨得斯急忙跳上一匹骏马，奥德修斯同他并辔而驰，用弓击打着马背，飞快地奔向自己的营地。

特洛伊人的保护神阿波罗看到雅典娜与狄俄墨得斯在一起，心中很恼怒。他降落下来，唤醒了瑞索斯亲密的朋友、色雷斯人希波科翁。他来到国王拴马的地方，发现马已经不见，人都倒在血泊里，他悲痛地呼叫瑞索斯的名字。闻声赶来的特洛伊人都被眼前的惨象惊呆了。

两个希腊英雄已经到了刚才杀死多隆的地方。狄俄墨得斯跳下马，把路旁的盔甲拾起来递给奥德修斯，然后又飞身上马。不一会儿他们就回到了战船旁边。涅斯托耳第一个听到马蹄声并告诉了王子们，但他们还没有来得及细听，两位英雄就已经下了马和朋友们握手了，并跟大家讲述了他们的冒险经历。

奥德修斯赶着马通过壕沟，后面跟着一群兴高采烈的阿耳戈斯人，他们缴获的马匹拴在放着燕麦的马槽边。奥德修斯把多隆那血迹斑斑的铠甲放在船后，留待将来给雅典娜举行感恩祭礼时使用。两位英雄在海水中洗去身上的汗水和血迹，然后坐在盛满温水的盆内用香膏涂抹身体。洗完后，他们端起满杯的酒，愉快地享用早餐，并为保护神雅典娜举行灌礼。

希腊人又一次战败

天亮了，阿伽门农命令士兵们和自己一起穿上铠甲。他的铠甲是塞浦路斯国王赠送的礼物，是用十排青铜片，十二排金片和二十排锡片交织而成，保护脖颈的金甲曲回如蛇，灿烂如虹；他又把宝剑用饰金带子背在肩上，这剑柄饰以黄金，剑鞘是银制的；继而又持上圆盾，这盾有十道青铜箍，二十颗锡钉，中心呈深蓝色，绘有可怕的美杜莎的头，盾带饰有三头紫龙；他头上戴着四角战盔，上有马鬃环绕，头盔的花翎威严地抖动着；最后他拿起两支尖利的长枪，大步地走上战场……

赫拉和雅典娜从天上看见这国王，用响雷向他致敬欢呼。军队飞快前行，步兵们首先跃出战壕，战车紧跟在后，大队的人马发出震耳的呐喊声，浩浩荡荡地向前行进。

对面的特洛伊人密密麻麻地站在一座小丘上，他们的首领是赫克托耳、波吕达玛斯、埃涅阿斯，还有安忒诺耳的三个儿子波吕波斯、阿革诺耳和阿卡玛斯。荣耀又辉煌的赫克托耳一身金甲闪闪发亮，如夜空中的巨星，他时而在前面指挥，时而在后面布阵。

双方如同饿狼般凶狠地厮杀起来！阿伽门农一马当先，带领希腊人突破了对方的阵地，进入了敌方的纵深地带。

在激烈的鏖战中，宙斯亲自保护赫克托耳，以免他受伤。他让赫克托耳顺着城池的方向，朝着山坡上古代国王伊罗斯的大坟逃走，可是阿伽门农一直在追赶他。赫克托耳来到宙斯圣林附近离中心城门不远的地方时，宙斯派出神的女使伊里斯吩咐他尽快从战斗中脱身，让其他人抗击，直到阿伽门农受伤为止。到那时，万神之父会亲自引导他取得胜利。赫克托耳遵从了神的吩咐，在后方不断地鼓励士兵们勇猛地向前冲杀。

阿伽门农仍然奋不顾身地一直深入到特洛伊人及其盟军的队伍中。他先遇到了伊斐达玛斯[1]。这是一位勇猛伟大的英雄，从小在色雷斯由他的祖母养大，新婚不久就来到他的出生地参战。阿伽门农扔出的枪没有刺中他，伊斐达玛斯的枪尖也刺在阿伽门农的银腰带上折断。阿伽门农迅速抓住对方的枪杆，又朝他的脖子挥去一剑，将其杀死。他剥下伊斐达玛斯的铠甲，高兴地炫耀着他的战利品。安忒诺耳的大儿子科翁看到这一幕，怀着悲痛冲过来要给弟弟报仇。他斜刺了一枪，击中了阿伽门农手臂上靠近手肘的地方。阿伽门农忍住剧痛继续战斗，他在科翁试图把倒地的兄弟拖走时，从盾牌下刺中了他，科翁也死在了兄弟的尸体上。

阿伽门农不顾伤口里流出的鲜血，继续用各种武器包括石块奋勇作战！直到血液凝结时，他才感到钻心的疼痛，这才不得已跳上战车，离开战场驶回营地。

赫克托耳看到阿伽门农撤离了战场，想起了宙斯的命令，于是奔到特洛伊人的前锋队伍中，大声呼喊："朋友们，建功立业的时刻到了！希腊人中最勇敢的英雄离开了战场，宙斯将使我们得到胜利，冲啊！"他一边喊，一边像旋风似的向前冲锋。希腊人中有九个王子和许多士兵死在了他的枪下，希腊人即将要被他赶到战船附近。

这时，奥德修斯对狄俄墨得斯说："我们的人为什么放弃了抵抗？来吧，朋友，站在我的身边，我们宁死也不让赫克托耳占领我们的战船营，我们要打退他的进攻！"狄俄墨得斯点头同意，并用

1 伊斐达玛斯（Iphidamas），安忒诺耳和忒阿诺之子，科翁（Coon）的弟弟。

投枪将这战车上的特洛伊人蒂姆勃莱俄斯刺死，奥德修斯则杀死了他的御者摩利翁。而后二人继续向前冲杀，为希腊人重新赢得了喘息的机会。赫克托耳从战斗的队伍里认出了这两位骁勇的英雄，率领着军队朝他们冲了过来。

狄俄墨得斯看得真切，向赫克托耳投出长矛，长矛击中了他的头盔被“当”的一声弹了出去。赫克托耳只觉得眼前一阵发黑，倒在地上并用右手撑住身体。当狄俄墨得斯冲过来的时候，赫克托耳已经恢复过来，他迅速跳上战车，在士兵的保护下奔回了自己的营地。狄俄墨得斯恼怒地把另一个特洛伊人打倒在地，准备剥下他的盔甲。

正在这时，隐蔽在伊罗斯大坟后面的帕里斯瞄准他，一箭击中蹲在地上的英雄的右脚，箭头射入脚跟，刺在脚骨上。帕里斯从隐蔽处跳了出来，嘲笑受了伤的敌人。狄俄墨得斯回过头来，看到了帕里斯，大声骂道：“原来是你啊，女人喜欢的英雄！你在公开的战斗中伤害不了我。现在却从背后射伤了我的脚跟，还自以为了不得，是吗？但这对我来说真像被孩子刺了一枪似的，根本算不了什么！”这时，奥德修斯正好赶来，掩护着受伤的狄俄墨得斯，使他忍痛拔出了脚上的箭。最后，他摇晃着身子爬上战车，一起朝船队飞驰而去。

现在，只有奥德修斯一人在敌人的阵地中，这位英雄打算要坚持战斗下去。特洛伊人已经紧紧地把他围住，而且包围圈越来越小。奥德修斯盯着敌人，毫无惧色，而且很快就有五个特洛伊人被他杀死。敌人中一位名叫索科斯的看见自己的兄弟刚刚被奥德修斯杀死，便一边大声叫嚷一边奋起击出一枪，刺穿了奥德修斯的盾牌，并伤到了他的肋骨。雅典娜急忙保护奥德修斯，不让他受到重伤。奥德修斯知道自己没有受到致命伤，便略略后退，然后用矛出其不意地朝往后逃跑的对方掷去，枪尖刺中了索科斯的背部并由前胸穿出，使他倒地身亡。奥德修斯这时才将枪尖从身上拔出，特洛伊人看到他血流如注，便奋不顾身地冲了过来，奥德修斯急忙一边后退一边呼叫求救。

墨涅拉俄斯最先听到呼救声，连忙对身旁的埃阿斯说："来吧，让我们冲入敌阵！我听到奥德修斯在呼救！"两人即刻奔到了负伤的奥德修斯面前。特洛伊人看到埃阿斯的盾牌，害怕得瑟瑟发抖。墨涅拉俄斯趁机抓住奥德修斯的手，扶他上了战车。同时埃阿斯冲向特洛伊人，他犹如秋天暴发的山洪卷吞枯败的枝叶一样，杀得敌人丢下一具具尸体。

此时的赫克托耳正在战场的左侧，即靠近斯卡曼德洛斯河的河岸上作战，他并不知道这里的战事。赫克托耳杀伤了很多紧随着英雄伊多墨纽斯的年轻士兵，可即使死伤也无法让这些士兵退让。帕里斯用一支带有三个倒钩的箭射中了希腊军中的名医马哈翁的右肩，伊多墨纽斯大声喊道："涅斯托耳！快扶马哈翁上车！一个能够精于医道的人抵得上几百人！"涅斯托耳连忙将受伤的马哈翁扶上战车，奔回了战船。

埃阿斯还在奋力拼杀，赫克托耳在御者的提醒下见到特洛伊人的右翼阵势大乱。他急忙驱车赶去，冲入敌群勇猛攻击。他同时也记着宙斯的警告，即避免与埃阿斯作战，同时万神之父也使埃阿斯的心里产生恐惧，因此他见到赫克托耳逼近，便背起盾牌撤退。

特洛伊人看见他逃跑，便纷纷朝他投掷长矛，可只要他转过身来，他们又惊惧地逃跑。埃阿斯来到通向战船的小路上，停下来守住路口，抗击涌来的特洛伊人。

同时，涅斯托耳带着受伤的马哈翁来到战船营，从神情阴郁的阿喀琉斯面前经过。他正坐在船尾静静地看着特洛伊人追杀他的同胞。他把帕特洛克罗斯叫到跟前，说："去吧，问一下涅斯托耳，他从战场上带回的伤员是谁。不知为什么，我心里突然对希腊人产生了怜悯之情。"

帕特洛克罗斯遵命来到船队，涅斯托耳看到他时连忙从椅子上站起来，握着他的手，友好地想要给他让座。帕特洛克罗斯说："不必客气，尊敬的老人！阿喀琉斯派我来看一下，他想知道受伤的人是谁。现在我知道了。我得赶快回去告诉他。你知道我那位朋友是个急性子！”

涅斯托耳感慨地说：“阿喀琉斯为什么如此关心阿耳戈斯人呢？实际上所有的最勇敢的英雄都受伤躺在船上。狄俄墨得斯受了箭伤，奥德修斯和阿伽门农受了枪伤，马哈翁也受了箭伤。阿喀琉斯难道想等到我们的船只被烧成灰烬、所有的希腊人都死在血泊中才甘心吗？我多么希望自己像年轻时一样身强力壮！那时我曾住在佩琉斯的家中们，见过你、你的父亲墨诺提俄斯和年幼的阿喀琉斯。他的父亲佩琉斯勉励他要奋勇争先，你的父亲则反复嘱咐你当他的朋友和指导者。将这事告诉阿喀琉斯吧，也许他会听从你的劝说。”

帕特洛克罗斯在回去时经过奥德修斯的战船，他遇到忍痛跛着腿走路的欧律皮罗斯。他恳请帕特洛克罗斯用半人半马的肯陶洛斯人喀戎的医药来医治他的箭伤。帕特洛克罗斯很同情他，扶他走进营帐，让他躺在水牛皮褥子上，然后用刀剔出锋利的箭镞，并用温水洗去黑血，把辛辣的药草揉碎，敷在伤口上，直到血液慢慢地结成血痂。

围墙边的战斗

希腊人曾在自己的战船周围挖沟筑墙以保护战船，但因为当时忘了给神献祭，所以这并不能保护他们。现在是围城的第十年，波塞冬和阿波罗决定在特洛伊城陷落后，用山洪摧毁整个工事。

特洛伊的军队步步逼近，阿耳戈斯人害怕赫克托耳的威力，都心惊胆战地挤在战船上。赫克托耳如一头雄狮般奔了过来，鼓励士兵们越过战壕。可是这些壕沟挖得又宽又深，沟边密密麻麻地埋着尖木桩，只有步兵才可以冒险越过，战马到了沟边都打着响鼻，竖起前腿畏缩不前，战车也无法通过。波吕达玛斯见此情形，便和赫克托耳商议：“如果我们强迫马匹过去的话，一定会落进深沟里惨死。还是让驾车的御者们把战车全都停在这里，然后你率领大家手执武器越过战壕，去突破敌人的围墙。”

赫克托耳同意他的建议。除了御者之外的英雄们听到号令都从战车上跳下来，他们分成五队，第一队由赫克托耳和波吕达玛斯率领，第二队由帕里斯率领，第三队由赫勒诺斯和得伊福玻斯率领，第四队由埃涅阿斯率领，最后一对由萨耳佩冬和格劳库斯率领。在所有的英雄中只有阿西俄斯一人不愿意离开战车，他转向左面的一条通道，那是希腊人留给自己人的战车和马匹出入的。阿西俄斯看到这里大门敞开，因为希腊人还在等待最后逃回来的士兵。阿西俄斯便催马冲了进去。许多特洛伊的士兵跟在后面，大声呐喊着冲了进来。但他们遇到了两个勇敢的看守，勒翁透斯和庇里托俄斯之子波吕帕特斯，他们朝涌来的特洛伊人扑了过去，同时从围墙上的塔楼里掷下雨点般的石头。

阿西俄斯和他的士兵们在这里进行遭遇战，死伤了许多人。另一边的其他的特洛伊人则步行通过沟壕，冲击希腊人的其他营门。阿耳戈斯人不得不改变战略，集中力量保护战船，那些站在他们一边的神也十分忧伤地从奥林匹斯圣山上俯视着。可赫克托耳和波吕达玛斯率领的一队却还在迟疑，没有冲过壕沟，这一队也是最英勇而人数又最多的一队。因为他们看到了一种不吉利的预兆：一只雄鹰从左侧飞临上空，鹰爪下逮住一条蛇，蛇拼命挣扎着扭转头咬到了鹰脖子。雄鹰疼痛难熬，扔下蛇飞走了。这条蛇正好落在特洛伊人的中间，他们很恐惧，认为这是宙斯降下的征兆。

“我们不能轻举妄动，”潘托斯之子波吕达玛斯惊恐地对赫克托耳说，“否则我们也会像这只雄鹰一样，不能把猎物带回去。”赫克托耳轻蔑地说：“鸟儿往右面飞或者往左面飞跟我有什么关系？我只相信宙斯的决定！我所关心的是拯救祖国！你怎么会害怕得浑身发抖？我警告你，如果你临阵逃脱，我会亲自杀死你！”赫克托耳边说着边大步向前，其他人见状都跟了上去。宙斯从伊得山上朝希腊人的战船吹去一阵大风，刮得尘土飞扬。希腊人的斗志也被这阵风吹得飘摇不定。而特洛伊人则相信靠着神的保护和军队的力量，一定能摧毁阿耳戈斯人的围墙。

但阿耳戈斯人也并不退让，他们手执盾牌排成人墙，坚定地站在防护墙旁，用投枪和石块回击特洛伊人。赫克托耳要是得不到宙斯的帮助，是无法攻破围墙大门的。

这时宙斯指示他的儿子萨耳佩冬持着大盾，像一头饿狮冲了上去。他对同伴格劳库斯说："亲爱的朋友，我们只有在艰苦的战斗中显示自己的胆量和智慧，才能在吕喀亚人中像神一样受到尊敬，并享受满溢的金杯美酒。来吧！今天我们要争取荣誉，或者以我们的死为别人赢得荣誉！"

格劳库斯为他的话所激励，两个人率领着吕喀亚人冲了上去。梅纳斯透斯站在围墙塔楼上，看到吕喀亚人凶猛地冲了过来，大吃一惊。他四处观看寻找援兵，见到两个埃阿斯在远处，忙派传令兵请他们前来救援。大埃阿斯带领透克洛斯和背着弓箭的潘狄翁从内墙里急忙赶来。他们到时，看到吕喀亚人正在攀登城墙。埃阿斯从墙上拆下一块锋利多角的石头，猛地击中攀缘而上的萨耳佩冬的朋友厄庇克莱斯的头颅，使他滚落下去。透克洛斯刺伤了格劳库斯的手臂，受伤的格劳库斯生怕让希腊人看见并嘲笑他受了伤，便悄悄地退了下来。萨耳佩冬看着他的朋友离开了战场，感到很痛心，他自己爬上墙垛，用长矛刺死了芯斯托耳的儿子阿尔卡蒙，然后奋力摇晃墙垛，使它开裂，为后续部队开辟了前进的通道。埃阿斯和透克洛斯奋勇地抵御潮水般涌上来的特洛伊人。萨耳佩冬回头看着吕喀亚人，大声呼喊："吕喀亚人，你们忘记了应该进攻吗？我一个人是不能突破敌人防线的！我们必须齐心合力，才能开辟到达战船的道路！"

于是，吕喀亚人紧紧地聚在他们的国王周围，旋风一般地冲了上来。阿耳戈斯人也加强了兵力，顽强抵抗。双方士兵隔着一堵围墙激烈地拼搏厮杀。

战斗进行了很长时间仍没分出胜负。宙斯终于又向赫克托耳伸出援助之手。他让赫克托耳首先冲到围墙的城门，其他的战士也跟了上来，从两边爬过围墙。赫克托耳看到城门紧闭，门旁有块尖顶的岩石，便以超人的力量从地上拔起巨石，撞向大门，门闩被砸断了，城门轰然倒下。赫克托耳带领士兵冲入大门，而同时也有几百个特洛伊人登上了围墙。特洛伊人呐喊着冲进了围墙内侧，希腊人纷纷慌乱地朝战船奔逃而去。

保卫战船的战斗

宙斯让特洛伊人取得了很大的进展，把希腊人推进了失败的灾难中。宙斯坐在伊得山上观看着一切。海神波塞冬看到希腊人的防线被突破，大为震惊。他站起身，离开怪石嶙峋的山顶，迈开让山林震动的步伐，只用了四步就来到爱琴海边，汹涌澎湃的波涛下耸立着他那金碧辉煌的宫殿。他穿上金铠甲，套上金鬃马，手执金鞭跳上战车，驾车驶过层层波浪。海怪们认出了他们的主人，连海水都会自动分开，没有一滴水沾湿马车。波塞冬来到阿耳戈斯人的战船附近，卸下马匹，用金链锁住拴在山洞里，并用长生不老的草料喂它们。他自己则飞快地来到激烈的战场上，见到特洛伊人正紧紧地集结在赫克托耳的周围，准备夺取希腊人的战船。

波塞冬变成预言家卡尔卡斯的样子混到希腊人的中间，说："我并不担忧特洛伊人对其他地方的进攻，只是担忧这里，因为赫克托耳猛烈得犹如一团烈火。英雄好汉们，如果你们集中力量防守，那么是能够拯救希腊人的。"他一面说，一面用手杖点了两个埃阿斯一下。他们顿时觉得四肢轻捷，勇气倍增，海神突然消失了。俄琉斯的儿子小埃阿斯最先明白了这个人是谁。"埃阿斯，"他喊了一声和他同名的伙伴，"刚才那人不是卡尔卡斯，他是波塞冬。我现在感到心里有团烈火在燃烧，渴望着决定胜负的战斗！"忒拉蒙的儿子大埃阿斯也说："现在我的手激动地握紧了长矛，心情轻松，腿脚灵便，我渴望单独与赫克托耳搏斗！"

波塞冬又来到那些灰心丧气，疲惫地躺在战船上的英雄中间鼓励他们，直到他们振作起来，回到两个埃阿斯的身旁，并怀着坚定的信念准备痛击赫克托耳和特洛伊人。阿耳戈斯人密集地排列成行，长矛林立，盾牌相连，战盔并肩，盔上羽饰飘动，人声鼎沸；特洛伊人也是群情激昂，他们在赫克托耳的率领下，发出地动山摇的呐喊声。

“特洛伊人和吕喀亚人，你们要挺住！”赫克托耳回头号召他的战士，“敌人组织的队伍是坚持不了多久的，他们必定在我长矛的打击下溃退，因为雷霆之神在支持我们。”

激战继续。混战中，安菲玛库斯被赫克托耳杀死。安菲玛库斯是波塞冬的孙子。原来，厄利斯的国王阿克托耳娶妻摩利奥纳，她跟波塞冬生下双生子欧律托斯和克雷阿托尔。安菲玛库斯是克雷阿托尔的儿子。波塞冬看到自己的孙子死了，十分愤怒。他即刻赶到营房，煽动更多的希腊人前去战斗。在这里，他看到伊多墨纽斯背着一个受伤的朋友送到医生那里治疗，然后回营去取另一支长矛。海神波塞冬变成托阿斯的样子走近他，对他说：“克瑞忒人的国王啊，你知道大祸临头了吗？所有今天没有参加战斗的人，都不能从特洛伊返回故乡！”

“就这样吧，托阿斯！”伊多墨纽斯对正在离开的神大声说。他持着更锐利的武器从营房里冲出来。迈里俄纳斯正好来到他身旁，因为他的长矛在刚刚的战斗中被得伊福玻斯的盾牌折断了，所以现在回来另找一根。“我看出你需要什么了，”伊多墨纽斯对他说，“在我的帐篷里有二十支我所缴获的长矛，就在墙边上。你去挑选一根最好的吧！”于是迈里俄纳斯选了一根粗大的长矛，然后两人一起回到战场。

伊多墨纽斯虽说上了年纪，可是打仗时仍十分勇敢。伊多墨纽斯遇到的第一个对手是向卡珊德拉求婚并站在特洛伊人一边的俄特律墨纽斯。俄特律墨纽斯被一枪投中，伊多墨纽斯嘲讽地说：“新郎官啊，快去娶普里阿摩斯的女儿吧！其实你站在我们一边，帮我们征服特洛伊，你也可以娶阿柔特斯的漂亮女儿为妻的！”他正在嘲讽，阿西俄斯乘着战车奔来，要为死者报仇，可当他刚刚拉开架势要投抢，就被伊多墨纽斯的矛刺中喉咙。他的御者看到这情景惊得目瞪口呆，双手不听使唤，竟忘掉了驱车逃跑。涅斯托耳的儿子安提罗科斯举起长矛将他杀死。

现在得伊福玻斯直朝伊多墨纽斯扑来，他决心为死去的朋友阿西俄斯报仇。他看准机会掷出一枪。伊多墨纽斯机智地蹲下身去，用盾挡住了身体。投枪从他头顶上飞过，击中了王子许普塞诺耳的肝部。许普塞诺耳呻吟不已，被两位伙伴迅速抬离混乱的战场。伊多墨纽斯继续战斗，他杀死了安喀塞斯的女婿阿尔卡托斯，然后大喝一声："得伊福玻斯，我们的交易不是非常合算吗？我给你三个换一个吧！来吧，我让你亲自看看，我是不是宙斯的子孙！"伊多墨纽斯这么说，是因为他是国王米诺斯的孙子，即宙斯的重孙。得伊福玻斯思量着是单独作战还是再去找一个勇敢的帮手。他觉得还是第二个办法比较明智，于是便和他的姻兄埃涅阿斯一起向伊多墨纽斯发起进攻。伊多墨纽斯毫无畏惧，他看见两个对手奔来，便从容地等在一旁，同时也招呼在附近的伙伴来援助。埃涅阿斯对准伊多墨纽斯投矛，但没有击中，矛掉了地上。伊多墨纽斯却一枪击中了俄诺玛俄斯，使其毙命。正当胜利者从死者身上拔出长矛的时候，特洛伊人的乱矢如飞蝗一般朝他射去，他不得不往后退去。得伊福玻斯愤怒地把长矛朝他掷去，但没有投中，却击倒了阿瑞斯的儿子阿斯卡拉福斯。由于宙斯的命令，战神阿瑞斯和其他的神被禁锢在圣山上，所以他不知道儿子战死了。迈里俄纳斯怒不可遏，投枪击中了得伊福玻斯的手臂，把他的战盔震落在地上。迈里俄纳斯跳了过来，从伤者的手臂上拔出投枪，急忙奔回到自己人的队伍里。波吕忒斯背着受伤的哥哥得伊福玻斯离开了战场。越过壕沟，朝战车走去。

其他人还在继续激战。现在特洛伊人珀珊德洛斯的灾难到了，他遇上了勇敢的阿特柔斯之子墨涅拉俄斯，两个人相互砍杀。珀珊德洛斯击中了对方的盔饰，却被对方一剑砍中，摇晃倒地奄奄一息。墨涅拉俄斯赶上一步，一脚踩在他的胸脯上，嘲笑地说："你们这些畜生，竟敢抢夺我年轻的妻子和财产，现在又来破坏我们的战船，杀害我们士兵。你们这些贪得无厌的家伙，难道还不满足吗？”他说着，剥下死者的铠甲，交给他的朋友，然后又继续前进。

特洛伊人这次差点被希腊人赶出营房，并可耻地退回城里去，幸亏波吕达玛斯及时赶来，说服了固执的赫克托耳。他说：“朋友，你难道以为自己是最勇敢的英雄便可以不听别人的建议吗？你难道没有看到战火正烧到我们头上吗？召唤高贵的首领们开一个会吧，让我们共同商议，看是应该继续深入复杂的战船巷道里，还是应该迅速撤退，我担心，希腊人会卷土重来，报复昨天的失败，同时他们那个最骁勇的战士还在船上时时刻刻地等着我们！”

赫克托耳采纳了朋友的建议，并请他速去召集最高贵的首领们举行会议。说完，他又转身朝战场奔去。途中每遇到一位统领，他都令其迅速到波吕达玛斯那里去集合。后来，他在最前沿的战场上找到了他的兄弟得伊福玻斯和赫勒诺斯，还有阿西俄斯和他的兄弟阿达玛斯。前两人受了伤，而后两人已经死了。他突然看到了兄弟帕里斯，于是便愤怒地大喝一声：“我们的勇士都到哪里去了？我们的城市快沦陷了，你也不能逃脱可怕的厄运。其他的人都去参加会议，而你应该继续去战斗！”

“我乐于和你一起战斗，”帕里斯回答说，“你不会抱怨我的勇气不够的！”说完，他们两人一起来到战斗最激烈的地方。赫克托耳没多久就杀到了最前方，但此时的希腊人已经不像以前那样畏惧了，勇敢的埃阿斯大胆地向他挑战，但这位特洛伊人不顾他的辱骂，只是朝着前方的战船冲去。

波塞冬对希腊人的激励

激烈的战斗仍在继续，年老的涅斯托耳在营房里照顾受伤的医生马哈翁。战争的呼喊声越来越近，涅斯托耳让女仆赫卡墨得照顾马哈翁，他自己则拿起长矛和盾牌走出营帐。看到战斗发生了不祥的变化，他正犹豫着是去投入战斗还是去找大统帅阿伽门农商量时，阿伽门农已经带着奥德修斯和狄俄墨得斯从战船上走了过来。他们都受了伤，并不准备直接投入战斗。三人心事重重地走近涅斯托耳，和他商讨战争的局势。最后，阿伽门农说："朋友们，我已无计可施。我们花了那么多精力辛辛苦苦挖的战壕和建的围墙都不能保护战船了，敌人已进入了我们的腹地。如果我们不主动撤离，宙斯会让我们毁灭这里，让希腊人蒙受耻辱。我们应把离海最近的战船拖下水，等待黑夜的到来。如果特洛伊人撤退回城，我们又可以把其他的船也拖下水，这样便可以连夜启航返回希腊。"

奥德修斯听到这个建议很不高兴，他说："阿特柔斯之子啊，你更适合带领一支胆小如鼠的军队。现在激战正危，你却想要开船离开，你这样会降低士气的，我们的战士会从前线溃败。"

"我之所以这样做，"阿伽门农回答说，"并不是与大家的意愿背道而驰，也绝非拒绝倾听建议。如果有人有更好的办法，我愿意收回我的建议。"

"最好的办法就是我们回去战斗！即使我们受伤不能亲自上阵，但也可以振奋士气，这也是真正的军事首领应该做的！"狄俄墨得斯大声说道。

波塞冬很高兴听到这番话。他变成一名老兵走过来，握住阿伽门农的手说："阿喀琉斯忍心袖手旁观而不援助，真是可耻！但你们要勇敢啊，神并不恨你们，你们不久就会看到特洛伊人逃跑时飞扬的尘土！"海神说完就冲上了战场，他一边跑一边大声呐喊，犹如千军万马在奔腾，这使得每位英雄又振作又坚定。

赫拉也在奥林匹斯圣山上观战。她看到宙斯的兄弟波塞冬介入战争并且扭转了战局，便也想采取行动。她从内心深处怨恨正坐在伊得山上观战的宙斯。她想设法骗他以令其转移对战争的关注。于是她来到赫淮斯托斯为她特意建造的，安装着其他神无法打开的门闩的密室中沐浴，她梳理了自己金色的头发，穿上雅典娜为她缝制的华丽锦袍，然后在胸前戴上闪着金光的别针，将一根珠光璀璨的腰带围在腰间，又将珍贵的宝石耳坠戴好，最后她罩上极其轻柔的面纱，穿着一双美丽的绊鞋，光彩照人地离开了密室，款款地来到爱情女神阿佛洛狄忒的面前。

“亲爱的女儿，请不要恨我，”她温柔地说，“你保护特洛伊人，而我却保护希腊人。请你千万别拒绝我的请求。请把你那条可以迷惑人和神的爱情宝带借给我吧，因为我要前往极地去看望我的养父母俄刻阿诺斯和泰西斯[1]，他们一直不和睦。我想劝他们相互谅解，因此你的宝带会对我很有帮助。”

阿佛洛狄忒没有看破这场骗局，毫不猜疑地答应了她。“我的母亲，你是万神之王的妻子，我当然不会拒绝你的请求，”说着她从腰间解下了具有魔力的宝带。“拿去吧！”她说，“等你成功后再来还给我就好。”

神后带上宝物来到遥远的色雷斯岛，这里是死神的兄弟睡神修普诺斯[2]的居所，赫拉请求睡神把宙斯送入梦乡。睡神听到这话吓了一跳，因为他还记得上次听从赫拉的命令诱使宙斯入睡的事情。那时正是大英雄赫拉克勒斯远征特洛伊归来，而他的敌人赫拉却想把他打发到科斯岛去。等到宙斯从梦中醒来，明白自己受了欺骗时，他把诸神全都召到他的宫殿里。当时如果不是夜神利用自己对神和凡人的约束力帮助睡神，他肯定厄运难逃。睡神想到这里仍然心有余悸。

“你顾虑太多了，”赫拉说，“你以为宙斯爱特洛伊人会像爱自己的儿子赫拉克勒斯那样吗？你聪明一点，照我的意思去办吧，我会把美惠三女神中最年轻漂亮的一个嫁给你为妻。”睡神要求她指着斯提克斯河对自己所许的诺言发誓后，才答应听从她的旨意。

赫拉美艳娇媚地来到伊得山顶。宙斯看到她，心中充满爱意，即刻忘掉了特洛伊人的战事，他问道：“你怎么到这里来了？”

1 在泰坦之战中，瑞亚将赫拉送与俄刻阿诺斯（Oceanus）和泰西斯（Tethys）抚养。

2 修普诺斯（Hypnos）是希腊神话中黑夜女神尼克斯（Nyx）之子，司掌睡眠，与死神塔纳托斯（Thanatos）是双胞胎兄弟。

赫拉微微一笑，狡黠地回答说："亲爱的，我想到大地的尽头去劝说我的养父母俄刻阿诺斯和泰西斯，让他们重新和解。"

宙斯回答说："这件事以后也可以做的，你还是留在这里和我一起观察两大民族的战争吧！"

听到这话，赫拉感到很失望，因为她觉得即使是她美丽的容貌和阿佛洛狄忒的宝带也不能转移宙斯对战事的注意力。不过，她还是抑制住自己的不悦，温柔地搂住丈夫，抚摸着他的脸颊说："亲爱的，我愿意按照你的意志行事。"赫拉一边说，一边给隐身在宙斯身后的睡神使了个眼色。宙斯挡不住袭来的睡意，把头低下去，埋在妻子的怀里，进入了沉沉的梦乡。赫拉看到时机成熟，急忙让睡神作为使者到波塞冬那儿，告诉他现在正是时候，赶快给希腊人增添力量，因为宙斯被送入了梦乡。

波塞冬变成一个希腊英雄的模样来到前线，大声喊道："将士们，难道我们甘愿把胜利拱手让给赫克托耳吗？难道我们甘愿让他摧毁我们的战船吗？我知道，他是利用阿喀琉斯生气罢战的机会肆无忌惮。但如果我们没有阿喀琉斯就被征服了，那实在是天大的耻辱！你们都要振作起来，大家跟着我一齐前进。我们倒要看看赫克托耳能不能挡得住我们！"希腊人听了后群情激昂，都愿意听从这位勇士的呼唤，就连那些受了伤的王子们也振奋起来，重新投入战斗。

但赫克托耳并不畏惧，双方又陷入了激战。赫克托耳首先朝大埃阿斯掷去一枪。但大埃阿斯的盾牌和横跨他胸前的宽厚的剑带保护了他的身体，使他没有受伤。赫克托耳失去了武器，不情愿地退入自己的队伍中。埃阿斯朝他身后投去一块巨石，赫克托耳没有提防，背部被击中，他跌倒在地上。盾牌和头盔被打掉，身上的铠甲也叮当作响。希腊人齐声欢呼起来，长矛如雨点般掷过来，他们想把倒在地上的赫克托耳抢走。特洛伊的英雄们则纷纷赶过来救援，用盾牌挡住他的身体，并把他从地上扶起来抬上战车，平安地送回特洛伊城。

希腊人看到赫克托耳逃走，更加英勇地追击敌人。埃阿斯更加勇猛，朝四面八方投枪刺杀，杀死了许多特洛伊人。不过希腊人中也有几位英雄阵亡。小埃阿斯为死者复仇大显身手，他冲入特洛伊人的队伍中，如风卷残叶一般大肆砍杀。特洛伊人一时陷入一片混乱，惊恐万分，纷纷退出战壕逃跑，一直逃到他们的战车附近才停下来。

阿波罗帮助赫克托耳

伊得山顶上的宙斯醒了过来，他从赫拉的怀里抬起头来便立即看到了下面战场上特洛伊人在被希腊人追击，并在希腊人的队伍中认出了自己的兄弟波塞冬。他又看到受了重伤的赫克托耳吐着鲜血，呼吸也非常困难。满怀同情的宙斯回过头来看着赫拉，脸色顿时变得铁青。

“骗人精啊，”宙斯威吓她说，“看你干的好事！你不怕遭受罪恶的惩罚吗？难道你忘了当年唆使风神反对我的儿子赫拉克勒斯受到的惩罚吗？那时你的双脚被缚在铁砧上，双手被金链捆着被吊在半空中示众，奥林匹斯圣山上所有的神都不敢走近你。你还想再次受到这种惩罚吗？”

赫拉先是沉默，过了一会儿才开口说：“苍天大地还有这斯提克斯的河都可以为我作证，波塞冬并不是因为我的命令才反对特洛伊人的。如果他真的来征求我的意见，我一定会劝他服从你的命令。”这番话让宙斯的脸色变得和悦了些，赫拉藏在身上的阿佛洛狄忒的爱情宝带正在起作用。过了一会儿，宙斯温和地说：“如果你我意见一致，那波塞冬很快就会支持我们的立场。如果你诚心让我欣喜的话，那让伊里斯去告诉波塞冬，请他离开战场，然后让福玻斯·阿波罗去治愈赫克托耳的伤，给他注入新的勇气和力量！”

赫拉只能服从命令。她离开伊得山来到奥林匹斯圣山，走进诸神正在用餐的大厅。神们恭敬地从座位上站起来向她举杯。她从女神忒弥斯手里接过酒杯，喝了一口美酒，然后把宙斯的命令告诉了大家，阿波罗和伊里斯领命而去。伊里斯飞到混乱的战场上找到波塞冬，但波塞冬听到他哥哥的命令，心中很不高兴。“这不合理，我跟他当年抽签划分权力，我抽中掌管海洋，哈得斯掌管地狱，宙斯掌管天空，但大地则为我们共同管理！”

“难道你是让我把你这些挑衅的话如实转告给万神之父吗？”伊里斯迟疑地问。

波塞冬思考了一会儿，大声抱怨道：“好吧，我走！但宙斯要明白：他如果反对我，反对保护希腊人的奥林匹斯的神，并拒绝让特洛伊陷落，那么我们之间一定会产生不可和解的敌意！”他一边说，一边离开了战场沉入海底。

宙斯派他的儿子福玻斯·阿波罗来到赫克托耳身边，发现赫克托耳已能够坐起。原来是宙斯已经给了他力量，他苏醒过来，身上不再冒冷汗，呼吸也顺畅多了，四肢也可以活动。当阿波罗满怀同情地走到他的面前时，他悲伤地抬起头说：“仁慈的神啊，你对我这么关心，来看望我，你究竟是谁呀？你是否听说英勇的埃阿斯用一块巨石击中我的胸部？我原以为逃不过厄运，今天就会去地府见冥王哈得斯了！”

“请放心吧！”阿波罗回答说，“我是宙斯之子福玻斯，是他派我来保护你的。我要挥舞手上的宝剑，为你开路。你登上自己的战车吧，我会帮你逐退希腊人的队伍！”

赫克托耳听完阿波罗的话，马上跳起来跃上战车。希腊人看到赫克托耳飞一般扑了过来，都被吓得呆住了。最先看到赫克托耳的是托阿斯。“天哪，真是奇迹。”他大声叫道，“我们都亲眼看到赫克托耳被忒拉蒙之子用巨石击倒，但他现在又驾着战车冲了过来。这一定是宙斯在援助他！你们快听我的劝告，命令部队都退回战船，让最勇敢的人跟我们在这里抵挡他的进攻。”

英雄们听从他明智的劝告，召唤了最勇敢的战士迅速聚集在两位埃阿斯、伊多墨纽斯、迈里俄纳斯和透克洛斯的周围。其余的士兵们则在他们的掩护下撤退到战船上。

特洛伊人密集的队伍冲了过来。赫克托耳高高地站在战车上，率领士兵们前进。阿波罗隐身在云雾中，手持可怕的盾牌，指引赫克托耳勇往直前。希腊英雄们严阵以待，双方高声呐喊。短兵相接中，特洛伊人箭不虚发，因为福玻斯·阿波罗跟他们在一起，只要他挥舞金盾在云中咆哮，希腊人就吓得束手无策，不知如何防卫。

特洛伊人在赫克托耳的率领下大显身手，赫克托耳更是杀死了好几位希腊英雄。希腊人一时乱作一团，向壕沟和寨栅溃逃。赫克托耳大声鼓励自己的将士："大家一鼓作气，快去抢占战船！"

阿波罗站在战壕的中间，抬起脚猛踩战壕边上松动的地方，沟土哗的一声塌了下去，铺成一条通道。太阳神首先从通道上跨过壕沟，用金盾推倒希腊人的围墙。希腊人逃入战船之间的巷道中，高举双手向神祈祷。宙斯心生同情，用慈悲的雷声回应他们。特洛伊人以为天降喜兆，便呐喊着冲进围墙里面，希腊人则逃上战船，在甲板上抵御敌人。

正当希腊人和特洛伊人在围墙上激战时，帕特洛克罗斯仍然坐在欧律帕洛斯漂亮的帐篷里为他治伤。当他听到特洛伊人奋力攻打围墙的呐喊声和希腊人溃逃时恐怖的呼救声时，他拍了一下大腿，痛苦地说："欧律帕洛斯，尽管我想继续给你医治，但是现在我不能在这里久留了。外面的杀声震天，我实在坐不安稳！我必须去找阿喀琉斯，希望在神的保佑下说服他重新投入战斗！"

争夺战船的厮杀越来越激烈，双方相持不下。赫克托耳跟埃阿斯正在争夺一艘战船。可是，赫克托耳既不能把埃阿斯推下水去，也不能放火烧毁战船。当然，埃阿斯也无法击退赫克托耳的进攻。

埃阿斯大声呼叫："阿耳戈斯人，耻辱啊！我们不是战死就是救出战船，此外别无选择！如果赫克托耳毁了战船，你们就只能从海上步行回家了！"说着他挺起枪，刺死了一名冲来的特洛伊的英雄。可是，每当他杀死一个特洛伊人时，赫克托耳也就能杀死一个希腊人。

现在特洛伊人的主力部队朝战船冲了过来。宙斯好像决心要让忒提斯无情的愿望得到满足，因为她也跟儿子阿喀琉斯一样怒气未平。宙斯等待着，他要让一艘希腊战船起火燃烧，以此为信号立即改变战局，把溃退的命运降临在特洛伊人的头上，而把胜利重新赐给希腊人。这时，赫克托耳愤怒地大肆砍杀，他杀得口中喷着白沫，两眼在浓眉下闪着凶狠的光芒，战盔上的羽饰在空中威武地飘动。宙斯知道赫克托耳的死期快到了，所以最后一次赋予他神力和威严。帕拉斯·雅典娜正在一步步地引他走向残酷的死亡。但现在赫克托耳看到哪里敌人最密集就朝着哪儿冲去。他苦战了许久，均未能获胜。希腊人紧密地站立着，如同山岩般无法动摇。

希腊人再次受到沉重打击，开始从前排的战船上撤退。但他们并没有被击垮，而是仍然在营房周围继续战斗。他们相互鼓励着，老英雄涅斯托耳大声激励士兵们奋勇作战，忒拉蒙之子埃阿斯抓紧时机检查战船。他从一条船跳上另一条船，召唤希腊人下来战斗。赫克托耳自然也没有闲着，他朝一条战船上冲了过去。宙斯从他后面推着他，使他一直前进，士兵们蜂拥着跟在他的后面。

争夺战船的血腥拼杀又重新开始，希腊人宁死也不后退，特洛伊人却想放火烧毁战船。赫克托耳趁机占据了一艘战船的船尾。这是帕洛特西拉俄斯当年来特洛伊时乘坐的大船，可是他在这场战争中第一个丧身。战船虽在，但却再也不能载自己的主人回乡了……

双方士兵挥舞着战斧和利剑，地上血流成河。赫克托耳紧紧守住船尾，等他稍微缓过一口气来，便大声呼叫："快拿火把来，放火！宙斯终于给了我们这一天报仇雪恨！这些船给我们带来那么多的苦难，让我们去占领它们，这是宙斯给我们的命令！"

埃阿斯好像也抵挡不住赫克托耳的进攻了，来得又猛又急的弓箭让他不得不从船舷上略略后退，倚在舵手的长凳上继续顽强地抵御敌人，阻止着举着火把逼近战船的特洛伊人。同时，他声震如雷地呼喊着他的伙伴和士兵们："朋友们！现在到了你们争当英雄的时候了！你们不像特洛伊人一样有城池可以躲避，你们再也没有后退的余地了！我们远离故土，我们的命运完全依靠我们两臂的力量！”他一面呐喊一面奋力杀敌，不一会儿就有十二具特洛伊人的尸体躺在了他的面前。

帕特洛克罗斯之死

当埃阿斯站在船上进行生死搏斗时，帕特洛克罗斯急忙去找他的朋友阿喀琉斯。他一走进朋友的营房就泪流不止。阿喀琉斯见状说：“我的朋友，你有什么心事，就直接告诉我吧。”

帕特洛克罗斯叹了一口气，说道：“高贵的英雄，恕我直言！希腊人的不幸如同巨石一样压在我的心上！我们损失惨重，狄俄墨得斯、奥德修斯和阿伽门农都受了枪伤，欧律帕洛斯也被箭射中了大腿，他们都在接受治疗而不能参战。而你又不愿和解，你莫不是阴沉的大海或是坚硬的顽石所生，所以心肠才如此冷酷！如果是你母亲或者诸神不让你参加战斗，那就把你的铠甲借给我穿上，让我和你的战士们前去帮助希腊人。如果特洛伊人将我误认为你，也许他们会吓一跳，我希望以此争取重整队伍的时间！”

阿喀琉斯冷冷地回答说：“没有任何人阻止我参加战斗，而是因为我内心忍受着煎熬和痛苦，因为有一个希腊人竟敢藐视我，还夺走属于我的战利品。但我从来没有准备永远怀恨旁观，并且从一开始决定等战争逼近战船时再行动。我现在还无意亲自参战，不过你可以穿上我的铠甲，率领我的士兵前去作战。但你不能和赫克托耳作战。你还得当心不要落在一位神的手里，你要知道阿波罗偏袒特洛伊人。救出战船后你必须马上回来，让其余的人留在战船上厮杀吧！宁愿所有的希腊人都毁灭，只剩下我们两个人亲自去征服特洛伊城！”

当他们谈话时，外面的战斗越发激烈。埃阿斯开始喘息，敌人的箭和矛不断射在他的战盔上。他扛着大盾的肩膀已经麻木了，浑身满是汗水，但他却不敢有丝毫放松。埃阿斯意识到定是神在与希腊人作对，他绝望地后退。赫克托耳趁机往船上扔了一个火把。不一会儿船尾就燃起了熊熊的火焰。

阿喀琉斯在营房里看到外面战船上火光冲天，心里感到一阵痛苦。“帕特洛克罗斯，”他喊道，“你快去，别让敌人夺走我们的战船，切断我们的回乡之路！我亲自去召集我的士兵！”

帕特洛克罗斯听了很高兴，他急忙穿戴上阿喀琉斯的胫甲和战盔，左手执盾，右手提矛。这矛是当年半人马喀戎训练佩琉斯时送给他的，后来传到阿喀琉斯手上。帕特洛克罗斯吩咐他的朋友和御手奥托墨冬套上神马珊托斯和巴利俄斯，它们是妇人鸟波达尔革和西风神所生的神马。奥托墨冬还套上追风马佩达索斯，那是阿喀琉斯从神秘的底比斯城带回来的战利品。阿喀琉斯亲自召集由弥尔弥杜纳人组成的一支军队。

阿喀琉斯大声地激励将士们：“弥尔弥杜纳的战士们，现在你们渴望的时刻终于来到了。勇敢地战斗吧！”说完，他走进营房，从母亲忒提斯亲自放在船上的箱子里取出一只精致的酒杯，这只酒杯除他以外无人动用过。阿喀琉斯用它盛酒，只为宙斯举行灌礼。现在，他走到门外，浇酒在地，向宙斯举行灌礼，并祈祷宙斯保佑希腊人取得胜利，让他的朋友帕特洛克罗斯平安回来。宙斯听到了他的祈祷，同意了他的第一个请求，对第二个请求却面有难色地摇了摇头。但这些表情阿喀琉斯却无法看到。他回到营房里，收好酒杯，然后出来观战。

帕特洛克罗斯率领弥尔弥杜纳人像蜂群一样涌向战场。特洛伊人以为阿喀琉斯扑了过来，都恐惧得发颤，阵容顿时大乱。帕特洛克罗斯趁着特洛伊人心怀恐惧的时候，抖动着寒光闪闪的长矛，向密集的敌人掷了过去。现在特洛伊人惊慌地逃跑，他们被希腊人赶进战船间的巷道中，但他们很快就镇定了下来，继续与希腊人扭成一团，双方各有死伤。

大埃阿斯一心想用矛刺中赫克托耳，但赫克托耳是久经沙场的老将，他用盾挡住身体，让箭矢和投枪纷纷弹落在地上。这位英雄已经看出胜利已不再属于自己和特洛伊人，但他仍坚定地留在战场上保护和救援他的战友。当敌人的势力越来越大，他才不得不掉转车头，驱马越过壕沟。帕特洛克罗斯呐喊着追击正在逃命的特洛伊人。许多人惊慌失措，栽倒在车轮之下。最后，阿喀琉斯借给帕特洛克罗斯的神马也拖着战车跃过壕沟，帕特洛克罗斯策马前进，想要追上驾车奔逃的赫克托耳。他一路追赶，杀死了在战船和围墙之间的战地上遇到的敌人。吕喀亚人萨耳佩冬看到这情景又悲痛又恼怒。他连忙喝住了他的队伍，然后全副武装地跳下战车。帕特洛克罗斯也跳下战车。两人吼叫着朝对方冲来。

宙斯坐在山上，同情地看着他的儿子萨耳佩冬。赫拉却在一旁讥讽他。“你在想什么？”她说，“你想拯救一个早就注定要死的人吗？你不妨考虑一下，如果所有的神都把自己的儿子拖出战场，那该怎么办？还是听从我的建议，让他死在战场上为好。你把他交给睡神和死神，让吕喀亚人将他们的英雄从混乱的战场上运走，并将他隆重安葬！”宙斯讨厌赫拉的絮叨，但神圣的眼睛却为自己的儿子滴下了一滴眼泪。

现在两位勇士相距只有一箭之地。帕特洛克罗斯首先击中萨耳佩冬的勇敢的战友特拉西特摩斯。萨耳佩冬投出的枪没有刺中帕特洛克罗斯，却刺中了神马佩达索斯的右肋。佩达索斯喘着粗气倒了下来，旁边的两匹神马也感到惊恐，突然变得狂暴起来，幸亏驾车的奥托墨冬及时从腰间拔出利剑割断死马的皮带，才使缰绳没有拉断。萨耳佩冬又第二次投枪，但没能击中对方，而帕特洛克罗斯却投中了萨耳佩冬的腹部，将其杀死了。

格劳库斯正在向福玻斯·阿波罗祈祷，请求太阳神治愈他胳膊上的箭伤。那是在争夺围墙时被透克洛斯射中的。这创伤折磨着他，使他迄今不能参战。神怜悯他，立即止住了他伤口的疼痛。于是他大步穿过特洛伊人的队伍，召唤英雄波吕达玛斯。阿革诺耳和埃涅阿斯去保护萨耳佩冬的尸体。这几个王子听说这位英雄的死讯悲痛万分。萨耳佩冬虽说是外族人，但已成为保卫特洛伊城的一根有力的支柱。王子们像发了疯似的朝希腊人冲去，赫克托耳更是一马当先。帕特洛克罗斯也激励希腊人奋勇迎战。双方的英雄们为争夺萨耳佩冬的尸体展开了一场激战。

宙斯仔细地观看着这场战斗，他思考着是否让帕特洛克罗斯立即战死。但他觉得还是应该让他在临死前先获得胜利为好。于是，他又击退了特洛伊人和吕喀亚人的反扑。希腊人剥下了萨耳佩冬的铠甲。帕特洛克罗斯正要把尸体交给弥尔弥杜纳人时，阿波罗奉宙斯之命从神山降到战场上，把萨耳佩冬的尸体扛在肩上，一直来到斯卡曼德洛斯河的河岸。他把尸体放在河里，用清水把尸体流净，涂上香膏，然后把它交给睡神和死神这一对孪生兄弟。两兄弟把尸体送回吕喀亚，用故乡的泥土把它掩埋。

现在，帕特洛克罗斯继续追击特洛伊人和吕喀亚人。他接连打死九个特洛伊人，并剥取了他们的铠甲。他凶猛地一路砍杀，如入无人之境。如果不是阿波罗站到坚固的城楼上保护特洛伊人，帕特洛克罗斯真的会独自一人夺取特洛伊城了。这位墨诺提俄斯之子连续三次爬上城去，阿波罗三次挡住他的进攻，并且大声喝道："退下去！"帕特洛克罗斯大吃一惊，知道这是神的命令，便急忙撤退。

这时，赫克托耳逃到中心城门，他勒住马，让战车停了下来，思量着是率领士兵回到战场去作战，还是把他们带进城内，紧闭城门。正当他犹豫不决时，福玻斯变成赫卡柏的兄弟阿西俄斯，走到他面前说："赫克托耳，你为什么不敢继续战斗呢？谁知道阿波罗会不会把胜利当作礼物送给你呢？"话音一落他就消失了。赫克托耳顿时受到鼓舞，激励他的御者催马向战场奔去。阿波罗在前面引路，在希腊人的队伍里制造混乱。赫克托耳并没有停下来刺杀任何阿耳戈斯人，而是直朝帕特洛克罗斯扑去。

帕特洛克罗斯见状，连忙跳下战车。他左手提了根长矛，右手又从地上拾起一块大石头杀死了赫克托耳的御者。帕特洛克罗斯如同一头雄狮般朝阵亡者的尸体奔去。赫克托耳勇敢地保护着他异母兄弟的尸体。他抓住死者的头，帕特洛克罗斯却拉住死者的脚，二人相互争夺。双方士兵如两股劲道的大风一样激烈拼搏，互相厮杀。直到傍晚，希腊人才占了上风。

帕特洛克罗斯更加凶猛地冲锋，接连杀死了二十七名特洛伊士兵，而死神也悄悄地靠近了他。因为现在福玻斯·阿波罗亲自隐身在浓雾里出战，帕特洛克罗斯看不见他，只是感觉自己的背上被打了一下便立刻头晕眼花，站不稳脚。阿波罗接着又打掉了他的战盔，折断了他的长矛，解开了挂在他肩头的盾带和束在身上的铠甲。潘托斯之子欧福耳玻斯从背后朝他刺来一枪，枪尖穿胸而过，赫克托耳也突然出现在战场上，挥动长矛刺进帕特洛克罗斯的腹部。赫克托耳欢叫起来："帕特洛克罗斯！你想摧毁和奴役特洛伊，现在我至少将这个不祥的日子往后推迟了！"

帕特洛克罗斯临死前用微弱的声音回答说："宙斯和阿波罗使你毫不费力地得到了胜利，如果不是他们插手战争，我的长矛将会杀死你！神明福玻斯和凡人欧福耳玻斯把我征服了，而你只能现成地剥取我的铠甲！可你的厄运快到了，而且我知道你将死在谁的手里！"说完这些话，帕特洛克罗斯就死去了。

特洛伊人欧福耳玻斯和墨涅拉俄斯为争夺帕特洛克罗斯的尸体拼斗起来。欧福耳玻斯大声叫道："你杀死了我的哥哥许普勒诺耳，使他的妻子成了寡妇，我要你血债血偿！"说着，他将长矛朝阿特柔斯的儿子投去，枪尖撞在盾牌上，变成了弯钩。墨涅拉俄斯也举起长矛朝对方刺去，被刺中了咽喉的欧福耳玻斯倒地身亡。墨涅拉俄斯正要剥取他的铠甲时，阿波罗嫉妒他得到这样的战利品，便变了形去找赫克托耳回来保护欧福耳玻斯的尸体。墨涅拉俄斯听到这位特洛伊的英雄高声呼喊的声音，知道自己无法抵挡赫克托耳和他率领的士兵，只好丢下尸体和铠甲向后撤退。他在混乱的战场左方看到了大埃阿斯，便急忙喊他去夺回帕特洛克罗斯的尸体。当他们走近尸体时，发现赫克托耳已经剥下了帕特洛克罗斯的铠甲，正要把尸体拖走。但当他看见埃阿斯手执盾牌冲来时，便放下尸体，急忙走向特洛伊人的队伍里，并跳上战车，把帕特洛克罗斯的铠甲交给他的士兵送回城去，作为一种显示自己战功的纪念品保存起来。埃阿斯像一头雄狮站在帕特洛克罗斯的尸体前，不让特洛伊人靠近。墨涅拉俄斯站在他身旁守卫着。

格劳库斯沉下脸看着赫克托耳说：“你哪里值得称赞呢？你见了埃阿斯竟如此胆怯地逃了回来，谈何光荣？从现在起，你一个人去保卫特洛伊吧！吕喀亚人不会和你一起战斗，你不保护我们的国王还有你的朋友也是战友萨耳佩冬的尸体，我们又怎能指望你保护一个普普通通的人呢？如果特洛伊人也有我们吕喀亚人这样的勇气，我们马上就把帕特洛克罗斯的尸体拖进特洛伊城里。如果阿耳戈斯人想要回帕特洛克罗斯的铠甲，那他们一定愿意把萨耳佩冬的尸体归还给我们！”格劳库斯这么说，是因为他不知道阿波罗已从希腊人手中夺走了萨耳佩冬的尸体，并妥善安葬了。

“你对我的责怪是没有道理的，”赫克托耳回答说，“我从来没有畏惧过。但宙斯的神意比我们的勇敢更有威力。我的朋友，你现在可以走近看看，我是否真的像你说的那样胆怯！”说着他就追赶他的战友。他们正拿着从帕特洛克罗斯身上剥下的阿喀琉斯的铠甲送回城里去。赫克托耳换上阿喀琉斯的铠甲，那是神在佩琉斯和海洋女神忒提斯结婚时送给他的礼物。后来佩琉斯把它传给了儿子阿喀琉斯。

神和凡人的主宰宙斯从天上看到赫克托耳正束着阿喀琉斯的神甲，立即沉下脸，严肃地摇了摇头，并在心里说道：“你还不知道死神已站在你的身旁了。你杀死了阿喀琉斯的亲密战友，剥下了他的铠甲，现在又穿上女神之子的神甲。好吧，因为你再也不能从战场上回去，再也不能看到你的妻子安德洛玛刻，让我再赐你最后一次胜利作为补偿吧！”宙斯心里刚说完这些话，赫克托耳就已经束紧了铠甲，他觉得四肢充满力量，大喊一声后接着率领他的战士朝敌人冲了上去。

争夺帕特洛克罗斯尸体的战斗又开始了。赫克托耳勇猛异常，埃阿斯不由得对身边的墨涅拉俄斯说：“我现在关心自身胜于关心已死的帕特洛克罗斯了，因为赫克托耳率领人马从四面包围我们。你快大声呼救吧，看看我们的英雄们是否可以听到你的喊声。”

第一个听到墨涅拉俄斯喊声并赶过来的是洛俄琉斯之子埃阿斯，随后伊多墨纽斯和他的战友迈里俄纳斯，以及其他不以数计的战士也赶来了。尸体的争夺战进行了几乎整整一天，战场的其他地方战斗也同样激烈。

正在双方拼死厮杀的时候，阿喀琉斯的神马悄悄地站在一旁。它们听说御手帕特洛克罗斯死于赫克托耳之手时，不由得像人一样地悲泣起来。奥托墨冬用尽办法也没能让马回到船上去，它们像石柱一般静静地站在战车前，垂着头，眼里淌出大滴的泪水。宙斯在天上看到这情景也非常同情。“可怜的马啊，”他喃喃地说，“为何我们要将永生而具神性的你们送给凡人佩琉斯呢？难道是为了让你们也像不幸的人类一样忍受悲哀吗？世上也许没有比人更感苦恼的了。赫克托耳休想驯服你们，也别想将你们驾在他的车前，我决不会允许。”

于是，宙斯赋予神马勇气和力量。两匹马即刻抖掉鬃毛上的尘土，拖着战车，飞快地奔向特洛伊人和希腊人的地方。奥托墨冬阻挡不住，只得任凭马拖着战车前进。他一个人在战车上很难施展本领，无法一手驾车，一手向敌人掷出长矛。他见到拉厄耳忒斯之子阿尔喀墨冬，便喊道：“阿尔喀墨冬，我的战友帕特洛克罗斯被杀死了，除了他以外，你是最好的御者，如果你愿意，我便把马交给你，让我腾出手来全力作战。”

赫克托耳看到奥托墨冬从座位上站起来，把位置让给另一个人时，便转身对埃涅阿斯说：“瞧，阿喀琉斯的神马奔上了战场，可是它们的御手却是没有经验的人，让我们去夺取这个战利品吧！”埃涅阿斯点点头，和他一起向前冲去。克洛弥俄斯和阿勒托斯随后跟了上来。奥托墨冬向宙斯祈祷获得了力量，同时大声呼喊着：“阿尔喀墨冬，你要紧紧地抓住缰绳！埃阿斯，墨涅拉俄斯，你们快过来，让其他的人去保护死者，让我们粉碎活人的进攻！赫克托耳和埃涅阿斯这两个最勇敢的特洛伊英雄在追击我们！”说着他挥起长矛刺穿了阿勒托斯的盾牌，并刺穿了敌人的腹部，阿勒托斯当即倒地身亡。赫克托耳将矛朝奥托墨冬掷去，但被躲过。双方正要拔剑再战，大小埃阿斯同时赶到将他们隔了开来，并迫使特洛伊人又回到帕特洛克罗斯的尸体处。

这时宙斯改变了主意。他派雅典娜女神穿过乌云来到地上，扮成年老的福尼克斯，朝墨涅拉俄斯走去。墨涅拉俄斯看见老人走来，便说："福尼克斯老人，但愿雅典娜今天给我力量，让我可以为已死的朋友报仇，因为我从你的目光中已经看出你在谴责我。"女神听了他的话非常高兴，因为墨涅拉俄斯在诸神中唯独尊崇她，于是她给他的两臂和两腿增添了力量，让他内心刚强而凶猛。他挥舞着长矛，朝帕特洛克罗斯的尸体所在的地方冲去。赫克托耳的战友，即厄厄提翁的儿子波得斯见情况不妙，刚要转身逃跑，墨涅拉俄斯的矛尖已经刺中了他。

现在阿波罗变成弗诺珀斯，走近赫克托耳，激励他说："赫克托耳，如果一个墨涅拉俄斯就把你吓退了，那么敌人中还会有谁畏惧你呢？他杀死了你最亲密的朋友，现在又要从你手上夺走帕特洛克罗斯的尸体！"这话激起了赫克托耳的怒火，他马上冲上前去，身上的铠甲闪闪发光。于是，宙斯摇了摇他的神盾，让伊得山笼罩在浓云之中，并降下雷电，给特洛伊人送去胜利的信号。

"墨涅拉俄斯，"埃阿斯说，"不知道涅斯托耳之子安提罗科斯在哪儿？他是最合适的使者，请让他去告诉阿喀琉斯他的朋友帕特洛克罗斯被杀死了。"墨涅拉俄斯终于在混乱的人群中找到了安提罗科斯，对他说："安提罗科斯，你还不知道吧，特洛伊人得到了胜利，帕特洛克罗斯已经阵亡，希腊人失掉了他们最勇敢的英雄。现在只剩下一个比他更勇敢的人还活着，那就是阿喀琉斯。你快到阿喀琉斯的营房里去，把这个悲哀的消息告诉他。他也许会来抢救已被赫克托耳剥去铠甲的尸体。"

安提罗科斯听到这个噩耗禁不住流下了泪水。他呆呆地站在那里好久，一句话也说不出来。后来，他脱下盔甲，交给他的御手拉俄多科斯[1]，拔腿便朝战船奔去。

墨涅拉俄斯重新来到帕特洛克罗斯的尸体那儿，和埃阿斯商量，

1 注意与特洛伊人、安忒诺耳之子相区分。

怎样把战友的尸体运回去。他们还不能指望阿喀琉斯出来救援，因为他即使答应出马，他的神铠甲已被抢走了。他们两人把尸体扛起来。虽然特洛伊人挥舞着长矛追了上来，但只要埃阿斯转过身子，他们就吓得不敢上来争夺尸体了。两个人扛着尸体朝战船走去，其他的希腊人也纷纷从战场上撤回。

阿喀琉斯的悲痛

安提罗科斯见到阿喀琉斯时，他正坐在战船前思考命运，但他不知道的是这种命运就要降临。当他看到一个希腊人从远处奔来时，一种不祥的预感涌上心头。果然安提罗科斯是带着噩耗来的，他流着泪，大老远就朝阿喀琉斯叫道："佩琉斯之子啊，我们的英雄帕特洛克罗斯已经阵亡，赫克托耳剥去了他的铠甲，现在双方正在争夺他的尸体。"

阿喀琉斯听到这个可怕的消息，眼前一阵发黑。他像发疯了一样捧起泥土，撒在自己头上、脸上和衣服上，又倒在地上撕扯自己的头发。阿喀琉斯和帕特洛克罗斯作为战利品掠来的女奴们听到响声，也从帐篷里面跑出来，当她们听说了所发生的事情时，也都捶着胸脯大声号哭起来。安提罗科斯抓住阿喀琉斯的双手，担心他会突然控制不住自己的情绪而拔出剑来自寻短见。

阿喀琉斯悲痛的哭声让大海深处正坐在他外祖父涅柔斯身边的母亲忒提斯也情不自禁地啜泣起来。涅柔斯的其他的儿女们听到忒提斯的哭声，也悄悄来到她的身边和她一起悲泣。

"我是多么的不幸啊，"忒提斯对身旁的姐妹们说，"我生了这么一个高贵勇敢的儿子，但他却再也不能回到父亲佩琉斯的宫殿了！他遭受了太多的不幸，可我却爱莫能助！现在我一定要去看看我的爱子，我要听听他遇到了什么样的伤心事。"

忒提斯分开波涛，来到曲折的海岸上，走到正在哭泣的阿喀琉斯身边。

"孩子，你为什么痛哭呢？"母亲大声问他，"你有什么痛苦？

请一点也不要隐瞒地告诉我！一切不都挺符合你的心意吗？希腊人不是已经来到你身边请求你的帮助了吗？”

阿喀琉斯叹息着说：“母亲，这对我还有什么价值呢？我的战友帕特洛克罗斯被敌人杀死了。赫克托耳还剥下了他身上的铠甲。那本是我的铠甲，是诸神在你结婚时送给我的父亲佩琉斯的礼物。唉，要是我的父亲当初娶一个凡人女子就好了，那你就不会为自己的儿子无穷无尽地悲痛了！现在我再也不能回到我的家乡去了。如果我不能用长矛将赫克托耳杀死，为帕特洛克罗斯报仇，那我的心将永远得不到安宁，我的良心也不容许我苟活在人间！”

忒提斯听了，含着泪说：“我的儿子，赶快放弃这种荒唐的想法，因为命运之神规定在赫克托耳死后，你的末日也就到了。”

阿喀琉斯叫起来，声音几近愤怒：“如果命运之神不让我维护我已死去朋友的尊严，那么我宁愿马上去死。我的朋友远离故乡，因为没有得到我的援救而被杀害。现在我这短暂的生命对希腊人有什么用处呢？我没能够使帕特洛克罗斯和无数的朋友免遭不幸。现在我豁出去了，我要立即去和杀害我朋友的凶手拼命！亲爱的母亲，请别阻拦我！”

“你说得有道理，我的孩子，”忒提斯说，“明早日出时分，我会给你送来赫淮斯托斯亲手锻造的新武器和铠甲。你记住，在我回来以前，千万不要去作战。”女神说完，便动身前往奥林匹斯圣山寻找神的铁匠赫淮斯托斯。

与此同时，特洛伊人为抢夺帕特洛克罗斯的尸体一再进攻。赫克托耳凶猛地一共三次追上了抢尸体的埃阿斯，并抓住了尸体的脚，要把它拖走，但都被两个埃阿斯打退了。他退到一旁站住，叫喊着决不罢休。两位埃阿斯想把他从尸体旁赶走，但一直没有成功。

若非伊里斯奉赫拉之命瞒着宙斯悄悄地吩咐阿喀琉斯武装起来，那么赫克托耳真的会把帕特洛克罗斯的尸体抢走的。“我该如何作战呢？”阿喀琉斯问神的使者，“敌人抢走了我的武器，而我的母亲到赫淮斯托斯那儿取盔甲了。她吩咐我在她回来之前，我不能去作战！”

“我知道你的武器被抢走了。”伊里斯回答说，“但只要你走近壕沟，让特洛伊人看到你，他们也许就会停止前进，这样便为希腊人取得了片刻的休息时间。”

于是阿喀琉斯站了起来，雅典娜把她的神盾挂在他的肩上，使得他的脸上闪出神的光彩。阿喀琉斯走到壕沟旁，遵从了母亲的警告没有投入战斗，只是远远地放声呐喊。雅典娜也和着他的声音一起呐喊，这声音听上去就好像吹响的军号一样。特洛伊人听到佩琉斯之子的吼声后十分惶恐和不安，立即掉转了战车和马头。御手们看到他的头上闪射的火光，也都暗自吃惊。阿喀琉斯在壕沟旁吼叫了三次，特洛伊人的阵脚就大乱了三次。更有十二个勇敢的英雄在混乱中栽倒在车轮下被碾死，或者死在了自己人的乱枪之下。

在他的帮助下，帕特洛克罗斯的尸体终于到达安全的地方。希腊的英雄们把他放在担架上，大家围着尸体默默致哀。阿喀琉斯看到他亲密的战友躺在担架上，抚摸着他被枪尖刺烂的尸体，再一次禁不住痛哭起来。落日用最后的霞光照耀着这对生死相依的英雄。

阿喀琉斯重新武装

艰苦的鏖战后，双方都稍作休整。特洛伊人卸下战马，顾不上进食就围在一起商议，他们没有人敢坐下来，因为怕阿喀琉斯会突然杀来。

这时，潘托斯的之子波吕达玛斯走了过来。他是个明智的人，能知过去未来，他来劝告大家说：“不要等到天亮，在夜里就要赶快撤回城去，因为如果阿喀琉斯重新武装起来，等到明天早晨他就会发现我们在这里。到那时，恐怕没人能逃回城去。我建议所有战士都到城里过夜，高大的城墙和坚固的城门可以保护我们，明早我们再上城墙。如果他那时真的从战船上下来围攻我们，我们也能抵挡！”

赫克托耳听了他的发言后，站起身来责备他说：“波吕达玛斯，你的话真让我扫兴。现在宙斯保护我们，并让我们取得了胜利，把阿耳戈斯人赶到了海边。你的建议显得多么的愚蠢，没有一个特洛伊人会听你的话。我命令今晚所有的士兵都饱餐一顿，并且严密警戒。明天清晨，我们将向希腊战船发起攻击。如果阿喀琉斯真的参加作战，那是他自找倒霉！我将坚持战斗，直到夺取胜利为止。”

特洛伊人不听从波吕达玛斯明智的建议，却对赫克托耳不理智的决策鼓掌欢呼，并且兴致勃勃地开怀畅饮，饱餐了一顿。

另一边，希腊人彻夜围着帕特洛克罗斯的尸体进行哀悼。阿喀琉斯怨愤地说：“现在，命运女神已经决定让我们两个人的鲜血洒在异国的土地上，因为我已不能回到我年迈的父亲佩琉斯和母亲忒提斯的宫殿里。特洛伊城前的黄土将会掩埋我的尸体。帕特洛克罗斯啊，命运注定我要死在你的后面，因此我在没有夺回赫克托耳的铠甲并取得他的首级以前，我还不能参加你的葬礼。他是杀害你的凶手，我要拿他的头颅向你献祭。亲爱的朋友，现在你暂且在我的船上安息，让我完成我应该做的事吧！”说完，他便命令他的朋友们取来一口大鼎，烧了温水，给阵亡的英雄净身并涂抹了香膏。然后，他们将尸体抬起，放到床上，从头到脚盖上一条贵重的亚麻布尸被，又盖上一件雪白的罩袍。

阿喀琉斯的母亲忒提斯来到跛腿的赫淮斯托斯的宫殿，看到赫淮斯托斯正在汗流浃背地工作。他正要铸造二十只三脚鼎，每只铜鼎下都装着金轮。这样，它们不需要人推便可以自动滚到奥林匹斯圣山的大殿内，然后再滚到神们的房间里。这些三脚鼎除了耳柄以外均已完工。赫淮斯托斯的妻子、美惠三女神之一的卡律斯牵着忒提斯的手，让她坐在一张银椅子上，并且把一张踏脚凳放在她的脚下，然后便去叫丈夫过来。

赫淮斯托斯看到海洋女神忒提斯，高兴得大叫起来：“太荣幸了，最高贵的女神光临我家做客。她是我初生时救过我的恩人，因为我生下来就是跛腿，母亲把我遗弃了。如果不是欧律诺墨和忒提斯把我捡回去，并在海边的石洞里将我养大，我早就死掉了，我的救命恩人今天居然到我家里来了！亲爱的妻子，请你好好款待客人！让我先把面前杂乱的东西收拾一下。”

满脸烟灰的神赫淮斯托斯站起身来，跛着腿走去把风箱从火炉上移开，把工具锁进银箱里，又用海绵擦洗自己身上的尘垢，然后穿上干净的衣服，由女佣们搀着一拐一拐地走出房间。其实，这些女佣并不是真正的人，而是赫淮斯托斯用黄金按照人形铸成的，她们容貌俊美，灵巧而且有力，具有思想还会说话，并且具有艺术才能。赫淮斯托斯接过一把漂亮的椅子坐在忒提斯身边，握着她的手说：“敬爱的女神，什么风把你吹到了我这里？告诉我你的来意，我定尽力满足你的任何要求！”

忒提斯叹了一口气，把她的忧愁告诉了他，并请他为已注定要灭亡的阿喀琉斯赶制战盔和盾牌，因为阿喀琉斯的一副神赠送的铠甲，已让他的朋友在特洛伊城外战死时丢失了。

“放心吧，尊贵的女神！”赫淮斯托斯回答说，“你不用担忧！我马上就动手给你的儿子赶造装备。如果我造的盔甲能够使他免于死亡，我会感到格外高兴。他也一定会喜欢我造的盔甲的，而且每一个看到盔甲的人都会感到惊讶。”说完，他便离开女神，跛着腿来到炉灶旁，架上二十只风箱，在坩锅里熔化着金属。赫淮斯托斯把铁砧放在坐垫上，开始进行锻造。

他先造成了一面五层厚的盾牌，这盾牌背面装有一个银把手，盾面上绘制了大地、海洋、天空以及日月星辰，除此之外，还有各种包含了战争、田园以及牧场等元素的图画。赫淮斯托斯造好盾牌后，又赶造了一副比火焰还要光亮的铠甲和装有金色羽饰的战盔。最后用柔软的锡制成了胫甲。当一切完工后，赫淮斯托斯把它们交给阿喀琉斯的母亲。女神接过装备，再三感谢后才离开。

天刚亮，忒提斯就赶到儿子那里，她看到儿子仍守着帕特洛克罗斯的尸体在哭泣，便把新锻造的装备放在他的面前。士兵们看到它们战栗着，谁都不敢抬眼正视女神。阿喀琉斯含着泪花的两眼闪出欣喜的光芒。他把赫淮斯托斯精心制作的战甲一件件地举到空中检视着，爱不释手，然后他把铠甲穿在身上束紧。

阿喀琉斯大步走向海岸，用雷霆般的声音呼唤士兵们集合，士兵们闻声都涌了过来，连从未离过战船的舵手也赶来了。狄俄墨得斯和奥德修斯虽然受了伤，也拄着长矛，跛着腿走了过来，最后到来的是阿伽门农，因为他被枪刺伤，到现在伤口还在作痛，身体也很虚弱。

阿喀琉斯和阿伽门农的和解

所有人已集齐，阿喀琉斯站起身来说道："阿特柔斯之子啊，现在回想起来，由于我心怀怨恨导致许多朋友的牺牲，虽然我仍旧感到委屈，但让我们一起忘掉过去的不愉快吧！我愿意放下我个人怨恨，让我们并肩作战吧！"

希腊人听了他的话，发出雷鸣般的欢呼，统帅阿伽门农说："请大家安静地请听我说，希腊的儿女们常常谴责我在那个不幸的日子里所做的无礼之事。其实，这并不是我的罪过。那是宙斯、命运女神和复仇女神让我在那次大会上丧失了理智，因此我才犯下过错。当赫克托耳屠杀阿耳戈斯人时，我不断地在思考自己的过失。我渐渐意识到是宙斯使我迷失理智。现在，阿喀琉斯，我愿意做出补偿并向你赔罪，请你重上战场吧！我将兑现奥德修斯不久前以我的名义许诺给你的财产，请你在这里稍等，我叫人把东西搬来。"

"尊敬的统帅，是否把那些财产给我由你去决定。"阿喀琉斯回答说，"我渴望的是上战场去厮杀。我们就别再延误战机了，因为要做的事情太多太多了！"聪明的奥德修斯马上建议说："阿喀琉斯，请给大家留出一点时间，让他们先饮酒用餐，恢复力量。阿伽门农可以在此时间里把礼物送来，让大家欣赏。然后，他将作为主人在大营帐里用豪华的宴会隆重地宴请你。"

"这主意不错，"阿伽门农说，"阿喀琉斯，你可以从军士中亲自挑选一批身强力壮的小伙子，让他们到我的船上搬运礼品。传令官塔尔堤比俄斯，你快去取一头公猪来，我们要向宙斯和太阳神献祭，请神为我们之间的盟誓作证。”

“你随便吧，”阿喀琉斯说，“只要我还没有为朋友报仇雪恨，我是决不会用餐饮酒的！”

奥德修斯听他这么说，忙在一旁安慰道：“希腊人中最高贵的英雄啊，你比我强壮，比我勇敢。可是在计谋方面，我因为比你年长，经历也多，所以自认为会比你强些，你还是听从我的劝告吧！你们不需要饿着肚子来哀悼死者。一个人死了，我们安葬他，为他哀悼一天。幸存的人要保证进食才能保持体力，才能更加勇猛地投入战斗！”

他说完就带领人到阿伽门农的营房去，从那里取来所许诺的礼物：七只三脚鼎，二十只炊鼎，十二匹骏马，八个娇美的姑娘，包括最为美丽的勃里撒厄斯。奥得修斯称取了十泰伦特黄金，走在大家的前面，众青年捧着其他的礼物跟在后面。传令官塔尔堤比俄斯抓来公猪，准备献祭。祈祷做完后，他们把宰杀的公猪扔进波涛汹涌的大海里，让鱼儿啄食。这时，阿喀琉斯站起来高声说道：“万神之父宙斯，你让凡人变得糊涂！如果你不是有意让许多的希腊人丧命，阿特柔斯的儿子一定不会激起我的恼怒，也不会用暴力抢走属于我的战利品！现在让我们用餐吧，然后准备作战吧。”

这英雄的话说完，集会便解散了。王子们围着阿喀琉斯劝他进食，都被他拒绝，他说：“如果你们真的爱我，就让我安静地留在这里，直到太阳沉入大海为止，我现在心情悲痛毫无食欲。”他叫大家都去用餐，几位王子没有离开，留在他身边想方设法宽慰他，但都没有效果，阿喀琉斯就那样静静地站着，满脸哀伤。宙斯满怀同情地俯视着他，并转身对女儿帕拉斯·雅典娜说：“女儿啊，你怎么一点也不关心这位高贵的英雄呢？去吧，用琼浆和长生不老的食物给他滋补，免得他在战斗中感到饥饿。”

女神秘密地把琼浆和长生不老的食物灌进阿喀琉斯的腹内，全体将士从战船上像潮水似的涌出来，武器和战甲互相挤碰着发出波涛般汹涌的声响，大地也被他们的脚步震得颤动。阿喀琉斯穿上护甲，背上利剑，拿起大盾，戴上飘着黄金羽饰的头盔，拿起父亲佩琉斯粗大的长矛。他试着活动了一下，他的铠甲轻便得如同鸟羽，使他急欲飞翔。奥托墨冬和阿耳奇摩斯为他套上战马，奥托墨冬跳上战车，阿喀琉斯也一跃而上，站在奥托墨冬的身旁，说道："神马啊，让我们一起去把今天上阵的英雄安全带回家吧！"他正说着，一种可怕的预兆显示了：神马克珊托斯深深地埋下头来，飘动的鬃毛一直垂到地上，它凭着赫拉赋予的说话的本领回答说："伟大的阿喀琉斯啊，我们今天带你上战场，仍然载着你完好地活着回来。可是你毁灭的一天也将临近了。帕特洛克罗斯的失败，并不是因为我们跑得慢，因为我们可以跟跑得最快的西风神仄费洛斯比赛且不会感到疲倦。那是神意，命运女神也决定使你在一个神的手里丧命……"神马还没说完，便被复仇女神堵住了嘴。阿喀琉斯痛苦地回答说："克珊托斯，我不需要你的预言，因为我知道自己必然会在这里遭到厄运。但即使这样，我也要在战场上杀死无数的特洛伊人后才肯罢休！"说着他大吼一声，驱动神马飞快地朝战场奔去。

人和神的战争

奥林匹斯圣山上，宙斯召集神会，允许他们可以自由决定援助特洛伊人或希腊人。因为如果神不参战，阿喀琉斯必然会违背神意占领特洛伊城。神们奉旨选择援助的对象：万神之母赫拉、帕拉斯·雅典娜、波塞冬、赫耳墨斯和赫淮斯托斯赶到希腊人的战船上；阿瑞斯、福玻斯、阿耳忒弥斯和她的母亲勒托，以及河神斯卡曼德洛斯、阿佛洛狄忒等神则动身去到特洛伊人那里。

在诸神还没有加入双方的队伍之前，希腊人因有勇猛的阿喀琉斯加入战斗，人人都斗志昂扬。而特洛伊人远远地看到如同战神般的佩琉斯之子，都吓得四肢发抖。诸神不知不觉地加入双方的队伍中，使得战斗又顿时变得激烈起来，胜利属于哪一方真的很难预料。雅典娜在围墙的壕沟旁和大海边来回指挥，呐喊声如雷霆般震撼。另一方，阿瑞斯一会儿在高高的城墙上指挥特洛伊人，一会儿又如暴风般飞奔在西莫伊斯河岸的军队中间激励着特洛伊人。不和女神厄里斯则奔跑在对立的双方军队中。战争的主宰宙斯也从奥林匹斯圣山上发出雷电，波塞冬摇撼着大地，连群山都被震颤。冥王哈得斯大吃一惊，他担心大地开裂，神和凡人会发现他地下王国的秘密。神们终于面对面地动起手来：福玻斯·阿波罗搭箭射击海神波塞冬；帕拉斯·雅典娜力战战神阿瑞斯；阿耳忒弥斯搭弓瞄准万神之母赫拉；勒托和赫耳墨斯交锋；赫淮斯托斯与河神斯卡曼德洛斯厮杀。

当神们杀成一团，难分难解时，阿喀琉斯一心地在人群中寻找赫克托耳。但阿波罗变成普里阿摩斯的儿子吕卡翁，把英雄埃涅阿斯引到阿喀琉斯的面前。埃涅阿斯穿着闪亮的铠甲，勇猛地向前奔去。但赫拉在混乱的战场上发现了他，她立即召集与她友好的神们，对他们说："波塞冬和雅典娜，你们看看这事该怎么办。在福玻斯的唆使下，埃涅阿斯朝阿喀琉斯扑了过去。我们或者逼使他退回去，或者给阿喀琉斯增添力量，让他感觉到伟大的神也在支持他。今天他不能发生意外，我们从奥林匹斯圣山上来的目的就是如此。以后，他则必须顺从命运女神的安排。"

"赫拉，仔细思考一下后果吧，"波塞冬回答说，"我认为我们不应该合力反对站在另一方的神。我们应该站在一旁观战，如果阿瑞斯或者阿波罗参战，并且阻碍阿喀琉斯作战，到那时我们再参战就有理有据了！"

双方的队伍相对扑来，大地在他们的脚下隆隆震响。埃涅阿斯和阿喀琉斯两个凶猛的英雄从各自的队伍里跳到前面。埃涅阿斯首先跳出来，手里威吓似的挥着投枪；阿喀琉斯也像一头雄狮一样冲上前，大声喝道："埃涅阿斯，你怎敢离开队伍来到我的面前啊？你以为杀死我就能统治特洛伊吗？难道特洛伊人答应赐给你一大片土地，作为战胜我的报答吗？你还记得吗，在这场战争开始时，我把你从伊得山顶上赶下来的事吗？那时你吓得没命地奔跑，连头也不敢回，一直逃到吕耳涅索斯城才敢停下来。由于神的怜悯，我才免你一死。但是，神不会第二次救你了。我劝你赶快退回去，给我让路为好！”

埃涅阿斯反驳道：“佩琉斯之子，你以为用几句话就能把我吓住吗？我们都知道对方的底细。我知道你是海洋女神忒提斯的儿子，但我是美丽的女神阿佛洛狄忒的儿子，是宙斯的外孙。我们不要在这里饶舌了，还是试试我们的战矛吧！”说着他便投出他的矛，击中了阿喀琉斯的盾牌，矛尖的力道穿透两层青铜，被第三层的黄金阻住了，没能穿透后面的锡层。现在轮到阿喀琉斯投矛，他击中了埃涅阿斯的盾牌，矛穿过边缘的最薄的部分落在埃涅阿斯身后的地上。埃涅阿斯吓得急忙执着盾牌蹲下身去，阿喀琉斯挥着宝剑冲了过来，埃涅阿斯情急之中拾起地上一块通常两个人也难以举起的巨石，灵巧地投掷出去。如果不是波塞冬注意到这情况，巨石一定会击中阿喀琉斯的头盔或者盾牌，而埃涅阿斯也必然在这肉搏中死在阿喀琉斯的剑下。

在一旁观战的神虽然反对特洛伊人，但对埃涅阿斯却怀有怜意。“如果埃涅阿斯只是因为听从阿波罗的话而丧命，那将是多令人遗憾的事啊！”波塞冬说，“而且我担心宙斯会因此而生气，尽管他憎恨普里阿摩斯家族，但他不愿意彻底毁灭他们，而是要通过埃涅阿斯延续这个强大的王族。”

“随你怎么做都行，”赫拉回答说，“至于我和帕拉斯，我们都曾经发誓，绝不想改变特洛伊人的不幸命运。”

注意到危急情况的波塞冬飞到战场上，凡人的肉眼无法看见他。他先在阿喀琉斯眼前降下一层浓雾，然后从埃涅阿斯的盾牌上拔出长矛，放在阿喀琉斯的脚下，又把埃涅阿斯抛向战场的边沿，在那里他的同盟正在准备战斗。“埃涅阿斯啊，”波塞冬责怪他说，“是哪位神蒙蔽了你的眼睛，竟使你敢于同众神的宠儿作战？从此以后，你必须回避他，直到命运之神结束了他的生命，你才可以放心大胆地在最前线作战！”

说完波塞冬就离开了埃涅阿斯，并驱散了阿喀琉斯眼前的浓雾。

阿喀琉斯看见地上的长矛，而对手却已不见了，奇怪之余沉闷地说：“一定是神帮他逃脱的，我已屡次让他逃走了。”

说着他又回到自己的队伍里，鼓励士兵们奋勇前进。在另一边，赫克托耳也在激励他的战士，又一次激烈的战斗开始了。福玻斯·阿波罗看到赫克托耳杀气腾腾地扑向阿喀琉斯，便在他的耳边低语警告他，赫克托耳听了马上退回到了自己的队伍里。阿喀琉斯冲进敌阵，接连杀死了数名特洛伊英雄，包括伊菲提翁、特摩莱翁、希波达玛斯以及普里阿摩斯的儿子潘蒙。

赫克托耳看到幼小的弟弟潘蒙倒在地上，愤怒至极。他决定不再袖手旁观了，不顾神的警告径直朝阿喀琉斯扑去。阿喀琉斯看到他，连连叫好。他说：“正是这个人，使我内心深处痛苦不已。赫克托耳，让我们彼此不要回避，快过来送死吧！”

赫克托耳毫无畏惧地回应说：“我知道你是一个英勇的人，但是神也许会帮助我取得胜利！”他说着就掷出他的长矛，正好站在阿喀琉斯背后的雅典娜向矛轻轻地吹了一口气，矛便退了回去，无力地落在赫克托耳的脚下。这时阿喀琉斯猛地冲过来，举枪投向赫克托耳，阿波罗马上降下一片浓雾围住赫克托耳，又急忙拉他离开了战场。阿喀琉斯一连三次都扑了空，当他掷第四枪又扑空时，大声威吓地吼道：“狗崽子，让你逃脱一死算便宜了你。一定是福玻斯保护了你！但如果有一位神帮助我，下一次你必然在我手里丧命！”

怒火中烧的阿喀琉斯说着又像猛虎扑入羊群似的冲进敌阵，杀死了十余名英勇的特洛伊英雄，他的战车践踏着敌人的尸体，如同烈风中的野火一样势不可挡！

阿喀琉斯和河神斯卡曼德洛斯的战斗

当逃亡的特洛伊人在敌人的追击下来到斯卡曼德洛斯河时，他们分成两部分。一部分人朝着特洛伊城的方向逃去，赫拉则降下一片浓雾阻止他们继续逃跑；另一部分人跃入湍急的河水，犹如飞蝗一般在河里挣扎，整条河都拥挤着战马和士兵。阿喀琉斯把长矛靠在岸旁的一棵柳树旁，挥舞着宝剑追杀特洛伊人，像一头巨大的海豚一样，在河湾里横冲直撞，吞食所有被它遇上的小鱼，不一会儿河水就被鲜血染红了。阿喀琉斯还活抓了十二个没有淹死的年轻的士兵，准备用来献祭给他的朋友帕特洛克罗斯。

阿喀琉斯又一次冲到河里去的时候，普里阿摩斯的儿子吕卡翁正好从水里浮上来。阿喀琉斯看到他，不由得愣了一下。在之前一次夜袭普里阿摩斯的果林的战斗中，吕卡翁被阿喀琉斯捉住并被送到了雷姆诺斯岛卖给国王欧纽斯为奴。后来，他又被卖给印布洛斯岛的国王厄厄提翁，厄厄提翁把他带回阿里斯柏城。吕卡翁在那里生活了一段时间后趁人不备只身逃回到特洛伊城。这时的他刚摆脱奴役生活十二天，就又一次落在了阿喀琉斯手里。阿喀琉斯看到他时，自言自语道："真是奇迹呀，他又在这里出现了。那些被我杀死的特洛伊人一定也会从黑暗的地府里爬回来的，好吧，让他尝尝我投枪的滋味！"阿喀琉斯还没动手，吕卡翁就爬过来抱住他的双膝说："阿喀琉斯，请可怜我吧，我曾经得到过你的保护！那时我使你得到一百头公牛，现在我愿给你三倍的赎金！我回到家乡才十二天，受尽了长期的奴役之苦。想必宙斯仇恨我，才使我又落在你的手里。请你别杀死我，我是普里阿摩斯和拉俄托厄所生的儿子，不是赫克托耳的母亲赫卡柏所生，杀死你朋友的人也是赫克托耳。"

阿喀琉斯皱了皱眉头，用无情的口吻说："蠢材，不要跟我提及赎金！帕特洛克罗斯没有死之前，我愿意饶恕任何人。但现在我任何人都不会放过，包括你！我知道，总有一天我也会死在敌人的手里！但现在，你准备接受死亡吧！"吕卡翁被杀死后，阿喀琉斯拖着死者的脚，把尸体扔进湍急的水里，并且嘲笑地叫道："我倒要看看你们常常献祭的河流会不会把你救活！"

他的这番话激怒了暴躁的河神斯卡曼德洛斯，加之他本就是站在特洛伊人一边的，他变成人的模样从河里冒出来，朝着阿喀琉斯大喝一声：“佩琉斯之子，你丧心病狂，行为残暴，有悖人性！这河里填满了死人，湍急的河水几乎不能顺畅地流入大海了，你快滚开！”

“我服从你，因为你是神，”阿喀琉斯回答说，“可是，只要特洛伊人没有被赶回城里，只要我还没有跟赫克托耳较量一番，我是不会停止屠杀特洛伊人的！”说着他又朝逃跑的特洛伊人追去，并把他们赶进河里逃命。阿喀琉斯忘记了河神的命令，也跟着跳了下去。河流突然暴涨起来，翻起混浊的波浪，将死尸全都推上河岸。急流猛烈地冲击着阿喀琉斯的盾牌，他摇晃着身体，紧紧地拉住河岸上的一棵榆树，这棵树竟被连根拔起。阿喀琉斯攀缘着树枝才回到了河岸上，河神咆哮着从后面追上来，他试图抵抗巨浪的袭击，可是河水铺天盖地涌来，把他冲倒在地上。最后这英雄只好向上天哀诉：“万神之父宙斯呀，难道就没有一个神可怜我，并救我逃出凶暴的河流吗？我的母亲骗了我，她曾经预言，我是被阿波罗的神箭射死的。但愿赫克托耳能把我杀死，强者应该死在强者的手上，而不是在这波涛中丧命！”

他正在悲号的时候，波塞冬和雅典娜化身为凡人来到他的身旁，握住他的手安慰说命中注定他不会被河水淹死。离开之前，雅典娜赋予了他神力，使他纵身一跳就跳出了波涛，落在平地上。可是河神斯卡曼德洛斯仍不罢休，他卷起巨浪，并大声召唤他的兄弟西莫伊斯：“兄弟，快来，让我们合力制服这个强人。否则，他在今天就会摧毁普里阿摩斯的城池！帮我一把，召来山中的泉水，鼓动一切湍急的溪流，掀起你的狂涛，将巨石冲到这里！让他的力量和铠甲失去作用！”他说完，就咆哮着向阿喀琉斯涌来，西莫伊斯的河流也奔涌过来，汹涌的波涛径直淹没了阿喀琉斯的头顶。

赫拉看到她的宠儿受难，惊吓得叫喊起来。她立即喊来赫淮斯托斯，对他说：“亲爱的儿子，只有你的火焰才能与河流对抗，快去援救佩琉斯的儿子！我自己也将从海上召来西南风，煽起熊熊的火焰，焚烧特洛伊人。同时，你要放火燃烧河边的树木，把河水烧干！希望你不要在威吓和利诱面前退缩，因为只有大火才能避免这次毁灭！”赫淮斯托斯听从她的话，煽起了火焰，整个战场都燃烧起来，火焰烘焦了原野，止住了汹涌的急流，最后河流也成了一片火海。河神斯卡曼德洛斯呻吟着从河底钻出来说：“火神呀，我不想和你作战，让我们休战吧！特洛伊人和阿喀琉斯的纷争跟我有什么关系呢？”他呜咽地祈求着，而他的河水已在沸腾，如同热锅上的油一样吱吱作响。最后，他又转身向万神之母哀求：“赫拉，你的儿子赫淮斯托斯为什么残酷地折磨我？难道我比其他援救特洛伊人的神更有罪吗？只要你愿意，我可以安静下来，请你吩咐他住手吧！”

赫拉转身对儿子说：“停止吧，赫淮斯托斯，不要因为凡人的过错而使一个神继续受苦！”火神领命，即刻熄灭了火焰。河神也退回河床，让河水缓缓地退了回去，归于平静。

神和神的战斗

其他的神们也陷于激烈的战斗中，他们相互攻击，搅得大地呻吟，空气轰鸣，好像成千上万的喇叭吹起战斗的号音一样。宙斯站在奥林匹斯圣山上，看着诸神相互争斗，欢喜得跳起来。战神阿瑞斯挥舞着灿烂的长矛冲向帕拉斯·雅典娜，并且嘲笑地说：“你为什么要挑动神间互相厮杀？还记得当年你唆使堤丢斯的儿子用枪刺伤我的事吗？这就等于是你亲手刺伤了我神圣的身体一样。今天我想我们可以算清这笔债了！”说着他挥舞着可怕的长矛朝女神刺了过来。女神躲开了他的攻击，从地上抓起一块巨石朝他掷去，石块砸在他的脖子上，使他“扑”的一声跌倒在地，头发上沾满了尘土。

雅典娜哈哈大笑，带着胜利的喜悦说：“蠢货，竟敢和我较量，你大概从来没有想到我比你厉害得多。现在，让你的母亲赫拉去诅咒你吧。她对你非常恼怒，因为你竟然庇护狂妄的特洛伊人，反对希腊人。”

阿佛洛狄忒搀扶着正在呻吟的战神离开了战场。赫拉看到他们这副样子，便转身对雅典娜说："啊，帕拉斯，你看到那个好心的阿佛洛狄忒正扶着残暴的阿瑞斯离开战场吗？真让人气恼！你快去袭击他们。"帕拉斯·雅典娜应声冲了上去，朝温柔的女神打了一拳。阿佛洛狄忒打了个趔趄，倒在地上，受伤的战神也被拖倒了。

"一切援助特洛伊人的家伙都会像这样倒在地上！"雅典娜大声喊道，"如果我们的人都像我一样勇敢战斗，特洛伊城早就成为废墟了。"赫拉看到她的英雄行为，又听到她的话，脸上浮起了满意的笑容。

这时，海神波塞冬对阿波罗说："福玻斯，我们为什么袖手旁观呢？你没有看到别的神都已经开始战斗了吗？如果我们没有较量一下，就回到奥林匹斯圣山去，那是多么耻辱啊！"

"海洋之神啊，"福玻斯回答说，"如果因为凡人的缘故而让我必须跟你这样一位仁慈而又威严的神动武，那才是作孽。"阿波罗说完就离开了他，因为不愿动手和他父亲的兄弟自相残杀。

他的妹妹阿耳忒弥斯却在一旁嘲笑他说："福玻斯，你难道想逃跑，然后让喜欢吹牛的波塞冬轻易地取胜吗？你背上的弓是做什么用的？难道只是玩具不成？"

赫拉听到她的这番冷嘲热讽，很生气："你这个不知羞耻的丫头，你既然背上背了弓箭，你敢跟我较量吗？你最好还是回到树林里去猎捕一头公猪或野鹿，那要比与高贵的神作战容易得多！今天因为你无礼，我要你尝尝我的厉害！"说着她用左手抓住阿耳忒弥斯的双手，右手扯下她肩上的箭袋，并狠狠地打她的耳光。阿耳忒弥斯顾不上自己的弓和箭，如同一个挨打的胆怯的小孩一样哭喊着跑开了。如果不是赫耳墨斯埋伏在近旁的话，阿耳忒弥斯的母亲勒托真会前来援救她的。赫耳墨斯看着勒托说："勒托，我不想和你作战，因为和雷霆之神所爱过的女人作战是很危险的。"勒托见他说话随和，对自己示弱，也就消了气。她拾起女儿的弓和箭，和她的女儿回奥林匹斯圣山去了。

阿耳忒弥斯坐在父亲的膝头上，她身体抽搐着哭得十分伤心。宙斯慈爱地将她抱在怀里，微笑着对她说：“我的宝贝女儿，快告诉我，哪位神竟敢欺侮你？”

“父亲，”她回答说，“是你的妻子，那个愤怒的赫拉欺侮了我，是她挑起神之间的斗争。”宙斯听了只是笑着，并轻轻地抚摸着女儿，说了许多安慰的话。

在山下，福玻斯·阿波罗已走进特洛伊城，因为他担心希腊联军会不顾命运女神的安排在当天攻陷城池。其他的神都回到了奥林匹斯圣山，有的满怀胜利的喜悦，有的充满愤怒和忧愁，团团坐在万神之父宙斯的周围。

阿喀琉斯和赫克托耳搏斗

老国王普里阿摩斯站在高耸的塔楼里，看到勇猛的阿喀琉斯追逐着逃亡的特洛伊人，任何人或神都无法阻止。国王一边叹息一边从塔楼上走下来，对守城的卫兵说：“打开城门，让所有逃亡的特洛伊人回到城里来，但要守住门口，阿喀琉斯正在追击他们，等特洛伊人一回到城内，就马上把城门关上，不要让阿喀琉斯冲进城来！”守城的士兵遵照命令拉开门栓，打开城门。

特洛伊人满身尘土并焦渴万分地从战场上逃回来，阿喀琉斯紧追不舍。阿波罗见状，马上离开城门去帮助那些惊慌失措的逃兵。他首先鼓起安忒诺耳的儿子阿革诺耳的勇气并隐蔽在浓雾中策应他。于是，阿革诺耳第一个站住了脚，思索了一阵，怀着耻于逃跑的心情自言自语道：“在你身后穷追不舍的人是谁？他的身体不是一样可以被矛刺伤吗？他不是跟其他人一样也是父母所生吗？”说着，他镇定下来，等待着冲过来的阿喀琉斯。

阿革诺耳一只手拿住盾牌，另一只手挥着长矛，朝阿喀琉斯大喝一声：“不要以为马上就可以占领特洛伊城，我们中也有顶天立地的英雄，他们会为保卫家园而战！”说着他投出长矛，击中了阿喀琉斯的新胫甲，矛弹落在地，并没有伤到阿喀琉斯。阿喀琉斯猛扑过来，但阿波罗在浓雾的遮掩下将阿革诺耳带走，并诱使阿喀琉斯走上歧路：他变成阿革诺耳的模样，诱使阿喀琉斯追着自己穿过田野，朝斯卡曼德洛斯河奔去。阿喀琉斯紧紧在后面追击，希望追上对手，这样特洛伊人才从大开的城门里幸运地回到城里。他们大舒一口气，擦着满头大汗，饮水解渴后在城垛上休息。

希腊人都扛着盾牌蜂拥着奔向特洛伊城，特洛伊人中只有赫克托耳还留在城外。阿喀琉斯仍在追赶着变身为阿革诺耳的阿波罗。突然，阿波罗停下来，转过身来，以神的洪亮的声音说道："你为什么对我紧追不放，而放弃追赶特洛伊人呢？你以为在追赶一个凡人，其实你是在追赶一位你伤害不了的神！"

恍然大悟的阿喀琉斯气恼地叫喊起来："你这个奸诈的神，竟然把我从城墙边引开！不是因为你，许多特洛伊人都得丧命，你狡猾地援救了特洛伊人，剥夺了我取胜的机会。作为神，你是用不着害怕报复的，但我是多么希望报复你这种可耻的行为啊！"说着他转过身，像匹暴躁的战马一样朝城池奔去。

普里阿摩斯在塔楼上看到阿喀琉斯奔来，急得连连捶胸，痛苦地呼唤着在城外站着等待阿喀琉斯的儿子："赫克托耳呀，我尊贵的儿子，你为什么还在外面？你想把自己也投入到这个敌人的虎口里吗？他已经杀掉我那么多的儿子，快进城吧，进来保护特洛伊人民。宙斯在折磨我，使我在暮年还遭受这种难忍的苦难，让我亲眼看到儿子们被杀死，女儿们被抢走为奴，城池被摧毁，最后我会死在投枪或长矛之下，抛尸门外！"

赫卡柏站在他旁边，也哭泣着大声呼喊："赫克托耳呀，可怜我吧，听我的话！从城墙后打退那个可怕的英雄，千万别在城外和他交战！"

父母亲的大声呼唤和哀求都不能使赫克托耳回心转意，他坚定地站在原地，静静地等待着阿喀琉斯，并且自言自语地说："当初我的朋友波吕达玛斯劝我把军队撤回城去，但由于我指挥失误，许多人丢了性命，我愧对特洛伊的男女老幼。有一天他们会说赫克托耳由于盲目相信自己的力量而毁了整个民族。因此，最好还是让我和那个可怕的敌人决一死战吧。要么我取得胜利，要么我战死城下！否则怎么办呢？难道我应当放下盾牌和盔甲，把海伦和帕里斯抢回来的珍宝都献出去？即使我真的哀求他，他也不会怜悯我的，相反，他会无情地将我杀死。看来还是和他交战为好，看看奥林匹斯圣山的神究竟让谁获得胜利。”

赫克托耳之死

战神般威武雄壮的阿喀琉斯越来越近，他的武器灿烂夺目。赫克托耳看见都不由自主地颤抖起来，并转身朝城门走去。阿喀琉斯顿时扑了过来，赫克托耳沿着城墙和大路没命地奔跑，并越过湍急的斯卡曼德洛斯河，阿喀琉斯在他身后跟踪追击。他们绕着城墙跑了三圈。奥林匹斯圣山上的神们都紧张地看着这惊心动魄的场面。

“神们，”宙斯说，“好好思考一下眼下的情势吧。决定的时刻来到了。是让赫克托耳再次逃脱死亡呢，还是让他倒下？”

帕拉斯·雅典娜回答说：“父亲，难道你想让命运女神已经判定要死的人逃脱死亡吗？不过，你想怎么办就怎么办吧，但不会得到神们的赞同的！”宙斯朝他的女儿点了点头，表示她可以照自己的意思行事，于是她如同飞鸟一般立即从奥林匹斯圣山上降到特洛伊的战场上。

这时，赫克托耳仍在奔逃，阿喀琉斯在后面紧追不放，不让他有喘息的机会，并且示意他的士兵，不得朝赫克托耳投掷飞镖和长矛。

他们围着城墙追逐了四周，又靠近斯卡曼德洛斯河时，宙斯从奥林匹斯圣山站起来，取出黄金天平，两边放进生死砝码，一个代表阿喀琉斯，另一个代表赫克托耳。赫克托耳的一边朝冥王哈得斯倾斜。阿波罗即刻离开了，女神雅典娜走到阿喀琉斯身旁，悄悄地对他说：“你站着休息一下，让我去鼓动赫克托耳向你挑战。”阿喀琉斯听从了女神的话，立即停止追击，看着雅典娜朝赫克托耳走了过去。

雅典娜变为得伊福玻斯来到赫克托耳的面前，对他说："兄弟，让我们一起去反击阿喀琉斯吧！"赫克托耳看到自己的兄弟非常高兴，他说："得伊福玻斯，你真是我最亲密的兄弟，现在，当别的兄弟都躲在安全的城墙后面，你却大胆地出城鼓励我作战，使我更加尊重你了。"于是雅典娜引着英雄赫克托耳朝阿喀琉斯走去，她自己举着长矛，跨着大步走在前面。

赫克托耳对阿喀琉斯叫道："佩琉斯之子，我再也不躲避你了！现在我跟你拼个你死我活。让我们当着神发誓：如果宙斯看顾我，让我取得胜利，那么我只剥下你的铠甲，并把你的尸体还给你的人民。如果你取胜，那你对我也应该同样对待！"

"我不和你订条约！"阿喀琉斯面色阴沉地打断他的话，"正如狮子不能跟人做朋友一样，我们之间也无友情可谈！我们之中必须死掉一个，现在使出你的浑身解数吧，不管怎样你都逃不脱我的手掌。你欠下的血债，现在必须要亲自偿还了！"阿喀琉斯说着掷出他的长矛。赫克托耳急忙弯下身子躲了过去。雅典娜把矛拾了回来交给阿喀琉斯，但这一切赫克托耳都无法看到。现在，他也愤怒地投出他的矛，正好击中阿喀琉斯的盾牌，被弹落在地上。赫克托耳吃了一惊，回头找他的兄弟得伊福玻斯想向他要他的长矛，可是他已不见了。赫克托耳这才意识到是雅典娜骗了他。他知道末日已到，但他不甘心让对方轻而易举地得手，于是拔出宝剑，挥舞着向前扑去。

阿喀琉斯迫不及待地准备厮杀，没有再次掷出长矛，而是用盾牌掩护着冲了上去。他睁大眼睛，寻找机会想瞄准赫克托耳身上的弱点下手。可是从头到脚赫克托耳都用从帕特洛克罗斯那里掠去的盔甲保护着，只有在肩与脖子相连接的锁骨处露出一点空隙，使得他的喉咙稍有一点暴露。阿喀琉斯看得真切，瞄准后狠狠地用矛刺了过去，矛尖刺穿了赫克托耳的喉头，但没有刺破气管，他虽然受了重伤倒在地上，但仍能勉强说话。

阿喀琉斯欢喜地大声宣布要把他的尸体喂狗。赫克托耳央求他说：“阿喀琉斯，我指着你的生命和双膝请求你，别让恶狗吞食我的尸体！无论你要多少金银都可以，只要把我的尸体送回特洛伊，让特洛伊人按照殡仪将我安葬！”

阿喀琉斯恼怒地摇了摇头，回答说：“你是杀害我朋友的凶手，不要指望我答应你，即使普里阿摩斯愿意拿出多少赎金，你都难免成为野狗的食物！”

“我知道……”赫克托耳临死前呻吟着说，“我知道你是一个铁石心肠，不可和解的人。但当神为我报仇，当你被阿波罗在特洛伊的中央城门射中倒地濒死时，你会想起我的话的！”说完这最后的预言，他的灵魂就离开肉体，飞降地府去了。

阿喀琉斯大声叫道：“无论宙斯和神们如何安排我的命运，我都会接受的！”他从尸体上拔出长矛，将它放在一边，然后动手剥下原来属于自己的血淋淋的盔甲。

希腊人潮水似的涌过来，围观死者高贵的形象和雄伟的躯体。阿喀琉斯站在人群中说：“朋友们，英雄们！感谢神赐福，让我在这里制伏了这个凶恶的敌人，他对我们的危害远远超过了其他人。让我们杀向特洛伊城，看看他们是把城池献给我们，还是在没有赫克托耳的情况下仍敢抵抗。但我何必多讲，浪费时间呢？我的朋友帕特洛克罗斯还躺在船上没有安葬吗？让我们唱起凯旋之歌，并把我杀死的这个敌人拉回去祭奠我的朋友！”

这个残忍的胜利者一面说，一边走近尸体，用刀在脚踝和脚踵之间戳了个孔，用皮带穿进去捆在战车上，然后他跳上战车，挥鞭策马，拖着尸体向战船飞驰而去。

赫克托耳的母亲赫卡柏在城头上看见了他的儿子，悲愤地撕下她的面纱，号啕大哭。国王普里阿摩斯也痛哭流涕，全城响起一片哀泣声，连城墙也震颤了。年迈的国王恨不得冲出城门，去追赶杀害儿子的凶手，众人好不容易才劝阻了他。

赫克托耳的妻子安德洛玛刻还不知道丈夫已死，她安安静静地坐在宫殿里，专心在料子上绣着花卉。突然她听到城上传来一片哭声，心里顿时充满了不祥的预感。她穿过宫殿，急步跑上城楼，当看到阿喀琉斯的战车拖着丈夫的尸体在野地里飞跑时，顿时昏了过去。

帕特洛克罗斯的葬礼

阿喀琉斯带着敌人的尸体回到了战船，他把尸体脸朝下匍匐在帕特洛克罗斯尸体旁的地上。人民解下战甲坐下来，并宰杀牲畜举行葬礼。阿喀琉斯吩咐大摆宴席犒赏战士们，他的朋友们拉着他离开了帕特洛克罗斯的尸体，来到国王阿伽门农的帐篷里。他们烧起一堆火，架上一口大锅烧水，试图劝他沐浴，洗去身上的尘土和血污。但阿喀琉斯固执地拒绝了，而且郑重地发誓：“宙斯在上，只要帕特洛克罗斯还没有安葬，只要我还没有为他建立坟墓，我就不能用水洗澡。我提议我们现在就举行殡葬仪式。阿伽门农国王，明天请下令砍伐树木，并做好准备为我的朋友举行葬礼。”王子们都尊重他的意见，他们坐下来饮酒，愉快地享用美餐，然后就各自回房休息了。阿喀琉斯则躺在被海水冲刷得干干净净的海滩上睡着了。

睡梦中，阿喀琉斯梦见可怜的帕特洛克罗斯走近他，说：“阿喀琉斯，你睡了吗？难道把我忘了？为我建一座坟墓吧，我想通过地府的大门进入哈得斯的地府！那里有两个幽灵守卫着，还威胁我不让我走近。因为我还没有火葬，因此我的灵魂不得安宁。可是，你要知道，我的朋友，命运女神注定，你将死在特洛伊城外。你在给我造坟时，也要给自己留有余地，使得我们生时同居在宫殿，死后骸骨也能葬在同一墓穴。”

“兄弟，我发誓将按你的要求去办！”阿喀琉斯说着，朝那个人的阴影伸出双手，但它却像烟雾一样消逝了。

第二天天刚亮，阿伽门农就命令战士们牵着牲口去伐木。他们在伊得山上把最高大的树木砍下来，劈成木柴，驮回战船营。不久，送葬的队伍前进了：王子们、战士和御者走在前面，后面是几千名步行的士兵。帕特洛克罗斯的朋友和同伴抬着他的遗体，上面放满了他们从头上剪下的头发。

送葬的队伍来到阿喀琉斯为他的朋友选定的坟地，他们将灵柩放在大量木柴垒成的木堆上。阿喀琉斯退后一步，剪下自己一绺褐色的头发，注视着茫茫的大海，说道："啊，我祖国的河流啊，请听我诉说，我的父亲曾经发愿，等我凯旋时他要我剪下头发给你祭奠，并在你有着圣林和祭坛的发源处，给你献祭五十头羊。可惜他的愿望不能实现了！命运让我再无机会重归祖国。现在，请你别见怪，我只得把头发献给帕特洛克罗斯，让他带着去见冥王哈得斯！"说着，他把头发放在他死去的朋友手里，然后走近阿伽门农，让他下令大家饮宴完毕后一起哀悼和安葬自己的朋友。

阿伽门农下令战士们各自回到战船上，只有王子们留了下来。他们把砍下的木柴垒成一个百尺见方的大柴堆，把尸体放在顶上，又在柴堆前剥开几头牛羊，将它们放在木柴的周围，他们还在灵柩旁放上一罐罐蜂蜜和香膏，并牵来四匹活马，随后又从帕特洛克罗斯养的九只家犬中选出两只宰了献祭。最后，他们又杀死了十二名特洛伊青年——阿喀琉斯就这样为他朋友的死实行着恐怖的复仇。

木柴被点着了，阿喀琉斯对着死者大声说："帕特洛克罗斯，愿你幸福地进入冥府吧！我向你立下的誓愿已经全部实现了。十二名俘虏都已献祭给你，并和你一起火葬。只有赫克托耳的尸体没有烧，他的尸体将用来喂狗！"阿喀琉斯凶狠地说着，但神们却不让他的愿望实现，阿佛洛狄忒日夜守护着赫克托耳的尸体，不让饿狗靠近。她又用玫瑰香油和长生膏涂抹在尸体上，使他身上拖出来的伤痕全都消失了。阿波罗也降下一片浓雾，遮住赫克托耳的尸体停放的地方，免得太阳把尸体晒干。

现在，火葬帕特洛克罗斯的柴堆虽然点着，但没能熊熊燃烧。阿喀琉斯转身向风神祈求，答应给北风神波瑞阿斯和西风神仄费洛斯献祭，并用金杯浇酒在地，请风神把木堆的火吹旺。伊里斯把这消息传给了风神，他们从海面上呼啸而来，直扑柴堆，让熊熊火焰烧了整整一夜。阿喀琉斯不断地浇酒在地，祭奠朋友的亡灵。直到清晨，才风止火熄，柴堆被烧成灰烬。帕特洛克罗斯的骸骨卧躺在柴灰中间，外围混杂着人骨和兽骨。按照阿喀琉斯的命令，英雄们用酒浇熄了柴堆的余烬。大家含着眼泪拾起朋友的白骨，盛在一只金瓮里送到阿喀琉斯的营帐里。然后，他们用石块和泥土给死去的帕特洛克罗斯筑起一座大坟。

这一切完毕后，希腊人举行了隆重的殡葬赛会。英雄们经过各项角逐，带走了所得的奖品。

普里阿摩斯去见阿喀琉斯

当晚，阿喀琉斯仍在怀念逝去的朋友，整夜都不能入睡。第二天清晨，他把赫克托耳的尸体绑在战车上，拖着它围着帕特洛克罗斯的坟墓转圈。阿波罗不忍心尸体遭凌辱，便用金伞一样的神盾遮着赫克托耳，使他的尸体不致损伤。阿喀琉斯驾车拖着尸体绕了三圈后，把它丢在地上便离开了。

奥林匹斯圣山上，除了赫拉以外的神看到这情景都很悲愤。宙斯派使者找到阿喀琉斯的母亲忒提斯，命令她迅速赶到希腊人的营房，告诉阿喀琉斯，包括宙斯在内的诸神都对他肆意凌辱赫克托耳尸体的行为感到愤怒。

忒提斯听命，来到儿子的帐篷，温和地对阿喀琉斯说："亲爱的儿子，你整天忧愁不进饮食，你要这么折磨自己多久呢？宙斯和诸神都很愤怒，因为你虐待赫克托耳的尸体，并且始终把它扣在船上。我的儿子，还是索取一笔丰厚的赎金，然后把尸体交出去吧！"阿喀琉斯抬起头，注视着母亲说："好吧，我尊重宙斯和诸神的意见！谁送来赎金，谁就可以把尸体带走。"

与此同时，宙斯又派使者伊里斯来到普里阿摩斯国王的宫殿里传达神意。看到特洛伊城被悲叹和哭泣声充斥，她悄悄走到国王面前，低声对他说："达耳达诺斯之子呀，不要难过！我给你带来了好消息。宙斯怜悯你，令我吩咐你去找阿喀琉斯，用丰厚的礼金赎回你儿子的尸体。你必须一个人去，只带一名年老的使者为你驾车将尸体运回城来。另外，宙斯还派了英勇的赫耳墨斯保护你！”

普里阿摩斯相信女神的话，他吩咐人备好马车，装上了足够多的珠宝，但当他把消息告诉妻子赫卡柏时，遭到了她的竭力劝阻。但普里阿摩斯坚定地说：“即使死神就在敌人的战船上等着我，我也不在乎，只要我能把最亲爱的儿子抱在怀里，我愿付出任何代价！”他把那些前来劝阻他的特洛伊人全都赶走，又转身对他的儿子说：“懦夫们，你们代替赫克托耳被杀多好！最优秀的人死了，废物却活着！快去帮我准备好，让我赶快上路！”儿子们见父亲发怒，十分惶恐，只得乖乖听命。于是他们为他准备停当，让陪同国王的年老的使者站在一旁。

赫卡柏怀着沉重的心情把举行灌礼用的金酒杯递给国王，女仆端着水壶和水盆走过来。国王净水洗了手，端起金杯浇酒在地，向宙斯大声祈祷：“万神之父哟，伊得山的主宰，让我在佩琉斯之子面前得到怜悯和恩惠吧！请你给出预兆吧，好让我放心大胆地到敌人的战船上去！”话音刚落，高空的云端里飞来一头黑鹰，掠过了城市上空。见到这吉兆，年老的国王满怀信心地登上了马车，即刻出发。

战车来到城外，普里阿摩斯和使者看到旁边是古代国王伊罗斯的大坟，便吩咐两辆车停下来休息。已近黄昏，大地笼罩在暮色中。传令使伊特俄斯突然看到近处有一个人的身影，他吃了一惊，对普里阿摩斯说：“主人，你瞧那边有一个人。我怀疑他等在那里准备谋害我们。”正说着，那人已经走了过来，原来是宙斯派来的使者赫耳墨斯。普里阿摩斯并不认识他，但这神却主动和他握手，并告诉国王自己是来保护他的。

“我的父亲是波吕克托耳，”赫耳墨斯回答说，“我们一共兄弟七人，我是最小的一个，我也是阿喀琉斯的朋友。”

“既然你是那凶残的佩琉斯之子的朋友，”普里阿摩斯焦虑地说，“你能否告诉我我的儿子是否还在战船上，阿喀琉斯有没有将他喂狗？”

赫耳墨斯回答说：“没有，他的尸体还躺在阿喀琉斯的营帐里。虽然已经过去了十二天，但他的尸体因受到神的保护，一点都没有损坏。尸体上没有一点血迹，所有的伤口也都已愈合。因为即使他已经死去，神是仍然爱护和看顾他的。”

普里阿摩斯高兴地取出随身带在车上的金酒杯，要送给赫耳墨斯，但被赫耳墨斯拒绝了。不过他还是跳上战车，坐在老人身边，一同赶路。

不久，他们就来到了战壕和围墙边，守卫的希腊士兵正在用晚餐。赫耳墨斯用手一指，士兵们顿时就埋下头呼呼睡着了；他又用手一指，围墙的营门便自动打开。普里阿摩斯的战车平安地来到阿喀琉斯的营房门前。赫耳墨斯跳下车，劝普里阿摩斯抱住英雄阿喀琉斯的双膝，并指名他的父母向他哀求。说完，赫耳墨斯就显露了自己神的身份，消失不见了。

国王跳下战车，将马匹和车辆交给伊特俄斯，自己走进阿喀琉斯的房里，他看到阿喀琉斯离开他的同伴独自一人坐在那里，便急步走到阿喀琉斯面前，抱住他的双膝，亲吻那双杀死他儿子的双手，注视着他的脸。阿喀琉斯和朋友们惊奇地看着这老人，老人开口哀求：“神圣的阿喀琉斯呀，想想你的父亲吧，他跟我一样年迈，也许他也受着邻国的仇视和威胁，像我一样孤立无援，提心吊胆，可是他还这时时刻刻盼望能够重新见到自己的儿子，希望你能够从特洛伊凯旋。而我呢？当阿耳戈斯人来到特洛伊城下时，我有的儿子们就相继阵亡了。我是这场战争中损失最为惨重的人。现在，你又夺走了那个唯一能够保护我们、保护特洛伊城和我的人民的儿子。因此，我来到你的战船，希望赎回我的赫克托耳，我给你带来一大笔赎金。佩琉斯之子，请听从神的劝告，可怜可怜我吧！”普里阿摩斯的话激起阿喀琉斯对父亲的怀念之情，他温和地松开老人的手，后退了一步，把老人扶了起来，无限同情地说：“你遭受了这么多的苦难，但同时又显示了多么大的胆量，竟敢独自一人来到我们的战船见一个杀了你这么多儿子的人。你一定有一颗坚强的心！忧郁和悲伤折磨着我们，但忍受悲伤是神给可怜的人类的命运。神赐给我的父亲佩琉斯财富和权力，甚至还有一个女神做他的妻子。但也给了他一个灾难，那就是他的儿子将会早死，不能在他的晚年安慰他。而你呢，老人哪，人民当年歌颂你，祝愿你幸福，可是奥林匹斯圣山的神们却把灾难降到你的头上，使你的城池前战争不断，忍受你的不幸吧，因为你再也无法使你高贵的儿子起死回生了。”

普里阿摩斯回答说：“宙斯的宠儿呀，只要赫克托耳还躺在你的营房里没有得到安葬，我就不忍心，请让我把他赎回吧，收下我献给你的一大笔赎金，饶恕我，并回你的祖国去吧！”

阿喀琉斯听到他最后的一句话皱起了眉头，说：“老人家，请别强迫我！我愿意把赫克托耳的尸体还给你，因为我的母亲已将宙斯的命令告诉了我。而且，我也明白，是神帮助你，把你带上了我的战船。否则，一个凡人无论有多大的胆量，也无法来到这里。但请你不要再提过分的要求让我烦恼了。”老人听了后便不再言语。

阿喀琉斯走出帐篷，跟在他后面的战士们从使者的车上搬下作为赎金的礼品，只留下两件披风和一件紧身衣，以便用来遮盖赫克托耳的尸体。阿喀琉斯命人清洗赫克托耳的尸体，并涂抹香膏，穿上衣服。他亲自将尸体放在尸床上。当他的同伴们把赫克托耳的尸体抬上战车时，阿喀琉斯叫唤着他朋友的名字：“帕特洛克罗斯呀，如果你在阴间地府听说我把赫克托耳的尸体还给了他的父亲，请别生我的气！他带来的赎金很丰厚，这也有你的一份！”

阿喀琉斯又走进营房里，坐在普里阿摩斯的对面，对他说：“你可以赎回你的儿子，等到天亮，你就可以带他回去了。在回到特洛伊城后你有足够的时间哀悼你的儿子，现在让我们一起用餐吧！”普里阿摩斯看到阿喀琉斯高贵的仪态，觉得他真像神一样；同时，阿喀琉斯看到国王相貌威严谈吐不凡，也暗暗惊奇。宴饮完毕，普里阿摩斯对阿喀琉斯说："高贵的英雄，请让我去休息吧。自从我的儿子战死后，我还没有合过一次眼。而且，今天也是我第一次饮酒！"

阿喀琉斯随即吩咐他的同伴和女仆为国王和使者各安排一张床，并友好地问老人："请告诉我，你为高贵的儿子举办葬礼，需要多少天？我们在这段时间里将停止向你的城池进攻！"

"如果你允许我以隆重的葬礼安葬我的儿子，"普里阿摩斯回答说，"那请给我十一天的期限吧。我们被围困在城里，要到城外很远的山里去砍伐木柴。因此我们得用九天来准备。在第十天我们安葬赫克托耳，并举办丧宴，第十一天为他建坟。到第十二天，如果避免不了的话，那么我们可重新开战。"

"好吧，"阿喀琉斯回答说，"我将要求部队在这限期内按兵不动。"说着他用力地握住老人的右手，借以打消他的顾虑，然后让他去安寝。他自己则在里屋的床上躺下睡了。

当他们都进入梦乡时，赫耳墨斯思量着怎样才能悄悄地把特洛伊的国王从众多的士兵面前送回城去。最后，他轻轻地走到老人的床前，对他说："年迈的国王，你在敌人的营房里睡得好安稳哟。你是用重金赎回了儿子，可是当阿伽门农和其他的希腊人知道了这件事，就会扣留你并向你的家族索取更多的赎金！"普里阿摩斯听后大吃一惊，急忙唤醒使者。赫耳墨斯亲自为他们备好车，同国王一起带着尸体悄悄地从希腊人的营地驶了出去。

赫克托耳的尸体在特洛伊城

赫耳墨斯陪着国王一直来到斯卡曼德洛斯河边才告别他并飞回奥林匹斯圣山。普里阿摩斯和使者则继续朝城里驶去。

当他们来到城里，天刚蒙蒙亮，一切都还在沉睡之中，只有普里阿摩斯的女儿卡珊德拉在城楼上远远地看到坐在车上的父亲，看到使者和放在战车上的赫克托耳的尸体。她不禁放声痛哭起来，这哭声在寂静的城里到处回荡，十分凄凉。她哭诉着："来看吧，特洛伊的人民，赫克托耳回来了，但回来的只是他的尸体！以前，他活着从战场上凯旋时，你们都欢呼着向他致意。现在他牺牲了，你们也应该迎接这位死者吧！”

在她的召唤下，特洛伊的男男女女都涌了出来，走向城门。赫克托耳的母亲和妻子走在前面，哭泣着去迎接装载尸体的战车。

赫克托耳的尸体运到了国王的宫殿，停放在一张装饰华丽的尸床上，四周响起了悲壮的哀歌。年轻的王后安德洛玛刻抚着死者的头，哭得悲痛欲绝。“亲爱的丈夫啊，你留下我孤身一人，带着可怜的孩子。不知我们的孩子能否顺利长大成人，因为特洛伊很快就要毁灭了，你再也无法保护城池和全城的男女老幼。不久，我们将被俘押上希腊人的战船，没人幸免。唉，赫克托耳，你给你的父母亲带来难以诉说的悲痛，给我带来的悲痛却更深啊！”

赫克托耳的母亲赫卡柏也大声地哭诉起来。“赫克托耳，我亲爱的儿子，天上的神们是多么喜欢你啊，他们在你惨死后也没有忘掉你。你被敌人杀死，被拖在地上转圈，可是，你现在好像毫无损伤地躺在宫殿里，好像是阿波罗射出的箭无意中使你死去一般。”

海伦也哭诉着：“赫克托耳，在我丈夫的兄弟之中，你是我最敬佩的人。自从帕里斯把我这个不幸的女子带到特洛伊后，整整二十年已经过去了！在这二十年里，我从来没有听到你说过一句恶言。虽然国王普里阿摩斯像父亲一样保护我，可是一旦兄弟间发生纠纷，一旦有我丈夫的兄弟姐妹出来责骂我时，你总是站出来劝他们息怒，为我解围。你死了，我失掉了一个朋友和安慰我的兄长。现在，每一个人都要嫌弃我了！”

海伦说到伤心处，禁不住涕泪纵横，周围的人也都叹息不已。普里阿摩斯对着悲伤的人群大声说：“特洛伊人哪，赶快出城去砍伐火葬用的木材吧。你们别担心敌人会袭击你们，因为佩琉斯之子已答应过我在十一天内不向我们发动进攻！”

特洛伊人听从国王的吩咐，马上备马驾车，大家在城前集合后一起出发砍伐，一连运了九天木柴。第十天的早晨，大家悲痛地把赫克托耳的尸体送到高高的木柴堆上，然后点火。所有的人都围着熊熊燃烧的火堆，看着它烧成灰烬。然后，他们用酒浇熄了余烬。赫克托耳的兄弟和朋友们含着眼泪从灰烬中拾起他的白骨，用布包起后装在一只小金盒里，埋入了坟墓。赫克托耳的坟墓周围砌以细长的条石，并垒成高高的土堆。特洛伊人在附近设立了哨兵，防备希腊人突然袭击扰乱隆重的葬礼。

葬礼结束后，大家回到城里，在国王的宫殿里举行了庄严的殡葬宴会。

彭忒西勒亚

赫克托耳的葬礼结束后，出于对阿喀琉斯的恐惧和对已故英雄的哀悼，特洛伊紧闭城门，人人满面愁容，就好像特洛伊已经被征服了一样。

可就在这悲痛和绝望之际，特洛伊人民意想不到地得到了增援。在小亚细亚靠近忒耳莫冬河附近的地方住着亚马逊女王彭忒西勒亚和她的女战士，她也是战神阿瑞斯的女儿。这次之所以率军前来援救特洛伊，一是因为这个民族天性喜欢战争和冒险；二是因为她在一次打猎时举枪刺向一头梅花鹿时，不料刺中了她心爱的妹妹希波吕忒[1]，无论她在哪里，复仇女神总是追随她，任何献祭都无法平息女神的怒火。彭忒西勒亚希望赎罪，并借助使神喜欢的远征来摆脱困境。她挑选了十二个女英雄来到特洛伊城，这十二个女英雄虽然楚楚动人，但比起她们的女王来又黯然失色。彭忒西勒亚就像在时光女神的陪同下从奥林匹斯圣山上降到人间的黎明女神一样。

特洛伊人看到美丽而又强健的女王率领着她的女战士到来，纷纷从四面八方汇集过来，对女王的美貌、威严和浑身散发的活力惊叹不已。彭忒西勒亚的到来让特洛伊人顿时忘记了悲愁，就连国王普里阿摩斯也好像看到了黑暗中的希望之光一样，展开了愁眉。可他难免想

1 希波吕忒在本书中的身份有很多，她是阿瑞斯之女、亚马逊女王、忒修斯之妻，彭忒西勒亚之妹。这些关系中颇有矛盾，但传说就是这样。

到自己牺牲掉的儿子们，高兴的情绪不免被冲淡了。他将女王迎进宫里，像对待亲生女儿一样，命人端出最精美的食品款待她，还送上许多珍宝，并答应在特洛伊获得解救后送给她更多的礼物。

亚马逊女王彭忒西勒亚从贵宾席上站起，说出了一个大胆而又可怕的誓言。她向国王发誓要杀死神灵一般的阿喀琉斯，征服阿耳戈斯人。亚马逊的女英雄们因旅途困顿，晚餐之后便安寝了。彭忒西勒亚躺在舒适的软榻上，不一会儿便睡着了。雅典娜趁机让她做了一个使她毁灭的梦——她梦见了自己的父亲阿瑞斯催促自己尽快同凶暴的阿喀琉斯开战。

这个梦让彭忒西勒亚以为很快便能实现她立下的誓言。第二天一早她就跳起来，穿上父亲阿瑞斯送的铠甲，束紧胫甲和胸甲，佩上利剑，拿起盾牌，戴上头盔，左手提着两根长矛，右手握着不和女神送给她的双面斧冲出了国王的宫殿，其势像宙斯从奥林匹斯圣山上射向大地的雷电一样。

兴奋的彭忒西勒亚奔到城墙边，激励特洛伊人奋勇作战。国王普里阿摩斯在宫殿里举起双手向宙斯祈祷："万神之父宙斯啊，请听我的祈求吧，让希腊人今天败在阿瑞斯之女的手下，并让她平安地回到我的宫殿里来吧，为了你强大的儿子阿瑞斯的荣誉，为了阿瑞斯的女儿，也为了我，请满足我的愿望吧，我已遭受了太多的折磨和损失，是一个无比需要神的保佑的人！"祈祷完毕，他突然看到天上飞来一只苍鹰，鹰爪下抓着一只被撕碎了的鸽子。看到这个恶兆，老国王顿时浑身颤抖，陷于绝望。

希腊人在战船营看到特洛伊人突然来袭，急忙披挂上阵，彭忒西勒亚带领女英雄们凶猛冲击，迫使希腊人节节败退。取得胜利的女王扬扬得意地向敌人叫喊着："今天我要为普里阿摩斯雪耻，要你们永远回不了希腊。狄俄墨得斯、埃阿斯、阿喀琉斯这些人都去哪儿了？是不是都不敢与我较量？！"她怀着轻敌之心杀入希腊人的队伍中，举斧挥矛，拉弓射箭，普里阿摩斯的儿子们和一批特洛伊士兵跟在她后面。希腊人无法抵挡这来势汹汹的攻击，士兵一批批地倒了下去。特洛伊人感到一位自天而降的神正在援助他们，胜利在望了。

此时此刻，强大的埃阿斯和神之子阿喀琉斯仍在帕特洛克罗斯的墓旁悼念死去的朋友，特洛伊人已经逼近希腊人的战船营准备放火烧船了。

忒拉蒙之子埃阿斯首先听到激烈的厮杀声，他对阿喀琉斯说："我听到战斗的喊杀声，让我们去击退敌人，以免他们烧掉我们的战船！"阿喀琉斯也听到了战斗的声音，他们急忙穿上铠甲，朝着厮杀声的方向奔去。

惊慌失措的希腊人看到两个英雄冲了过来，顿时增添了勇气。阿喀琉斯和埃阿斯立即勇猛地投入战斗。埃阿斯对付特洛伊人，阿喀琉斯则去抵挡亚马逊人，然后他们又合力朝敌人的主力冲过去。不一会儿，特洛伊人就倒下一大片，其余的人也抱头鼠窜。

彭忒西勒亚看到这情况，愤怒地朝两个英雄扑了过去。她先朝阿喀琉斯投出她的矛，被阿喀琉斯举起盾牌挡住，长矛好像撞在岩石上一样弹落在地。她又举起第二支长矛，瞄准埃阿斯，并吼叫着："我的第一支矛饶了你们，但第二支我要你们中的一个丧命！你们马上就会看到，一个女人要比你们两个人加在一起还要强！"两位英雄听了她的话觉得好笑。女王的矛投中埃阿斯的胫甲，但没有伤着他的皮肉。埃阿斯不想与这位亚马逊女人计较，他转身冲向特洛伊人的队伍，因为他相信阿喀琉斯独自一人就能战胜彭忒西勒亚。

彭忒西勒亚看到第二支矛又没奏效，不禁长叹一声。阿喀琉斯打量着她，对她说："妇人，告诉我，你哪里来的胆量敢跟世上最强大的英雄对阵？赫克托耳在我的面前都会发抖，你大概疯了，你要知道你的末日已经到了。"说着他朝亚马逊女王掷出他的长矛，这是他的师傅喀戎送给他的礼物，一向百发百中。长矛刺中了女王的右前胸，顿时血流如注，彭忒西勒亚顿感无力，战斧也从手中掉在地上，眼前一阵黑，她挣扎着挺身在马上，激烈地思考着是拔剑抵抗呢，还是向胜者求饶。可是被女王的骄横激怒的阿喀琉斯根本没有给她机会就冲上来一枪把她刺死了……

特洛伊人看到女英雄死于马下，无心恋战，纷纷退回到特洛伊城内。阿喀琉斯摘下死者的头盔，尽管女王的脸上沾满了血迹和尘土，可是她的容貌依然妩媚动人。希腊人围着尸体站着，他们都对她的美丽惊叹不已。阿喀琉斯也深感痛心，他久久地注视着女王，心想：他不该杀死这个绝色美人，而应该把她俘获，作为自己的妻子。他目不转睛地看着被自己杀害的女王，陷入深深的悲哀中，如同先前悲悼他亲密的朋友帕特洛克罗斯一样。

天上的战神阿瑞斯对女儿的死感到无比悲痛。他疾如闪电一样朝大地冲了下来，如果不是宙斯及时降下一场雷雨阻挡了他，他一定会使希腊人彻底毁灭。他不敢违背万神之父的意志，无可奈何地停止了前进。

这时，面貌丑恶的忒耳西忒斯嘲笑呆呆站在那儿的阿喀琉斯说：“愚蠢的人，你何苦为一个年轻女人的死感到悔恨？要知道正是她给我们造成无数的死伤！你看上去真像一个好色之徒！你难道要把所有的女人都变成你的战利品吗，你真是不知足！”阿喀琉斯心中大怒，挥起拳头一记重拳朝他打去，这一拳直接把他打得口吐鲜血，倒在地上死了。在旁围观的人们却没有一个人同情他，因为大家都知道他唯一的本事就是嘲弄人，在战场上却是个懦夫。但堤丢斯之子狄俄墨得斯对忒耳西忒斯的死却很在意，因为他和忒耳西忒斯是亲戚。若不是其他英雄拦阻以及阿喀琉斯为失手杀人道歉，二人怕是要决斗。

普里阿摩斯对女王彭忒西勒亚的死感到痛惜，他派使者前往希腊人的营房要求对方将尸体交还。阿伽门农因为出于对女王的惋惜之情，也同意把尸体交还。国王普里阿摩斯为女王和她的女战士们举行了隆重的葬礼。

门农

第二天，特洛伊人站在城墙上戒备，他们担心阿喀琉斯会随时架起云梯攻城。首领们正在开会，会上，一位名叫堤摩忒斯的特洛伊人站起来说："朋友们！我想不出什么让我们能够逃脱毁灭的办法。阿喀琉斯杀死了赫克托耳，现在他又打败了如神一般的亚马逊女王，我相信即使是有神来帮助我们，也毫无胜算。所以我们现在是不是需要考虑放弃这座不幸的城市，到另一个安全的地方去？"

普里阿摩斯听了他的提议，站起来说："各位朋友，所有的特洛伊人和同盟军们，我们不能因为胆怯就离开家乡，那会有更大的风险。我们必须想方设法在激烈的战场上打败敌人。至少，我们可等待埃塞俄比亚国王门农的到来。我很久以前派出的使者前去求援，现在他正率领着一支强大的队伍赶来，让我们再耐心地等待一些时日吧！"

门农是普里阿摩斯的侄子，他的父亲是拉俄墨冬之子提托诺斯，母亲是黎明女神厄俄斯（罗马神话中称欧若拉）。

现在两种意见相持不下，机敏的波吕达玛斯站起来调解："尊敬的国王，我也期待门农的到来，可是我也担心他和他的部队也会遭到毁灭，并使我们陷入更大的困境。当然，我也不同意离开我们世世代代生活的国土。因此，我有个虽然有些晚但仍然可行的建议，那就是把战争的祸首——海伦以及她从斯巴达带来的一切财富全都交还给希腊人，免得敌人掳掠并焚烧我们的城市！"

所有特洛伊人心里都同意他的主张，只是不敢当面讲。海伦的丈夫帕里斯站起来指责波吕达玛斯，说他是懦夫，是希腊人的说客，他说："提出这种意见的一定是第一个临阵逃跑的人，我们如果听从这种人的建议是明智的吗？"

波吕达玛斯很清楚，帕里斯是无论如何也不会放弃海伦的。于是他不再说话，大家也都陷入了沉思。就在这时，外面传来消息说门农已经率部赶来。特洛伊人犹如经历过暴风雨重新看到晴空一样兴奋，国王普里阿摩斯更是高兴，因为他确信门农的埃塞俄比亚军队一定能帮助他们击退敌人。

国王设盛宴款待了黎明女神厄俄斯的儿子门农和他的军队，并送了许多珍贵的礼品给他们。门农也讲述了他从海岸到伊得山，直到特洛伊城所经历的遥远的路程，讲述他在路上的冒险故事。特洛伊的国王听得津津有味，不时地开怀大笑，他热情地握着门农的手说："我多么感谢神使我有此殊荣让你来到特洛伊，来到我的宫殿里，你超过一切凡人，更像神，我确信你一定会消灭我们的敌人！"说着国王举起杯，向同盟军敬酒。国王的酒杯是赫淮斯托斯的杰作，后来成了特洛伊王室的传家宝，门农也对这宝物赞不绝口。

宴饮进行了些时候，门农站起身来说："我不想在宴会上说空话，男子汉的勇敢只有在战场上才能得到证实。让我们早些去休息吧，明天有一场激战在等着我们。"国王普里阿摩斯也便让他和客人们离席休息。

夜幕笼罩大地，而奥林匹斯圣山上的神们还在一边饮宴一边议论着特洛伊的战局，能预知未来的宙斯首先说道："你们有的关心希腊人，有的关心特洛伊人，而事实上都是徒劳的。双方还会有无数的士兵将牺牲在战场上。你们为一些人的安危担忧，可是你们要知道即使向我求情也是无益于事的，因为命运女神对所有人都是毫不留情的。"

谁也不敢违背宙斯的旨意，大家默默地离开餐桌各回自己的房中。第二天清晨，黎明女神厄俄斯不情愿地升入天空，因为她知道爱子门农将遭到怎样的命运。门农很早就醒了，他揉了揉惺忪的眼睛，一骨碌从床上跃起，准备跟敌人决一死战。特洛伊人也紧束铠甲，跟埃塞俄比亚人组成联军，满怀信心地冲出城门，奔向广阔的战场。

见敌人冲过来，希腊人吃惊之余急忙拿起武器冲出营房。深受众人信赖的阿喀琉斯也在其中，威风凛凛地站在战车上。特洛伊军队中的门农也犹如战神般被士兵们紧紧地围在中间。两支队伍恰似两片大海，激荡着万丈狂澜，汹涌着相对席卷而来。一时间长矛铿锵，杀声震天。很多特洛伊人在阿喀琉斯的枪下毙命，而同时门农也杀死了许多希腊人。

冲锋的门农渐渐逼近了老人涅斯托耳，老人的战马被帕里斯射中，不能行驶。门农高举着长矛朝他冲来。老人惊恐地呼唤儿子安提罗科斯，安提罗科斯应声赶来，边用身子护住父亲，边向埃塞俄比亚国王掷去长矛。门农侧身躲过一击，可矛刺中了他的朋友，珀哈索斯之子厄索普斯。大怒的门农扑向安提罗科斯，一枪刺中了他的心脏。就这样，安提罗科斯牺牲了自己拯救了他的父亲。涅斯托耳悲痛无比，但是他仍镇静地呼唤另一个儿子特拉斯墨得斯前来援救，并保护安提罗科斯的尸体。特拉斯墨得斯在混战的嘈杂声中听到父亲的呼喊声，便同斐瑞斯一起奔来，准备抗击门农。门农自信满满，巧妙地躲过对方接二连三投来的长矛。有的长矛虽然击中他的铠甲，但都被弹落，因为他的母亲在铠甲上施过神法。门农开始剥取安提罗科斯的铠甲，而希腊人无法阻挡他，涅斯托耳大声悲号着呼唤他的朋友们快来援救。他自己也从战车上跳下来，想以其微弱的力量跟门农争夺儿子的尸体。门农看他走近，连忙主动地退到一旁。

“老人家，”门农说，“要我和你交手是说不过去的。刚才在远处我以为你是一个年轻的战士，所以才朝你掷矛。可是现在我知道你原来是个老人，快离开战场吧，我不忍杀害你。”涅斯托耳往后退了几步，特拉斯墨得斯和斐瑞斯也跟着他往后退。门农带领部队趁机前进，向前突杀。

无奈的涅斯托耳只得向阿喀琉斯求救：“阿耳戈斯人的保护者呀，我的儿子被杀死了，门农剥下了他的铠甲，夺去了他的武器，可怜他的尸体将要被拖去喂狗。快去救他吧！”阿喀琉斯听了后立即朝门农冲了过去。门农见状连忙从地上拣起一块石头朝他投了过去，但石头碰到阿喀琉斯的铠甲后被弹落下来。阿喀琉斯跳下战车，徒步进攻，用长矛刺伤了门农的肩膀。门农不顾伤势反击，用枪刺中阿喀琉斯的手臂，鲜血顿时滴落在地上。门农兴奋地大叫：“可怜的人，现在站在你面前的是神的儿子，你不是我的对手，因为我的母亲厄俄斯是奥林匹斯圣山上的女神，她比你那居住在海里的母亲忒提斯高明得多！”

阿喀琉斯微笑着回答说：“最后的结局会告诉你谁的出身更高贵！现在我要为年轻的英雄安提罗科斯报仇，就像我为死去的朋友帕特洛克罗斯向赫克托耳报仇一样。”

双方面对面地冲了过来，宙斯也让他们在此时变得更有力。两人相持不下，铠甲碰得叮当作响，但谁也没有伤着对方。双方的军队也在高声呐喊，震得地动山摇，尘土在他们脚下飞扬，战场上一片迷蒙。奥林匹斯圣山上的神们俯视着这场鏖战不分胜负，也感到高兴。这时宙斯召来两位命运女神，命令黑暗女神降临于门农，光辉女神降临于阿喀琉斯。诸神听到这命令，有的发出欢喜的呼叫，有的则发出悲哀的吼叫。

地上的两个英雄还在恶战，没有感到命运女神已经走近身边。门农和阿喀琉斯用矛、用剑，甚至用石头互相攻击，像磐石一样坚定，互不退让。双方的士兵也杀成一团，难解难分，身上鲜血和汗水并流，地上满是尸体。命运之神终于介入了战斗。阿喀琉斯奋力挺枪，刺中门农的胸脯，枪尖从后背透出。门农倒在战场上死去了。

特洛伊人见势转身逃跑，阿喀琉斯如同风卷残云一般在后追杀。厄俄斯在天上发出一声哀叹，隐身在乌云中，大地顿时一片黑暗。她命令她的孩子们，即几位风神，卷向大地，从敌人的手里夺回了她儿子的尸体飞向天空，鲜血滴在地上，变成一条红色河流，蜿蜒曲折地流经伊得山麓。风神运着尸体，埃塞俄比亚人则不忍心他们的国王离去，悲泣着追赶着直到看不见尸体了才停了下来。风神把门农的尸体带到了阿索甫斯河边，河神美丽的女儿们为他在圣林中垒起一座坟墓。厄俄斯和女仙们从天空降落下来，她们含着泪悲痛地哀悼着。退回城内去的特洛伊人虽然不知道门农的尸体被风吹到哪儿去了，但他们也在沉痛地哀悼这位叫门农的英雄。

另据传说门农的战友都变为了飞鸟，每年都会飞来墓地哀悼他们的国王。在门农母亲的恳请下，宙斯赐予了门农不朽之身。后来，在底比斯附近耸起一根巨大的石柱，上面雕着一位国王的坐像，这石柱在日出前会发出一种奇妙的声音，据说这是门农在欢呼并祝福他的母亲黎明女神的升起，当母亲的眼泪忍不住夺眶而出后，滴落在花草树林上，形成的就是晶莹的露珠。

阿喀琉斯之死

第二天清晨，皮罗斯人把王子安提罗科斯的尸体抬回战船，并将他安葬在赫勒斯蓬托斯海湾的海岸上。年迈的涅斯托耳悲痛交加，阿喀琉斯的心情也因朋友的死悲愤非常。天刚破晓，他就扑向了特洛伊，特洛伊人也从城垣后冲出迎战，双方又开始了激烈的战斗。阿喀琉斯深信自己的力量超人，他杀死了无数敌人，并把特洛伊人一直赶到特洛伊城前。他准备推倒城门，让希腊人涌进城内。

福玻斯·阿波罗在奥林匹斯圣山上看到特洛伊城前尸横遍野，血流成河，十分恼怒。他猛地从神座上站起来，背上装满神箭的箭袋来到阿喀琉斯面前。他用雷鸣般的声音威吓他说："佩琉斯之子！赶快放过特洛伊人，终止这场突杀！否则一个神会要你的命！"

阿喀琉斯听出了这是来自神祇的声音，但他毫不畏惧地漠视神的警告，并且大声说："为什么你总是保护特洛伊人，是非要逼我同神作战吗？上一次你帮赫克托耳逃脱，我已经很愤怒了！现在我劝你还是回到你的神殿里去，否则我的长矛也一定会刺中你，即使你是神！"

阿喀琉斯说完就转身离开了阿波罗去继续追赶敌人。被激怒的阿波罗将自己隐身在云雾里，一箭射中了阿喀琉斯容易受伤害的脚踵。伴随着一阵钻心的疼痛，阿喀琉斯像塌倒的巨塔一样栽倒在地上。他愤怒地叫骂起来："是谁卑鄙地在暗处向我放冷箭？如果你胆敢面对面地和我作战，我定令你鲜血流尽而亡！只有懦夫才总是在暗中杀害勇士，神也不例外！我想这正是阿波罗干的事，我的母亲忒提斯曾经对我说过的预言里暗示我将在中央城门死于阿波罗的神箭，恐怕这预言就要应验了。”

阿喀琉斯一面说，一面忍着疼痛从不可治愈的伤口里拔出箭矢，愤怒地摔在地上。一股污黑的血立刻从伤口中涌了出来。阿波罗在云雾的遮掩下将箭拾起后就回到了奥林匹斯圣山。到了山上，他钻出云雾混入了奥林匹斯众神中间。赫拉看到他后责备地说：“福玻斯，你犯下一种罪过！你当时也参加了佩琉斯的婚礼，并像其他神一样也祝福他未来的儿子。现在你却为了袒护特洛伊人而要杀死佩琉斯唯一的爱子。你今后还有何颜面去见涅柔斯的女儿呢？”

阿波罗低垂着头沉默不语。有些神对他的行为感到恼怒，也有些在心里感谢他！在下界，阿喀琉斯的肢体里仍旧热血沸腾，他抑制不住战斗的渴望，从地上跳起来，挥舞着长矛扑向敌人。他刺中了赫克托耳的朋友俄律塔翁的脑袋，接着又刺中希波诺斯的眼睛和阿尔卡托斯的面颊，同时又杀死许多逃跑的特洛伊人，可是他也感到自己的肢体在逐渐变冷。阿喀琉斯不得不停住脚步，用长矛支撑着身体，此刻他虽然不能追击敌人，但仍发出了雷鸣般的吼声，吓得特洛伊人拼命逃跑。

阿喀琉斯的怒吼令特洛伊人浑身打战，没人敢靠近这个受伤的勇士。但他的肢体慢慢地僵硬起来，最终还是倒在了其他尸体中间，盔甲和武器掉在地上，大地都发出了沉闷的轰响……

阿喀琉斯的死敌帕里斯第一个看见他倒了下去。他喜出望外地欢呼起来，并激励特洛伊人去抢夺尸体。许多特洛伊人都围拢过来想要剥取阿喀琉斯的铠甲。但埃阿斯挥起长矛守护着尸体，逐退了逼近的敌人。同时，他也向特洛伊人发起进攻，杀死了吕喀亚人格劳库斯，刺伤了特洛伊的英雄埃涅阿斯。

和埃阿斯一起战斗的还有奥德修斯等人，但特洛伊人也在顽强地抵抗。帕里斯举起长矛向埃阿斯投去，埃阿斯躲过了去，然后顺手抓起一块石头猛地砸去，打在了帕里斯的头盔上，并将他击倒在地，箭袋里的箭散落了一地。他的朋友们赶快把他抬上由赫克托耳的骏马拖着的战车逃跑。埃阿斯把所有的特洛伊人都赶进了城里后，踩着尸体和满地散落的武器大步走回战船。

趁着战斗的空隙，阿喀琉斯的尸体被抬回战船，人们围着他，放声痛哭。

年迈的涅斯托耳劝大家停止哭泣，他让大家为英雄的尸体洗浴，将他放进营帐，举行葬礼。照他的吩咐，人们用温水给阿喀琉斯洗浴，为他穿上他的母亲忒提斯特意送他的战袍，然后将他停放在营帐内准备火葬。雅典娜从奥林匹斯圣山上俯视着这死去的英雄，心中充满同情，她在他的额上洒落了几滴香膏来防止尸体腐烂或变形。得到神的香膏后，阿喀琉斯的身体顿时看上去像活着时一模一样。希腊人看到这位大英雄面容安详、神采奕奕地躺在尸床上，好像进入了平静的睡眠，都感到很惊异。

希腊人哀悼的悲哭声传到了海底，忒提斯和涅柔斯的女儿们听到后也放声痛哭。赫勒斯蓬托斯海岸回荡着她们悲戚的哭声。夜里，忒提斯和女儿们分开巨浪来到希腊人的战船所在的海岸上，在她们的后面，海怪们也同情地发出凄惨的吼声。忒提斯抱住儿子的尸体，亲吻着他的额头，眼泪扑簌簌地往下掉，不一会儿就把地面沾湿了。人们因为敬畏女神都暂时退到了外面，直到第二天凌晨女神们离去后，他们才又回到阿喀琉斯的尸体旁边。

希腊人从伊得山上砍伐树木，高高地垒成一堆。柴堆上放着许多被杀死的人的盔甲和武器，以及许多祭奠的牲口和黄金。希腊的英雄们各从头上割下一绺头发，阿喀琉斯生前最宠爱的女佣勃里撒厄斯也剪下自己的一束秀发送给主人当作最后的礼物。他们还在柴堆上浇上各种香膏、蜂蜜和美酒。大英雄阿喀琉斯的尸体被安放在柴堆中央。

人们全副武装，或者骑马，或者步行，围着巨大的柴堆绕圈而行。礼毕后他们将柴堆点燃，火苗熊熊地烧了起来。遵照宙斯的旨意，风神埃洛斯送出了急风，呼啸着煽起冲天的火焰，木柴堆被烧得噼啪作响，尸体很快就化为了灰烬。英雄们用酒浇熄了余烬，灰烬中阿喀琉斯的骸骨清晰可辨，如同一位巨人的骨架。他的朋友们收起他的遗骸，装进一只镶金的盒中后葬在了海岸的最高处，紧挨着他的朋友帕特洛克罗斯的尸骨，并为他们建起了一座坟墓。

阿喀琉斯的两匹神马大概感觉到主人已死，不愿接受别人的驾驭，咬坏了辔头，挣脱了轭具，现在谁也难以驯服它们了。在随后举行的纪念阿喀琉斯的殡葬赛会上，这两匹神马被阿喀琉斯的母亲忒提斯赠给了涅斯托耳。

大埃阿斯之死

在赛会上，忒提斯准备把她儿子的铠甲和武器也作为奖品奖给有功的英雄。她说："请最勇敢的希腊英雄，即那个从敌人手中夺回我儿子尸体的英雄站出来，我愿把儿子用过的武器送给他，这些武器全都是神的赠礼。"

女神话音刚落，拉厄耳忒斯之子奥德修斯和忒拉蒙之子埃阿斯二人就从队伍里站了出来。埃阿斯伸手接过武器，并请全军中最明智，而且最受尊重的人伊多墨纽斯、涅斯托耳和阿伽门农为他作证，奥德修斯也同样请他们三人为自己作证。

涅斯托耳把另外两位证人拉到一旁，为难地说："如果两位英雄为争夺阿喀琉斯的武器而反目，那么我们就会面临一场巨大的灾难！他们中间无论谁受到了冷落，就会退出战场，后果不堪设想。因此我建议从我们的特洛伊俘虏中挑选几个高贵而正直的人来做仲裁，因为他们才不会偏袒任何一方。"其余两人点头赞成后，他们在俘虏群中挑选了几个特洛伊人为裁判。

埃阿斯首先生气地说道："奥德修斯，是哪个魔鬼迷了你的心窍啊？你竟敢和我相争，你难道忘了在远征特洛伊前，你是怎样不情愿地离开你的家。还有啊，劝我们把菲罗克忒忒斯遗弃在雷姆诺斯岛上的也是你！你因私仇诬陷比你聪明的帕拉墨得斯，置他于死地。现在，你难道又忘了你在战场上无法逃脱时是我救了你吗？把阿喀琉斯的尸体和武器扛回来的是我而不是你！你连扛起这些武器的力量都没有，更不用说扛回尸体了！你快知趣一点退下去，我不仅比你高强，而且出身也比你高贵，何况我与阿喀琉斯还有亲属关系！”

奥德修斯讥笑地反驳道：“埃阿斯，你骂我胆怯软弱，却不知道智慧才是真正强大的力量。无论何时，一个有智谋的人总是比有体力的蠢人更有价值。狄俄墨得斯认为我比任何人都聪明，所以才一定要我参加远征。也正是因为我的智慧，佩琉斯的儿子才被说服前来征伐特洛伊。再说，神除了赋予我智慧外，还赋予我一身力量。你说你把我从敌人手中救出来时，我正在逃跑，这是不真实的。相反，我常常从不惧怕敌人，我杀死一切敢于抵抗我的敌人，而你却远远地像一棵庄稼一样站在那里，只专注于注意自己的安全！”

两个人互不相让，激烈地争吵了好一阵。最后，担任裁判的特洛伊人被奥德修斯的语言所打动，一致同意把佩琉斯之子的武器判给奥德修斯。埃阿斯一听到这个裁决，顿时怒火中烧，他的朋友们好言相劝之后，才把他拖回到了战船上。

夜色笼罩着大海，埃阿斯坐在营帐内，不吃不喝，也不肯入睡。最后，他穿上铠甲，手执利剑，想着是去把奥德修斯砍成碎片，还是去烧毁战船，抑或是把希腊人全杀死。若不是保护奥德修斯的雅典娜使其陷入癫狂，他肯定会在三者中择一去行动。

发狂的埃阿斯苦恼得不能自已，他奔出营房，冲进了被自己误认为是希腊人军队的羊群中。牧羊人看到对面冲来的狂人，马上躲进了河旁的灌木林中。埃阿斯在羊群中挥舞着利剑一边左砍右杀，一边嘲弄地说：“你们这些猪狗都去死吧！你们再也没机会做出不公正的裁判了！”紧接着他又抓住一头公羊对着它吼道：“还有你，昧着良心的坏家伙，从我手里夺去了阿喀琉斯的武器，而这武器也帮不上你的忙了不是吗，一件铠甲对于懦夫能有何用呢？”他边说边把羊拖到了营房里，绑在门柱上，挥起皮鞭全力抽打起来。

这时，雅典娜从埃阿斯身后轻触他的头，令他顿时从疯狂中清醒过来。可怜的英雄这才看清自己站在一头被打得皮开肉绽的公羊面前，他马上意识到是一个神在恼恨他，使他发了疯才做出如此疯狂荒谬的事。他双手无力地垂下来，鞭子滑落到地上，自己也精疲力竭，木然地站着，无法移动。最后他叹息着说：“天哪，永生的神为何如此恨我？要这样侮辱我，却厚爱狡猾的奥德修斯！现在，我双手沾满了绵羊的鲜血，这会成为全军的笑柄，也会被敌人无情地嘲讽。”

埃阿斯从佛律癸亚掳来并成为他妻子的公主忒克墨萨此时正抱着孩子在营地里到处找他。对丈夫十分温顺体贴的忒克墨萨之前看到埃阿斯闷闷不乐，但因为埃阿斯从来都拒绝回答她的问题，所以她不知道出了什么事。在埃阿斯离开营房后，她怀着一种不祥的预感跟出来找他。后来，她亲眼看到丈夫在羊群中的所作所为，便赶紧回到营房里，发现他满面羞愧地站在那里。绝望的埃阿斯呼喊着兄弟透克洛斯和儿子欧律萨克斯的名字，向上天祈求壮烈死去。忒克墨萨抱住他的膝盖，恳求他不要丢下自己，并告诉他如果孩子尚未成年便失去父亲，那他的命运该是如何的凄惨。

妻子的哀求让埃阿斯想起年迈的父亲和在萨拉密斯的母亲，他抱过孩子，吻着他说：“孩子啊，希望你像父亲一样，但不要像父亲一样不幸。我希望你更幸福，并成为一个真正的人。我的兄弟透克洛斯将会把你抚养成人。我的随从会把你送到萨拉密斯，我的父母会照顾你，你在那里一定会享受到快乐的童年。”说完他把孩子交给仆人，并留下遗言托他的同父异母兄弟照应他的妻子忒克墨萨，然后从她的拥抱中挣脱出来，抽出从赫克托耳那儿缴来的利剑，将它插在营房的地上。他向苍天举起双手：“万神之父宙斯啊，我求你在我死后，让我的兄弟透克洛斯即刻赶到我的身边，免得敌人抢夺我的尸体。复仇女神啊，我也请求你让阿特柔斯的儿子也不得好死！太阳神啊，当你的金车经过我的故乡萨拉密斯上空时，请你把我不幸的命运告诉我可怜的父母吧。别了，神圣的阳光！别了，萨拉密斯！别了，故乡的原野！别了，雅典城的山水还有这特洛伊广阔的原野，我在这里生活了多年，同时也经历了多年激战！死神，请你降临吧！”说完，他便自刎而死。

人们得知埃阿斯自刎的消息后，成群结队地跑来并扑倒在地上痛哭，无限悲伤地捧起泥土撒在自己的头上。埃阿斯的兄弟透克洛斯记得他父亲的嘱咐说如果没有埃阿斯，他自己也不准从特洛伊回来，现在他也要自杀，幸亏他的朋友们及时夺下了他手中的剑。透克洛斯痛哭了一会儿重新镇定下来，他转过头，看到绝望的忒克墨萨僵直地坐在死者身旁，怀里抱着仆人们交给她的孩子。透克洛斯上前安慰她，向她保证一定会保护她，并像父亲一样抚育她的孩子。他随即吩咐随从将母子两人送回萨拉密斯，而他自己因害怕父亲忒拉蒙会迁怒于他，便仍然留在营中。

接着，透克洛斯准备安葬兄长的遗体。可墨涅拉俄斯却出来阻止他："他的行为比特洛伊人更为恶劣！一个自杀的人不值得隆重安葬。"阿伽门农也表示支持兄弟的意见，并在激烈的争执中骂透克洛斯是奴隶的儿子。透克洛斯提醒他们不要忘掉埃阿斯的功劳："当特洛伊人放火烧船时，是埃阿斯拯救了全军，希腊人应该感谢埃阿斯才对。你们应该明白，亏待了这位死去的英雄，就等于侮辱了他的妻子忒克墨萨和他的儿子，以及他的兄弟！你们这种行为会使你们获得人间的荣誉和神的保护吗？"

正在争执中，狡猾的奥德修斯来了，他首先向阿伽门农请示道："你能容许一位忠诚的朋友冒昧地说句真话吗？"

"请说吧！"阿伽门农惊奇地看着他，"我的确把你看作军中最忠诚的朋友！"

"那么请听我说，"奥德修斯说，"请你们不要让他得不到安葬，你们不能因为权力在手就恩怨不分！你想，如果你们这样怠慢一个英雄，这就是践踏了神的法律，违背了神的意志啊！"

阿特柔斯的两个儿子听了这话后，都陷入了沉默。最后阿伽门农大声质问道："奥德修斯啊，你愿意为这个人违背我的意志吗？你为他求情，难道是忘了他是你的死敌吗？"

"他的确是我的仇敌，"奥德修斯马上说，"他活着时我恨他，但现在他已经死了，我们应该为失掉一位高贵的英雄而感到悲哀。

此时我再不能也不允许把他当作自己的仇敌了，我同意安葬他，并帮助他的兄弟完成这一神圣的义务。”

透克洛斯看到奥德修斯走来时本已打算厌恶地走开，现在听到他这番话，便连忙走上去，谅解地伸出了双手。

“高贵的英雄，”透克洛斯大声说，“你是他最大的仇敌，现在却只有你为他说话！可我仍然不想让你触摸他的尸体，因为我认为他的灵魂还是不愿意与你和解的。我为得到你的帮助而高兴，你可以在其他很多方面帮助我。”说完，他指了指悲愁地默默地坐在一旁的忒克墨萨。奥德修斯转身朝她走去，坚定地对她说：“只要透克洛斯和我还活着，你和你的孩子便会得到安全，就好像埃阿斯仍活在你的身旁一样。”

阿特柔斯的两个儿子听到这话感到惭愧，不敢再持反对意见。众人合力抬起埃阿斯巨大的身体，把他送上了战船，洗去了遗体上的泥土和血迹。最后把他安放在巨大的柴堆上火化。

预言家的建议

第二天，墨涅拉俄斯召集会议。当大家到齐了时，他站起来说：“高贵的王子们，请允许我发表我的看法。现在，我们的战士大批死去，而他们是为了我才投入战争的，而现在好像每个人都不能生还，再也见不到自己的家人了，想到这些我的心就会滴血。而我们大可以离开这块不祥之地，让还活着的人都回到故乡。阿喀琉斯和埃阿斯都已经死了，我们再也不能指望取得战争的胜利了。而我已不再关心那个不贤的妻子海伦了，我现在关心你们胜于她，就让她留在帕里斯的身旁吧！”

墨涅拉俄斯说这番话的用意其实是想试探一下希腊人，因为内心里他比任何人都想毁灭特洛伊。但狄俄墨得斯没有看穿他的计谋，他气冲冲地从座位上站起身，讥笑地说：“可耻的胆小鬼！希腊人勇敢的子孙们是不愿跟你回去的，不冲上特洛伊城头大家是不会罢休的！”

狄俄墨得斯刚刚说完坐下，预言家卡尔卡斯站了起来，提出了一个明智的建议来调和这两种相反的意见，他说："你们都知道，九年前，当我们出发远征这座可恶的城市时，我们不得不把高贵的英雄菲罗克忒忒斯遗弃在荒凉的雷姆诺斯海岛上。我们这样做，是因为我们忍受不了他的伤口的恶臭和痛苦的呻吟。可是不管怎么说，我们这样做毕竟是不仁义的，而且是不公的。现在，在我们的俘虏中有一个预言家告诉我，我们只有依靠菲罗克忒忒斯和他从朋友赫拉克勒斯处得到的神箭的帮助，同时还要有阿喀琉斯的儿子皮尔荷斯[1]在场，我们才能攻陷特洛伊城。或许是因为这个特洛伊人坚信这是不可能实现的，才会把这预言告诉我。我的建议是派出最勇敢的英雄狄俄墨得斯和最雄辩的英雄奥德修斯，让他们尽速赶往斯库洛斯岛寻找由外祖父抚育的阿喀琉斯之子。我们希望通过他说服菲罗克忒忒斯，请菲罗克忒忒斯带着赫拉克勒斯的神箭到这里来，助我们征服特洛伊。"

希腊人听到这个建议都欢呼着表示赞成。两个英雄当即乘船出发，留下来的战士继续准备随时迎战。与此同时特洛伊人也在备战，忒勒福斯的儿子欧律皮罗斯率领许多战士前来支援，因此特洛伊人又增添了新的勇气。而希腊人因为丧失了两个英勇善战的英雄，所以他们在战争中遭受损失，是不可避免的，希腊英雄中最俊美的尼柔斯[2]和勇敢的战士，也是医术高明的玛卡翁都先后被敌人杀死。

涅俄普托勒摩斯

当战事正在进行的同时，希腊人的使者狄俄墨得斯和奥德修斯平安地到达了斯库洛斯岛见到了正在练习弓箭和投枪的皮尔荷斯，他是阿喀琉斯的小儿子，希腊人后来把他称作涅俄普托勒摩斯。两位使者在旁边观察了一会儿，然后走近了他，当他们看到他的面貌酷似阿喀琉斯时，都感到很惊讶。

1 皮尔荷斯（Pyrrhus）是阿喀琉斯和前文中出现的伊达弥亚的儿子，希腊人后来把他称作涅俄普托勒摩斯（Neoptolemus），意为"青年战士"，他从小跟外祖父一起生活。

2 尼柔斯（Nireus），法诺忒的国王斯特洛菲俄斯（Strophius）之子。

“衷心地欢迎你们，外乡人，你们是谁？从哪里来？”皮尔荷斯走上前去问候他们。

奥德修斯回答说：“我们是你父亲阿喀琉斯的朋友，我是伊塔刻的奥德修斯，拉厄耳忒斯之子，这位是狄俄墨得斯，是神堤丢斯之子。我们来这里是因为预言家卡尔卡斯预言如果你参加征伐特洛伊的战斗，我们就能很快攻陷特洛伊城，取得战争的胜利。希腊人愿意送给你丰厚的礼品，而我也愿意把作为奖品送给你父亲的武器送给你。”

皮尔荷斯高兴地回答他说：“如果你们是出于神的命令来召唤我，那么我们明天就航海出发。但现在请你们随我去外祖父的宫里进餐休息吧！”

在国王的宫殿里，两位使者看到了阿喀琉斯的遗孀得伊达弥亚，她正陷于深深的悲哀之中。她的儿子告诉她来了外乡客人，但对客人的来意却故意只字不提，免得母亲生疑担忧。两个英雄吃饱后便就寝了，但得伊达弥亚却彻夜难眠。她想起了正是这两个来客当年劝她丈夫征伐特洛伊的，这使得她成了寡妇，现在她预感儿子也会被卷入同样的旋涡。所以次日天刚亮，她就来到儿子面前，一把抱住他并大声哭泣起来：“我的孩子啊，尽管你不愿意对我说，但我知道你将跟两个外乡人前往特洛伊，在那里，许多包括你父亲在内的英雄都已死去。可是你还年轻啊，缺乏战斗的经验！听我的话留在家里吧！我不愿让自己的儿子战死疆场！”

皮尔荷斯回答说：“母亲，别为还没有发生的事悲伤吧！所有在战场上丧命的人都是由命运女神决定的。如果我命中注定是死，还有什么比为希腊人去死更光荣呢？”

这时，他的外祖父吕科墨得斯从床上坐起来，对他的外孙说：“你可真像你的父亲，但即使你在特洛伊战场上幸免于死，谁知道你在归来的途中会遇到什么灾难，在海上航行总是充满危险和变数！”虽然这么说，但是老人并不反对外孙的决定，他上前去亲吻了自己的外孙。皮尔荷斯从正在哭泣的母亲的怀里挣脱出来，走了出去。两位希腊英雄和二十个得伊达弥亚的忠实的仆人跟在后面，他们一起到了海边，登船启程。

海神波塞冬送他们一路顺风，他们不久就到了特洛伊的海边，而此时的战斗正在希腊人的战船附近激烈地进行着。如果不是狄俄墨得斯及时跳上岸去，呼唤船上的勇士们和他一起救援，欧律皮罗斯真的要把战船营的围墙推倒了。

他们奔到离海滩最近的奥德修斯的营房里，用他的武器和其他从敌人那儿缴来的武器武装起来。涅俄普托勒摩斯套上父亲阿喀琉斯的铠甲。这身对其他任何人都不合身的巨大铠甲，他穿了正合适。他拿起长矛，英姿焕发地投入激烈的战斗，跟他一起来的人也跟在他后面。现在特洛伊人被迫从围墙旁后退，拥挤在欧律皮罗斯的周围。

涅俄普托勒摩斯大显身手，他箭无虚发，杀伤不少特洛伊人。他们绝望地以为英雄阿喀琉斯活过来了。的确，父亲的灵魂附在他的身上，同时女神雅典娜也在保护他。尽管箭矢和投枪雨点般地朝他飞来，但都无法伤害他。士兵们看到阿喀琉斯的儿子参战，士气大振，到傍晚时，欧律皮罗斯和特洛伊的军队不得不撤退回城。

当涅俄普托勒摩斯从战斗归来，正在休息时，老英雄福尼克斯来探望他，福尼克斯是涅俄普托勒摩斯的祖父佩琉斯的朋友，又是他的父亲阿喀琉斯的教师。他看见眼前这位年轻的英雄跟他的父亲阿喀琉斯十分相像，感到很惊讶。他吻着少年英雄的前额，大声地说："孩子啊，我感觉又跟你的父亲在一起了一样！你一定能杀掉给我们造成巨大损失的忒勒福斯之子，因为你比他高强！"年轻人谦虚地回答说："谁是真勇敢的人，上了战场才会见分晓！"

夜幕已经降下，战士们都在养精蓄锐，准备明天的大战。

第二天清晨，战斗重新开始。双方拼杀了很久仍不分胜负。欧律皮罗斯看到他的一个朋友被打死，顿时怒火中烧，一连杀死了许多敌人。一直杀到了涅俄普托勒摩斯面前，两人都挥舞着长矛。

"你是从哪儿跑来的孩子？怎敢和我作战？"欧律皮罗斯大

声问道。

涅俄普托勒摩斯回答说：“你是我的敌人，问我来历又有何用？告诉你吧，我是阿喀琉斯的儿子，他以前杀了你的父亲。这根矛是我父亲的武器，现在你也来尝尝它的厉害吧！”说着，他跳下战车，挥舞着粗大的长矛冲了上去。欧律皮罗斯急忙从地上捡起一块巨石朝他投去。石头击中了他的金盾，但没有造成任何损伤。两位英雄和身后带领的人马都如同猛兽一样对撞厮杀。两人越战越勇，一时难解难分，因为他们都是神的子孙。但战斗到最后，欧律皮罗斯露出一处破绽，被涅俄普托勒摩斯用矛刺中喉咙而亡。

涅俄普托勒摩斯率领军队继续冲杀，特洛伊人像牛犊遇上雄狮一样纷纷逃窜。这时战神阿瑞斯偷偷地离开奥林匹斯圣山，驾着战车奔到混乱的战场上。战神挥舞着长矛大声激励特洛伊人顶住敌人的攻击。因为他藏身在浓雾中，特洛伊人只听得到他的声音，却看不到他的身影，都感到十分奇怪。普里阿摩斯之子、声誉卓绝的预言家赫勒诺斯第一个听出了这是战神阿瑞斯的声音，他对特洛伊人大声地说：“你们别怕！我们的朋友、强大的战神阿瑞斯正跟你们在一起。你们难道没有听到他的呼喊吗？”受到鼓舞的特洛伊人稳住了阵脚，跟追赶而来的希腊人展开了激战。阿瑞斯朝特洛伊人吹上一口神气，让他们具有了巨大的勇气。

最后，希腊人的队伍开始动摇了。不过，涅俄普托勒摩斯没有被战神阿瑞斯吓退，他还在继续战斗，杀死一个又一个敌人。阿瑞斯被激怒了，正要从云雾里冲出来对付小英雄时，女神雅典娜从奥林匹斯圣山上气势汹汹地来到了战场上。如果不是宙斯在两位神中间响起一声炸雷警告他们，两位神一定要血战一场了。现在，他们都得遵从宙斯的旨意，阿瑞斯退回到色雷斯，雅典娜也回到了雅典。战场上只剩下希腊人和特洛伊人在厮杀。

特洛伊人终于抵挡不住，退回城内，站在城头上英勇地反击希腊人激烈的进攻。眼看着特洛伊的城门就要被攻破的时候，宙斯突然降下一片云雾裹住了特洛伊城，阻止了来犯敌人的进攻。贤明的涅斯托耳劝希腊人赶快后撤，并掩埋他们的死者。

第二天，当希腊人惊讶地看到特洛伊城又耸立在蓝天之下时，才相信昨晚的浓雾原来是宙斯制造的奇迹。这一天双方约定休战，特洛伊人利用这个机会隆重地安葬了密西埃人欧律皮罗斯。涅俄普托勒摩斯也趁机去祭扫父亲的坟墓，缅怀自己的英雄父亲，到很晚才回到战船上。

第二天，双方又在特洛伊城前展开激烈的争夺。希腊人仍然未能攻破城池。预言家卡尔卡斯规劝军队撤回战船，他说："朋友们，只要预言的另一部分还没有实现，也就是菲罗克忒忒斯还没有带来他那百发百中的神箭，那么我们是无法攻破城池的。"

经过商议，大家决定派睿智的奥德修斯和勇敢的少年英雄涅俄普托勒摩斯前往雷姆诺斯岛寻找菲罗克忒忒斯。

菲罗克忒忒斯在雷姆诺斯岛

奥德修斯和涅俄普托勒摩斯登上荒凉的雷姆诺斯岛后，奥德修斯很快找了遗弃菲罗克忒忒斯的地方。他看到这里的一切还跟从前一样。然而山洞里却没有人，只有一堆被压得平平的树叶，像是有人在上面睡过一样；另外旁边还有一只用木头粗粗刻制的杯子和一堆木柴；门外的太阳下晾着许多沾有浓血的破布……这些迹象都表明这里仍有人居住。毫无疑问，菲罗克忒忒斯仍然生活在这里。

"趁他不在，让我们想一个好办法争取说动他吧，"奥德修斯对阿喀琉斯的小儿子说，"他有足够的理由恨我入骨，所以我觉得我最好避开，由你先和他见面比较好。他如果问你是谁这种问题，你据实回答即可。在这之后你需要对他谎称说你愤怒地离开了希腊人，准备返回家乡，原因是因为希腊人再三要你来斯库洛斯岛请他去帮他们攻城，但他们却没把你父亲的武器还给你，而是给了奥德修斯，你还可以当着他的面大骂我一通。如果我们不用这个计谋，就肯定得不到他的帮助，也不能得到他的神箭。"

涅俄普托勒摩斯打断了他的话，说："拉厄耳忒斯之子哟，只是听你讲这种话我就感到厌烦了，我不愿意这样做，我宁愿用武力战胜他，而非用欺骗的方法争取他的帮助。此外，他孤身一人，而且只有一条腿是健全的，他怎么能够胜过我们呢？”

奥德修斯平静地回答说：“因为他有百发百中的神箭呀！孩子，我知道你天生就不会搞欺骗。我年轻时也是手脚灵活但口舌笨拙，可经验告诉我说话比行动更容易成功。你只要想到只有靠赫拉克勒斯的弓箭才能征服特洛伊，就不会拒绝说几句骗人的话了！”涅俄普托勒摩斯还是被这位年长的朋友说服了，同意欺骗菲罗克忒忒斯，奥德修斯则找了地方躲了起来。

不一会儿，远处传来呻吟声，饱受折磨的菲罗克忒忒斯回来了。他远远地看到停泊在海边的船只，朝涅俄普托勒摩斯和他的随从走来，问道：“你们是什么人？到这荒岛来干什么？我看到你们穿着希腊人的装束，很想听到你们说话的声音。请不要被我这不修边幅的样子吓到，我是被朋友遗弃在这里，并为疾病所苦恼。如果你们不是带着恶意到这儿的，就请说话吧。”

涅俄普托勒摩斯把奥德修斯教他的话说了一遍。菲罗克忒忒斯听后高兴地叫了起来：“啊，我听到了家乡话！啊，高贵的阿喀琉斯的儿子！他们对待你也像当年对待我一样！当年他们趁我熟睡时把我遗弃在这里，只给我留下几件可怜的破衣衫和少许的食品。幸亏我的这把硬弓帮助我猎到让我存活的猎物，可是这又有多么的不易啊，因为我还得跛着腿去泉边取水，到林中砍伐木材。没有火，需要很长时间才能找到一块燧石。这座海岛是世界上最贫瘠和荒凉的，没有一条船愿意靠上岸来。过去有来过的人同情我，会给我一点食品和衣服，但没有人愿意带我回去，我已经在这里足足忍过了十年。这一切都是奥德修斯和阿特柔斯之子们的罪过，愿神惩罚他们的恶行吧！”

听到这里，涅俄普托勒摩斯心里很受触动，但他想起奥德修斯对他的警告，又强忍住自己的心情告诉这位患病的英雄说自己的父亲死了，还告诉了他许多有关家乡和朋友的轶事。谈话中他编入了奥德修斯告诉他的那些谎话。菲罗克忒忒斯听了，抓住涅俄普托勒摩斯的手激动地说："亲爱的孩子，我请求你，看在你的父母亲的份上，带我走吧，别让我再受折磨了，带我回到你的家乡去吧，从那里到我的父亲居住的地方并不远。"

涅俄普托勒摩斯怀着沉重的心情，假意地答应了他的请求："只要你愿意，我们可以立刻出发！但愿神赐给我们顺风让我们离开这座荒岛，并且平安地到达目的地！"菲罗克忒忒斯跛着他的伤腿，霍地跳了起来，激动地握住了年轻人的手。

这时候，两个化妆成希腊水手模样的仆人突然出现，他们告诉涅俄普托勒摩斯一个消息，说狄俄墨得斯和奥德修斯正在来这里的途中，要来寻找一个名叫菲罗克忒忒斯的人，因为预言家说没有菲罗克忒忒斯，特洛伊城就不能被攻破。当然了，这也是奥德修斯想出来的诡计。

菲罗克忒忒斯听到这个消息后，信以为真，担心得很，他马上拿出赫拉克勒斯的神箭，交给了他完全信任的年轻英雄涅俄普托勒摩斯，请他代为保管。

涅俄普托勒摩斯再也忍不住了，诚实正直的天性让他道出了真情："菲罗克忒忒斯，我不能瞒你了，你现在必须和我一起到特洛伊去，希腊人和阿特柔斯的儿子们正在那里等你！"菲罗克忒忒斯惊得站在那里，一边诅咒，一边祈祷。年轻的英雄还没有来得及让步，奥德修斯就从隐蔽的树丛中跳了出来。他命令仆人们把这个不幸的老英雄抓起来。菲罗克忒忒斯一眼认出了他，大喊道："啊，天哪！我被出卖了，现在抓我的人正是当年遗弃我的人，现在他已骗走了我的弓箭！"然后他又回头对涅俄普托勒摩斯说："好孩子，把弓箭还给我吧！"

奥德修斯打断了他的话："不行！即使这年轻的英雄答应了也不行！你必须跟我们回去，因为这关系太过重大！"说着，他把这老英雄交给手下人看管，然后拉走了还没有反应过来的涅俄普托勒摩斯。菲罗克忒忒斯却站在洞口前不肯移动脚步，他边诅咒着这无耻的骗局，边祈求神明为他报仇。

回过神来的涅俄普托勒摩斯愤怒地朝奥德修斯大叫："我作了孽，用可耻的诡计欺骗了一个高贵的人！我要补偿我的罪过。你不能把他带到特洛伊去，除非你先杀了我！"两个人争吵着拔出剑来要动武。菲罗克忒忒斯走上去扑倒在阿喀琉斯之子的脚下，请求道："求你救救我吧，我也向你保证会用我的朋友赫拉克勒斯的神箭保卫你的祖国，使它不受任何人的侵犯！"

涅俄普托勒摩斯扶起老人，说："跟我来吧！我们今天就回去。"

就在这时，蔚蓝的天空突然一片漆黑。人们都抬起头向天空望去，菲罗克忒忒斯一眼便看到他那已经成为神的老朋友赫拉克勒斯正站在云端。

"你不能回去！"赫拉克勒斯说话的声音震得大地都隆隆作响，"听着，我的朋友菲罗克忒忒斯，你必须服从宙斯的决定，命运女神也规定你要受尽艰苦才能得到光荣。如果你跟这位年轻人去特洛伊，你的创伤即可痊愈。此外，神指派你去杀死帕里斯，消灭这场灾难的祸首。你将要攻破特洛伊城，获得最珍贵的战利品，你可以满载光荣回到你的家乡，见到你年迈的父亲帕阿斯。"

菲罗克忒忒斯听到这话，向他的朋友伸出双手，目送他渐渐消失在远处的空中，然后喊道："让我们上船吧，阿喀琉斯高贵的儿子。而你，奥德修斯，也不要疑惧和我同行，因为你的要求终究是符合神的愿望的！"

帕里斯之死

希腊人终于盼到了载着菲罗克忒忒斯的船驶进赫勒斯蓬托斯港，人们都欢呼着朝海边跑来，菲罗克忒忒斯伸出虚弱的双臂，让两个同伴将他抬到岸边，然后十分费力地跛着腿走向迎接他的人们。

这时候，菲罗克忒忒斯的父亲帕阿斯的老朋友、精通医理的波达利里俄斯从人群中跳出来，他朝英雄的伤口看了一眼后，满怀信心地保证说凭借神的帮助，他能够很快将他医好。他随即拿来药物，神们给这位老英雄降福去灾。果然，伤口很快就愈合了，菲罗克忒忒斯又恢复了健康，人们对眼前发生的奇迹纷纷表示惊讶不已。

菲罗克忒忒斯吃饱喝足后，精神抖擞。统帅阿伽门农走近他，握着他的手，内疚地说："亲爱的朋友，由于我们一时糊涂，将你遗弃在雷姆诺斯岛，请不要再生我们的气了，为这些事我们已受到了神的惩罚！请接受我们送给你的礼物，并请你和我一起住在我的营帐里，我们会以最高的礼遇对待你。"菲罗克忒忒斯也友好地回答说："朋友们，请放心，我已不再生任何人的气了，因为英雄的心胸必须宽阔，对于战士来说，睡眠远比饮宴重要，让我们早些休息吧。"说罢他就去休息了。

第二天，正当特洛伊人在城外埋葬死者的时候，他们看到希腊人的队伍涌了过来。波吕达玛斯是个明智的人，他建议大家迅速撤到城内固守，可是特洛伊人不听他的劝告，他们在埃涅阿斯的激励下，宁愿选择战死在战场。

双方又激战起来。涅俄普托斯摩斯挥舞着父亲的长矛，一连杀死了十几名敌人；而埃涅阿斯和他勇猛的战友欧律墨涅斯也在希腊人的队伍中冲开了几个大缺口；菲罗克忒忒斯也在特洛伊人的队伍中来回冲杀，如同不可战胜的战神阿瑞斯一样。最后，帕里斯大胆地朝他扑了过去并射出一箭，箭镞从菲罗克忒忒斯的身旁穿过，射中了旁边的克勒俄多洛斯的肩膀。克勒俄多洛斯稍稍后退，但帕里斯又接着射来了第二支箭，杀死了他。

菲罗克忒忒斯把这一切，怒不可遏。他执着弓，对着帕里斯声震如雷地喊道："你这个草贼，你才是我们一切灾难的根源，现在到了你灭亡的时候了！"说着，他张满弓弦，"嗖"的一声射出一箭。这一箭在帕里斯身上划开一道小口子，他急忙张弓反击，但对方第二箭又飞过来射中了他的腰部，他立刻感到疼痛难忍，战栗着转身逃走了。

夜幕降临，特洛伊人才退回城内，希腊人也回到战船上。帕里斯被深入骨髓的箭伤折磨得彻夜难眠，浸透剧毒的飞箭令伤口腐烂发黑，任何医生都无法治愈。陷入绝望的帕里斯突然想起一则神谕，说只有被遗弃的妻子俄诺涅才能使他免于死亡。虽然他极不情愿去找她，但由于疼痛难熬，不得不由仆人抬着前往前妻一直居住的伊得山。

帕里斯被仆人们抬着爬上山坡，树间凶鸟的鸣叫使人不寒而栗。经过一段跋涉他们终于来到了俄诺涅的住地，俄诺涅对他的突然出现表示惊讶。帕里斯扑倒在妻子的脚前，大声叫道："请不要怨恨深陷痛苦中的我！残酷的命运女神把海伦引到我的面前使我离开了你。现在，请看在神明和我们过去的爱情的份上，同情一下我，免除我难熬的疼痛吧，因为预言说只有你才能救我生命！"

帕里斯苦苦的哀求并不能让遭受遗弃的妻子回心转意，她愤愤地说："你还有何颜面来见我呢？你还是去找那年轻美貌的海伦救治你吧。你的眼泪和哭诉决换不到我的同情！"说着，她将帕里斯推出了门外，帕里斯被仆人们搀扶着离开。在下山的半路上，箭毒发作，帕里斯咽下了最后一口气，死去了……

一位牧人把帕里斯惨死的消息告诉了她的母亲赫卡柏，这可怕的噩耗让她顿时晕倒在地上；国王普里阿摩斯此时正坐在赫克托耳的坟旁，沉浸在悲愁中，并不知道外面发生了什么事；而海伦正在痛哭，但与其说她为丈夫哭泣，还不如说她是为自己，她也为自己长久以来心里生出的内疚感而不安。

拒绝了帮助帕里斯的俄诺涅不知道自己的命运其实是与丈夫紧密关联的，现在她独自待在家，想起自己与帕里斯往日的情意，心里感到深深的后悔和心痛，她含着泪水奔了出去，穿过山谷和溪流，整整奔跑了一夜。月亮女神塞勒涅在暗蓝的天上同情地看着她，用月光照亮她的路。最后她来到了她丈夫的火葬堆那里，牧人们站在火堆周围，对着死去的这位王子致敬。俄诺涅看到丈夫的遗体，悲痛得说不出话，她用衣袖遮着美丽的脸，飞快地跳进了熊熊燃烧的柴堆里。站在一旁的人还没有来得及拉她，她就已经被火焰吞噬，就这样和自己的丈夫一起化为了灰烬。

特洛伊攻城战

第二天清晨，希腊人的队伍来到特洛伊城下发起了攻城战，他们兵分几路，每一路攻打一座城门，但各路都遭到了特洛伊人的顽强抵抗。

卡帕纽斯之子斯忒涅罗斯和战绩卓著的狄俄墨得斯率先攻打中心城门，而守城的得伊福玻斯、勇猛的波吕忒斯和另外一些英雄们则站在高高的城门上用箭矢和石块抗击蜂拥而上的攻城部队；涅俄普托勒摩斯率领他的部队攻打伊达城门，特洛伊英雄赫勒诺斯和阿革诺耳在城垛上激励士兵们奋勇抵抗；面向大平原和希腊人战船营的城门由欧律皮罗斯和奥德修斯率军围攻，另一方则是勇敢的埃涅阿斯站在高高的城墙上指挥士兵投掷石块，使希腊军队无法逼近；同时，透克洛斯在西莫伊斯河岸奋勇作战。

奥德修斯在战斗中想出一个主意：他命令战士们把盾牌拼在一起，举在头上，形成一个大大的保护盖，盖子下面的士兵们可以聚成一群，然后一起密集前进。就这样，希腊人大胆地逼近城门，他们在盾牌下听到无数石块、飞箭和投枪从城墙上飞下并在盾牌护盖上撞落的声音，但没有一个人被伤到。希腊军队像一团乌云一样向城门推进着，大地在他们的脚下发出呻吟声，尘土在他们的头上滚滚地飞扬……阿特柔斯的儿子们看到这坚固的队形，满心欢喜。他们大声鼓舞士兵们坚定推进，准备拆毁或用双面斧把城门劈开，而且眼看着奥德修斯的战术就要使他们取得攻城战的胜利了。

但就在这关键时刻，奥林匹斯圣山上保护特洛伊人的神们给埃涅阿斯的双臂增添了神力，他端起一块巨大的石头朝着城下的盾牌护盖猛地砸了下去，一大批围攻的敌人倒在了盾牌下面。埃涅阿斯站在城墙上，他的铠甲闪烁金光。在他的身旁站着强大的战神阿瑞斯，但他隐身在云雾中，所以并没有人看得见他。每当埃涅阿斯投掷石块时，他就使石块准确地击中敌人……就这样，希腊人死伤惨重，陷入一片惊慌。埃涅阿斯在城头上一直大声吼叫，激励着士气，城下攻城的涅俄普托勒摩斯也在激励士兵们坚持进攻！这血腥的战斗整整进行了一整天没有片刻停息。

另一路攻城队伍相对来说就比较得手了。勇敢的洛克里斯猛将埃阿斯用弓箭把守城的特洛伊战士射落下来。他的同乡阿尔喀墨冬看到城墙上有一块地方守城的人已被扫清，便抓住机会急忙架起云梯爬上去，他把盾牌顶在头顶上，舍生忘死为他的战友们开辟进城的道路。

埃涅阿斯从远处看见了正在爬上城墙的阿尔喀墨冬。阿尔喀墨冬爬完最后一级刚刚露出城墙时，便被埃涅阿斯掷来的一块石头击中头颅，倒了下去，砸断了云梯，人还没有着地就死去了。

菲罗克忒忒斯看到这安喀塞斯之子像一头猛兽一样沿着城头奔跑反击，便向他射出一箭，然而这支箭只在对方的盾牌上擦过，然后将另一个特洛伊人墨蒙从城墙上射了下来，但同时埃涅阿斯也向菲罗克忒忒斯的朋友托克塞克墨斯投去一块巨石，并击碎了他的头颅。

菲罗克忒忒斯愤怒地抬头看着城楼上的仇敌，大声叫道："埃涅阿斯，从城楼上往下扔石头难道就可以认为自己是世界上最勇敢的人了吗？！你可知你这样做完全像个虚弱的女人。如果你是真英雄，就走出城门来跟我比弓箭和长矛！"

但这位特洛伊人没有时间回答他的话，因为城垣的另一处又出现了险情，需要他去防守，他大步奔了过去，菲罗克忒忒斯也转身继续投入战斗。

木马计

希腊人围攻特洛伊城，久久未能获胜。于是预言家卡尔卡斯召集了英雄会议，他在会上说："我们如此进攻是无用的。我昨天看到一个预兆：一只雄鹰追逐一只鸽子，而鸽子却敏捷地飞进岩缝里躲了起来，任凭雄鹰在山岩旁等多久它都不出来。于是雄鹰便躲在附近的灌木丛中，鸽子以为已经安全了，便飞了出来，雄鹰则立即扑上去抓住了它。我们应该学这只雄鹰，对特洛伊城进行智取而非强攻。”英雄们都同意进行智取，但没人想得出一个可以尽快结束这场可怕战争的计谋。

最后，奥德修斯想出一个妙计，他兴奋地高声说道：“朋友们，我想到了！让我们造一个巨大的木马，在马腹里隐藏足够多的人手。其余的人则乘船离开海岸，撤退到忒涅多斯岛上，在撤退之前必须把我方军营彻底烧毁，让特洛伊人不存戒备然后大胆出城活动。同时我们派一个士兵混进城去，告诉特洛伊人说希腊人为了能安全撤退，准备把他杀死祭神，然后再说希腊人造了一个巨大的木马，准备献给特洛伊人的敌人帕拉斯·雅典娜，他自己就是躲在马腹下面，等到希腊人撤退后才偷偷地爬出来的。特洛伊人一定会同情这个可怜的外乡人，将他带进城去，进城后，他要设法说服特洛伊人把木马拖进城内。当特洛伊人熟睡时，他将给我们发出预定的暗号，此时躲藏在木马里的人就可以爬出来，并以火把为信号召唤隐蔽在忒涅多斯岛附近的战士们……这样，我们就可以一举摧毁特洛伊城。”

大家都称赞奥德修斯的妙计，唯独阿喀琉斯的儿子站起来提出了异议：“勇敢的战士必须在公开的战场上制服敌人，胆怯的特洛伊人就躲在城楼上吧！我们不想使用诡计或其他不光明磊落的手段取胜，而是必须在公开的战斗中表明我们是坚强的战士！”

他的话充满了大无畏的精神，连奥德修斯也佩服他的高尚和正直，可他又反驳说：“你是高贵的阿喀琉斯之子，也是勇敢的英雄。可是你要知道，你父亲这位半神的英雄都未能攻破这座坚固的城堡啊，世界上不是所有的事情都可以靠勇敢取得成功的。因此我请求你和诸位英雄听取我的建议吧。”

除了菲罗克忒忒斯外，英雄们都欢高呼着支持奥德修斯。当菲罗克忒忒斯和涅俄普托勒摩斯几乎要说服大家时，宙斯用愤怒雷电表示了反对，雷声震动着大地，英雄们明白宙斯赞同的是奥德修斯的建议。涅俄普托勒摩斯和菲罗克忒忒斯也不得不顺从天意。

就这样，希腊人全撤回到战船上，他们在开始工作之前，都躺在船上好好地睡觉和休息。半夜时，雅典娜托梦给希腊英雄厄珀俄斯[1]，吩咐他用粗木制造巨马，并答应帮助他尽快完工。

第二天刚亮，厄珀俄斯就对大家讲起女神托梦的事。希腊人听了后即刻来到伊得山砍来高大粗壮的松木，帮厄珀俄斯一起制造木马。厄珀俄斯先造了马腿和马腹，又在马腹上方做好了拱形的马背，安置了马胸和马颈，并在马颈上装了精致的马鬃，马的两耳竖起，圆圆的马眼睛炯炯有神……总之，木马被做得像活马一样。借助着雅典娜的帮助，厄珀俄斯仅用了三天就完成了任务。人们都惊叹这件杰作，甚至相信这马随时都会嘶鸣奔跑。厄珀俄斯朝天空举起双手祈祷着："伟大的女神雅典娜，请保佑我和你的木马吧！"所有的希腊人也和他一起进行着祈祷。

木马已经做好，奥德修斯在会议上说道："朋友们，现在已到了显示真正的力量和勇气的时候了，因为我们需要钻进马腹，并待在里面度过一段黑暗的日子，这比直接面对敌人作战需要更大的勇气，只有最勇敢的人才能做到！其余的人可以先乘船到忒涅多斯岛去。在木马附近只留一个胆大机灵的人，他要按照我说的去做。现在谁愿意担起这一重任呢？"

大家陷入了迟疑，一时没有人敢站出来。最后，一个叫西农的希腊人挺身而出。他说："我愿担任这一任务。我不畏惧特洛伊人折磨我，哪怕他们会把我活活烧死！我已下定了决心！"他的话得到大家的大声欢呼。

涅斯托耳立起身来，鼓励他说："现在我们需要更大的勇气，因为神已给了我们结束十年战争的方法。让我们迅速钻到木马里去，我感到自己的体内充满着年轻人的力量，就好像当年我要走上伊阿宋的阿耳戈船一样。要不是那时珀利阿斯国王不让我上船，我一定

1 厄珀俄斯（Epeius），有名的拳击手，也是能工巧匠，木马的制造者。

参加那次远征了。”

老人边说着边想首先跳进马腹。这时阿喀琉斯之子涅俄普托勒摩斯希望他把这种荣誉让给他，让老人则率人到忒涅多斯岛去。他费了好大的劲儿才说服涅斯托耳，然后全副武装好后第一个进入宽敞而又漆黑的马腹，跟随其后的是墨涅拉俄斯、狄俄墨得斯、斯忒涅罗斯和奥德修斯，随后还有菲罗克忒忒斯、埃阿斯、伊多墨纽斯、迈里俄纳斯、波达利里俄斯、欧律玛科斯、安提玛科斯、阿伽帕诺尔和其他许多英雄，他们紧紧地挤在马腹里。最后进入马腹的是木马的制造者厄珀俄斯，他把梯子拉进马腹关上木门，从里面闩上。英雄们默默地挤坐着马腹里，等待着他们未知的命运。

其余的希腊人则听从阿伽门农和涅斯托耳的命令，放火烧毁帐篷和营具后登船驶向忒涅多斯岛，并在那里急切地期待着远方传来预定的火光信号。

如预料的一样，特洛伊人很快发现海岸上烟雾弥漫，他们在城头细细观望，发现希腊战船已经离去。特洛伊人非常高兴，成群结队地涌到海边。当然，他们仍存戒心，并没有脱铠甲。他们在敌人扎营的广场上发现了一匹巨大的木马，所有人都惊讶地打量着它，因为这实在是一件令人赞叹的艺术杰作。士兵们争论起来，有的主张把它搬进城去，放在城堡上作为胜利的纪念，有的人则冷静地认为希腊人不会留下这件莫明其妙的礼物，主张将它推入大海或者用火烧掉……这些话让藏在马腹里的希腊英雄们听了都吓得不寒而栗。

这时阿波罗的特洛伊祭司拉奥孔[1]从人丛中走出来劝阻大家说：“不幸的人哪，什么使你们迷了心窍？难道你们真的以为希腊人已经离开了吗？你们应该都知道奥德修斯是什么样的人！这马腹里要么隐藏着危险，要么这匹马就是一种能攻击我们的作战机器。总之，你们决不能相信希腊人！”

突然，有几个人发现了藏在马腹下的西农，大家把他拖了出

1 拉奥孔（Laocoon），阿波罗的特洛伊祭司。

来，要押他去见国王普里阿摩斯。西农惟妙惟肖地扮演着奥德修斯委托给他的角色。他可怜地站在那里，朝天空伸出双臂，哭泣着哀求："天哪，我能到什么地方去？希腊人将我赶出来，而特洛伊人也一定会杀死我的！"接着，他告诉特洛伊人自己是如何成为祭品的，又是如何在最后时刻逃出来的。"我已经无法回到我的故乡去了，"他接着又说，"我现在落入你们的手中，你们是仁慈和慷慨地饶我一命，还是要像对我的同乡一样将我处死，就随便吧！"

他这套巧妙的谎言让特洛伊人听了深受感动，连普里阿摩斯国王也相信了，并允许他在城里安身，只是要他说出这匹木马究竟是怎么回事，因为国王看到刚才西农说到木马时十分虔诚，满脸敬畏。西农立即举起双手，假意祈祷起来："众神在上，我作为牺牲已经给你们献祭过了，请你们为我做见证，我和我的同乡人的关系已经断绝。因此我现在泄露他们的秘密，已根本算不上是一种罪过了！在战争期间，希腊人一直把希望寄托在女神帕拉斯·雅典娜的援助上。我们狡猾的希腊人偷走了她的雕像，这女神十分愤怒，她撤回了对希腊人的援助。预言家卡尔卡斯说，我们应该立即乘船回去，在故乡再听取神的吩咐，因为神像没有重归原处，我们也就无法指望战争取胜。希腊人终于决定回国，临走前他们又按照预言家的建议造了这匹巨大的木马，作为献给女神的礼品，以平息她的愤怒。卡尔卡斯要求把马身造得特别高大，使特洛伊人无法把马拖进城门，因为一旦这木马被拖进城里，雅典娜就会反过来保护特洛伊。相反，如果你们损坏了这匹木马，就中了希腊人的计谋，因为你们一定会遭殃。希腊人的计划是在阿耳戈斯听取了神旨意后，马上再回来，并准备在夺取你们的城池后，把女神的神像重归原处。"

这一番谎话编得天衣无缝，使普里阿摩斯和特洛伊人都相信了。其实，雅典娜始终关心着她的朋友们的命运。自从拉奥孔发出警告后，马腹中的英雄们也都为自己的命运感到焦虑。雅典娜创造了一种奇迹帮助英雄们逃脱了厄运。

在波塞冬的祭司死后，阿波罗的祭司拉奥孔兼任他的职务，当他在海边给海神献祭一头大公牛时，从忒涅多斯岛的方向游来两条大蛇，它们穿过明镜般的海面，一直游向海岸，火焰般的蛇眼闪着可怕的光，围着木马的特洛伊人吓得面如土色，掉头就逃。这两条蛇游到海神的祭坛前，拉奥孔和他的两个儿子正在那里忙着祭祀。毒蛇缠住拉奥孔的两个孩子，用毒牙狠狠地咬他们柔嫩的肌肉，孩子们被痛得大叫。拉奥孔抽出宝剑，急忙奔来解救孩子，但毒蛇也把他一起缠住了。可怜的拉奥孔和他的两个儿子就这样被毒蛇活活地咬死了，后来这两条毒蛇一直游到雅典娜的神庙，盘绕着躲在女神的脚下。

特洛伊人把这场恐怖的事件看作祭司因怀疑木马而遭到的惩罚。于是急忙回到城里，在城墙上开了一个大洞，另一些人则给木马脚下装了轮轴，搓了粗绳套在木马的脖子上，他们合力把木马拖回到了城里。城内的孩子们兴高采烈地跟在后面，唱着节日的赞歌。当木马通过城门的高门槛时，被阻住了四次，但最后还是通过了。移动过程中每次颠动时，都会从马腹中传出金属兵器撞击的声音，可是特洛伊人的欢呼掩盖了这声音……

这匹巨大的木马被拖到卫城上，国王的女儿、女预言家卡珊德拉在高兴的人群中耷拉着头，目光呆滞，她在观看天象和自然之物时发现许多不祥之兆，但人们都不相信她。现在她也看出了危险，一种预感驱使她，冲出了王宫。她披散着头发，摇晃着身子穿过大街小巷，一路上呼喊着："特洛伊人呀，你们还不知道我们的道路直通哈得斯的地府吗？我看到城市充满着血腥和火光，我看到死神从木马的腹中冲出来！你们却还在欢呼着将它送上我们的卫城。你们为什么不相信我的话呢？我即使说上千万句，你们还是不相信我。复仇女神因为海伦而决定向你们复仇，你们已经成了她们的祭品和俘虏了。"但特洛伊人只是讥笑和嘲弄她，没有人相信她的话。

特洛伊城的毁灭

这天夜里，特洛伊人饮宴庆祝，人们载歌载舞，开怀畅饮。士兵们喝得昏昏欲睡，完全解除了戒备，和特洛伊人一起饮宴的西农也假装不胜酒力睡着了。

深夜的时候，他起床偷偷地摸出城门，燃起火把并高举着不断晃动，向远方发出了约定的信号后又熄灭了火把，潜近木马，在马腹上轻轻地敲了几下。奥德修斯提醒大家不要急躁，尽可能小声地出去。他轻轻地拉开门栓，探出脑袋，窥视了一下周围的环境，发现特洛伊人都已经入睡。于是，他又悄悄地放下预先安置好的木梯，走了下来。其他的英雄也跟在他后面。当所有人都出来后，他们便挥舞着长矛，拔出宝剑，分散到城里的每条街道上，对酒醉和昏睡的特洛伊人大肆屠杀。他们把火把扔进特洛伊人的住房里，不一会儿，大量的屋顶都着火了，全城很快就成了一片火海。

隐蔽在忒涅多斯岛附近的希腊人看到西农发出的火把信号，也立即拔锚起航，乘着顺风飞快地驶了回来。全体战士很快从特洛伊人为了让木马通过而拆毁的城墙处冲进了城里……被占领的特洛伊城很快变成了废墟，到处是哭喊声，尸体遍地都是，受了惊吓的狗的吼叫声、垂死者的呻吟声、妇女儿童的啼哭声交织在一起，又凄惨又恐怖。

尽管大部分特洛伊人都来不及拿起武器，但他们仍然拼死搏斗，使希腊人也遭受了重大的损失。当希腊人围攻普里阿摩斯的城堡时，许多全副武装的特洛伊人潮水般冲出来，进行殊死而又绝望的拼杀。战斗在这深夜中进行着，越来越激烈，也越来越残酷，房屋上燃烧的火焰和希腊人手中的火把把全城照耀得如同白昼一般。

涅俄普托勒摩斯视普里阿摩斯为仇敌，一连杀死了他的三个儿子，其中包括敢向他的父亲阿喀琉斯挑战的阿革诺耳。最后他遇到了国王普里阿摩斯，这老人正在宙斯神坛前进行祈祷。涅俄普托勒摩斯举起宝剑扑了过去，而普里阿摩斯也毫无惧色地看着涅俄普托勒摩斯，平静地说："杀死我吧！勇敢的阿喀琉斯之子！我已经受尽了折磨，我也用不着看到明天的日出了！"涅俄普托勒摩斯挥起剑，砍下了国王的头颅。

残酷的希腊普通战士在王宫内发现了赫克托耳的小儿子阿斯提阿那克斯。他们把他从母亲的怀里抢去，怀着对赫克托耳及其家族的仇恨，狠心地把孩子从城楼上摔了下去。孩子的母亲朝着他们大声哭叫着："你们把我也推下去吧！或者把我扔进火堆里吧！自从阿喀琉斯杀死我的丈夫之后，我只是为了这个孩子才活着！请你们也动手结束我的生命吧！"但士兵都不理会她的话，自顾自冲到别处去了。

死神到处游荡，只有一所房子没有进入，就是特洛伊的老人安忒诺耳的家。因为当年墨涅拉俄斯和奥德修斯作为使者来到特洛伊城时，曾经受过他的庇护和热情的款待，所以希腊人没有杀死他，并且同意他保留所有的财产。

就在几天前，杰出的英雄埃涅阿斯还奋勇地在城墙上抵御敌人的进攻。可现在，当他看到特洛伊城火光冲天，经过多时的拼杀仍然无力回天时，就如同一个历经着风暴，因为大船快要沉没而跳上一只小船逃命的水手一样，他把年迈的父亲安喀塞斯背在背上，牵住儿子阿斯卡尼俄斯的手，匆忙逃了出去。埃涅阿斯的母亲阿佛洛狄忒紧紧跟随其后，保护着她的儿子，让一路上的火焰避让，让希腊人射出的箭和投掷的矛都偏离目标落到地上。就这样，埃涅阿斯成了唯一带着老小逃出特洛伊的人。

自从赫克托耳死后，普里阿摩斯之子得伊福玻斯成了特洛伊和王室的重要支柱，在帕里斯死后，海伦嫁他为妻。晚宴后他醉醺醺地听到希腊人杀来的消息，便跌跌撞撞地穿过宫殿的走廊准备逃走，却被墨涅拉俄斯见到并追上去一枪刺入了他的后背。墨涅拉俄斯如雷般吼道："你就死在这里吧！我多希望能亲手杀死帕里斯！任何罪人都不能从正义女神忒弥斯的手下逃脱！"

墨涅拉俄斯把尸体踢到一边，走进宫殿到处搜寻海伦，心里充满了对结发妻子的矛盾情感。而此时海伦由于害怕丈夫的发怒而瑟瑟发抖地躲在昏暗的角落里。当墨涅拉俄斯终于找到她，不禁妒意大发，恨不得把她一剑砍死。但阿佛洛狄忒这时让海伦变得更加妩媚美丽，并打落了墨涅拉俄斯手里的宝剑，使他心里的怒气平息，并唤起其心中的旧情。墨涅拉俄斯顿时忘记了妻子的一切过错……但他听到身后希腊人威猛的战吼时，又感到无比羞愧，觉得不贞的海伦使他丧失了脸面。于是他又硬起心肠，捡起地上的宝剑朝妻子一步步逼近，可内心里他还是不忍心杀死她的。当他的兄弟阿伽门农来到时，他刚好体面地停了手。阿伽门农拍着他的肩膀对他说："兄弟，你不能杀死自己的妻子。在这件事上，比起帕里斯，她的罪过就轻多了。是禽兽不如的帕里斯破坏了规矩。现在他自己，他的家族，甚至他的人民都为此受到了惩罚，遭到了毁灭！"墨涅拉俄斯听从了劝告，表面上装作不情愿，心里却高兴得很。后来，他与海伦一同回到了斯巴达，在他死后，海伦被放逐。

大地上正在进行着大肆屠杀，天上的神在悲叹特洛伊城的陷落。只有特洛伊人的死敌赫拉以及阿喀琉斯的母亲忒提斯心满意足地大声欢呼。而即使是希望特洛伊失败的帕拉斯·雅典娜也忍不住流下了眼泪，因为她看见埃阿斯竟然进入她的神庙，抓住她的女祭司卡珊德拉的头发把她拖了出去。女神虽然没法援救她的敌人的女儿，可是她发誓要报复他，因为他犯了亵渎之罪。

特洛伊城内的熊熊大火直冲天空，向世界宣告着特洛伊城的陷落。

墨涅拉俄斯，海伦，波吕克塞娜

第二天早晨，希腊人在特洛伊城内肆意劫掠。士兵们把黄金、白银、琥珀等战利品搬回到海边的战船上。墨涅拉俄斯带着海伦离开了还在燃烧的特洛伊城；阿伽门农走在他身旁，带着从埃阿斯的手里抢来的高贵的卡珊德拉；涅俄普托勒摩斯带着赫克托耳的妻子安德洛玛刻；王后赫尔柏则成了奥德修斯的俘虏……无数的特洛伊妇女跟在后面，一路都在悲伤地哭泣，只有海伦沉默着，她面带愧色盯着地面，一想到在战船上等待着自己的遭遇和命运，她就禁不住战栗起来，脸色苍白。她拉上面纱蒙住脸，拉着丈夫的手哆哆嗦嗦地往前移动着。

当海伦来到战船上时，希腊人立即为她无比的美丽所倾倒。人们都在悄悄地议论说为了这个美丽的女子，他们跟着墨涅拉俄斯出海远征并受了十年煎熬，可这也是值得的。所以没有一个人想伤害海伦，他们仍将她留给墨涅拉俄斯。墨涅拉俄斯原本那充满仇恨的心也被女神阿佛洛狄忒所感化，早已宽恕了她。

战船上举行了欢乐的宴会，英雄们围着餐桌开怀畅饮。席间坐着的歌手弹奏着竖琴，歌唱大英雄阿喀琉斯的功绩……人们一直欢宴到深夜才各自回营休息。

当海伦和墨涅拉俄斯回到营房里时，她扑倒在丈夫的脚下，抱住他的双膝说："我知道，你有权惩罚我！可是请你想一想，并不是我自愿离开你的宫殿的，帕里斯趁你不在，用武力胁迫我，当时你不在，没有人能够保护我。我想自杀，可是周围的女仆竭力劝阻我，要我想想你和我们的小女儿赫耳弥俄涅……现在我伏在你的脚下，随你怎么处置我吧！"

墨涅拉俄斯爱怜地把她从地上扶起，回答说："海伦，忘记过去的事吧，你不用害怕！过去的事就让它过去，将来我也不会再提这些事！"墨涅拉俄斯彻底原谅了海伦。

另一边，涅俄普托勒摩斯正在酣睡。突然，他父亲阿喀琉斯的灵魂来到营中，对他说："亲爱的儿子，不要为我的死感到悲伤，我虽然死了，但我现在已经成了神。无论在战斗中还是在会议上，你都要以我为榜样！战斗时必须争当先锋，而在会议上要尊重长老，听取他们睿智的发言；你要像你父亲一样争取荣誉，不要为不幸的遭遇而忧愁，人类如春花般自开自落，生与死只有一步之遥。最后，请你告诉大统帅阿伽门农，把最珍贵的战利品祭献给我！"阿喀琉斯说完，就像一阵轻风一样离开了涅俄普托勒摩斯，年轻的英雄醒来，心里很高兴，他就感觉自己的父亲就像活生生地和他谈了话一样。

第二天清晨，希腊人起了床，思乡之情使他们无比期待能够早点出发归去。可正当他们想起锚时，涅俄普托勒摩斯跑过来大声劝阻他们："兄弟们，你们听着！昨天夜里我的父亲向我托梦，他要我告诉你们应该用最珍贵的战利品向他献祭，让他也分享一份光荣并和我们一起欢庆特洛伊的毁灭。所以你们在完成对死者应尽的神圣义务之前，不得离开海岸。如果不是他战胜了赫克托耳，你们怎能取得今天的胜利啊？"

希腊人虔诚地决定满足已故英雄的愿望。海神波塞冬十分同情阿喀琉斯，在海上掀起了巨澜，让希腊人暂时不得离开。希腊人看到巨浪滔天，狂风怒吼，相互间悄悄地说："阿喀琉斯果然是宙斯的子孙。你们看，海神也在支持他的要求！"因此，他们一起涌到高耸在海岸上的英雄的坟前。

可什么是最珍贵的战利品呢？拿什么来献祭大英雄阿喀琉斯呢？每个人都把自己的珠宝和俘虏拿出来。当一切被检视后，人们发现所有的金银和珍宝比起美丽的年轻姑娘波吕克塞娜来都黯然失色。希腊人也一致认为国王普里阿摩斯的女儿波吕克塞娜是战利品中最珍贵的。

波吕克塞娜看到大家都注视着她，却毫无惧色，因为她是愿意把自己献祭给阿喀琉斯的。她曾在城头上多次看到阿喀琉斯的英姿。虽然他是自己的敌人，但他那魁梧的身材和超人的胆量给她留下深刻的印象。阿喀琉斯有一次逼近城门，看到城门上站着美丽的姑娘，立即对她产生爱慕之情，并向她大喊："普里阿摩斯的女儿，你如果属于我，也许我会让你的父亲跟希腊人握手言和！"大英雄说完这话，立刻为自己的失言感到后悔，可是据说波吕克塞娜听了这话深受感动。从此以后，她就热烈地爱慕着这个敌人。

希腊人在阿喀琉斯的墓前建起了高大的祭坛，所有的祭品都已献上，所有的人都认为波吕克塞娜是献给大英雄最好的礼物。姑娘镇定自若地从女俘虏的队伍里走出来，从祭坛前的用具中抽出一把锋利的尖刀刺入了自己的心脏，顿时倒在了血泊里。

周围的人发出一阵惊恐的叫声，年老的王后赫卡柏扑倒在女儿的尸体上，悲伤地号啕大哭。

波吕克塞娜倒地死去后，大海又变得宁静了。涅俄普托勒摩斯满怀同情地走到祭坛前，帮助他们把姑娘的尸体搬开，并以公主的礼仪将她安葬。

接着，涅斯托耳站起来说："我们出发回乡的时刻终于来到了。海神已经平息了风浪，阿喀琉斯的要求也得到了满足。让我们推船下海，扬帆出发吧！"

归途中的灾难

希腊人采纳涅斯托耳的建议，将所有的战利品和俘虏都运上了船，一切都已经准备就绪。但预言家卡尔卡斯仍留在岸上，他劝大家不要出发，因为他预感到会有危险潜伏在卡法尔山岩附近。

可归心似箭的人们并不相信他的预言，也不听他的劝告，只有著名的预言家安菲阿拉俄斯的儿子安菲罗科斯又回到了岸上。他继承了父亲的预言天赋，突然跟卡尔卡斯有了同样的预感。命运女神安排他们两人不能重返希腊，后来他们定居在小亚细亚的喀里喀亚城和潘费利亚城。

希腊人解下系在岸上的缆绳，然后拔锚启航。船上堆满着缴来的武器，桅杆上悬挂着无数的纪念品，战船也都用鲜花装饰；士兵们的盾牌、长矛和头盔上也都饰有花环。他们骄傲地站在船头上，将美酒洒向大海，虔诚地祈求神明保佑他们平安回家。但他们的祈祷还没有到达奥林匹斯圣山就被急风吹走，飘散到了流云中。

战船航行在海上，被俘的特洛伊妇女和孩子们心情沉重地频频回顾渐渐远去而又硝烟未散的特洛伊城。卡珊德拉站在她们中间，她没有悲叹，没有流泪，现在所发生的一切，正是她以前所预言过并提醒过大家的。从前人们对她的预言不仅不信，还加以嘲弄，现在却只有徒劳地叹息自己的命运。卡珊德拉虽然嘴里说着蔑视她们的话，但心里却仍然为特洛伊城的毁灭感到痛苦。

特洛伊城已经变成一片废墟，残留的老人和受伤的人茫然地在四处游荡，安忒诺耳劝他们一起动手埋葬死者。这工作进展非常缓慢，因为仅有少数的幸存者，却要埋葬这么多死去的人。他们堆起了一个大火葬堆，把所有的尸体放在上面，然后点燃柴堆，悲泣着将死者火化。

同时，希腊人早已乘船远离了特洛伊海岸，他们驶过了一个个海岛，海风鼓起船帆，波涛汹涌，返航的船只破浪前行，海水撞击着船头，船尾则留下雪白的水花。

如果不是因为帕拉斯·雅典娜对洛克里斯人埃阿斯的渎神行为感到不满，希腊人是能够平安地回到希腊的。但现在，当他们的船只来到风暴频繁的攸俾阿岛时，女神看到报复时机已到。她曾向万神之父宙斯诉说过埃阿斯在她的神庙里把女祭司卡珊德拉拖出的事，并要求他对作恶的人进行报复。宙斯不仅同意了她的请求，而且还把雷电借给她，让她阻止希腊人前进。

雅典娜让奥林匹斯圣山响起了隆隆的雷声，紧接着浓云密布天空，大地和海洋顿时一片漆黑，然后她又派女使伊里斯去召唤风神埃洛斯。

风神接到命令便即刻行动：他用巨大的三叉戟挖开封闭各种风的岩洞。顿时，各种风像猎狗一样从岩洞里冲出，并合成一股狂风，掀起卡法尔山下的海浪，咆哮奔涌，令人生畏。希腊人看到巨浪袭来，惊得束手无策，也再无力划动船桨。暴风撕碎了船帆，刮断了桅杆，掌舵的人也筋疲力尽，束手待毙……雅典娜无情地从奥林匹斯圣山不断降下雷霆和闪电，波塞冬也来援助她，在巨大的风浪冲击下，船只的木板开裂，船身被击碎，抱着木片求生的人也被巨浪吞噬掉。

雅典娜用最激烈的雷霆击中了埃阿斯的战船，战船顿时粉碎，海天间响着可怕的爆裂声，狂浪汹涌地卷来，吞没了一切，包括在水中挣扎求生的人们。

埃阿斯紧紧地抓住一根木头，他挥动着有力的臂膀，同波浪搏斗。他一会儿被推上巨浪的峰尖，一会儿又被推入波谷，他被雷鸣闪电包围。但雅典娜还不让他这么轻松地死去，而埃阿斯自己也没有在波浪中丧失勇气，他遇到了一块耸立在波浪里的礁石，便紧紧地抱住了它，并夸口说即使奥林匹斯圣山上的众神联合起来用波浪冲击他，他也要逃出生天。

海神波塞冬听到他的狂言，不禁大怒，他同时震动海洋和大地，连卡法尔山的山崖也在颤抖。最后，埃阿斯紧紧抓住的山岩被连根拔起，他又被抛进海浪里，波塞冬接着搬来一块巨大的山岩压在了他的身上，埃阿斯在海陆的夹击下粉身碎骨而死。

希腊人的战船有的被海浪击成碎片，有的被大海吞进海底。大海翻腾怒吼，暴雨倾泻如注，就好像丢卡利翁时代的洪水又泛滥了一样。

希腊人过去曾残酷地用石头击死了帕拉墨得斯，现在他们也遭到了报复。帕拉墨得斯的父亲瑙普利俄斯国王仍然统治着攸俾阿岛。他看到希腊人在风浪中挣扎，又想起惨遭杀害的儿子。多年来，他从未忘记要为儿子帕拉墨得斯复仇。他奔到海岸上，命令随从在卡法尔沿岸最危险的礁石区举起火把，让希腊人误以为海岛上的人因同情他们而向他们发出救援信号，于是他们朝礁石区驶来，许多船只又在这里触礁沉没。同时，波塞冬又命令海浪淹没特洛伊城外的希腊人的战船营，以及壕沟和围墙，希腊人远征胜利的一切标志都被海神扫除了。

最后，只有几艘载有返回的英雄和被俘的特洛伊妇女的船只经过艰难的航程回到了希腊[1]。

1 有记载的幸存者中狄俄墨得斯回到阿耳戈斯，涅斯托耳回到皮洛斯，菲罗克忒忒斯回到墨里波阿，涅俄普托勒摩斯回到佛提亚，伊多墨纽斯和迈里俄纳斯回到克里特。年老的忒拉蒙责怪透克洛斯未能为大埃阿斯报仇，不允许他在萨拉密斯登陆，他只得前往塞浦路斯，并在那里定居下来。

第二十六章
坦塔罗斯家族的最后一代

阿伽门农的家族

特洛伊城毁灭了，希腊人的船只在归途中遭到风浪的袭击。阿伽门农的战船由于受到赫拉的保护，一直向着伯罗奔尼撒海岸驶去。但当他刚靠近海岸，一阵大风又把船吹回到大海上。阿伽门农朝天举起双手祈求神不要让他葬身海底。而他却并不知道这大风其实就是神降下的，是神要他漂流到异国他邦，而不是再回到迈锡尼的宫殿去。

阿伽门农家族中的人历来人为地制造灾难并自相残杀，这要追溯到他的曾祖父坦塔罗斯。坦塔罗斯不顾犯下罪孽滥用暴力，因而一部分人攫取了权力和荣耀，而另一部分人则陷于毁灭。现在阿伽门农也将由于家族中的人玩弄阴谋夺取权力而遭到毁灭。

前面的故事中提到过，坦塔罗斯曾邀神赴宴，却杀死自己的儿子珀罗普斯，将他烹煮后端上餐桌。珀罗普斯被神奇迹般地救活了，本来无辜的他后来却杀死了善良的密耳提罗斯，使得这个家族的罪孽更加深重。

密耳提罗斯是神赫耳墨斯之子，他是国王俄诺玛俄斯的御手。珀罗普斯跟国王打赌赛车，他如果取胜便能娶回国王的女儿希波达弥亚为妻。珀罗普斯贿赂密耳提罗斯，要他把国王车上的铜钉拔去换成了蜡钉，使得国王的赛车翻倒而令珀罗普斯取得了胜利，并赢得国王的女儿希波达弥亚。可是当密耳提罗斯向珀罗普斯追讨酬金时，竟被珀罗普斯推入了大海灭口。珀罗普斯再三请求愤怒的神赫耳墨斯宽恕他，并允诺为密耳提罗斯建造坟墓以及为赫耳墨斯建立神庙，但赫耳墨斯仍无法息怒，并发誓要向珀罗普斯和他的子孙报复。[1]

珀罗普斯有两个儿子：阿特柔斯和堤厄斯忒斯。阿特柔斯是迈锡尼的国王，堤厄斯忒斯则统治亚哥利斯的南部地区。兄长阿特柔斯养有一头金毛公羊被堤厄斯忒斯垂涎，堤厄斯忒斯诱通兄长的妻子埃洛珀，埃洛珀把金毛羊给了他。阿特柔斯看到兄弟犯下双重罪孽，便立即采用祖父曾经使用过的报复手段：他悄悄地抓住了堤厄斯忒斯的两个儿子，并将他们杀掉做成佳馔，在宴会上款待堤厄斯忒斯。同时，他还将孩子的血加入美酒中让堤厄斯忒斯饮用……太阳神看到这可怕的悲剧，吓得连忙勒转了太阳车。后来，堤厄斯忒斯畏惧他的兄长，便逃往厄庇洛斯，投奔国王忒斯普洛托斯[2]。

后来，阿特柔斯的王国遭到严重的干旱和饥荒。国王获得神谕说只有把驱赶出去的兄弟重新接回来，国内的灾难才能消除。阿特柔斯亲自出发找到了堤厄斯忒斯，他们一起返回故乡，堤厄斯忒斯的儿子埃癸斯托斯[3]也和他们一道回乡。埃癸斯托斯早就暗暗发誓要为父亲向阿特柔斯和他的儿子复仇。

阿特柔斯和他的兄弟回到迈锡尼后，他们的友谊只维持了很短的一段时间，阿特柔斯便把他的弟弟关进了监狱。埃癸斯托斯假装对父亲不满，主动向阿特柔斯要求去杀死父亲。当他获准进入监狱时，便跟父亲密谋如何报复。他把一把沾满鲜血的利剑给阿特柔斯看，阿特柔斯以为兄弟已死，心中大喜，便在海岸上献祭神。就在他不注意时，埃癸斯托斯抽出那把利剑，将阿特柔斯杀死。就这样，堤厄斯忒斯出狱后篡夺了兄长的王位，而在阿特柔斯被杀后，

1 关于珀罗普斯的故事，本书第十三章有述，但故事的情节和此处有出入。

2 忒斯普洛托斯（Thesprotus），吕卡翁之子，厄庇洛斯王。

3 埃癸斯托斯（Aegisthus），相传是堤厄斯忒斯与其女菲洛庇亚为推翻阿特柔斯所生。

他的儿子阿伽门农和墨涅拉俄斯逃往了斯巴达，投奔国王廷达瑞俄斯，这国王的妻子便是海伦的母亲勒达。阿伽门农在那里娶克吕泰涅斯特拉为妻，墨涅拉俄斯娶海伦为妻。廷达瑞俄斯临终前将墨涅拉俄斯列为王位的继承人；阿伽门农则回到迈锡尼，杀死了堤厄斯忒斯，成为迈锡尼国王。神们保全埃癸斯托斯，使他获得了赦免以继续制造这个家族的灾祸。他又回到父亲从前所在的亚哥利斯南方地区做了国王。

阿伽门农远征特洛伊，他的妻子克吕泰涅斯特拉十分悲伤地留在宫中，怀恨丈夫献祭了女儿伊菲革涅亚。埃癸斯托斯看到时机到了，他来到迈锡尼王宫。克吕泰涅斯特拉因为怨恨丈夫，一经埃癸斯托斯的诱惑，便委身于他，并和他共享王位。特洛伊战争临近结束时，他们担心阿伽门农回来后会惩罚他们。为此，他们在城垛上设立了烽火岗哨，以便当阿伽门农回来时有足够的时间做准备。他们打算举行盛会迎接阿伽门农，并在他发现宫中发生的一切事件前使他落入圈套。

烽火终于在一天深夜里燃起。哨兵急忙跑去向王后报告。克吕泰涅斯特拉和埃癸斯托斯焦急地坐待天明。第二天，太阳刚升起，凯旋的阿伽门农派出的一个使者手持橄榄枝来到迈锡尼的宫殿。王后假装十分高兴地前去接见他，但为了避免他得知实情故而不让他在宫殿里观望，也不让他与任何人接触。当使者向王后报告战争经过时，她急忙打断了他："你不用讲了！这一切我自会从国王的口中亲自听到的。你快些回去吧，告诉国王快些回来，而且告诉他我将以最隆重的礼节欢迎他凯旋，他不仅是我敬爱的丈夫，更是这世界上最著名城市的光荣的征服者。"

阿伽门农的结局

当阿伽门农的船只在玛勒亚岛的海岸被风浪吹到海上后，他飘到埃癸斯托斯统治的王国的南岸，停在港湾里等待顺风再启航。他派出去的探子带来了消息，说当地的国王埃癸斯托斯早已经住到了他的王宫里，并以他的名义帮助王后治理国家。阿伽门农听到这个消息十分高兴，心中毫无怀疑，因为他以为家族间的仇恨已经消除了。多年来在特洛伊饱尝的战争之苦让阿伽门农早已放下没有意义的仇恨，他不想再惩罚杀父仇人，因为他的父亲受到报复也算罪有应得。此外，他也深信妻子这么多年间也已经原谅了他……当顺风吹起时，他便命令船队起锚，高兴地向迈锡尼的海港驶去。他们在海上向神献祭，感谢神让他们平安归来。

阿伽门农带领着军队跟着王后派来的使者进城，人民在他的侄儿埃癸斯托斯的带领下迎接他。接着，王后克吕泰涅斯特拉在女仆的簇拥下走上前来，带着一种异乎寻常的尊敬和快乐迎接她的丈夫。可王后没有拥抱国王，只是在他的面前说尽了祝福和歌颂之辞。阿伽门农兴奋地上前把她从地上扶起，拥抱着她说："勒达的女儿啊，你在做什么呢？你怎么可以像个女佣一样跪倒在地上迎接我呢？我的脚下为什么铺着如此华丽的地毯呢？这可是欢迎神的礼仪，对我来说有些不合适了，不要过多地给我这些容易为神所嫉妒的礼节啊！"

他吻过妻子和孩子们，然后向正同城里的长老们站在一起的埃癸斯托斯走去。阿伽门农握住他的手，感谢他对王国的治理。然后，他弯下腰去，解开鞋带，赤着脚踏上豪华的地毯，朝宫殿里走去。普里阿摩斯的女儿、预言家卡珊德拉低着头，合着眼，坐在高高的战车上跟在身后。当克吕泰涅斯特拉看到她高贵的气质时，心里顿时产生了一股妒意。尤其是当她听说这女囚是雅典娜具有预言能力的女祭司时，更是吓了一跳。她知道，如果不及时实行她的计划会是十分危险的，于是她决定把这女俘和阿伽门农都杀掉，但表面上她却不动声色地走到战车前，友好地对卡珊德拉说："下车吧，请忘掉你的忧伤，就连战无不胜的赫拉克勒斯也不得不低头为奴。请放心，我们会好好地对你的！"

卡珊德拉听了这话后无动于衷，因为她能预知未来的命运，而且知道那是无法避免的。她呆呆地坐在车上，女仆们只得把她拉下车。现在，即使卡珊德拉能改变命运女神的决定，也丝毫不想救阿伽门农，她反倒情愿和这个特洛伊的仇敌一起死。

阿伽门农和随他归来的人们看到王后在宫殿里安排豪华的宴会后，完全被蒙蔽住了。原本他的妻子克吕泰涅斯特拉想在宴席上杀死阿伽门农，但女预言家的到来促使她和埃癸斯托斯加速行动计划。

阿伽门农一路奔波舟车劳顿、风尘仆仆，当他要求先沐浴时，克吕泰涅斯特拉温柔地告诉他已经为他准备好了温水。国王毫无疑虑地走进宫殿的浴室，解下铠甲，放下武器，脱掉衣服躺进了澡盆里。

突然，埃癸斯托斯和克吕泰涅斯特拉从隐藏的地方跳出来，用一张网罩住了阿伽门农并且将他乱刀杀死。没有人能听到从地下的浴室中传出的呼救声，只有正在前厅的卡珊德拉知道正在发生着谋杀，但她无动于衷，最后她也被杀死了。

埃癸斯托斯和克吕泰涅斯特拉杀了两人后，不想隐瞒这件事，因为他们认为大家都是忠于他们的。于是，王后召集了城里的长老，无所顾忌地对他们说："朋友们，请原谅我一直在瞒着你们，我不能不对杀害我爱女的仇人进行报复。我亲手杀死了我的丈夫阿伽门农，因为他曾为了召唤色雷斯的风，竟然像屠杀一头牲口一样残忍地杀死了自己的女儿来献祭。这样凶残的人难道还有权利活下去吗？还有资格统治如此美丽的国家吗？由一个没有杀子之罪的人，由没有杀子之罪的埃癸斯托斯来治理国家不是更公平吗？他杀死了阿特柔斯父子只是为父报仇。我成为他的妻子和他共享王位，这是很合理的，因为他毕竟帮助我完成了这件正义的事业。"她又指了指卡珊德拉的尸体继续说道："至于那位女奴，她是那位无情无义的人的姘妇，所以也罪该杀死。"

城里的长老们一声不吭，因为他们都明白反抗无望——埃癸斯托斯已带领战士包围了宫殿。与阿伽门农一起从特洛伊战争中生还的少数士兵已卸下盔甲，放下武器，分散在城里。埃癸斯托斯的战士们全副武装地搜遍全城，把阿伽门农的士兵统统杀死。就这样，任何人都不敢声言为被害的国王报仇了。

后来，埃癸斯托斯和克吕泰涅斯特拉竭力巩固他们的统治，他们将重要的职位安排给他们的亲信。他们也不怕阿伽门农的女儿们，因为她们都是弱女子。但他们担心阿伽门农的幼子，即俄瑞斯忒斯长大后会为父亲报仇，于是想把他杀掉以除心头之患。但他的姐姐、聪明的厄勒克特拉已迅速地把弟弟托付一个忠实的仆人将他带到福喀斯，投奔了法诺忒的国王、阿伽门农的妹夫斯特洛菲俄斯。他待俄瑞斯忒斯视同己出，让他和自己的儿子皮拉德斯[1]一起生活，并受到良好的教育。

俄瑞斯忒斯为父报仇

厄勒克特拉在父亲被害后仍住在宫殿里，忍受着母亲的忌恨和压迫，过着悲惨的日子。她盼望兄弟快快长大归来，为父亲报仇，因为年幼的弟弟离开时曾对她发过誓。可是多年过去了，厄勒克特拉仍未盼到弟弟回来，希望之火开始在她心里渐渐熄灭。而母亲则会在每年阿伽门农的忌日时举行盛宴，并在每个月都要宰杀许多牲口献祭给神，感谢他们对她的保护。

厄勒克特拉的妹妹克律索忒弥斯也生活在宫中，可因为性格软弱，并不能给她任何的支持和安慰，只会一味听从母亲的话。

一天，克律索忒弥斯带着祭祀的器具从宫殿里走出来，遇到姐姐厄勒克特拉。姐姐责备她顺从于母亲，忘了死去的父亲，她对姐姐说："难道你是要永远在这无用的悲伤中挣扎吗？请相信我，周围的一切也让我无比伤心，可我有什么办法呢？如果你继续这样，那么他们会把你关进暗无天日的监狱的！"

厄勒克特拉骄傲而冷静地说："随他们怎样吧！"看到妹妹手中的器皿，她接着问道："妹妹，你要去祭供何人呢？"

1 皮拉德斯（Pylaeus）：斯特洛菲俄斯之子，俄瑞斯忒斯的朋友，厄勒克特拉的未婚夫。

“母亲吩咐我去给我们死去的父亲祭供。”克律索忒弥斯答道。

厄勒克特拉惊讶地叫起来：“她怎么会想起给她亲手害死的丈夫献祭？”

“昨天晚上她做了一个噩梦，”妹妹回答说，“听说她在梦中见到了父亲，他将手里的王杖插在地上，这王杖即刻长成一棵枝叶茂密的大树，荫庇着迈锡尼全国。母亲觉得此梦奇异，便吩咐我趁今天埃癸斯托斯不在，去给父亲的亡灵祭供。”

“亲爱的妹妹啊，”厄勒克特拉央求她说，“请不要让这个女人的祭物玷污父亲的坟墓吧！你以为死去的父亲会乐意接受凶手的祭礼吗？把这些都扔掉吧，你和我每人剪下一束头发献给他吧，求他庇护我们，求他让我们听到俄瑞斯忒斯骄傲归来的脚步声，求他让我们一起为他报仇！”克律索忒弥斯被她姐姐的话打动了，答应听从她的话，带着母亲给她的祭品匆匆走开了。

不一会儿，克吕泰涅斯特拉走了出来，她又像平常一样责骂厄勒克特拉：“你永无休止地抱怨我，难道不感到羞耻吗？是的，我不否认我做了很过分的事，但那也是在正义女神的支持下我才做的。你明智一点吧，你所哀悼的父亲用你的姐姐献祭，这是一个父亲做得出来的吗？如果你那死去的姐姐能开口说话，她一定会支持我的！无论你怎样反对我，我是不在乎的！”

“你听着！”厄勒克特拉回答说，“你承认杀死了我的父亲，无论你说得自己多么有理，你仍然难逃罪责！因为你不是为了正义，而是为了讨好那个占有你的人才这样做的！而我的父亲牺牲她的女儿是为了全军，是为了全体人民才被迫这样做的！而且即使他是为了自己做了这件事，难道你就应该杀死他然后要和同谋者结婚吗？！”

“你给我记住！”克吕泰涅斯特拉恼怒地叫道，“等埃癸斯托斯回来，你会对自己傲慢的言行感到懊悔的！”说罢她便转身离开，来到了宫门外阿波罗的祭坛前，为取悦梦中的预言之神献祭。

神好像听到了她的祈求。就在她祭祀完的时候，有一个外乡人走来，打听去埃癸斯托斯宫殿的道路。当得知自己就站在王后面前时，外乡人连忙跪在地上说："尊贵的王后，法诺忒的国王斯特洛菲俄斯派我前来告诉你：你的儿子俄瑞斯忒斯已经死了。"

站在一旁的厄勒克特拉听到这消息惊叫一声，绝望地跌倒在台阶上。

"你说什么，朋友？"克吕泰涅斯特拉激动地追问道。

"你的儿子俄瑞斯忒斯，"外乡人补充说，"由于追逐荣誉，因此前往特尔斐参加神圣的赛会。但他在赛车比赛中出了意外去世了，从福喀斯派来的使者带回来了他的骨灰，希望把他安葬在他自己的故乡！"听了使者的话，克吕泰涅斯特拉的心里充满了复杂和矛盾的感情。她本是害怕儿子回来寻仇的。可是听了这个消息，母亲的本性又使她为儿子的死感到悲痛。

厄勒克特拉完全绝望了，她甚至不知道自己下一步该逃到哪里去。她看到克吕泰涅斯特拉带着使者走进宫去，自己不由得悲哀起来："我难道要永远侍奉我的杀父仇人了吗？我宁愿流落异乡，惨死在外。现在，生命只会给我带来新的苦难，而死亡倒会使我获得解脱！"

她一个人坐在大理石的台阶上苦苦思索着。几个时辰后，她妹妹克律索式弥斯喜滋滋地跑过来，兴奋地对她说："俄瑞斯忒斯回来了！"

厄勒克特拉抬起头，睁大眼睛怀疑地问道："妹妹，你是在说梦话吧？你莫要拿我的痛苦开玩笑了。"

"你听我说！"克律索忒弥斯含着眼泪微笑着说，"我在杂草丛生的父亲的坟墓前看到了新鲜牛奶和鲜花献祭的痕迹。我当时又惊又怕地观望四周，但附近连人影也没有。我又看到墓碑前有一束新的卷发。不知道为什么，我的直觉告诉我那就是弟弟俄瑞斯忒斯！"

厄勒克特拉无奈地摇摇头："你错了，妹妹。你还不知道我所听到的消息。"接着她把福喀斯人带来的噩耗告诉了妹妹，并鼓起勇气说："那束头发一定是弟弟的朋友剪下然后放到父亲的墓前，以此寄托对弟弟的哀思的！妹妹啊，你一定也是热爱生活的，可埃癸斯托斯必定会奴役我们一生，听从我的劝告，和我一起齐心合力杀死他吧！为了父亲，为了兄弟，为了我，也为了你自己！"

可克律索忒弥斯觉得姐姐的建议不明智谨慎，是无法实现的，她说："我们面临强大的敌人，他们的权力和地位日益巩固。不错，我们现在的命运很惨，但如果失败，我们只有死路一条！他们一定会更加残忍地收我们。姐姐，我求求你，不要使我们走向毁灭吧。"

厄勒克特拉叹息着说："我早就知道你会拒绝我的建议的，你不肯帮我，我就独自一人去完成这件事。"克律索忒弥斯哭着抱着姐姐，求她不要自取灭亡，但厄勒克特拉却铁了心，妹妹只好流着眼泪走开了。

厄勒克特拉仍然呆呆地一个人坐在宫殿的台阶上。这时突然有两个年轻人捧着骨灰坛向她走来。其中一个仪表高贵的人自称是从福喀斯来的使者，向她询问国王埃癸斯托斯的住宅在哪里。厄勒克特拉立即站起身来，朝骨灰坛伸出双手，悲泣着恳求道："外乡人啊，我恳求你，如果坛内装的是俄瑞斯忒斯的尸骨，那就请交给我吧！让我带着他哀悼我们家族的不幸！"

年轻人注视着她说："无论你是谁，我都可以把这骨灰交给你，因为我判断你不可能是死者的敌人。"厄勒克特拉用双手捧着骨灰坛，紧紧地压在胸前，说："啊，这是我最亲爱的人的遗骨！我怀着多大的希望将他送走。我的一切努力都白费了，一切希望都跟着你的死去而破灭了！父亲和你都死了，我们的敌人胜利了！要是你能带我一起进入骨灰坛该多好呀！"

这时，另一位年轻人再也忍耐不住了，他大声问："这个悲伤的人难道是厄勒克特拉吗？你怎么成了这副样子？"

厄勒克特拉回答说："外乡人啊，我之所以这个样子，是因为我被迫在杀害父亲的凶手家里当奴隶，而这个坛里的骨灰埋葬了我的一切希望！”说着她把骨灰坛抱得更紧了。

“把这个骨灰坛丢掉吧！”年轻人呜咽着说，“骨灰坛里是空的，只是为了摆摆样子的！”厄勒克特拉听了绝望地喊道：“天哪！那他的坟墓在哪里？”

“根本没有什么坟墓，”年轻人回答说，“活人怎么会需要坟墓呢！”

“怎么，他还活着对吗？快告诉我他是不是还活着！”

“是的，他正像我一样活着。姐姐啊，我是俄瑞斯忒斯，我是你的弟弟啊。你看我身上的这块标记，这是父亲当年烙在我的手臂上的。”

他们正说着话，那个先前给王后送来噩耗的使者从宫中走出来，他就是当年受厄勒克特拉之托把她弟弟送往福喀斯的仆人。他急匆匆来到俄瑞斯忒斯身边说：“时间紧迫，报仇的时机到了。现在只有克吕泰涅斯特拉一个人在宫中。”俄瑞斯忒斯点点头，立即与他忠诚的朋友、福喀斯国王斯特洛菲俄斯之子皮拉德斯带着一众随从一起闯进宫去。

大约过了一个时辰后，埃癸斯托斯回到宫中，他刚回来就打听带来俄瑞斯托斯死讯的福喀斯人在哪里。这时他看到厄勒克特拉，于是嘲弄地问她：“那些外乡人在哪里？听说他们毁灭了你的一切希望，是吗？”

厄勒克特拉平静地回答说：“他们就在里面！”

他又继续问道：“他们到这里来就只是为了报告他的死讯吗？”

“是的，”厄勒克特拉回答说，“不仅如此，他们甚至还把他带来了。”

“这是我从你口中听到的第一句令人愉快的话！”埃癸斯托斯讥讽地笑了起来，“他们当然带着死人！”

埃癸斯托斯满怀喜悦地朝俄瑞斯忒斯和他的随从走去，他们正抬着一具被裹着的尸体从内室走出来。

“呀，快打开尸布吧！”国王大声地命令，“按照礼仪，我也应该悲悼他，因为他毕竟是我的亲戚。”

俄瑞斯忒斯回答说：“国王，还是你自己来吧，只有你才能享受这份光荣！”

“你这话倒是对的，”埃癸斯托斯说，“但先请克吕泰涅斯特拉过来，让她也看看她日思夜想的人。”

国王轻轻地揭开一角裹尸布，他顿时惊叫一声，连忙把手缩了回来。他面前躺着的不是俄瑞斯忒斯的尸体，而是王后克吕泰涅斯特拉。他惊恐万分地喊道：“我掉入了怎样的圈套中啊！”

俄瑞斯忒斯吼声如雷地说：“你难道不知道跟你说话的活人就是你所认为的死人吗？！俄瑞斯忒斯就站在这里，他要为死去的父亲报仇！”

还未等埃癸斯托斯开口求饶，厄勒克特拉便让她弟弟和随从们一起动手，把国王推入内宫。就在埃癸斯托斯杀害阿伽门农的浴室里，复仇者们用利剑报了杀父之仇。

俄瑞斯忒斯和复仇女神

俄瑞斯忒斯为父报仇，可同时也让他成了杀母的凶手。他的行为实在是有悖天伦，这也使他成了复仇女神的牺牲品。

希腊人由于敬畏复仇女神，把她们称为欧墨尼得斯，即仁慈女神。她们是黑夜的女儿，她们凶狠高大，头发是一条条毒蛇。她们一手执着火把，一手执着由蝮蛇扭成的鞭子，无论杀害母亲的凶手在哪里，她们总是跟着他，使他的良心忍受痛悔的煎熬。

俄瑞斯忒斯杀死母亲后，复仇女神立即使他发了疯，俄瑞斯忒斯离开了姐姐，离开了父亲的宫殿和迈锡尼，到处流荡，只有他忠诚的朋友皮拉德斯一直跟着他，不过同时也有一个神在帮助他，这便是阿波罗。是阿波罗曾用神谕告知俄瑞斯忒斯去复仇，现在只有当阿波罗靠近时，一直癫狂的俄瑞斯忒斯才会感到平静和清醒。

俄瑞斯忒斯经过长久的流浪后来到特尔斐，避居在阿波罗神庙里，由于这里是复仇女神不能进入的地方，疲惫不堪的他才得到了片刻安宁。

阿波罗满怀同情地站在他的身旁，鼓励他说："不幸的人啊，请放心吧！我会保护你，决不向复仇女神让步！你得到雅典去，在那里有一个公正的法庭，你可以理直气壮地为自己辩护。我现在不得不暂时离开，可是我的兄弟赫耳墨斯会保护你的。"

阿波罗使得复仇女神们在神庙前陷入昏睡。突然，克吕泰涅斯特拉的阴魂出现在她们的梦里，她恼怒地谴责复仇女神："你们怎么睡着了？你们答应为我报仇的，杀母凶手俄瑞斯忒斯已经逃走了！"复仇女神被从梦中叫醒，跳起身来肆无忌惮地向神庙奔去，冲着阿波罗大喊："宙斯之子，你竟敢袒护杀母的凶手不让我们惩罚他！你把他从我们手里偷走了！一个神这样做难道是恰当的吗？"

阿波罗厉声喝退了复仇女神，并把俄瑞斯忒斯和他的朋友皮拉德斯托付给赫耳墨斯保护，他自己则回到了奥林匹斯圣山。复仇女神因为害怕赫耳墨斯的金杖，开始时只是远远地跟着，但后来她们的胆子越来越大，当漂泊的两个人到达雅典城时，可怕的复仇女神，也从门里冲了进去。

俄瑞斯忒斯伏在女神雅典娜的神像前，哀求道："女神啊，我奉阿波罗之命前来寻求你的保护，请仁慈地收留我吧。我的双手并未沾上无辜者的鲜血，现在却被复仇女神追得筋疲力尽。我遵从你兄弟的指示，经过无数的城市和荒野来到你的身边，请求你公正的裁判！"

复仇女神们突然在他身后大声说："你这个残杀母亲的凶手，你永远也找不到避难所！阿波罗和雅典娜都无法让你解脱永久的痛苦！来呀，姐妹们，让我们围着他跳舞，让他陷于癫狂吧！"正当她们准备跳舞时，一道光照亮了庙宇，雅典娜的神像突然消失了，取而代之的是雅典娜本人，她用蔚蓝的眼睛严肃地注视着面前的一群人。

"都是谁闯进来扰乱这里的安宁？"女神问道，"我看到的是怎样的一群客人啊？一个外乡人抱住我的祭坛，三个不像凡人的女人威胁似的站在他的背后。告诉我你们是谁？想要干什么？”

俄瑞斯忒斯恐惧地伏在地上，一句话也不敢说。复仇女神们却立即答道：“宙斯的女儿，我们是黑夜的女儿，是复仇女神。这个玷污你神坛的人杀害了自己的亲生母亲。请审判他吧，我们知道你是一位严厉而公正的女神！”

于是雅典娜便问俄瑞斯忒斯：“外乡人啊，你对这三位女神的指控将怎样辩驳呢？请首先告诉我，你的祖先是谁？你的故乡在哪里？你身上究竟发生了什么事？然后你才能洗刷你被指控的罪孽！”

俄瑞斯忒斯这时大胆地抬起头来，但仍跪在地上，他把事情的来龙去脉告诉了雅典娜，并请求女神公正的裁判。雅典娜沉思了一会儿，说道：“这件案子奇特而复杂，我要召集法官到庙里来主持审判，如果法官们难以判决，就由我主持审判。在这段时间内，外乡人将受到我的保护，而你们这批暴虐的女神们，请你们回去，并且在开庭前不要再到这里来。双方都得寻找证据和证人，我也将挑选城里最正直最睿智的人，来审理此案。”

开庭的日期到了，一名使者将人们都请到城前的一座山坡上，这是供奉战神阿瑞斯神庙的小山，因此被称为阿瑞斯山。女神雅典娜正在山上等候。原告和被告都已经到齐，到场的还有一名外乡人，他站在被告的旁边，其实这是阿波罗。复仇女神们一看到阿波罗，就吓得大叫：“阿波罗，你应该去处理自己的事情，你不应该出现在这里！”

“这个人是受我保护的，”阿波罗指着俄瑞斯忒斯回答说，“他曾经逃到特尔斐，到我的神庙去避难。我为他洗去了血污。是我劝他杀掉了他的母亲，因此我跟他站在一起也是应当的。”

雅典娜站起来，要求复仇女神们提交讼词。复仇女神中年龄最大的一个开口说：“让我们直截了当地提问吧！被告，请你回答我的问题：你是否杀害了自己的母亲？”

“我不否认。”俄瑞斯忒斯说，他已被吓得面如土色。

“你是怎样杀害她的？”复仇女神接着问。

“我用利剑割断了她的脖子。”

“谁指使你这样做的？”

“站在我身旁的这位神以一则神谕指示我这样做的，他可以为我作证。”

俄瑞斯忒斯接着为自己辩护说他杀死克吕泰涅斯特拉时并不把她看作自己的母亲，而是把她看作杀害父亲的凶手。阿波罗也做了精彩的发言为他辩护。但复仇女神也不甘示弱，她们加以反驳。阿波罗描述了阿伽门农被谋杀时的惨景，认为这是滔天罪行；而复仇女神则指出残杀母亲是十恶不赦的罪行……当他们辩论完毕后，主持审判的雅典娜发言说：“让我们现在静候法官们的判决吧！”

雅典娜把黑白两种小石子分发给每个法官，黑石子表示有罪，白石子表示无罪。投放石子的小钵子放在空地中间，四周围着栅栏。

在法官们投票前，女神从首席审判官的座位上站起来号召道：“雅典的公民们，今天，你们开始了第一场法庭审判。今后，请你们永远保留这位于神圣的阿瑞斯山上的法庭。以后这里就是审判谋杀亲人罪的法庭。法庭将由城里最公正廉洁的人组成，他们不应受贿赂，应廉正严明地全力保护所有的人民。你们都应该维护法庭的尊严，并把它当作全城的支柱。希腊的其他地方和外国都还没有这种神圣的法地，这便是我对未来的希望。现在，法官们请站起身来，记住你们的誓言，为裁判此案投票吧！”

法官们从座位上站起，排着队把表决用的石子投进了小钵子。投票完毕后，由另一批推选出来的居民细数投入钵内的黑白石子。结果发现两种石子数目相等，这时，决定的一票在雅典娜的手里。女神站起来说：“我不是母亲所生的人，我是从父亲宙斯的头颅里所生，因此我维护男人的权利。我不能站在一个无耻杀害自己丈夫的女人一边。我认为俄瑞斯忒斯的行为是合理的，他杀掉的不是自己的母亲，而是残杀自己父亲的凶手。他应该活着！”说着，她离开审判桌，带了一粒白石子，投在了钵子里。然后她回到自己的座位上，庄严地宣布俄瑞斯忒斯无罪！

俄瑞斯忒斯在她宣判后请求发言，他十分动情地说；“女神帕拉斯·雅典娜啊，你挽救了我，挽救了我的家族，全希腊人都会赞颂你的恩德。我即将回国，趁此机会我愿向这里的国家和人民立誓，我们永远不会对雅典人发动战争。如果在我死后，我的国人胆敢破坏这一誓言，我的灵魂也将从坟墓里出来惩罚他！再见了，杰出的捍卫正义的女神！再见了，虔诚的雅典人民！祝你们在战时取得胜利，在平时能遵从神意，获得幸福和繁荣！”

说完，俄瑞斯忒斯带着朋友离开了神圣的阿瑞斯山，复仇女神也不敢再冒犯被宣判无罪的人，更何况她们还害怕阿波罗的神力，就更加不敢轻举妄动了。可是，她们中那个年长的还是站起来，对女神的判决表示不服，用恐怖而又嘶哑的声音大胆地提出反对：“你们这些年轻的神践踏了古老的法律！你们这些雅典人也将会后悔今天做出的判决！在我们愤怒的心脏里流淌着怨恨的毒液，我们将把毒液洒遍这块土地，让城市和乡村寸草不生，瘟疫蔓延。”

阿波罗听到她们可怕的诅咒，十分担忧，他设法劝她们息怒。“你们不该对判决表示愤怒！这并不是你们的失败和屈辱。钵子的黑白石子的数量是相等的。法官们并没有委屈你们，被告必须在两种神圣的义务中选择一种，这就使得他不得不放弃另一种。我们神承担判决的责任，你不能埋怨法庭的法官，更不应该把愤怒向无辜的人民发泄。我以人民的名义向你们保证，你们将在这里获得显赫的地位，享有神圣的荣誉，这座城市里的人民将年年献祭，将你们作为公正的无情的复仇女神来敬奉！”

雅典娜也重申了这一许诺，她说：“尊敬的女神们，请相信我，这座城市的公民愿意敬奉你们，他们将在国王厄瑞克透斯的神庙旁建立你们的神庙！凡不敬奉你们的人，将得不到神的庇护！”

复仇女神听了这番允诺后才渐渐平息了怒火，她们仁慈地答应居住在雅典。因为对于她们，像雅典娜和阿波罗一样在这座最有名望的城里有一座神庙，是一种至高无上的荣誉。因此，她们变得温和起来，当着神的面庄严地发誓要保佑这座城市，使之免于干旱、瘟疫和恶劣的气候，并要与异母姐妹命运女神合作，以各种方式为当地人民造福。

伊菲革涅亚和陶里斯人

俄瑞斯忒斯和皮拉德斯离开雅典后，来到位于特尔斐的阿波罗神庙。俄瑞斯忒斯希望知道自己未来的命运，所以来到这里请求神的指示。神庙的女祭司告诉他，作为迈锡尼的王子，他必须首先航海前往陶里斯半岛，那里有一座阿波罗的妹妹阿耳忒弥斯的神庙，他想办法，把庙里的女神像抢到雅典来。据当地的蛮族人传说，这神像是自天而降的圣物，可是女神不喜欢被野蛮的民族供奉，希望迁到文明之地来。如果俄瑞斯忒斯完成这个任务，他的疯病就可痊愈，也会结束苦难的流浪。

皮拉德斯会陪他的朋友去执行这件危险的任务。陶里斯人野蛮无比，他们把所有登陆的外乡人杀死，作为祭品献祭给女神阿耳忒弥斯。在战争时，陶里斯人则割下俘虏的脑袋，挑在竹竿上，竖立在屋顶上，据说这挂起的头颅因为居高临下，可以俯视一切，为他们守卫国土。

神之所以要俄瑞斯忒斯前往蛮荒之地陶里斯，还有一个重要的原因。当初阿伽门农献祭了自己的女儿伊菲革涅亚，可就当祭司挥剑时，突然发现一头牝鹿倒在地上，而伊菲革涅亚却不见了。其实那是阿耳忒弥斯同情她，将她救走，并带着她飞到了陶里斯的女神庙。

在这里，蛮族国王托阿斯让伊菲革涅亚做了阿耳忒弥斯神庙的女祭司。按照传统，她必须把每个登上海岸的外乡人献祭给女神阿耳忒弥斯，而被祭供的大多数人则是她的希腊同乡。虽然女祭司的职责只是把祭品献给女神而不需要动手杀人，可这仍然令伊菲革涅亚感到痛苦。由于她一直忠于职守并且美丽温顺，所以很受国王和当地人民的尊重。

俄瑞斯忒斯和他的朋友皮拉德斯登上陶里斯的海岸，然后便一直朝阿耳忒弥斯的神庙走去。当他们来到外表看起来像一座牢狱一样的神庙前时，俄瑞斯忒斯沮丧地说："现在怎么办？我们一旦走进这座陌生的建筑，肯定会像走进迷宫一样出不来。如果我们碰到守卫就会被抓住，那样就必死无疑了！我们都听说过有许多希腊人的鲜血曾洒在女神的神坛上，现在回船上去，也许才是更明智的吧？"

"如果我们回去，这便是我们第一次在危险面前逃跑，"皮拉德斯回答说，"我们要相信阿波罗的神谕，他会保护我们的！但我们现在必须离开这里，躲在海边的岩洞里，等到夜深人静时再行动。我们现在已经知道了神庙的位置，总会找出进去的办法，而且只要我们把神像取到手，就不怕找不到出来的路！"俄瑞斯忒斯同意了朋友的建议。

这天正午时，一个牧人匆忙地从海边赶来，对正站在神庙门槛上的女祭司说："有两个外乡人已经登陆上岸了，高尚的女祭司，快准备神圣的献祭吧！"

"他们是从哪里来的外乡人？给我讲讲是怎么回事吧。"伊菲革涅亚忧郁地说道。

"都是希腊人，我们只知道其中一个叫皮拉德斯，"牧人回答说，"我们正在海里给牛洗澡，海边的岩石上有一座山洞，一个牧人看到洞里有人，我们还没反应过来，一个人就突然从山洞里跳了出来，摇晃着头，发了疯一样地呼叫：'皮拉德斯！皮拉德斯！看呀，黑暗的女猎人像地府的毒龙一样要杀我呀！再看那一边，一个女妖口中喷吐着火焰抓住了我的母亲！天哪！要怎样才能逃脱呢？'我们根本没看见他所说的可怕的景象，也许是牛和狗的叫声被他当作复仇女神的声音了。那个外乡人挥舞着利剑疯狂地冲向牛群，我们召集起附近的乡民去阻拦他。后来他逐渐恢复了平静，口吐白沫，倒在地上不省人事了。他的同伴为他擦去口边的白沫，可不一会儿他又从地上跳了起来。因为我们人多他们才放弃了抵抗。我们把他们带去见国王托阿斯后，国王吩咐把他们带来给你祭神，希腊人必须以此偿还你所遭受的痛苦和不幸。"

两个俘虏被押来了。伊菲革涅亚大声命令道："给外乡人松绑！

我们不能用捆绑着的人献祭女神！松绑完之后你们先到庙里去做准备。”然后，她转身问两个俘虏：“你们的父母是谁？可有兄弟姐妹？你们从何处来？可不幸的是你们要走向一条通往地府的路！”

俄瑞斯忒斯说：“我们不想听同情的话，一个执行死刑的刽子手在杀人前是用不着安慰他的牺牲品的。你和我们都不用流泪！快执行命运女神的旨意吧！”

“你们两人谁是皮拉德斯？”女祭司问道。

“就是他！”俄瑞斯忒斯用手指了指朋友。

“你们是兄弟吗？”

“不是，但我们在感情上赛过兄弟。”俄瑞斯忒斯说。

“你叫什么名字？”

“你就叫我可怜人吧，”俄瑞斯忒斯不耐烦说，“我情愿无名无姓地死去，免得被人嘲笑！”

女祭司对他这种蛮横的态度感到恼怒，但当她终于问出他们的家乡时，激动得不能自已，用颤抖的声音询问特洛伊的陷落是否属实，海伦是否回到故乡，最高统帅阿伽门农是否安好，统帅的孩子们是否都已长大成人。俄瑞斯忒斯听到这话非常惊讶，但他只是不耐烦地草草告诉了女祭司他所知道的一切。

伊菲革涅亚听到这里立即吩咐仆人们离开。她小声地对他说：“年轻人，我愿意救你一命，只要你帮我把一封信送到你和我的家乡迈锡尼去！”

“我不愿意一人得救，却让我的朋友死在这里。”俄瑞斯忒斯回答说，“我在苦难中，他从未抛弃我。我怎么能够让他悲惨地死去？”

“高尚的朋友，”姑娘惊喜地说，“但愿我的兄弟也像你一样！告诉你们，两位朋友，我也有一个弟弟，可惜他在遥远的地方，遗憾的是我不能同时救出两个人，国王无论如何也不会答应的。那么你去死，让皮拉德斯回去。我是无所谓的，不管你们两人中谁给我送信都可以。”说完她就去写信去了。

现在只剩下两个朋友在一起，皮拉德斯忍不住地叫了起来：“不行，我不能让你独自去死！我陪着你到处漂泊，也一定陪着你去死。否则，所有人都会说我是懦夫，天下的人都会说我背叛了你，嘲笑我为了自己活命而出卖你，甚至会指责我企图篡夺你的王位，因为我将成为你未来的姐夫，我在向厄勒克特拉求婚时也没有要求任何嫁妆，所以就更容易让人说闲话。总之，我必须跟你一起死！”

俄瑞斯忒斯竭力说服他，他们正在激烈争论时，伊菲革涅亚拿着信回来了。她让皮拉德斯发誓一定要把信送到，同时自己也发誓一定让他安全逃走。她想到信也许会在路上意外失落，于是便把信上的内容向皮拉德斯口述了一遍：“记住，告诉阿伽门农的儿子俄瑞斯忒斯，当年这祭坛上不见了的伊菲革涅亚还活着，她请你……”

“什么？你说什么？”俄瑞斯忒斯打断她的话，“她在哪里？你说的伊菲革涅亚在哪里？难道她从死亡的灰烬中复活了吗？”

“她就在你的面前！请不要打断我的话。”女祭司又继续口授信的内容，“亲爱的兄弟俄瑞斯忒斯！在我死以前，请接我回去，使我不要再在这里的神坛旁忍受杀害外乡人的痛苦。俄瑞斯忒斯，你要是完成不了这项任务，你和你的家族将会遭人唾骂！”

两个朋友此时都被惊得说不出话来。最后，皮拉德斯从她手里接过信递给自己的朋友，并对他说：“是的，我要立即实现自己的誓言。俄瑞斯忒斯，收下吧，我交给你的这封信，是你的姐姐伊菲革涅亚写给你的。”

俄瑞斯忒斯走上去热烈地拥抱她的姐姐，伊菲革涅亚不相信这是真的，直到自己的弟弟把家族中只有家人才知道的事说给她听，她才快乐地惊叫起来：“啊，亲爱的弟弟，你已在我的身边了！”

俄瑞斯忒斯已经恢复了神智，但他又忧愁起来：“我们现在很幸福，可是这样的幸福能够维持多久呢？我们不是已经成了祭品了吗？”

伊菲革涅亚也感到不安，最后，她突然想出一个计策：“我终于找到了一个办法！你在海边上被他们抓住时曾经发过疯，我可以以此为借口禀报国王，说你在家乡杀了母亲，是个不洁的人，所以要做献祭女神的祭品的话你必须要先下海洗澡，洗去身上的血污。同时，我会对他说你的两手接触过女神的神像，所以玷污了它，也必须去大海里冲洗。而我是女祭司，神像只能由我亲自送到海边。同时我会说皮拉德斯是沾染了血污的从犯。我这样说国王就会相信。我们到了海边，上了你们藏在海湾里的船后，下一步如何行动就交给你们了！”

不久，国王托阿斯带着他的随从来到神庙，派人去找女祭司。因为他不明白为什么直到现在还没有把外乡人的尸体放在柴堆上焚烧祭神。伊菲革涅亚走出庙门，手上捧着女神的神像，按照她刚刚的办法对国王说了一遍她需要做的事情，为了让国王放心，她要求将两人都加上镣铐，并用布把他们的头蒙起来，不让他们见到阳光；她又叫国王派一名使者进城，命令市民们都留在城内，避免沾上杀母凶手的罪孽，而国王则必须留在神庙里，焚起净罪的香火，以便她归来后马上就可做神圣的献祭。当俘虏走出庙门时，国王必须以布蒙头，以免看到罪人沾上邪气。

“如果你觉得我在海边逗留的时间太长了，”女祭司在临动身时吩咐说，“你也不用焦急，请耐心等待。要记住，我们要从俘虏身上洗去的乃是天大的罪孽啊！”国王同意这一切安排。俄瑞斯忒斯和皮拉德斯被带出庙门时，国王果然用布蒙住头，什么也看不到。

过了几个时辰，一名使者从海边跑来。他跑得满头大汗，气喘吁吁，站在庙门前，用手敲打紧闭的庙门：“啊，快开门呀！我给你们带来了糟糕的消息！”

庙门开了，托阿斯国王从庙里走出来。“是谁在这里喧哗，破坏神庙的宁静？”他皱起眉头问道。

“国王啊，神庙的女祭司，”使者说，“那个希腊女人，带着外乡人逃走了，并带走了保护我们的女神的神像。她的那一套净罪的话全是谎话！”

“你说什么？”国王惊骇不已，“这个女人中了什么邪？和她一起逃跑的是谁呀？”

“那是她的弟弟俄瑞斯忒斯。”使者回答说，“事情是这样的：我们到达海边的时候，伊菲革涅亚吩咐我们止步，说我们不能靠近净罪的地方。她打开外乡人的镣铐，让他们走在前面。我们虽然感到怀疑，可是我们又只能服从你的女祭司。接着，女祭司哼哼唧唧，好像在用一种奇异的语言做祈祷。我们在原地坐着等候。后来我们突然想起两位外乡人也许会杀掉手无寸铁的女祭司趁机逃走。于是我们急忙赶过去，绕过山崖看到了女祭司和外乡人。当我们来到山脚时，看到海边停着一艘大船，船上坐着五十名水手。两个外乡人站在岸边，命令船上的水手放下扶梯接应他们。我们不再迟疑，马上抓住了还在岸上的女祭司，但俄瑞斯忒斯大声说出了他的家世和意图，并与皮拉德斯一起夹击我们，企图救出这个女人。因为我们和他们都没有兵器，都只能徒手拼搏。但很快船上的人就带着弓箭奔了下来，我们只得撤退。伊菲革涅亚就这样带着女神像和皮拉德斯他们一起上了船，水手们飞快摇桨，船驶离了海湾。可是，当船刚驶入大海时，突然刮起一阵狂风把船推回岸边。水手们拼命摇桨，但也仍然无济于事。女祭司祈求阿耳忒弥斯的保佑，但船仍然驶不出海港。所以我急忙回来，向你报告。海水正在奔腾，外乡人是无法逃脱的。海神波塞冬正在发怒，他所兴建的特洛伊城被毁让他成了希腊人的死敌和阿特柔斯一家的仇敌，他今天一定会把阿伽门农的子女交到你的手里！”

国王托阿斯早已听得不耐烦了。使者刚说完，他便立即命令所有的蛮人骑马赶往海边。他准备等希腊人的船一到岸边，就把他们抓住，并把海船和所有的水手沉入海底，把两个外乡人和女祭司从悬崖上推入无情的大海。

国王率领着骑马的队伍向海边奔去。突然，他看到眼前一道奇异的天象，只得停了下来不敢往前。帕拉斯·雅典娜驾着灿烂的彩云出现在空中，声震如雷地朝下面说道：“托阿斯国王，你率领人马到哪里去？请听女神的话，停止追击，让我保护的人平安地离开！阿波罗曾给俄瑞斯忒斯一则神谕，指示他前来陶里斯，这样他才能摆脱复仇女神的追逐，同时把他的姐姐带回故乡。阿耳忒弥斯的神像也应带回雅典城去，因为她希望住在我可爱的城市里。波塞冬会使风浪平息，并将他们送回故乡。俄瑞斯忒斯将在雅典的圣林里为阿耳忒弥斯建立一座新庙，伊菲革涅亚将在那里继续担任女祭司。托阿斯和陶里斯人，你们必须服从神意，并且息怒！”

托阿斯国王是一个虔诚的人。他伏在地上说：“啊，帕拉斯·雅典娜，听到神意而不服从，那是卑鄙的。你所保护的人可以带着阿耳忒弥斯女神的神像回去。我听从您的吩咐！”

一切都照雅典娜吩咐的那样实现了，陶里斯的阿耳忒弥斯神像移放到雅典的一座新庙里，伊菲革涅亚仍为她的女祭司；俄瑞斯忒斯在迈锡尼继承了父亲的王位，娶了墨涅拉俄斯和海伦的唯一的女儿赫耳弥俄涅为妻，她本已和阿喀琉斯的儿子涅俄普托勒摩斯订婚，但俄瑞斯忒斯把他杀死了，并登上斯巴达的王位，他的王国要比父亲阿伽门农统治的王国大得多；他的姐姐厄勒克特拉嫁给皮拉德斯，和他共享福喀斯的王位；克律索忒弥斯则终身未嫁。

俄瑞斯忒斯活到九十岁时，传统的灾祸又降临到坦塔罗斯的家族头上：一条毒蛇咬伤了他的脚趾，他中毒死去，其子提萨梅诺斯继承王位，统治伯罗奔尼撒。后来，伯罗奔尼撒半岛又被赫拉克勒斯的子孙夺去。

第二十七章
奥德修斯的故事

忒勒玛科斯和求婚人

特洛伊战争后，从战场上和归途中幸免的希腊英雄先后回到了故乡，只有拉厄耳忒斯的儿子、伊塔刻国王奥德修斯被命运女神安排了一场奇特的遭遇。

他久经漂泊来到一座叫俄古癸亚的孤岛，这岛上怪石嶙峋，大树参天。在岛上，奥德修斯被泰坦巨人阿特拉斯之女、女仙卡吕普索抢入山洞，让他做自己的丈夫，并保证让他与天地同寿，青春永葆。但奥德修斯却忠于他的妻子珀涅罗珀，他感动了奥林匹斯圣山上的神，众神中除了和他有仇的海神波塞冬外，没有一个不同情他的。波塞冬虽然不愿与他和解，但也不敢让他毁灭，于是只是让他在归途中历经磨难，也是因为这个他才流落到这座偏僻的荒岛上。

神们商议后决定让卡吕普索释放奥德修斯。雅典娜派神的使者赫耳墨斯来到大地上，向美丽的女仙传达宙斯的命令。雅典娜自己也从奥林匹斯神山降落下来，来到伊塔刻岛。她隐去神的样子，变形为手执长矛的塔福斯人的领袖门忒斯，来到了奥德修斯的宫殿。

奥德修斯的宫中一片悲哀和混乱：美丽的珀涅罗珀和她年轻的儿子忒勒玛科斯已不能成为宫殿的主人了。珀涅罗珀的父亲伊卡里俄斯曾宣布把女儿嫁给竞赛的胜利者，而奥德修斯在竞赛中取胜，伊卡里俄斯恳求女儿不要离开他，奥德修斯也请她自己决定是否跟随自己。珀涅罗珀选择了同奥德修斯来到伊塔刻，此后她便一直忠于爱情，至今不渝。

特洛伊城陷落的消息传到伊塔刻，珀涅罗珀看到其他英雄陆续回到家乡，但始终没有盼到自己的丈夫回来。时间久了，便有谣传说奥德修斯已经死了，越来越多的人信以为真。于是，珀涅罗珀一下子成了年轻的寡妇，她的美丽和巨大的财富吸引了众多的求婚者，这些人强行住在宫殿里，尽情享用奥德修斯的财富……这种情形已持续了三年了。

雅典娜变为门忒斯的样子走进宫殿时，看到了求婚者正在宫里肆无忌惮地饮宴作乐。奥德修斯的儿子忒勒玛科斯悲伤地坐在求婚者中间，盼望着父亲可以早日回来，赶走这群无赖。当忒勒玛科斯看到一位陌生的国王走进宫来，便上去和他握手，热烈地欢迎他。两个人一起走进宫中。忒勒玛科斯请客人入座并献上食物和美酒。

忒勒玛科斯站起身来朝新到的客人鞠了一躬，然后凑到他的身边，悄悄地说："你看到他们如何挥霍我父亲的财富了吗？我的父亲也许已经陈尸在异国海边，也许已经葬身海底，恐怕他不能回来惩罚这些无礼之徒了。高贵的客人，请告诉我，你是什么人啊？"

"我是门忒斯，"雅典娜回答说，"是安喀阿罗斯的儿子，统治着塔福斯海岛，今天我乘船路过这里。我们两家世代友好，你的父亲还活着，他流落到一座荒岛上，被迫停留在那里。不过我预感他不会在那里待得太久，会很快回到故乡的。忒勒玛科斯，你不愧是你父亲的儿子，你也有一双明澈的眼睛。今天宫殿里这样热闹，究竟是怎么回事？你是在宴请客人还是在举办婚礼？"

忒勒玛科斯长叹一声，回答说："啊，亲爱的朋友，我的家族过去可以说显赫又富裕，现在却完全变样了。邻国来的这一大群人向我的母亲求婚。母亲拒绝了他们，但却无法赶他们走。他们就这样在这里破坏宫中的宁静，挥霍我们的财富，要不了多久，我们就会破产了。"

女神又悲伤又愤怒地说："让我告诉你怎样赶走这些人。明天，你起身后就让求婚者们都回去，并告诉你母亲，如果她想再嫁人，就应该回到她父亲那里，因为在那里才可以为她准备嫁妆。而你自己则要准备最好的海船，挑选二十名水手出海去寻找你的父亲。你先到皮洛斯岛，询问德高望重的老人涅斯托耳。如果他不知道，就再去斯巴达寻找英雄墨涅拉俄斯，因为他是希腊人中最后一个离开特洛伊的。如果你在那里听说你父亲还活着，就在那里待一年；如果听说他已经死了，你就马上回来，献祭死者并给他建立坟墓。如果求婚者直到那时仍然赖着不走，你就得用武力或用计谋把他们杀掉。你已经是成人了！你应该听说过年轻的俄瑞斯忒斯为了替父报仇，杀掉了凶手埃癸斯托斯并赢得了声誉吧？你也要好自为之，让后辈也赞美你！”忒勒玛科斯感谢客人慈父般对他提出了有益的建议，并在客人动身时，想送他一件礼物，让他带回去。但化装成门忒斯的女神对他说以后来时再把礼物带回去。说完话她突然不见了，如同一只小鸟一样飞走了。忒勒玛科斯感到很惊讶，猜想这肯定是一位神明。

忒勒玛科斯走到那些过分放肆的求婚者面前，对他们大声说：“求婚的朋友们，你们可以高高兴兴地用餐，但是别这样喧闹。明天我将召开国民大会，要求你们各自回家，因为你们都必须关心自己的家财，而不该总是挥霍别人的遗产！如果要求婚，请到我的外祖父家里去吧。”求婚者听到他果断的话，都恨得咬牙切齿。他们坚决不愿意到他的外祖父，即伊卡里俄斯的家里去向他的母亲求婚。最后，他们一哄而散，回房就寝。忒勒玛科斯也回到卧室休息。

第二天清晨，忒勒玛科斯起了床，穿衣佩剑后走出屋子传令召开国民大会，求婚者们也被邀请出席。等人到齐后，国王的儿子执矛来到会场，坐在父亲奥德修斯的座位上。帕拉斯·雅典娜使他变得更加高大和庄重，与会人见了都暗暗惊奇和赞叹。首先站起身发言的是弓着腰的老英雄埃古普提俄斯。他的大儿子安提福斯跟随奥德修斯远征特洛伊，在归国途中溺水而死；他的第二个儿子欧律诺摩斯也是众多求婚者之一；他还有两个小儿子和他住在一起。埃古普提俄斯在会上说："自从奥德修斯出征后，我们就没有开过会。今天是谁突然想起召集我们来开会呢？为什么开会呢？难道是敌人侵犯国境了吗？或者是为了利国利民的事情？不管怎样，我相信，召集会议的人一定是个正直的人，他的用意是好的。愿宙斯赐福于他。"

忒勒玛科斯听了这些话很是高兴，他从座位上站起来，握着他父亲的王杖到会场中间，看着年迈的埃古普提俄斯说："尊敬的老人，召集你们来开会的人正是我。我很忧伤，很烦恼。首先，我失去了亲爱的父亲。现在，我们的家产即将被消耗一空。我的母亲珀涅罗珀为不受欢迎的求婚者所困扰。"接着他对在场的求婚者们说："你们难道不知道你们是无理的吗？你们不怕遭到神的报复吗？难道我的父亲得罪过你们？抑或是我使你们遭受了损失，你们非要我补偿不可呢？"

说着，忒勒玛科斯把王杖仍在地上。求婚者都默默地听着。只有奥宇弗忒斯之子安提诺俄斯[1]站起来说："无礼的小孩子，你竟敢辱骂我们！这不是我们求婚者的过错，而是你母亲的过错。三四年过去了，她仍然在戏弄我们的感情。她对每个人都口头应允，一会儿对这个人表示有意，一会儿对那个人表示好感，但她心里又完全是另一回事。我们看穿了她的诡计。她在房里支起一架织布机，对求婚者说：'年轻人，你们必须等待，必须等我为拉厄耳忒斯织好这段寿布，他是我丈夫的父亲。我不能让希腊的女人指责我，说我没有给显赫而又年迈的人穿一件体面的寿衣！'她以这个借口应付我们，博得我们的理解和同情。后来，她也真的在白天坐在织布机前织布。可到了夜里她又把白天织过的布拆掉。她就这样让我们白白等了三年。是她的一个女仆把消息偷偷地告诉了我们，我们才趁她在夜里拆布时闯了进去，戳穿了她的把戏，并强迫她织完那段布。

---

1 安提诺俄斯（Antinous），众多求婚者中最无耻的一个。

忒勒玛科斯，我们当然理解你的要求，你也可以把你的母亲送到她的父亲那里去，可是你必须明确地告诉她，如果她的父亲为她选中一个合适的求婚者，或者她已经看中一个求婚者，她就必须和他结婚。如果她继续戏弄我们，我们便要继续住在你的宫殿里吃喝，直到你的母亲选定我们中的一个人为止。”

忒勒玛科斯回答说：“安提诺俄斯，不管我的父亲是否还活在世上，我都不能把生育我的母亲赶出家门。如果你们还有一点点公正和廉耻心的话，就请你们用自己的家财去欢宴吧。如果你们愿意无代价地消耗一个显赫男子的遗产，那也请自便！我会祈求宙斯和别的神帮助我，使你们如数赔偿！”

正当忒勒玛科斯说话的时候，宙斯在天上向他显示了一种预兆：两头雄鹰展翅从山上飞起，它们飞到会场上空，威胁似的在天空盘旋。突然，它们俯冲下来，用利爪抓彼此的头颈。最后，它们又冲上蓝天，在伊塔刻城的上空飞翔。善于用鸟儿占卜的老人哈利忒耳塞斯解释说这预兆着求婚者即将毁灭，因为奥德修斯还活在人间，并且快回来了。求婚人波吕波斯之子欧律玛科斯听了不以为然地说：“老东西，你还是回去给你的儿子占卜吧！你的预言吓不了我们。天上飞着许多鸟儿，可是它们并不全都预示人间的祸福！至于奥德修斯，他肯定死在异乡了！”其余的求婚人也都赞同他的看法，并要求忒勒玛科斯的母亲离开宫殿，回到她的父亲伊卡里俄斯的家里去，在那里挑选她的丈夫。

忒勒玛科斯不想再跟他们浪费口舌，他请伊塔刻人为他挑选二十个水手，预备一艘快船，准备出发去打听父亲的消息。他告诉大家如果父亲还活着，自己将在宫中再等待一年；如果父亲死了，他将劝他的母亲改嫁。这时奥德修斯的老朋友门托尔，也是奥德修斯出征特洛伊前委托管理宫中事务的人，站起来愤怒地对求婚者说：“如果一个国王忘记了公正和道义，并且虐待他的人民，毫无疑问，他将会受到人民的唾弃。你们中间还有谁记得和善而又仁慈的奥德修斯呢？求婚者们大肆挥霍他的财产，而在座的人却听任他们胡作非为！”

可是，厚颜无耻的求婚人勒俄克里托斯嘲笑门托尔说：“你就静静地等待奥德修斯回来吧。我们倒要看看，他回来时看到我们在用膳，是否会跟我们动武？请相信我，珀涅罗珀虽然盼望他归来，可他真的回来珀涅罗珀不一定会感到高兴。我们散会吧！让门托尔和鸟儿占卜家哈利忒耳塞斯去为忒勒玛科斯准备行装吧。我们要打赌吗？过不了几个星期，他又会回来跟我们坐在一起，等待他父亲的消息。”

于是，他们喧闹着散去。国民大会也结束了，没有做出任何决议，求婚者各自回屋，继续在奥德修斯的宫殿里大吃大喝。

忒勒玛科斯和涅斯托耳

忒勒玛科斯来到海边，用海水洗净双手后向神祈祷。帕拉斯·雅典娜重新变为门托尔来到他身边说：“忒勒玛科斯，如果你还具备你父亲的睿智，就应立即鼓起勇气去做自己已经决定的事！作为你父亲的老朋友，我将帮你准备一只快船，并会陪你同行！”

忒勒玛科斯连忙动身回家准备，回家途中他遇到年轻的求婚人安提诺俄斯。安提诺俄斯握着他的手笑着说：“别再恨我们了，你应该像以前一样跟我们一起饮宴！让公民们为你准备旅行的事吧。等他们一切准备妥当之后，你再动身前往皮洛斯也不迟！”忒勒玛科斯回答说：“不，安提诺俄斯，我不能再和你们一起吃喝了！我已经长大了，要清楚今后和你们打交道的是一个成年人，而现在我已经决定要出发了！”

忒勒玛科斯回到父亲的库房里，这里堆满了金银珠宝，箱子里装满了贵重的礼服，还有满罐的香油和成坛的美酒……他关上房门，对看管库房的忠实女仆说：“请为我准备封好的十二只双耳大坛美酒，再用皮袋装二十石麦粉以及其他食品，黄昏入寝前我会来取。如果我母亲问起，你要在十二天之后才能告诉她我外出寻找父亲去了！”

同时，雅典娜变形为忒勒玛科斯的样子，亲自招募水手，并向一位富裕的公民借来一艘大船。然后她让求婚人们喝得酩酊大醉，沉沉睡去。雅典娜又变形为门托尔来劝忒勒玛科斯赶快出发。当两人来到海边时，水手们已经到齐，大家一起动手把物资装上船后便启程了。他们在船上向神献祭后，在顺风中航行了一整夜。

当第二天的太阳升起时，涅斯托耳的城市皮洛斯已经出现在他们的眼前。皮洛斯人正在忙碌地准备给海神献祭，同时进行盛大的饮宴。当船靠岸登陆，忒勒玛科斯和变形为门托尔的雅典娜向献祭的人群走来时，正和自己的儿子珀西斯特拉托斯[1]坐在人群中的涅斯托耳急忙迎上去和远道而来的外乡人握手，并请他们在桌前就座。珀西斯特拉托斯热情地请两人坐在席地而铺的厚实地毯上，两边是他的父亲和他的兄弟特拉斯墨得斯。然后他挑出最好的牛肉送到他们面前，给他们斟满美酒并请他们干杯。珀西斯特拉托斯对雅典娜变成的老人说："外乡人，快向波塞冬祈祷，向他祭献美酒，让你的朋友也这样做，因为一切凡人都需要神的保护！"雅典娜端起酒杯，请求海神为涅斯托耳和他的子孙，以及皮洛斯人降福，并祈求海神帮助忒勒玛科斯完成他的使命。说着，她把杯中的酒倾洒于地，同时吩咐忒勒玛科斯也这样做。

他们快活地饮宴，年迈的涅斯托耳有礼地询问外乡人的身世和此行的目的。忒勒玛科斯告诉说他说自己是奥德修斯的儿子，前来打听父亲的消息。

老人听说后长叹一声，讲起在特洛伊战死的英雄以及他们在归途中的经历。但他对奥德修斯的情况知道得并不多。他又讲起阿伽门农之死和俄瑞斯忒斯为父报仇的事。最后，他劝忒勒玛科斯到斯巴达去找国王墨涅拉俄斯。墨涅拉俄斯在海上遇到风暴，被吹到远方的海岸，最近才从那儿回来，也许他知道一些关于奥德修斯的消息。

---

1 珀西斯特拉托斯（Peisistratus），涅斯托耳之子，忒勒玛科斯从皮洛斯前往斯巴达时的旅伴和朋友。

雅典娜赞同他的建议，说："现在天色已晚，请允许我年轻的朋友在你的宫殿里休息。我要回船上去照料并在船上就寝，明天我需要用船去取一笔欠债。请你为我的朋友忒勒玛科斯备好快马，并派你的儿子送他前往斯巴达。"涅斯托耳答应了这个要求。

突然，雅典娜变成一只雄鹰飞上了天空。大家看到这奇迹都非常惊异。涅斯托耳握着忒勒玛科斯的手说："亲爱的孩子，你不用悲愁，神在保护你，雅典娜在你身边，她在所有的希腊人中最眷顾的就是你的父亲！"说完，老人向女神祈祷，并保证在第二天清晨向她献祭一头牛。然后，他领着客人回到了王宫。

第二天天刚亮，上了年纪但仍精力充沛的老人涅斯托耳就起了床，他走到门口，坐在雪白光滑的石凳上。他的几个儿子都来了，珀西斯特拉托斯把客人忒勒玛科斯也带来了。仆人牵来一头母牛，这是涅斯托耳亲口向雅典娜许诺的祭品。金匠为牛角包了金，女仆们忙着准备佳肴和祭礼所需的一切。涅斯托耳的两个儿子各自握着一只包金的牛角，第三个儿子捧来水盆和祭供的大麦，第四个儿子手执杀牛的利斧，第五个儿子端上一只大盆，用来接取牛血。

他们把最好的牛肉献祭给了女神，并洒上甜蜜的美酒，然后把其余的牛肉穿在铁叉上烧烤。

宴饮时，仆人已经把快马套上车，准备把年轻的客人送往斯巴达。女仆把面包、美酒和其他食品放到车上。宴饮结束后，忒勒玛科斯登上马车，珀西斯特拉托斯坐在他的身边，手执缰绳，挥动马鞭，马儿飞似的朝前奔去。不一会儿，皮洛斯城就被远远地抛在后面……

忒勒玛科斯在斯巴达

斯巴达的国王正在宫殿里举行宴会，庆祝两个子女的订婚：一是海伦的女儿赫耳弥俄涅许配给阿喀琉斯之子涅俄普托勒摩斯；另一个是儿子墨伽彭忒斯[1]与斯巴达的名门之女订婚。正在他们饮宴欢

1 墨伽彭忒斯（Megapenthes），墨涅拉俄斯和一女奴所生的儿子。

闹之际，忒勒玛科斯和珀西斯特拉托斯来到宫门前，一个武士向墨涅拉俄斯报告了两个外乡人的求见，墨涅拉俄斯立即吩咐请他们进来。仆人们上前去帮忙卸下跑得大汗淋漓的马匹牵入马厩照顾，马车也被送进了车棚。两个客人被请进华丽的宫殿，并用温水沐浴，恢复了精神后被引见到国王那里，热情的国王请他们坐在自己身边的席位上。

忒勒玛科斯看到华丽的宫殿和丰盛的食品，很是惊异。他小声对朋友说："看，大厅里这些金银用具和晶莹的象牙制品，璀璨夺目，必是无价之宝啊！宙斯在奥林匹斯圣山上的宫殿也不过如此吧！"

尽管忒勒玛科斯说话的声音很低，但墨涅拉俄斯还是听到了他最后的一句话，便微笑着对他说："亲爱的孩子啊，任何凡人都不能跟宙斯比！宙斯的宫殿和他所有的一切都是不朽的！在世间也许只有少数人比我更富裕，但我引以为傲的是我的财富是通过艰难的冒险得来的。我在回国的路上走了整整八年，到过塞浦路斯、腓尼基、埃及、埃塞俄比亚和利比亚。可是，当我在许多国家获得大量财富时，我的兄长却在迈锡尼被他不忠诚的妻子杀死。我虽有财富，却难得欢乐！不管你们来自何方，你们一定从你们的父亲那里听说过这些事。如果在特洛伊城前阵亡的英雄们能活到今天，我即使只有现在三分之一的财产，也感到知足了！当然，我尤其痛惜一个英雄，他便是所有希腊英雄中经历的苦难最多的奥德修斯，令我悲痛的是我现在不知道他人在何方，是否活着……"

墨涅拉俄斯正说着，美丽如女神的王后海伦从内室走了出来。她坐在丈夫身边，好奇地向他丈夫打听新来的客人的身世，并对丈夫说："这位年轻人看上去酷似高贵的英雄奥德修斯。"

"我也这么觉得！"她丈夫说，"他的样子和奥德修斯真的很像。"

珀西斯特拉托斯听到他们的谈话，便高声回答说："您说得对，墨涅拉俄斯国王，这位就是奥德修斯的儿子忒勒玛科斯。我的父亲涅斯托耳派我同他前来，想向你打听关于奥德修斯的消息。”

“天哪，原来这位客人就是我好友的儿子！”墨涅拉俄斯惊叫起来，更加情不自禁地怀念起自己的好友。

宴会完毕，两位客人被安排在宫中就寝。第二天早晨，国王又向客人问起伊塔刻的情况。当他听说求婚人在那里胡作非为时，愤怒地说：“哼，这些恶棍竟在伟大的奥德修斯的家里作威作福！有朝一日奥德修斯回来，必然会狠狠地收拾他们的！听我说，我想把海神普洛托斯在埃及对我说的一切告诉你们。那时候我迫使他预言希腊英雄们在归途中的遭遇和命运。普洛托斯说他知道奥德修斯被困在一座荒岛上，是仙女卡吕普索强行留下了他，他在那里既找不到船，也找不到帮手把他带回国，只能终日流着思乡的泪水。亲爱的年轻人，这就是我能够告诉你的有关奥德修斯的全部消息了。”

求婚人的阴谋

在伊塔刻，求婚人们依然在奥德修斯的宫殿里大吃大喝。

一天，当求婚者中最健美的欧律玛科斯和安提诺俄斯单独坐在一旁闲谈时，当初借船给忒勒玛科斯的人向他们走来，对他们说：“你们知道忒勒玛科斯什么时候从皮洛斯回来吗？我借给他一条大船，可我现在需要用它到厄利斯去。”

两个求婚人听到这消息吃了一惊，因为他们不知道忒勒玛科斯已经离开了，还都以为他隐居到乡下去了呢。他们再也坐不住了，站起身来，跑到其他的求婚者那里。安提诺俄斯气恼地对他们说：“我简直不能相信，忒勒玛科斯真的航海出发了。但愿宙斯让他毁灭，免得他危害我们！朋友们，如果你们给我找来一艘快船和二十名水手，我愿意在伊塔刻和萨墨岛之间的海峡附近伏击他，让他死在海里！”人们都赞成他的主张并答应满足他的要求。

但是，他们的讲话被侍候他们的使者墨冬听见了，他从心底鄙视这些求婚者。现在，他急忙朝珀涅罗珀的房间跑去，向她报告求婚人的阴谋。王后听了后大吃一惊，呆呆地站在那里久久不能说话。

过了好久，她终于叹息道："为什么他一定要出发呢？难道他自己的父亲死了还不够吗？难道我们家族的人都得遭受毁灭吗？"墨冬也不知如何劝解王后，只能伏在门槛上哭泣。

"快去把老仆人多利俄斯叫来，让他去找拉厄耳忒斯，把这里的情况告诉他，也许老人会想出一个补救的办法！"珀涅罗珀大声地吩咐着。这时，老女仆欧律克勒阿走上前来，对她说："王后，你杀了我吧。这一切我其实是知道的，我是完全照王子的吩咐做的。我对他发誓，在他走后十二天之内不把他航行出海的事告诉您。现在我劝你离开这里，前去请求雅典娜保护你的儿子。"

珀涅罗珀听从了她的劝告。当她虔诚地为儿子的平安祈祷后，平静地睡着了。雅典娜让珀涅罗珀的姐姐，也就是英雄奥宇梅洛斯的妻子伊菲提墨和她梦中相会。梦中，伊菲提墨安慰妹妹请她放心，并告诉她儿子一定会回来的，她说："别担心我的妹妹，你的儿子有一位令天下人羡慕的同伴一起这途中，并且帕拉斯·雅典娜会跟他在一起保护他，派我到你梦中的也是女神雅典娜。"

珀涅罗珀被梦惊醒了，心里很高兴，同时也增添了新的勇气。她深信梦中的事完全是真的。

求婚人准备好了船只，安提诺俄斯率领着二十名水手登上了船。驾船来到在伊塔刻岛和萨墨岛之间的一座布满暗礁的小岛，他们潜伏在海峡口，准备在这里袭击忒勒玛科斯。

奥德修斯离开卡吕普索

宙斯的使者赫耳墨斯奉神之命从天上来到俄古癸亚岛上，找到女仙卡吕普索。卡吕普索马上认出了神的使者，但奥德修斯不在，他像往常一样正坐在海边，含泪眺望着茫茫的大海，心中对家乡的思念如大海的波涛一样，汹涌澎湃。

卡吕普索的内室布置得非常漂亮。炉子里燃着熊熊的炉火，香木芬芳的青烟萦绕在岛上；仙女一面唱着迷人的歌曲，一面用金梭织着精致的绫罗；她的洞府坐落在白杨和松柏的浓荫中，树上栖息着歌喉婉转的鸟儿；葡萄藤攀缠在岩石间，翠绿的枝叶下悬挂着一串串晶莹的葡萄；几道山溪流过长满紫堇、香芹和毒草的草地……

当听到赫耳墨斯传达了神的决定后，卡吕普索叹息着说：“残酷而嫉妒的神哟！你们真的不愿意看到一位天仙许配给一个凡人吗？当时他抱着破船板随波逐流，漂到我的海岛，是我把他从死亡中救了出来。他的大船被雷电击中，他的朋友们全都葬身海底了，我以伟大的同情心接纳了这个落难的人，精心调理照顾他，并答应让他永葆青春，与天地同寿。但既然宙斯的旨意不可违背，那就只好让他回到海上去漂流吧！你们不要以为我会送他，因为我既没有水手，也没有船只！我没有礼物送给他，只能给他出个主意，告诉他怎样才能平安地回到他的家乡。”

赫耳墨斯对她的回答很满意，便飞回了奥林匹斯圣山。卡吕普索走到海边，对奥德修斯说：“可怜的朋友，你不必再忧愁了，我放你回去。你自己做个小木船！我为你准备一些清水、美酒和食品，还有一些衣物，并会从岸上给你送上顺风，愿神保佑你平安地回到自己的家乡！”

奥德修斯有点不太相信地看着女仙，说道：“美丽的仙女，恐怕你心里想的又是另外一回事吧！你只有向神发誓，保证不暗害我，我才敢乘小船出海！”卡吕普索温柔地微笑着说：“你不必害怕！大地、天空和河流都可为我作证，我绝对不会陷害你！”说着她就转身往回走，奥德修斯便跟在她后面。回到洞府后，卡吕普索依依不舍地和奥德修斯告别。

不久之后，小船便造成了。第五天，奥德修斯便乘着顺风出海了。他坐在船舵旁小心地掌着舵，一路上不敢合眼，他注视着天上的星座，依照卡吕普索告诉他的识别标记前进……在一望无际的大海上平安地航行了十七天，在第十八天的时候，他终于看见了淮阿喀亚的山影，陆地如同一架盾牌漂浮在昏暗的海面上一般。

此时，刚从埃塞俄比亚回来路过此地的波塞冬突然发现了海上的奥德修斯。由于波塞冬没有参加奥林匹斯圣山神的会议，所以不知道神的决定。现在他才知道神们趁他不在强迫女仙释放了奥德修斯。

“好吧，”波塞冬自言自语地说，“那就让他再经历更多的苦难吧！”于是，他召来了乌云，又挥动三叉戟搅动大海，唤来暴风雨袭击奥德修斯的小船。奥德修斯浑身颤抖，怨恨地喊自己宁愿当初死在特洛伊人的枪剑之下……正在这时，一个巨浪打来，卷没了小船。船舵从他手中滑落，桅杆和船篷都漂在海上。奥德修斯自己也被卷入了波浪……

他挣扎着浮出水面，吐出了呛进口中的海水，然后朝着破碎的小船游去。他费尽气力才抓住小船，随着小船漂流。正在危急之时，海洋女神、卡德摩斯之女洛宇科忒阿看到了他。女神非常同情他，便从海底升上来，坐在破碎的小船上对他说：“奥德修斯，请听从我的劝告！快脱去衣服，离开小船，用我的面纱裹住你的身体，然后朝前游！”奥德修斯刚接过面纱，女神就突然不见了。奥德修斯虽然不相信她的话，但危急关头的他仍然听从了女神的吩咐。他像骑马一样骑在一块漂浮的木板上，脱去了卡吕普索送给他的衣服，将面纱围在身上，跳进了汹涌的海浪中。

波塞冬看到这勇敢的人真的跳进海中，不由得摇了摇头说：“好吧，你就在风浪中漂流吧！你会遭受更多更大的痛苦！”说完，海神波塞冬就返回自己的宫殿去了。

奥德修斯在海上漂了两天两夜后，终于看见一处满是树的海岸，礁石被波涛冲击着发出阵阵轰鸣。奥德修斯还没来得及细想，就被一阵海浪冲上了海岸。他用双手紧紧地抓住一块岩石，可是又一个波浪袭来，把他冲回了大海。他只得使劲划动双臂朝前游去……经过一段时间后，他漂进了一处浅浅的海湾，这里是一条河流的入海口。于是奥德修斯便向河神祈求。河神同情他，平息了波浪。奥德修斯终于游到河岸，筋疲力尽地倒在河岸上，口鼻流水，失去了知觉。

一阵冷风把奥德修斯吹醒，他从身上解下面纱，怀着感激的心情把它扔到海里，归还女神。这样一来他就光着身在风中受冻。后来他看见附近有座满是树林的小山，于是就爬上山去，发现两棵树叶交错的橄榄树。橄榄树枝叶茂密，能够避风挡雨，还能防止阳光暴晒。他用树叶铺了一张床躺了上去，并用一些树叶盖在身上……不久劳累过度的他就沉沉睡去了，也忘却了一切磨难，更不去想前面等待着他的各种危险。

瑙西卡

筋疲力尽的奥德修斯躺在草地上熟睡的时候，他的保护神雅典娜赶到舍利亚岛上淮阿喀亚人建立的城市。

女神走进贤明的国王阿尔喀诺俄斯的宫殿，来到国王的女儿瑙西卡的内室。瑙西卡生得如同一个女神般端庄美丽。她睡在宽敞而又明亮的卧室里，门外有两个侍女看守。雅典娜清风似的走到姑娘的床前，变为姑娘侍女的样子进入了姑娘的梦中，对她说："懒姑娘，该起床了，你真不怕被母亲笑话啊，你的衣服还没有洗净呢。如果你明天和人订婚，却没有一件干净的衣服穿，你怎么办呢？快起来去洗衣服吧，我去帮你一起洗。"

姑娘醒来，急忙起了床，往父母那里走去。她的母亲正和女仆们坐在炉子前纺织，国王在门口遇到了女儿。瑙西卡抓住父亲的手，撒娇地说："亲爱的父亲，叫人给我准备一辆马车吧，我要到河边去洗衣服，让我把咱全家人的衣服都带去洗吧。"

国王微笑着说："去吧，我的孩子，我命仆人为你备车！"瑙西卡从房里取出衣服放上马车。母亲把甜酒给她装进皮袋，又备了面包和一些其他食品，她还给了女儿一瓶香膏，让女儿和女仆们沐浴后可以涂抹身体。瑙西卡亲自架着马车来到河边。她们卸下马让它在草地上吃草，然后去清洗衣物并一件件晾在被河水冲刷得干干净净的河岸上。洗完衣服，她们在清水里沐浴，涂上香膏，愉快地吃着带来的食品。大家在草地上尽情地嬉戏玩耍，等待衣服晒干。

姑娘们快乐地玩着抛球游戏，一边和瑙西卡一起唱着歌。当瑙西卡把球向她的女伴掷去时，隐身在一旁的雅典娜把球引向了河水的急流中。姑娘们喧闹着去捡球，喧闹声把睡在橄榄树下的奥德修斯惊醒了。他欠起身，心里想自己身在何处，因为他听到了姑娘的笑闹声。

他拉断一根树叶浓密的树枝以遮盖自己光着的身体，然后从树丛里走了出来。他的身上仍然沾着海草以及海水的泡沫，这让他看上去像一只脏兮兮的狮子。姑娘们见到他，还以为遇上了海怪，被吓得四处逃窜。只有被雅典娜增加了勇气的瑙西卡站在原地。

奥德修斯需要问姑娘们要一件衣服，他在想是上去抱住姑娘的双膝还是虔诚地站在远处恳求比较得体。最后，他觉得后一种做法比较妥当，便在远处对瑙西卡大声说："喂，我不知道你是女神还是凡人，但我需要向你恳求援助！如果你是女神，那你一定是阿耳忒弥斯，因为你像她一样端庄美丽；如果你是人间的女郎，那么我要赞美你的父母和兄弟们，因为他们有你这样可爱的女儿和姐妹；而能够娶你为妻的人又该有多么的幸福啊！请怜悯我吧，我受尽了折磨，二十天前我离开俄古癸亚岛，被海浪卷入大海，最后被海水冲上了这里的海岸。我在这里没有一个认识的人。请给我一件能够遮身的衣服吧！也请告诉我你所居住的城市在哪里。愿神保佑你，让你有一位好丈夫、一个美满的家庭和幸福的生活！"

瑙西卡回答说："外乡人啊，你看上去像个高尚的人。既然你来到了我们的国家，来到我的面前，那么你就不会缺少衣食，我愿意告诉你我们民族的事。居住在这里的是淮阿喀亚人，我是国王阿尔喀诺俄斯的女儿。"说完，她唤来逃散的女仆们，并告诉她们不要害怕这个外乡人，但女仆们仍然惊恐地站在那里。当奥德修斯在隐蔽的小河里冲洗干净后，她们才听从女主人的吩咐，给他送上合身的长袍。奥德修斯穿上衣服，雅典娜使他显得更加健美威武、气宇轩昂。他从树丛里走出来，坐在略略离开姑娘们的地方。

瑙西卡惊讶地打量着眼前这个俊美的男子，对身边的女伴们说："一定是神在保护着他，并把他带到了我们这里。刚才他又脏又丑，现在却像自天而降的神一样。如果我们民族有这样一个出色的人，而且命运之神让他做我的丈夫，那该有多么幸福啊！好了，姑娘们，给外乡人送上美酒和食品吧！”女伴们立即照她吩咐的做了，奥德修斯在忍受了长久的饥饿后，终于愉快地享用了一顿美餐。

现在，他们把晒干的衣服放在套好的马车上。瑙西卡仍然亲自驾车，并让外乡人和女仆们一起步行跟在后面。她满怀歉意地说：“淮阿喀亚人是勤劳的从事海上作业的民族，这里离城不远，城池建有高高的城墙，只是临海的一面是一个宽阔的海港，港湾处仅有一条狭长的入口。那里有市场，还有海神波塞冬的壮丽的神庙，神庙附近是制造和出售缆绳、帆布、桨橹这种船具的地方。因为我要避免别人说闲话，所以，当我们到了城前那献给雅典娜的白杨树圣林时，请你在那里稍待一会儿。等你估计我们已经进了城后再赶紧跟上来。你很快会从许多住房中找到我父亲的宫殿。进了宫殿，你抱住我母亲的双膝，如果她喜欢你，那你一定可以得到她的支持和帮助！”

瑙西卡说着，缓缓地赶着马车使得奥德修斯和女仆们可以跟得上。来到雅典娜的圣林时，奥德修斯一个人留下，他虔诚地向他的保护女神雅典娜祈祷，而一直守护他的女神自然也听到了他的祈祷，只是她因为畏惧父亲的兄弟波塞冬而没有露面。

奥德修斯和淮阿喀亚人

当瑙西卡回到父亲的宫殿时，奥德修斯离开圣林动身进城。为了防止淮阿喀亚人伤害他，雅典娜一路上用浓雾罩住他，而他自己却毫无察觉。当靠近城门的时候，雅典娜变形为一个手提水罐的淮阿喀亚女子来到奥德修斯面前。

“小姑娘，”大英雄打招呼说，“你能告诉我去国王阿尔喀诺俄斯宫殿的路吗？我从外乡来，在这里一个人都不认识。”

“我很愿意为你指路，”女子回答说，“我就住在附近，你可以放心地跟着我走，这里的人不太喜欢外乡人，因为艰难的海洋生活使他们的心肠也变硬了！”说着，她就在前面引路，奥德修斯跟在她后面。一路上，他高兴地欣赏着码头，船只，还有高大的城墙。最后，他们到了国王的宫殿，化身为凡人女子的雅典娜对奥德修斯说：“这里就是阿尔喀诺俄斯的宫殿了，放心进去吧。不过有件事我要提醒你，你必须先找王后！她的名字叫阿瑞忒，她也是她丈夫的侄女。国王阿尔喀诺俄斯和这里的人民都非常敬重她，她聪明贤淑，善于用智慧调解人民的争端。你如果能得到她的同情和帮助，就什么都不用担心了。”

女神说完就匆匆离开了。奥德修斯沉思地站在门前，注视着这座华丽的宫殿：高大的殿堂金碧辉煌，宫门两边是镶铜的宫墙，内廷的大门是黄金的，银制的门柱和门楣，底座则是黄铜的，大门两旁立着由赫淮斯托斯铸造的金狗银狗，好像守卫王宫的武士一样……奥德修斯走入大厅，王侯和贵族们正坐在精致的坐垫上饮宴。因为天色已晚，大家正准备结束宴会，并向神赫耳墨斯举行祭礼。

奥德修斯在浓雾的包围中穿过人群，来到国王和王后面前。雅典娜一挥手，他周围的浓雾顿时散去。他走上前去跪在王后阿瑞忒的脚下，抱住她的双膝，恳求道：“我伏在你和你的丈夫面前请求你们的帮助，愿神赐予你们幸福和欢乐，请你们帮助我这个流亡在外的可怜人重返家乡吧！”

淮阿喀亚人看到眼前突然出现的人，都惊住了。最后，一位阅历丰富的长老打破了沉默，他对国王说；“啊，阿尔喀诺俄斯，让这位外乡人伏在地上是不礼貌的，应请他就座，并让人好好地招待他！”国王忙扶起奥德修斯，并让他坐在自己身边，国王的爱子拉俄达马斯为客人让出了自己的位置。

宴会散后，国王邀请宾客第二天再来饮宴，而且他没有问这位外乡人的来历就允许他住在宫中，并保证帮助他平安地返回自己的家乡。国王仔细地端量这位仪表不凡的外乡人，不禁说道：“如果你是变形为凡人来参加饮宴的神，那么你就用不着我们的帮助。相反，我们应该请求你的保护！”奥德修斯连忙起身回答说：“国王啊，请别这样想！我跟你们一样是凡人！我还是饱尝了人间苦难的不幸之人。”

当王后阿瑞忒看到奥德修斯身上穿着自己织造的衣服时，感到非常奇怪，于是便问他衣服是从哪儿来的。奥德修斯如实叙述了他被仙女卡吕普索留在俄古癸亚岛，后来又在海上遭到风浪，然后漂泊到这儿，并遇上了瑙西卡。

“我的女儿这样做是对的，”国王阿尔喀诺俄斯微笑着说，“但她还做得不够好，因为她应该马上就把你带来见我的。”

“她本来准备这样做的，”奥德修斯说，“但我拒绝了，因为我怕引起你的怀疑！所以请不要责怪她。”

“我绝不会多疑的，”国王说，“但做一切事有个规矩总是好事。现在，如果神意要求像你这样的人娶我的女儿为妻，我也是愿意的！我愿意给你宫殿和财产。我不会强迫你留在这里。明天我将为你准备海船和水手，使你可以回到家乡去。”奥德修斯非常感谢国王的盛情。他告辞出来，在一张柔软的床上就寝休息。

第二天清晨，国王召集人民在市场上举行会议。他把客人也带到会上。大家都惊奇地打量着被雅典娜赋予了非凡的样貌和威严的奥德修斯。国王郑重地把外乡人介绍给他的人民，要求市民们准备一艘大海船和五十二名淮阿喀亚年轻的水手，同时，他还邀请在场的贵族共赴招待外乡人的宴会，并命令被阿波罗赋予了音乐天才的歌手得摩多科斯[1]在席间献艺。

集会结束后，年轻的水手们准备了一艘坚固的大船，在一切准备停当后，他们来到国王的宫殿里赴宴，宫殿的大厅和庭院里挤满了贵宾。宴会结束后，盲歌手以嘹亮的歌喉歌唱扬名四海的特洛伊英雄，其中最著名的就是阿喀琉斯和奥德修斯。

奥德修斯听到他的名字被人赞颂，不由得用披风遮住脸，以免

---

1 得摩多科斯（Demodocus），诗歌女神缪斯给了他欢乐，在他心中燃起诗歌的火焰，但同时却又夺去他双眼的光明。“得摩多科斯”后来成为盲歌手代名词。

别人看到他在流泪。坐在一旁的国王注意到了，便命歌手停止了歌唱，同时宣布进行竞赛以向这位传奇的外乡人致敬。许多贵族青年竞相参赛，其中有国王阿尔喀诺俄斯的三个儿子，即拉俄达马斯，哈利俄斯和克吕托尼奥斯。

竞赛举行了几个项目后，拉俄达马斯站起来对比赛的年轻人说："朋友们，你们是否和我一样希望看看外乡人有什么技能呢？我看他矫健的身躯虽然受着忧伤的影响，但他肯定也充满着年轻人的活力。"

"对，你说得对，"一名叫欧律阿罗斯的年轻人说，"你应该亲自问问他，并邀请他参加比赛！"于是拉俄达马斯有礼貌地走到外乡人面前邀请他参赛。

奥德修斯推辞说："年轻人，你们该不是想看我的笑话吧？悲伤使得我根本没有兴趣参加比赛，现在的我只想早日回到故乡！"

欧律阿罗斯不高兴地说："外乡人啊，你的话不像出于一个战士之口呀。也许你只是一个优秀的船长或者聪明的商人，而并非一位英雄吧。"

奥德修斯听到这话皱起了眉："我的朋友啊，你这话就有些唐突了。神祇不会给每一个人所有的优点和特长。在年轻时，我总是跟最强的对手较量，但多年的战斗和海上的风浪已使我疲惫不堪。但你既然向我挑战，我只好试试了！"

说着，奥德修斯从座位上站起来，连披着的外衣都没脱下，便伸手抓起一个比其他人用过的更大更厚的铁饼，然后用力掷了出去。铁饼呼呼地响着在空中飞过，远远地超过了标志线。雅典娜变形为一个淮阿喀亚人，在铁饼落地的地方做了个标记，然后大声说："连盲人也看得出，你比任何人都要掷得远。在这项比赛中，你无疑是胜利者！"

奥德修斯想到在淮阿喀亚青年中能有这样一个好朋友非常高兴，他愉快地对他说："年轻人，你也能掷这么远的！"接着奥德修斯又对欧律阿罗斯说："讥讽我的青年人，你还想比试什么呢？

我奉陪！不过，我作为客人，是不会跟这里的主人拉俄达马斯比赛的。”

年轻的淮阿喀亚人听了都沉默无言。这时国王说道：“外乡人啊，你对我们显示了你的力量。从现在起，已经没有人不佩服你。现在，就请唱歌跳舞的人出来吧，为这位外乡人献出你们的技艺！别忘了把得摩多科斯的竖琴也带来。”

一个使者取来了竖琴，琴手走到收拾好的空地中间演奏，舞蹈表演也开始了。奥德修斯从来没有看过如此美妙的舞蹈，歌手动人的歌声颂唱着神欢乐的生活。然后，国王命令他的儿子拉俄达马斯和伶俐的哈利俄斯跳对舞，他们敏捷地变换着舞步，技术精湛，在一旁观看的人们有节奏地为他们打着拍子。

奥德修斯钦佩地对国王说：“国王啊，可以毫不夸张地说，你们拥有世界上最优秀的舞蹈家！”阿尔喀诺俄斯听了他的赞誉非常高兴，他命令人们送给奥德修斯一些礼物，并告诉欧律阿罗斯应该向外乡人道歉，以免损害了淮阿喀亚人这英雄心中的形象。一个使者站起来去收集礼物，欧律阿罗斯把自己的象牙剑鞘和银柄宝剑赠给外乡人，并道歉说：“如果我的话冒犯了你，那就让它随风飘散吧。愿神保佑你平安地回到家乡！淮阿喀亚人祝愿你幸福快乐！”

日落时，国王阿尔喀诺俄斯向王后要了一只精致的箱子，把送给奥德修斯的礼物装在箱内，送到了奥德修斯的住处。奥德修斯小心地用绳结将箱子捆好，沐浴后准备到大厅和宾客们一起饮宴。

这时，他突然看到瑙西卡在大厅的门口。奥德修斯自从进宫后还是第一次看到她。公主为人庄重，深居内廷，从不参加男子们的宴饮。现在，她来到这里，想跟高贵的客人告别。公主温柔地对奥德修斯说：“高贵的客人，愿你健康幸福！希望你归国后也能时常想起我！”奥德修斯深受感动：“尊敬的瑙西卡，如果神能让我平安地回到故乡，我一定会把你当作神一样每天向你祈祷，因为你是我的救命恩人。”

说着，他进入大厅，在国王身边坐下。仆人们正忙着倒酒分肉，盲歌手得摩多科斯被带进来，坐在人们中间。奥德修斯将面前的烤肉亲自割下最好的一块，放在盘内吩咐使者说：“朋友，请把这块肉送给歌手，我要向他表示敬意。歌手应该处处受到尊重，因为他们是缪斯的学生，缪斯教给他们歌唱并眷顾着他们。”盲人歌手十分感激地收下了他赠送的食物。

饮宴完毕，奥德修斯对得摩多科斯说：“亲爱的歌手啊，你美妙的歌声唱出了希腊英雄的命运，就好像你身临其境过一样。请继续唱下去吧，唱一唱木马计的故事和奥德修斯的功绩吧！”

歌手听从他的吩咐，但当奥德修斯听到自己的事迹时，又禁不住流下泪来。国王阿尔喀诺俄斯止住了歌手的歌唱，并说：“我们还是让竖琴休息下吧，歌声让我们的客人更加悲哀。外乡人啊，请告诉我们你的父母亲是谁，你从什么地方来？我们淮阿喀亚水手会把你送回去。”

奥德修斯听到这友好的要求，回答说：“尊敬的国王，你不要以为歌手并没有给我带来欢乐！正好相反，听到美妙的歌喉，真的是一件乐事。瞧，一个民族英雄的事迹由歌手歌唱，客人们在美食面前，一边饮酒一边听，世上再也没有比这更快乐的事了吧。亲爱的主人，如果你真想知道我的身世，我也愿意趁着这个机会讲给在座的朋友们听听！”

奥德修斯叙述他的漂流故事

喀孔涅斯人，食忘忧果的民族，库克罗普斯，波吕斐摩斯

我们的船被一阵大风从伊利翁一直吹到喀孔涅斯人的都城伊斯玛洛斯。在那里，我们杀死了守城的男人并洗劫了全城。我建议我的朋友们赶快离开，可他们听不进我的劝告，一味地贪图战利品，并留下来饮酒作乐……部分逃走的喀孔涅斯人从内地搬来了救兵，趁我们欢宴时进行了突袭。寡不敌众的我们有六个同伴还没有站起身就被杀死在了餐桌上，其余的人因为逃得快才幸免于难。

我们虽然逃脱了死神的威胁，可心里却为死去的同伴感到悲哀。后来，宙斯在海上刮起飓风，海上顿时波涛汹涌，战船陷于一片黑暗。还没等我们放下船桅，就有两根桅杆被折断了，船帆也被撕成了碎片，我们好容易才把船驶到了岸边，在那里停泊了两天两夜才把桅杆修好，并配制了新的船帆后才继续启航。可我们刚到伯罗奔尼撒南端的玛勒亚时，又一阵大风把我们吹回了大海。这一次我们在风浪中颠簸了九天九夜，第十天的时候，我们来到一个食忘忧果的民族居住的岛屿。我们去岸上取足了淡水，并派了两名同伴去打探情况，他们发现这里的人正在召开国民大会，并隆重而热情地接待了外乡的来客，主人捧出了忘忧果请他们品尝，这果子甘甜如蜜且作用奇特，吃过的人会忘记忧愁，乐而忘返。我们派出去的人吃了后都不愿回到船上了，最后是我们强行把他们拖了回来。

我们继续航行到野蛮的库克罗普斯人居住的地方。这里的土地肥沃，宙斯让这里每年都风调雨顺，不用耕种就能五谷丰收。这里的居民没有法律，也从不召开国民大会。他们都各自和自己的妻儿居住在山上的岩洞里，不与外人往来。

在库克罗普斯的海湾外不远，有一座植被茂密的小岛。因为库克罗普斯人不会造船，没有人能够渡海到岛上去，岛上野羊成群，土地肥沃，只要有人耕种，很容易获得丰收。这里还有天然的避风港，船只不用下锚系缆也很安稳。天黑时，神引导我们来到这座美丽的小岛。天亮时，我们上岛围猎，打到了许多山羊。我们共有十二只船，每只船上分到九只，我自己留下十只。那一整天我们都在高高兴兴地吃着羊肉，喝着从喀孔涅斯人那儿抢来的葡萄酒。第二天清晨，我突发奇想，希望到对岸去看看那里的风土人情，于是我们便摇船过去，上了岸后，看到了高耸的山洞和周围的桂树，以及树下成群的绵羊和山羊，在巨大的石块砌成的围墙外，是松树和栎树构成的高大的围篱。这里住着一个身材高大的库克罗普斯巨人，他正孤身一人在远处的牧场上放牧。

我挑选了十二名最勇敢的朋友和我同行，并吩咐其余的人都留在船上。我带上一皮袋美酒，这是在伊斯玛洛斯时一个阿波罗神庙的祭司因为我饶了他的性命而送给我的礼物。此外，我还挑了一些精美的食物放在篮子里，我想这些东西一定能够赢得巨人的欢心。

当我们来到山洞时，外出放牧的巨人还没有归来。我们都对山洞里的陈设惊讶不已：大块的乳酪饼装了一篮又一篮，羊圈里挤满了绵羊和山羊，地上到处是篮子、挤奶桶和水罐。我的同伴建议大家把乳酪拿走，把羊都赶上船偷偷离开。唉，现在想来，我当初要是听他们的该多好啊！可我当时没有抑制住自己的好奇心，宁愿得到山洞主人的一份礼物也不愿不光彩地将他的财产偷走。我们点起一堆火，向神祭献了供品，我们也吃了一些乳酪，然后等待主人回来。

巨人终于回来了，他把扛在肩上的木柴扔在地上，我们躲在洞中的角落里，看着他把母羊群赶进山洞，将公羊圈在外面的围栏里，然后搬来一块奇大的巨石封住了洞口。他重重地坐在地上，一面挤羊奶，一面照顾羔羊；他把一半羊奶倒入无花果汁中做成凝乳，并装在篮子里使其干燥；他又把另一半羊奶盛在大盆里作为饮料……做完这一切，巨人在点火时才猛然发现我们挤在山洞的角落里，我们也是第一次清楚地看到这高大的巨人。他额间只长有一只闪闪发光的眼睛，两条大腿犹如千年橡树一般，双臂和双手也是粗壮有力。

“哪里来的外乡人？！”巨人粗暴地问道，“你们是强盗还是小偷？”

我们被问得心惊胆战，最后我壮起胆子回答说：“我们是希腊人，刚从特洛伊战场上回来。我们在海上迷了路，到这里来请求你的帮助。请敬畏神，倾听我们的请求吧。宙斯保护寻求保护的人，也会严厉地惩罚那些对求助者不利的人！”

库克罗普斯巨人发出一阵可怕的笑声：“傻子，你根本不知道自己在跟谁讲话！你以为我们害怕神吗？我们库克罗普斯人比雷神宙斯和其他的神加在一起还要强大！现在赶紧告诉我你们的船藏在哪里？！”

我对这问题早有提防，便从容地回答说：“好朋友啊，我们的船已经被大地的震撼者波塞冬摔碎在山岩上，我们这群人是死里逃生才来到了这里！”巨人听了没做任何回应，直接伸出大手抓住了我的两个同伴并狠狠地摔死在地上，然后像鬣狗吞食猎物一样把他们吃掉了！我们既悲痛又惊恐，高举起双手向宙斯祈祷，控诉这巨人的罪恶。

巨人吃饱了，又喝了羊奶解渴，然后躺在山洞的地上睡了。我想上去用利剑杀死他。但我很快放就弃了这个念头，因为这样做对我们并没有好处——谁能把巨大的石块从洞口搬开呢？因此，我们只能在恐惧的黑暗中坐等天亮。

第二天早晨，库克罗普斯人醒来后，点上火便开始挤羊奶，挤奶工作完成后，他又抓起我的两个同伴作为他的早餐。他吃完后，搬开洞口的巨石，把羊群赶出了山洞，然后，自己也走出去并在外面用石头塞住洞口。我们在山洞里听到他挥着响鞭，吆喝着赶着牧群离开了。我们的内心被恐惧占据着，每个人都惶恐地在山洞里战战兢兢，默默地等待着自己被吃掉。

后来，我终于想出了一个切实可行的好办法。羊圈里有一根库克罗普斯人使用过的像船的桅杆那么大的橄榄木棒，我用它削了一根六尺长的杆子，并请我的朋友们帮忙将它磨滑，将杆子的一端削尖，放在火上烤干以使它变得十分坚硬。我们小心地把这个武器藏在山洞一边的粪堆里。我们抽签决定由谁在巨人睡着时跟我一起把尖木杆戳进巨人的独眼里去，说来也巧，抽签选出了四个最勇敢的人也正是我心里所要挑选的人。

又到了晚上，可怕的巨人又赶着牧群归来了。这一次他把羊全部都赶到了洞里。也许他已经心生怀疑，也许是神决定要帮助我们，我马上就把这故事的结局说给你们听。

像昨晚一样，巨人又把洞口用石头堵住，并抓去了我的另外两个同伴。正在他吞食时，我解开盛酒的皮袋，把浓浓的美酒倒进木桶送到巨人面前，说：“库克罗普斯人，请喝吧！我们从船上带来这种美酒，特意把它送给你，希望你可怜我们，但你待我们却这样凶狠，放我们回去吧。”

库克罗普斯人一句话也不说，接过木桶便将桶里的酒一饮而尽。可以看得出酒的芬芳使他心满意足。他第一次用友好的口气同我说话：“外乡人，再给我喝一桶吧，把你的名字告诉我，以便让我以后也送你一件满意的礼物。我告诉你我是谁吧，我叫波吕斐摩斯。”

他这么要求，我当然乐意再给他喝更多的酒。我接连又给他倒了三桶，他也连续喝了三桶，趁他酒兴发作，神志迷糊时，我灵机一动，对他说：“库克罗普斯人，你想知道我的名字吗？我的名字很奇特，大家都叫我‘无人’。”

库克罗普斯人说：“好的，你应该得到一些回报！无人，我就最后一个吃你吧。你对这份礼物满意吗？”

他讲最后这句话时舌头已经僵硬了，随即他庞大的身躯向后仰去，倒在了地上，粗壮的脖子歪在一边，呼呼地打起鼾来。我飞快地把准备好的尖木头放进火堆里点着，然后由早先选定的四个朋友帮助我，大家合力狠命地把尖尖的木头戳进了巨人的眼睛里！我们转动着木杆，就像木匠在木头上钻孔一样，巨人的睫毛和眉毛立刻都被烧焦，发出了吱吱的响声，被烫伤并戳瞎的眼睛也发出如同灼热的铁块浸入冷水时那种嗞嗞声！巨人痛得大吼大叫，凄厉的嘶喊响彻山洞，格外恐怖，我们都被吓得蜷缩在山洞的角落里。

波吕斐摩斯将木杆从眼睛里拔出来丢开，眼里血流如注。他狂怒得像发了疯似的呼唤其他的库克罗普斯人。他的本族兄弟们闻声跑来围着山洞，在外面询问他发生了什么事。巨人在山洞里大声说；“兄弟们，无人骗了我！无人要刺杀我！”外面的库克罗普斯人听到他的回答，便说：“既然无人伤害你，你叫什么？你莫非发了疯吗？这种病我们库克罗普斯人是不会医治的。”说完，他们便一哄而散。

这个瞎了眼的库克罗普斯人痛苦地呻吟着，摸索着来到洞口，掀开门口的巨石，自己坐在洞里，伸出一只手，不断地摸索着，想抓住趁机和羊群一直逃出去的人。我悄悄地用柳条将每三只羊捆在一起，然后在中间的一只公羊的肚子下藏一个我们的人，这样旁边的两只羊正好可以掩护他。我自己选了那只最大的头羊，骑上去，慢慢转到它的肚子下，紧紧抓住。我们就这样贴在羊身下等着天亮。

天终于亮了，公羊先跑出洞外到牧场吃草。母羊乳房鼓鼓的，咩咩地叫着，等着挤奶。它们倒霉的主人在每一头往外窜的公羊的背上仔细地摸着，知道上面没有人。愚蠢的巨人绝没有想到羊肚下藏着人。载我的那只羊最后才到洞口。波吕斐摩斯摸着它说："你今天怎么落在最后了？你平时总是走在羊群的最前面的，你难道在为主人悲哀吗？是啊，如果你跟我一样，也能说话，那么你一定会告诉我，那个可恶的人和他的同伴藏在哪里。我要把他的脑袋在山洞的墙上撞碎才会解恨。"巨人说着也让这头羊走出了洞口。

现在我们都到了洞外，我第一个从羊肚下面钻出来，然后将我的同伴一个个地从羊肚下面解下来。可惜的是我们只剩下七个人了，我们拥抱在一起，并哀悼死去的同伴。我劝他们不要难过，并赶快把羊群赶到船上去。等我们都上了船并航行出一段距离后，我才朝爬上山坡的库克罗普斯巨人嘲弄地呼喊："喂，波吕斐摩斯，你的对手并非等闲之辈，你的恶行得到了报应，这就是神对你的惩罚！"

波吕斐摩斯怒不可遏，他从山上抓起一块石头，顺着喊声朝我们的船掷来，差点砸中我们的船舵，巨石激起的波浪和水花把我们的船又冲回了岸边！我们奋力划动才使船离开了巨人，我不顾朋友的劝阻，又一次大声呼喊起来："听着，库克罗普斯人！如果有人问你，是谁戳瞎了你的眼睛，不要像上次那样回答了，你告诉他们你的眼睛是征服特洛伊城的英雄奥德修斯戳瞎的！"

库克罗普斯人听到这话，愤怒地吼道："啊，古老的预言现在应验了！多年前欧律摩斯之子、预言家忒勒摩斯说我的眼睛将会被奥德修斯戳瞎。我一直以为这个人是一个高大的巨人，而且力大无穷。想不到他竟是这么一个弱小的人，他用酒把我灌醉，在我熟睡时把我的眼睛戳瞎了！奥德修斯，我请求你回来，这次我会待你像宾客一样，并请海神保佑你一路平安。你要知道我就是波塞冬的儿子。”说着，他就祈求他的父亲波塞冬在我的归途上制造灾难，让我在归途中受尽漂流之苦，忍受孤独的折磨，并让我在返回家乡后也遭到不幸……

我相信，海神一定答应了儿子的请求，只是当时我们并不知道。和我们的部队会合后我们高兴地坐在一起，饮酒食肉，直到太阳落进大海，好像一下子都成了无忧无虑的人。

第二天，当太阳又一次升起在海上时，我们扬帆向故乡的方向开始航行。

埃洛斯的风袋，莱斯特律戈涅斯人，喀耳刻

后来，我们来到神的好友、希波忒斯之子埃洛斯居住的海岛。这岛像是浮在海上一样，环绕于城堡周围的铜墙被砌在陆地边缘的陡峭山岩上。埃洛斯有六个儿子，六个女儿，一家人其乐融融。这位好心的国王招待我们在岛上住了足足一个月。期间他饶有兴趣地向我们打听了关于特洛伊城、希腊英雄以及他们返乡的情况。后来他也一口答应会帮助我们返回家乡，因为宙斯让他掌管各类风，他赠给我一个用九年的老牛皮制成的鼓鼓的皮袋，里面装着各种可以吹遍世界的大风。他亲自用银绳把风袋捆在我们的船上，把袋口扎紧，以免风会漏出来。如果不是我们的冒失和愚蠢，我们本是可以平安回家的。

我们在海上航行了九天九夜后，在第十天的晚上已经来到家乡伊塔刻岛的附近，已经能看清岛上燃烧着的烽火了。可偏偏在这时，我由于过度劳累睡着了，我的同伴们在我睡着时纷纷猜测着埃洛斯国王送给我的皮袋内装着什么礼物。他们一致认为袋子里是金银珠宝。一个心怀嫉妒的人说：“这个奥德修斯无论到哪里都受到重视

和尊敬！看看他一个人从特洛伊带回多少战利品啊！可我们一样地冒险和吃苦，却只落得个两手空空。埃洛斯这次又送给他满满一袋金银财宝，就让我们看看到底有多少吧？”其他人都赞成了他的建议，他们刚解开袋口，所有的风都呼啸而出，把我们的船又吹回了波浪汹涌的大海上。

被风声惊醒的我看到眼前的情形时，恨不得跳进海里让波浪把我埋葬。可最后我还是努力平静下来，决定承受这次不幸。

肆虐的大风又把我们送回了埃洛斯的海岛。我让同伴们留在船上，只带了一个朋友和一个使者去国王的宫殿。国王和妻子儿女们正在用午餐，看到我们又回来了感到十分惊异。当他听说了我们回来的原因时，他生气地从椅子上站起来，大声说：“很显然，这时神祇对你们的痛恨，这样的话你们就不能做我的宾客，快滚吧！”说着他就把我们赶了出去。我们只好悲伤地回到船上继续航行，在海上漂泊了七天后，我们仍然没有看见陆地的影子，大家都陷入了深深的绝望。

最后，我们看到一处海岸，岸上有一座碉楼众多的城堡。我们后来才知道这是忒勒菲罗斯城，是莱斯特律戈涅斯人居住的地方。由于当时我们并不知道，而且也看不清城里有什么异样，便把船停进了被山岩包围的平静港口。然后我登上山岩放眼四望，我看不到一块耕地，也看不到牛羊，只看见城头的青烟升上天空。

我派出两个朋友和一名使者前去侦察，他们沿着一条林间小道向冒烟的地方走去，到达城墙附近的时候，他们遇到了莱斯特律戈涅斯国王安提法忒斯的女儿，她正要到泉边汲水。姑娘高大的体型使他们大为吃惊，这位公主友好地给他们指点去父亲宫殿的路，并介绍了关于城市和居民的情况。我们的人进了城并走进国王的宫殿，见到了身形高大如山的王后。原来莱斯特律戈涅斯人也是吃人的巨人。王后急忙叫出丈夫抓起我们的使者，这国王下令将他洗净烹煮以作为他的晚餐。另外两个人吓得拼命逃跑，一千多名全副武装的莱斯特律戈涅斯巨人追了上来，用巨石砸向我们的船，船板破碎声和垂死者的呻吟声到处都是。我早已把自己的船停在一块岩石的后面，巨石砸不到才躲过一劫，可其他的船都被砸沉了。后来我带着少数幸存下来的伙伴，驾船逃离了港口。

我们挤在一只船上继续航行了几天后，来到埃埃厄岛。这里住着美丽的女仙喀耳刻。她是太阳神和海神的女儿珀耳塞所生的孩子，是国王埃厄忒斯的妹妹。喀耳刻在岛上有一座漂亮的宫殿。当我们驶进港湾时，还不知道什么人住在那里。停好船后我们因过分劳累，就躺在岸边的草地上睡着了，这一睡就是两天两夜。到了第三天清晨，我佩剑执矛出发去探路。不久，我发现了一楼青烟从宫中升起，这让我不禁想起不久前发生的悲剧，于是我决定先回到我朋友们的身边。一定是神可怜已经快要断粮的我们，在回来的途中我发现一头高大的雄鹿。我用长矛刺死了它，用柳条编成的绳索捆住鹿脚，背回到了我们的船上。

同伴们看到我带回了猎物都非常高兴。我们将鹿肉烤得喷香，又找出剩下的一点点面包和酒，大吃了一顿。我给他们讲起我看到宫中冒出青烟的事，大家因为有了前车之鉴，都不敢去侦察，只有我一个人还没有丧失勇气。于是我把同伴们分为两队，分别由我和欧律罗科斯率领。我们在战盔里抽签，结果欧律罗科斯抽中，于是他带着二十二名伙伴心惊胆战地朝着有烟冒出的地方走去。

不久，他们在绿荫遮蔽的山谷里看到了一座华丽的宫殿，宫殿四周环绕着漂亮的围墙。这是女仙喀耳刻居住的地方。他们走近后才突然看见宫院里有许多狼和狮子，奇怪的是这些野兽都很温和，只是慢慢地走过来对着陌生人摇尾巴。我们后来才知道它们原来都是人，是被喀耳刻用魔法变成了野兽。

他们走近宫殿的大门，听到里面传出了喀耳刻美妙的歌声，她一边唱着歌，一边织着一件漂亮的衣服。我的朋友们兴奋地一齐呼唤她，喀耳刻走到门外，友好地邀请他们进去。大家都跟着她进去了，只有谨慎的欧律罗科斯站在原地没动，他吸取了以往的教训，怀疑其中有诈。

喀耳刻请走进宫殿的人们坐在华丽的椅子上，并且端来了乳酪、蜂蜜和美酒招待大家，只是她趁大家不注意的时候在食物里掺进了一些魔药。我的同伴们刚咬了一口，就变成了全身长毛的公猪。喀耳刻把他们赶进了猪圈，扔给他们一些僵硬的橡实和野果。

欧律罗科斯从远处看到了这一切，连忙转身逃回船上向我汇报朋友们的遭遇。当时他气喘吁吁的，而且被吓得说不出话，只是一个劲儿地流眼泪。当天诉说完这恐怖的事情，我连忙拿起武器，要求他马上带我去宫殿。可他用双臂抱住我的双膝，恳求我不要自投罗网。

“相信我吧，”他呜咽着说，“你不但救不了朋友们，连你自己也回不来！还是让我们赶快离开这个该死的海岛吧！”我让他留下来，独自前去解救我的朋友们。在路上，我遇到一个手执金杖的年轻人，我认出他是神的使者赫耳墨斯。赫耳墨斯友好地抓住我的手，说：“可怜的人哪，你在这里干什么？你的朋友们全被喀耳刻变成了公猪关在猪圈里。你想救出他们吗？很可能你也会像他们一样的，我送你一件防身的东西……”

赫耳墨斯一边说着一边从地上拔起一株开着白花的黑根草，告诉我：“这草是魔草，你只要带上这种草，她就不能伤害你；如果她用魔棒来触碰你，你就抽出宝剑冲上去，做出要刺杀她的样子，这时她就会求饶，你要让她发誓保证不再伤害你，然后你就可以放心地和她住在一起，等你和她熟悉后，她就不会拒绝你的要求，相反还会把你的朋友恢复成人！”

赫耳墨斯说完后就消失了，我走到喀耳刻的宫殿门口大声呼唤她。她走出来后，还是友好地招呼我进去，请我坐在华丽的椅子上，然后在一只金碗内调酒，还没等我把酒喝完，她就迫不及待地用魔杖触我。我抽出宝剑朝她奔去，她吓得惊叫一声倒在地上，双手抱住我的双膝向我哀求：“可怜可怜我吧！伟大的人，你是谁？我的魔药对你也失效了，从来没有人能抵抗我的魔力。莫非你就是奥德修斯？许多年前，赫耳墨斯向我预言说你从特洛伊回国时必经此地。如果真是这样，就请你收起宝剑，让我们成为朋友吧！”可是我并没有放下宝剑，并对她说：“喀耳刻，你把我的随从骗进宫殿，用魔法将他们变成猪，我不可能做你的朋友！除非你在这里发誓保证不伤害我。”她按我的要求发了誓后我才放心，并且安安稳稳地睡了一夜。

第二天清晨，喀耳刻的四个仙女侍女整理了屋子，在桌子上摆满了美味佳肴，然而我并未进食，只是满面愁容地坐在漂亮的女主人的对面。她不禁问我为何如此忧郁。我对她说：“一个人的朋友遭了难，他哪有心情饮宴呢？如果你要我高兴地和你用餐，就请你把我的朋友恢复人形吧！”

喀耳刻拿起魔杖走出了屋子，把我的朋友们从猪圈里赶了出来，用另一种魔药一个个地涂抹他们，猪毛脱落下来，我的朋友们又变成了人，而且比以前更年轻英俊了。这时女神对我说：“我满足了你的愿望，请你也满足我一个愿望吧。请把你的船拉上岸，将船上的货物都运到岸边的山洞里，你和你的朋友们就留在我这里愉快地生活吧！”

喀耳刻的话让我动了心，我快速回到海上去见留守的朋友，原本以为我已经死了的他们看到我都欢呼着奔了过来。只有欧律罗科斯没有同意留在岛上住下，他说：“你们真的愿意和女巫住在一起啊？你们怎么会这么心甘情愿地走向毁灭呢？不要忘了奥德修斯头脑发热时让我们落到库克罗普斯人的手里时遭受的一切！”听他讲这话，我恨不得拔剑砍他，在其他朋友们的劝阻下我才冷静下来。

欧律罗科斯也被我的举动吓到了，不得不跟大家一起收拾出发。此时，喀耳刻已为我那些恢复人形的朋友们备好热水，让他们洗过澡，穿上华丽的衣服。当我们到达宫殿时，他们正高高兴兴地享用早餐。朋友们别后重聚，高兴得流泪。

我们在喀耳刻那里整整住了一年后，朋友们劝我动身回国，此时的我也产生了思乡之情。当天晚上，我抱住喀耳刻的双膝，恳求她履行诺言，放我回去。喀耳刻回答说：“你说得对，奥德修斯。我不能强迫你留在这儿。可是在你回家前，你必须先到哈得斯和珀耳塞福涅的地府去，向底比斯的预言家忒瑞西阿斯的幽灵询问未来的事。这位老人虽然死了，但冥后珀耳塞福涅仍然让他保留了预言未来的本领。”

听了她的话后我不禁毛骨悚然，我害怕去见死去的人。于是问她谁可以当我的向导，因为还没有一个活人游历过地府。喀耳刻回答说：“别担心，你只要竖起桅杆，张起船帆，风自然会把你吹到那里。当你到达俄刻阿诺斯海滩时，就在长着一排排白杨树的地方登陆。那里是珀耳塞福涅的圣林，你将会找到地府的入口。在山谷的一块岩石边，你会发现一个裂口，你需要在那里给亡灵献祭，并且许愿回到伊塔刻后再给他们献祭。当然，你应该给忒瑞西阿斯献祭一头黑山羊，还应该献祭一公一母两头黑羊，在你的同伴们献祭牲口并向神祈祷时，你望着岩缝里面的溪水就会看见死者的幽灵争相涌来，想要尝尝祭品的鲜血。你必须用剑把它们挡住，在向忒瑞西阿斯打听前程前别让它们靠近。他很快就会出现，并给你指点回家的路程。”

第二天早晨，我把同伴们召到我的周围，对他们说：“尊贵的朋友们，你们一定以为我们可以直接动身回家了，可情况却不是这样，因为喀耳刻让我们必须走另一条路，到哈得斯的地府里去，向底比斯预言家忒瑞西阿斯的幽灵询问我们的归程！”同伴们听到这话，心都要碎了，纷纷抱怨着，但我还是命令他们立即跟我一起到海船上去。喀耳刻已赶在我们前面把献祭的羊送上了船，还为我们准备了充足的蜂蜜、美酒和面粉。我们把船推到海里，竖桅张帆，喀耳刻给我们送来一阵顺风，不一会儿，我们便又航行在大海上了。

在阴间

日落大海，一阵大风把我们送到了世界的尽头，这里终年浓雾，是阳光永远也照不到的地方。我们按照喀耳刻的吩咐，来到两条河汇合处的山岩前开始献祭。当羊血刚流入我们掘开的土坑时，死者的幽魂就从岩缝里涌了出来，男女老少都有，还有许多披着血色战袍的战死的英雄。他们成群结队，大声呻吟着在祭供的土坑上面游荡。惊恐之余我很快镇静下来，依照喀耳刻的吩咐命令同伴们焚烧祭羊，并祈求神保护。我抽出宝剑，把幽灵赶开，在忒瑞西阿斯的灵魂出现之前，我不让他们喝到羊血。我看到了我故去的母亲的亡灵，可是她却不认识我，这让我伤心不已。

忒瑞西阿斯的灵魂终于出现了，他立刻认出了我，对我说："尊贵的奥德修斯，你怎么来到了令人恐怖的阴间？请把宝剑从土坑上移开，让我喝一口祭供的鲜血吧，然后我告诉你未来的事情。"听到这话，我往后退了一步，把剑收入剑鞘。他俯下身，舐着献祭的羊血，然后说道："奥德修斯，我知道你希望我告诉你回归祖国的可喜消息，可是海神波塞冬在阻拦你，你逃不出他的手掌。你曾经把他儿子波吕斐摩斯的眼睛戳瞎而得罪了他。你的归程不会平安，但你也不必失望，因为你最后仍能回到故土。你首先会在特里纳喀亚岛登陆，记住不要动太阳神养在那里的圣牛和圣羊，如果你伤害它们，你的船和你的朋友就会遭殃，即使你一个人侥幸逃出，也要孤独可怜地过上许多年才能回到故乡；回到家后，悲愁和烦恼还会纠缠你，因为骄横的男人们在挥霍你的财产，向你的妻子珀涅罗珀求婚，你将用计谋或武力杀掉他们；不久后，你又要漂流到一个地方，那里的人不知道大海，也没见过船只，在那里，有人会奇怪地问你为什么在肩上扛一把木铲，那时你需要把船桨插在地上，并向海神波塞冬献祭，请求海神的谅解。你需要把航海知识传给异族，海神就会息怒。在这一切之后，你会重新回家，你的王国也会从此繁荣昌盛，你也可以活到老年，在一个离开大海很远的地方离开世间。"

我感谢老人的灵魂给我的预言，并问他说："瞧，我母亲的幽灵坐在那里，可是她默默无言，也不看我一眼。请告诉我，我该怎样使她认出自己的儿子呢？"

“让她喝些祭供的鲜血，她就会开口说话了。”忒瑞西阿斯回答说。说完，他的阴魂消失在黑暗的阴间王国里。

我让母亲的亡灵吮吸了献祭的血，她终于认出了我，流着泪对我说：“亲爱的儿子，你活得好好的怎么会来到这死人的王国呢？你是从特洛伊归来然后一直在海上漂流吗？”我把我们的情况详细地告诉了她，然后问她是如何去世的，并向她打听了家中的情况。母亲回答说：“你的妻子仍在家中，坚贞不渝地等你回去。她日日夜夜地为你流泪，你的儿子忒勒玛科斯管理着你的财产，你的父亲拉厄耳忒斯在乡下居住，不愿到城里去。整个冬天，他像仆人似的躺在炉边的稻草上，衣衫褴褛，到了夏天，他就露宿野外，他是因为悲叹你的命运才过这种生活的。我可爱的儿子，我也是因为想念你而死的。”

我听了母亲的话，深受感动，张开双臂想去拥抱她，可是她却像梦中的幻影一样消失了。现在许多阴魂涌过来，他们都吮吸着鲜血，向我诉说各自的命运……

我抬起头来，看到了令我激动的幻影，那是大统帅阿伽门农的阴魂。他慢慢地走近土坑，吮吸鲜血。然后抬起头，看着我悲痛地哭了起来。他朝我伸出双手，但却无法触碰到我。我急忙问起他的情况，他说道：“尊贵的奥德修斯啊，也许你以为是海神把我淹死的，其实不是。我的妻子克吕泰涅斯特拉和她的情人埃癸斯托斯趁我沐浴时谋杀了我，在我怀着对妻儿的想念之情从远方归来时被他们杀害了。为此，我也劝你，奥德修斯，千万要小心，不要太相信自己的妻子，不要因为她的热情而把秘密都告诉她。我知道你的妻子是聪明而贤淑的！但尽管如此，我仍然劝你悄悄地返回伊塔刻，因为能够被完全相信的女人几乎是不存在的！”

说完这些晦涩的话，他就转身消失了。接着，阿喀琉斯和他的朋友帕特洛克罗斯的阴魂来到我的面前，还有安提罗科斯和大英雄埃阿斯。阿喀琉斯先俯下身去吮吸鲜血，他认出了我，觉得很奇怪。我对他说明了到这儿来的原因，并说他生前像神一般受人尊重，死后也一定是伟大的阴魂，过得幸福。他听了忧伤地回答说："奥德修斯哟，不要对死者说安慰话了！我宁愿在人间当奴仆，也不愿在阴间当君王。"我忍住悲伤，对他讲起他的儿子涅俄普托勒摩斯的英雄业绩，他听了后满意地离开了。

其他死者的阴魂吸了鲜血后都和我交谈，只有埃阿斯除外。我在特洛伊城前与他争夺阿喀琉斯的武器，我赢了，他因此自杀，所以他对我很痛恨，冷冷地站在一边。我温和地对他说："忒拉蒙之子啊，你难道到了地府还不能忘掉我们之间的争斗吗？那是命运女神的安排啊。高贵的王子，请你跟我说话吧！"可是他仍然默默无言，转身消失在了黑暗中。

这时，我看见那些死去的英雄的幽灵全部往我身边涌来，我突然感到害怕了，赶紧和我的同伴们离开了裂口，朝我们的大船走去……

塞壬女仙，斯策拉和卡律布狄斯，太阳神的牛群

第一次冒险发生在塞壬女仙们居住的海岛上。女仙们坐在绿色的海岸上，看见船只驶过时就以美妙的歌喉迷惑航海的人。被歌声吸引而想登陆的人便会遭到灭亡。因此，这儿的海岸上尸骨成堆，极其恐怖而阴森。我们的船在海岛旁突然停了下来，因为吹动我们前进的顺风突然停息了。于是我们便收起船帆，开始摇桨前进。

这时，我想起了喀耳刻曾经给我的警告，她说："当你经过塞壬女仙居住的海岛时，女仙们会用歌声引诱你们，你必须用蜡把你朋友们的耳朵塞起来，不让他们听到歌声。如果你自己想听的话，就让人先把你的手脚绑在桅杆上，吩咐他们你越是请求他们给你松绑，就得把你捆得越紧……"想到这里，我立刻割下一块蜂蜡，将它揉软，然后塞住我朋友们的耳朵，他们也照我的吩咐把我捆在桅杆上，然后合力摇桨。塞壬女仙们看到船只靠近，都变作美女来到海岸上，用甜蜜而清脆的嗓音唱着：

来呀，奥德修斯，载满荣耀的希腊人，

请停下来倾听我们的歌声吧！
从没有船能驶过这美丽的塞壬岛，
除非舵手们停下来倾听我们甜美的歌声。
我们美丽的歌声给你们快乐与智慧，
伴随你们平安前进。
因为我们完全知道在特洛伊的原野里，
神使双方的英雄备尝生活的艰辛。
此外我们的睿智如普照天下的日月，
深知大地上发生的一切事情。

我听着听着，心里突然产生了一股抑制不住的想走向他们的愿望。我请朋友们放开我，但他们什么也听不到，只是奋力地摇着桨前进。欧律罗科斯和珀里墨得斯牢记我的吩咐，他们走过来，把我捆得更紧。直到我们平安地驶过塞壬岛，完全听不见她们的歌声了，大家才取出耳中的蜡条，并把我从桅杆上解下来，我们成功摆脱了塞壬女仙的引诱。

我们继续前进着。不久后我看到前方水花迸溅，波涛汹涌，原来我们到了卡律布狄斯大漩涡。它每天三次从悬崖下涌出，并在退落时吞没任何驶过的船只。我的朋友们吓得连手上的桨都掉在水里，差点被波浪卷没，船停了下来。我从座位上站起来，走到船头鼓励大家说："朋友们啊！今天我们遇到的危险远比不上我们在库克罗普斯的山洞里的经历，当时我们也从那里逃出来了。现在，大家不要慌，听我的吩咐都坐在原位，抓紧桨，勇敢地朝漩涡冲过去！宙斯一定会帮助我们的。掌舵的朋友要拿出看家的本领来，让我们的船靠岩边航行，不要被卷进漩涡里！"

喀耳刻曾经对我讲起过卡律布狄斯大漩涡的时候还提醒我提防海妖斯库拉[1]，但为了不引起恐慌，我对朋友们没有提及过。只是当时我却忘了喀耳刻的另一个提醒，她让我在跟海妖搏斗时不要穿

1 斯库拉（Scylla），意大利和西西里海峡之间的卡律布狄斯对面的海妖。

铠甲。我仍然穿着铠甲，手持两根长矛，站在船头小心地观察，准备迎头痛击冒出水面的海妖。我想起喀耳刻向我描述过斯库拉的模样：她是一个杀不死的海妖，唯一的办法就是避开她，她住在卡律布狄斯大漩涡对面山岩上的一个常年不见阳光的山洞里，海妖有十二只不规则的脚，有六个蛇一样的脖子，每个脖子上各有一颗可怕的头，张着血盆大口，露出三排毒牙，她会把一半身子潜伏在山洞里，而把六个头伸出洞外，吞吃海豹等动物，而且每一艘船经过这里时都会被她吞掉几个水手。

我们的船已接近卡律布狄斯大漩涡，它真像火炉上的一锅沸水一样翻腾，激起漫天雪白的水花。当潮退时，海水混浊，涛声如雷。这时一眼就能看到下面黑暗的岩穴。当我们惊恐地注视着这一可怕的景象时，海怪斯库拉突然出现在我们面前，她一口就叼走了我们六个同伴并顷刻间把他们咬得稀烂，我们遭受过很多不幸，但从未见过如此凄惨的景象。

我们终于逃出了卡律布狄斯大漩涡和海妖斯策拉之间的隘口，航行在平静的海面上。特里纳喀亚岛出现在我们的眼前。这岛上阳光明媚，生意盎然，太阳神的牧群传来神牛和神羊的叫声。我想起了忒瑞西阿斯的警告，便连忙吩咐同伴们避开太阳神的海岛，但我的同伴们听到这话却很不高兴。欧律罗科斯恼怒地说："奥德修斯，你是一个狠心的人。我们已经精疲力竭了，你难道真忍心不让我们休息一下，去岛上吃点东西喝点水吗？难道我们要整夜在漆黑的海上航行吗？如果夜晚有风暴袭击我们怎么办？就让我们在岸上过一夜吧！瞧这里的海岸多么可爱迷人！"

我的意见遭到强烈的反对，于是我知道一定有一个和我敌对的神想要毁灭我们。我只得说："欧律罗科斯，你们不该逼我上岸，我可以让步，只是你们要发誓，决不可宰杀太阳神的牛羊，只能吃喀耳刻送给我们的食品！"他们都同意了。我们便驾船驶入海湾，离船上岛，并用了晚餐。用完餐，我们又想起被海妖吃掉的六个同伴，心里都很悲痛，后来我们都因疲劳不堪，都倒地睡着了。

后半夜时，宙斯突然吹起一阵可怕的飓风。天亮时我们把船驶到山岩下躲避。我知道天气骤变定有缘故，便再次警告同伴们千万不能杀害太阳神的牛羊。这次大风使我们在岛上足足逗留了一个月。海面上刮着对我们不利的南风和东风。同时，我们还面临着粮食耗尽的威胁，同伴们只好捉鱼捕鸟用来充饥。我顺着海岸走，希望能遇到一个神或凡人能为我们解难。我在远离朋友们的地方找了一块浅滩，把双手伸进海水里洗干净，以便用一双洁净的手向神祈祷，我虔诚地伏在地上，祈求神给我们一条生路。但神却使我昏昏沉沉进入了梦乡。

当我离开时，欧律罗科斯向我的朋友们提了一个极危险的建议："朋友们，死的方式有很多，但活活饿死是最难受的。我们为什么不去杀几头牛，把最好的肉献祭神，而把剩下的肉用来填饱我们的肚子呢？我们将来回到伊塔刻时再给太阳神建造一座漂亮的神庙，请求他的宽恕。如果他真的恼恨我们，那么我宁愿在海里淹死，也不愿被活活饿死。"

饥肠辘辘的同伴们禁不住诱惑，他们立即从太阳神的牧群中选了几头肥牛，在对神祈祷后将牛杀死，把好肉献祭给神。因为船上的酒早已喝完了，他们只好用清水浇在祭品上，为神举行灌礼。然后他们围成一团，津津有味地吃着烤熟的牛肉。我醒来后，在远处就闻到了牛肉的香味。我大吃一惊，仰望着苍天大声呼喊着："万神之父宙斯哟，你为什么让我睡着？我的朋友们犯下了何等的罪过啊！"

太阳神听说他的圣地上所发生的事后，恼怒地来到奥林匹斯圣山，向神们申述这件亵渎神灵的事件。太阳神威胁说如果偷牛的罪人们得不到惩罚，他就把太阳车赶到地府去照耀死人，而永远都不再给大地送去光明。宙斯愤怒地从神位上站了起来说："我将用雷霆把他们的船击得粉碎，让它沉入海底。"这些都是女仙卡吕普索从赫尔墨斯那里听来然后告诉我的。

我回到船边，把我的朋友们狠狠地责备了一顿，但这一切都已经晚了，神牛已被杀死，牛肉堆放在我的面前。可怕的预兆表明他们犯下了大罪：剥下的牛皮自己会走动，在铁叉上的烤牛肉发出牛的哞哞声，可那些饿昏了头的同伴们仍然不顾这些预兆大吃大嚼。

第七天的时候，风势减弱，我们登上船向大海航行。当完全看不见海岸的时候，宙斯在我们头上堆起了重重的乌云，吹来强劲的西风，船桅上的两根缆绳被刮断了，桅杆轰然倒下，我们的舵手被当场砸死；天空中又射来闪电轰击着船只，我的朋友们都跌进水中挣扎着，最后都被海浪吞没了，船上只剩下了我一个人。船的两舷开始裂开并脱落，残破的船体像树叶一样在波浪中翻滚。我抓住荡在桅杆上的皮绳，把桅杆和船体捆结实，做成了一只小舢板。我坐在上面向神祇呼救，并随着波浪颠簸漂荡。

最后，暴风终于平息了。海面上吹起阵阵南风，这又使我产生了新的恐惧，因为我会再次被吹进斯库拉的岩洞和卡律布狄斯大漩涡那里去。果然，拂晓时我看到了斯库拉的岩洞和可怕的大漩涡。还没有来得及思考，我的船就被卷进了漩涡里，我连忙抓住悬崖上一棵下垂的无花果树枝，像蝙蝠一样吊在空中……当看到我的小舢舨又从漩涡里冒上来时，我马上落上去，用双手拼命地划动，才逃出了大漩涡。要不是宙斯保佑我安全通过，我早就成了海妖的美餐了。

我在茫茫的大海里漂泊了九天九夜。第十天夜里，神们可怜我，把我推上俄古癸亚岛。这里是高贵而威严的女仙卡吕普索居住的地方。她收留了我……最后这件事，昨天我已经对你和王后说过，就不再赘述了。

奥德修斯回到伊塔刻

淮阿喀亚人把赠送给奥德修斯的礼物送到船上。国王在宫中举行了盛大的告别宴会，为奥德修斯送行。奥德修斯归心似箭，没有等宴会完全结束就告别了国王启程了。

大船飞快而平稳地在海面上航行，当晨星闪耀在天空时，船已经朝着伊塔刻岛的方向驶去，不久就进入了平静的港湾。这里是祭奉海神福耳基斯的圣地。港湾中间的岸上长着一棵古老的橄榄树，树旁幽暗的山洞是海洋女神们的住所，洞里诸多的石罐石坛是蜜蜂储蜜的地方，在一旁有几架织机，仙女们用它们织出美丽的衣裳，山洞里涌出两股永不枯竭的泉水。山洞有南北两个进口：北边的供凡人进出，南边隐蔽的门供仙女们进出。淮阿喀亚人在山洞附近上岸，他们把奥德修斯连人带床抬到洞前树下的沙地上，并把国王和其他王子们赠送的礼物都放在稍远的不易被注意的地方免得被人偷去。他们不敢把奥德修斯唤醒，因为他们相信熟睡是神送给奥德修斯的礼物。他们悄悄地告别了他，上了船划桨向家乡驶去。

海神波塞冬对淮阿喀亚人在帕拉斯·雅典娜的帮助下夺走他的猎物非常恼怒，他向宙斯要求报复淮阿喀亚人并得到了同意。当归程的船只来到舍利亚岛时，波塞冬突然从波浪中跳出来，将船只和船上的一切都变成了石头。正在岸边迎接的淮阿喀亚人看到这情景都大吃一惊。

国王阿尔喀诺俄斯听说了这件事，叹息道："天哪，我父亲说过的那个古老预言终于应验了。父亲当年对我说因为我们善于航海，可以把任何外乡人平安地送回自己的故乡，所以波塞冬心里对我们很恼恨。将来有一天，一条送客归来的船会变成石头，像一座小山似的耸立在城外。以后，我们不能再把寻求保护的外乡人送回去了。现在，我们应该向愤怒的海神波塞冬献祭，向他祈祷并请求他的原谅。"淮阿喀亚人听到这话，心里很害怕，他们赶忙去准备祭品向海神献祭。

同时，奥德修斯在伊塔刻的海滩上醒了过来。他离家太久，已经认不出这里了。况且雅典娜降下的浓雾将他团团围住，她不想让他冒冒失失地回到他的宫殿里去，因为求婚人仍在他的宫殿里胡作非为。奥德修斯坐起身来，拍着额头痛苦地叫起来："我是多么不幸啊，又到了一个陌生的国家。我在这里又会遇到什么新的怪物呢？我要是留在淮阿喀亚和他们一起生活该多好啊！他们是那么友好，但现在好像也骗了我。他们答应把我送回伊塔刻，现在却把我扔在这块陌生的地方，他们一定也偷走了送我的礼物，但愿宙斯惩罚他们！”

奥德修斯环望四周，看到自己的礼物都整齐地堆放在那里，而且点了一遍后发现什么也没有少。他正沉思着在海滩上徘徊时，女神雅典娜变形为一个牧人朝他走来，奥德修斯友好地问他这是什么地方。女神说：“你一定是从远方回来的人吧，告诉你吧，这是世界有名的海岛伊塔刻！”

奥德修斯听到他日思夜想的祖国的名字，心里别提多高兴了！可是他仍然保持着谨慎，没有对牧人说出自己的名字。他佯称自己带了一半财物从克里特岛过来，另一半的财产留在那里给了儿子们，还说克里特岛的强盗企图抢劫他的财产，他是不得已才逃了出来。雅典娜微微一笑，爱抚地摸了摸他的脸颊，然后恢复了高大美丽的真身，说：“你的确是个狡黠的人，即使神要胜过你，也必须极其精明才行！你回到了自己的祖国，却仍然不说真话，如果说你是凡人中最聪明的，那么我就是神中最聪明的。你还没有认出我，而且还不知道正是我帮助你渡过了种种难关，并使你受到淮阿喀亚人的友好接待。我现在特地赶来，想帮助你隐藏这些财物，并要告诉你你回宫后必将遇到的困难和考验。”

奥德修斯听了大吃一惊，他抬起头，仰望着女神，回答说：“您是神的女儿，可以变换成各种模样，我一个凡人怎能认出你来呢？自从特洛伊陷落后，我一直没有看到您的真身。现在，请告诉我：我真的回到了我的祖国吗？你不是在安慰我吧？”

“你自己去看吧，”雅典娜说，“你看这不是福耳基斯海湾，那不是橄榄树吗？你不是曾经在前面的仙女洞里献祭了不少的祭品吗？”雅典娜一面说，一面拂去他眼前的层层迷雾，使他清楚地看到家乡的山水。奥德修斯兴奋地伏在地上，并向保护地方的仙女们祈祷。雅典娜帮他把带回来的礼物藏在山洞里，并在一切藏匿停当后，推来一块巨石拦住洞口。接着，他和雅典娜坐在橄榄树下，商量回宫后对付和消灭求婚人的办法。雅典娜对他说出了求婚人的无耻行径，并称赞他妻子的贤惠和忠贞。

“天哪，”奥德修斯听到这事后，望着苍天大叫一声，“仁慈的女神，如果你没有把这一切都告诉我，那我回家以后一定会像回到迈锡尼的阿伽门农一样惨遭杀死。如果你愿意援助我，即使我面临三百个敌人也不会害怕。”

女神听了微微一笑，回答说：“请放心，我的朋友，我绝不会离开你。现在，我首先要让任何人都认不出你来，让你即使在自己的妻儿面前也只是一个又老又丑的外乡客。你第一个要找的是你忠实的仆人，他现在在阿瑞图萨山泉附近的山麓牧猪，你要坐到他的身旁，向他打听家中所发生的事情。我利用这段时间赶到斯巴达去，召回你的儿子忒勒玛科斯，他到墨涅拉俄斯国王那儿打听你的消息去了。”

女神说完，用她的神杖轻触奥德修斯，把他变成了一个衣着褴褛的乞丐。女神给他一根棍子和一个背在肩上的破口袋后，就隐身不见了。

奥德修斯和牧猪人

变成乞丐的奥德修斯穿过茂密的山林和高地，找到了忠心的仆人、牧猪人欧迈俄斯。欧迈俄斯正在山坡上用巨石围成的牧场上牧猪。宫殿里的求婚人每天都要宰杀一头肥猪，四条猛犬在看守猪群，它们看上去像恶狼一样凶暴。

牧猪人正在处理做绊鞋用的牛皮，他的三个助手赶着猪去放牧了，第四个助手进城给横蛮的求婚者们送猪去了，所以现在只有他一人留在那里。

那些狗发现了奥德修斯，吠叫着扑了过来。如果不是牧猪人及时赶到用石头把狗赶走，奥德修斯肯定要被自家的狗咬伤了。牧猪人转向他的主人（他看到的只是一个外乡来的乞丐）说：“老人家，我要来晚点，你就会被狗咬了。进屋来吧，可怜的外乡人，我会给你一点吃的，等你吃饱喝足后，你再告诉我你从哪里来，你看上去实在太可怜了！”

他们进了草房，牧猪人在地上铺了些树叶，又在上面垫了一张粗陋的野羊皮，请奥德修斯坐在上面。奥德修斯连声说着感谢，牧猪人欧迈俄斯回答说：“老人家，我们不会怠慢任何客人，只是我没有什么财产可以好好招待你，如果我的主人在，我的情况一定会好很多，他会赐给我房屋田地，那样我就能慷慨地款待外乡的朋友了！可是他可能已经不在这世上了……”

说完，牧猪人走进猪圈。他抓了两只猪仔杀掉准备招待客人。他把肉切成片，穿在铁叉上烤熟后递给奥德修斯，又把甜酒倒在木碗内，放在了外乡人的面前，说：“请尽情地享用吧，外乡人，这只是小猪肉，大肥猪都被无耻的求婚人吃光了。他们一定听说我的主人已经死去，所以都跑来向他的妻子求婚，全不依照平常的规矩，放肆地挥霍属于我主人的财物。他们日夜饮宴，喝光了一桶又一桶的美酒。我主人的财富有二十个君主的财产那样多！他有十二群牛，十二群羊，都由他的牧人在草地上放牧，但他们每天必须给求婚人送上一头肥羊。我也要从我放牧猪群中每天挑选一头肥猪，送给那批贪得无厌的求婚者！”

牧人在说这些时，奥德修斯不停地大吃大喝，不说一句话。他心里涌动着复仇的想法。当他吃饱喝足后，他对牧人说：“亲爱的朋友，给我更详细地讲一讲你主人的情况吧！我也许认识他见过他，因为我也算得上是个走遍天下的人！”

牧猪人不相信地摇着头说：“你以为一个外乡人给我们讲一点有关主人的事，我们就会相信吗？过去已有不少的外乡客，为了寻求衣食和住宿，讲了不少关于主人的情况，令王后和王子听了感动得流泪。但我认为他们都是来骗吃骗喝的，我相信主人一定不在人世了。当我想起主人奥德修斯的时候，我就觉得是在想念一位仁慈的长兄一样难过。”

“我亲爱的朋友，”奥德修斯说，“尽管你在心里不相信他会回来，可是我却要对你发誓：奥德修斯一定能回来。我要在他回来后，才会向你们要求报酬，要求你们送我衣衫。我虽然贫穷，但我绝不会说谎。相反的，我恨死了说谎的无赖。你听着，我当着宙斯的面向你发誓：在今年年底以前，他一定会回到他的宫殿，并收拾那批骚扰他的妻子和儿子的求婚人。”

“啊，老人家，”欧迈俄斯回答说，“你安静地喝酒吧，别再胡说了。你的预言得不到我的报酬，因为我的主人奥德修斯不会回来了。我现在只担心他的儿子忒勒玛科斯。我希望他的聪明才智跟他父亲的一样。可是有人，也可能是神使他失去了理智，他到皮洛斯去打听父亲的消息了。求婚者们却趁机埋伏在半路上，准备把古老的阿耳喀西俄斯家族的最后一棵根苗除掉。现在请告诉我你是谁吧，你为什么事来到伊塔刻呢？”

奥德修斯给牧猪人编造了一段故事，说自己是没落的富家子弟，家住克里特岛，然后又编了一些离奇的冒险经历。他在故事中提到了特洛伊战争，说在那里认识了奥德修斯，还说在回家途中风浪使他漂到忒斯普洛托斯人的海岸，那里的国王对他讲奥德修斯曾在忒斯普洛托斯做客，后来他到多多那的神坛祈求宙斯的神谕去了。

当他说完后，牧猪人说道：“不幸的外乡人哪，你的遭遇使我深受感动，可是关于奥德修斯的事我却不能相信你。几年前，一个人路经这里对我说他在克里特岛的国王伊多墨纽斯那儿看到过奥德修斯，说奥德修斯正在修理被风浪打坏的船。他还说奥德修斯在夏天，最迟在秋天一定会带着他的同伴和丰富的战利品回到家乡的。而他说这些谎话只是为了让我收留他。从那以后，我再也不相信别人说的关于我主人的话。你不用说谎了，你不说谎我也会招待你的。”

不一会儿，他的助手们都赶着猪回来了。老牧人吩咐宰杀一头五年的肥猪招待客人。他用一部分猪肉献祭仙女和神赫耳墨斯，并把另一部分猪肉分给他的助手，然后把最好的肉献给客人，尽管这位客人在他的眼中不过是一个乞丐而已。

奥德修斯深受感动，他感激地喊道："友好的欧迈俄斯哟，我如此潦倒地站在你的面前，你却如此尊敬我，愿宙斯保佑你。"

他们正在欢乐地吃喝时，乌云遮住了月亮，西风在空中呼啸，随即大雨瓢泼而下。奥德修斯因衣衫褴褛，感到寒冷，不由得紧紧裹住衣衫。欧迈俄斯见状连忙起身，在离火坑不远的地方给客人铺了一张床，铺上厚厚的羊皮，让奥德修斯躺下休息，还给这可怜的外乡人盖上一件厚厚的长袍，然后自己则执着长矛在猪圈旁看守猪仔。奥德修斯暗自庆幸有这样一位忠心的仆人，即使认为自己的主人已经死了，仍小心地为主人看守着财产。

忒勒玛科斯离开斯巴达

帕拉斯·雅典娜飞到斯巴达，在国王墨涅拉俄斯的宫殿里看到了正在休息的涅斯托耳之子珀西斯特拉托斯和奥德修斯之子忒勒玛科斯。

女神对正在思念父亲而辗转反侧的忒勒玛科斯说："你不能再远离故乡了，你要知道求婚者们正在你的宫殿里整日挥霍你的财产。你必须辞别国王墨涅拉俄斯赶快回伊塔刻去。否则，你的母亲就会被迫和求婚人结婚。你的外公和舅父们正在劝她嫁给欧律玛科斯，因为欧律玛科斯为了达到目的，比别人献出更多的礼品，而且还答应在结婚时拿出更多的财富。你赶紧回去吧！不过要记住：求婚人埋伏在伊塔刻和萨墨岛之间的海峡上想要杀害你！你必须绕道而行，并且只能在黑夜里航行，神会给你送上顺风。你到达伊塔刻岛时，让你的同伴们赶快进城，而你则需要去寻找看管猪群的牧人欧迈俄斯，并在他那儿待到天亮，然后派人告诉你的母亲珀涅罗珀，说你已经平安归来了！"

女神说完话就消失了，忒勒玛科斯立刻唤醒珀西斯特拉托斯，说："快起来，让我们套上车，出发回去吧！"

"怎么了？"涅斯托耳之子睡眼惺忪地问，"现在深更半夜，等到天亮再出发吧。说不定国王墨涅拉俄斯在告别时会送给我们许多厚礼呢。”

他们正商量着，天已经不知不觉地亮了。国王墨涅拉俄斯起得比两个青年人还早。忒勒玛科斯看到国王正在大厅里走动，便马上整好衣衫走了过来。他请求国王允许他当天回乡。墨涅拉俄斯友好地回答说：“亲爱的客人，如果你回乡心切，我自然不便留你。请略等片刻，让我将送给你的礼物装上你们的马车。另外，我会吩咐女仆为你们准备早餐。”

墨涅拉俄斯说完，命人准备早饭。然后他和王后海伦以及儿子墨伽彭忒斯来到库房挑出一些美丽的礼物送给客人。海伦把一件美丽的衣服塞在忒勒玛科斯的手里，说：“亲爱的孩子，从海伦的手里接过这份礼物吧，你的未婚妻将穿着它参加婚礼。在那一天到来之前，你可以把它保存在你母亲的箱子里。祝愿你幸福地回到你的故乡。”

忒勒玛科斯收下礼物，表示了诚挚的感谢。他们用完早餐后上了马车，墨涅拉俄斯端着满满一杯酒，来到马前，向神举行灌礼，祈祷神保佑年轻人平安到家。忒勒玛科斯再次表示了感谢，他看到一头雄鹰从宫中飞来，鹰爪下抓着一只白鹅，一群男女叫嚷着追了过来。看到这个吉兆大家都很高兴。海伦还说：“朋友们，请听我的预言吧！雄鹰抓到宫中的肥鹅，这表示奥德修斯经过长久漂流后将以复仇者的身份回到家乡。也许他已经到了，正准备收拾那群被养得肥肥的求婚人！”

“但愿宙斯让这吉兆应验，”忒勒玛科斯说，“如果真的应验了，尊敬的王后，我将在家中像敬奉女神一样敬奉您。”

两个青年告别后驾车出发了。第二天，他们平安地到达皮洛斯城。在城门口，忒勒玛科斯对他的朋友珀西斯特拉托说：“亲爱的朋友，即使我们的父亲彼此相识和尊敬，并且这次旅行让你我成为了好友，我仍不想同你一起进城，希望你不要生气，我怕你的父亲会盛情挽留我，而我已经归心似箭，不想再耽误片刻了。”珀西斯特拉托斯同意了他说的话，并为他绕城而行，直接把他送到海边的大船那儿，说：“朋友，快上船出发吧！如果我的父亲知道你在这里，他一定会来挽留你在他的宫里住一夜的。”忒勒玛科斯和同伴们上了船，在船尾向保护自己的女神雅典娜献祭并祈祷。

突然，一个人急匆匆地朝他奔来，并伸出双手大声呼喊着：“年轻人啊，让我登上你的大船吧。我是预言家忒俄克吕摩诺斯[1]，我由于一时气愤打死了一个人。死者的亲戚权势大，他们发誓要我偿命。我不得不到处流浪，现在他们追踪到这里，恳求你让我上船吧。”

忒勒玛科斯非常同情他，便让他上船同行，并答应他，到了伊塔刻也会照顾他。水手解开缆绳，竖起桅杆挂上白帆，船只顺着风飞快地航进大海。

奥德修斯和牧猪人的谈话

奥德修斯和牧猪人欧迈俄斯以及他的助手们一起用过晚餐，为了试探一下欧迈俄斯愿意款待他多久，奥德修斯在饭后对他说：“我的朋友，为了不过多地打扰你们，我想明天进城去行乞，并想去到国王的宫殿里把我所知道的有关奥德修斯的情况告诉王后。当然，我也愿意为求婚人服务，说不定他们会给我衣食。我会劈柴、生火、烤肉，会做一切穷人该做的事。”

牧猪人听到这话，皱了皱眉头，说：“你在想些什么呀！？你以为求婚人会要你这样的仆人吗？他们有的是年轻漂亮的仆人在餐桌旁伺候他们。你还是留在这里等奥德修斯的儿子回来吧，他一定会让你吃饱穿暖的！”

“善良的牧猪人啊，”奥德修斯接着问道，“你是哪里人？是怎样进宫当差的呢？”

牧猪人一边给外乡人斟满酒一边回答说：“夜还长着呢，我们可以谈整整一夜。在俄耳堤癸亚每外有一座绪里亚岛，那里土地肥

1 忒俄克吕摩诺斯（Theoclymenus），波吕斐伊得斯之子，占卜家，被忒勒玛科斯带到伊塔刻。

沃，人口却不多。岛上的两座城市都由我的父亲克忒塞俄斯治理，他是一位强大的国王。在我还是个孩子的时候，狡猾的腓尼基人去到那里，并运去了许多漂亮的货物。当时，我们宫中有一个被买来为奴的腓尼基女子，长得苗条漂亮，手艺精巧，深得大家的喜欢。这女子爱上了一个腓尼基商人。这商人答应娶她并会把她带回家乡。这个坏良心的女仆便和商人策划不仅要把我父亲宫中的黄金带走，而且还要带走更宝贵的东西，她说自己是小王子的乳母，要把小王子骗到船上，到时候卖个好价钱……”

奥德修斯已经知道这小王子就是眼前这位忠实的仆人了，他继续倾听着他的述说：“商人们在岛上住了整整一年后，这个奸诈的商人拿了一串金项链来到宫里出售。我的母亲和仆人们围在一起传看着，并和他讨价还价。这时，这商人向那个女仆使了个眼色，这个女人就牵着我的手走出来，经过前厅时，她顺手拿了三只金杯藏在衣服里。虽然看到这一切，可幼稚而又善良的我一点儿也不怀疑她，相反跟着她一起走了出去。她把我领到一艘船上，我们在海上航行了六天六夜后，这个腓尼基的坏女人突然中了阿耳忒弥斯的神箭而亡。其他人把她的尸体扔下了大海。我孤苦伶仃地留在船上，没有一个人愿意抚养我，幸亏当他们来到伊塔刻岛时，拉厄耳忒斯把我买了下来。”

奥德修斯听到拉厄耳忒斯的名字，便向牧猪人打听他的近况。

“老人拉厄耳忒斯还活着，”欧迈俄斯说，“他一直想念自己的儿子奥德修斯和妻子安提克勒亚。安提克勒亚因为思念儿子，过度忧伤而死，我也为失去一位善良的女主人而悲痛。是她将我抚养长大，待我视同己出，后来她送给我许多礼物，让我到这里做牧猪人的总管。当然，我现在很穷，只能勉强养活自己，现在的王后珀涅罗珀也无力帮助我，因为她被求婚者们纠缠住了，而我一个仆人也无法帮助她。”

奥德修斯听了深受感动，对他说道：“请你不要过多地哀叹自己的命运，宙斯会赐福给你的，会把你交到一个善良人的手里，使你丰衣足食；而且现在你至少还能过平静安稳的生活，而我还却在一直漂流，无法回到故乡……”

他们谈着谈着，时间很快就过去了，不知不觉朝霞已经映红了半边天。

忒勒玛科斯回到伊塔刻

就在这天早晨，忒勒玛科斯回到了伊塔刻，并且遵照雅典娜的吩咐，让水手们先进城去，他答应会给水手们重赏，并在第二天设便宴招待他们，而他自己则上岸去找牧猪人。

这时预言家忒俄克吕摩诺斯问忒勒玛科斯：“我的孩子啊，城里有谁会收留我呢？我是否可以直接到你母亲的宫殿里去呢？”

“老人啊，如果我家里情况正常，我定会请你到宫殿去的，”忒勒玛科斯说，“可是现在求婚人会阻拦你的，我的母亲深居内宫，也无法出来见你。”

他们正说着，一只雄鹰从面前飞过，它的利爪抓住一只了鸽子。预言家忒俄克吕摩诺斯把忒勒玛科斯拉到一旁，凑近他的耳朵，悄悄地说：“孩子，如果我的观察不错，这便是你家的一个吉兆，别人永远也不能统治伊塔刻，你们永远是这块土地的主人！”

忒勒玛科斯临行前又为预言家介绍了自己可靠的朋友庇埃俄斯，在自己回城之前，由他照顾这位老人。然后，他挥手跟大家告别，步行往乡下走去。

奥德修斯和牧猪人正在准备早餐，别的牧人在忙着把猪赶到外面。他们刚坐下来准备用早餐，突然听到门外的脚步声和狗的叫声，狗们不是狂吠，而好像是在迎接它们的主人。奥德修斯对牧猪人说：“一定是朋友或熟人来看你了，这些狗对陌生人不会这样叫的。”

奥德修斯的话刚说完，就看见他的儿子忒勒玛科斯站到门口了。牧猪人高兴得连忙放下杯子，朝他年轻的主人迎上去，并拥抱他，吻着他的手，眼泪也不禁流了下来，就好像看到自己的亲人死而复生一样。忒勒玛科斯没有马上进屋，直到听了忠实的仆人说家里并没有发生什么可怕的事时，才把长矛交给牧猪人，走进屋内。

奥德修斯正准备让坐，忒勒玛科斯连忙挥手阻止了他："请坐下吧，外乡人，欧迈俄斯会给我准备位置的。"

欧迈俄斯用树叶给年轻的主人铺了一张柔软的座位，并在上面盖了一块羊皮，忒勒玛科斯坐了下来。牧猪人端上烤肉和面包，并用木碗斟上酒。三个人坐着就餐时，忒勒玛科斯问迈勒俄斯面前的外乡人是什么人，牧猪人便把奥德修斯当初告诉自己的故事简单地说了一遍，并在结束时说："现在他已从忒斯普洛托斯的船上逃了出来，来到了伊塔刻，我现在把他交给你，由你去安排他吧。"

"这件事有点让我为难，"忒勒玛科斯回答说，"在目前的情况下，我怎么保护一个外乡人呢？还是让他留在你这里吧，我将送给他足够的衣食，并送给他一柄长剑，使他不至于增加你和你同伴的负担。但决不能让那些求婚的人看见，因为那些人蛮横无礼，即使一个有权势的人也很难对付得了。"

这个外地来的乞丐十分不理解，他奇怪地问："这些求婚人怎么敢反对主人的儿子呢？是不是你的人民仇恨你？或者你和你的兄弟正在内讧？又或者你甘愿被别人欺侮？如果我像你一样年轻，而且还是奥德修斯的儿子，那么我哪怕死在自己的家中也要和他们拼命，而绝对不愿屈辱地在一旁观望！对了，顺便说一句，奥德修斯是有希望回来的！"

忒勒玛科斯冷静而礼貌地回答说："亲爱的客人，我的人民并不恨我，我是奥德修斯的独子，所以也不存在什么兄弟间的内讧。只是有许多心怀恶意的男人从伊塔刻和附近的岛屿涌来向我的母亲求婚，虽然母亲一直回避他们，可是他们却硬留下来，整日饮宴，赶都赶不走，我的家产就要被他们挥霍一空了。"说完，他转身对牧猪人说："你是我的朋友，像慈父一样，请帮助我进城给我的母亲捎个口信，告诉她我在你这里。不过务必要小心，不能让任何求婚人知道这件事。"

"我是不是先绕道去找你的祖父拉厄耳忒斯？"欧迈俄斯问，"听说他自从你去了皮洛斯后，就焦虑得不吃不喝，整日悲伤不已。"

忒勒玛科斯回答说："尽管这样，我也不愿你走太远的路，而且这太费时间，我希望母亲尽早知道我已经回来的消息。"

牧猪人听后立即穿上鞋子，手执长矛匆忙离去。

奥德修斯对儿子表明身份

欧迈俄斯刚离开草屋，女神雅典娜便变为一个美丽的女人站在门口，不过她只让奥德修斯和看门的狗才能看得到她。狗并没有吠叫，而是低声叫着然后跑到一边去了。女神向奥德修斯使了个眼色，奥德修斯立刻会意并走出门外。雅典娜站在墙边对他说："奥德修斯，你现在不必向儿子隐瞒自己了，你应该和他一起进城去，我随后就会赶到，因为在我心里也燃烧着对这群无耻的求婚人的怒火！"说着，女神用金杖在他身上点了一下，奇迹出现了，奥德修斯顿时恢复了以前的样子，变得年轻而高大，面色光润，双颊饱满，头发和胡须浓密。然后，女神雅典娜就消失不见了。

奥德修斯又回到草屋，他的儿子惊讶地注视着他，以为遇到了神，便虔诚地垂下头，说道："外乡人，你的模样突然变了，你一定是天上的神！让我向你献祭，请你保护我们吧！"

"不，我不是神，"奥德修斯说，"你该认出我来啊，儿子，我是你的父亲啊！"说着，奥德修斯流着泪跑上前去，拥抱着儿子并亲吻着他。可忒勒玛科斯仍然不敢相信眼前的一切，他连声叫喊着："不，不，你不是我的父亲！一定是凶恶的魔鬼想让我更加失望而在欺骗我，一个凡人怎么能随意改变容貌呢！"

奥德修斯说："孩子，我真的是你的父亲，我离开了整整二十年，现在回来了。我就是奥德修斯，是女神雅典娜先将我变为乞丐，然后又恢复了我的原形的。对神来说，这是很容易的事。"

儿子听罢，终于鼓起勇气含着热泪拥抱父亲，并问父亲是怎样回到家乡的。奥德修斯长叹一声，把途中的险遇都告诉了儿子。最后，他说："现在我到了这里，我的儿子，女神雅典娜要我们商量一个办法，杀死那些无耻的求婚人。你先把他们的名字告诉我，看看我们两人的力量就可以对付他们，还是需要到附近去寻求援助。"

"父亲啊，你光荣的伟业我早就听说过，"忒勒玛科斯说，"我知道你有勇有谋，可是我们两个人是无法对付这么多的求婚人的。他们不是一二十人那么简单，光从杜里其翁就来了五十二个勇敢的青年，而且他们还带了好几个仆人；从萨墨岛来了二十四人；查契斯岛二十人；伊塔刻十二人；此外，还有使者墨冬，一个歌手和两个厨师。因此，只要有可能，我们就必须尽可能地请求别人的援助。"

"不要忘了，"奥德修斯说，"雅典娜和宙斯会援助我们的。我计划这样：你明天进城去，跟求婚人在一起，装作什么事也没有发生的样子。我仍然会变为一个老乞丐，由牧猪人带我进宫。不管他们在大厅里怎样侮辱我，即使他们朝我掷东西，或者把我拖到门外，你都得竭力忍住，到关键的时候，我会给你使一个眼色，你把大厅里的各种武器都搬走并藏到内廷去。如果求婚人发现了，问起他们的武器和盔甲，你就告诉他们，因为武器离炉子太近被烟熏黑了，所以就都搬到外面去了。不过，你要给我们两个留下两把利剑，两根长矛和两面牛皮盾。不能让任何人知道奥德修斯回来了，包括你的祖父拉厄耳忒斯和牧猪人欧迈俄斯，还有你的母亲珀涅罗珀。我们同时也要试探一下，看看仆人中有谁还能忠诚地站在我们这一边。"

忒勒玛科斯回答说："亲爱的父亲，我一定遵照你吩咐的去做。可是我想要试探仆人的话会花很多时间。宫中的女仆就由我去考验她们，而其余散居在各处的男仆，就等你重登王位后再去考验他们吧。"

奥德修斯认为儿子说得有理，很赞成他的意见，并为他有冷静的思考和主见而感到欣慰。

城内和王宫

此时，载着忒勒玛科斯和他的同伴从皮洛斯归来的船已到达伊塔刻的港口，他们派了一个使者前往宫殿向珀涅罗珀报告儿子回来的消息。而牧猪人也在这时来到宫里报告同样的消息。

使者不知避讳，当着女仆们的面大声对珀涅罗珀说："啊，王后，你的儿子已经回来了。"而谨慎的欧迈俄斯却趁周围无人时，悄悄地向她传达了年轻的主人吩咐的话，并请王后速派人把这消息告诉拉厄耳忒斯。牧猪人完成年轻主人的托付后便急忙赶回乡下去了。

求婚人从多嘴多舌的女仆那里知道忒勒玛科斯回来了，便怏怏地坐在一起商量。欧律玛科斯首先说："想不到他还能够顺利地回来，让我们速派一条快船去通知埋伏在半路上的伙伴们，叫他们不要白等了，赶快回来吧。"

当欧律玛科斯说这话时，另一个求婚人安菲诺摩斯不经意地朝港口看了一眼，却突然看到他们派出出海伏击的船正乘风驶回了港口，于是他便大声说道："不用再去通知了，我们的朋友已经回来了，他们不是正在港口那里吗？"

求婚人急忙站起来朝海岸走去，会合后的求婚者们一起来到市场上，把留在那儿的市民赶走后进行了集议。带领伏击队伍的求婚人安提诺俄斯为自己辩护说："朋友们，忒勒玛科斯的逃脱并不是我们的过失，我们整天都有人守候在岸边的山头上，而且晚上还会驾船在海面上巡逻，以免忒勒玛科斯偷偷跑过去。一定是神在保护他，因为我们压根儿没有见到他的船！现在我们只好在城内干掉他，因为他将来会更难对付。他肯定会鼓动人民来反对我们，不如我们先下手为强，杀了他然后把他的财产分光，只把宫殿留给他的母亲和她未来的丈夫。如果你们不赞成我的计划，那么我们最好不要再留在宫中享受了，还是各自回家去，从家里给王后赠送礼物向她求婚，让她按照命运女神的安排挑选合意的人做她的丈夫好了。”

求婚者们听了他的话，沉默了许久。最后，求婚人中最高贵的安菲诺摩斯站起来发言：“朋友们，我不想偷偷地杀害年轻的忒勒玛科斯！杀害一个王族最后的血脉毫无疑问是残忍而且卑鄙的，我们还是祈求神意吧。如果宙斯同意我们这样做，我愿意亲自杀死忒勒玛科斯，但如果神不同意，那么我劝你们还是放弃这个计划。”

安菲诺摩斯是个能言善辩的人，连王后珀涅罗珀也注意到了他的聪明才智。他的意见得到求婚人的赞同。于是他们推迟了行动计划，回到宫殿里。他们的使者墨冬把听来的消息报告给了王后，因为他是王后安插在求婚人中的内线。

珀涅罗珀想到这些伪善的求婚人如此狠毒，心里充满痛苦地回到内廷，伏在床上为自己的丈夫痛哭，直到雅典娜使她沉沉入睡……

忒勒玛科斯，奥德修斯和欧迈俄斯来到城里

当天晚上，牧猪人回到了草屋。奥德修斯和他的儿子正忙着宰杀一只小猪准备晚餐。因为奥德修斯又被雅典娜重新变成了衣衫褴褛的乞丐，所以牧猪人仍旧不知道他就是奥德修斯。

“你从伊塔刻带来什么消息啊？”忒勒玛科斯问道，“求婚人还埋伏在那里准备袭击我吗？”得知求婚人的船已回来了，忒勒玛科斯偷偷地朝父亲会意地笑了笑。他们三人一起用餐后便躺下安睡了。

第二天早晨，忒勒玛科斯准备进城去，他对欧迈俄斯说：“老人家，我现在要去看望我的母亲，你把这位可怜的外乡人带到城里去吧，让他可以在城里求乞，我现在还无法接济这个穷苦人，因为我自己的事已经够让我烦恼了。”

奥德修斯对儿子演戏的本领感到惊奇而且满意，他笑着说：“亲爱的小伙子，一个乞丐在城里求乞，总会比在乡下要有收获。你放心先走吧，让我先在火炉边暖和一下，然后由你的这位仆人领我进城去。”

忒勒玛科斯急忙走了，当他来到宫门口时，求婚者们还都没有起床呢，他把长矛靠在门柱上，自己走进大厅。女仆欧律克勒阿正忙着给座位上铺上漂亮的坐垫。她一见主人走进门，便含着高兴的泪花上去欢迎他平安归来，其他的女仆们也围着他，亲吻他的双手。王后珀涅罗珀也从内廷赶忙出来，她哭泣着拥抱着儿子，说：“亲爱的儿子啊，你终于回来了，我真担心再也见不到你了，你为什么瞒着我，偷偷地到皮洛斯去呢？你可有打听到有关你父亲的消息呢？”

“啊，我的母亲，”忒勒玛科斯竭力忍住他的真实感情，悲愁地说，“不要提起父亲了，免得你我都更加烦恼，你去沐浴更衣吧，然后向神祈祷，如果神答应保佑我们复仇，我们就向他们举行隆重的祭礼。我现在要到市场去接一位同我一起回来的外乡人，他正在一位朋友那儿等我。”珀涅罗珀便照儿子说的做了。

忒勒玛科斯手执长矛向市场走去，雅典娜使他神采奕奕，市民见了他都惊羡不已。求婚人们也迎上来对他说了许多恭维的话，而这些人心里却在暗暗地策划谋害他的计划。忒勒玛科斯并没有理睬他们，只是同他父亲的三位老朋友门托尔、安提福斯和哈利忒耳塞斯在一起，并对他们讲了一些不需要保密的事情。

这时，庇埃俄斯带着预言家忒俄克吕摩诺斯走了过来，忒勒玛科斯迎上去表示欢迎。庇埃俄斯说：“亲爱的忒勒玛科斯，请你派仆人到我家去取墨涅拉俄斯送给你的礼物吧。”

“好朋友，”忒勒玛科斯回答说，“那些礼物暂时放在你家吧，这样更安全，因为我还不知道事情将会发展到什么地步，如果求婚人把我杀死，他们就会瓜分我的财产。与其把这些珍贵的礼物送给他们，还不如送给你呢。如果我战胜了他们，你再把那些宝物还给我就可以！”

说完，忒勒玛科斯牵着预言家忒俄克吕摩诺斯的手，带领他来到宫殿里。珀涅罗珀悲愁地对儿子说：“忒勒玛科斯，我还是回内廷去一个人待着偷偷地流泪吧，看来你是不会把听到的关于你父亲的消息告诉我了，是吗？”

“亲爱的母亲啊，”忒勒玛科斯回答说，“只要有一点能使你宽慰的消息，我一定会乐意告诉你的。年老的涅斯托耳在皮洛斯热情地接待了我，可是他对父亲的消息却一无所知。他派自己的儿子和我一起去了斯巴达，我在那里受到大英雄墨涅拉俄斯的盛情款待，还见到了美丽的海伦——特洛伊人和希腊人为了她做出多大的牺牲啊！墨涅拉俄斯在埃及时听海神普洛托斯说我的父亲在俄古癸亚岛被仙女卡吕普索强行留下了，他没有水手，也没有船，只好无可奈何地待在那里。”

王后听到奥德修斯还活着的消息后，非常激动，这时预言家忒俄克吕摩诺斯又对她说：“王后，你的儿子并不知道全部情况，请听我的预言吧：一只飞鸟给我预兆显示奥德修斯已经回到了家乡，他在等待机会报复求婚的人。”

“但愿你的预言能够应验，”珀涅罗珀叹息着说，“到时我一定不会忘记酬谢你的。”

这时，欧迈俄斯和他的乞丐客人也来到了城里，他们在一口水井边遇到了牧羊人墨兰透斯和他的两个助手，他们正赶着几只肥羊要给求婚人送去。牧羊人看到牧猪人和衣衫褴褛的乞丐，便辱骂他们：“你们也在这里啊！真是物以类聚，人以群分啊。该死的牧猪人，你领着一个乞丐要到哪里去呀？他想在城里沿门求乞吗？把他交给我吧，我可以让他打扫羊圈，给羊喂草。这样，他还能派点用场！不过他也许什么也不会，那只好讨饭了！”他一面讥讽地说着，一面朝奥德修斯的屁股踢了一脚。奥德修斯打了一个踉跄但没有栽倒，他心里思量着要把对方打翻在地，但想到大局，他还是忍住了。

而牧猪人欧迈俄斯却怒不可遏地严厉斥责着牧羊人，并转过脸对着水井说：“神圣的水泉女仙哟，如果我的主人以前向你们献祭过，请容许我祈求你们保佑我的主人平安地回来吧！他一定会惩罚这个无赖的！因为这个牧羊人是世界上最恶劣的牧人，是个游手好闲的家伙！”

“你这个猪猡，”墨兰透斯骂道，“你只配被卖到对面的岛上当奴隶！但愿阿波罗的弓箭和求婚人的利剑杀掉你的忒勒玛科斯，使他跟奥德修斯一样下地府去！”他骂骂咧咧地从两人面前走了过去，到了宫殿中，他坐到求婚人的餐桌上，因为他是求婚人所宠爱的人，所以经常和他们一起用餐。

奥德修斯和牧猪人随后也来到宫殿中。这位大英雄看到久别的故居时，心里不由得激动起来。他抓住同伴的手，对他说：“天哪，欧迈俄斯，这里就是奥德修斯的宫殿吧！多么华丽坚固啊！里面一定在举行宴会吧，因为我闻到了肉的香味！”

他们商量了一下，决定由牧猪人先进去观察情况。这时，躺在门外的一条老狗突然站了起来，竖起耳朵。这条狗是奥德修斯亲自喂养大的，以前它经常随英雄外出打猎，现在它老了，无人看顾，只能满身肮脏地伏在门外的垃圾堆上。这老狗看到了奥德修斯，虽然他变了模样，但狗仍然认出了自己的主人，它向他摇着尾巴。但因为它太衰弱了，根本无力向他奔过来。奥德修斯看到这里，不由得偷偷地抹去眼泪，强忍悲痛，对牧猪人说：“这只狗年轻时该不会这样吧，看它的样子像是纯种的猎犬。”

“是的，”欧迈俄斯回答说，“它是我那不幸的主人的爱犬，是一条很出色的猎狗。可是现在主人不在了，连他的狗也被欺侮，仆人们甚至不给它喂食！”

说着，牧猪人走进了宫殿。认出了二十年前的主人的老狗把头伏在前爪上，安详地死去了……

乞丐奥德修斯来到大厅

忒勒玛科斯第一个看到牧猪人走进宫殿，便招呼他过来。欧迈俄斯小心地向四周看了看，然后搬起一把切肉的人坐的椅子坐在王子的对面。使者给牧猪人端上烤肉和面包；不一会儿，乞丐奥德修斯也拄着棍子，踉踉跄跄地走了进来坐在门槛上。忒勒玛科斯一看见他，便从篮里取出整块面包和一大块烤肉递给牧猪人，对他说：“我的朋友，请把这些给那个可怜的外乡人吧，告诉他用不着害羞，可以直接到求婚人面前去行乞！”

奥德修斯感激地用双手接过面包和烤肉，他把食品放在面前的布袋上吃了起来。宴会开始后，女神雅典娜也隐着身悄悄地走进来，她劝奥德修斯向每个求婚人乞讨，以便观察哪个最粗鲁，哪个较温和。虽然女神决定严厉地惩罚他们，但她还是想让他们的死有轻重缓急之分。

奥德修斯照她的吩咐去向求婚人行乞，有些求婚人同情他，给他一点面包，并询问他是从哪里来的。这时牧羊人墨兰透斯对他们说：“我曾经见过这个乞丐，他是牧猪人带来的！”

求婚人安提诺俄斯大怒，斥责牧猪人说：“你为什么把他带到这里来？难道我们这里流浪人还嫌不多吗？你还要给我们多添一个吃白饭的家伙吗？”

“你真是个苛刻的人，”欧迈俄斯冷静大胆地说，“他是自己进来的，但我们也不应该把他赶出去！因为这里的主人珀涅罗珀和忒勒玛科斯是不会这样做的……”

忒勒玛科斯连忙阻止他说下去，他说：“欧迈俄斯，不要理睬他，你要知道他总是喜欢侮辱别人。安提诺俄斯，我要对你说你没有权利把这个乞丐赶出去。你最好施舍一些东西吧，我虽然知道你是个喜欢独占独吞的人，但请不用吝啬我的财产！”

安提诺俄斯大叫起来：“你们看啊，这个年轻人在讥讽我！如果每个求婚人都给这个乞丐一点东西，那就足够他享用三个月了！”说着，他抓起一张小板凳，盯着向他走来乞讨的奥德修斯，刻薄地吼道：“讨厌的寄生虫，快滚开！”

奥德修斯忿忿地退了下去，但安提诺俄斯却把小板凳朝他掷去，正好击中了他的左肩。奥德修斯却像山岩一样挺立不动，只是默默地摇了摇头，回到门槛旁，放下装满食品的布袋，低声数落着安提诺俄斯的行为。安提诺俄斯大声恐吓到：“闭上你的嘴巴！否则我就把你捆起来拖出去！”

他的粗暴行为甚至使求婚人也看不下去了，其中的一个站起来说：“安提诺俄斯，你朝一个不幸的外乡人掷凳子是不对的。如果他是一个变形为乞丐的神，你该怎么办呢？”

安提诺俄斯根本听不进忠告，而忒勒玛科斯看着别人欺侮他的父亲也只能暂时忍住满腔怒火，一声不吭。

王后珀涅罗珀在内廷听到了大厅里的吵闹声，她很同情这个乞丐，便把牧猪人叫来，悄悄地吩咐他：“把他带进来吧，他在各地流浪，也许会知道一些我丈夫的消息。”

“是的，”欧迈俄斯回答说，“如果求婚人不吵闹，他也许可以对他们讲许多事情。他在我那儿住了三天，说了许多故事，听起来真像歌手唱的一样。他从克里特来，据说他父亲和你丈夫是世交。他还说你的丈夫现在在忒斯普洛托斯人的地方，不久就会回来。”

“那么，快去吧，”珀涅罗珀激动地说，“把他带到这里来，让他亲自对我说！啊，这些求婚人真无礼！如果奥德修斯在这里，忒勒玛科斯再帮他一下，定能对付这些无耻的人！”

欧迈俄斯把王后的意思告诉了乞丐，乞丐回答说：“我很愿意把我所知道的关于奥德修斯的消息说给王后听，可是求婚人的行为把我吓到了，所以请告诉王后，请她现在先忍耐一下，等到了晚上我再去把一切都告诉她。”

珀涅罗珀听到回话，认为有理，便决定耐心等到晚上。欧迈俄斯则仍然回到大厅，并悄悄地走到忒勒玛科斯身边，对他耳语道：“主人，我现在该回草屋去了。你在这里照料一切，我希望你注意自己的安全，这些求婚人又狡猾又狠毒，他们一心要谋害你。”

忒勒玛科斯让他吃过晚餐后再出发，他离开的时候约定第二天送来最大的一头肥猪。

奥德修斯和乞丐伊洛斯

那些求婚人正在大厅里宴饮时，本地一个著名的乞丐走了进来。

他一向以食量大著称，虽身材高大，却软弱无力。他原名阿耳奈俄斯，因常常给人传递消息赚取几个小钱，城里的年轻人便借用了神的使者伊里斯的名字，称他为伊洛斯。他听说又来了一个乞丐夺他的地盘，便立即赶到宫殿的大厅里，想把奥德修斯赶走。他对奥德修斯吼道："老家伙，快滚开！否则我要动武了。"

奥德修斯恼怒地瞟了他一眼说："你我都是乞丐，都可以在这里乞讨，如果你要动武，我虽年老，但照样可以把你打得鼻青脸肿，叫你不敢再胡闹。"

伊洛斯听了这话，勃然大怒："你太放肆了！瞧你这副鬼样，我要把你打到满地找牙，我比你年轻，你居然敢跟我斗？"

求婚人听到两个乞丐争吵，都哄然大笑起来。安提诺俄斯说："你们看见那边火炉上烧烤着的血肠吗？我们愿意把这些作为两位高贵的英雄决斗的奖品：胜利者可以尽情享受这些血肠，并且以后也只许他一个人到这大厅来乞讨！"

其他的求婚人赞同了这个建议。奥德修斯装出一副可怜的样子，他要求婚人保证在决斗中不偏袒伊洛斯，所有的求婚人都毫不迟疑地答应了。忒勒玛科斯站起来说："我是这里的主人，放心吧，绝对不会有人欺侮你。"

奥德修斯束紧衣服，把衣袖向上卷了卷，这时大家才看到他胳膊粗壮，肩膀宽阔，双腿强健（因为暗中保护他的雅典娜使他变得强壮）。求婚人惊讶地交头接耳道："这老人真是健壮呀，伊洛斯这下有得受了。"而伊洛斯早已被吓得发颤，他后悔向老人发起挑战了。这时安提诺俄斯生气地说："吹牛的家伙，你怎能在一个软弱无力的老人面前发抖呢？我告诉你，如果你被打败，我就把你绑在海船上送到厄庇洛斯国王厄刻托斯那儿去！他可是以残暴闻名的，居然把自己女儿的双眼戳瞎，他会把你的鼻子和耳朵割下来去喂狗的！"

伊洛斯越发怕得浑身哆嗦，但求婚者们还是把他推上前去进行搏斗。奥德修斯在考虑是一下子把这个可怜的乞丐打死，还是先轻轻地打他一下，以免引起求婚人的怀疑。他觉得还是后一种办法比较明智。因此，当伊洛斯在他的右肩上打了一拳时，他只是轻轻地朝伊洛斯的耳后击了一掌。尽管他用力很轻，但还是打断了伊洛斯的骨头，使他口吐鲜血倒在了地上。求婚人发出一片欢呼声和鼓掌声。奥德修斯把伊洛斯拖到门外的庭院里，让他靠在墙上，嘲笑地说："你就待在这里看守猪狗，别让它们走近！"说着，他走回大厅，坐在门槛上。

奥德修斯获胜，使他赢得了求婚人的尊重。他们笑着朝他走来，对他说："外乡人，你给我们除掉了这个可恶的家伙，但愿宙斯和其他的神保佑你！"奥德修斯把这话作为一个吉兆接受了。

安菲诺摩斯从篮里取出两块面包送给他，还斟满酒，向胜利者举杯祝福："老人，愿你从此摆脱一切忧愁和烦恼！"

奥德修斯回答说："安菲诺摩斯，你是一个正直的青年，我知道你的父亲是一个有威望的人。请记住：世上最脆弱，最不稳定者莫过于人。当神保佑他时，他便会勇往直前；而当噩运临近他时，他便会失去勇气，无力承受灾难。这是我从自身的经验中领悟到的。在年少时，我做了许多不该做的事情。因此，我奉劝所有的人都不要胡作非为，而应该敬畏神。我认为，求婚人们如此蛮横地纠缠别人的妻子，这实在是不对的。我相信她的丈夫已近在眼前了。安菲诺摩斯，但愿在他回来之前，神能够引你离开这里。"

奥德修斯说完，接过酒杯，先浇酒于地，然后一饮而尽，然后把酒杯还给了这个年轻人。安菲诺摩斯沉思着低下头走出了大厅，好像预感到了将要发生的事一样。可是他终究还是逃不出雅典娜所规定的惩罚。

珀涅罗珀和求婚人

雅典娜鼓起王后珀涅罗珀的勇气，使她决心来到求婚人的面前，激起他们内心的热望，并在丈夫和儿子忒勒玛科斯的面前证实她的坚贞和忠诚，尽管她还不知道那个乞丐是他的丈夫。

忠心耿耿的老女仆赞成了她的决定，说道："去吧，尊贵的王后，站到你的儿子身旁表明你的态度。可是你是否需要先沐浴更衣呢？"珀涅罗珀摇了摇头说："善良的老人，别强迫我了，自从我的丈夫出发去特洛伊以后，我已经毫无兴趣打扮自己了。"

当欧律克勒阿去叫侍女陪同王后出去时，雅典娜立即给珀涅罗珀催眠，趁她恬静入睡之际把她打扮得娇美动人。

两个侍女走进屋子时，珀涅罗珀醒了过来，她揉了揉的双眼，从椅子上站起来向大厅走去。当她出现在大厅的门口时，她媚人的容光从罩在头上的面纱里闪现出来，求婚人看到她都不禁怦然心动，更加渴望娶她为妻。王后却转过身子，走到儿子身旁对他说："忒勒玛科斯，真奇怪，你小时候都要比现在聪明！你为什么刚才在大厅里坐着看一个外乡人和人决斗？他只是想在这里乞讨一点食物而已，你怎么可以听凭他受人肆意侮辱？！"

"母亲啊，"忒勒玛科斯回答说，"我知道这是不对的，可是这些人都和我做对，没有一个人是支持我的。至于这个外乡人和伊洛斯的决斗，结果倒是完全出乎了求婚者的意料。但愿他们不久也像门外那个可怜虫一样低下脑袋，威风扫地！"忒勒玛科斯说话时声音很低，以免被求婚人听到。欧律玛科斯看见美艳动人的王后，忘乎所以地叫喊起来："伊卡里俄斯的女儿，如果全希腊人都能看到你，那么明天将会有更多的求婚人上门了，因为你美丽的体态和容貌天下任何女人也比不上！"

"欧律玛科斯啊，"珀涅罗珀回答说，"自从我的丈夫和希腊人征讨特洛伊以来，我的美貌就已经消失了！如果他回来了，我的生命之花才会重新开放！现在的我充满了悲哀。当我的丈夫和我告别时，他握住我的手说：'亲爱的妻子，希腊人不可能全部从特洛伊生还，我不知道是否会活着回来。因此，务必请你管理好家务，照顾好我的父母。如果儿子长大成人而我仍然没有回来，那么，如果你愿意，也可以重新嫁人。'现在一切都成为残酷的现实！我多么盼望他能回来啊！因为这些求婚人完全不照通常的规矩办事，天下哪有这样的求婚方式？如果一个男子想娶出身名门的女子为妻，那就需要按风俗送上牛羊和珍贵的礼物，而不是随心所欲地挥霍别人的财产！”

奥德修斯听到妻子说出这么贤慧而睿智的话来，心里很高兴。但安提诺俄斯却代表求婚人回答说：“尊贵的王后，我们每一个人都想给你送上最珍贵的礼物，并请求你接受！但我们希望你首先从我们中间先选定你未来的丈夫，在这之前，我们决不回去！”

求婚人纷纷点头赞同他的意见并且即刻派仆人回去带来了大量的礼物。安提诺俄斯献给王后一件美丽的彩服；欧律玛科斯送给她一串像太阳一样耀眼的宝石项链；欧律达玛斯捧出一副嵌着三颗珍珠的耳环；珀珊德洛斯送给她一副精致的坠子……其他的求婚人也都给王后送上了珍贵的礼品。侍女们收下了这些礼物，跟着珀涅罗珀款款地离开了大厅回到了内廷。

奥德修斯受讥讽

求婚者们放肆地欢宴直到黄昏，天渐渐黑了下来，女佣们在厅堂里摆了三个火盆供照明用。奥德修斯看到她们正在煽火，凑过去对她们说：“女佣们，你们应该去陪伴仁慈的王后。大厅里点火照明的事交给我来办吧！”

女佣们相互看了一眼，高声笑了起来。最后，一个漂亮而年轻的女仆嘲弄地说：“可怜的乞丐啊，你不去找个地方过夜，却在这里对我们指手划脚，你不该待在这里，这里都是高贵的人。你是喝醉了，还是发疯了？你还是小心点，别让一个有力气的人把你也打得口吐鲜血，然后被拖出去。”这名女仆是由珀涅罗珀亲手抚养长大的，现在却已成了求婚人欧律玛科斯的情妇。

“你这无耻的家伙！”奥德修斯怒气冲冲地说，“我将把你说的这些话告诉忒勒玛科斯，他会严厉地处罚你。”女佣们听了都畏惧地退了下去，奥德修斯坐在火盆边煽火，心里想着报仇的计划。雅典娜则鼓动求婚人继续嘲讽他，欧律玛科斯对他的同伴们说：“这个人也许是神给我们送来照明的火炬，你们瞧他的头顶光秃秃的，连一根头发也没有，好像比火炬还要明亮啊！”他的话顿时引起了哄堂大笑。得意忘形的他又转过身对奥德修斯说：“听着，伙计！给我当仆人怎么样？这样的话你就不会挨饿了。可是我觉得你好像宁愿行乞也不愿干活。”

“欧律玛科斯，”奥德修斯以坚定的声音回答说，“但愿现在是春天，我可以和你下地比赛割草，那样就能看出谁更能吃苦耐劳了！也许你更应该在战争中和我比试比试，看看我是怎样一个人，那样你就不敢再嘲笑我了。你以为你是高大而强壮的人，这是因为你还没有碰到强手的缘故。等着吧，奥德修斯如果真的回来了，你就会尝到苦头的。”

欧律玛科斯勃然大怒道：“混蛋！我现在就叫你尝尝我的厉害。”说着，他抓起一张矮凳朝奥德修斯掷了过去。奥德修斯弯腰躲过，矮凳从他的头顶飞过，砸在后面端酒侍者的手上，酒壶叮当一声掉在了地上。

求婚者们都责骂这个外乡人破坏了他们的好情绪。最后，忒勒玛科斯有礼却又坚定地要求他们回去休息，安菲诺摩斯站起来说：“忒勒玛科斯说得有理。朋友们，让我们斟满金杯举行灌礼，然后各自回去就寝吧。”

奥德修斯和忒勒玛科斯、珀涅罗珀在一起

现在大厅里只剩下奥德修斯和他的儿子，奥德修斯说：“让我们赶快把这些武器藏起来吧！”忒勒玛科斯叫来他的乳妈欧律克勒阿，吩咐她说：“老人家，让女仆们都待在里面不要出来，直到我把这些武器搬走为止。”

父子两人立刻把武器都扛进了库房后，奥德修斯说：“现在你去就寝吧，我在外面稍待一会儿，试探一下你的母亲和女仆们。”

忒勒玛科斯离开后，珀涅罗珀来到大厅里，她美丽娇艳，光彩夺人，如同女神阿耳忒弥斯和阿佛洛狄忒一样。她端过一张镶着白银和

象牙的椅子，放在火炉边坐了下来，女仆们在桌上摆上面包和酒杯。珀涅罗珀对奥德修斯说：“外乡人啊，请你告诉我你的名字和你的身世吧。”

“王后啊，”奥德修斯回答说，“你什么都可以问我，只是不要问起我的身世和我的家乡。我这一生遭受的苦难够多了，回忆会让我痛苦不堪。”

珀涅罗珀接着说：“自从我的丈夫外出后，我受了很多苦，你也亲眼看到了那些求婚人是如何纠缠我的。我已经千方百计地回避他们三年了，可现在我已经无计可施了。”接着，她把怎样设计织锦，又怎样被女仆们泄漏秘密等等告诉了奥德修斯，并最后说：“现在，我再也无法推诿了。我的父母催逼我，我的儿子也生了气，因为求婚人在挥霍他该继承的家财。你可以想象我的处境了吧？所以，你不用再对我隐瞒你的家世了。”

“既然你非要我说，那我就告诉你吧！”奥德修斯回答道，他把那个关于克里特的老故事又讲了一遍。他说得非常生动逼真，珀涅罗珀听了后流下了感动的泪水。奥德修斯虽然很同情她，但仍然抑制着内心的情感。

珀涅罗珀继续说：“外乡人，我想考你一下，看看你是否真的在家里款待过我的丈夫。请告诉我他当时穿什么衣服，他的样子怎样，有谁和他在一起？”

“因为时间太久，已经很难记得清了，”奥德修斯回答说，“大英雄在我们克里特岛登陆，那是二十年前的事了。我好像记得他穿一件紫金色的羊毛披风，上面有一副金扣，绣着一只猎犬的图案，外套的里面则是一件细白葛布衣。他的随从是个名叫欧律巴特斯的使者，黝黑的脸膛，头上长着卷发。”

王后的眼泪流得更厉害了，因为这一切都跟发生的情况相吻合。奥德修斯为了安慰她，又给她讲了一个半真实半虚构的故事，他讲到在特里纳喀亚岛登陆，在淮阿喀亚人的国家里的生活。装作乞丐的奥德修斯说这一切都是从忒斯普洛托斯人的国王那里听来的。

珀涅罗珀仍不敢相信他的话，她低着头说："我有一种感觉，你所说的这一切根本没有发生过……"说完，她吩咐女仆们给外乡人铺床洗脚，让他安寝。但奥德修斯不愿接受这些不忠的女仆们侍候，他只想要一个草垫子。

"王后，如果你有一个忠心的经历过苦难的老女仆，"他说，"那就请让她给我洗脚吧。"

珀涅罗珀便呼唤她的老女仆："来吧，欧律克勒阿，是你亲自把奥德修斯养大的。现在你去给这外乡人洗脚吧，他的年龄大概和你的主人一样大。"

"好的！"欧律克勒阿看着乞丐，说，"瞧这双手脚，真的像奥德修斯的一样。一个人在不幸之中总是容易衰老的！"说到这里老人禁不住流下泪来。

当她准备为奥德修斯洗脚时，又仔细端量着他说："有许多外乡人到过这里，可是没有一个人如你这样和奥德修斯相像，你的体型、手脚和说话的声音跟我的主人奥德修斯都一样。"

"见过我们两人的人都这样说，"奥德修斯随意回答了一句，避开亮光，不想让老人看到右膝上的一块深深的疤痕，那是年轻时围猎野猪时被野猪獠牙咬伤后留下的。他担心被老人看到认出他来。可是老女仆还是用双手摸出来了，她惊喜得不禁放开了手，奥德修斯的脚落到水盆里，溅了一地水。

"奥德修斯，我的孩子，真的你啊！"她喊道，"我摸到你的伤疤了。"奥德修斯急忙伸出右手捂住老人的嘴巴，又用左手将她拉到身旁，小声地对她说："老人家，小声一点！你说得不错，可是现在还不能说出真话，决不能让宫中的任何女仆知道这件事！如果你不守口如瓶，你我都会惨遭不幸的。"

女仆平静地回答说："相信我吧孩子，但其他的女仆你千万要提防啊！"

奥德修斯洗过双脚，抹了香膏后，珀涅罗珀又跟他谈起来。由于雅典娜令她一直在专注地想心事所以并不知道刚才的事。她对奥德修斯说："我的心情犹豫不定，我曾做过一个梦，梦见山上飞来一只雄鹰，这只鹰咬断了我喂养的二十只鹅的脖子，我伤心地哭起来，然后看见一群妇女来安慰我，劝我不要烦恼。那只雄鹰突然又飞了回来了，停在墙旁的窗台上，用人的声音对我说：'别烦恼，伊卡里俄斯的女儿，这是一种预兆，求婚人就是这群鹅，而我就是奥德修斯，我回来就会结果了他们！'听到这话后我突然醒了，便立刻出去看我的鹅群，它们都在院子里进食。"

"王后哟，"乔装的乞丐回答说，"奥德修斯在你梦中的预言一定会实现的。他一定会回来的，求婚人也肯定全部会受到惩罚。"

珀涅罗珀叹息着说："梦是浮光掠影，可明天就是一个可怕的日子，因为我必须要决定嫁给谁了。我将为求婚人举行一场比赛。以前我的丈夫喜欢把十二把斧子排好，然后他从很远的地方一箭射去，穿过十二把斧子的柄孔。现在我决定求婚人中谁能用奥德修斯的硬弓一箭穿过斧孔，我就嫁给谁。"

奥德修斯说："尊敬的王后，那就这么办吧，明天一定要举行射箭比赛！因为还没等到那些人张弓搭箭，奥德修斯就会回来了。"

从夜晚到天明

王后向外乡人道了晚安后便离开了。奥德修斯在女仆欧律克勒阿给他铺好的床褥上躺了下来却久久不能入睡。轻浮的女仆们在跟求婚人嬉闹，奥德修斯强忍住怒火，自我安慰说："我的心啊，忍着吧，你已经忍住许多苦难了！"可是他仍然不能入睡，因为他在考虑复仇的计划，求婚者人多势众，这还是让奥德修斯非常担心的。

这时，雅典娜变成一个美丽的姑娘来到他的床前，俯下身子对他说："你为什么这样沮丧和怯懦呢？一个人间的朋友都值得依赖，何况我是一个女神呢！我曾经答应过保护你，现在即使有天大的危险和艰难，我也会一如既往地保护你的。你可以放心地睡了。"说完，她轻轻地触了一下奥德修斯的眼皮，使他安静地睡着了。

第二天一大早，宫殿里又喧闹起来。女仆们过来生了火，忒勒玛科斯穿好衣服，赶赴市场召集国民大会，仆人欧律克勒阿吩咐女仆们准备献祭和宴会，求婚者们带来的男仆在院子里劈柴，牧猪人送来了肥猪，并向他招待过的老朋友亲切问好。牧羊人墨兰透斯也送来了肥羊，当他经过奥德修斯的面前时，嘲弄地说：“老乞丐，你怎么还赖着不走？你是想要尝到我的拳头才走吗？！”奥德修斯只是摇摇头，一声未吭。

这时，诚实的牧牛人菲罗提俄斯走进宫殿，为求婚人送来一头牛。他看见了牧猪人，便问他：“欧迈俄斯，那个外乡人是谁啊？他很像我们的国王奥德修斯。”说完，他又朝奥德修斯走去，向他问候，说：“外乡人，你好像很不幸，但愿你将来会幸福！我刚看到你，就不由得流下了眼泪，因为你使我想起了奥德修斯，他现在也许和你一样衣衫褴褛地在各地流浪。我在年轻时就为他放牛，可是现在虽然牛羊成群，我却不得不把肥牛一头头地送给无耻的求婚人享用。我希望奥德修斯有一天会回来收拾这些无赖，不然的话我早就离开伊塔刻到别处去了。”

“牧牛人，”奥德修斯说，“看来你不是一个卑贱的人，我敢向宙斯发誓，奥德修斯今天就会回来，你将亲眼看到他是怎样惩罚这些求婚人的！”

“但愿宙斯保佑，让你的话能够实现，”牧牛人说，“到时候我决不会袖手旁观的！”

宴会

求婚者们经过密谋，决定杀害忒勒玛科斯。

这时，他们来到弥漫着烤肉香味的大厅，仆人们正在调制美酒。牧猪人欧迈俄斯在传递着酒杯，牧牛人菲罗提俄斯在分发篮子里的面包，牧羊人墨兰透斯给求婚者们斟上美酒……新一天的饮宴又开始了。

忒勒玛科斯故意让奥德修斯坐在大厅的门槛上，并在他的面前放上矮凳和桌子，并叫人给他端来烤肉和美酒，然后对他说：“你安安静静地吃吧，不会有任何人来打扰你的。”甚至连安提诺俄斯也警告他的朋友们别去麻烦这个外乡人，因为他觉得外乡人好像处处受到宙斯的保护。

可是雅典娜却暗中怂恿求婚人继续作恶，对奥德修斯进行嘲弄。从萨墨岛来的求婚人克忒西波斯带着讥笑的口气说：“求婚人啊，请听我说，这个外乡人已经得到了他的一份，而且吃得很有味儿，忒勒玛科斯如果冷落了这位高贵的客人，那就不合情理了！我愿意赠给他一件珍贵的礼物！”说着，他从锅里捞起一只猪蹄朝乞丐扔去，奥德修斯机灵地躲过了，蔑视地笑了笑，强忍住心中的怒火。

忒勒玛科斯随即站起来，喊道：“克忒西波斯，幸亏你没有打中这个外乡人，否则，我的长矛将戳穿你的胸膛！到那时你父亲为你举办的就不是婚礼而是葬礼了。我在这里警告你们，不要在我的家里干这种勾当！”求婚者们听了都默默无言。最后，阿革拉俄斯站起来说：“忒勒玛科斯说得对，但他和他的母亲也应该理智一点，如果奥德修斯还有回来的希望，那么让我们这些求婚人等下去，还能让人理解。可是现在已经毫无疑问，他是永远回不来了。忒勒玛科斯，请你劝你的母亲快些从我们中间挑选一位最高贵的人做她的丈夫，这样你也就可以继承父亲的遗产了！”

忒勒玛科斯从座位上站起来说：“我向宙斯起誓，我也不想把这件事拖延下去。我早就劝母亲选定一位求婚人，可是她不愿意这样做，而我当然不可能把她从宫里赶走。”

求婚者们听了这话大笑起来，帕拉斯·雅典娜正在使他们头脑发昏，他们傻笑着，扮着鬼脸，把半生不熟的肥肉往嘴里塞。突然，他们的眼中充满了眼泪，由欢乐转为悲哀。预言家忒俄克吕摩诺斯看到这情景，惊讶地说：“你们怎么啦？你们都昏昏沉沉，眼里充满泪水，我看到墙上沾满了鲜血，大厅和前院里游荡着地府的幽灵，天上的太阳也隐去了它的光辉！”他这样说着，求婚人却发疯般地嘲笑他。

欧律玛科斯对他们说：“这个预言家待在我们这儿的时间还不

长，他不过是个傻瓜而已，就让仆人们把他赶出去吧。”

“用不着仆人们赶，欧律玛科斯，”预言家说，“我自己会离开这里，我的神智是清楚的，我已预见你们将遭到不幸和灾难，而且没有一个人能逃脱厄运！”说着，他就急速地离开了宫殿，到庇埃俄斯那儿去了。

射箭比赛

珀涅罗珀觉得是布置射箭比赛的时候了，她手中拿着一把带有象牙柄的铜钥匙，在女仆们的陪伴下来到后库房，那是奥德修斯储藏财宝的地方。

她取下钉子上挂着的一张硬弓和一个箭袋，睹物思人，伤心的眼泪又禁不住流了下来。离开库房后，珀涅罗珀一直走进大厅，要求求婚人安静下来后对他们说：“请你们听着，凡想娶我的人，都必须做好准备参加一种比赛！这里有我丈夫的一张硬弓，那里依次排着十二把斧头。不管是谁，只要能拉弓并且一箭射过十二把斧头的穿孔，就可娶我为妻。”

安提诺俄斯立即说：“各位求婚人，让我们马上进行这场比赛吧。当然，拉动这张硬弓可不是一件容易的事，我们中间没有一个人像奥德修斯那样健壮。”

这时，忒勒玛科斯站起来说：“好吧，诸位求婚人，你们将要进行一场在希腊尚无先例的比赛，为了得到全希腊最美丽的妇人，现在请张弓射箭吧！我愿意参加比赛。如果我赢了，我的母亲就可以永远留在家里了！”说着，他丢下紫金披风，解下宝剑！在大厅的地上划了一道小沟，把斧子依次插在地上，然后培上土并踩紧。做完这一切后，他便拿起硬弓，站在大厅的门槛上，连续拉了三次，但都失败了。就在他刚想拉第四次的时候，父亲对他使了一个眼色，他只得放下了硬弓，大声喊道：“也许我无力或者是太年轻，所以拉不动弓。现在轮到其他人了，你们比我有力，就来试试吧！”

安提诺俄斯摆出一副得意的样子说：“朋友们，那就让我们按照传递酒杯的顺序，依次开始吧！”

第一个站起来的是勒伊俄得斯，他是唯一不满求婚人胡作非为的人，他走近门槛，试着拉弓，但没有拉开，其他的求婚者也一个一个地轮流来试，但是都纷纷失败，最后只剩下安提诺俄斯和欧律玛科斯两个人了。

奥德修斯向忠实的牧人表明身份

牧牛人和牧猪人走了出去，奥德修斯紧跟在他们后面。等到他们走出宫殿大门和前院时，奥德修斯赶上他们，轻轻地对他们说：“朋友们，如果我没有看错，并可以信赖你们的话，我想告诉你们一些事情。我问你们，如果神突然让奥德修斯从外地归来，你们是站在求婚人一边，还是站在奥德修斯一边？请大胆地说心里话吧！”

“啊，奥林匹斯圣山上的宙斯啊，”牧牛人大声说，“如果神能够实现这个愿望，让他归来，你将会看到我为他战斗！”牧猪人欧迈俄斯也向神祈祷让奥德修斯平安回来，以此作为对外乡人提问的回答。

奥德修斯看到他们对自己的忠诚，便说：“好吧，请你们听着，我就是奥德修斯！过去的二十年我吃尽了辛苦才回到故乡，可在成群的仆人中只有你们两人是忠诚的。因此，等我制服求婚人以后，我将给你们重赏！让你们每人都有一个妻子和一块土地，并会在我宫殿附近给你们造一所房屋。忒勒玛科斯会像亲兄弟一样看待你们，为了向你们证实我说的是真话，我给你们露出我腿上的伤疤，那是我以前围猎时被野猪咬伤的。”说着，他撩起破烂的衣服，露出了那块大伤疤。

两个牧人激动得哭了起来，他们伸手拥抱主人，吻着他的两肩和面颊。奥德修斯也亲吻着两个忠诚的仆人，然后叮嘱他们说：“亲爱的朋友们，千万要小心，不能让宫中的任何人知道我在这里！我们必须一个个地走回去。今天，求婚人一定不会同意我参加比赛的。而你，欧迈俄斯，要大胆地把硬弓递到我手里。同时吩咐女仆们把内廷的大门拴住。不管她们听到什么声音都不准进来。忠诚的菲罗提俄斯，你去把守宫殿的大门，将门闩好并用绳子捆紧。”

吩咐完毕后，奥德修斯走回了大厅，一会儿，两个牧人也跟着进来了。欧律玛科斯正把弓放在火上烘烤，想使它松软。可是，他仍然拉不开弓，叹息着说：“其实，不能得到珀涅罗珀也无所谓，伊塔刻和其它地方有的是希腊女人。令人难堪的是，我们比起奥德修斯来差多了，我们的子孙后代也会嘲笑我们的！”

安提诺俄斯斥责他的朋友说：“欧律玛科斯，别这样说。今天是阿波罗的节日，在节日是不宜张弓搭箭进行比赛的。让我们推迟比赛，先去喝酒吧。把斧子都留在这里，我们明天再来比赛。”

这时奥德修斯走上一步，面对求婚人说：“你们今天休息也好，明天也许会遇上好运，阿波罗也许会保佑你们取得胜利。同时我请求你们也让我试试，看看我可怜的身体里是否还有一点力量。”

“外乡人啊，”安提诺俄斯叫起来，“你是疯了吗！？你也想参加比赛？”

珀涅罗珀打断了他的话，温和而平静地说：“安提诺俄斯，你也太过分了，排斥陌生人参加比赛是不公平的！难道你们担心乞丐会张弓射中，并要求我做他的妻子吗？我不相信他会这样想，你们也不必这样担心。”

“王后，我们并不担心，”欧律玛科斯回答说，“我们是说希腊人会说闲话，他们会说那些求婚人都是废物，没有一个能够拉开奥德修斯的硬弓，得不到王后珀涅罗珀，最后，倒被一个来自异乡的乞丐毫不费力地拉起硬弓，射中了十二把斧孔。这不是天大的笑话吗？”

这时，忒勒玛科斯对他母亲说：“母亲，宫中除了我，谁也不能阻止我把弓箭交给谁，我现在就把它交给这个外乡人。至于你，母亲，最好进内廷去，射箭是男子的事。”珀涅罗珀听到儿子的话非常惊讶，但她还是顺从地退了进去。

牧猪人把弓拿到手里，求婚人愤怒地叫骂起来。他把弓递给乞丐，同时吩咐老女仆，将女仆都关在内廷。菲罗提俄斯则奔到前廷，偷偷地闩上大门。

奥德修斯仔细地检查这把熟悉的硬弓，他要看看它在这么长的时间里是不是被虫蛀了，或有别的损坏。求婚人用手肘推推身边的人，悄悄地说："看他的样子，好像很懂弓箭一样！"

奥德修斯轻轻地拉了一下弓弦，测试它的张力。弓弦发出一种清脆的响声。求婚人听到这声音都吓得脸都变了色。宙斯在天上发出雷鸣作为吉兆。这时，奥德修斯取出一支箭，搭在弓上，拉开弓弦，用右眼瞄着，最后沉着地射了出去。箭从第一把斧子的小孔穿进，从最后一把斧子的小孔中飞出！成功的奥德修斯不动声色地说："忒勒玛科斯，你接待的外乡人总算没有使你丢脸！看来，我的力量还像当年一样。现在到了给大家开晚餐的时候了。趁天还未黑开始吧。我们还可以弹琴歌唱为宾客取乐！"

其实这是他跟忒勒玛科斯事先约定的暗语，忒勒玛科斯听罢立即佩剑执矛，穿着一身铠甲奔到了父亲的面前。

向求婚人复仇

这时，奥德修斯捋起破衣袖，手中握着硬弓和装满箭矢的箭袋，站到高高的门槛上。他把箭袋里的箭都倒在脚边，向求婚人大声地说："第一轮比赛已经结束，现在进行第二轮比赛吧。这次由我选择目标！"说着他拉起弓，搭上箭，瞄准正在举杯喝酒的安提诺俄斯射去，正中他的咽喉，箭头直接从颈后穿了出去！

求婚人见状，都急忙从椅子上跳起来奔到墙边找武器，这时才发现矛和盾都不见了。于是他们破口大骂："该死的外乡人，你为什么瞄准我们？"他们这样说是以为陌生人射中了安提诺俄斯是个意外，不知道自己将要面临同样的命运。

奥德修斯声震如雷地吼道："你们这些畜生，你们以为我永远不会从特洛伊回来了吗？你们挥霍我的财产，诱骗我的女仆，并在我活着时就来向我的妻子求婚。你们在神和凡人面前都不感到羞耻！现在，你们的末日到了！”

求婚人听了大惊失色，各自寻找着逃跑的路。只有欧律玛科斯强作镇定地说：“如果你真是奥德修斯，那么你就有权利向我们发怒，因为我们在你的宫中，在你的国内，做了一些不该做的事情。可是，应该承担责任的罪魁已经死在你的箭下了。安提诺俄斯唆使我们干了坏事，他其实并不是真心向你的妻子求婚，而是想当伊塔刻的国王，并计划谋害你的儿子。他现在受到了应得的惩罚，而我们是你的同族兄弟，请你息怒，宽恕我们吧。我们每人都会给你补偿二十头肥牛，并送给你所要的黄金和青铜，以求得你的谅解！”

“不！欧律玛科斯，”奥德修斯严厉地回答说，“即使你们把所继承的遗产全部给我，我也不会甘休。我要你们以死来抵偿你们的罪孽，任何人也休想逃走！”

求婚者们被吓得瑟瑟发抖。欧律玛科斯又回过头来对朋友们说：“这个人敬酒不吃吃罚酒。大家拔出剑来，用桌子挡住他的箭。我们必须制服他，然后再去请朋友来援助我们。”说着，他抽出宝剑，可是还没来得及冲上去就已经被箭射穿了胸部，利剑从他手中落到地上，他痛苦地在地上打滚，用头撞着地面，不一会儿便死掉了。

现在安菲诺摩斯挥着剑向奥德修斯扑去，企图夺路逃跑。忒勒玛科斯持矛向他掷去，正中他的后背！忒勒玛科斯拔出长矛，到门槛上与他的父亲站在一起，并给父亲递上一面盾牌，两根矛和一顶铜盔。然后他又急忙奔进武器库，取来一些武器，把自己和两个忠诚的牧人都武装起来，并将一套盔甲交给奥德修斯。

四个人站在一起并肩作战。奥德修斯箭无虚发，求婚人一个个死在他的箭下。箭射完后，他把硬弓靠在门框上，用盾挡住身体，握着两根粗大的长矛，四下观察着。

在大厅里有一扇边门，连着通向内廷的过道。门很小，只容一个人通过。奥德修斯曾吩咐牧猪人欧迈俄斯看守这门，但欧迈俄斯跑去武装自己时，求婚人阿革拉俄斯便对同伴们喊道：“朋友们，我们快从边门进城搬救兵。只有这样，才能尽快把这个人消灭！”

但站在一边的牧羊人墨兰透斯说：“边门很小，过道很窄，每次只能通过一人。他们四个人中只要有一个站在前面，就能把我们全杀掉。还是让我一个人悄悄地钻出去，从他武器库里把武器搬来。”说着他就这样做了。不久，他搬来十二面盾牌、十二顶头盔和十二支长矛。奥德修斯突然看到对手们武装起来，吃了一惊，回头对忒勒玛科斯说：“这一定是不忠实的女仆或者是牧羊人干的事！”

“啊，父亲，恐怕这是我的过失，”忒勒玛科斯回答说，“刚才我忙着取武器，匆忙中忘记关门。”牧猪人听到这话，急忙朝武器库奔去，准备关门。他从开着的门里看到牧羊人正在里面拿武器，便赶紧回来报告。“我是把他抓住，还是把他杀了？”他请示主人。

“你同牧牛人一起去把他抓住，把他的双手和双脚反绑起来，吊在库房中间的梁柱上。然后把门关上立刻回来。”

两个牧人遵命而去，他们把牧羊人按在地上，用绳子把他的手脚反捆起来，再用一根长绳套在屋顶的钩子上，捆住他的身体，将他拉上去吊在横梁边。随后，二人关上门，回到了奥德修斯的身边。

这时，变为门托尔的雅典娜也来参战，奥德修斯认出了女神，可求婚人看到这新来参战的人，非常愤怒。阿革拉俄斯怒冲冲地吼道：“门托尔，我警告你，不要上奥德修斯的当来跟我们作对。否则我们会杀了你，并烧掉你的房子！”雅典娜听了很生气，鼓动奥德修斯勇敢地对付求婚人。她说：“你好像不如在特洛伊战争中那样勇敢了。你用计谋征服了那座城市，可是现在到了捍卫你的宫殿和财产的时候，你怎么迟疑不前呢？”她用这些话激励奥德修斯，是因为她不想直接参加作战。一说完话，她就变成了一只燕子，停在了满是灰尘的横梁上。

“门托尔走掉了，”阿革拉俄斯对朋友们喊道，“现在只剩下他们四个人了。让我们好好地想个对付他们的办法。你们不要把长矛同时掷出去，先集中瞄准奥德修斯掷六根！如果他倒下去，其他人便容易对付了！”可是，雅典娜却让他们的长矛全部掷偏了。

奥德修斯让他的同伴们注意瞄准，然后四个人一起把长矛掷了出去，掷出去的长矛没有一根偏离目标。求婚人看到自己的同伴纷纷倒下，都退避到了大厅的角落里。不一会儿他们又大胆地从角落里冲了出来，从死者身上拔出长矛，继续投掷，但大部分仍旧没有掷中。只有安菲诺摩斯的矛擦伤了忒勒玛科斯的手背；克忒西波斯的矛在牧猪人的肩膀上划了一道口子。但他们两人反而被忒勒玛科斯和牧猪人用长矛掷中身亡。

奥德修斯和他的朋友们从门槛上跳下来，向求婚人大肆冲杀。勒伊俄得斯跪在奥德修斯的脚下，抱住他的双膝，苦苦哀求：“可怜我吧！我没有对你家做过坏事，我一直劝阻他们，可是他们不听我的！我所做的只是举行灌礼，难道这也有罪吗？”

“如果你为他们举行灌礼，”奥德修斯严厉地说，“那么你至少为他们的幸福做过祈祷！”说着，他挥剑砍下了勒伊俄得斯的头。

歌手菲弥俄斯吓得面如土色，不知道该从边门穿出去逃命呢，还是该抱住奥德修斯的双膝求他饶命。最后，他还是选择了后者，将竖琴放在地上，跪在奥德修斯的面前。

“请饶恕我吧！”菲弥俄斯呼叫着，“如果你杀死一个用歌声娱乐神和凡人的歌手，你会后悔的。我可以歌颂神，也可以歌颂你。你的儿子可以为我作证，是他们强迫我来唱歌的！”奥德修斯举起宝剑，不过他还在犹豫。这时忒勒玛科斯向他跑来，大声说：“父亲，请住手！别伤害歌手，他是无辜的。另外，如果使者墨冬还没有被杀死的话，我们也应该饶恕他。他照顾我如同自己的孩子一样。”

这时墨冬正裹着一张生牛皮躲在椅子下，他听到有人为他求情，连忙钻出来，跪在忒勒玛科斯的面前。看到这样子，奥德修斯也不禁笑起来，他说：“歌手和使者，你们两人不用害怕了，忒勒玛科斯已救了你们。出去告诉外面的人，忠心的人才有好报，而不忠的人会被杀头。”

两个人连忙逃出了大厅。

惩罚不忠的女仆们

奥德修斯看看四周，敌人们横七竖八地躺满一地，就像渔夫从网里倒出来的鱼一样。

奥德修斯吩咐他的儿子把老乳妈叫来。她进了大厅，看到主人站在尸体中间满身血污，两眼射出凶狠的目光，像一头可怕的狮子一样，他的威严使她高兴得几乎哭起来。

“你应当欢喜，”奥德修斯对她说，“但不要欢呼，凡人在死人面前是不能欢呼的！要他们死亡是神的决定。现在请你把宫中女仆们的情况告诉我，哪些人是不忠的，哪些人是忠诚的。”

“宫中共有五十个女仆，”欧律克勒阿回答说，“她们中有十二人背叛了你，既不听我的吩咐，也不听珀涅罗珀的吩咐。国王，现在让我叫醒熟睡的女主人，把这好消息告诉她吧！”

“暂时别去惊动她，”奥德修斯说，“快去把那十二个不忠不义的女仆带到这儿来。”

欧律克勒阿照他的吩咐做了。十二个女仆颤抖着走进来。奥德修斯把儿子和两名忠诚的仆人叫来，对他们说：“让这些女仆帮你们把死者扛出去。然后命令她们用海绵擦桌椅，把大厅打扫干净。当她们做完这一切，就把她们押出去杀死！”

女仆们吓得尖声哭叫，挤作一团。奥德修斯逼着她们去干活，最后，她们被两个牧人带到厨房和宫殿之间的空地上，使她们无路可逃。忒勒玛科斯说：“这批女仆实在可恶，让她们不得好死！”

说着，他把一根粗绳子系在一排柱子上，然后用绳索套住她们的脖子，吊在粗绳上。她们挣扎了一会儿便咽了气。最后，恶毒的牧羊人墨兰透斯也被押过来，被乱刀砍死。

至此，复仇已经完成。

接着，奥德修斯吩咐欧律克勒阿，把炭火和硫磺放在平底锅里端进来，把大厅、内廷和前廷熏一遍。欧律克勒阿把大厅和内廷熏了一遍后，又召来所有忠诚的女仆。她们流着欢乐的泪水，围着主人，亲吻他的双手，奥德修斯也感动得流下了眼泪，因为他看到了对他忠心不二的人还有很多。

奥德修斯和珀涅罗珀

欧律克勒阿急忙来到女主人的内室，欣喜地唤醒正在熟睡的珀涅罗珀，对她说："可爱的女儿，快快醒来。你日夜盼望的人已经回来了！奥德修斯已经回来了！他已将那些让你担惊受怕的求婚人全都杀死了！"

珀涅罗珀睡眼惺忪地说："欧律克勒阿，你在说胡话吧？你为什么用这种话把我惊醒呢？"

"王后，请你别生气，"欧律克勒阿说，"他们在大厅里所嘲弄的那个外乡人，那个乞丐就是奥德修斯，其实，你的儿子忒勒玛科斯早就知道了，可是，在完成对求婚人的复仇之前，他必须保守秘密。"

王后从床上跳起来，抱住了老人，眼泪扑簌簌地滚落下来："这是真的吗？如果奥德修斯真的在宫里，他一个人怎能对付得了那么多的求婚人？"

"这我不清楚，"欧律克勒阿回答说，"我和女仆们都被关在内廷。后来你的儿子来叫我时，我只看到你的丈夫正站在一堆尸体中间。现在尸体已经都拖出去了，我也把整个房子用硫磺熏了一遍，你可以出去了。"

珀涅罗珀满怀着恐惧和希望走出大厅，默默地站在奥德修斯的面前，炉火在熊熊燃烧。奥德修斯垂着头，看着地上，等待她先说话。王后又惊又疑，仍然没有开口。她好像觉得那是她的丈夫，但又感到他仍是一个外乡人，是一个衣服破烂的乞丐。

忒勒玛科斯忍不住了，急躁但仍然带着微笑说："母亲，你为什么一动不动地站在那里？坐到父亲身边去，仔细看看他呀！哪有一个女人跟丈夫分别二十年后，看到丈夫回来，还像你这样无动于衷的？"

"啊，亲爱的儿子，"珀涅罗珀回答说，"我已经惊讶得呆住了。可是，如果这真的是你的父亲，是我的奥德修斯，我们自会互相认识的，因为我们都有别人不知道的秘密标记。"奥德修斯听到这里，朝儿子转过身子，温和地微笑着说："让你的母亲来试探我吧！她之所以不敢认我，是因为我穿了这身讨厌的破衣服。但我相信她会认出我的。现在，我们首先得考虑一下其他的事情。如果一个人在国内杀死了一个同族的人，那他就得弃家逃走，即使他的权势大，不怕有人来替死者复仇。现在，我们杀死了国内和附近海岛的许多年轻的贵族，那可不是一件小事。我们该怎么办呢？"

"父亲，"忒勒玛科斯说，"你是世界上最聪明的人，这得由你做出决定。"

"最明智的办法应该是这样的，"奥德修斯回答说，"你还有两个牧人，以及屋里所有的人，都先去沐浴更衣，而且要穿上最华丽的衣服，女仆们也该穿上最漂亮的衣服。然后，歌手弹琴奏乐。这时从门外走过的人一定以为我们这里还在举行庆宴。求婚人被杀的消息便不会传出去。以后的事，神一定会告诉我们该怎么做。"

不一会儿，宫里传出一片琴声和歌舞声，门外的大街上挤满了人，他们猜测说："一定是珀涅罗珀选定了她的丈夫，宫里正在举行婚礼呢！"

奥德修斯沐浴更衣，抹上香膏。雅典娜使他神采奕奕，矫健俊美，看上去像神一样。他回到大厅，坐在妻子对面。

"真是奇怪的女人哟，"他说，"一定是神给了你一副铁石心肠。其他的女人，当她看到丈夫受尽折磨重回故乡时，肯定不会这样固执地不认她的丈夫。"

"不理解女人的男人啊，"珀涅罗珀回答说，"我不敢认你，既不是因为骄傲，也不是因为轻视。我清楚地记得，二十年前奥德修斯离开伊塔刻时的样子。好吧，欧律克勒阿，从卧室搬张床出来，铺上毛皮让他就寝吧。”

珀涅罗珀这么说，想试探一下她的丈夫。但奥德修斯却皱起了眉头，看着她说：“你在侮辱我。我的床没有一个人能搬得动。它是我自己建造的，这里有一个秘密。在我们建造宫殿时，这地方中间有一棵橄榄树，粗大得像根柱子。我没有砍掉它，而是让这棵树正好在我卧室里。墙砌好后，我削去枝叶留下树干，上面盖上天花板。后来，我把树干磨得光洁，用它做了床的一根支柱，又安上雕着花纹、镶着金银和象牙的床架，再用牛皮绳做成绷子。这就是我的床，珀涅罗珀！我不知道它是否还在那里。可是我知道，如果有人想搬动它，就得把橄榄树齐根锯断。”

珀涅罗珀听到他说出了只有他们两人才知道的秘密，激动得发抖。她哭泣着从椅子上站起来，朝丈夫奔去，一把抱住了他的脖子，连连吻着他，说：“奥德修斯啊，你永远都是最聪明的人。请别生我的气！不朽的神使我们遭受了多少苦难和厄运，一定是因为我们年轻时生活欢乐，使神嫉妒了。请不要怪我没有立即温柔地投入你的怀抱。我的一颗可怜的心始终怀着戒备，担心有一个假冒的人来骗我。现在，我完全相信了，因为你说出了只有你和我才知道的秘密！”奥德修斯也高兴得泪流满面，紧紧地抱住美丽而忠贞的妻子。

这天晚上，夫妻两人各自谈起别后二十年的苦难。珀涅罗珀直到她的丈夫把他的漂流故事说完才平静下来。整个宫殿内笼罩着一片甜蜜温馨的气息。

奥德修斯和拉厄耳忒斯

第二天清晨，奥德修斯做好了出门的准备。他对珀涅罗珀说：“我们两人已经饮完人生的苦酒，现在，我们重新成了宫殿的主人。你应该照看好宫中的财产。而我现在必须到乡下去看看我的父亲。求婚人被杀的消息迟早会传出去，因此我劝你，最好跟女仆们暂时避开，免得好奇的人向你询问。”

说完，奥德修斯背上利剑，并唤醒忒勒玛科斯和两个牧人，让他们带上武器。在日出时分，他们一起穿过街道，走出城去。帕拉斯·雅典娜降下浓雾遮住他们。一路上，谁也没有看见他们。

不一会儿，他们来到拉厄耳忒斯的美丽的田庄。这是他买来扩充祖业的第一座田庄。庄园的中心是一排住宅，周围是厨房、马厩、仓库和耕种田地的长工们的住房。一个年老的西西里女仆在这块寂寞的乡下为主人料理杂务。

奥德修斯来到门口，转身对跟随而来的人说：“你们先进去，杀一口肥猪准备好午餐。我先到田里去，或许我的父亲在那里耕作。我要看看他能不能认出我来。我们会马上回来的，然后我们就可以愉快地用餐。”

奥德修斯先到了果园，在这里他没有看到一个园丁，因为他们都下地去砍树准备建围篱去了。奥德修斯只看到他的老父亲在整修葡萄藤。老人看上去像个长工一样，身上穿了一件满是补丁粗布衣服，腿上打着一副皮套，手上带着手套，头上戴着一顶羊皮帽。奥德修斯看到父亲这副寒酸的样子，心里很痛苦。他真想扑上去拥抱父亲，但他担心父亲会承受不了突如其来的欢乐，因此，他决定让父亲先有一点心理准备。他走到父亲面前，小心地试探说：“老人家，看来你很精通园艺啊。你把所有的果树和菜畦都照料得很好，只是有一点你忽视了，请恕我直言，千万别生气，你自己好像没有受到很好的照顾，你身上穿得又脏又破，你的主人不该这样亏待你啊！你能不能告诉我你的主人是谁？你为谁在料理果园？刚才我遇到的一个人告诉我这里就是伊塔刻，是真的吗？不过刚才那个人非常不友好，我向他打听我的一个朋友是否还在这里时，他没有回答我。我以前在国内招待过一个贵宾，他是伊塔刻人，是拉厄耳忒斯国王的儿子。临别时，我送给他许多珍贵的礼物！”

奥德修斯善于编造故事，拉厄耳忒斯听了后抬起头来，含着泪说："善良的外乡人，你的确来到了你想寻找的国家。不过这里也住着许多卑鄙而傲慢的人，他们贪得无厌，你即使把多少礼物送给他们，也难以满足他们的欲望。你所要寻找的那个人已经不在人世了。如果你真能在伊塔刻见到他，他将会怎样盛情报答你对他的好意啊！但请你告诉我，你是什么时候招待这个客人的？唉，他是我的儿子，他现在像石头沉在海里一样没有了消息。哦，对了，我忘了问你，你是谁？从哪里来？到哪里去？你的船停在哪里？你的同伴呢？"

"尊敬的老人，"奥德修斯回答说，"我告诉你吧，我是厄珀里托斯，是阿吕巴斯的阿菲达斯的儿子。一场风暴将我的船从西卡尼亚刮到你们的海岸，我的船现在停在离城不远的地方。你的儿子奥德修斯离开我的家乡已有五年了。他临走时非常高兴，并有飞鸟预示了一种吉兆。我们彼此都希望常常见面，互赠珍贵的礼物。"

年迈的拉厄耳忒斯突然大声悲泣起来。奥德修斯心痛欲裂，猛地朝父亲冲上去，拥抱他，并大声说："父亲，我就是你所打听的人！过了二十年我终于回到了家乡。擦干你的眼泪吧，一切痛苦都已经过去了。我告诉你一个好消息：求婚人都被我杀死了。我是奥德修斯！"

拉厄耳忒斯吃惊地注视着他，终于忍不住地喊道："如果你真是奥德修斯，如果你真是我的儿子，就请露出一个明显的证据，使我可以相信你。"

奥德修斯说："亲爱的父亲，请你看看这块伤疤吧，这是一头野猪给我留下的伤痕。此外，还有一个证据：我想把你以前给我的树木指给你看。当我童年时，你带我去果园，我们走在果树之间，你指着各种果树，告诉我它们是什么树。最后，你送给我十三棵梨树，十棵苹果树，四十棵无花果树和五十株葡萄。"

老人完全相信了，一下倒在了儿子的怀里，晕了过去。奥德修斯用强壮的手臂紧紧抱住父亲。当老人恢复知觉后，大喊道："啊，宙斯和诸神啊，你们还在保护我们，使那些求婚人受到应得的惩罚！可是，我的儿子，你刚回来，我又得为你担心了。你把伊塔刻和附近海岛上的许多贵族的儿子都杀了，整个城市和邻近地区的人都会联合起来反对你啊。”

“亲爱的父亲，请放心吧！”奥德修斯安慰他说，“你不必为此担心，带我回你的屋子里去吧。忒勒玛科斯、牧牛人和牧猪人都在那里，他们已经准备了午餐。”

他们回到屋子里，看见忒勒玛科斯和两个牧人正在切肉斟酒。拉厄耳忒斯先由老仆人伺候沐浴，涂抹香膏，然后穿上华丽的长袍。在他穿衣时，女神帕拉斯·雅典娜悄悄地走近他，使他挺直了腰，变得高大而威严。

最后，他们欢乐地坐在一起，共进午餐。

平息城里的叛乱

伊塔刻的城里传开了求婚人惨遭杀害的消息。死者的亲属从各方面涌来，奔向王宫。他们在宫院的角落里发现了一大堆尸体后，大声号哭并扬言要为死者报仇。伊塔刻人把尸体抬到城外安葬，从邻近岛屿来的人把尸体抬上船，运回故乡安葬。

然后，死者的父母兄弟和其他亲戚聚集在市场上，举行国民大会。参加会议的人很多，求婚人安提诺俄斯的父亲奥宇弗忒斯首先发言。

他哭泣着说：“朋友们，你们想一下，我向你们控诉的这个人，给伊塔刻和邻近地区带来多少灾难和不幸啊！二十年前，他带着我们英勇的年轻人，乘船出发征伐特洛伊。现在却都船毁人亡，就他一人平安归来。他回来后又杀死我们民族中这么多高贵的青年。大家来呀，趁他还没来得及逃跑，让我们把他抓住吧！”

在场的人看到他声泪俱下的样子，都非常同情他，正当他们准备出发去追捕奥德修斯时，歌手菲弥俄斯和使者墨冬从宫中来到市场上。他们看到宫中还有两个人活着，都很吃惊。墨冬请求发言，他大声说：“伊塔刻的男人们，请听我说，我发誓奥德修斯做的这件事是神决定的。我亲眼看见一位神变成门托尔，时时保护着奥德修斯，就是这个神将求婚人杀死了。一切都是神意啊！”

听到使者的话，大家都很害怕。这时，白发苍苍的预言家哈利忒耳塞斯，站出来说：“伊塔刻的人民们，请听我说，现在发生的这一切事，都得由你们负责。过去，你们为什么听任求婚人胡作非为？为什么不听我和门托尔的忠告，放纵你们狂妄的儿子在宫里肆意饮宴，挥霍别人的财产，还要挟他的妻子呢？现在宫中出现的这场悲剧真是你们咎由自取。你们如果是聪明人，就不应该去追捕奥德修斯。他只是为了家庭的安定尽了他应尽的义务。如果你们违背神意，等待你们的将是更大的灾难。”

哈利忒耳塞斯的话刚说完，人群中就骚动起来，大家形成了两派：有的人赞同老人的意见，有的人则支持奥宇弗忒斯的主张。拥护奥宇弗忒斯的人们武装起来，在城外集合。奥宇弗忒斯站在队伍的最前面，准备为死去的亲人报仇。

雅典娜在奥林匹斯圣山上看见一群人准备叛乱，于是，她来到父亲宙斯面前说：“万神之父啊，请告诉我，你的决定是什么？你是想通过战争解决伊塔刻人的争端呢，还是想和平解决？”

“女儿啊，你想听到怎样的决定呢？”宙斯回答说，“你不是已经决定让奥德修斯回归故乡，并向求婚人复仇吗？而我也已同意，你就随意去做吧。不过，如果你想听听我的意见，那就听着：奥德修斯已惩罚了求婚人，他永为国王，并在一个神圣的盟约中立誓。我们神应该让死者的亲属忘记他们的痛苦，使他们像从前一样，和国王友好相处，使伊塔刻王国繁荣昌盛。”

女神听到这话很高兴。她离开奥林匹斯圣山，飞过云空，降落在伊塔刻的岛上。

奥德修斯的胜利

在拉厄耳忒斯的庄园里，奥德修斯他们欢乐地用完午餐后，围着桌子听奥德修斯讲述他的故事。最后他说：“我有一种预感，我们的对手正在城里准备对付我们。我们最好派一个人去侦察，看看外面的动静。”

一个仆人站起来准备出去打探，可他还没有走多远，就看见一群全副武装的人向庄园涌了过来。他惊慌地跑回来，大声说：“他们来了，奥德修斯，他们已经到了庄园门口！你们快准备战斗！”

人们赶忙跳起来，拿起武器。奥德修斯、他的儿子、两个牧人，还有仆人的总管多利俄斯的六个儿子组成了一支队伍，最后年老的多利俄斯和拉厄耳忒斯也参加进来。奥德修斯领着他们冲出了大门。

他们刚到门外，高贵的女神雅典娜就变形为门托尔加入了他们的队伍。奥德修斯一眼就认出了女神，他非常高兴，也更充满了信心和希望。

“这是多么美好的日子啊，”拉厄耳忒斯喊道，“我太高兴了！因为我们祖孙三代人在肩作战！”

雅典娜跑来对老人耳语道：“阿耳克西俄斯之子啊，你是我最看中的勇士，快向宙斯和他的女儿祈祷吧，然后勇敢地掷出你的矛。”拉厄耳忒斯立即向宙斯和雅典娜祈祷，并掷出他的长矛。长矛击中敌人的首领奥宇弗忒斯的头盔，穿透了他的面颊，奥宇弗忒斯倒地而亡。

奥德修斯和忒勒玛科斯率领同伴们如愤怒的狮子冲入羊群一样向敌人进攻。他们用利剑和长矛刺杀敌人，几乎把敌人全都杀死的时候，雅典娜立即让他们停止砍杀。她用神的声音喊道：“伊塔刻的公民们，赶快退出这场不幸的战斗吧！你们的鲜血已经流得够多了，双方立即停止战斗！”

雷鸣般的声音震得敌人手中的武器都掉落在地上，他们向城里望风而逃，只希望能保住性命。

奥德修斯和他的伙伴们听到女神的声音后倍受鼓舞，挥着武器向敌人追去，可是，宙斯要求和平。这位万神之父朝雅典娜脚前降下一道闪电。

女神停住了脚步，对奥德修斯说：“拉厄耳忒斯之子，抑制你的战斗欲望吧！否则，无比强大的雷霆之主会发怒的。”奥德修斯和他的伙伴们听从了她的劝告，雅典娜把他们带回到城里的市场上，并派使者去召唤市民前来集会。消除了愤怒的人们都平静了下来。

变形为门托尔的雅典娜让奥德修斯和人民订立神圣的盟约，人们尊奉奥德修斯为国王和保护人。在人们的欢呼和簇拥下，奥德修斯回到了宫殿，王后珀涅罗珀头戴花冠，身穿节日的盛装，带领着一群女仆从宫中出来欢迎。

这对重新团聚的夫妇又幸福地生活了许多年，正如预言家忒瑞西阿斯在地府中预言的那样，奥德修斯活到高龄才安详地去世。

图书在版编目（CIP）数据

希腊神话故事 /（德）古斯塔夫·施瓦布著；王文宇译 . — 南京 : 江苏凤凰文艺出版社，2020.7（2023.7 重印）
ISBN 978-7-5594-4461-5

Ⅰ . ①希… Ⅱ . ①古… ②王… Ⅲ . ①神话 – 作品集 – 古希腊 Ⅳ . ① I545.73

中国版本图书馆 CIP 数据核字 (2020) 第 005203 号

希腊神话故事

（德）古斯塔夫·施瓦布 著　　王文宇 译

选题策划	北京记忆坊文化
责任编辑	刘洲原 白 涵
特约编辑	张才曰
封面绘图	三 乖
封面设计	80 零·小贾
版式设计	段文婷 天 缈
出版发行	江苏凤凰文艺出版社
	南京市中央路 165 号，邮编：210009
网　　址	http://www.jswenyi.com
印　　刷	北京中科印刷有限公司
开　　本	880 毫米 ×1230 毫米 1/32
字　　数	445 千字
印　　张	16
版　　次	2020 年 7 月第 1 版 2023 年 7 月第 4 次印刷
书　　号	ISBN 978-7-5594-4461-5
定　　价	68.00 元